Nonk Theo en de mijnen

Ferdi Schrooten

Nonk Theo en de mijnen

WERELDBIBLIOTHEEK · AMSTERDAM

Dank aan mijn vader, mijn moeder,
en mijn vrouw. Voor alles.

Omslagontwerp Ron van Roon
Foto omslag © Ferdi Schrooten
Foto auteur © Koos Hageraats
NUR 402
ISBN 978 90 284 2650 4
www.wereldbibliotheek.nl

FSC www.fsc.org
MIX
Papier van verantwoorde herkomst
FSC® C004472

I

Als je ziek wordt, weet je achteraf vaak donders goed wanneer de ellende begon. Zeker als je die tot op zekere hoogte over jezelf hebt afgeroepen. In mijn geval was het op een zwoele zomerdag in augustus 2006. Er sluimerde al langer wat. Maar die broeierige zondag ging de incubatie van een kiem over in de uitbraak van een aandoening die uiterlijk nochtans te onbeduidend was om er gealarmeerd door te raken.

Al weken verkeerde ik in een staat van bevrijdende onthechting, gedrogeerd door het vooruitzicht weldra ontdaan te zijn van mijn goede oude leven. Baan? Opgezegd. Huis? Te koop gezet. Net als mijn Peugeot, type bestelauto, waarmee ik – zo lang het nog kon –verpatste huisraad voor een prikkie bezorgde bij nieuwe eigenaren in Den Haag en omstreken. Alles waarvoor ik jarenlang had gezwoegd en gespaard, was nu ballast en moest overboord worden gegooid.

Onderweg naar mijn ouders in Zuid-Limburg, in diezelfde bonkige en gebutste bestelbak, knetterde ik van de energie. Al weken voelde ik me meer levend dan ooit tevoren om het aanstaande, grote avontuur: een jaar lang vanuit Afrika oostwaarts het zuidelijk halfrond over. Alleen. Los van alles. Gewoon, om te breken met mijn onbekommerd bestaan. Het vooruitzicht van een eindeloos voortdurend gekocht kostje, door Doe Maar zo treffend bezongen in de hit 'Is dit alles?', was voor mij als jonge dertiger inmiddels zo'n beklemmend en verstikkend doembeeld, dat het niet langer te verteren was. Mijn oude leven was me geenszins komen aanwaaien en ik moest er heus ook wel voor werken om het goed te houden. Toch voelde het te makkelijk om de koers die mijn leven nu had, te blijven volgen. Als het even kan, doe ik dingen graag op zijn minst nét even anders. Want waarom makkelijk doen als het ook moeilijk kan?

Die zondagmiddag was mijn nakende trip over de zuidelijke hemisfeer nog een fluïde emulsie. Er waren wat vage plannen om me in Oeganda te gaan bemoeien met een geitenproject voor tienermoeders. In Malawi wachtte een weerzien met oude vrienden, die ik nog kende van mijn afstudeerproject daar, elf jaar geleden, toen het land nog volop in de overgang zat van dictatuur naar een jammerlijke vorm van democratie. En dan was er nog Cambodja, waar ik me wilde onderdompelen in het genocideproces tegen kopstukken van de Rode Khmer. Gewoon, omdat me dat interessant leek. Anders dan anders ook. En ik ging toch die kant op. Oostwaarts, bedoel ik.

Het traject na Azië dreigde te verzanden in louter stompzinnig backpacken langs geijkte bestemmingen, te beginnen in Australië, waarvan ik eigenlijk niet goed wist waarom ik daar per se naartoe wilde. De gedachte om Down Under een ketting te rijgen van toeristische parels als Ayers Rock, de Blue Mountains, opaalstadje Coober Pedy en Sydneys Opera House vervulde me hoe langer hoe meer met afgrijzen.

Bij gebrek aan beter had zich, in een ogenschijnlijke mix van willekeur en nonchalance, een maand of wat geleden mijn dode oom Theo aangediend. De nomen nescio van vaders kant van de familie had me eerder nooit echt kunnen boeien, maar nu kwam hij van pas als legitimatie voor een weerzien met Australië, verpakt in het excuus van een quasi-missie. Al was er toen reeds een welhaast stiekem gevoel van verwantschap in meer dan bloed alleen, alleen al om ons gemeenschappelijk escapisme.

Wekenlang haalde ik tegenover iedereen nog net niet mijn schouders op over mijn Australische expeditie. Ik moest toch wat daar Down Under? Dus waarom niet de gangen nagaan van die onbekende, dode oom? Dat bood tenminste uitzicht op een unieke, persoonlijke reis die niet aan grandeur zou inboeten door hele volksstammen met vergelijkbare ervaringen op hun conto.

Die laconieke en opportunistisch houding verdampte die zondagmiddag toen mijn vader een stapel papier op de keukentafel legde. Zestien muf ruikende brieven, van blauw luchtpostpapier, op één na stuk voor stuk bekrabbeld met een beangstigend herkenbaar, priegelig handschrift, welhaast een kopie van dat van mijn vader. Plus een lijst met postadressen, met plaatsnamen; de ene nog exotischer dan de ander. Kalgoorlie, Gwalia, Radium Hill. Elke brief, elke zin, bevatte stukjes van een wereld, van een leven, van een mens die zich in me nestelden en me niet meer los lieten.

Ademloos heb ik zitten lezen. Over het rauwe leven in de *Outback*, gevaarlijk door de giftige slangen, spinnen en schorpioenen, en op een brute manier vermakelijk door de plezierjachten op kangoeroes, struisvogels en dingo's. Over de wondere wereld van aanmodderende gelukzoekers, vaak immigranten die zich in kleinere en grotere mijnen het schompes werkten – en zopen – in de jacht op zilver, uranium, koper en goud. Het Wilde Westen, maar dan op zijn Australisch. Met als centrale figuur mijn oom Theo die, na een reis van duizenden kilometers over het continent, uiteindelijk zijn eigen goudmijn wist te bemachtigen in het desolate berggebied van Mount Britton, aan de tropische oostkust. Een trofee met een prijs, zo maakte ik op uit de brieven. Een heel hoge prijs.

Uitgerekend op het moment dat alle spanning tot een climax aanzwol, hield het verhaal van zijn leven op. De gelaten teneur van oom Theo's laatste brief van begin 1969, geschreven vier jaar voor mijn geboorte en veertien jaar voor zijn dood, liet me niet los. Net als die even raadselachtige als onheilspellende beschrijving van het weer, daar op Mount Britton: een gloeiende hitte, voorbode van een 'droge, elektrische storm'. Daarna niks meer. Nooit meer. Tot het bericht van zijn dood, maanden na zijn daadwerkelijke overlijden. Ik was inmiddels een jochie van elf, compleet onwetend over het lot van die oom in kangoeroeland.

Jaren later kon het contrast niet groter zijn. Zelden heeft iets me zo getriggerd als het mysterie van mijn onbekende, dode oom en zijn pijnlijke pioniersbestaan. Want daar had het toch alles van weg. Daar zat ik, aan de keukentafel van mijn ouders, met een hoopje puzzelstukjes. Het ene nog intrigerender dan het andere, maar samen verre van voldoende voor een volledig beeld. Wat was er Down Under nou echt gebeurd met Nonk Theo, zoals ik hem inmiddels noemde? En waarom lag die vraag zo moeilijk binnen de familie? De weerstand waar ik op stuitte, hebben mijn aandoening in elk geval alleen maar verhevigd.

Een paar maandjes, misschien een jaar dacht ik nodig te hebben om, eenmaal terug in Nederland, mijn speurtocht naar Nonk Theo te vervatten in een boek. Mijn grootste misrekening ooit. Heus, de koorts zakte weleens. Soms maandenlang. Maar al te vaak was hij er, veelal chronisch met nu en dan een opvlammende uitbraak. Stoppen was nimmer een optie. En dus ben ik negen jaar verder, ondertussen getrouwd, meermalen verhuisd, van werk gewisseld, voor mezelf begonnen en vader geworden. Mijn vrouw heeft drie echte kinderen gedragen, gebaard en gezoogd in de helft van de tijd dat ik dit lichaamsvreemde broedsel al in me draag. Het is de hoogste tijd voor de uitdrijving. Dit waar gebeurde verhaal, idioter dan ik zelf ooit had kunnen verzinnen, heeft me lang genoeg gegijzeld.

'Ik vraag het je, Ferdi. Alsjeblieft, doe het niet. Laat ome Theo met rust.'

In de laatste minuten voor de landing op de internationale luchthaven van Perth, aan de zuidelijke westkust van Australië, spookt het door mijn hoofd. Het korte, maar moeizame telefoongesprek met tante Margaretha, een jongere zus van Nonk Theo. Een jaar geleden belde ze me. Met een klemmend beroep om af te zien van mijn queeste.

'Het is ónze broer. We hebben er al zo veel pijn van gehad. Laat het verleden rusten.'

Het was haar reactie op een brief van mij aan een aantal nog levende broers en zussen van Nonk Theo. Of ze mee wilden werken aan mijn zoektocht naar de sporen van hun overleden broer Down Under. Met herinneringen aan de Theo uit hun jeugd. Liefst ook met brieven die hij hen vanuit Australië had geschreven, bijna drie decennia lang, vanaf de andere kant van de aardkloot. Zoals ik die ook van mijn vader had gekregen. Bijna allemaal weigerden ze. Behalve de tweelingbroer van Nonk Theo. Maar zijn hulp was slechts summier.

Het was een moeizaam gesprek, een paar maanden geleden bij hem thuis. Zijn huis staat in dezelfde straat als de fraaie, grote mijnbeambtenwoning waar in de decennia rond de Tweede Wereldoorlog het gezin Schrooten opgroeide. In zijn achtertuin, in een waterig voorjaarszonnetje, diste de tweelingoom wat onschuldige anekdotes op. Over hoe hij en Nonk Theo als tieners graag gingen vissen. Dat ze thuis twee varkens hadden voor de slacht en hoe de slager aan huis kwam om elk jaar, tegen de winter, de grootste van de twee met een pin door de kop het licht uit de ogen te slaan.

Later volgden nog wat handgeschreven brieven met schetsen. Op geel papier gaf de tweelingbroer zakelijk antwoord op vragen over het werken in de mijn, zoals hij en Nonk Theo dat hadden geleerd tijdens hun opleiding op de mijn en later op de mijnschool, en zoals ze dat in de praktijk brachten in de Zuid-Limburgse steenkolenmijnen. Een zwaar en gevaarlijk beroep, honderden meters onder de grond, met zo kort na de oorlog amper perspectief op ander werk. Het belang van de koempel legde het altijd af tegen de grootmachten van de heilige drie-eenheid, de mijn, de kerk en de staat die wel wisten wat goed was voor de koempel: een leven van noeste arbeid, in lijdzaamheid en gehoorzaamheid.

Noadinke mosse euverloate aan ee peerd, dat hat unne groëtere kop, was het devies. Nadenken moet je overlaten aan een paard: dat heeft een grotere kop.

Beklemmend moeten ze zijn geweest, die jaren van wederopbouw in de Oostelijke Mijnstreek. Zeker voor iemand die dromen had, die van zijn leven meer wilde maken dan een invuloefening. Voor een rebel als Nonk Theo was in het kolenland weinig meer verzet mogelijk dan het negeren van de wekelijkse zondagsmis. Terwijl de rest van de mijnwerkersgemeenschap zich in de Corneliuskerk onderwierp aan Gods liefde, zat Nonk Theo op zijn vrije dag des Heere liever samen met een paar andere afvalligen even verderop in de kroeg, aan het bier, te kaarten om geld.

In de achtertuin van de tweelingoom vroeg ik door naar de rebel in Nonk Theo. Het gesprek viel prompt dood. Geen woord meer over de dode oom, enkel wat schouderophalen. Na wat gevloek over de reigers en katten die alle goudwinden uit zijn vijver hadden geroofd, stak de tweelingbroer nog zijn gebruikelijke tirade af, over de graaiers aan de top en de onbetrouwbare politici. Maar niks meer over zijn broer. Oma prentte het al haar kinderen vroeger al in: over thuis praat je niet. En als ze toch iets vragen, dan zeg je 'weet ik niet'. Oma is al bijna twintig jaar dood, maar haar lessen galmen nog na. Ook al was ik familie, ik was te dichtbij gekomen.

Onder het flauwe lampje boven mijn vliegtuigstoel blader ik door wat aantekeningen van het gesprek met de tweelingoom. Hij zat op een schat aan informatie. In de loop der jaren had hij een stapel brieven ontvangen uit Australië, waarin Nonk Theo vertelde over zijn avonturen. Als mijnwerker in goud-, lood-, zilver- en uraniummijnen. De eindeloze reizen, per trein door de Nullarborwoestijn in het zuiden van Australië, of per auto door de Outback, als lifter achter in een pick-up. Over het jagen op kangoeroes, het gevaar van gifslangen en wilde dingo's in de *bush*, het geploeter in zijn eigen goudmijn aan de oostkust van Queensland, waar hij uiteindelijk stierf, berooid en gebroken, veel te jong.

De zon brak door in de achtertuin, er kwam limonade met een cake op tafel, de tweelingbroer liet zich zowaar wat meer achterover zakken in zijn klapstoel. Ik waagde de gok. De brieven zelf, of ik die misschien mocht hebben? Of op zijn minst inzien? Hij stootte slechts een arrogant snufje uit. Hij keek me niet eens aan. Een paar plaatsnamen, haltes in het Australische leven van zijn broer, die kreeg ik nog mee. En die ene, zo sprekende foto, van een gehavende Nonk Theo op Mount Britton. De laatste plaats van betekenis in zijn leven. Die plek in het tropische deel van Queensland, waar van alles moet zijn gebeurd, zal ik pas aan het einde van mijn trip Down Under bezoeken.

Buiten nadert schaarse verlichting. In 1962 deed de 'City of Lights' alle verlichting aan om astronaut John Glenn te laten weten dat hij met zijn ruimteschip Mercury over een van de meest geïsoleerde steden ter wereld vloog. Nonk Theo landde hier acht jaar eerder, in april 1954, compleet anoniem, na een reis van een dag of zes, vol tussenstops, met een propellervliegtuig van de KLM. Hij was in kostuum, een knappe vent, de haren met Brylcreem strak achterover gekamd.

Een wereld van verschil met die kleurenfoto van hem op Mount Britton, pakweg een kwart eeuw later. Die late Nonk Theo heb ik uitvergroot tot A4-formaat, gelamineerd in transparant plastic en op mijn harmonicamap vol aantekeningen en documentatie geplakt. Die neus, de afhangende schouders. Grote, ronde ogen in diepe kassen. Een echte Schrooten.

Maar diezelfde Nonk Theo is ook een mij onbekende, schriele werkman. Gekleed in nette beige pantalon en groen geruit houthakkershemd, een witte bouwhelm op het hoofd, staat hij voor een bebost nergens. Zijn grijze, vlassige geitensikje op de kin, à la ZZ Top, intrigeert me. Bijna vijftig moet hij daar zijn geweest, luttele jaren voor zijn dood. De tol van zijn Australische bestaan was hem overduidelijk af te zien.

De relaxte en optimistische atmosfeer van *downtown* Perth botst met mijn gemoedstoestand. Ik heb geen tijd te verliezen. Hier, nu, moet het gebeuren. Toen Nonk Theo hier voet aan land zette, had West-Australië zijn eerste grote *gold rushes* alweer decennia achter de rug. Het was ook niet zozeer de rijkdom van Australië die emigranten als mijn oom naar hier lokten, als wel de afkeer van de ellende en armoede thuis.

Tien miljoen inwoners telde Nederland in 1954, tegen ruim zestien miljoen nu. Toch was de bevolkingsdruk destijds enorm. De Tweede Wereldoorlog had diepe wonden geslagen, zowel psychisch als economisch. Er was woningnood, werkloosheid. De Nederlandse regering gooide het op een akkoordje met landen als Australië, de Verenigde Staten en Canada. Daar was in de naoorlogse jaren werk te over, maar er heerste een tekort aan capabele arbeidskrachten. Jonge, gezonde emigranten uit landen als Nederland waren er meer dan welkom.

Nonk Theo was een van de vele duizenden jonge Nederlanders die de beknellende jaren van wederopbouw en het gebrek aan perspectief maar wat graag verruilden voor een overzees avontuur. Eerst probeerde hij weg te komen naar Canada. De bosbouwsector daar zat te springen om houthakkers. Samen met een vriend meldde hij zich aan. Om onduidelijke redenen ging alleen voor de vriend, Toni Hakze, het licht op groen. Zijn achternaam zal de doorslag hebben gegeven. Mijn oom richtte vervolgens zijn vizier op Australië. Daar was de geschoolde en ervaren mijnwerker wel van harte welkom.

Dolend van koffietent naar koffietent, strijk ik uiteindelijk neer in een Belgisch biercafé. Nippend aan een Leffe Blond probeer ik de spanning van me af te laten glijden, en na een paar biertjes te veel besluit ik om op mijn gemak te beginnen met wat omtrekkende bewegingen. Pas over een paar dagen trek ik, net als Nonk Theo, diep de Outback in. Tot dan kan ik maar beter zinnig mijn tijd verdoen als toerist.

Mijn bezoek aan het Western Australian Museum werkt allerminst geruststellend. Ik vergaap me aan een duizelingwekkende collectie vlinders, buideldieren, hagedissen, spinnen, schorpioenen en slangen, de een nog indrukwekkender dan de ander. Opgerold als een dik stuk trekdrop ligt een opgezet serpent op een nest eieren. Een python, een van de vele dieren die Nonk Theo in brieven aan mijn vader beschreef.

'Ze kunnen meer dan zeven meter lang worden, zijn niet giftig, maar kunnen wel je ribbenkast kraken,' schreef hij op 28 januari 1968 vanuit Mount Britton, duizenden kilometers verderop in het noordoosten van Australië.

Vol ontzag struin ik op de afdeling bodemschatten langs edelmetalen en mineralen, het ene brokje nog fraaier dan het andere. Van de meeste ertsen en steensoorten heb ik nog nooit gehoord. Mijn oog valt op een donkerblauwe vitrine met daarin een uit de kluiten gewassen scherf. Zijn ontdekker zag er in 1931 een adelaar in. Nog steeds is de *Golden Eagle* de grootste goudklomp ooit gevonden in West-Australië. Dik 35 kilo. Ofwel, tegen de huidige goudprijs, meer dan een half miljoen euro. Genoeg om spontaan goudkoorts van te krijgen.

Goudkoorts. Daags erop proef ik het woord herhaaldelijk op mijn tong als ik mijn eerste kilometers rijd in een fonkelnieuwe huurauto. Ik hunker naar een echt spoor van Nonk Theo, liefst 24-karaats. Ik vestig mijn hoop op een bestemming aan de andere kant van de Swan River.

De plaatselijke dependance van de National Archives is gehuisvest in een kleine laagbouw, die van buiten eerder doet denken aan een dorps basisschooltje. De paar bezoekers binnen zijn stuk voor stuk grijs, gerimpeld en slecht ter been. In dit emigrantenland is stamboomonderzoek rap op weg de nationale hobby te worden. Traag maar gestaag ploegen de amateurgenealogen door bergen oud papier en decennia aan oude kranten op microfiche, op zoek naar sporen van hun voorouders.

Mijn vingers roffelen op de grote leestafel. De dame aan de balie is verdwenen met mijn zoekopdracht: Theodor Luzian Schrooten, geboren 27 januari 1930 te Heerlerheide, aangekomen in Perth, april 1954. Een eeuwigheid verstrijkt. Ik pak willekeurig historische naslagwerken, maar leg ze steeds weer terug voor ik er goed en wel iets in gelezen heb.

'Mr. Schjroetun?' zegt de bibliothecaresse, me wenkend van achter de balie.

Ze houdt een teleurstellend dun mapje omhoog. Mijn hand trilt evengoed als ik het in ontvangst neem. Plechtig sla ik het mapje open. Ik voel aan mijn wenkbrauwen hoe mijn ogen zich opensperren. Daar, op vergeeld papier, staart hij me aan. De gekartelde pasfoto, met twee nietjes in de rechterbovenhoek van het document bevestigd, oogt als van een maffioso. Een jongeman, bloedserieus, de haren met vet achterover gekamd, glad geschoren, in pak, met stropdas. Over zijn rechterschouder loopt een deel van een rond stempel: Emigratiedienst 's-Gravenhage. Ik moet gaan zitten.

Het medisch rapport is kort voor vertrek, op 8 maart 1954, opgesteld door dokter Fijen, huisarts te Heerlerheide. Die heeft Nonk Theo binnenstebuiten gekeerd. Hart, longen, zenuwstelsel, mentale conditie en intelligentie, huid, gezichtsvermogen, tanden. Allemaal normaal. Geen eiwit of suiker in het bloed. In herkenbaar handschrift, net zo strak en priegelig als dat van mijn vader, verklaart mijn oom dat er in de familie geen gevallen bekend zijn van geestelijke stoornissen, stuipen, epilepsie en tuberculose en dat hij zelfs nooit enige ziekte of operatie heeft gehad. Het is duidelijk: je moest in perfecte conditie zijn, wilde je in 1954 in aanmerking komen voor vertrek 'onder auspiciën van de Australisch-Nederlandsche Emigratie Overeenkomst', zoals het stuk vermeldt. Eén smet op je medisch dossier en je Australische droom bleef precies dat.

Na het medisch onderzoek hield niets mijn oom meer tegen op weg naar Australië. Al blijft de trip erheen een raadsel. Het overgrote deel van de Nederlandse emigranten maakte in de jaren vijftig de reis van hun leven per oceaanstomer. Een maand duurde die oversteek naar de andere kant van de wereld. Zo niet Theo Schrooten. Met KLM-vlucht PH-DBL, lees ik, vertrok hij vanuit Amsterdam naar Perth. Uit een rol microfiches vis ik de passagierslijst. Voor het eerst weet ik de exacte dag van aankomst: woensdag 28 april 1954. Zo'n vliegreis kostte toentertijd rond de 2500 gulden voor een enkeltje. Naar koopkracht van nu omgerekend zou dat zo'n 7500 euro zijn. Nonk Theo heeft een deel van het ticket waarschijnlijk betaald van de spaarrekening die mijn opa op zijn naam had geopend op de mijn. Het saldo, volgens mijn pa een paar honderd gulden, was helemaal niet bestemd voor Nonk Theo. In het 'Groote Plan' van mijn opa, stamvader van een gezin van uiteindelijk zestien kinderen, was Theo immers slechts een van de zwoegers. Een *sjoefter* die te licht bevonden was voor een studie aan een universiteit, of het priesterschap, maar die wel goed genoeg was om dat mogelijk te maken voor anderen. Het saldo op Nonk Theo's spaarrekening had mijn opa al lang gereserveerd voor de priesterwijding van een oudere broer, die later missionaris zou worden in Malawi, Afrika. Het neomistenfeest moest een mijlpaal worden in de familiehistorie, compleet met een dagen durend feest.

Ik weet niet of Nonk Theo zich schuldig heeft gevoeld toen hij zijn spaarrekening plunderde en zo in één klap het wijdingsfeest van zijn oudere broer op losse schroeven zette. Het was immers zijn geld, hij had zich daar jaren ondergronds voor afgebeuld, eerst op de Oranje Nassau III – achterom bij het ouderlijk huis te Heerlerheide – en daarna op de ON IV, een paar kilometer verderop, in de wijk Heksenberg.

Waar hij de rest van het geld voor het vliegticket heeft losgepeuterd? Geen idee. Maar het is een mooi beeld: sjoefter Theodor Luzian Schrooten, net aangekomen per exclusieve KLM-vlucht, die strak in 't pak de vliegtuigtrap af daalt, klaar voor zijn nieuwe toekomst Down Under.

Na de koelte van het archief slaat de warmte buiten op me neer als een deken. Het is vroeg in de middag. De vogeltjes fluiten. Ik voel me sterk, energiek. In het doolhof dat Perth de afgelopen dagen was, heb ik hier toch opeens een klein goudadertje gevonden. Een miniem oppeppertje, nu de desolate Outback wacht. Een nieuwe missie, met vooralsnog amper aanknopingspunten. Maar mijn lijf tintelt.

Naarmate ik verder landinwaarts rijd, verdroogt de omgeving in rap tempo. De frisgroene Swan Valley, met zijn verlokkelijke wijngaarden, maakt plaats voor steeds lager, stroef en stekelig struikgewas. De kofferbak ligt vol met jerrycans water, pakken crackers en blikvoer. Ik ben geen Aboriginal die dagen kan overleven op wat druppels ochtenddauw en een schaarse slang of hagedis. Ik weet niet eens welk van deze gluiperds eetbaar zijn. Van de top tien van 's werelds giftigste slangen leven er zeven in Australië. Om nog maar te zwijgen over 's lands dodelijke schorpioenen en spinnen.

Het is hier eten of gegeten worden, besef ik tijdens mijn lunch bij het tankstation van Paynes Find, zo'n 430 kilometer ten noordoosten van Perth. In 1930 was dit nog een welvarend stadje, residu van de gold rush twee decennia eerder. Nu bestaat Paynes Find enkel als tankstop, vooral voor truckers en hun enorme *roadtrains*. De vrachtwagencombinaties met soms wel vier aanhangers transporteren erts uit de ijzer-, nikkel- en goudmijnen diep in de Outback naar overslagstations aan de kust.

Of ik even wil ervaren hoe het voelt om zo'n monster op gang te laten komen, vraagt een van de bonkige truckers, bestuurder van een asfalttrein met tig ton aan nikkelerts. Via een trapje klimt hij de gekoelde cabine in. Op de bijrijderstoel gaat een laptop open. Even denk ik dat hij zijn mail checkt. Maar dan floepen er allerlei koersen en statistieken voorbij.

'Tja, je hoort weleens wat van de jongens op de mijn, hè,' zegt de trucker, een vroege vijftiger. 'Hoeveel erts ze hebben gewonnen, of ze nieuwe aders hebben aangeslagen. Informatie die je niet of pas later op tv ziet of in de krant leest.'

De aandelenhandel is inmiddels zijn hoofdinkomen. Al een paar ton heeft hij op de bank staan, begrijp ik uit zijn ontwijkende antwoorden.

'Laten we zeggen dat ik mijn baan als trucker erbij doe,' zegt hij met een knipoog, om vervolgens te wijzen op de sleutel in het contact.

'Nou, wat denk je ervan?'

Het asfalt trilt als de motor begint te ronken. Mijn handen jeuken om dit monster in beweging te krijgen, maar elke centimeter stoer rijgenot valt mijlenver buiten de dekking van mijn verzekering. Ik voel me een mietje, een *wannabe* pionier, als ik een paar minuten later moet toezien hoe het monster ontwaakt en zich in een wolk van stof de weg op sleurt, om de paar meter zuchtend bij weer een hogere versnelling.

De Great Northern Highway is één uitgestrekt kangoeroekerkhof, duizenden kilometers lang. Vooral 's nachts slaan de roadtrains toe. Je hoort ze van verre aan komen denderen. Maar in het schijnsel van de koplampen verstijven de kangoeroes stokstaartstijf, tot de fatale klap. Ik ben gestopt met lijken tellen. Het zijn er honderden. Van een kleintje bewaar ik de witte schedel, als souvenir.

Nonk Theo moet in zijn bijna dertig jaar Down Under heel wat typisch Australische dieren hebben 'gekilld'. Daar begon hij al mee kort na aankomst in zijn nieuwe thuisland, blijkt uit zijn eerste brief aan mijn vader, op 8 augustus 1954 verzonden vanuit Gwalia, een Outback-plaatsje dat ik over enkele dagen zal bereiken.

'Wat de jacht op kangoeroes en struisvogels betreft, wij hebben er alleen een paar geschoten voor het vlees. Het smaakt niet slecht. Kangoeroes dan, struisvogels zijn niet te eten,' schrijft hij.

Hij legt uit dat er te veel 'gelei' aan struisvogels zit. Hij zal emoes bedoelen, de Australische tak van de loopvogelfamilie. Vet dus. Net als onder in de potjes hoofdkaas, die oma thuis op de Rennemig in Heerlerheide altijd kookte van de kop, staart en oren van de huisvarkens.

'De struisvogelkoppen dienen als bewijsstuk dat je ze geschoten hebt,' schrijft Nonk Theo, die er niet bij zegt hoeveel dollar bonus de regering in die jaren per kop gaf. Maar het moet hebben geloond, en anders was het in de desolate Outback nog altijd een aardig tijdverdrijf, zo maak ik op uit de brief.

''s Nachts kunnen ze het beste gevangen worden. Meestal doen we het met lichtbakens, net als met konijnen.'

Verblinding dus, zoals bij de roadtrains.

'Overdag drijven we ze in een hoek van een afrastering en knallen we ze een voor een neer.'

Met het vallen van de avond ontkom ik er niet aan de nacht door te brengen in Mount Magnet, een van de weinige mijnwerkersplaatsen op de route die nog enigszins tekenen van leven vertonen. Niet veel verder ligt Hill 50, een '*open cut mine*'. De dagbouwmijn is een enorme krater die, zolang de aarde nog goud prijsgeeft, steeds verder wordt uitgegraven. Een paar mijnwerkers van Hill 50 hebben zich deze avond verzameld in de kroeg van Mount Magnet. Ik ben een nietige sprinkhaan tussen deze bonken, met hun gegroefde koppen en knuisten met zwart gerande nagels. Plichtmatig werk ik mijn avondeten naar binnen, een veel te grote steak met friet en sufgekookte groenten.

De volgende dag peins ik, voortrijdend over de Great Northern Highway, over het mijnwerkerschap. Nimmer heb ik ondergronds ook maar één mud kolen gedolven. Ik heb poezelige schrijvershandjes. Toch heb ik me altijd een halve koempel gevoeld. Mijn opa, geboren in Duitsland, heeft een halve eeuw 'op de koel', de mijn, gewerkt. Eerst als jongen van veertien in Bochum, de stad in het Ruhrgebied waar Opel tegenwoordig zijn Astra's en Zafira's produceert. Daarna in diverse andere Duitse mijnen, tot hij in 1920 in dienst kwam van de Oranje Nassaumijnen in Zuid-Limburg, die daar nog steeds bekendstaan als de ON I tot en met IV. Diverse zonen volgden opa's voorbeeld. Ook mijn vader heeft nog een paar jaar ondergronds gewerkt. Tot de mijnsluiting in de jaren zeventig, Limburgs 'Grote Trauma'.

Het moet een van mijn vroegste herinneringen zijn, de val van de Lange Jan. De 135 meter lange schoorsteen van de ON I bepaalde jarenlang, samen met de kortere zusterschoorsteen Lange Lies, de skyline van de stad. Als jochie van drieënhalf zit ik in korte broek op mijn vaders linkerarm. Met zijn rechterarm filmt hij met een 8mm-camera hoe de Lange Jan, als laatste daad van verzet tegen zijn ontmanteling, de verkeerde kant op valt. Een leegstaand kantoorgebouw wordt verpletterd en enkele woonhuizen raken beschadigd. Een hoogspanningsleiding sneuvelt. Een groot deel van Heerlen zit prompt zonder stroom.

Het was allemaal onderdeel van die grote historische wanprestatie, 'Van Zwart Naar Groen'. Alles wat aan de mijnen deed denken, moest na de sluiting onder een groen kleed worden geveegd. Alsof het een schande was dat honderdduizenden mijnwerkers jarenlang ondergronds hadden gebuffeld voor het zwarte goud, bron van 's lands energie. Het heeft in mijn beleving altijd iets heroïsch gehad, die mijnwerkerstijd. Duizenden mannen, honderden meters diep onder de grond, die met explosieven de kolenlagen wegblazen, en altijd het gevaar van een ontploffing door mijngas, verdrinking door mijnwater of instorting van een mijngang. Door de sluiting van de mijnen moest een trots volk van harde werkers die altijd voor zichzelf hadden gezorgd, opeens het handje ophouden. Natuurlijk, de mijnen moesten dicht. Door goedkope Amerikaanse kolen en de vondst van goedkoop aardgas in Groningen was de winning van steenkool in Limburg niet langer economisch rendabel. Maar het trauma was zeker minder groot geweest als de ex-koempels ook na de mijnsluiting nog met trots hadden kunnen laten zien waar ze hun zwarte goud hadden gedolven.

Het doet nog steeds pijn als ik per trein het station van Heerlen binnen rijd en daar het schacht- en ophaalgebouw zie van de ON I, waarin tegenwoordig het Nederlands Mijnmuseum is gevestigd. Het is een van de weinige markante mijngebouwen die behouden zijn gebleven. Eronder staat een netwerk van kilometers aan mijnschachten al jaren onder water. Wie iets van het ondergrondse gevoel wil krijgen, moet voor een rondleiding naar een voormalige Belgische steenkolenmijn of naar het nabijgelegen Valkenburg, waar goed bedoeld maar kneuterig, een ondergrondse mijn is nagemaakt, in mergelsteen nota bene.

Nonk Theo zat alweer twee decennia in Australië toen eind 1974 de laatste steenkolenmijn in Zuid-Limburg sloot. Terwijl zijn oude vrienden en collega's in Heerlen met de ziel onder de arm liepen, kon mijn oom Down Under nog jaren vooruit met de in Limburg opgedane kennis en kunde als koempel. Bijna een kwart eeuw na zijn dood is de mijnbouw in Australië nog steeds *booming*. Sterker nog, het is een van de belangrijkste pijlers onder de welvaart van een land dat de eerste Nederlandse ontdekkers niet de moeite waard achtten.

De laatste keer dat ik zulke nette kleren aan had als nu, was op mijn communie, drie jaar geleden, in 1981. Ik droeg een spencer op een stoere broek met ritszakken, een kaki-beige-bruin ensemble dat mijn moeder zelf had genaaid. Nu heb ik een groene trui aan op een blauwe ribbroek, de enige combi in mijn klerenkast die net en donker oogt. Het is stil in onze Sunbeam, de metalic gifgroene Chrysler die me op school exceptioneler maakt dan kinderen van vaders die een Mercedes of BMW rijden. Zoals altijd moet ik in het midden, op de achterbank, tussen mijn oudere zus en broer in. Pap staart voor zich uit, achter het stuur. Hij draagt een donkerblauw pak, met stropdas. Dat doet hij alleen als het moet. De rok van mams mantelpakje valt netjes tot over de knieën. Ook al donkerblauw. De motor bromt. De auto stinkt naar shag. Drum, halfzwaar. Pap heeft zijn peuk al minuten geleden gedoofd, maar het stompje plakt nog op zijn onderlip, een smerige gewoonte die hij deelt met een paar van zijn vele broers.

Wat een rare plek, is al wat ik denk als ik de kapel binnenstap van de verpleegkliniek. Deze nis, zonder daglicht, doet in de verste verte niet denken aan een kerkgebouw. Er passen eigenlijk maar vijftien mensen in, veel minder dan de aanwezige gasten vandaag. Daarom zijn de schuifdeuren naar het naastgelegen restaurant opengetrokken. Achter de tien donkere eikenhouten bidstoeltjes zijn een paar rijen stoelen uit het restaurant bijgezet. Het oogt rommelig en net zo onbestemd als mijn reden om hier vandaag te zijn.

'Allemaal bijeengeraapte zooi,' hoor ik mijn vader murmelen tegen een oudere zus, die hij een paar kussen geeft en condoleert. Hij heeft gelijk. Het natuurstenen altaar, grijs als leisteen, is veel te groot voor de kleine nis. Het kruis met Christusbeeld is veel te klein voor de wand achter het altaar. Deze ruimte is bij de bouw ook helemaal niet bedacht als kapel, hoor ik een oom fluisteren. Dit is wat ze er met wat kunst- en vliegwerk nog van hebben weten te maken.

Nog nooit heb ik zo veel familie van paps kant bij elkaar gezien. In hun gezinstaaltje, een *mischmasch* van Heerlens dialect en Duits, doorspekt met het naar bevestiging zoekende stopwoordje 'nèh', wisselen ze met gedempte stem beleefdheden uit. Nu en dan krijg ik een knipoog of aai over mijn bol van een vreemde mannenhand, of een kneep in mijn wang van een stel vrouwenvingers. Ik ben de jongste van alle neven en nichten. De meesten van hen ken ik niet. Ze zijn al net zo stijfjes gekleed als ik en verroeren zich zo mogelijk nog minder. Het rubber van mijn sandalen piept op het linoleum. De vloer is zo stug dat ik mijn voeten er niet heen en weer over kan bewegen. Als ik het nog eens probeer en gepiep klinkt, stoot mijn moeder me aan.

Voor mijn gevoel zitten we al een eindigheid te staren naar het altaar als zachte orgelmuziek aanzwelt. Keelgeschraap. Alle aanwezigen richten hun blik naar de pompeuze stenen tafel, waarop bloemen staan rond foto's van een man die ik nog nooit heb gezien. Een jonge kerel, in zwart-wit, en een kleurenfoto van een vent met baard en bouwvakkershelm. Een grote man, zongebruind, wel doorvoed, beklimt het podium en neemt plaats achter het altaar. Hij draagt een priestergewaad, dat wijd over zijn forse lijf valt. Hij heeft dezelfde grote, ronde ogen als veel van de gasten in de zaal. En als de man op de foto's.

De priester, missionaris bij de Montfortanen in Malawi, heet ons allen welkom. Mijn blik dwaalt af naar het kleine vrouwtje helemaal vooraan. Het knotje op haar hoofd is bedekt met een zwart doekje. Ragfijne, hagelwitte sliertjes wurmen zich bij de slapen en in de nek onder het doekje uit. Het lijfje oogt gekrompen en kromgetrokken, met handen van perkament. Al zo vaak hebben de kromme heksenvingers me een slagroomtruffel aangereikt. Ik hoef mijn ogen maar dicht te doen en ik proef de boterzachte room, in een huid van knapperige chocola, bepoederd met cacao. Het is altijd een verplicht nummer geweest, op bezoek gaan bij oma. Want ze hoort al jaren niet meer goed, is in de war en ligt altijd in bed. Maar die truffels maakten elk bezoek meer dan de moeite waard.

Nu zit oma stil te huilen. Haar bochel schudt. Op de plek voor het altaar had een kist moeten staan. Maar het lichaam van de verloren zoon is maanden geleden al aan de andere kant van de wereld de grond in gegaan. Zonder dat daar iemand van de familie bij was. Dat heb ik weer. Mijn eerste uitvaart en er is niet eens een lijk in een kist. Ik kijk naar mijn sandalen. Als ik mijn vader mag geloven, ligt de kist mét oom Theo zowat recht onder me, aan de andere kant van de wereld.

Het doodsbericht kwam pas een paar weken geleden. Ik heb hem nooit gekend, deze oom. Of 'Nonk Theo', zoals ik hem noem in navolging van de vrouw van zijn tweelingbroer. Bij ons thuis zeggen we nooit 'Nonk' tegen een oom. Gewoon, ome Toon, of ome Horst. Maar deze onbekende oom is anders. Dit is Nonk Theo.

Ik spits mijn oren als mijn oom, de missionaris, begint te praten over die rebel, pionier, avonturier. De broer, de zoon die wegging en nooit meer terugkwam. De telg uit een groot mijnwerkersgezin in de Oostelijke Mijnstreek, waar het huis altijd vol zat, met een vader die er altijd tiptop uitzag als hij geen *schicht* ofwel dienst had op de mijn. En met een moeder die altijd aan het zorgen was, van 's ochtends vroeg tot 's avonds laat. Wassen, koken, schoonmaken, kinderen verzorgen. En al naar gelang het seizoen groenten wecken of vlees inmaken van een van de twee slachtvarkens, die hun dagen sleten in een hok achter in de grote tuin. Ik vang namen op van plaatsen waar ik nog nooit van heb gehoord. Hier en daar beginnen vrouwen te snikken. Zonder geluid te maken probeer ik Perth uit te spreken, met de th tussen mijn tanden. Het blijft klinken als Perf. Ik fantaseer over de Outback, met zijn donkere inwoners die zo anders zijn dan de negers in Afrika. En over goud, dat op zo veel plekken in Australië te vinden is en waar ook Nonk Theo in zijn dertig jaar daar aldoor jacht op heeft gemaakt.

'Mackay... Mount Britton...' prevel ik zachtjes, als ik hoor over de goudmijn van Nonk Theo. In de bush. *Boesj... boesj*. Hoe vaker ik het uitspreek, hoe magischer het klinkt.

Zo veel stoerder dan een vader die als enige in de wijde omtrek rondrijdt in een Sunbeam. Australië. Als we daar toch eens naartoe hadden gekund op vakantie, in plaats van naar tante Noor en oom David in Engeland. De wilde paarden van New Forrest, al het wapentuig in de Tower en de Egyptische mummies in het British Museum, ik vond het allemaal even geweldig. Maar ik zou al mijn vakanties en uitstapjes tot nu toe blind inruilen voor een logeerpartij bij Nonk Theo, bij zijn goudmijn.

Terwijl mijn oom de missionaris verder vertelt, begin ik me af te vragen waarom ik nooit echt geweten heb van Nonk Theo. Als je door paps fotoboeken bladerde, was hij een van zijn vele broers en zussen met wie hij thuis is opgegroeid. Een mannetje in zwart-wit. Meer niet. Niks over

Nonk Theo later, als volwassene. Er werd ook nimmer over hem gepraat tijdens visites, of op feestjes, met andere familieleden. Althans, niet in mijn bijzijn. En nu is hij dood.

'Laat ons bidden,' zegt de priester-oom, terwijl hij zijn handen vouwt voor wat lijkt op de laatste gebeden.

Het Onze Vader klinkt, het weesgegroet. Ik kijk om me heen wie mee bidt. Nagenoeg iedereen, behalve ik. Mijn blik blijft hangen bij mijn vader, die naast me zit. Zijn wang is nat van een paar tranen. Hij kijkt me even aan, zijn ogen rood en vochtig. Ik heb mijn vader nog nooit zien huilen.

In het restaurant van de verpleegkliniek is het na de dienst gedempt rumoerig. Ooms en tantes maken druk afspraken over wie met wie meerijdt naar een andere plek, waar nog een koffietafel wacht. Mijn eerste. Terwijl iedereen zijn jas aantrekt, klinkt achter me een broze, schelle vrouwenstem. Het is oma. Als een spichtig vogeltje schreit ze een lied.

Auf Wiedersehn, auf Wiedersehn,
Bleib nicht so lange fort
Denn ohne dich ist's halb so schön,
Darauf hast du mein Wort.

Tantes ontfermen zich over oma, maar ze blijft doorzingen, steeds harder. Ik versta feilloos wat ze zegt; we kijken thuis meer Duitse tv dan Nederlandse. De krakende klanken, vermengd met gesnik, snijden dwars door me heen. Tot ziens, tot ziens, blijf niet zo lang weg. Want zonder jou is het half zo mooi, dat garandeer ik je.

Ik durf niet te bewegen. Ook niet als oma door twee tantes in een rolstoel wordt geholpen. Ze blijft zingen.

Auf Wiedersehn, auf Wiedersehn,
Das eine glaube mir:
Nachher wird es nochmal so schön,
Das Wiedersehn mit dir.

Oma's kromme, perkamenten handen houden krampachtig het bidprentje vast van haar zoon Theo, terwijl ze zingt over de belofte van een mooi weerzien in het hiernamaals. Als ze naar buiten wordt gereden, versterft haar schelle gezang. Mijn vader pakt me bij mijn schouder en dirigeert me naar buiten, naar onze Sunbeam.

Een heel dossier, over Nonk Theo! Niet hier, in Meekathara, het zoveelste niks aan de Great Norther Highway, maar in Mackay, duizenden kilometers oostwaarts aan de tropische kust van Queensland, waar mijn oom het gros van zijn Australische jaren heeft doorgebracht en waar hij uiteindelijk is gestorven en begraven. Verdomme, 23 jaar na zijn dood ligt daar dus nog een dossier met documenten die de familie nog nooit heeft gezien. Stukken waarvan geen van zijn broers of zussen zelfs wist dat ze bestonden.

In het Telecenter van Meekathara, waar inwoners en toeristen tegen betaling hun e-mail kunnen checken of surfen op het internet, zit ik gebiologeerd achter het scherm van mijn laptop. Ik kan mijn ogen niet geloven als ik door het mailtje scroll dat gisteren is verstuurd door de Public Trustee, de overheidsorganisatie die overlijdens afhandelt van eenzame en arme zielen. Ik heb de voorbije weken en maanden een waar bombardement aan e-mails verstuurd aan tal van instellingen en bedrijven, met een aankondiging van mijn komst en een verzoek om gegevens over Nonk Theo. Gemeenten, kranten, tv-zenders, mijnbouwbedrijven, overheidsarchieven. Als ze al reageerden, dan was de boodschap doorgaans ontnuchterend en mager. Dit bericht maakt alle teleurstelling in één keer ongedaan. Haast te mooi om waar te zijn, de belofte die dit mailtje wekt. Maar het staat er echt. Er wacht een schat, exclusief door mij in te zien als ik in Mackay met mijn paspoort mijn bloedband met 'de overledene' kan aantonen.

Alweer drie uur rijd ik over de stofweg die naar Ned's Creek zou moeten leiden. De grijze metallic lak van mijn bijna fonkelnieuwe Toyota Corolla is inmiddels bedekt met een laag rood stof. De auto trilt als een dolle over de ondergrond: grote en kleine puntige stukken rots. Ik bedenk dat ik hier van de autoverhuurder helemaal niet mag rijden en dat ik maar één reservewiel heb. Ik heb nog nooit in mijn eentje een band verwisseld. Waar zit de krik eigenlijk? Sinds ik de stofweg ben op gedraaid, niet ver na Meekathara, heb ik geen andere auto meer gezien. En ook geen bord of andere aanwijzing dat ik op de goede weg zit. Ik kijk op mijn mobieltje. Geen bereik. Wat maakt het uit? Alsof de wegenwacht hier zou komen. Ik heb mijn lading water en proviand achterin, houd ik me voor. Maar de airco op stand max kan niet voorkomen dat ik begin ik te zweten. Hardop herhaal ik de les die ik de afgelopen dagen al meermalen heb gehoord. Wat er ook gebeurt, als je auto het begeeft: blijf bij je voertuig. Want in deze onmetelijke vlakte verdwaal je gemakkelijk je dood tegemoet.

Als Nonk Theo dit nou toch eens zou zien. Hij zou lachen. Hoofdschudden. Zijn neefje uit Nederland, hier in de Outback. Wat een prutser.

Nog dertig kilometer, schat ik, met een blik op de kilometerteller. In plaats van dat ik er rustiger van word, bekruipt me een nog groter gevoel van onbehagen. Wat doe ik hier eigenlijk? Ik lijk wel gek. Ik zie de krantenberichten al voor me: 'Nederlandse toerist sneuvelt in Australische Outback' en: 'Pompbediende: "Ik had die jongen nog gewaarschuwd"'.

'Nep-avonturier,' bijt ik mezelf toe.

In een ooghoek zie ik nog net dat ik een afslag voorbij zoef. Ik trap hard op de rem en zet de auto in zijn achteruit. Als het stof is neergedwarreld, ontwaar ik aan de rand van de weg een golfplaten brievenbus, met in stalen letters erbovenop gelast NED'S CREEK. Mijn blijdschap duurt maar even. Met de vlakke hand sla ik mezelf hard in het gezicht.

'Verdomme. Opletten! Was je bijna weet ik waar beland, verdwaald, of erger!'

Ik draai de afslag op en druk het gaspedaal in. In de verte zie ik iets wat ik nog niet eerder heb gezien hier in de Outback: een klein bos van een paar hoge, groene bomen.

Waarom wil iemand hier wonen? Bij elk uur dat ik langer verblijf in Ned's Creek, een veestation met een gigantisch graasgebied eromheen, vraag ik het me meer af. De familie Hall bestiert dit runderbedrijf met opa, zoon, schoondochter, twee kleinzonen en een kleindochter het grootste deel van het jaar nagenoeg alleen. Wanneer het slachtvee verzameld moet worden, roept de familie hulp in. Dat is nodig ook. Het bedrijf beslaat 450.000 hectare, twee keer de provincie Limburg. Hier is dat niks bijzonders. Ken Hall, die hier al sinds 1946 boert, weet niet eens hoeveel runderen er op zijn land lopen.

'Mwah, drieduizend, maar misschien ook drieënhalf,' zegt de oude baas van 84, zittend op een krukje in de middagzon, voor de boerderij.

Zoals zo veel oudere Aussies draagt hij een grote hoed en een gitzwarte zonnebril, model duikbril, maar dan platter en met rechte hoeken. Als ik uitleg wat ik hier kom doen, kijkt hij me verwonderd aan. Voor zover ik dat tenminste kan afleiden uit de fronsen rond de immense zonnebril.

Een gesprek komt maar niet op gang. Ook niet als ik foto's laat zien van Nonk Theo in zijn jonge jaren. Van de pasfoto die ik bij de National Archives in Perth vond op zijn aankomstbewijs heb ik ansichtkaarten laten maken. Net als van de foto van mijn oom op Mount Britton, in de laatste jaren van zijn zichtbaar zware bestaan. Bij het zien van de jonge Theo Schrooten in zwart-wit schudt Ken het hoofd. 'Zegt me niks.'

De oude man staart voor zich uit. Secondenlang. Het voelt als minuten. Dan schraapt hij zijn keel. Met zijn blik gericht op het zand bij zijn voeten, begint hij over Ted Walsch, de eigenaar van de Thaduna kopermijn, die hier niet ver vandaan moet zijn. Een man of zeven, acht had Walsch voor zich werken. Vier van hen waren Italiaan. De mannen woonden in barakken bij de mijn.

'Ze hadden een koelkast op kerosine,' herinnert Hall zich. 'Die hebben ze met de trein hier naartoe laten komen.'

Met 'hier' bedoelt hij Wiluna, nog altijd 135 kilometer van Ned's Creek, een rit van vierenhalf uur. Heel begrijpelijk, als je voor een kopje koffie bij de buren honderd kilometer moet rijden.

Het was een zwaar leven, daar bij de Thaduna kopermijn, vertelt hij, de blik nog steeds op de voeten gericht. De schaarse verzetjes waren tripjes naar Wiluna. Dat gebeurde pas als de werkers zich zozeer hadden afgebeuld in de groeve dat Walsch weer met een volle vrachtwagen kopererts naar Wiluna kon. Daar was het dan feest. Het zuur verdiende geld was doorgaans al snel weer op.

'Drank, vrouwen?' vraag ik.

Er verschijnt een schalks glimlachje rond Halls mond.

Als ik begin te vertellen over de mijnwerkersopleiding van mijn oom en zijn ervaring ondergronds in de Limburgse steenkolenmijnen, knikt de oude veeboer.

'Grote kans dat die oom van jou vanuit Wiluna in de kopergroeve is beland. Als Walsch nieuwe mensen zocht, kon hij er altijd wel een paar oppikken in een van de kroegen van Wiluna. Als geschoold mijnwerker kon je oom waarschijnlijk overal zo aan de slag.'

Even later rijden Clyde – Kens zoon – en diens zoon Kenny me in een pick-up naar de groeve. Vanaf Ned's Creek kom je alleen bij de mijn met een jeep of terreinwagen, vierwiel aangedreven in elk geval. Elk ander voertuig loopt geheid vast in een van de vele diepe kuilen of drooggevallen beddingen.

Kleinzoon Kenny manoeuvreert de Suzuki-jeep zo handig door het landschap dat ik er zeeziek van word. En dan rijdt de tiener nog rustig vergeleken met de dagen waarop hij helpt het vee te verzamelen, zegt hij. Dan gaat een vliegtuigje de lucht in om te zien waar de kuddes zich bevinden. Jeepjes als die van Kenny stuiteren op aanwijzingen van boven door de woestenij om de runderen naar centrale plaatsen te drijven. Beesten die rijp zijn voor de slacht, worden gescheiden van de jonkies en de volwassen dieren waar te weinig vlees aan zit. Daarna gaat het slachtvee met honderden tegelijk de klaarstaande *roadtrain* in, met twee of drie dubbeldeks aanhangers, voor de laatste reis, de duizend kilometer naar het slachthuis in Perth.

Heel andere koek dan toen Nonk Theo hier was, in 1954, had opa Ken me net nog verteld. In die tijd moest hij zijn vee nog lopend wegbrengen. Getrainde honden hielpen de kuddes in bedwang te houden. Een maand duurde de tocht naar het treinstation van Meekathara. 's Nachts hielden de koeiendrijvers beurtelings de wacht, vanwege de jagende dingo's, giftige slangen en ander gevaar. Ik heb moeite om me voor te stellen dat dit iemands bestaan is, jaar in, jaar uit.

De Thaduna ligt er verlaten bij. Ondanks het hoge kopergehalte in de erts loont het niet om de mijn nieuw leven in te blazen. Waar eens de groeve was, ligt nu een meertje van opgeborreld grondwater, dat nog steeds te giftig is om in te zwemmen. Met dank aan de zware metalen die jarenlang zijn gebruikt bij de koperwinning. Her en der liggen ingezakte uitgravingen, bedekt met planken en verroeste golfplaten, de 'barakken' waar het gedurende de verzengende zomerhitte nog enigszins te harden moet zijn geweest. Hier en daar staan autowrakken. Dodges, minstens een halve eeuw oud. De verroeste hondenkoppen zijn al lang geleden door hun assen gezakt.

Ik beklim de kleine heuvel van mijnafval. Het uitzicht is troosteloos. Een paar grote omgevallen watertonnen, betonnen fundamenten van wat lijkt op een stalen schacht. Verroeste installaties, zo te zien voor een eerste verwerking van het kopererts, nadat het met explosieven los geblazen was. Boven op de afvalberg ligt er een hele hoop van. Groenige aders glimmen uitbundig in het felle zonlicht. Een soort kryptoniet, niet van deze wereld. Ik pak een van de fraaiste stukken en stop het in mijn zak. Een kleintje maar, voor mijn vader. Net als de rest van de familie had niemand – afgezien van brieven – een aandenken aan Nonk Theo toen hij in 1983 overleed. Behalve mijn oma dan. Zij had ooit een korrel goud gekregen van Nonk Theo, een speldenknop hooguit, geplakt onder een postzegel. Waar dat snippertje goud is gebleven? Geen idee.

Ik ben nimmer in beeld geweest bij Nonk Theo. Niet dat ik weet, althans. Hij feliciteerde mijn vader in brieven met de geboorte van mijn broer Richard, in 1967, en twee jaar later, met de komst van mijn zus Paulinka. Het was de laatste brief uit Australië aan pap, terwijl hij daarna nog bijna vijftien jaar heeft geleefd, die rare oom in Australië. Hij overleed toen ik nog met Lego speelde.

Het stuk kopererts in mijn broekzak is warm geworden. Een beetje klam zelfs, door het zweet van mijn verkrampte hand, waar de wenstrofee al minutenlang in zit vastgeklemd. Het kost me moeite afscheid te nemen van Thaduna. Met gesloten ogen raak ik ze aan, de autowrakken, het beton, de golfplaten, in een poging contact te maken met mijn dode oom. Alsof die meuk hier kan spreken, geheimen prijs kan geven, of toch op zijn minst signalen of aanwijzingen, hints voor het vervolg van mijn bizarre speurtocht.

Terwijl we in de 4x4 terug hobbelen naar de boerderij, vertelt Clive over zijn werk. De farmwoning moet binnenkort geverfd worden. Een van de windmolens die ergens op de dorre vlakte drinkwater voor het vee oppompt is stuk. Het boeit me geen reet. Ik voel me wee. Niet door het gehobbel in de jeep, door de zon op mijn kop. Het is de leegte die me kwelt. Die zuigt het leven uit je.

Ik blijf niet voor de lunch en stap nog voor het middaguur weer in de auto. In mijn achteruitkijkspiegel worden de bomen rond het erf van de Halls kleiner. Op de kortegolfradio klinkt krakende rock. Ik trek een zakje crackers open en pak een blikje cola, dat nog niet lang genoeg in de trek van de airco heeft gelegen. Ik ben een astronaut in de ruimte en ik stuur mijn sonde, rammelend en schuivend over de rode stofweg, dieper het grote niets in. De mobiele telefoon heeft nog steeds geen bereik. Uiteraard niet. Dit is de Apollo 13, ergens aan de achterkant van de maan.

Na twee weken spoorzoeken in Australië heb ik voor het eerst een plek bereikt die Nonk Theo vrij uitgebreid beschrijft in een van de vijftien brieven aan mijn vader. Het is dat Herbert Hoover, later de eenendertigste president van de Verenigde Staten, hier eind negentiende eeuw als jonge goudzoeker zijn kameel liet stoppen. Anders was Gwalia nooit een goudstadje van internationale allure geworden. De 23-jarige Hoover, in Amerika afgestudeerd in geologie en mijnbouw, was voor het Britse Berwick Moreing als consultant naar West-Australië getogen. Met de grote gold rush nog in volle gang had hij een simpele opdracht: beslag leggen op lucratieve mijnbouwgronden. Tijdens een van zijn eerste expedities stuitte Hoover op een bescheiden mijnproject dat al was geclaimd door een paar Welshmen. Vandaar ook de naam Gwalia, een oude poëtische term voor Wales. Het goudproject van de 'Sons of Gwalia' onderscheidde zich op het eerste oog niet van naburige armetierige goudmijntjes. Toch trok Hoover meteen de portemonnee. Voor 200.000 pond, toentertijd een enorm kapitaal, kocht hij de mijn, waar op dat moment honderdvijftig man ondergronds werkten vanuit een ruim zestig meter diepe schacht. Vijf miljoen ounces goud is hier sinds 'Hoover' naar boven gehaald. Tegen de huidige marktwaarde goed voor meer dan drie miljard Amerikaanse dollars.

Hoover moderniseerde de mijn in rap tempo, onder andere door de aanschaf van nieuwe machinerieen, zoals een grotere stoomlier voor het transport van mijnwerkers en de afvoer van tonnen erts. De werkers wist hij op onorthodoxe wijze tot hogere productie te prikkelen. De truc was nog steeds usance in de tijd dat Nonk Theo hier was, blijkt uit een brief die hij op 8 augustus 1954 vanuit Gwalia aan mijn vader schreef.

'Ik heb op het ogenblik een nieuwe vriend. Een Australiër van Deense afkomst. Er zijn hier drie of vier Nederlanders en een stuk of acht Duitsers, een Rus en voor de rest Spaghetti's. Zo worden de Italianen hier genoemd. Ze zijn gehaat in heel Australië, omdat ze overal de contracten kapot maken.'

In het mijnmuseum van Gwalia, naast het tot bed & breakfast omgetoverde Hoover House, vertelt museumdirecteur John Watson over de rol van de 'Spaghetti's', veelal afkomstig uit de granietmijnen van Noord-Italië.

'Australische mijnwerkers werkten hier op contracten. De Italianen doken onder die vaste tarieven. Ze deden het simpelweg voor minder.'

Een keiharde concurrentieslag was het gevolg.

'Je wilde het kost wat kost altijd beter doen dan de Italianen,' vertelt Watson, terwijl hij door het kleine museum sloft.

Hoewel paarden hier nog tot 1957 ondergronds vrachten erts naar boven torsten, zat Nonk Theo in 1954 toch al op een door perslucht aangedreven *bogger*, een klein soort graafmachine, met de laadbak er meteen achter.

'Ik heb een baantje op een Denver Gardner laadwagen gekregen, waarmee ik nogal geboft heb,' lees ik in Nonk Theo's brief uit Gwalia. 'Er zijn hier niet veel mijnwerkers die daarmee kunnen laden. Omdat je hier als je in een mijn werkt geen tijd krijgt om iets te leren. Maar ik kon dat al dus.'

Beulswerk was het hier ondergronds, in de jaren vijftig. GEVAAR, CYANIDE, staat er op een verroest waarschuwingsbord. Buiten op de muur hangt de *roll of honour*, een nogal eufemistische benaming voor een lijst vol leed. *Killed in action*, staat achter sommige namen, in het midden latend of ze zijn gesneuveld bij een explosie, of vermorzeld onder instortend gesteente. Ik speur naar mijn achternaam. Niks, ook niet in de lijsten van gewonden. Gelukkig maar. Hoewel, ergens zit het me niet lekker. Na twee weken Down Under hunker ik naar nieuwe sporen van mijn dode oom. Echte sporen. Want tot nu toe was het steeds hetzelfde verhaal. Cue, Big Bell, Meekathara, Wiluna: ooit bruisend door de mijnbouw, nu alleen nog een gouden verleden.

Een stadje als Big Bell piekte met 850 bewoners toen Nonk Theo het aandeed in 1954. Op 650 kilometer van Perth had Big Bell het ooit allemaal. Voetbal-, tennis- en golfclubs, drie kerken, een fraai hotel in art-decostijl, een danszaal waar het minstens eens per maand bal was, plus een openluchtcinema, waar in het aardeduister van de Outback na zonsondergang drie avonden per week de nieuwste films te zien waren. Big Bell had zelfs zijn eigen ziekenhuis en een zwembad van olympische afmetingen. Het leven moet er heerlijk zijn geweest. Nu oogt het plaatsje als getroffen door een orkaan: langs de straten, in dodelijk saai rasterpatroon, liggen alleen nog maar afgekloven bouwsels. In de ruïnes van het Big Bell Hotel, het bruisend uitgaanshart van wat ooit een parel in de woestijn was, heb ik een boodschap achtergelaten. Op een pilaar staat met zwarte viltstift: *FERDI WAS HERE (2007)* en *THEO TOO, PROBABLY (1954)*.

Het irriteert me dat ik hier in Gwalia teleurgesteld ben dat ik mijn ooms naam niet zie in de administratie van de ziekenboeg. Evenmin iets wat lijkt op 'Theodor Luzian Schrooten' in de kasboeken van de Commonwealth Bank en de National Bank. Zijn werk ondergronds moet te onbeduidend zijn geweest om zijn naam in de salarisadministratie op te nemen. Ik lijk wel op zoek naar een spook.

Bij de ingang van het museum staan twee oude mannen met elkaar te praten. Eric Omodei, met 81 jaar de oudste van de twee, werkte hier jarenlang als slijper van gereedschap. Bob Biggs, 71 jaar, was hier bijna twintig jaar lasser. Hij maakte onder andere de metalen karretjes waarmee de mijnwerkers over smalle rails in een hoek van 45 graden de mijn in gleden. Staand in een prikkend zonnetje halen de generatiegenoten van Nonk Theo herinneringen op aan Gwalia's gouden jaren. Over de dansfeesten die hier minstens tweewekelijks waren, en waar de vele vrijgezellen hun uiterste best deden aan de praat te raken met een van de schaarse jonge dames, die meestal werkten in een van de winkeltjes of als verpleegster in de ziekenboeg. Over het fraaie openluchtzwembad dat de mijn had aangelegd, en dat tevens diende als bluswaterreservoir in geval van brand ondergronds. Nonk Theo schreef erover. Dat het zwembad toen hij hier was, eind augustus 1954, in de Australische winter, niet open was. 'Ofschoon als het in Nederland zo warm was, het al lang open zou zijn.'

Mijn oom moest het doen met een van de vele andere activiteiten. Hij had al wat partijtjes gevoetbald, en hij kon in zijn vrije tijd ook volop kaarten.

Ik meng me in het gesprek van de oude mannen, citerend uit Nonk Theo's brief.

'Er was hier ook cricket, tennis, basketbal en fietsen,' vult Bob Biggs aan, vanaf begin jaren vijftig zelf een fervent wielrenner.

Twee, drie keer per jaar waren er wedstrijden, onder andere tegen teams uit Kalgoorlie, een plaats die ik nog ga bezoeken. Dan reden ze een paar keer heen en weer tussen Gwalia en Leonora, een paar kilometer verderop.

Verrek. Nonk Theo was ook een wielerfan. Hij had mijn vader, nota bene in zijn brief vanuit Gwalia, gevraagd een verslag te schrijven over de Tour de France 'omdat je daar hier niks van hoort'.

Terwijl Biggs door reutelt over wielerraces over stofwegen, zakt zijn stemgeluid langzaam weg, tot het doodstil is. Er steekt een bries op. Ik sluit mijn ogen tegen het opwaaiend zand. Als ik ze weer open, ontwaar ik in de verte een stofwolk. Ik zoom in en zie een klein dozijn jongemannen, fietsend, alsof hun leven ervan afhangt. De weg, of wat daarvoor doorgaat, buigt flauw naar me toe. De bezwete koppen zijn beplakt met rood stof. Konten gaan omhoog. Op de pedalen, de torso's gebogen over de kromme sturen, zwiepen fietsen en lijven amechtig heen en weer in een lange sprint naar de finish. Heel Gwalia is uitgelopen om de wielerhelden te onthalen. Gejuich steekt op als vanuit het peloton een van de helden demarreert. Het is een tengere kerel, de donkere haren strak achterover gekamd met Brylcreem of een ander haarvet. Net als hij zich definitief lijkt los te maken van zijn concurrenten, weet nog een andere wielrenner zich aan de groep te ontworstelen. Het is een beer van een vent. Zijn gespierde lijf is veel te groot voor het fietsje eronder. Met machtige pedaalslagen maalt de beer zich verder los van het peloton. De finish is in zicht, hooguit 250 meter nog. De beer kruipt dichterbij. En ook het peloton, dat met vereende krachten in een op volle toeren draaiend treintje is gaan rijden, steeds wisselend van locomotief, loopt gestaag in. Op honderd meter voor de streep lijkt het gedaan met de vluchtpoging van Brylcreem. Vanuit zijn tenen zet hij nog één keer aan. Nek aan nek, de zwiepende en zwetende lijven tegen elkaar gedrukt, persen de koplopers de laatste krachten uit hun lijven, het woest jagende peloton er amper dertig meter achter. De toeschouwers verdringen zich voor de meet, klappend, joelend en wuivend met zakdoeken. *Avanti!* klinkt het vanuit de menigte, een paar honderd mannen, vrouwen en kinderen. In een allerlaatste krachtsinspanning drukt Brylcreem vlak voor de meet het stuur zo ver mogelijk voor zich uit. Een wiel, meer is het verschil niet. Terwijl volgers uit het peloton nog sprinten om het brons, verdringt het stadje zich om Brylcreem. Pas nu is zijn gezicht goed te zien. Inclusief slecht gebit, wipneus en loensend oog. Ik speur renners en publiek af, zoals ik dat zojuist in het museum ook deed bij elke foto, op zoek naar flarden van mijn genetisch spiegelbeeld. Hoe harder ik zoek, hoe sneller de gezichten vervagen en het hele tafereel vervliegt tot alleen woestijngrond overblijft, optisch wiebelend boven de warme stofgrond.

Voor Omodei en Biggs ben ik in lucht opgegaan. Ze bestoken elkaar over en weer met herinneringen aan de fameuze picknicktrips in de jaren vijftig. Een zondag per maand reed *tout* Gwalia de Outback in met het treintje dat kilometers buiten het stadje het hout ophaalde voor de stoommachine van de mijn. Fantastische party's moeten dat zijn geweest. Zoals op die fraaie zwart-witfoto in het museum. In de schaduw van bosjes, op kleedjes, zitten en liggen een kleine veertig mannen, vrouwen en kinderen, allemaal in hun zondagse kleren. De mannen in pak met stropdas en gilet, de vrouwen in weidse, smetteloos gewassen jurken. Iedereen draagt een hoedje of pet, tegen de zon. In mijn hoofd klinkt het deuntje van de Bona-reclame van vroeger, dat met zijn tv-commercial voor kuipjes margarine net zo'n gevoel moest oproepen, van kneuterige gezelligheid en onaantastbaar burgermansplezier in de buitenlucht.

Ik graaf al een poosje in mijn zwart-rode rugzak. Het ontgaat de twee oude knarren volledig. Na de zoveelste anekdote slaken ze een diepe zucht, als inhaleren ze het geluk uit een ander leven.

Hebbes.

'Theo.'

Ik doe mijn best om mijn ooms volledige naam zo Engels mogelijk uit te spreken. De twee mannen kijken elkaar aan.

'1954,' voeg ik eraan toe, ietwat dwingend.

Dan kijkt Bob Biggs schuin omhoog, als dwarrelt er iets in de lucht dat hij met zijn ogen probeert te vangen.

'Theo,' zegt hij nog eens, de naam proevend op zijn lippen. 'Ja, dat zegt me wel wat.'

De korte stilte die volgt, verloopt in slowmotion. Biggs begint met zijn hoofd te knikken.

'Niet een heel grote vent, gemiddeld postuur. Ja, en er was maar één Theo,' zegt de jongste van de oude mannen, zonder dat hij de prent heeft kunnen zien die ik al secondenlang gedekt voor me houd.

Met een grijns speel ik mijn troefkaart, in de vorm van de zwart-witte ansicht. De mannen buigen voorover en knijpen de ogen toe. Bob Biggs bestudeert de foto aandachtig, afwisselend Nonk Theo vergelijkend met mij.

'Het is familie van je, absoluut. Jeetje, wat lijk je op hem.'

Een rilling schiet langs mijn ruggengraat.

'Tjonge,' zegt nu ook Eric Omodei. 'Als je had gezegd dat dit een foto van jou was, een paar jaar geleden, had ik het ook geloofd.'

Even ben ik van mijn stuk.

'Als twee druppels water. Die ogen, die mond,' zegt Biggs.

Ik hang aan zijn lippen, geluidloos smekend om meer.

'Maar dit is niet de Theo die ik bedoel. Tenminste, ik kan me déze man, jouw opa...'

'Oom.'

'... sorry, oom, gewoonweg niet herinneren. Wat zei je, hoelang is hij hier geweest?'

Ik kan het niet opbrengen om me te herpakken. Mijn buitenkant staat, maar van binnen donder ik ineen. Ik haal mijn schouders op. Schrijfblok en mobieltje, dat ik gebruik om gesprekken mee op te nemen, gaan weer terug mijn rugzak in.

Vanaf de heuvel met Hoover House, schachttoren en museum sjok ik naar het dorp. Tenminste, wat daarvan over is. Het statige State Hotel, in western stijl, oogt van buiten alsof er vanavond gewoon weer drommen mijnwerkers aan de bar hangen. Mazza's, de plaatselijke kruidenier, lijkt alleen maar even met middagpauze te zijn. Als de gordijnen weer opengaan, ligt de etalage straks gewoon weer vol. Groenten en fruit uit de Swan Valley. En uit Perth, twee keer per week gebracht door dezelfde trein, kleding volgens de laatste mode, *Silent Knight* koelkasten op kerosine en Engels servies. Maar ook Duitse *Cologne 4711* en tal van Italiaanse lekkernijen, van Romeinse pecorino tot Bolognese mortadella. Vic Mazza had het allemaal in zijn kruidenierszaak, ondanks het immer aanwezige stof destijds de schoonste winkel van de staat West-Australië. Voor de ijdeltuiten, en dat waren er met zestig procent Italianen in Gwalia nogal wat, had Mazza volop keus aan haarsmeer, van *Brylcreem* en *Californian Poppy* tot good old *Vaseline* en *Potter and Moore*. Mazza dacht aan elke bevolkingsgroep, zolang er maar handel in zat. Het is dat Nonk Theo hier in augustus 1954 een paar maanden te laat was voor de enige visdag in het jaar. Anders had hij zich op Goede Vrijdag tegoed kunnen doen aan rolmops en zure haring, speciaal vanaf de kust, dik zevenhonderd kilometer westwaarts, aangevoerd voor de Hollanders.

Slenterend door de stofstraatjes met vervallen huisjes van metalen golfplaten, heb ik helemaal niet door dat ik me halverwege Tower Street opeens op een plek bevind vanwaar mijn oom zijn brief aan mijn vader moet hebben geschreven. Misschien wel daar, in een stoel, op de veranda, beschut tegen de zon vanwege de – zoals hij dat in zijn brief schreef – immer helblauwe lucht.

'Je ziet hier zelden wolken aan de hemel.'

Met pen krabbelde hij de woorden aan de binnenkant van het dunne, blauwe luchtpostpaper, dat eenmaal dichtgevouwen enveloppe en brief in één was. Op de achterkant schreef hij, met kleine, strak naar rechts hellende letters, zoals ik ze ook ken van mijn vader, het afzendadres: *Patroni's Boarding House*.

Bijna goed. PATRONI'S GUEST HOUSE, staat boven de voordeur. Het naambordje is grotendeels aan het zicht onttrokken door de lommer van een cipresachtige boom in een voortuin met louter verschroeid gras. Het huis biedt een weinig prikkelende duotoon van vervaald witte golfplaten, afgewisseld met bruin hout van steunbalken en kozijnen. Dit was ooit een van de levendigste huizen van Gwalia. Na de dood van haar man Bonaventura in 1947, bestierde de dame des huizes dit hostel grotendeels in haar eentje. Zelf woonde Dina Patroni, net als haar man afkomstig uit Sernio, een dorpje in de Italiaanse Alpen, in de twee voorkamers van het hostel. Het bood hoofdzakelijk onderdak aan vrijgezelle mijnwerkers, doorgaans een stuk of twintig. Veelal jonge mannen, vooral Europeanen. Bij mevrouw Patroni vonden ze een nieuw thuis, inclusief mama. Volpension betekende hier drie maaltijden per dag. Als ik mijn ogen sluit, ruik ik de knoflook, zongerijpte tomaten en kruiden in de zelfgemaakte pasta's, cotoletta en risolles. Wie tijdens de lunch ondergronds zat, kreeg steevast een rijkelijk gevulde trommel mee met sandwiches, cake en fruit. Bij mama Patroni vergat je dat je in de Outback zat.

Alsof ik een van haar culinaire hoogstandjes voor me heb staan en het lekkerste wil bewaren voor het laatst, struin ik eerst links langs het hostel.

Geschakeld staan hier de slaapvertrekken van de vrijgezellen. Kleine, vierkante hokjes, opgetrokken uit metalen golfplaten. Ik druk de deur van de eerste *humpy* zachtjes open en ga vijftig jaar terug in de tijd. De wanden zijn bekleed met een soort behang, dat op de meeste plekken begint los te laten. Tegen de linkermuur staat een bed. Een stalen frame, met een gespannen raster van ijzer. Eronder een piespot. Tegen de andere muren een hutkoffer, een kruk annex nachtkastje met olielamp, een tafeltje met een teil. De andere humpy's zien er net zo uit. Behalve de laatste. Die is leeg, op een fiets links in de hoek na. Een oud beestje. Het leer van het zadel is verdwenen, de stalen veren liggen vervaarlijk bloot, hierop fietsen kost je geheid je klokkenspel. Ik stel me voor hoe Nonk Theo af en toe op deze grijsblauwe damesfiets door Gwalia reed, mét zadel. Hoe hij misschien wel meedeed aan een van de plaatselijke wielerraces. Het slaat nergens op, mijn wensdenken.

In de humpy's, sommige eenpersoons, de meeste tweepersoons, zat je niet voor je lol. Kamperen, maar dan zonder tent. 's Zomers was je hier met soms temperaturen van in de veertig graden Celsius als een rollade in een oven. En 's winters? In de woestijn kan de temperatuur dan dalen tot onder het vriespunt. Slechts één van de vrijgezellenhokjes had een houtkachel. Gelukkig had de mijn een grote ondergrondse wasruimte, waar de mijnwerkers na hun dienst konden douchen. Warm. Kleren en schoenen hingen gedurende de dienst in de kleedruimte ernaast, een paar meter boven de grond. Elke mijnwerker had zijn eigen touw waaraan hij zijn *pungel* omhoog hees. Net als in Limburg.

Hier was Nonk Theo ver van huis. Maar wel springlevend. Hier geen kerk, familie, of staat die je onder de knoet hield. Geen gemeenschap waar 'gewoon al gek genoeg was'. Hier kon je na je werk met je maten kangoeroes of emoes knallen, als beloning voor het goud dat je ondergronds had gedolven. Geen zwart goud, maar echt goud, dat in zware staven, opgeslagen in kluizen van centrale banken, nog steeds de ruggengraat vormt van regeringen en financiële stelsels wereldwijd. En dat nog steeds fier bovenaan staat als dé grondstof voor trouwringen en andere betekenisvolle juwelen. Goud.

Mijn innerlijk gemompel verstomt als ik door de voordeur huize Patroni zelve betreed. Links de slaapkamer van *la mama*. Rechts haar lees- en schrijfkamer. Op het bureau liggen wat oude tijdschriften over tuinieren, opengeslagen, alsof Dina Patroni nog maar net naar de keuken is gelopen voor weer een fantastische maaltijd.

Het licht van de zakkende zon kleurt de keuken in zachte tinten. Tocht doet een deur in de hoek uitnodigend heen en weer bewegen. Voorzichtig duw ik de deur open en beland in een vierkante, mintgroene kamer, met zachtblauwe lambrisering van kleine schrootjes. In het midden staan twee tafels. Een ervan is gedekt, voor vijf personen. Grote borden voor het hoofdgerecht, met daarbovenop soepborden. Ernaast wijnglazen op pootjes. Bij het servies liggen gevouwen, oranjeroze servetten. In het midden twee porseleinen kannen. Een hoge, slanke voor koffie en een gedrongen, dikke kan voor thee. Het is zondag. Aan weerszijden van de tafel staan houten banken, zonder rugleuning. En een losse stoel. Ik zoek de kamer af. De eetkamer schreeuwt 'Aan tafel!' maar er is niemand.

Met mijn handen in de zakken struin ik langs de muren. Ik bestudeer de servieskast en het behang, als een toerist in een museum, eropuit zo veel mogelijk waar voor zijn entreekaartje te krijgen. Boven de donkerbruine commode naast het raam kijk ik in de spiegel. Ik tuur naar mijn blauwe ogen, mijn neus, mijn oogleden, waarvan het rechter wat meer hangt dan het linker, en eindig bij mijn kleine bovenlip. Mijn mondhoek trekt aan één kant wat naar beneden.

'Wat lijk je veel op hem,' zegt de oudere damesstem van een van de twee zussen in het archief in Perth.

'Als twee druppels water,' klinkt de mannenstem van Bob Biggs, die ik nog maar net achter me heb gelaten bij het museum hier in Gwalia.

De woorden van de oudjes blijven echoën door mijn hoofd als ik de eetkamer uit loop. De houten vloer kraakt onder mijn voeten.

Verdomme, Theo, waar ben je? Wat deed je hier?

Er is kortsluiting in mijn hoofd. Ik draai om, blik nog een keer de eetkamer in. Daar, op een stoel, zonder armleuningen. Alleen, maar alsof hij niet alleen is. Licht onderuitgezakt, een been gevouwen onder de zitting en het andere voor zich uit gestoken, de hak rustend op de vloer. Precies zoals mijn vader dat doet. Hij oogt zondags. Fris, schoon. In hemd en pantalon, met bretels en glimmende schoenen, de haren glad achterover. En dat alles maar heel even, in stroboscopische flitsen, zo naturel als bij een laagstaande zon die zich door bewegend gebladerte priemt.

Het loopt tegen de middag. Ik tuf met Shane McLeay, projectmanager van mijnbouwbedrijf St. Barbara, in diens Toyota Hilux pick-up langs de rand van de krater. Spiraalsgewijs dalen we af naar de ingang van de mijn. De vierkante trechter is een sneue herinnering aan een mislukte poging om een diep gelegen, maar rijke goudlaag te winnen. De vorige exploitant ging in de jaren tachtig failliet toen zijn *open pit* 'nog maar' 750 meter diep was. Bij die afgraving was al het hele gangenstelsel gesneuveld met elke mogelijke werkplek van Nonk Theo hier in de jaren vijftig. Zelfs op het diepste punt toen zat hij nog ver verwijderd van de jackpot die op 1100 meter diepte wacht: een ertslaag met naar schatting anderhalf miljoen ounces aan goud en een waarde van bijna driekwart miljard euro.

De mijn van Gwalia, zoals Nonk Theo die heeft gekend, ging in 1963 dicht. Door een dalende goudprijs en een te laag gehalte aan goud per ton erts was mijnbouw hier niet meer rendabel. De tijden zijn veranderd. De goudprijs stijgt en de mijnbouw beschikt over betere technieken en machines.

Gwalia Deeps heet het mijnproject tegenwoordig. De nieuwe eigenaar, St. Barbara, gooit het over een andere boeg. De trechter uit de jaren tachtig wordt niet verder uitgediept. Geen dagbouw meer. Ergens halverwege de krater duiken gigantische voertuigen een enorme tunnel in, het begin van een kilometers lang gangenstelsel. Binnen maken boorwagens aan de randen van een zes meter omspannende boogtunnel metersdiepe gaten. In die boorgaten worden explosieven geperst. Korrels, net als kunstmest, die bij elke explosie kubieke meters steen wegblazen. Waarna gigantische dumptrucks het puin met tonnen tegelijk omhoog brengen, naar het daglicht toe.

'In de eerste zestig jaar hebben ze hier evenveel goud weggehaald als wij straks in tien jaar gaan doen,' zegt McLeay, een poppetje in de muil van de Gwalia Deeps.

Winningskosten: naar schatting negentig miljoen euro. Twaalf procent dus van de opbrengst. De mijnmanager, een stoere veertiger, laat de getallen even op me inwerken. In 2008 moeten hier de eerste trucks met erts naar buiten rijden. Boven, in een hypermoderne fabriek naast de mijn, zullen de ertsbrokken worden verbrijzeld, vermalen en na menging met sodium, cyanide en koolstof het kostbare goud prijsgeven. Tweehonderd man zullen er dan werken in en rond de Gwalia 3.0.

Vanuit de maag van de mijn klinkt een aanzwellend gerommel. Verblindend licht. Een enorme dumptruck dendert naar buiten. Ik denk aan de trotse woorden van Nonk Theo, over 'zijn' Denver Gardner, de toen hypermoderne bogger waarmee hij ondergronds erts mocht delven. Een luis vergeleken bij dit monster, waarvan een van de vele banden alleen al idioot veel keer groter is dan mijn ooms boggertje.

Of we even naar binnen mogen, de diepte in, vraag ik McLeay.

'*Sorry mate, regulations*. Ik had je graag een kijkje ondergronds gegund. Maar als er binnen ook maar iets gebeurt, hebben we een gigantisch probleem.'

Ik struin nog wat rond bij de mond van de mijn, in de hoop in de duisternis een glimp van iets interessants op te vangen. Tevergeefs. Man, wat zou ik het graag met eigen ogen zien. Hoe ergens, diep daar beneden, de kop van de slang zich met donder en bliksem elke dag weer verder de aarde in vreet, elke 24 uur zeven meter dichter bij de schat.

Hobbelend over de spiraalweg omhoog, bedenk ik dat McLeay en ik allebei hier zijn om het verleden nieuw leven in te blazen. Naarmate we de rand van de krater naderen, en daarmee oud Gwalia, voel ik me steeds ongemakkelijker naast hem. Hij ligt op koers. Zolang er geen bizarre brokken voorvallen, zoals een ondergronds ongeluk met een overzeese pottenkijker, zit de mijnmanager geramd. Over een jaar is Gwalia's gouden verleden gereanimeerd. Overtroffen zelfs. En ik? Ik wou dat ik zo precies wist waar *mijn* goudvelden liggen, hoe ik er moet komen en wat ik moet doen om ze te ontginnen. Verdomme Theo, waar ben je?

De zon valt in de Hilux van McLeay.

'We zijn er bijna. Ik hoop dat je er wat mee kunt,' zegt hij, nog steeds blakend van trots.

Als we uitstappen bij het nieuwbouw kantoortje van St. Barbara vlak bij oud Gwalia, beantwoord ik McLeays ferme handdruk met een slap handje. Ik stap in mijn Toyota Corolla. In de achteruitkijkspiegel gaat openluchtmuseum Gwalia op in de woestenij van de Outback.

Volgens de kilometerteller ligt Menzies, de laatste plek met mensen op straat, alweer zeventig kilometer achter me. Ik kan me niet herinneren dat ik de afgelopen twee uur een andere auto heb gezien. Terwijl ik stug de voet op het gaspedaal druk, speel ik een spelletje 'dom of dapper?' met mezelf. Ik kom er niet uit, wil het ook niet. Ik móét aankomen in Copperfield, volgens de kaart vlak bij Mount Ida, een plaats die al ik evenmin kan ontwaren op wegwijzers. Al zegt dat weinig. Het is vele kilometers geleden dat ik überhaupt een bord langs de weg heb gezien. Doorrijden of omdraaien? Met elke nieuwe kilometer op de teller komt het moment dichterbij dat ik niks meer te kiezen heb. Niet alleen de puntige stenen in de stofweg zijn een gevaar. De brandstofmeter is al onder het kwart gezakt. Met de airco aan gebruik ik meer benzine dan gedacht. Had ik de wagen voor vertrek nog maar volgegooid, zoals ik dat altijd doe. Vraag me niet waarom, ik ben het vergeten.

Copperfield. Tot nu toe kende ik die naam vooral van de Amerikaan David Copperfield, de gladde goochelaar die een heel vliegtuig of zelfs het Vrijheidsbeeld kan wegtoveren. En misschien ook wel een compleet mijnbouwcentrum Down Under. Ik rijd inmiddels in het rood. Nog even en ik heb niet meer genoeg brandstof om terug te komen naar Menzies en het laatste pompstation daar. Ik zweet als een otter, en niet alleen omdat ik de airco heb uitgezet. Dan, als de weg een flauwe bocht naar links maakt, doemt in de verte opeens een bouwsel op dat lijkt op een toren. Eromheen staan wat lagere gebouwtjes, categorie portocabins. Het geheel is amper een mijnbouwcentrum te noemen. David Copperfield zou er zijn neus voor ophalen: te min om weg te toveren.

In deze nederzetting heeft Nonk Theo op een paar dagen na 53 jaar geleden halt gehouden. De brief die hij van hier naar huis heeft gestuurd heb ik nooit kunnen inzien. Het schrijven moet in het bezit zijn van een van mijn ooms of tantes die hebben geweigerd mee te werken aan mijn zoektocht naar hun broer. Mijn vader heeft een paar jaar geleden een stapel brieven van Nonk Theo voorbij zien komen, na het overlijden van de jongste zoon van het gezin. Ze lagen in diens woning, het ouderlijk huis aan de Rennemigstraat in Heerlerheide. Als geboren ambtenaar heeft mijn vader een overzichtslijstje gemaakt van de brieven, keurig met de datum van verzending en het afzendadres. Bij sommige brieven heeft hij aantekeningen gemaakt, die later op mijn reis hopelijk nog van onschatbare waarde zullen zijn. Na de dood van de jongste telg is het gros van de Nonk Theo-correspondentie verdeeld onder de overgebleven broers en zussen. Was ik toen al bevangen door de Theo-koorts, dan had ik ze stuk voor stuk gekopieerd, of voor mijn part met de hand overgetikt, zoals ik dat ook heb gedaan met de brieven die mijn vader van Nonk Theo heeft gekregen. Als zeven A4'tjes zitten ze in mijn laptop en uitgeprint in mijn documentatiemap. Met het lijstje data en plaatsnamen van mijn vader is dat pakketje A4'tjes de ruggengraat van mijn expeditie. Zonder dat zou ik hier nooit zijn beland. God weet wat er staat in al die andere brieven, ettelijke tientallen. Met een kaart vol gaten ben ik op jacht naar een schat. Zoals het hoort. Maar het is wel frustrerend.

Met mijn focus op de schachttoren rijd ik bijna voorbij het oude mijncomplex waarvoor ik nu al een ochtend door de woestijn hobbel. Overal liggen restanten van humpy's. Boven op een stapel puin staat een verroest gietijzeren fornuis. Verderop liggen bedspiralen, al even roestbruin, en een ontmantelde transistorradio. Mijn oog valt op de metalen gesp van een riem. De tijd heeft het leer verzwolgen. De pin die door een van de gaatjes in de riem hoort te steken, is door de roest vastgeklonken aan de vierkante lijst van de gesp. Terwijl de gesp door de vingers van mijn linkerhand gaat, pakt mijn rechterhand uit mijn rugzak de zwartwitfoto van een jonge Nonk Theo bij vertrek op Schiphol. Geen riem te zien. Als hij die al droeg, gaat hij schuil onder het *oversized* colbert dat hij aan had op de dag van vertrek naar eindstation Melbourne, zoals het bordje naast de vliegtuigtrap vermeldt. Ik gooi de gesp weg. Wat een idiotie om alleen al te denken dat het ding misschien van Nonk Theo is geweest. Tot de sluiting van Copperfield in de jaren zestig moeten hier zeker honderden riemdragers hebben rondgelopen. Kronkels in mijn kop zijn het, bij gebrek aan echte sporen. Of heeft Theodor Luzian Schrooten soms ook puin staan scheppen met dat verroeste spadeblad daar, of geluisterd naar die kapotte radio? Dan kan ik wel een verhuiswagen laten aanrukken.

Bij de schachttoren kijken drie paar ogen me aan. Twee paar streng. De andere ogen kan ik niet peilen. Ze zijn van een Duitse herder, die nogal woest begint te blaffen. Ik had meer vriendelijkheid verwacht na het gele bord met in zwarte letters CAMP UTOPIA. Maar ik begrijp de argwaan. Een normaal iemand komt hier niet vanuit de bewoonde wereld met een gewone burgermansauto. Je moet wel gek wezen. Gestoord.

'Blijf,' gromt de oudste van de twee mannen bij de schachttoren, een pezige grijsaard met een lange baard, als ik mijn portier open.

De Duitse herder, al halverwege gespurt naar mijn auto, verstijft terstond, gaat zelfs zitten.

'Wat moet je hier?' vraagt de grijsaard, als ik uitstap bij de schachttoren.

'Zeker verdwaald?' zegt de tweede man, wat jonger, meer gezet en met donkere krullenbol en snor.

Ik snap het niet helemaal. Niet dat ik dacht met open armen te worden ontvangen. Maar ze zullen hier toch ook weer niet elke dag bezoek verwachten? Ik bedoel, alleen al voor de afwisseling zou de komst van een vreemde hier een welkome afleiding moeten zijn. Er is hier niks. In Nonk Theo's tijd hier was er nog een rode gravelbaan voor tennis. De ovale cricketbaan bood een thuis aan een gevreesd team van *bowlers* en *batters*, onder leiding van de plaatselijke en enige schoolmeester. Er was zelfs een golfbaan. Te zot voor woorden: golfende en cricket spelende mijnwerkers. Ondenkbaar waar ik vandaan kom.

Pas als ik een paar stappen hun kant op doe – de hond veert op, ik houd halt – en uitleg dat ik zeker niet verdwaald ben, breekt het ijs enigszins. Kort schets ik mijn missie naar hier – *all the way from Holland*. 'Mijn oom', 'mijnwerker', '1954', 'mijnwerkersfamilie'. Het zijn woorden die goed vallen. De man met de snor stapt op me af en geeft me een hand.

'Welkom. Norm Cooper, opzichter.'

De oude man knikt slechts, als groet.

'Ken Garbellini, projectleider,' zegt hij, met een gebroken, lage stem die een lang, rauw leven verraadt en een leeftijd van ruim voorbij de pensioenstreep. 'Ik zorg dat het hier geen puinhoop wordt.'

Norm wenkt naar de controleruimte achter de schacht. Naar de man achter het glas gebaart hij dat hijzelf en Ken even een time-out nemen.

Norm grijpt me met een van zijn knoestige knuisten bij mijn schouder en duwt me richting de barrakken.

'Je zult wel wat lusten.'

Mount Ida Gold Mine, zoals dit project nu heet, is anno 2007 een van de vele bestemmingen van de *fly-in-fly-out-business* in Australiës Outback. Nu de bruisende mijnkoloniën van weleer, met een werkvolk van vaak honderden of zelfs duizenden arbeiders, definitief passé zijn, vliegen mijnbedrijven elke twee weken verse ploegen in, vanuit Perth of een andere grote stad. De mijnwerkers werken zich twee weken onafgebroken in dag- of nachtdiensten van twaalf uur de blubber, en vliegen dan weer terug naar de bewoonde wereld voor een paar dagen vrij, waarna ze weer op het vliegtuig stappen voor twee weken keihard buffelen ondergronds.

'Niemand wil meer alle dagen slijten in de van God verlaten Outback,' bast Ken, binnen in de gemeenschappelijke ruimte.

De aaneengesloten portocabins deden voorheen dienst bij een Siberische mijn. Ken slurpt van zijn koffie, opgediend door de kok. Die is de hele dag in de weer met het verzorgen van maaltijden en lunchpakketten voor ondergronds. Dieselgeneratoren zorgen dat er altijd stroom is voor de enorme vriezers en koelkasten, die bomvol liggen met ingevroren groenten en mega-pakketten vlees. Door de airco is het hierbinnen best prettig toeven. Naar omstandigheden is de naam Camp Utopia niet helemaal zo ver bezijden de waarheid.

Ken is begin zeventig, een paar jaar jonger dan Nonk Theo nu zou zijn. Deze man heeft alles al meegemaakt op het gebied van mijnbouw in West-Australië, zegt hij. Ik vertel hem over mijn eerdere haltes: Ned's Creek, Big Bell, Wiluna, Gwalia. Ken knikt instemmend. Ik kan deze man niks nieuws vertellen. Dus werp ik mijn rugzak met laptop en Nonk-Theodocumentatie op tafel.

'Theo? Theo hoe? Sjrwroeten? Pfff. Fucking shit,' klinkt het met een zucht. 'Man, ik heb in mijn leven best wel wat Theo's voorbij zien komen. Nederlanders, Duitsers, kerels uit Oost-Europa. Nederland, zei je? Pfff.'

Uit mijn rugzak pak ik het stapeltje ansichtkaarten met de zwart-witfoto's van een jonge Nonk Theo, gemaakt in hetzelfde jaar dat hij hier was, in Mount Ida en Copperfield.

Ken buigt voorover en knijpt met zijn ogen. Afwisselend verplaatst zijn blik zich naar mijn gezicht. Ik weet wat hij ziet, maar begin er niet over. Ook Norm buigt voorover, naar de foto toe. Hij geeft Ken een por. 'Nou?'

Ken kijkt nog een laatste keer, maar schudt dan zijn hoofd. 'Nee, makker. Sorry. Die kop zegt me niks. Niet dat ik hem nooit heb gezien. Wat ik al zei: ik heb zo fucking veel jongens voorbij zien komen. Ik weet het gewoon niet.'

Alle drie buigen we weer naar achteren.

'Ach ja, het was ook wel een enorm toeval geweest als ik na al die jaren uitgerekend hier iemand was tegengekomen die Nonk Theo heeft gekend,' zeg ik.

Norm prikt door mijn geveinsde onverschilligheid heen.

'Hier, vriend, neem nog een kop koffie.'

Er ontspint zich een gesprek over de mijn. Het knauwerige Australische Engels van Norm en Ken is doorspekt met scheldwoorden en krachttermen. De Timoni-schacht is nog maar net heropend. Sinds de start van deze mijn eind negentiende eeuw tot de sluiting in 1965 gaf de bodem hier ruim 265.000 ounces goud prijs. Ik reken snel. Oef. Met de goudprijs van nu, kom ik op een waarde van dik 175 miljoen Amerikaanse dollar. Volgens de huidige eigenaar is destijds maar een derde van al het goud gedolven. Beneden wacht dus nog een kapitaal van zo'n 350 miljoen dollar. Bovendien is het relatief makkelijk te verkrijgen. De ertslagen hier zijn nogal rijk aan goud, gemiddeld 24 gram per ton. Met de stijgende goudprijzen is er alle reden om ook in deze uithoek opnieuw diep onder de aardkorst af te dalen.

Terwijl Norm me mee naar buiten neemt voor een toer over het terrein, laat ik de getallen en het productieproces op me inwerken.

'Wacht even. Jullie halen hier duizend kilo aan rots naar boven, verbrijzelen dat en vermengen het gruis met zware metalen om uiteindelijk uit die ene ton steen 24 gram goud te halen?'

Norm kijkt me aan alsof ik hem vraag of één en één inderdaad twee is.

'Yep, daar komt het op neer. En het grappige is dat we eigenlijk niet veel anders doen dan jouw oom destijds.'

De Mount Idamijn is simpelweg te klein voor hypermoderne, grootschalige goudwinning, zoals in Gwalia Deeps, met zijn vloot aan ondergrondse mega-machines. Ik vertel Norm over de Denver Gardner, het graaf- en kiepwagentje op perslucht dat Nonk Theo in Gwalia als geschoold mijnwerker mocht bedienen.

'Zoiets hebben wij hier ook, hoor,' klinkt het uit de stroeve strot van Ken, die met zijn hond op enige afstand achter ons aan blijkt te banjeren.

'Dat zou ik weleens willen zien,' zeg ik plompverloren.

Norm en Ken kijken elkaar aan.

'Je weet dat we verdomme de grootste problemen krijgen als er daaronder wat gebeurt,' zegt Ken.

Intuïtie maant me tot stilte. Norm zwijgt ook. Ken bromt wat – ik ontwaar her en der wat fuck en shit – en schopt met de neuzen van zijn schoenen in het stof.

'Nou, oké dan,' zegt de oude man. 'Maar geen gedoe daar beneden, hè.'

Ingetogen vier ik de euforie over een overwinning die me ongevraagd in de schoot is geworpen. Decennia nadat de vorige generatie Schrootens diep onder het aardoppervlak 'de lamp uit deed', ben ik de eerste uit de familie die weer ondergronds gaat. Diep de aarde in, in een echte, werkende mijn. Een goudmijn.

'Je hebt toch geen last van claustrofobie, hè?' zegt Norm als we al in het eigele liftbakje staan, klaar voor de afdaling.

Ik heb een veel te grote, oranje overall aan, werklaarzen aan mijn voeten en een veiligheidsbril plus helm op mijn hoofd, mét koplamp. Aan mijn heup bungelt een accu. Norms retorische vraag – de afdaling is al begonnen – heeft mijn euforie verdrongen. Met zijn drieën staan we bijeen gepropt in een metalen bakje van nog geen meter bij een meter, dat bungelt aan een stalen kabel. Norm is al stevig. Maar de derde passagier, een van het krappe dozijn koempels hier, is nog wat langer, én forser. Als het open liftbakje begint te zakken, kost het me moeite om mijn bovenlijf en helm niet langs de wand te laten schuren. Ik houd afwisselend mijn adem in en kijk weg van mijn liftgenoten, vooral ook vanwege de levenslucht van de derde passagier. Mijn diagnose houdt het midden tussen een rookverslaving, sloten koffie, rotte tanden of ontstoken tandvlees en misschien ook wel een slecht functionerende maagklep. Of allemaal. Ik duim en hoop oprecht dat de man tijdens de afdaling zijn mond houdt.

Luttele tellen na de start van de afdaling is het felle licht van de zon compleet verdwenen en zoeven we naar 280 meter, waar de diepste steengang wacht. Naarmate we verder de aarde in zakken, wordt het langzaam warmer. Niet veel, maar toch. Of beeld ik me dat alleen in? De derde man zwijgt gelukkig. Net als Norm. Ik probeer een inschatting te maken van de snelheid waarmee we afdalen. Meters per seconde, dat is duidelijk. Maar hoeveel? Geen idee. Af en toe is er flauw licht. Het zijn de lampen in de steengangen, die dwars op de schacht gegraven worden naar de ertslagen. Vanuit de gangen klinkt geluid. Van stalen wielen, rollend over rails. Van pneumatische boren, die zich als mechanische spechten met hun gewapende snavels in de rotsen bikken. Elke keer weer bereid ik me voor om uit het bakje te stappen. Maar we blijven dieper zinken. Norm en de derde man staren voor zich uit, op standby, wachtend om geactiveerd te worden. Dan remt de lift af. De massa van mijn lichaam heeft meer neerwaartse snelheid dan de lift en drukt mijn lijf naar beneden. Stilte. Dan klinkt een bel: uitstappen.

De grond is oneffen. Ik voel door de zolen van mijn schoenen heen dat het gesteente hier scherp en puntig is. Bij elke stap trek ik mijn knieën overdreven hoog op om niet op mijn gezicht te gaan. Het valt niet mee in laarzen die me toch algauw een maat of twee te groot zijn. Ik krijg geen tijd om de omgeving in me op te nemen. Norm en de derde man lopen met grote passen van me weg, een schaars verlichte gang in. De lichtbundels van hun koplampen worden snel kleiner. Ik zet het op een drafje en bewaar met moeite mijn evenwicht. Het knetterende lawaai van drilboren neemt toe. We volgen de rails, die met de gang licht omhoog loopt. Je kunt hier met gemak staan. Boven me is de tunnel bekleed met een stalen raster, dat met grote pinnen is vastgezet in het gesteente.

'Tegen vallend puin,' schreeuwt Norm, om de herrie te overstemmen en door mijn oorpluggen heen te dringen.

'Eén brok op je kop en je vertelt dit niet meer na. Ook niet met helm.'

Na een flauwe bocht zien we waar alle lawaai vandaan komt. Op het uiteinde van de rails werkt een mijnwerker op een bogger. Schokkerig drukt het door perslucht aangedreven voertuigje zijn schep vooruit, om de kar achterop vol te laden met puin. Het zijn de restanten van explosies, waarmee regelmatig nieuwe happen uit de kop van de steengang worden geblazen. Nu en dan grijpt de mijnwerker, ik schat hem begin twintig, naar de enorme pneumatische boor om wat grote brokken erts verder los te drillen.

'Kijk je wel uit?' zegt Norm, als ik kennelijk iets te dicht op de bogger sta. 'Je verbrijzelt hier zo een arm of een ander lichaamsdeel mee.'

Dit moet Nonk Theo dus ook hebben gedaan. Dag in, dag uit. Als een mol ondergronds. Afwisselend gravend met zijn Denver Gardner, dan weer drillend met enorme pneumatische boren, de mijnwerkersvariant van de machinegeweren waarmee Sylvester Stallone in zijn Rambo-films staat te zwaaien. Op de pasfoto uit 1954 oogt Nonk Theo nog zo jongensachtig, flitst het door mijn hoofd.

Voor het gevoel besluit ik mee te duwen met een volle wagon erts. Het valt niet mee, ook al is het maar een meter of dertig, veertig, naar de lift. Daar wordt de wagon met een grote hefboom leeg gekiept in een aparte bak, die via de schacht naar het oppervlak wordt gehesen. Terwijl ik sta te puffen en te hijgen, het zweet op mijn voorhoofd, werken de mijnwerkers onverdroten voort. Ze zijn dicht bij hun doel. Nog honderdvijftig meter horizontaal en dan kan er goud worden geoogst in deze steengang onder Mount Ida. Met een snelheid van zeven meter per etmaal betekent dat nog iets meer dan drie weken buffelen.

Vanachter de reservebril glunderen Norms ogen. Het goudveld dat wacht, in een diagonaal gelegen ertslaag, bevat naar schatting 17.000 ounces van het edelmetaal, vertelt hij. Een ondergrondse schat, goed voor elf tot twaalf miljoen Amerikaanse dollars.

'Jammer dat je niet meer kunt meemaken hoe we de jackpot raken,' roept Norm zo hard in mijn linkeroor dat er, ondanks de pluggen, een pijnscheut door mijn trommelvlies schiet.

Ik knik. Ik had het dolgraag willen beleven. De sensatie van het eerste goud, rauw en vers gedolven in de beklemmende diepte van Moeder Aarde.

In de lift omhoog echoot een zweem van heroïek na. Of overdrijf ik en is een mijnwerker gewoon een fabrieksarbeider, maar dan ondergronds? Als een varken dat in Toscane truffels mag zoeken, maar elke gevonden lekkernij ingepikt ziet door de baas. Zo zwoegen de mijnwerkers hier ondergronds. Steeds weer twee weken twaalf uur per dag een mollenbestaan. Zelfde schacht, zelfde persluchtboren, zelfde boggers, zelfde explosieven. En steeds weer datzelfde goud, dat je nooit mag houden.

's Avonds verliest de ondergrondse heroïek zijn laatste restje glans. Eenmaal omhoog gehesen, kunnen de koempels amper nog boe of bah zeggen. Afgepeigerd schuiven ze aan voor het avondmaal, dat ze veelal zwijgend naar binnen schuiven. Er is vertier met een kleine v. In een van de portocabins staat een tv, met satellietzenders en een wand vol videofilms. In een andere cabine kan, ook via de satelliet, worden gemaild en gesurft op het internet. Het is de kerels allemaal te veel. Ze nemen na het eten hooguit nog een biertje bij het kampvuur en kruipen dan hun nest in.

'Anders hou je het niet vol,' zegt de oude Ken, om acht uur 's avonds met zijn Duitse herder mijn enige overgebleven metgezel bij het kampvuur.

Met een stok pookt hij het vuur op. De hete lucht voert kleine vonken omhoog. Mijn blik blijft hangen bij de donkere hemel boven me, die in de intens duistere Outback bezaaid is met sterren. Ik probeer te begrijpen waarom Nonk Theo ook hier niet is blijven hangen. Toen, in 1954, was er nog geen *fly-in-fly-out-business*. Mount Ida en Copperfield, daar was het net als in veel andere goudplaatsjes knus, kneuterig en gezellig. Met vrije dagen in het weekend, volop sport en vertier. Veel minder monotoon dan het leven van de moderne mijnwerkers, die hier louter komen om te zwoegen, met het verstand op nul. Het moet niet genoeg zijn geweest voor Nonk Theo, een leven zoals de anderen. Ook al had hij er prima van kunnen bestaan: een net salaris, misschien na een paar jaartjes huisje, boompje, beestje.

Maar deze jongeman was niet van de andere kant van de wereld naar hier gekomen om, net als in Limburg, weer in het keurslijf te worden gedrongen van het truffelvarken, de huurling, de arbeider. Dan had hij net zo goed thuis kunnen blijven, in Zuid-Limburg. Nee, Theodor Luzian Schrooten had wat te bewijzen: een nieuw leven voor zichzelf en de wereld te winnen.

In gedachten verzonken loopt een oude man door donker Heerlerheide. Het is begin februari 1953. Natte sneeuw maakt de kinderkopjes en rails van de tram van Heerlen naar Sittard glibberig. In de koude buitenlucht ruikt het naar verbrande steenkool, die in dit deel van Limburg dag en nacht in een niet aflatende stroom met tonnen tegelijk uit ondergrondse aardlagen wordt geblazen, gebikt en gegraven.

De gepensioneerde mijnwerker is onderweg van zijn statige, ruime beambtenwoning aan de Rennemigstraat naar de katholieke Corneliuskerk. Het godshuis ligt boven op een heuvel, net wat dichter bij de hemel. De kerkklokken roepen de parochianen, zoals elke eerste donderdag van de maand, tot het Heilig Uur. De oude man is een trouwe kerkganger. Maar op deze avond is hij met zijn hoofd bij wereldse zaken, ver van huis, in Zeeland. Hij is er nooit geweest, daar in het vlakke land, vlak bij de Noordzee. Door berichten op de radio en in de krant weet hij dat een watersnood van ongekende omvang duizenden slachtoffers heeft gemaakt. De oude man kent niemand in Zeeland. Maar het verwoestende natuurgeweld, een zeldzame combinatie van springtij met westerstorm, fascineert hem. Zoals wel meer uitzonderlijke aardse zaken hem fascineren. Krantenartikelen over kernproeven en atoombommen, manifestaties van welhaast goddelijke toorn, spelt hij van begin tot eind. Om zijn kennis vervolgens, verpakt in verhalen, bijvoorbeeld over de wapenwedloop tussen Oost en West, te delen met zijn gezin. Of met collega's op de mijn, de Oranje Nassau III, waar hij na ruim een halve eeuw noeste arbeid in Duitse en Nederlandse kolenmijnen zijn curriculum vitae heeft mogen afsluiten als opzichter.

Als op zondagen verhitte discussies plaatsvinden in zijn achttienkoppige gezin, of wat daarvan thuis is, beslecht de oude man het debat graag met zijn Duitstalige encyclopedie. De reeks boekwerken is achter slot en grendel opgeborgen in een zware, houten boekenkast in de woonkamer. Het levendige gekibbel in het aparte gezinstaaltje, die mengelmoes van Duits en Limburgs dialect, verstomt als de oude man zijn mond opent en altijd weer diezelfde inleidende woorden spreekt: 'Im Lexicon steht folgendes…' Waarna de hij zijn kroost voedt met kennis.

Kennis van de wereld, van wetenschap, van politiek en actualiteiten. De oude man is niet van de prietpraat. Zijn zestien kinderen weten het. Er moet gewerkt worden, gestudeerd. Alleen dan word je wat. Opzichter bijvoorbeeld, op een van de kolenmijnen, met hun zwarte goud de kurk waarop Zuid-Limburg drijft, waarop Nederland drijft. Of priester, zetbaas van die andere onontkoombare autoriteit in de mijnstreek: de kerk. En anders misschien wel academicus, ook al een functionaris met een verheven status, door kennis.

De oude man komt zelf uit een gezin van vijftien kinderen en heeft tot zijn verdriet als jongeman nooit mogen studeren. Al op zijn veertiende begon hij op de *Deutscher Kaiser*, een steenkolenmijn in het Duitse Hamborn, bij Duisburg. Hij mocht er helpen bij het afdiepen van een schacht, mijnbouwjargon voor het uitgraven van de mijnput, de hoofdtoegang naar de steenkoolhoudende carboonlagen. Het was zwaar lichamelijke arbeid. Maar hij werkte zich op, via de mijnschool. In zijn vrije tijd leerde hij Frans en Engels, waardoor hij in de Eerste Wereldoorlog de leiding kreeg over de Franse, Engelse en Russische krijgsgevangenen die als dwangarbeiders te werk werden gesteld op een andere kolenmijn bij Hamborn, de *Zeche Neumühl*. Een fascinerende naam. Want behalve dat het gewoon de kolenmijn van Neumühl betekent, staat 'Zeche' ook voor 'zwelgpartij', 'bacchanaal' en 'orgie', termen die niet passen bij deze vroom gelovige, trouw onderdaan en dienstbaar werknemer. Een voorman voor kerk, staat en mijnbedrijf. Kolenadel, maar dan wel door keihard te buffelen. De oude man heeft op alle fronten ijzers in het vuur om zijn met compromisloos zwoegen verworven status te laten stollen tot een kleine dynastie, die nog generaties na zijn dood kan voortbestaan. Een zoon studeert aan de Technische Hoogeschool in Delft, een ander ligt op koers om over een paar jaar tot priester te worden gewijd. Een rits mindere godenzonen wordt klaargestoomd voor een bescheidener carrière bij een van de kolenmijnen in de omgeving, zoals de Oranje Nassau III. Misschien lukt het een paar wel zich op te werken tot opzichter, of meer. En de rest? Ach, die wacht een minder beduidend, maar dienstbaar bestaan.

Een van die waterdragers is de 23-jarige zoon van de oude man. De jongeman heeft niet meer opleiding dan de mijnvakschool van de ON III, de particuliere kolenmijn op Heerlerheide. Ondergronds beult de zoon, de oudste van een tweeling, zich zoals zoveel koempels af in eindeloos steenwerk, het graven van gangen van de schacht naar de kolenlagen. Zwaar en gevaarlijk werk, vanwege de springstoffen die gebruikt worden, maar ook het altijd aanwezige risico van explosief mijngas en het fijnstof dat menig mijnwerker uiteindelijk velt in de vorm van stoflongen, vaak pas na het pensioen. Om nog maar te zwijgen van de fysieke slijtage die sowieso hoort bij het zware zwoegen ondergronds, in donkere, vochtige en krappe gangen, vaak honderden meters ondergronds. Urenlang. Dag in, dag uit. Jaar in, jaar uit.

Energie heeft de zoon zat, alleen niet voor eindeloze intellectuele verdieping. Hij is geïnteresseerd in mijnbouw, mechanica, de wijde wereld buiten Heerlerheide en de mijnstreek, maar dan vooral als doener. Hij wil actie.

De zoon is in niks als zijn vader. Als zondags het hele gezin braaf in de kerkbankjes zit te luisteren naar de preek van meneer pastoor, zit de zoon liever als stamgast in café Wijnen. Met vrienden, aan het bier. En meestal ook kaartend. Toepen, voor geld. Soms wint hij een aardige duit. Maar nu en dan verspeelt hij zijn loon en leent hij thuis het zakgeld van broers en zussen om zijn schuld te kunnen voldoen. En verder te spelen.

Studeren is voor de zoon bepaald geen roeping. Waar het regel is om gedisciplineerd huiswerk te maken beneden in de voorkamer, waar ook de zware kast met de encyclopedie staat, dwaalt de aandacht van deze jongeman daar al te vaak af. Voor het grote raam staat een bureau, naar buiten gericht, zodat de ploeteraar erachter nog meer moeite moet doen om zijn concentratie niet te verliezen.

Zo ook ditmaal. Een keer als zovele. Eindeloos getuur door het raam eindigt elke keer weer in een moedeloze blik op boek en schrift. Morgen moet hij zijn opgaven inleveren bij meester Kiebeling. Hij zucht, steunt en draait op zijn stoel. Dan opeens veegt hij met een zwiep alles van tafel. Liniaal, potlood, schrift en boek donderen op de grond, net als de stoel, die de zoon net woest achter zich vandaan heeft geschopt.

'*Kiebeling, leck mich am Arsch*!' roept hij verbeten: zijn leraar kan zijn reet likken. Met grote passen loopt de zoon de kamer uit en slaat de deur achter zich dicht.

De oude man vervolgt zijn weg naar de kerk, zoals hij die route al duizenden malen heeft gelopen, misschien wel net zo in gedachten verzonken als nu. Over het hier en nu, maar ook over het heelal en de geschiedenis. Boeken vol heeft hij verslonden over al die hemellichamen die deze avond door een dikke grauwe wolkenlaag onzichtbaar zijn. Kort voor zijn pensionering als opzichter, heeft hij nog een boek van 1400 pagina's doorgewerkt over Alexander de Grote. Een amechtig heerser die hij in levensjaren meer dan gedubbeld heeft, maar voor wie de oude man alleen maar bewondering kan koesteren: de 'zoon van Zeus' liet op 32-jarige leeftijd een rijk na dat van west naar oost vierduizend kilometer besloeg. Alexander de Grote, de watersnoodramp, allesvernietigende atoombommen, sterren op lichtjaren afstand die na hun doven hun licht nog een eeuwigheid door het heelal laten stralen. Groot, groter, grootst.

Misschien is de oude man met zijn gedachten, op weg naar het Heilig Uur, dit keer ook wel bij zijn zoon die de mijnschool nooit heeft afgemaakt, en van wie zo naar het zich laat aanzien geen grootsheden te verwachten zijn. Precies zoals de vader dat altijd al heeft geweten.

De oude man weet ook wel dat de zoon geen leven wil als zijn vader. Zwoegen in het zweet des aanschijns. Voor die ander. Knielen, voor meneer pastoor. Gehoorzamen, aan de mijnopzichter en de hoge heren uit Delft en Den Haag. Luisteren, naar zijn vader. Knecht zijn, een leven lang. Maar weet de vader hoezeer de zoon wil leven, en niet geleefd wil worden? Hoe hij liever nog wil breken desnoods, omdat alles beter is dan altijd maar weer te buigen? Het maakt niet uit. Want het kan niet. Niet in het Heerlerheide van na de oorlog, niet in het huis aan de Rennemigstraat 12.

Het is als in het wielrennen, de favoriete sport van de zoon. Een arbeiderssport, met de Tour de France als jaarlijks hoogtepunt. Kerels van staal, met longen als die van paarden en benen als de stutpijlers ondergronds. Helden die het onmenselijke presteren en daarvoor overgoten worden met eeuwige roem en glorie. Hier, in Heerlerheide, staat al van kinds af aan vast wie de waterdragers van het peloton des levens zijn en welke uitverkoren renners voor de prijzen mogen strijden. De zoon wil kopman zijn. Maar dat zit er onder de huidige ploegleiding niet in. Nooit. Hij mag meedoen aan de race, maar louter als waterdrager. Als knecht mag hij zijn uitverkoren broers helpen te strijden om het eremetaal. Hij mag ze uit de wind houden, op sleeptouw nemen en bij een lekke band zijn wiel geven. Applaus? Dat gaat naar de kopmannen. De knecht mag al blij mag zijn als de ploegbaas hem na de race niet vergeet mee terug naar huis te nemen.

Deze knecht heeft andere plannen. Eén demarrage op het juiste moment. Zijn ploeg, de kopmannen, zijn ploegleider, het hele thuisfront, hij zal ze allemaal laten zien dat ook in hem een winnaar schuilt, een held.

Het is harder gaan sneeuwen. Dikke, witte vlokken vallen neer op de straatstenen. Als de oude man zijn straat is uit gelopen, de Rennemig, daalt hij af naar de T-splitsing, het dal van zijn wandeling. Aan de overkant van de straat begint de slingerende klim naar de top van de heuvel, waar een verlichte kerk wacht. Ook dit deel loopt de oude man, in het donker, zonder erbij na te hoeven denken. In de verte klinkt zacht gegrom, dat snel dichterbij komt.

Met een doffe klap slaat de oude man tegen de grond. Een zwarte auto glijdt met geblokkeerde wielen een paar meter door, de stoep op. De oude man ligt op straat, in de sneeuw, die rood kleurt rond zijn hoofd. Zijn mond stoot wolkjes warme walm uit, in een onregelmatig hijgen dat botst met de beierende klokken, boven op de heuvel.

Het is een angstige en onzekere periode, de dagen na het ongeluk. De oude man ligt in coma in het ziekenhuis. Zijn dikke snor staat niet meer strak, maar hangt flets op de wangen van zijn achteroverliggende, gezwollen hoofd, dat is ingezwachteld met een strak gedraaid verband. Zijn keurige zwarte kostuum en hoed zijn verruild voor een pyjama. Hij ligt onder witte lakens, in een witte kamer, met verpleegsters en artsen in witte kleding. Hij staat al met één been in de hemel, het hiernamaals waarin hij altijd zo heeft geloofd, het walhalla dat hij altijd zo vurig heeft nagestreefd als het ultieme loon voor een vroom leven. Kwetsbaar en broos ligt daar nu de pater familias. Niet langer stevig en beslist aan het roer van zijn gezin, maar overgeleverd aan het lot. Of aan de Almachtige, als hij het zelf nog had kunnen zeggen.

> Volgens ons menselijk inzicht kon hij in zijn gezin nog niet gemist worden, maar bij Gods Raadsbesluit moet de mens zich zonder morren neerleggen. Wij wensen dan ook zijn Weduwe en Kinderen de nodige kracht en moed om deze slag te kunnen dragen en wekken zijn medeleden op zijn ziel in hun gebeden te herdenken.

Aldus het in memoriam voor de oude man, in het katholieke vaktijdschrift voor mijnbeambten. Hij overlijdt na twee weken doodstrijd en wordt op 4 maart 1953 onder grote belangstelling van bevolking en notabelen van kerk, plaatselijke overheid en mijnwezen, begraven na een mis in dezelfde Corneliuskerk waarnaar hij op weg was toen het noodlot onverbiddelijk toesloeg.

Het kinderrijke gezin blijft achter in verwarring. Opeens is de sturende hand, de man met het plan, verdwenen. Het team moet de race vervolgen, zonder *chef d'équipe*. Theodor Luzian Schrooten, de knecht, de waterdrager, twijfelt. Maandenlang. Maar dan waagt hij die ene, allesbeslissend demarrage. De enige die hem nog terug had kunnen fluiten, zijn ploegbaas, mijn opa, Hubertus Schrooten, is niet meer. De zoon, Theo Schrooten, is begonnen aan zijn vlucht. Een lange, lange vlucht. En niemand in Heerlerheide die hem ooit nog heeft gezien.

In het kantoortje van Ken Garbellini, een keurige portocabin met airco, zet ik de computer aan. Verrassend snel maakt die via de witte satellietschotel op het dak verbinding met de rest van de wereld. Heel andere koek dan het briefverkeer waar Nonk Theo van afhankelijk was. Weken, maanden was hij soms niet in de buurt van een brievenbus. Als hij zijn post eindelijk op de bus kon doen, deed die er met gemak weken over om dezelfde afstand te overbruggen die mijn e-mails nu in luttele seconden afleggen.

Via Google Earth schiet ik naar de andere kant van de aardbol waar ik vanuit de hemel neerkijk op de kruising van de Rennemigstraat en de Ganzeweide. Tegenwoordig is het een rotonde, de tram van Sittard naar hartje Heerlen rijdt hier al decennia niet meer. Het is uitgesloten dat daar, op de grond, nog maar een snippertje DNA te vinden is van mijn opa. Zijn bloed moet toen, op die avond in februari 1953, niet alleen de sneeuw, maar ook de kinderkopjes eronder dieprood hebben gekleurd. Nu ligt er asfalt, dat doorloopt tot het huis van mijn inmiddels beiden overleden grootouders. Het huis waar de klap van opa's ongeluk maanden, en eigenlijk nog veel langer, nadreunde. Ik probeer het me voor te stellen. Het verdriet om het overlijden van je vader, als je zelf nog zo jong bent. De ontreddering in het gezin om het wegvallen van de roerganger. En tegelijkertijd het gevoel van een gouden kans op vrijheid en avontuur.

Terwijl het hele huis nog slaapt, sluipt een jonge Theo Schrooten in het donker van de vroege ochtend zijn bed uit. Het is april, maar toch nog winters fris, ook in de slaapkamers. Stilletjes stopt hij zijn laatste spullen in een leren reistas en slingert die over zijn schouder. Een laatste keer checkt hij zijn papieren. Paspoort, ticket, het medisch keuringsbewijs voor toelating tot het nieuwe vaderland. Moeder, met wie hij niet weer ruzie wil maken over zijn vertrek, laat hij slapen. Op de eerste verdieping, in een kamer aan de straatzijde, neemt hij afscheid van zijn twee jongste broers, die daar in één bed slapen. Nog half slaapdronken, amper beseffend dat ze hun broer voor het laatst zien, geven ze hem een slap handje.

'Nou, dan ga ik maar,' zegt Theo, waarna hij in het donker de trap af daalt en beneden zachtjes voor de laatste keer de voordeur achter zich dicht trekt.

Ik pak opa's in memoriam in het mijnwerkersvakblad er nog eens bij. Een strenge, norse man kijkt me aan, met grote ogen en die ene, licht opgetrokken wenkbrauw. Duidelijk familie. Die wenkbrauw, die zegt: 'En wat moet jij nou?' Ik voel wat Nonk Theo moet hebben gevoeld. Een oude man die een poging doet mij zijn wil op te leggen, maar dan ruim een halve eeuw na zijn dood. Zijn wil, die in het huis aan de Rennemigstraat wet was. Die ogen. Ze zeggen dat ik het niet moet doen, die queeste, hier in Australië.

'Laat het verleden rusten, Ferdi. Het is niet aan jou om alles weer op te rakelen. Doe wat wijs is en volg je verstand.'

Tussen de diepe, donkere stem door echoën de woorden van mijn tante, een van de jongere zussen van Nonk Theo.

'Alsjeblieft, Ferdi. Doe het niet. Het is ónze broer.'

Ik moet weg, naar buiten. Ik spring op, gooi de deur open. Mijn hart gaat tekeer. Happend naar adem sta ik bij het kampvuur, of wat daar van over is.

'You're okay, mate?' vraagt een kraakstem achter me.

Ik kijk om. Het is Ken.

'No worries,' antwoord ik op zijn Australisch.

Ken werpt me een koud blikje bier toe. 'Drink een slok. Zal je goed doen.'

Als ik mijn eerste slokken wegklok, wijst hij naar mijn hand. 'Wat heb je daar?'

Ken doelt op het in memoriam.

'Mijn opa.'

Hij kijkt me onderzoekend aan.

'Sleep je soms je hele familie met je mee? Dat wordt nog wat dan.'

'Research,' zeg ik, half verontschuldigend.

'Wat jij wilt, kerel,' antwoordt de grijsaard.

Hij draait zich om en loopt hoofdschuddend weg.

Net als ik binnen wil afsluiten, klinkt een 'ping'. Nieuwe mail. Het is een briefje, handgeschreven, van een bekende, maar verrassende afzender. Mijn vriendin heeft het ingescand en gemaild. Vijf regels. Kortaf. Vernietigend.

Beste Ferdi,
Na lezing van het artikel in het Limburgs Dagblad, over wijlen mijn broer Theo, heb ik er spijt van je de informatie ten aanzien van Theo's levensloop en belevenissen te hebben verstrekt.

Was getekend: Nonk Theo's tweelingbroer. Ontdaan tuur ik naar het scherm. Ik begrijp er helemaal niks van. In mijn laptop zoek ik naar het bewuste krantenartikel, dat ik schreef in het vliegtuig, vlak voor mijn landing in Perth. Het is het eerste stuk van wat een drieluik moet worden over mijn zoektocht naar Nonk Theo. Twee, drie keer herlees ik het artikel, zoekend naar woorden en passages die aanstootgevend moeten zijn geweest voor de tweelingbroer. Ik vertel dat hij afkomstig is uit een kinderrijk mijnwerkersgezin uit Heerlerheide en dat hij, kort na de dood van zijn vader, de bekrompenheid van de mijnregio ontvluchtte. Bij het verhaal staat een foto uit 1978 van Nonk Theo, toen 48, omschreven als 'een tamelijk uitgemergelde pionier van achter in de veertig'. En die vijf jaar na de foto broos, ongetrouwd en waarschijnlijk kinderloos, aan zijn eind kwam.

Die foto heb ik van de tweelingbroer gekregen, na een uitgebreid gesprek in Heerlerheide, in zijn achtertuin. Twee brieven stuurde hij me daarna nog, met aanvullende informatie. Hij schreef dat hij alleen maar kon speculeren over de reden van zijn broer om te emigreren. Waarschijnlijk wilde Nonk Theo ontsnappen aan de 'pietluttige mentaliteit' destijds:

Ik ben steeds meer tot de overtuiging gekomen dat zijn Aussieperiode hem een veelvoud van vrijheid verschafte van een soort gevoel dat je ervaart als mijnwerker, elke zaterdag, omhoog suizend in de liftkooi vanuit de mijn naar de bovenwereld. Eén dag zonder meervoudige beklemming: zondag.

Ik pijnig mijn hersenen om te bedenken wat ik verkeerd heb gedaan, in het artikel. In zijn laatste gewone brief, die ik heb ontvangen in mijn eerste week hier, wenst de tweelingbroer me nog succes. Misschien is het niet zozeer wat ik heb gepubliceerd, maar dát ik heb gepubliceerd. Leesbaar, voor iedereen.

Dat wordt me eens te meer duidelijk als via e-mail nóg een familiegrief binnenrolt. Volgens een contact bij het *Limburgs Dagblad* heeft tante Margaretha telefonisch haar beklag gedaan over mijn artikel. Dat ik de nadrukkelijke wens van ooms en tantes heb genegeerd om niks te publiceren. Dat de familie niet dol op me is. Dat ze de krant had verzocht om geen vervolgverhalen te publiceren. Dat de familie bang is dat er 'minder leuke dingen over Nonk Theo naar boven komen'. Wat dan, daarover bleef de tante, dezelfde die me voor vertrek had gesmeekt niet te gaan spoorzoeken Down Under, vaag.

Wat moet ik met de toorn van de familie? Ik wil niet op mijn geweten hebben dat ik over het graf van Nonk Theo een vete ontketen die de familie, toch al geen toonbeeld van saamhorigheid, gaat splijten. Maar nee, ik stop niet. Ik wil de waarheid achterhalen. En het verhaal vertellen van een gelukzoeker die nu eens níet als gevierd man de historie is ingegaan.

Ook de verhalen van al die miljoenen mensen die in het theater van het leven slechts een bijrol hebben gehad, of slechts figurant waren, zijn van waarde. Wat er ook met Nonk Theo is gebeurd, zijn leven kan nooit zo pijnlijk zijn geweest dat het maar beter toevertrouwd kan worden aan de vergetelheid.

Nog geen half uur onderweg ben ik, vanuit Copperfield Mining Center, als ik op hem stuit, op Nonk Theo. Tenminste, zo ongeveer moet zijn leven eruit hebben gezien in zijn laatste jaren, maar dan aan de andere kant van Australië. Michael Crowly is de vollere variant van de *bushman*, zoals ze hier mannen noemen die een kluizenaarsbestaan leiden in de wilde Outback, ver van de bewoonde wereld, verstoken van normaal menselijk gezelschap en enig comfort. Drie caravans staan er op het stukje grond dat hij zijn concessie mag noemen, wingewest voor zijn goudkoorts. Want die heeft de 55-jarige Crowly stevig te pakken.

'Wat moet je?' klinkt het vanuit de grootste van de drie caravans, die allemaal zeker twintig of misschien wel al dertig jaar uit de mode zijn.

Ik raak gewend aan dit soort begroetingen. Hoe verder de Outback in en hoe eenzamer het bestaan, hoe groter de achterdocht die je als vreemdeling op andermans erf ten deel valt. Ik draai mijn verhaal weer af, over mijn zoektocht en mijn oom. Crowly neemt me van beneden naar boven op en begeeft zich dan weer naar binnen.

'Kom erin. Thee?'

Het interieur van de caravan is zo mogelijk nog aftandser dan het allegaartje buiten, een samenraapsel van olievaten, machineonderdelen en afval. Het interieur van de caravan past er prima bij, met kastjes van afgebladerd plastic fineer en stoffen bekleding die zo vaal is geworden dat ik amper nog kan zien wat de oorspronkelijke kleur moet zijn geweest. Er hangt een weeïge mannenlucht. Als er al een douchegelegenheid is, dan wordt die weinig gebruikt. Ik houd het er maar op dat Crowly net zijn ochtenddienst erop heeft zitten en nog geen tijd heeft gehad om zich te wassen. Het is tenslotte lunchtijd; de zon is net over zijn dagelijkse hoogtepunt heen.

Michael Crowly oogt als een arme sloeber. Geheel in blauwe, versleten werkjeans. Een gitzwarte zonnebril zit boven op zijn hoofd geklemd als een diadeem op zijn donkergrijze wollen mutsje. De afgeragde schoenen verraden dat hij hier al het nodige werk heeft verzet.

'Hier' is een paar minuten rijden van het eenmanskampement. Met zijn pick-up – mijn Toyota Corolla had het zeker niet overleefd – brengt Crowly me naar wat zijn pensioen moet worden. En meer dan dat, als het dit keer wel meezit. Hij maakt liever niet al te veel woorden vuil aan zijn eerste poging om de 'jackpot te raken'. Het was in de jaren tachtig, precies op dezelfde plek. Na jaren keihard werken in de bewoonde wereld, had hij eindelijk het benodigde kapitaal bijeen gespaard om hier zijn eigen goudmijn te exploiteren. Maar toen donderde opeens de goudprijs ineen, van dik zeshonderd naar minder dan driehonderd Amerikaanse dollar per ounce. Weg alle spaarcenten. Weg gouden droom. Maar Crowly is niet van het opgeven. Al die jaren daarna heeft hij trouw zijn concessie verlengd. Voor de vorm is hij blijven terugkeren voor onderhoud. Anders had een concurrent hem zomaar voor de rechter kunnen slepen om, wegens onvoldoende beheer, zijn concessie in te pikken. Nu, na weer jaren van keihard buffelen en sparen in de bouw, mijnen en het transport, is Crowly klaar voor de herkansing.

Met een olijke blik leidt hij me rond door zijn bescheiden wingewest. Zijn bulldozer heeft al een open wond van zo'n vijftig vierkante meter gemaakt in de aarde. Een paar meter diep gaat de sleuf, naar de plek waar volgens Crowly de ertslaag al aan de oppervlakte komt. De bodem van de sleuf is kurkdroog, een terrakleurige vissenhuid met schubben die los raken van elkaar. Her en der zie ik tegen de wanden een groene uitslag van koper. Maar daar komt Crowly niet voor. 'Veel moeite voor weinig geld.'

Trots slaat de eenpitter op een grote brok rots, net iets groter dan hijzelf. 'Kijk maar eens goed. Hier zit het in.'

De rots is licht van kleur, maar grote stukken zijn bijna zwart, met eromheen een verloop van bruin, naar beige, naar nog lichter. Verderop staat een joekel van een chemische installatie, die het goud uit dit soort brokken erts moet filteren. Ik vraag hem naar de chemicaliën die hij gebruikt, en of die niet ongezond zijn.

Hij wuift het weg. 'Ik weet wat ik doe.' Hij moet alleen opschieten, zegt hij, want de goudmarkt heeft zo zijn eigen klimaat, dat nogal onberekenbaar is. De goudprijs is nu al hoger dan toen hij in de jaren tachtig zijn eerste poging waagde. En de prijs stijgt nog steeds. Als dat zo blijft, is hij binnen vijf jaar binnen en hoeft hij nooit meer te werken.

‘Miljonair?’ vraag ik.

Alleen een kleine grijns. Crowly is er niet gerust op dat hij zijn schip vol goud nu wel op tijd in veilige haven kan loodsen.

‘Amerika is niet meer zo stabiel,’ zegt de man wiens haardos ooit dik en gitzwart moet zijn geweest, maar nu nog slechts vlassig grijs is. Bij het in- en uitklimmen van de sleuf hijgt en kreunt hij van de inspanning. Nog een dreun als in de jaren tachtig komt deze man niet meer te boven.

Hier, in dit niemandsland, begin ik te begrijpen wat mijn oom najoeg. Eerst jezelf het schompes werken in andermans mijnen, sparen en een neus ontwikkelen voor geologie. En dan je eigen *hotspot* zoeken, om daar vervolgens je eigen fortuin te maken. *Strike it rich.* De jackpot raken, en kraken. Maar dan wel vóór je spaarcenten op zijn. Want een goudmijn zonder werkkapitaal, dat is niks.

Nonk Theo had zijn eigen mijn, in Queensland, aan de andere kant van dit uitgestrekte continent. Aan het thuisfront schreef hij in zijn beginjaren vol bravoure dat het hem als ‘eigen baas’ zo goed ging, dat hij binnen een paar jaar misschien wel de hele familie kon laten overkomen. Al maakte hij daar zelf een voorbehoud bij: ‘Maar ik zal maar niet te groot praten. Je kunt nooit weten. Aangezien op het ogenblik de mensen in Mackay pas wakker beginnen te worden en *notis* nemen van That Young Dutchman.’

De brief gaat verder, over ‘Bigshots’ en ‘ratten’ die dachten Nonk Theo en een kompaan in hun ‘klauwen’ te hebben. Maar mijn oom had het spelletje met ze meegespeeld en ze een lesje geleerd, begrijp ik uit de brief. Verdere details ontbreken.

‘Thee?’ klinkt het van boven aan de groeve.

Ik kruip omhoog, de groeve uit. Als ik Crowly kreunend in zijn pick-up zie stappen, besef ik dat hij hooguit twee jaar ouder is dan Nonk Theo toen die op 53-jarige leeftijd zijn laatste adem uitblies. Zelfs mijn opa, stamhouder van een geslacht waarvan de telgen doorgaans met gemak hun pensioen halen, is niet zo jong gestorven.

Alles in deze kamer ademt pure geilheid, copulerende lijven, in alle denkbare standjes. Ik zit in een klein kamertje op een zacht verend bed, met een tijgerprint sprei. Om me heen vier vibrators, rood, wit en vleeskleurig, glad en geribbeld, van maatje mini tot categorie forse zeekomkommer. Elke dag belanden sekshongerige mijnwerkers op dit bed. Voor een portie 'Spaans' – tussen de borsten – bij de wat steviger dames. Of voor een *golden shower*, een potje plasseks, wat in het Engels dubbel passend klinkt, hier in goudmijnstadje Kalgoorlie.

De klandizie van Questa Casa, met ruim een eeuw seksplezier Kalgoorlies oudste bordeel, werkt een kilometer verderop, in de 'Super Pit'. Het is de grootste dagbouwmijn van Australië. Langwerpig, drieënhalve kilometer lang, anderhalve kilometer breed en 360 meter diep. De monsterlijke krater, zelfs te zien vanuit de ruimte, heeft alle kleine mijnen van weleer verslonden. Ooit was de *Golden Mile* een met schachten en schoorstenen besprenkeld landschap. Mijnen met namen als de *Ivanhoe* en de *Golden Horseshoe*, met eromheen mijnwerkershutjes van golfplaten.

Als Nonk Theo hier al ondergronds heeft gewerkt, dan zijn alle fysieke sporen daarvan met vernietigende kracht uitgewist. Nog steeds dreunt hier drie tot vier keer per week de aarde. Gigantische mobiele boorplatforms poten staven dynamiet in geselecteerde percelen, soms een paar voetbalvelden groot, die in één keer worden weggeblazen. Vanaf de rand kun je zien hoe beneden Komatsu-shovels, met alleen al een bek die twee keer zo groot is als een voetbalgoal, het puin opruimen. Joekels van *dump trucks*, die per stuk een paar miljoen euro kosten, rijden per rit elk tot wel 225 ton erts naar boven. Ruimteschepen op aarde.

De vraag naar goud groeit zo hard dat zelfs de bestuurders van een dump truck inmiddels al bijna een halve ton per jaar ontvangen. In euro's, wel te verstaan. Zelfs verpleegkundigen, politiemensen en onderwijzers laten hun roeping voor wat het is en kiezen voor het grote geld van de mijnindustrie. Het aantal vrouwen hier neemt langzaam aan toe, maar het blijft toch vooral een mannenwereld. En dus worden bordelen als

Questa Casa, die volgens de wet van de staat West-Australië formeel nog steeds illegaal zijn, nog altijd oogluikend gedoogd.

'Zonder bordelen wordt het hier een zooitje. Gefrustreerde mannen die zich niet kunnen ontladen, gaan vechten,' zegt de madame van het bordeel, een struise tante die ver boven de honderd kilo weegt.

Op het bed met de tijgerprint speelt ze met een van de dildo's van het huis. Ze is aan het werk. Als gids. 's Avonds wordt hier gedoogd gesekst, overdag is Questa Casa, formeel beschermd als 'cultureel erfgoed', een toeristische attractie. Elke dag weer drentelen groepjes toeristen achter de madame aan.

In Nonk Theo's jaren hier sleten de dames van plezier hun dagen in humpy's, die 's winters steenkoud waren en 's zomers gloeiend heet. Wasruimtes ontbraken. Deelname aan het sociale leven was taboe. De prostituee was een paria die zich alleen mocht laten zien aan haar klanten. Lopendebandwerk was het voor de hoeren die hun graantje mee wilden pikken van het goud dat de duizenden mijnwerkers hier dolven.

Het geld maakte veel goed. In mijn ooms jaren kon een mijnwerker ondergronds tussen de vier en tien Australische pond per week verdienen, afhankelijk van het werk dat hij deed. Een bezoekje aan de hoeren kostte tien à twintig pond.

'De helft voor de dame, de helft voor de madame,' vertelt de eigenaresse van Questa Casa. 'De toppers verdienden in enkele dagen waar menig mijnwerker maanden voor moest zwoegen.'

De madame vertelt over een van Kalgoorlies tophoeren van weleer. Op een dag ontving ze soms wel zeventig klanten.

'Als ze geluk had, hoefde ze niet al die kerels op zich te krijgen, hoor. Kijk, nu is er stopwatchseks. Voor een half uurtje betaal je 130 dollar. Voor alle extra's, zoals een rollenspel of plasseks, betaal je extra. Maar in die tijd mocht je erop tot je klaarkwam. Dan was het afgelopen.'

Dat was voor de klant niet zonder risico. Zeker als die van ver kwam en na maanden in de Outback op springen stond, vertelt de madame droogjes.

'Die dame met zeventig klanten op een dag had er altijd wel een paar die al piekten als ze hun broek nog maar net op de knieën hadden. Dan was het dokken en wegwezen.'

Na de toer blijf ik nog even plakken. Ik wil weten of *Mrs. Seventy* toevallig nog leeft. De madame kijkt me aan, een wenkbrauw opgetrokken. Ik begin te blozen en leg snel uit dat ik Mrs. Seventy om een heel andere reden wil ontmoeten. De madame schudt haar hoofd. 'Helaas. Het spijt me.'

Buiten begin ik op mezelf te foeteren. Had ik nou echt willen gaan voor dat belachelijke *long shot*? Een bejaarde, gepensioneerde hoer lastigvallen met de vraag of ze zich heel misschien mijn Nonk Theo nog herinnert?

Mijn dadenloze sekstoerisme komt voort uit pure frustratie. Ook hier hielden pennenlikkers bovengronds nauwgezet bij hoeveel erts hun ondergrondse collega's in een dienst dolven, hoeveel loon ze daarvoor ontvingen. En ook elk ongeval werd genoteerd, van een klemgeraakte hand tot doden bij een explosie of instorting. Maar terwijl Kalgoorlie toch echt voorkomt in de lijst van afzendadressen van post van Nonk Theo aan het thuisfront, is mijn oogst ook hier nul. Met elke nieuwe constatering dat mijn ooms naam niet in de ongevalsverslagen voorkomt, word ik onpasselijker van mezelf. Mijn drang naar een postuum levensteken begint gênante trekjes te krijgen.

Ik had me wel wat anders voorgesteld van de oogst na tweeënhalve week Outback. Nog even en de eerste van drie maanden Australië is alweer voorbij. Ik moet zo nodig elk lijntje natrekken, uit angst ook maar iets te missen. En wat levert het op? Niet dat ik erin geloof, maar het lijkt de laatste dagen wel of ik vervloekt ben om wat ik hier uitspook. Zo wordt het helemaal niks.

Ik had zelf een Aussie kunnen zijn. Tenminste, als mijn vader zich door Nonk Theo had laten verleiden ook naar Australië te komen. Met nog twee jaar hbs voor de boeg had pap als achttienjarige helemaal geen zin meer om zijn school af te maken. Dat was één jaar na Nonk Theo's vertrek, twee jaar na het overlijden van hun beider vader, mijn opa.

'Hier is werk zat. En als je wilt komen, zou ik toch de school maar afmaken, dan schiet ik je de reis wel voor,' schreef Nonk Theo op 26 maart 1955.

'Hier' is Norseman, met de n van niks. Goudzoeker Laurie Sinclair vond hier zijn fortuin. Volgens de legende ontwaakte hij op een goede ochtend in 1894, om tot zijn stomme verbazing te ontdekken dat zijn paard Hardy Norseman door het geschraap met zijn hoeven een goudklomp had blootgelegd. Het trok duizenden gelukzoekers aan.

Er is nog steeds mijnbouw in Norseman. Vlak bij het centrumpje ligt een rechthoekige bult. Een grijs fort, met dikke wanden restafval dat ondergronds is uitgegraven voor de goudwinning. De honderden mijnwerkers van Norseman Gold hebben hun eigen kantine, recreatieruimten, kroeg en slaapvertrekken, achter de muren van het fort. Ook hier heeft de *fly-in-fly-out-business* het dorpsleven de nek omgedraaid. Weg cricket-, *footy-* en tennisteams. Norseman is gedevalueerd tot sneu slaapdorpje, met vooral achtergebleven oudjes, die foeteren op de mijnenclave.

Toen Nonk Theo hier was, kon je er alles krijgen. Hadden de vele winkels op Princep Street het niet op voorraad, dan kon je het wel aanwijzen in een van de catalogi van de plaatselijke middenstanders en de trein bracht het, vanuit Kalgoorlie of Perth. Het spoor had een idioot monopolie. Ook al toog je naar elders voor inkopen, je móést ze met de trein in Norseman laten bezorgen. Wie toch werd gepakt met 'smokkelwaar' in de kofferbak, kreeg een fikse boete.

Tegenwoordig rijdt de trein alleen nog maar ijzererts van elders in de Outback dwars door Norseman. De plaatselijke winkeliers kunnen geen vuist meer maken tegen import. Norseman is in alle opzichten ten prooi gevallen aan parasieten. De gratis douches voor toeristen zijn onlangs gesloten. Het dorpsbestuur kon de maandelijkse waterrekening van zevenhonderd Australische dollar niet meer ophoesten, vertelt een vriendelijke dame van het toerismebureautje. Ze stopt me wat foldertjes toe, in de hoop dat ik langer blijf dan een paar uur. Ik gaap en ik twijfel. De paar oudjes die hier al waren in de jaren vijftig, heb ik allemaal al gesproken. John, Eric, Bill. De naam Theo Schrooten en zijn zwart-witfoto deden bij geen van hen een lampje branden. En het museum en de mijn? Ach, die kan ik ook vanmiddag nog wel even bezoeken. De dame ziet mijn aarzeling.

'Je moet echt even de *Old Mines Road* op. Daar boven heb je een fantastisch uitzicht over de mijn en het dorp. Je kunt in de verte zelfs de Nullarbor zien.'

De Nullarbor, de woestijn waar Nonk Theo per trein doorheen reisde, op weg naar Adelaide, South-Australia. In die staat heeft hij post verstuurd vanuit Radium Hill, een naam die me door de radioactieve lading alleen al in opperste staat van opwinding brengt. Het is de ultieme tussenstop vóór Queensland. De toerismedame wint. Geen gul gebaar uit medelijden. Ik ben simpelweg doodmoe.

De barman van Norseman Hotel, een uit hout en metalen golfplaten opgetrokken bouwsel in western stijl, houdt zijn hoofd knap in de plooi als ik vraag of hij nog plek heeft. Gewichtig bladert hij door een boekwerkje vol lege pagina's. Hij biedt me de beste kamer aan. Twee oude mannetjes aan de bar kijken op van hun bier en wachten mijn reactie af. Ik kijk in mijn portemonnee. Er zit net genoeg geld in om de kamer van te betalen. De mannen blijven stil, hun halflege glazen op de toog gedrukt. De barman kijkt nerveus. Ik moet met gemak een kwart van de vraagprijs kunnen afdingen.

'Oké dan,' zeg ik.

De mannen aan de bar heffen hun glas naar me, de barman tapt prompt nog een biertje. Hij gebaart afhoudend naar de biljetten die ik naar hem uitsteek.

'Betaal morgen maar. We hebben een geldautomaat, hoor. Hier, proost. Welkom in Norseman.'

Misschien is het mijn alcoholwalm waardoor ik de volgende ochtend niet verder kom dan de receptioniste van Norseman Gold. Het bedrijf achter het grijze fort is sinds de jaren vijftig al vijf keer van eigenaar is gewisseld.

'Archieven hebben bij een overname geen prioriteit,' zegt de receptioniste.

Ze kijkt niet eens op van haar computerscherm. Mijn kater is te hevig om met haar in discussie te gaan.

'Bovendien, wettelijk hoeven we de meeste gegevens maar zeven jaar te bewaren. Dus...'

En hup, ik sta weer buiten. De zon is veel te fel voor mijn bloeddoorlopen ogen. Zie je wel dat ik gisteren gewoon had moeten doorrijden? Dat had me een bom duiten gescheeld. En een houten kop.

Het plaatselijke museum, bij het spoor, voelt weldadig aan. Het is er koel en donker. Hoop op een vondst van waarde heb ik niet. Herstellen is mijn doel hier. Tijd doden, zodat ik over een uurtje of twee weer enigszins nuchter de auto in kan. Schuifelend tussen alle mijnmemorabilia blijft mijn blik hangen bij een zwart-witpanorama van een mijncomplex. Op de voorgrond staan en zitten dik honderd arbeiders. Veel rock-'n-rollkuiven, hier en daar een hoed en bretels. Markante koppen die lijken weggelopen uit films van Laurel & Hardy. Maar wacht. Daar. Op de grond, zittend, tweede van links. De ellebogen rustend op de opgetrokken benen. Een witte bloes met opgerolde mouwen boven wat in kleur een lichtkaki werkbroek moet zijn geweest. Hij kijkt recht in de camera, de ogen enigszins dichtgeknepen tegen de zon, lafjes lachend. Dat postuur, die oren. Die dikke dos donkerblond haar. Nu eens niet met Brylcreem achterover geplakt, maar onstuimig ongekamd, met krulkuif. Het kan hem zo maar zijn, daar voor de Butterfly-mijn. Ergens jaren vijftig. Nergens namen. Ook niet achter op de foto.

In de auto zoom ik in op het panorama, op het schermpje van mijn digitale camera. Ik pak de pasfoto erbij die ik in de National Archives in Perth heb opgeduikeld, van Nonk Theo kort voor vertrek uit Nederland. De neus op het panorama voor me lijkt iets groter. Of toch niet? De oren idem. Of toch niet? Ik weet het niet. Misschien zie ik wel wat ik wil zien. Winter in de Outback en met mijn dronken kop verdwaald in een fata morgana.

Met trillende handen maak ik me klaar voor mijn broodnodige cybershot. Normaal kan ik wel een dag of drie zonder. Maar ik móét nu, hier in Norsemans Telecenter, online met mijn laptop, mijn geheugen, bibliotheek, dossierkast en telecomcentrum in één. Zonder laptop was deze missie tot mislukken gedoemd geweest, ik had met een karrenvracht aan papieren, foto's en filmbanden moeten rondzeulen. Een hele lading research had ik al gedigitaliseerd voor vertrek. Hier, Down Under, komen er dagelijks stapels foto's, papieren en films bij. Er is geen papiertje waarvan ik geen digitale foto heb gemaakt. Zelfs van de aantekeningen in mijn notitieboekjes maak ik een elektronisch kopietje. De harde schijf begint al aardig vol te lopen. Niet voor niks post ik nu en dan gebrande schijfjes naar huis, als overloop en reserve, voor het geval het noodlot toeslaat. Het is een aan idioterie grenzende obsessie, deze uit de klauwen gelopen speurtocht. Laat ze al mijn kleren jatten, mijn paspoort, mijn camera desnoods. Maar ik geloof dat ik gek zou worden als ik op een ochtend zou ontdekken dat mijn laptop weg was.

De foto van de panoramaman die Nonk Theo zou kunnen zijn staat, uitvergroot en enigszins geretoucheerd, klaar voor verzending naar mijn vader. Ik vertrouw mijn eigen waarneming niet. Ik moet en ik zal Nonk Theo vinden. Niet alleen straks, aan het eind van mijn trip, in Mackay, waar ik weet dat zijn graf op me wacht. Ook hier al.

Hoezeer kun je veranderen, in één jaar, trekkend door de Outback, van goudmijn naar goudmijn, zwoegend ondergronds? Ik plak ook die andere foto in de e-mail, die van Nonk Theo, zoals hij als piekfijne kerel van 24 naar Australië vertrok. Zoek de tien verschillen. Ze zijn er. Vast. Maar ik zie ze niet. En pap dan? Kan hij wel uitkomst bieden? Hoe scherp zijn zíjn herinneringen aan die oudere broer, die op een ochtend in de tweede helft van april voor het laatst in zijn donkere slaapkamer stond en afscheid nam met dat weinig zeggende: 'Nou, dan ga ik maar'?

Nadat ik de foto heb verstuurd, zit ik minutenlang op mijn krent. Langzaam ebt de spanning weg om plaats te maken voor een roesje van aangename vermoeidheid.

Ping! Post. Nu al? Dat kan pap niet zijn. Die ligt in Nederland als nachtbraker en late ontwaker geheid nog in bed. Als ik het nieuwe bericht open, gaat mijn ademhaling prompt weer omhoog.

Beste Ferdi,
Mijn naam is Kevin Kakoschke en ik heb jouw verzoek doorgestuurd gekregen van de mannen op het Departement van Mijnbouw. Ik ben

voorzitter van de Radium Hill Historische Vereniging en beschik over een lijst van de meeste kerels die in Radium Hill hebben gewerkt gedurende de tijd dat de mijn in bedrijf was. Ik werkte in Radium Hill van 1953 tot 1962. Ja, jouw oom werkte in de mijn als mijnwerker tussen april en juni 1955...

Ik lees de mail nog eens, en nog eens. Radium Hill, ergens honderden kilometers ten noorden van Adelaide. Een afgelegen oord, omgeven door geheimzinnigheid, waar mijnwerkers in de jaren vijftig volop radioactief materiaal uit de bodem haalden. Uranium, radium. Grondstof voor energie. En meer. Het radioactieve materiaal uit Radium Hill speelde ook een rol in de wapenwedloop van de Koude Oorlog. Met dank aan mannen als Nonk Theo, die het spul uit de grond haalden.

De uraniummijn van Radium Hill is alweer 46 jaar gesloten en verlaten. Eens per jaar, met Pasen, is er een reünie voor oud-bewoners van het mijndorpje, schrijft Kakoschke. In mijn grote wegenboek voor Australië, toch speciaal voor de stoere 4WD-rijder, schittert Radium Hill door afwezigheid. Als ik er al kan komen, gaat me dat een mep geld kosten. Geld dat ik eigenlijk niet kan missen voor de rest van mijn trip. Om nog maar te zwijgen van de risico's daar in dat onherbergzame niks, alleen, ver buiten bereik van gsm-masten. Een ideale plek om een poot te breken of gebeten te worden door een gifslang.

Maar dan lees ik het einde van het mailtje van Kevin Kakoschke, die tegenwoordig in Adelaide blijkt te wonen.

Mocht je ooit in Australië zijn, dan ben je meer dan welkom om contact met ons op te nemen en misschien kunnen we wel een tripje maken naar de 'spookstad' waar je oom werkte. Het is zeker 'Outback Australia'. Cheers, Kevin.

Mijn kater is subiet verdwenen. Enthousiast tik ik een antwoord: ik bén al in Australië en onderweg naar Adelaide! Ik voeg nog wat foto's toe van Nonk Theo, in de hoop dat die alvast wat herinneringen losmaken bij Kakoschke en andere oud-bewoners en -collega's van Radium Hill. Er gaat een rilling door me heen. Zo voelt radioactiviteit dus.

Eindelijk beet. Het stond helemaal niet op de planning, High Wycombe. Maar hier woont een man die hoogstpersoonlijk kan bevestigen dat mijn oom midden jaren vijftig heeft gewerkt in een van de mijnen in Bullfinch. Het plaatsje dat een halve dag rijden achter me ligt, is me vooral bijgebleven om de *willy-willies*. De windhozen, rode draaikolken in de lucht, razen nog steeds nu en dan door Bullfinch. De betonnen fundamenten van het vrijgezellenkwartier, de karkassen van oude auto's, alles ligt er onder een deken van rood fijnzand, rondgezaaid door de willy-willies.

'Hij kwam als *bogger*,' vertelt Peter Bendotti in zijn kaal ingerichte woning aan de glooiende oostkant van Perth. 'Spaghetti' Bendotti, zoon van Italiaanse immigranten, was in Nonk Theo's tijd in Bullfinch salarisadministrateur bij de plaatselijke mijnen.

Ik vertel dat mijn oom elders in de Outback en thuis in Limburg al ervaring had opgedaan met kleine graafmachines op perslucht. Bendotti is niet onder de indruk.

'Ze begonnen allemaal op een bogger. Dat was het makkelijkst te leren. Als je snel leerde op de bogger, mocht je een mijnwerker een handje helpen, met boren en het plaatsen van explosieven.'

Ofwel, als je mocht knallen, dán pas was je iemand ondergronds. Met een serieuze blik vertelt Bendotti over twee mannen die in strijd met de regels verder boorden in een gat dat eerder gebruikt was voor de plaatsing van explosieven. De mijnwerkers ondergronds kregen betaald per voet. Hoe meer rots je wegvrat, hoe meer loon. Het scheelde arbeid als je na een explosie verder boorde in een bestaand gat.

'Levensgevaarlijk! Er kunnen altijd resten van explosieven in een boorgat zitten,' roept Bendotti, met opgeheven vinger.

In zijn functie zag hij elk ongeval in zijn administratie voorbij komen, levend of dood. Het past bij de goklust die voor veel mijnwerkers in die tijd onderdeel was van hun bestaan. Ik kan me niet voorstellen dat Nonk Theo zich heeft laten verleiden tot zo'n stompzinnig potje ondergronds roulette. Alhoewel… In elk geval moet hij zeker van de partij zijn geweest bovengronds, aan de kaarttafels, net als thuis in Heerlerheide. En anders kon hij in Bullfinch altijd nog gokken op de paardenraces, die je op de radio kon volgen. 'Het wedkantoortje zat tegenover de pub,' vertelt Bendotti.

Voor wie dat allemaal te moeilijk vond, was er *two-ups*. Daarbij gooi je twee muntjes in de lucht en gok je op hoe ze vallen: twee keer kop, twee keer munt, of één van elk. Een ongelofelijk stom spelletje, maar wel altijd en overal te spelen, waar je ook bent en hoe dronken je ook bent.

'Hoe weet je eigenlijk zo zeker dat mijn oom in Bullfinch heeft gewerkt? Heb je daar bewijs van?' vraag ik Bendotti.

'Je achternaam, natuurlijk! Man, ik was heel wat gewend, met die mijnwerkers uit al die landen. Zo net na de oorlog stikte het in Bullfinch van de Europeanen. Italianen, Duitsers, maar ook Russen en Joegoslaven. Maar "Sjroeten" – hoe zeg je dat ik dat moet uitspreken? – verdomme, daar brak ik toen al mijn tong over!'

Nonk Theo kan nooit lang in Bullfinch zijn geweest, meent hij. 'Van iedereen die langer dan een paar jaar op de mijn heeft gewerkt, weet ik nu nog het personeelsnummer. Maar van die oom van jou weet ik alleen die gekke achternaam.'

Bendotti probeert het nog een keer, de familienaam die ik deel met Nonk Theo. Hij proest bijna zijn kunstgebit uit zijn mond. Dan verzinkt hij in een pauze, zijn ogen draaien naar het plafond. 'Je oom was de stilste van een duo met Duitse tongval. De een sprak Engels. De ander, die wat kleiner van stuk was, niet.'

Die ander, nog maar krap een half jaar in Australië, moet Nonk Theo zijn geweest. Hij speelde volgens Bendotti zwaan-kleef-aan en kon via zijn tolkmaatje waarschijnlijk ook aan werk komen. Al was daar in die dagen meer voor nodig dan een woordje Engels, knipoogt Bendotti. Hij legt uit hoe de kroeg tevens arbeidsbureau was.

'Je moest zorgen dat je aan de bar naast een opzichter kwam te staan. Dan bestelde je een biertje met een briefje van twintig pond, meer dan een weekloon. Je pakte het biertje, het wisselgeld liet je liggen. Als je mazzel had, pakte de opzichter het wisselgeld en had je een baan, of een beter contract.'

Nonk Theo was niet zo'n prater, herinnert Bendotti zich de kleinste van het Duitstalige duo. 'Voor veel Italianen en Duitsers was het nog maar net na de oorlog. Niet iedereen wilde praten, begrijp je? De meesten wilden de ellende van de oorlog liever achter zich laten. En wat niet weet, wat niet deert.'

Ik laat Bendotti de foto zien van een jonge Nonk Theo.

'Het is in elk geval een Nederlander. Duidelijk,' zegt Bendotti, vooroverbuigend. 'Dat haar. Lang van boven en aan de zijkanten, en dan glad naar achteren gekamd. In de Outback droegen ze het meestal korter. Ja, dat zou 'm goed kunnen zijn geweest.'

Zou. Daar moet ik het mee doen. Ik troost mezelf met de gedachte dat deze hele expeditie waarschijnlijk neerkomt op een puzzel van duizenden stukjes. Met wat geluk heb ik vandaag een of meer stukjes gevonden die ik later nog eens ergens kan aanleggen. Al valt het niet mee, zo'n megapuzzel leggen zonder doos met daarop de afbeelding.

Bendotti ratelt verder, over Bullfinch, met zijn verlichte tennisbanen en zijn zwembad. Eerder op de dag kon ik daarvan alleen nog de fier overeind staande stalen poort terugvinden, met in metaal gesoldeerd de woorden BULLFINCH SWIMMING POOL. Een vreemd gezicht, zo midden in een rode stofvlakte.

'Vrijgezel was jouw oom toch, hè?' vraagt Bendotti.

Ik knik.

'Dan is hij vast weleens met een groepje mannen mee geweest naar Kalgoorlie. Dat gebeurde vooral aan het eind van het jaar. Voor de kerst kwam de belastingteruggave, in een cheque per post. Daarvan gingen ze dan een weekendje de bloemetjes buiten zetten.'

Vrijgezellen die handig waren met de vrouwen, die hoefden niet naar Kalgoorlie om aan hun gerief te komen.

'Genoeg verhalen over single mannen die op bezoek gingen bij een van de getrouwde vrouwen in Bullfinch, als hun man op de mijn was. Het was bekend welke vrouwen weleens wat anders wilden,' zegt Bendotti, grijnzend.

Hij buigt voorover en begint zachter te praten.

'Er waren ook kerels die niet naar Kalgoorlie gingen of op bezoek bij getrouwde vrouwen.'

Hij buigt nog wat verder voorover.

‘Op veebedrijven kwam het ook voor. Aboriginal mannen, die door de politie werden verkracht. En daar deed je niks tegen. De politie had wapens, hè.’

Ik kijk Bendotti vragend aan.

‘Ja, je had destijds in de Outback ook mannen die homoseksueel werden.’

Werden. Lijdende vorm. Alsof je er niks aan kon doen, als man met je zwakke vlees, te midden van vooral seksegenoten.

Als ik afscheid heb genomen van Bendotti en koers zet naar Perth, krijg ik het homoverhaal maar niet uit mijn hoofd. Van alles heb ik bedacht als reden voor Nonk Theo om te emigreren. Het beklemmende milieu destijds, het gepredestineerde bestaan dat kerk, mijnen en opa voor mijn oom in petto hadden. Een trauma, na het plotselinge overlijden van opa of als nawee van de Tweede Wereldoorlog. En gewoon de hang naar avontuur en een beter leven. Of een combinatie van dit alles. Maar een afwijkende seksuele geaardheid? Dat was in het Limburg van de jaren vijftig in elk geval onbespreekbaar. Homo in de mijnen. Elke dag, na een dienst ondergronds, samen douchen en elkaar poekelen – de rug wassen – wat een kwelling.

Voor zover ik nu weet heeft Nonk Theo in Australië nooit de ware liefde gevonden bij een vrouw. Ja, hij schreef er weleens over, als mijn vader hem eind jaren zestig had bericht over de geboorte van mijn broer en mijn zus. Hij stuurde dan altijd een brief met zijn hartelijke gelukwensen. Maar van zijn kant bleef het stil op het liefdesfront. Dan schreef hij dat hij het te druk had voor een vaste relatie. Een paar maanden na de geboorte van mijn broer Richard, grapte Nonk Theo in een brief dat de familie Schrooten ‘met grote schreden’ aan het uitbreiden is en dat ook hij toch maar eens moest trouwen ‘om nog met die uitbreiding behulpzaam te zijn’. ‘Maar ja, zo gaat dat met het werk dat ik mezelf op de hals gehaald heb. Soms zie ik drie maanden lang geen vrouw, om over trouwen maar te zwijgen,’ aldus mijn oom in een brief van september 1967 vanuit Mount Britton, Queensland, waar hij zijn eigen goudmijn runde.

Twee jaar later, februari 1969, ontving mijn vader een laatste brief van hem. Wederom felicitaties, deze keer vanwege de geboorte van mijn zus, gevolgd door een hoofdzakelijk problematisch relaas, van niet meer dan een paar regels. Over de zoveelste rechtszaak om zijn goudmijn, over ongedierte, verzengende hitte, en uitblijvende neerslag. Niks over vrienden, liefde of andere persoonlijke beslommeringen.

'Voor de rest maar afwachten en zien wat het geeft in de volgende paar weken. Jou, je vrouw, zoon en dochtertje het beste toewensend, je broer Theo.'

Dat is het laatste wat mijn vader ooit van zijn toen 39-jarige broer in Australië heeft vernomen. Ik vraag me af of Nonk Theo in brieven aan andere familieleden ooit iets meer heeft geschreven over zijn liefdesleven. Iets wat het daglicht niet kan verdragen, wat absoluut geheim moet blijven. Misschien wel aan zijn tweelingbroer. Die weet immers meer dan hij me heeft verteld. Of is het allemaal pure inbeelding, geboren uit een niet meer te stillen honger naar het leven van de nomen nescio uit de familie?

Een *long shot*, zo noemde de medewerkster van *The West Australian* het. Een paar dagen geleden stuurde ik de krant een persbericht, in de hoop dat het onder ogen zou komen van oude bekenden van mijn oom. Het resultaat staat vandaag in de krant. Een klein stukje tekst over een Nederlandse neef die op dit moment in West-Australië is om de sporen te zoeken van zijn overleden oom. De foto van een 24-jarige Theodor Luzian Schrooten, het stempel met de tekst EMIGRATIEDIENST deels op de schouder van zijn donkere kostuum gedrukt, is groter dan het hele artikeltje.

Aan de koffie in Shoalwater, een vergrijsd kustplaatsje aan de Indische Oceaan, realiseer ik me dat mijn *long shot* een compleet waanzinnige voltreffer heeft opgeleverd. Het wemelt hier vijftig kilometer ten zuiden van Perth van de rimpelige pensionado's. Tegenover me staren twee guitige knikkers me aan. Het zijn de ogen van Hubert Paas, een man van 84. Glunderend toont hij zwart-witfoto's van de Tweede Wereldoorlog, toen hij als commando bij de Britten mee vocht tegen de nazi's. Daarna was hij jarenlang 'oorlogscorrespondent' in Nederlands-Indië, namens de legervoorlichting. Met pen én revolver reed hij mee door de jungle, op een truck van Nederlandse KNIL-militairen.

'Ook de aalmoezenier schoot toen op patrouille de Jappen uit de bomen, hoor,' vertelt Paas, alsof dat de normaalste zaak van de wereld was.

Veel meer dan al zijn oorlogsanekdotes is het onze ontmoeting die bizar is. Ik reis naar de andere kant van de wereld, op zoek naar de sporen van een dode oom uit Heerlerheide. En wie tref ik daar? Zijn overbuurjongen, Hubert Paas, van Rennemigstraat 25.

Hij heeft een speciale connectie met de familie Schrooten. Dat was eigenlijk ook de reden dat hij me belde, na het lezen van het artikeltje in *The West Australian*. Onbedoeld rijt Paas daarmee een ander familietrauma open: Johann Schrooten. Een van de oudste zonen van het gezin, nog geboren in het Duitse Hamborn, jaren voordat mijn opa met zijn gezin verkaste naar Zuid-Limburg.

Paas vertelt hoe hij in zijn jeugd lid was van de Jonge Wacht, een soort padvinderij, maar dan van de rooms-katholieke kerk. Oom Johann was in de jaren dertig een van de leiders van deze jeugdbeweging, die tijdens de Tweede Wereldoorlog door de nazi's werd opgeheven.

'Het was niet makkelijk als je veertig knapen onder je had. Maar deze man hield ze onder de duim. Van nature.'

Een mengeling van respect en genegenheid klinkt door in Paas' brekende stem. Zijn ogen worden waterig bij het jaartal 1938, toen oom Johann vertrok naar wat nu Indonesië is. Zijn missie als vliegenier bij de luchtmacht duurde maar enkele maanden. 'Hij overleed aan een tropische ziekte,' herinnert Paas zich. 'We hebben met dertig man van de Jonge Wacht zitten huilen toen we het bericht kregen. We waren er helemaal kapot van. Ik heb het overlijdensbericht altijd bewaard.'

Hij neemt een slok van zijn inmiddels koude koffie en drinkt vervolgens de hele kop leeg.

'Ja, ja, de familie Schrooten. Ik liep er elke dag langs. Moeder Schrooten, die kon wel van adel zijn. Een echte dame,' zegt hij.

Zelf is Paas in 1951 geëmigreerd. Down Under heeft hij Nonk Theo nooit ontmoet. Hij herinnert hem zich amper. Een foto van mijn oom, gemaakt kort voor vertrek uit Heerlerheide, zegt hem niet zo veel, al herkent hij er wel Schrooten-trekjes in.

'Het was een van de meest hogelijk gewaardeerde gezinnen van Heerlerheide. Stuk voor stuk fijne mensen. Beschaafd. En vurig katholiek. Alles wat er in de kerk gebeurde, daar deden ze aan mee.'

Behalve Nonk Theo dan, zeg ik.

Daar moet Paas om lachen, en hij vervolgt zijn schets van het gezin, in zijn ogen een soort katholieke mijnwerkersadel: 'Ze speelden niet zo veel met ons. Ze waren meestal aan het leren en lezen. Ik kan me ook niet echt herinneren dat je bij ze thuis mocht komen.'

Ik knik. Zo was het. Niet zozeer omdat het gezin Schrooten zich beter voelde dan de rest. Het was eerder schaamte, zo heeft mijn vader me weleens verteld. Schaamte van mijn oma over haar afkomst. Nadat opa's eerste vrouw was overleden, ging hij terug naar Polen. Daar haalde hij een halfzus van de overleden eerste vrouw. Die tweede vrouw, mijn vaders en Nonk Theo's moeder – en mijn oma – was wat je met een rotwoord een bastaard noemt. Een onecht kind, voortgekomen uit een scheve schaats van mijn overgrootvader. In die tijd een schande die je liever niet aan de grote klok hing.

Hubert Paas kijkt me zwijgend aan. Ik heb een barst getikt in het kristal dat de familie Schrooten in zijn beleving altijd was. Hij zakt achterover als hij hoort van het auto-ongeluk van mijn opa, in Paas' ogen een pater familias met aristocratische trekken. Altijd piekfijn verzorgd en in pak. Opa's plotse dood moet diens gezin in totale verwarring hebben achtergelaten, beseft ook Paas. Hij heeft het nooit meegekregen, hij zat toen al twee jaar in Australië. Nonk Theo zou een jaar later zijn biezen pakken. Ook dat nog.

'Eerst Johann, toen je opa en toen Theo. Alle drie weg, voor altijd. Ongelofelijk,' zegt de oude man, starend naar de foto van een nog jonge Nonk Theo. 'Wat een drama.'

Het lijkt te onbenullig voor woorden, paranoïde ook. Zoiets onschuldigs als een verlofregistratie VERTROUWELIJK verklaren. Maar dit is niet een documentje van zo maar een organisatie of bedrijf. Het gaat hier om de mijn van Radium Hill. Anno 2007, bijna vierenhalf decennium na de sluiting van de uraniummijn, zijn delen van de archieven nog steeds niet vrijgegeven en is Radium Hill nog altijd omgeven met een waas van geheimzinnigheid. Toen de mijn in bedrijf was, tot 1963, gold op het terrein een verbod op fotografie. Want hier, 460 kilometer ten noordoosten van Adelaide, werd niet zo maar een ondergrondse delfstof gedolven, maar uranium. Radioactief materiaal, waarvan *The Register*, een krant in Adelaide, zeven jaar na de eerste vondst in 1906 trots de ontzagwekkende potentie beschreef.

> Eén ounce is al genoeg om drie van de grootste oorlogsschepen voor een periode van tweeduizend jaar te laten varen. Het betekent dat vreemde naties genoodzaakt zullen zijn om bij ons hun energie te verkrijgen, waarmee ze hun steden kunnen verwarmen en verlichten, en die ze tevens kunnen aanwenden als middel voor defensie en aanval.

Met het uranium uit Radium Hill groeide de staat South-Australia in de jaren na de Tweede Wereldoorlog uit tot een hoofdrolspeler in de internationale proliferatie van kernenergie én atoomwapens. In maart 1952 tekende de staat een contract met Groot-Brittannië en de Verenigde Staten om zeven jaar lang grondstof te leveren voor defensiedoeleinden. Radium Hill was met zijn uraniummijn in één klap een nucleaire spil in de Koude Oorlog tussen Oost en West: van het uranium uit Radium Hill maakten de Britten atoombommen, die ze testten in Maralinga en Emu Field, in het westelijke niemandsland van South-Australia.

In al zijn wijsheid heeft de staat South-Australia besloten mijn beroep op de Wet Vrijheid van Informatie te honoreren, met dank aan de achternaam in mijn paspoort. Het resultaat is bescheiden. Een scan met referentie GRS/11759, die het blauwe A5'je extra geheimzinnig maakt. Het bevestigt de bijdrage van mijn oom aan de hoogtijdagen van de Koude Oorlog, als delver van munitie voor nucleaire massavernietigingswapens. Theodor Schrooten was mijnwerker met personeelsnummer 3557 op Radium Hill. Negentig dagen lang, van 19 april tot en met 28 juni 1955, groef hij ondergronds met een allegaartje aan nationaliteiten naar een van 's werelds krachtigste delfstoffen.

Niet zonder risico, hoor ik van Kevin Kakoschke, oud-koempel van de uraniummijn en voorzitter van de historische vereniging van Radium Hill. Hij probeert de herinnering aan een van Australisch meest omstreden projecten ooit levend en positief te houden.

'Het was gevaarlijk werk, zeker in de eerste jaren. Je klom als een aap omhoog aan een touw. En je stond op een ladder, met van die zware *air legs*,' zegt Kakoschke, doelend op grote, pneumatische boren.

Met zijn machtige terreinwagen rollen we door de restanten van wat ooit een bruisend dorp was. Zelf kwam Kakoschke naar hier als zestienjarige zoon van een mijnwerkersgezin. Radium Hill was een veredeld kampement van tenten en hutjes.

'Het was een ruige bedoening in die beginjaren. Je moest voor jezelf kunnen opkomen. Er was nog geen politie. Het recht van de sterkste gold. Er waren veel vechtpartijen en stakingen. Allemaal uit verveling. Tja, er was niks te doen.'

Kakoschke, kwiek voor een man van 73, herinnert zich hoe in die beginjaren een woeste meute bijna een man had opgehangen. 'Omdat hij had gevochten met een stukgeslagen fles.' Een doodzonde volgens de ongeschreven regels die hier toen golden. 'Op het dak van twee *cubicles* legden ze een balk, voor de strop,' wijst Kakoschke.

Er steken alleen nog wat betonnen pilaren uit de grond, waarop ooit de cublicles stonden, de vierkante hutjes van metalen golfplaten waar twee mijnwerkers in konden slapen. Uiteindelijk kwam de vechtjas met de schrik vrij. 'Ik weet niet meer waarom. Ik weet alleen dat hij van geluk mocht spreken,' zegt Kakoschke.

Toen Nonk Theo hier arriveerde, hadden de autoriteiten de boel al aardig aangeharkt. Sinds eind 1953 was er politie. Radium Hill werd een modeldorp, met een school, een ziekenhuis, 165 huizen voor gezinnen en 220 tweepersoons cubicles, voor de vrijgezelle mijnwerkers. Die kwamen van overal en nergens. De plannen voor de uraniummijn zongen rond in kranten en pubs.

'Het waren mannen die de regenboog volgden, en het geld. Pioniers en avonturiers,' vertelt Kakoschke.

Hij vindt het ongemakkelijk als ik begin over de bestaansgrond van zijn Radium Hill. In de naoorlogse jaren was er vooral trots over de supergrondstof die gewonnen werd in Radium Hill, dat zich met recht een *boom town* mocht noemen, en niet alleen om zijn snelle naoorlogse groei. De eerste trein die hier eind 1953 aankwam, heette de Atomic Comet. Op het shirt van de plaatselijke voetbalclub stond een afschrikwekkende paddenstoelwolk. De nieuwsbrief voor de inwoners heette de *Radio Activity*, een naam die Kakoschke trouwens nog steeds gebruikt, maar dan voor zijn blaadje voor de oudgedienden van Radium Hill.

'Allemaal onschuldige knipoogjes. Zie het in de geest van die tijd. Voor mensen was Radium Hill werk, een kans op een fatsoenlijk bestaan. Niks meer, niks minder.'

Geen gewetenloze klojo's dus, die klaar stonden om hun bijdrage te leveren aan de ultieme oorlog met het ultieme massavernietigingswapen, *Made in Australia*, met de groeten uit Radium Hill?

'Nee, gewoon hardwerkende mensen, die hier in de Outback uit het niets een nieuw leven wilden opbouwen,' zegt Kevin, nu duidelijk geprikkeld.

Op een zwart-witfilmpje heb ik kunnen zien hoe ze met vijftien man tegelijk afdaalden in de 420 meter diepe schacht. Beneden wachtten explosieven, pneumatische drilboren en eveneens door perslucht aangedreven treintjes, voor de aanvoer van mankracht en materieel, en de afvoer van brokken losgeblazen en uitgeboord radioactief erts. Ze lachten allemaal, de mijnwerkers, als ze afdaalden, of wanneer ze in het treintje door de kleine gangetjes reden, in hun vierkante wagonnetjes.

Nog steeds staan er bij het mijncomplex, een paar minuutjes rijden van het dorp, gele borden met een driepotig zwart waaiertje. Ze waarschuwen voor straling als gevolg van mijnbouw en natuurlijke dagzomen, ertslagen die blootliggen aan de oppervlakte.

Nonk Theo vond Radium Hill bepaald geen oase in de woestijn. 'Veel bijzonders is het hier niet,' schreef hij in juni 1955 aan mijn vader, over het plaatselijk vertier: een bibliotheek, een biljartzaal. 'Amerikaans, met gaten in de tafels en 22 ballen. Verder is hier een kantine waar je een paar uur per dag bier kunt drinken. En een bioscoop, met drie keer per week film. In de buitenlucht. Zodat het, aangezien het hier winter is, soms tamelijk fris is.'

Kakoschke moet erom lachen. Hij hield van die drive-inbioscoop. De bevolking had, weinig verrassend, een duidelijke voorkeur voor het steviger genre, liefst westerns.

Nonk Theo had weinig op met de competities voor het mooiste voortuintje, die naast het kweken van gemeenschapszin ook een praktisch doel hadden: vergroening van Radium Hill in de strijd tegen het altijd aanwezige stof. De gedwongen rust op zondag was ook niet aan mijn oom besteed, zo schreef hij mijn vader.

'Zondags is alles dicht. Dan ga ik meestal met een Rus, een Pool en een Duitser op jacht. Er zitten hier nogal wat kangoeroes. We hebben twee kangoeroehonden die zijn afgericht op het vangen van deze dieren. En die ze daarna, na een gevecht van soms een half uur, kapot maken. Hetgeen zeer spannend en interessant is.'

Honderden, misschien nog wel veel meer beesten moet hij hier hebben afgeknald. Vooral tijdens de uitjes naar de Luxemburgs, een gebied een paar kilometer verwijderd van het modeldorp.

'Op weg ernaartoe knalde je er vaak al een of meer af. Gewoon, voor de fun,' vertelt Kakoschke, terwijl hij relaxed met een hand aan het stuur zijn Toyota-tank door het onherbergzame landschap dirigeert. Konijnen waren er nog meer dan kangoeroes in zijn tijd hier. Met een goed schot kon je een half dozijn in een kwartier afknallen.

'Meer dan je op kon eten, in elk geval,' grapt Kakoschke.

'*Our show*,' zo noemden mannen uit Radium Hill een eigen lapje grond op de Luxemburgs, waar ze af en toe met zijn tweeën of drieën naartoe gingen. Een hangplaats tegen de verveling, voor oer-mannelijk vertier. Eigenlijk was de Luxemburgs één groot excuus voor vrije jongens om nu en dan het keurige, brave dorp te ontvluchten en als jongens onder elkaar een beetje de rebel te spelen, de beest uit te hangen.

Daarbij hoorde ook de jacht op koper en goud, dat hier onder het oppervlak zit. Ik kijk in een van de ronde, van brokken rots gemetselde bassins. Hier behandelden de mijnwerkers de erts met cyanide, om het goud eruit te krijgen. Her en der, waar de steen helemaal geel is uitgeslagen, is met zwavelzuur het koper uit erts gehaald.

'De kans is fiftyfifty dat mijn vader Theo een keer of wat in het weekend heeft meegenomen, naar hier,' zegt Kakoschke. 'Waarschijnlijk zat hij dan bij de Duitsers en de Oostenrijkers.'

Het ging er bepaald niet zachtzinnig aan toe tijdens die weekendjes. Waar rond de uraniummijn alles strak geregeld was, met eindeloze veiligheidsvoorschriften en bier op de bon, was het op de Luxemburgs vrij spelen. Twee van de vier privéauto's in Radium Hill smokkelden regelmatig sterkedrank – streng verboden – en andere contrabande het dorp binnen. De sterkedrank, doorgaans rum, verdween stiekem naar de Luxemburgs, samen met van de mijn gepikt geligniet, een gelei-achtig explosief.

'Daarmee bliezen die kerels in hun mijnen hier de boel op,' vertelt Kevin. Hij schudt zijn hoofd afkeurend. 'Twee kerels hebben hier een keer zo veel geligniet onder de grond gestopt, dat bij een explosie een enorme brok steen de lucht in vloog en de motorkap van hun truck vermorzelde. In plaats dat iedereen zich rot schrok, stonden ze erbij te schaterlachen.'

Ik struin nog eens langs de bassins en de restanten van de schachten die naar de ondergrondse minimijntjes leiden. De eigenaren hoopten stiekem ooit de hoofdprijs te vinden. Al was alle arbeid hier vooral ook voor de *fun*. De bijvangst aan goud en koper op de Luxemburgs in de dik zeven jaar dat de uraniummijn verderop open was, was karig. Maar toch. Eén groot jongensboek beleefden jonge kerels als Nonk Theo hier, in hun vrije weekends, kamperend tussen kangoeroes en konijnen die ze, al dan niet dronken, tussen het ondergrondse geknal met geligniet door, met soms tientallen per dag het licht uit de ogen schoten. Machtig.

De volgende ochtend rijden we niet ver van het oude dorp over een vlakte.

'Kijk, daar,' zegt Kevin, in de verte wijzend.

Ik speur de vlakte af. Verrek. Emoes. Twee stuks, op een meter of honderd. Kakoschke aarzelt niet. Hij stopt de auto, loopt naar de kofferbak en pakt zijn geweer. Met de loop op de bovenkant van het autoportier legt hij aan. Een doffe knal. De kogel suist de verte in. Mis.

'Shit,' zegt Kevin. 'Kom, we moeten dichterbij zien te komen.'

Behoedzaam en gebukt sluipen we dichterbij. Als we zijn genaderd tot een meter of vijftig, drukt Kakoschke me zijn geweer in de handen en knikt.

'Toe maar.'

Ik aarzel slechts een tel. Met grote moeite weet ik het kruisje van het vizier op het lijf van de grootste emoe te krijgen. Steeds als ik wil afdrukken floept het beest uit beeld. Met een klap slaat de kolf tegen mijn schouder. De emoe kijkt op. Mis. Verdomme.

'Valt niet mee, hè,' zegt Kevin.

'Geef maar,' zegt hij. Hij pakt het geweer, laadt twee nieuwe patronen en drukt het wapen weer in mijn hand, plus nog wat extra kogels in de andere.

'Nou, kom op. Knal er eentje neer.'

De adrenaline pompt. Ik moet en zal zo'n beest raken. De emoes hebben ons inmiddels in de peiling. Ik begin gebukt te lopen met het geweer, stop, leg aan, schiet. Twee keer mis. De emoes zetten het op een drafje.

'Laat ze niet ontsnappen!' sist Kevin.

Op de grond ligt een plakkaat gifgroene smurrie die wel radioactief kon zijn.

'Emoeschijt,' zegt Kevin.

Ik hannes met het geweer. Eindelijk heb ik twee nieuwe kogels geladen. Laatste kans. Het eerste schot laat het stof opspatten, pal naast de grootste emoe. Bijtend op mijn tong leg ik nog één keer aan. Bam...

In een galante cadans verdwijnen de emoes langzaam uit zicht.

'Niet slecht voor een eerste keer in de Outback,' zegt Kevin, met een klop op mijn schouder. 'Dat laatste schot scheelde niet veel.'

'Dank je,' zeg ik, uit beleefdheid.

'Gelukkig ook maar,' zegt Kakoschke terwijl hij wat stof van zijn zonnebril blaast. 'Emoes zijn hier beschermd. Op het doodschieten staat een boete van duizenden dollars.'

'Wat? En jij laat me op die beesten schieten?'

'Ik dacht, die jongen raakt toch niks.'
Kevin pakt het geweer en ontlaadt het.
'Heb je honger?'

Met zichtbaar gemak jaagt Andy Treloar, eigenaar van de enorme schapenfarm Tikalina Station, zijn oude Cessna over de stoffige startbaan de lucht in. Ik merk er niks van dat hij gisteravond twee flessen wijn soldaat heeft gemaakt. Hij had ook een goede bodem, met die barbecue op de veranda van zijn boerderij. We hebben aardig wat vlees weggewerkt, Kevin, Andy en Peter, de kangoeroejager die bij Andy inwoont en van wie ik alleen zijn voornaam mag weten. Na lang aandringen had Peter me zijn buit van de afgelopen dagen laten zien, in de halfvolle koelcontainer naast de boerderij. Veertien lijken. Ondersteboven. Tien grote bruine en vier kleine grijze. Allemaal zonder kop. De dikke, krachtige staarten waren driekwart doorgesneden en hingen omgeklapt naar beneden. Consumptievlees. Voor honden. Ik heb nog gevraagd of ik mee mocht, de Outback in, met zoeklichten kangoeroes verblinden om die vervolgens verstijfd af te knallen. Hij was onverbiddelijk: geen toeristentrips.

De ideale gelegenheid. En die heb ik verprutst.

In een mum van tijd zweven we boven Andy's boerderij en de omliggende landerijen. Waar het landschap beneden zo stoffig rood en rotsachtig is, oogt het vanuit de lucht een stuk groener. Het is maar een paar minuten vliegen naar de Luxemburgs. Vanuit de Cessna zijn de bassins en de kleine mijntjes goed te zien. Even verderop doemen de gelige restanten op van de uraniummijn. De grote, ronde watertoren en de nog hogere schachttoren, plus nog wat andere stenen restanten. Samen vormen ze een robuust monument, nog steeds modern en fraai van stijl. Daar had de historische vereniging eigenlijk haar museum over Radium Hill moeten vestigen. Nu zit dat in een hutje van golfplaten, vlak bij Andy's boerderij. Een kneuterige bedoening. Je ervaart geen moment de impact van Radium Hill die je voelt als je tussen de imposante, metershoge overblijfselen van de uraniummijn zelf staat. Maar gelet op de waarschuwingsbordjes voor straling rond het oude mijncomplex, mag daar waarschijnlijk niet eens een museum komen.

Kakoschke tikt me op de schouder en wijst. Daar, op de begraafplaats, liggen de graven van een paar pioniers van Radium Hill die de sluiting van de mijn in 1963 niet meer hebben meegemaakt. Toen het internationale contract voor uraniumleverantie met de Amerikaanse en Britse bondgenoten afliep, was dat de doodsteek voor de mijn en het dorp. Alles wat nog van waarde was, ging met de bewoners op transport, naar elders in Australië, naar een nieuwe mijn, naar een nieuw leven. Op zwartwitfilmpjes uit die tijd, bij het afscheid van Radium Hill, ogen en klinken de laatste bewoners teleurgesteld, maar niet verslagen. Het zijn stuk voor stuk immigranten uit Europa. Tussen de Engelse woorden, knauwerig uitgesproken op zijn Australisch, klinken Poolse, Duitse en Nederlands wortels door. Nonk Theo zal gelezen hebben over de sluiting van Radium Hill. In heel Australië besteedden de kranten er in 1963 volop aandacht aan. Hij zat toen al lang en breed in Queensland, waar hij op Mount Britton met een paar kompanen een goudmijn runde.

Ik kijk naar het oosten, waar de zon steeds hoger begint te stijgen. Het wordt langzamerhand aardig warm in de Cessna, die onverstoorbaar boven de Outback bromt. Mijn blik zoekt aan de horizon. Daar, op een uur of half elf, een kleine tweeduizend kilometer door de Outback ten noordoosten van hier, moet Mackay liggen. Rond dat suikerrietstadje sleet Nonk Theo de meeste van zijn Australisch jaren. Ik kan er niet langer naar kijken. De zon verblindt me. Net als bij al die kangoeroes, voordat mijn oom ze een kogel door de harses joeg. Beneden springen een paar skippy's over de vlakte. Denkbeeldig leg ik aan. Bam-bam-bam.

In Kakoschkes caravan maak ik me klaar voor de nacht. Mijn laatste in Radium Hill, na een memorabel laatste avondmaal. Yabby's, zoetwaterkreeften, met een fuikje gevangen aan de rand van een van de waterbassins van de schapenfarm. De beestjes waren zo stom om zich tegoed te doen aan de restanten van de *barbie* van gisteravond. Een van Kakoschkes opzetjes om me mee te nemen, terug in de tijd.

'Ik weet bijna zeker dat je oom dit hier ook weleens heeft gedaan,' zei hij, toen we aan de rand van het bassin elk vijf gekookte yabby's naar binnen werkten.

Best oké, hoor. Maar het haalt het niet bij het echte werk, het kangoeroeknallen waar ik gisteravond voor mijn gevoel zó dichtbij was.

Ik pak mijn tandenborstel en wil naar buiten lopen, de magnifieke sterrenhemel tegemoet.

'Wat ga jij doen? Stap in,' zegt Kakoschke, knikkend naar zijn Toyota LandCruiser.

Een paar minuten later struinen we in het pikkedonker de verwilderde randen af van wat ooit het dorp Radium Hill was. Kakoschke zigzagt over het terrein, het schijnsel van de koplampen over het terrein zwaaiend. Tussen mijn benen staat het jachtgeweer, geladen en wel.

'Daar!' roep ik *trigger-happy*, als ik opeens twee glinsterende kraaltje zie, op een meter of twaalf afstand.

'Dat is maar een konijn, hoor,' zegt Kakoschke, die niettemin stopt.

Zachtjes open ik het portier en stap uit. Mijn prooi kijkt nog steeds als bevroren in de koplampen. Even houd ik mijn adem even in. Paf.

Kakoschke stapt uit.

'Krijg nou wat.'

Ik kijk naar de plek waar ik net nog de twee glinsterende puntjes zag. Als ik dichterbij kom, grist Kakoschke het slachtoffer omhoog.

'Goed schot. Zie je? Door de schedel naar binnen en dwars door het lijf weer naar buiten. De kogel heeft zelfs de achterpoot gebroken. Die was op slag dood.'

Hij loopt terug naar de kofferbak en legt het lijk op een ouwe krant. Ik voel schaamte, ook omdat ik weet dat we dit konijn niet meer gaan opeten. Toch wil ik meer. Even later schiet ik nog een konijn. En nog een. Bij gebrek aan beter. Het echte werk moet hier nog volop rondspringen. Vanochtend zagen we er nog genoeg, vanuit het vliegtuig. En ook vanmiddag hebben we nog een stel gezien, op weg naar de Maldorkies, een schilderachtige rotsvallei aan een snelstromende rivier. Kakoschke gaf me daar een lesje geologie, over gesteente en mineralen, en liet me daarna even zoeken met een metaaldetector. Mijn oogst: een stompe spijker, daar verstopt door Kakoschke. Hij vond het wel geinig. Ik dacht echt heel even dat ik bij mijn eerste snuffeltocht met een metaaldetector meteen al goud had gevonden.

De hoop om in de voetsporen van mijn oom te treden, als tweede kangoeroeknaller van de familie Schrooten, vervliegt. Het loopt al tegen middernacht. Stand van de teller: Flappie: 3; Skippy: 0. Dan opeens glanzen, achter een struik, twee geelgroene knikkers. Ze zijn te groot voor een konijn. Heel flauw ontwaar ik boven de ogen iets van een grijzige vacht. Voorzichtig leg ik aan. Bám! Met een spastische sprong springt mijn prooi vanachter de struik omhoog en ploft neer achter een grote steen. Ik pak mijn zaklamp en sluip dichterbij. Achter de steen ligt een kleine 'euro', een grijzige, jonge kangoeroe. Zwaar ademend en trillend staart het beest me angstig aan. Ik leg aan, op nog geen meter afstand, als Kakoschke op me af springt en het geweer omlaag slaat.

'Ben je gek geworden? Voor je het weet heb je een ricochet en ligt een van ons met een kogel in zijn kop naast dat beest.'

Kakoschke pakt de stuiptrekkende kangoeroe bij zijn staart. Nu pas zie ik hoe groot het beest is. Of eigenlijk: hoe klein. Nog geen meter lang, van kop tot staart. Een jonkie. Kakoschke kijkt naar de schotwond recht onder de kin.

'Je hebt wel beter geschoten vanavond.'

Nog voor ik kan antwoorden zwiept hij de kangoeroe met volle kracht tegen de rots. Ik hoor de schedel splijten.

'Zo. Dat zou voldoende moeten zijn,' zegt Kakoschke, achteloos wat pluisjes vacht van zijn handen vegend. Het dode beest ligt al in het gras. Te veel bloed voor in de kofferbak.

De volgende ochtend, terug op weg naar Adelaide, is het stil in de auto.

'Alles oké?' vraagt Kakoschke.

'Ja, prima,' antwoord ik.

Het was geoorloofd. Zoals wetenschappers experimenten uitvoeren op ratten, muizen, honden en apen, zo moest mijn skippy sneuvelen voor een potje *male bonding* met mijn dode oom. Toch voel ik me vooral naar. Ik ben er meer een voor het modeldorp van Radium Hill dan voor de Luxemburgs.

'Weer een stukje dichter bij je oom, nietwaar?' zegt Kakoschke vanachter zijn kolossale zonnebril, terwijl hij zijn LandCruiser over een rotsige stofweg dirigeert.

'Dit had je toch niet willen missen, hè?' probeert hij nogmaals.

Ik knik.

Kakoschke grijnst tevreden. Hij wil me nog één ding laten zien, voordat we het gebied rond Radium Hill definitief verlaten. Een paar kilometer buiten het oude mijnwerkersdorp stopt hij bij een rotsachtige helling, bezaaid met prachtig mineraal gesteente. Na enig zoeken raapt hij een paar zwarte blokjes op, nagenoeg perfecte dobbelsteentjes, een halve tot een hele kubieke centimeter groot.

'Ze ontstaan spontaan, in de loop van miljoenen jaren,' zegt Kakoschke.

Hij drukt me een paar steentjes in de handen, als aandenken aan Radium Hill. Ik stop ze in mijn broekzak en hoop dat ze me geluk brengen, de rest van mijn trip. Maar dan moet ik wel steun krijgen uit onverwachte hoek, bedenk ik als Kakoschke me even later vertelt hoe deze zwarte steentjes in de volksmond heten: *Devil's Dice*. De dobbelstenen van de duivel. Ergens kan het me geen donder meer schelen als die me een handje helpt.

De leegte in Radium Hill, en ook daarvoor in de Outback van West-Australië, heeft iets met me gedaan. Een striemende windhoos vol zand langs je gezicht, in een eindeloze vlakte. De brandende zon overdag, of 's nachts de warmte van een kampvuur, onder de donkerste hemel, besprenkeld met sterren. Krijsende roofvogels, hoog in de lucht loerend over een eindeloze dorre vlakte. Het is altijd wanneer ik me klein voel, maar onderdeel van dat hele grote geheel, dat ik geluk ervaar.

Nooit voel ik dat als ik onderuitgezakt op de bank hang, voor de tv, overspoeld door kunstlicht vol surrogaatprikkels. Of als ik braaf stukjes tik, keurig mijn werk doe, omdat dat nou eenmaal zo hoort. Als ik gelukkig ben, dan loop ik door de regen. Of ik sta boven op een berg, uitkijkend over machtige pieken en dalen, terwijl de wind giert en aan me duwt en trekt. Noem het meervoudig zintuiglijke prikkeling. MZP.

Leven, in plaats van geleefd worden. Hier en nu, tien kilometer boven de aarde, op weg naar Brisbane, voel ik me heel even verbonden met Nonk Theo. Ik weet gewoon dat de drang om te leven, zelf het leven te bepalen, hem gedreven moet hebben. Het heft in eigen hand, de uitdaging van het onbekende dat wacht, daarbuiten. Dat alleen leidt tot bekoring voor wie het lef heeft de sprong te wagen. Voor wie diep van binnen iets wil en daarom ook iets durft te doen. Want zo simpel is het: als je iets wilt, moet je iets doen. Springen, en soms maar alles loslaten. Ik begrijp nu meer dan ooit waarom mensen grof geld betalen om zichzelf uit het vliegtuig te werpen, met een parachute op hun rug, of van een brug af springen, met een elastiek om hun benen. Al blijft dat surrogaat. En nog relatief veilig ook. Placebo-MZP.

Vergeleken met Nonk Theo heb ik de sprong nog niet eens half gemaakt. Door mijn navelstreng van telefoon en internet, een leven thuis in Nederland dat ik straks weer op kan pakken, ben ik nog steeds niet helemaal los. Slechts af en toe. Dan ben ik alleen, op mezelf aangewezen. Op een plek in de Outback waar mijn auto stuk kan gaan en niemand weet waar ik ben, waar ik pas gevonden kan worden als het te laat is. Omdat ik wil doen wat mij goeddunkt. En daarbij soms risico's neem die je onverantwoord zou kunnen noemen. Dan voel ik me ongelofelijk krachtig. Ik heb de macht. Ik bepaal. Ik kneed mijn eigen leven. Terwijl er wat op het spel staat. Heerlijk. Heer en meester. Heel af en toe oogst ik zo de roes van geluk, de beloning van het lef om het leven te leven.

'Gaat u zitten, meneer Schrooten.'

Beleefd neem ik plaats in het gekoelde kantoortje van de Public Trustee in Mackay. Mijn hand is nog klef. En niet alleen van het zweterige handje van ambtenaar Greg Greinke. Ik was vanochtend al veel te vroeg op. Van de zenuwen.

'En, hoe bevalt Australië? Hebt u het naar uw zin?'

Ik knik. 'Ik snap steeds beter waarom mijn oom hiernaartoe is gekomen.'

De ambtenaar, begin vijftig, glimlacht vriendelijk. Zijn handen liggen ineen gevouwen op een map met papieren waar ik mijn ogen maar niet van af kan houden.

'Het is wellicht wat vreemd, na al die jaren. Maar mag ik u en uw familie namens onze organisatie condoleren met het verlies van uw oom? Ik begrijp dat er destijds geen familie bij zijn uitvaart was. En u bent de eerste van de familie hier, nietwaar?'

'Niet helemaal. Een neef van me, vernoemd naar mijn oom, schijnt op vakantie weleens hier te zijn geweest. Maar voor zover ik weet heeft hij niet echt iets gevonden.'

Ik verzwijg mijn eigen bezoek aan Mackay, zeven jaar geleden. Dat stelde ook niks voor. Ik was hier was vlak voor de jaarwisseling van 1997 op 1998, met mijn beste vriend. Backpackend, op doortocht noordwaarts naar Cairns, om te duiken op het Great Barrier Reef. Nonk Theo stond in het geheel niet op mijn radar. Ja, pap had me vooraf wel gevraagd of ik even wilde rondneuzen, als ik er toch was. Daar had ik toen totaal geen zin in. Ik was op vakantie. Een haastige foto van een nietszeggend busstation in een nachtelijke miezer, dat was het.

'Juist, ja,' knikt de ambtenaar begripvol.

Hij kijkt me indringend aan, alsof hij wacht op meer. Maar ik zwijg en kijk naar de map. Het duurt even.

'Maar natuurlijk. Het dossier. U hebt geluk gehad. Normaal gesproken vernietigen we dossiers van overledenen na tien jaar.'

Het ene na het andere document passeert de revue. Het originele overlijdenscertificaat, waarvan al een kopie in het bezit was van de familie. Maar ook een kleine stapel documenten van de begrafenisondernemer en de sociale dienst. Nonk Theo kreeg de laatste jaren van zijn leven om onduidelijke redenen een kleine uitkering wegens invaliditeit. Wat hem scheelde, vertellen de papieren niet.

De verstilde inkt van pennen, typemachines en printers vertelt een ontroerend verhaal. Nonk Theo is op 20 november 1983 gestorven als een arme sloeber, blijkt uit de eindafrekening van de Public Trustee, geprint met een naaldprinter, een jaar na mijn ooms overlijden. 531 Australische dollar en centen had hij, cash. Plus nog 5,99 dollar op zijn spaarrekening. Te weinig om zijn karige pauperuitvaart van te betalen. Dus verpatste de overheid Nonk Theo's schamele bezittingen. Ze lagen op het moment van zijn dood in zijn kamertje aan Alfred Street, dat hij huurde van een Italiaanse huisbazin. Een opkoper bood, zo staat er, handgekrabbeld door de pandjesbaas, veertig dollar voor het hele boeltje. Op een lijstje staan een stuk of twintig items, evenzoveel cassettebandjes met 'diverse titels' niet meegerekend. Een gereedschapskist, met onder meer een handboor, hamer en soldeersetje. Een zaklamp, radiocassettespeler, aansteker, zakmes, elektrisch scheerapparaat en zakhorloge. Maar het meest in het oog springend is de set tarotkaarten. Dit is wel het laatste wat ik had verwacht.

De ambtenaar schraapt zijn keel en kijkt me aan. Zwijgend overhandigt hij me een klein boekje. Nonk Theo's paspoort. Op de donkerblauwe kaft staan een kroontje en het wapen van Australië, met links een kangoeroe en rechts een emoe. Mijn oom was niet alleen een afvallige katholiek, hij was ook een afvallige Nederlander.

Als ik het paspoort opensla, schrik ik van de man die me aankijkt. Het is in elk geval niet dezelfde die ik in een jongere versie zag op de foto in Norseman. Dat was hooguit een *wannabe* Nonk Theo, een man van wie ik wilde dat het mijn oom was, zoals mijn vader eergisteren via de e-mail al opperde. Die panoramaman van Norseman was absoluut Theo niet, aldus mijn pa. Dit ingevallen gezicht, op het paspoort, wel, al oogt het gespleten, als behoorden links en rechts toe aan twee verschillende persoonlijkheden.

Ik switch heen en weer tussen de helften van het zwart-witportret uit 1970, toen Nonk Theo veertig jaar was. Het was ten tijde van de Vietnamoorlog, getuige ook het stempel elders in het identiteitsdocument: NIET GELDIG VOOR NOORD-VIETNAM. De linkerkant heeft nog iets zachts en opgetogens, zoals ik dat ook ken van de foto van hem op Schiphol, lachend op de vliegtuigtrap. De rechterkant is van een man die mij vreemd is. Een wel heel boze maffioso. Eentje om met een boog omheen te lopen. De kromme neus riekt naar een bedrijfsongeval, of een knokpartij. Het kan van alles zijn geweest. Uit een van de brieven weet ik dat Nonk Theo kort voor hij dit paspoort kreeg een poos flink ziek is geweest. Misschien heeft het daar iets mee van doen. Het fijne weet ik er niet van. Nog niet.

Met trillende hand leg ik het paspoort neer.

'Neem maar mee,' zegt de ambtenaar, me het grootste deel van het dossier toeschuivend. 'Het had toch al lang vernietigd moeten zijn.'

Op het dakterras van het hostel waar ik verblijf, maak ik als een bezetene digitale shots van elk van de documenten. Hier, in de felle zon, heb ik het beste licht om een kopie te maken van deze schat aan informatie. De andere gasten, stuk voor stuk backpackers, slaan meewarig mijn James-Bond-achtige operatie gade. Bijna waait een aantal kleinere papiertjes weg. Het zijn bladzijden uit het originele adresboekje van Nonk Theo. Behalve de namen en adressen van familieleden in Nederland staan er namen op van relaties hier in Australië. Een daarvan is van een 'minister van Ontwikkeling', met telefoonnummer. Fascinerend, maar wat moet ik ermee? Mijn speurtocht krijgt steeds meer de trekken van een omgevallen boekenkast: uit angst ook maar het kleinste ontbrekende schakeltje te missen, archiveer ik minutieus alle nieuwe data. De *to-do*-lijst op mijn laptop is uitgegroeid tot waslijst. Zo veel namen, adressen, plaatsen en instanties die ik nog moet natrekken, bellen, bezoeken. Veel te veel voor de twee maanden die me nog resten.

's Avonds, op mijn kamertje, heb ik voor het eerst de rust om de inhoud van het jongste pak documenten op me in te laten werken. Pas nu zie ik de brieven van de jongste broer van Nonk Theo, die een paar jaar geleden is overleden aan de gevolgen van een hersenbloeding. Een lieve oom, maar ook een man met een moeilijk bestaan, van jongs af aan. Hij had een raar klein armpje en liep moeilijk door een vergroeiing aan een been.

Door zijn deels verlamd gezicht sprak en oogde hij als Sylvester Stallone, maar dan de schriele variant. Vanwege zijn handicaps werkte hij op een sociale werkplaats. Hij woonde, ook na de dood van oma, alleen in het ouderlijk huis aan de Rennemig, waar hij zangvogeltjes hield, op zijn mondharmonica speelde en verder eigenlijk niet zo heel veel deed. Toen ik een jongetje was, kwam de jongste oom vaak in de weekends bij ons thuis op bezoek. Vanwege zijn armpje reed hij in een Amerikaanse slee, omdat die stuurbekrachtiging had. Het leven had hem weinig te bieden, maar hij kon zich optrekken aan de avonturen van zijn grote broer Theo, met wie hij veel correspondeerde.

Totdat bij de jongste oom een kopie op de mat valt van het overlijdenscertificaat dat nu voor me ligt. Hij is er compleet kapot van. Hij neemt geen genoegen met de paar welgemeende, maar droge regeltjes ambtelijke tekst uit Australië, over het overlijden van zijn broer. Vrijwel meteen stuurt hij een antwoord terug. Zijn zelf getypte brief, die nog begint in gemankeerd Engels maar door gebrek aan kennis van de vreemde taal toch al snel overgaat in het Nederlands, is hartverscheurend. Het is al vijf jaar geleden dat hij een brief van Nonk Theo heeft ontvangen, met foto, schrijft hij. Een zeer wazige kopie van die foto voegt hij bij. Ik zie een wat gezette, grijzende Nonk Theo, glimlachend, staand op een veranda, met de armen over elkaar, zonnebril en ZZ-Topbaardje. Een vrolijke foto, die totaal contrasteert met de brief van de jongste oom, vol vragen. Of Theo schulden had, of er nog persoonlijke bezittingen zijn? Of er iemand bij zijn broer was toen hij stierf? Of hij lang pijn heeft gehad voor hij overleed? Is er op zijn minst een foto van het graf?

Nee, er is niks meer, is het droge antwoord van een Australische ambtenaar, anderhalve maand later. Alle bezittingen zijn verkocht om de begrafenis te kunnen betalen, de kleren van de overledene zijn weggegeven aan liefdadigheidsorganisatie St. Vincent de Paul. Een foto van het graf is er ook niet: er valt niks te fotograferen als het om een armeluisgraf gaat. Er is slechts één lichtpuntje. De jongste oom krijgt de tip om een brief te sturen naar een vriend van zijn broer, John Yates, die op het caravanpark in Noord-Mackay woont. Het duurt anderhalf jaar, maar dan stuurt de jongste oom, gedreven door onbeantwoorde broederliefde, nog een laatste brief, naar deze vriend.

‘Graag wil ik van u weten wat Theo, in de dertig jaar dat hij in Australië leefde, gedaan heeft. Ook zou ik graag willen weten of van zijn bezittingen nog iets terug te kopen is. Ik zou graag een herinnering willen hebben.’

De vragen blijken mede ingegeven te zijn door de wens van oma, die ondanks alles altijd een zwak hield voor haar Theo. Meer dan. Jarenlang heeft ze de grootste zorgen gehad om haar zoon in Australië. In vergeefse pogingen om Nonk Theo de helpende hand te reiken, gaf ze een jonge emigrant uit Landgraaf eerder als eens geld mee voor haar zoon Down Under. Die cash is nooit bij Nonk Theo aangekomen. En dat terwijl hij toch al zo worstelde met de schuld die op hem drukte. In brieven naar huis schreef hij meermalen dat hij vastbesloten was het geld terug te betalen dat hij van de familie had genomen om zijn vlucht naar Australië te kunnen bekostigen.

Ondanks alles is oma altijd blijven hopen op de terugkeer van haar verloren zoon. Als die hoop al bijna tweeënhalf jaar definitief verkeken is, onderneemt ze in maart 1986, twee jaar voor haar dood, een allerlaatste wanhoopspoging. Ze is dan al te broos om nog uit haar bed te kunnen komen. Maar ze wil per se nog antwoord op één vraag.

‘Daar zijn moeder nog leeft (zij is 86 jaar oud), wil ik verder graag weten of Theo in Australië een erfgenaam heeft,’ schrijft de jongste oom aan Yates, die vijftig gulden in de enveloppe aantreft, ‘als tegemoetkoming in eventuele kosten.’

Verdomd. Was dat een wilde gok, die vraag? Of was er reden om aan te nemen dat ik hier ergens in Australië nog een neef of nicht heb rondlopen?

Ik lees de laatste brief van de jongste oom nog eens door. Zonder dat ik het wist, blijk ik hier in Australië een van zijn grootste wensen te vervullen.

‘Gaarne zou ik deze brief beantwoord willen zien. Als dat niet mogelijk is zo laat het mij dan weten, dan zit er voor mij maar één mogelijkheid op door toch nog naar Australië te gaan,’ schrijft de benjamin van het gezin in zijn netste steenkolen-Nederlands.

Hij is nimmer gegaan. Maar of dat ook betekent dat hij antwoord heeft gehad op zijn vragen? Het knaagt aan me. Om me heen, op het tweepersoonsbed, ligt het hele dossier uitgestald. Sommige velletjes bewegen lichtjes in het briesje van de airco. Ik zoek er keer op keer doorheen, in de hoop een brief te vinden met antwoorden van John Yates aan de jongste oom. Maar niks.

'Meneer Yates heeft het caravanpark een paar maanden geleden verlaten, zonder opgave van een nieuw adres,' schrijft een ambtenaar, die nog wel een laatste poging doet om de honger naar informatie van de jongste broer enigszins te stillen.

'Ik herinner me dat uw broer een schatzoeker was en dat hij de meeste van zijn tijd besteedde aan het in zijn eentje in de bush zoeken naar mineralen. Hij was naar het schijnt een *loner,* iemand die heel erg op zichzelf was. Meneer Yates was zijn enige vriend, voor zover bekend bij de huisbaas van het pension waar uw broer verbleef tot het moment van zijn overlijden.'

Ik pak de kaart van Mackay erbij. Het caravanpark ligt aan de andere kant van de Pioneer River, misschien vijf minuutjes rijden van mijn hostel. In een handgeschreven memo zie ik dat het pension van Nonk Theo de Central Lodge is, van ene mevrouw Baretta. Het pension ligt nog dichterbij dan het caravanpark. Mackay is een dorp. Ik sta op om mijn spullen te pakken, maar dan zie ik op mijn mobiel dat het al tegen middernacht loopt. Te laat om mensen te overvallen met een geest uit het verleden. Ik duw alle papieren aan de kant. Voor mijn hoofd het kussen raakt, ben ik vertrokken.

'Hoe? Yates? Nooit van gehoord,' zegt de blonde dame van ergens achter in de vijftig, vanachter de receptie van Central Tourist Park in North-Mackay.

Wuivende palmbomen, (sta)caravans en vakantiehuisjes wisselen elkaar ordentelijk af. Ik krijg er geen vakantiegevoel van. Nonk Theo moet hier meermalen zijn geweest, bij zijn vriend Yates. Als hij weer eens in Mackay was, na weken of maanden te hebben vertoefd op Mount Britton, bij zijn goudmijn. De precieze plek, die zo'n 120 kilometer landinwaarts hier vandaan moet liggen, hoop ik vurig nog te vinden.

'1984? Sorry, toen waren wij nog geen eigenaar van het park.'

Ik toon drie foto's: Nonk Theo als twintiger, als prille veertiger in zijn paspoort van 1970, en als vijftiger met baard en helm, eind jaren zeventig, waarschijnlijk bij zijn mijn.

'Het spijt me, ik kan u niet verder helpen.'

Daags na ontvangst van het dossier van de Public Trustee stuiptrekt die schat aan informatie al als een eendagsvlieg. Levende bronnen zoek ik. Mensen van vlees en bloed, die anekdotes uit vervlogen tijden kunnen oplepelen over Theodor Schrooten. Hier in Queensland heb ik allicht meer kans op succes dan eerder in West- en South-Australia. Al is het maar omdat mijn oom in deze contreien het leeuwendeel van zijn Australische jaren doorbracht. Gelukkig is Mackay niet verworden tot een spookstadje. Met 73.000 inwoners wonen er nu twee keer zo veel mensen als toen mijn oom hier in de tweede helft van de jaren vijftig neerstreek. Toen al werkte een groot deel van de bevolking in de suikerindustrie, nog steeds goed voor een derde van de nationale suikerproductie. In juni 1959 schreef Nonk Theo aan mijn vader hoe een leger van zo'n duizend werklozen aftelde tot de start van de oogst, goed voor zes tot zeven maanden werk.

'Als je het hele jaar werk wilt hebben, moet je het binnenland in gaan, naar mijnbouwplaatsen. Daar krijg je wel werk als je een ambacht beheerst of als je als mijnwerker ondergronds gaat.'

Die droge, glooiende leegte voorbij de uitgestrekte rietvelden rond

Mackay, met zijn enorme voorraden aardschatten, was mijn ooms einddoel. Stiknieuwsgierig ben ik ernaar. Maar het is nog te vroeg.

North-Mackay, zeg ik tegen mezelf, terwijl ik terugloop naar mijn auto. Er was hier nóg iets. Ik kiep mijn rugzak met paperassen uit over de bijrijderstoel. Steeds weer dezelfde papieren, bomvol namen en adressen. Het gros moet ik nog natrekken. Maar wacht. Daar is het adres: Canberra Street 61, North-Mackay.

Niks bijzonders, deze straat benoorden de Pioneer River. Breed asfalt, met aan weerszijden gazons voor huizen van hout met golfplaten daken. De woningen zijn wit, gelig of beige. Een aantal heeft een veranda.

Hier, op nummer 61, woonden jarenlang het Nederlandse immigrantengezin Vandenbosch, volgens de Engelstalige schrijfwijze. Mijn vader correspondeerde met de moeder des huizes, nadat hij en de rest van de familie al maanden niks meer hadden vernomen van Nonk Theo. Door een vlek op de blauwe luchtpostbrief kan ik niet goed zien of de brief uit Mackay dateert van januari 1960 of 1969, maar het moet 1960 zijn. Mijn familie kreeg het adres van de Vandenboschen via de kerk en een Nederlandse priester in Brisbane. Mijn vaders brief aan het immigrantengezin, met al net zo'n vrome katholieke ouders als de Schrootens, stond vol vragen. Het schrijven is verloren gegaan en mijn vader kan zich de inhoud niet meer herinneren. Ik heb wel deze antwoordbrief van moeder Vandenbosch. Tot haar grote spijt schreef ze dat ze van al mijn vaders vragen er 'niet eene' kon beantwoorden. Haar schrijven is een raadselachtig relaas.

De Vandenboschen wonen hier allang niet meer. Moeder en vader zijn overleden, weet een overbuurman. Maar een van de dochters leeft nog. De overbuur pijnigt zijn hersenen. De dochter is getrouwd en woont hier nog steeds 'ergens'. Of ik even wil wachten. Na flarden van overleg, binnen, aan de telefoon, komt de overbuur naar buiten, trots wapperend met een papiertje.

Het buurtschap Farleigh ligt ten noorden van Mackay. Aan weerszijden van de weg liggen uitgestrekte velden, dicht begroeid met groene stengels, wuivend in de zeebries vanaf de Stille Oceaan. Johanna en haar man Joe hebben een suikerrietbedrijf, pal aan de doorgaande weg, zo vertelde ze al aan de telefoon. Ik verwacht een grote boerderij, met trekkers en combines. Maar de Sherry's wonen in een bungalow die zo had kunnen staan in Mackays suburbia. Achterom parkeer ik naast een brave gezinssedan.

De slanke Johanna is begin zestig. Haar gezicht is gegroefd, haar blik triest. Het gelaat past bij de schelle, krakende vrouwenstem die ik nog geen uur geleden voor het eerste hoorde aan de telefoon. Ze praat als een Australische, maar is ontegenzeglijk van Nederlandse komaf. Met een slap handje, veel slapper dan de ferme handdruk van haar man, laat ze me binnen. Ik ruik koffie. Op de keukentafel ligt een foto van een jonge vrouw.

Helena heette ze, roepnaam 'Helen'. Dochter van Nederlandse immigranten én de grote liefde van Nonk Theo, als ik Helena's jongere zus Johanna mag geloven. In 1952 kwam het gezin Van den Bosch met de boot naar de oostkust van Australië, twee jaar voordat het vliegtuig van mijn oom landde aan de andere kant van het land, in Perth. Op doortocht in Brisbane kreeg Nonk Theo van een Nederlandse priester de Vandenboschen als contact in Mackay. Zo ontmoette mijn oom als jonge dertiger zijn zestien jaar jongere lief. Een tienermeisje, van vijftien, zestien jaar.

Moeder Vandenbosch, eveneens Helena genaamd, repte er in haar brief aan de familie Schrooten met geen woord over. Wel schreef ze over de ontvangst van Theo: 'Theo is eene keer geweest en in die eene keer vertelde hij dat hij goud ging zoeken. De jongens lopen soms met de ziel onder de arm, als kind in een nieuw land. Dan is het altijd fijn om eens een praatje te maken met je eigen landgenoten. En dus heb ik hem een paar lekkere kopjes koffie gegeven met cake en heeft hij lekker een paar uurtjes zitten praten met mijn man.'

Een halve eeuw later krijg ik eenzelfde gastvrije ontvangst, met mokken koffie en een bord knapperig verse koekjes. Het is te warm om buiten te zitten, zelfs in de schaduw. De witte keuken, met tegels op de grond, is lekker koel.

Ik vertaal de brief van Johanna's moeder aan mijn familie in het Engels. Na al die jaren spreekt Johanna amper nog Nederlands.

'Hij zei dat als hij de kans kreeg om terug te komen, dat dat zou zijn met Kerstmis. We hebben hem succes gewenst, maar verder nooit meer iets gehoord.'

Uit wat volgt begrijp ik dat Nonk Theo vertrokken was naar een afgelegen oord, waar een zekere man zijn post kwam halen en brengen. Die man zou niet zulke fraaie verhalen hebben gehad over het leven van mijn oom in de bush, als goudzoeker.

'Ik hoop voor uw moeder dat die man niet van alles goed op de hoogte is geweest en dat Theo weer aan de beterende hand is,' schrijft ma Vandenbosch.

De dokter zou volgens 'die man' hebben gezegd dat mijn oom in een week of twee weer beter zou zijn.

Johanna luistert ademloos. Ook haar man Joe, die mijn oom niet heel goed heeft gekend, maar hem zich wel herinnert als een toffe peer, is helemaal stilgevallen.

Een paar maanden na moeder Vandenbosch' brief kwam Nonk Theo weer boven water. Na een postpauze van een half jaar schreef hij dat hij in het ziekenhuis was opgenomen. Alles was een zooi. Stapels brieven waarvan hij niet meer wist of hij ze had gelezen en beantwoord. Door een hoop 'pech' was het allemaal mis, ook met zijn goudmijn, schreef hij, zonder verdere uitleg.

'Ik hoop dat ik ooit weer zo goed word als ik was. Maar ik denk dat dat jaren duurt, misschien gebeurt het wel nooit meer. Op dit moment ben ik al kapot als ik het werk van een kind doe. Ik heb veel verloren. Om je een idee te geven: ik zou het niet erg vinden als ik vijf jaar de bak in moest, als ik daarmee mijn gezondheid terug kon krijgen. Maar het ziet er naar uit dat er niks anders op zit dan uitzieken.'

'Jeetje,' zegt Joe.

Ook Johanna is onthutst. Ze kan zich niets herinneren van een zieke Nonk Theo. Ze weet alleen dat mijn oom en haar zus ongelofelijk verliefd op elkaar waren.

'Ze leken voor elkaar geschapen. Ze hebben elkaar een tijdlang het hof gemaakt. Toch minstens een paar maanden.'

Het stel toog graag naar Shoal Point, vanwaar je een fantastisch uitzicht schijnt te hebben over de kust. Daar konden ze alleen zijn. Johanna slaat haar blik neer.

'Het was ook allemaal vreselijk. Vreselijk.'

Want de liefde mocht niet zijn. Vader Vandenbosch was een grote, sterke bouwondernemer, streng gelovig bovendien. Zo'n bushman als mijn oom, altijd ploeterend in zijn goudmijn, ver weg in de wildernis van Mount Britton, dat vond pa Vandenbosch helemaal niks. Zeker niet als een aanstaande schoonzoon. Om nog maar te zwijgen van het grote leeftijdsverschil tussen de bushman en Helen.

'Pa sprak zijn veto uit,' vertelt Johanna. 'Je oom heeft er vreselijk om gehuild. Hij was er kapot van.'

Johanna heeft nooit begrip kunnen opbrengen voor de gedwongen breuk.

'Ook niet nu je zelf moeder bent?' vraag ik.

'Helen was voor haar leeftijd nogal wijs en volwassen. Zij en Theo konden geweldig met elkaar praten. Ze waren voor elkaar gemaakt. Hun geluk is op brute wijze stuk gemaakt.'

Dat is voor Johanna eens te meer onverteerbaar vanwege het tragische leven dat voor haar zus volgde, na de breuk met Nonk Theo.

Ze pakt het fotoboek van de familie erbij en vertelt hoe haar zus 'na Theo' twee keer is getrouwd. Beide huwelijken verliepen dramatisch. Het kind van haar eerste man was deels misvormd. Het kind van haar tweede man was een mongooltje. Na een moeizaam leven stierf Helen in jubeljaar 2000.

Shit. Een rijkere bron dan deze Helen had ik niet kunnen aanboren. In hun vele, urenlange gesprekken moet mijn oom haar alles hebben verteld over zijn redenen om naar Australië te vluchten, over zijn eerste tijd Down Under. En nog veel meer. Want ook na de breuk zijn de twee elkaar nog een poos blijven zien, als ik Johanna mag geloven. Af en toe, kort, in het geniep. Als vrienden.

Een zwart-witfoto van een jonge Helen kijkt me aan. Zo was ze in de jaren dat ze verkering had met mijn oom. Niet het allerknapste meisje. Maar absoluut een lief gezicht, een beetje jongensachtig, met een dikke bos donkerblond haar, net lang genoeg voor het begin van een golvende slag. Tegen de onberispelijke huid van haar rechterwang drukt ze haar gevouwen handen. Een vrome foto van een vroom meisje.

'Helen wilde trouwen en kinderen krijgen. Theo wilde geen kinderen, en een latrelatie,' vertelt Johanna. 'Eens in de zoveel weken wilde hij vanuit Mount Britton op en neer naar Mackay.'

Ach, hadden ze het in elk geval maar eens mogen probéren. Hoe anders was zijn leven dan wellicht niet verlopen.

'Theo was een emotionele man,' zegt Johanna. 'Een lieve man. Een leuke man om te zien ook. Niet heel erg groot. Maar van die grote ogen, een mooie lach. Je kunt wel zien dat jij familie bent.'

Johanna legt een hand op de mijne. Ik voel me opgelaten, maar laat het toe.

'En mensen die háár hebben gekend, spreken nog steeds met warmte over Helen,' zegt Johanna, haar andere hand op een foto van haar zus leggend, alsof ze contact maakt met de dode.

'O, wat hebben ze beiden geleden. Wat hebben ze veel verdriet gehad, en pijn,' zucht ze. Ze sluit haar ogen.

Joe, een wat gezette man, wiebelt ongemakkelijk op zijn stoel. Hij begint over de problemen in de suikerrietbusiness. De oogsten zijn nog wel goed, maar de kiloprijzen blijven dalen, terwijl de kosten voor personeel en brandstof stijgen. Terwijl hij het zegt, kijkt hij zijn vrouw streng aan. 'Nee, het zijn moeilijke tijden voor mensen als wij.'

Johanna beperkt zich prompt tot koetjes en kalfjes. Over het weer, de attracties van Mackay. Ik probeer het gesprek weer op Nonk Theo en Helen te krijgen, maar de tortelduifjes van een halve eeuw geleden zijn gevlogen.

De telefoon gaat. Johanna neemt op. Het is werk, leid ik af uit de korte zinnen die ik meekrijg. Een leverancier, of een klant, over dollars en tonnen riet, voor een van de suikerfabrieken in de omgeving. Dit kan wel even duren. Johanna drukt haar man de telefoon in handen. Met tegenzin pakt Joe de hoorn aan. Johanna gebaart met haar hoofd dat hij maar even weg moet. Niet in de keuken, dan kan ze geen gesprek met mij voeren. Joe loopt naar buiten. Uit zijn lichaamstaal spreekt protest.

Pas als zijn stemgeluid nagenoeg wegvalt en Johanna weet dat de buitendeur achter haar man is dichtgeslagen, spreekt ze weer.

'Zo. Waar waren we?'

Ik wil antwoorden, maar Johanna sluit opnieuw haar ogen.

'Van Joe mag ik het niet doen. Dus doe ik het altijd stiekem. Ik heb een gave, Ferdi. Ik kan contact maken. Met mensen die niet meer onder ons zijn.'

Heel even gaan haar ogen open. En weer dicht.

'Theo heeft het heel zwaar gehad. Ja, hij is gelukkig geweest. In het begin. Maar er is ook heel veel pijn geweest in zijn leven. Over Helen. Over thuis. Daar zijn niet zulke fijne dingen gebeurd voor hij vertrok, toch? Ja, grote pijn. En hij miste ze. Zijn familieleden. O, wat heeft hij zich eenzaam gevoeld. Daar op Mount Britton, alleen bij zijn mijn.'

Johanna begint heel snel met haar rechterhand op haar borst te slaan.

'Ze hebben het van me afgepakt!'

Ik deins terug.

'Dat is Theo,' zegt Johanna, haar ogen nog steeds gesloten. 'Hij is het met me eens. Dan doet mijn hand zo, als de dode met wie ik contact heb het eens is met wat ik zeg.'

'Wat hebben ze afgepakt?' vraag ik, voorover buigend. 'De mijn?'

Weer dat wapperende geklop op de borst.

'Wie dan?'

Geen antwoord. Ik wil opstaan, maar ik kan het niet.

'En je gezondheid, hebben ze je die ook afgepakt?' vraag ik, intappend op de lijn naar gene zijde.

Wederom heftig borstgeklop.

'Wat is er dan gebeurd? Wie heeft dat gedaan?'

Johanna schudt met haar hoofd, alsof ze vastloopt.

Dan opent ze weer haar ogen. Ze puft en hijgt.

'Oef, wat een energie. Daar zit iemand met een hoop opgekropte gevoelens.'

Ze staat op.

'Wacht even,' zegt ze, terwijl ze naar haar slaapkamer loopt, die grenst aan een uithoek van de keuken. Er klinkt gestommel. Ze keert terug met een stapeltje boeken. Allemaal met spirituele titels, over engelen en liefde. Ze gaat weer zitten. Uit het borstzakje van haar blouse pakt ze een hanger met een medaillon. Ze slaat een van de boeken open en houdt het medaillon erboven. Voor mijn gevoel wiebelt de hanger willekeurig dan weer van voor naar achter, dan weer van links naar rechts. Johanna zoekt gehaast naar woorden, namen. Ze schudt haar hoofd.

'Het lukt niet. Het lukt niet. Ik ben te gestrest.'

Plots kijkt ze me aan, indringend en uiterst serieus.

‘Theo wil spreken. Rechtstreeks.’

Ik schuif mijn stoel naar achteren.

Johanna sluit haar ogen weer en zet een stem op, gedragen en net wat dieper dan haar eigen.

‘O, ja, ik heb geleden. En ja, ik was eenzaam. Ik heb het allemaal niet gewild, zoals het is gegaan. Ze hebben het van me afgepakt. Ze hebben het van me afgepakt.’

Ik hoor gedempte voetstappen. Joe komt van buiten aangelopen. ‘Ja. Zeker. Doe ik. Goed je gesproken te hebben.’

Johanna’s ogen springen open. Snel pakt ze haar boeken van tafel en holt ermee naar haar slaapkamer. Achter de keukendeur beëindigt Joe zijn gesprek. ‘Jij ook de groeten aan je vrouw. *Bye*.’

Als hij binnenkomt, zit Johanna net weer op haar stoel aan de keukentafel. In het borstzakje van haar blouse zit een bobbeltje van het medaillon.

‘Geregeld?’ zegt ze, met een uitgestreken gezicht.

Zijn blik gaat heen en weer tussen mij en Johanna.

‘Ja. Maar de volgende is voor jou. Je weet dat dit niet mijn ding is.’

‘Weet ik. Maar ik wilde nog even met Ferdi praten. Hij moet er zo vandoor.’

Johanna knikt subtiel, zonder dat Joe het ziet, dat ik maar beter kan gaan.

‘O, wat jammer,’ zegt Joe.

Ze dirigeert me met zachte hand naar de achterdeur. ‘Kom, ik laat je uit. Schenk jij nog wat koffie voor me in, Joe?’

Joe bromt iets onverstaanbaars. Ik ben bijna buiten, als Joe iets roept. ‘Zeg Ferdi, waar ligt Theo eigenlijk begraven?’

Ik steek mijn hoofd om de hoek van de keukendeur.

‘Walkerston. Dat is hier toch vlakbij?’

‘Walkerston? Wel potverdorie. Daar kom ik al jaren. En nooit heb ik geweten dat ze Theo daar hebben begraven. Jij?’ vraagt hij aan Johanna.

Zijn vrouw schudt haar hoofd.

‘Dan mogen we weleens langsgaan bij Theo, na al die jaren, vind je niet?’

‘Ja, dat moesten we maar eens doen,’ zegt Johanna, me nu wat dwingender duwend.

Als we buiten staan, trekt ze de deur achter zich dicht, de hand strak op de klink. Haar lichaam drukt me uit het zicht van Joe.

'Sorry, hoor,' fluistert Johanna. 'Maar als Joe weet wat we net hebben gedaan, krijg ik de grootste heibel. Hij wil niet dat ik mijn gave met anderen deel.'

Ik snap wel waarom.

'Vind je het goed dat we nog eens afspreken als ik weer in Mackay ben?' vraag ik.

Johanna knikt.

'Maar dan moet het wel als Joe er niet is.'

Nu is het mijn beurt om te knikken.

'Bel maar als je weer in de buurt bent. Liefst door de week overdag. Dan is Joe er meestal niet.'

De klink van de achterdeur wil naar beneden. Joanna voorkomt het.

'Je koffie, Johanna,' klinkt het vanachter de deur.

Ze laat de klink los. 'Sorry, liefje. Ik hield hem dicht tegen de tocht.'

Als ik in de auto stap, staat Joe naast Johanna, zijn arm om haar schouder. Terwijl ze zwaaien, maakt Johanna met haar vrije hand een belgebaar tegen haar oor. Ik toeter twee keer kort en draai het asfalt op.

Na weken in de binnenlanden van West- en Zuid-Australië is de kust van Mackay een weldaad. De zeebries van de Stille Oceaan is verkwikkend, de witte stranden liggen er verleidelijk bij. Downtown is de winter nog aangenaam genoeg voor een T-shirt en korte broek. Vlak bij de Pioneer Bridge, de brug over de gelijknamige rivier die uitmondt in de oceaan, parkeer ik mijn auto bij de ABC, de Australische publieke omroep. Het is mijn zoveelste interview. Overal waar ik kom probeer ik plaatselijke media te laten berichten over mijn speurtocht, in de hoop verborgen bronnen aan te boren.

In de studio ervaar ik de vluchtigheid van de journalistiek, nu van de andere kant. In de hoop de luisteraars te boeien, probeer ik jaartallen, plaatsnamen en andere feitelijkheden te larderen met aansprekende details. Het kangoeroejagen, de goudmijn. Trots vertel ik over de gevonden dossiers bij de National Archives in Perth, de tot voor kort vertrouwelijke stukken over Nonk Theo's werk in Radium Hill en nog maar net, het lijvige dossier van de Public Trustee, hier in Mackay.

'Wauw,' zegt de radioman, als hij hoort dat ik Nonk Theo's originele paspoort heb gevonden, plus een rits andere documenten.

Weer een 'wauw,' als ik vertel over Nonk Theo's geliefde, van wier bestaan ik tot vandaag nooit heb geweten. Ik verzwijg de seance in Farleigh en werp de radioman een ander kluifje toe. Ik vertel hoe mijn grootmoeder in 1986, twee jaar voor haar overlijden en drie jaar na de dood van Nonk Theo, worstelde met de vraag of haar zoon een erfgenaam had, hier in Australië. Het is meer dan een sappig detail voor de luisteraar. Het is vooral een poging om in contact te komen met nakomelingen van Nonk Theo. Als die er zijn.

Prompt begint de radioman te plukken aan die gevoelige snaar: de familie. Of die me steunt? Ik houd me op de vlakte, zeg dat mijn ooms en tantes Nonk Theo al lang geleden begraven hebben, ook in gedachten, en dat sommigen liever niet zien dat ik oude wonden openrijt. Maar dat ik te nieuwsgierig ben om dat verleden te laten rusten.

'Wauw, Ferdi,' klinkt het, een laatste keer. 'Nou, als mensen je willen bereiken, moeten ze vooral contact met ons opnemen,' zegt de radioman.

Ik wil mijn mobiele nummer en e-mailadres nog noemen, maar de radioman heeft de eindtune al gestart.

'Bedankt, Ferdi. En veel succes.'

Voor ik het weet, sta ik weer buiten.

Ofschoon hier in Mackay nog het nodige te halen moet zijn, wil ik eerst de diepe Outback van Queensland in. Doel: het geïsoleerde Mount Isa, vanaf hier dik 1200 kilometer oostwaarts, dwars door het dorre binnenland. Misschien kan ik daarna nog doorstoten tot Peko, vlak bij Tennant Creek, een paar duizend zielen tellend plaatsje dat in tegenstelling tot Peko wél op de kaart staat. Het ligt vanuit Mount Isa nog eens meer dan zeshonderd kilometer verder westwaarts, midden in de Northern Territory, de meest onherbergzame en dunst bevolkte staat van Australië.

Tennant Creek kreeg pas een functie toen er in 1872 na drie expedities een versterker kon worden geplant voor een telegraaflijn. Die verbond Adelaide in het zuiden van het land, dwars door de Outback, via Darwin in het noorden van Australië, uiteindelijk helemaal tot Engeland. Het gereedkomen van de lijn, een van de grootste infrastructurele prestaties van de negentiende eeuw, was wereldnieuws. Recentelijk gaat nieuws uit de Northern Territory vooral over grootschalig kindermisbruik en huiselijk geweld onder Aboriginals. Een weinig verheffende bestemming dus, wist ook Nonk Theo al toen hij in februari 1957 een brief naar huis schreef vanaf de Lily Dalemijn, ergens in de buurt van Mount Isa. De Northern Territory had hij al achter zich liggen.

'De moeilijkheid zit 'm erin lang in zo'n plaats te blijven. Het leven in Tennant Creek is duur, aangezien alles van een paar duizend kilometer ver moet komen. Desalniettemin had ik in Peko een hoop geld kunnen sparen, hetgeen mijn bedoeling was. Maar door onverwachte gebeurtenissen en zo ben ik van daar vertrokken.'

Hoe vaak heb ik dit nou al niet meegemaakt in zijn brieven? Net als het interessant en spannend begint te worden, stopt het verhaal. Wat rest, is het grote speculeren. Of toch maar weer op pad, om te kijken of ter plekke nog genoeg puzzelstukjes te vinden zijn om het verhaal enigszins compleet te krijgen.

Mijn auto is al volgepakt. Maar ik kan het niet laten om nog wat adresjes te bezoeken voor ik naar Mount Isa vertrek. Het zijn afzendadressen die Nonk Theo op brieven vermeldde. Zijn naam of beeltenis doet ter plekke bij geen van de huidige bewoners of buren een belletje rinkelen. Ook bij Victoria Street 32, in het centrum van Mackay, vang ik bot. Michael Moohin, de pandjesbaas die Nonk Theo's bezittingen voor een schamele veertig dollar opkocht, zit hier allang niet meer. Waar hij dan wel is en of hij eigenlijk nog wel leeft, weet niemand.

Mijn hoop is gevestigd op Alfred Street 231, het adres op Nonk Theo's kiespas van 3 oktober 1980, die ook in het dossier van de Public Trustee zat. Het onopvallende gebouw van twee verdiepingen doet nog steeds dienst als pension, getuige de vele deuren, die elk toegang geven tot kleine studio's. Het ligt in een woonwijk met netjes onderhouden gezinswoningen en keurige, groene voortuintjes, een paar stratenblokken van Mackays centrum. Nonk Theo sleet zijn laatste drie jaren hier, in zijn kamertje in de Central Lodge. Heel af en toe schreef hij nog naar Nederland. Maanden en soms een jaar was hij spoorloos voor de familie, en dan opeens was er weer een brief waarin hij vermeldde dat hij een poos ziek was geweest. Vandaar ook zijn uitkering wegens arbeidsongeschiktheid, zoals blijkt uit de documenten van de Public Trustee.

Daar zat hij dan, luisterend naar muziek op zijn radiocassetterecorder, onderwijl prutsend met zijn soldeersetje en ander gereedschap. Misschien wel buiten, aan zijn motorfiets, met kenteken PY647, zoals een papiertje in het Public-Trustee-dossier vertelt, in handgeschreven letters die van mijn vaders hand hadden kunnen zijn. Het velletje vermeldt ook zijn registratienummer als mijnwerker, 'Miners Right no. 46279'. Op dat moment, begin jaren tachtig, naar ik aanneem nog slechts een aandenken aan vervlogen tijden.

Ik bel en klop meermalen aan bij het pension. Er doet niemand open. Ik mag hopen dat mevrouw Baretta, destijds de eigenaresse, nog leeft. En anders in elk geval een van haar naaste familieleden die zich mijn oom nog kunnen herinneren. Misschien zijn ze wel op vakantie, of op familiebezoek, elders in het land. In Australië is het heel normaal om voor een paar dagen familievisite het halve continent over te vliegen. Met een beetje geluk tref ik de Baretta's alsnog aan na mijn trip naar de binnenlanden van Queensland.

Nog maar koud in de auto, oostwaarts vanaf Mackay over Bruce Highway, op weg naar de outback, gaat mijn mobieltje. Het is de producer van radiostation ABC. Een luisteraar heeft gebeld. Een oude bekende van Nonk Theo, wild enthousiast en zwaar geëmotioneerd. Hij wil me spreken. Met een ruk aan het stuur maak ik slippend een U-bocht. Mijn auto raakt half van de weg. Plankgas scheurt ik terug naar Mackay.

'Dit is níét waar. Ik kan het níét geloven,' zegt Joe Caruana keer op keer, als ik tegenover hem zit in de woonkamer op de eerste verdieping van zijn drive-inwoning aan Stockbridge Road. Ik ben hier voorbij gereden bij mijn eerste speurtocht langs oude woonlocaties van Nonk Theo. Het is maar een paar minuutjes rijden van het centrum van Mackay. Joe is een zoon van Maltese immigranten. Een beetje getinte huid, kromme pootjes onder het gedrongen lijf, een brilletje op de neus en dik, donker, krullend haar.

'Tjonge, jonge, jonge. Onbestáánbaar.' Joe zit in zijn relaxfauteuil en neemt me nog maar eens van boven tot onder op. 'Ik wist niet wat ik hoorde toen je op de radio was, Ferdi,' zegt hij, zijn handen opzwaaiend naar het plafond. 'Ik heb meteen ABC gebeld. Ik was totaal overspannen!'

Joe en Nonk Theo waren een poos collega's, hier in Mackay. Het moet in Nonk Theo's laatste levensjaren zijn geweest, toen hij al in de Central Lodge verbleef. Mijn oom was reeds verworden tot een zonderlinge, maar vriendelijke man, ouder ogend dan de halve eeuw die hij op de teller had staan. Na drie decennia ploeteren voor zijn Australische droom was hij in Mackay geëindigd als schoonmaker, bij Frendely Motors, de plaatselijke Ford-garage. Joe, nu 61, was als een van de jongste werknemers plaatwerker. Hij deukte auto's uit na ongelukken. En als er even tijd was, luisterde hij naar Nonk Theo's verhalen.

'Ik hing aan Theo's lippen als hij vertelde over al zijn gereis, over wat hij allemaal wel niet had gedaan. Zijn leven als mijnwerker, buiten in de bush. Ik kon er uren naar luisteren. Hoe ze eigenhandig een waterleiding hadden aangelegd van een of andere bron naar de mijn. Hoe ze ondergronds de erts dolven, om de rotsbrokken boven bij de mijn te kraken en vermalen tot gruis. Ik geloof dat ze kwik gebruikten om het goud uiteindelijk aan het gesteente te onttrekken.'

'Ze?'

‘Welja. Ik geloof dat er bij tijd en wijle ook wel anderen op zijn mijn waren. Maar vraag me geen namen.’

Ik toon Joe de paar foto’s die ik inmiddels van Nonk Theo heb weten te verzamelen. Even vrees ik dat de man voor me mijn oom verwart met iemand anders. Nonk Theo, de rebel, de avonturier, de eigenaar van zijn eigen goudmijn – een schoonmaker?

‘Ja, dat is hem. Dat is hem precies!’ gilt Joe. Hij slaat zich op de knieën. ‘Hij had altijd zo’n geitensikje,’ wijst Joe op Nonk Theo, waarschijnlijk bij zijn goudmijn op Mount Britton, eind jaren zeventig.

Maltese Joe stoot me aan.

‘Hij stond altijd aan zijn sikje te plukken als hij aan het vertellen was. Leunend met zijn kin op de steel van zijn mop, waarmee hij de vloeren schoonveegde als wij weer eens olie hadden geknoeid.’

De meeste verhalen hoorde Joe buiten, als mijn oom het afval in de containers gooide en Joe even uitpufte met een peuk.

‘Hij vertelde mij dat hij op Mount Britton kangoeroes schoot voor het vlees en dat hij er zijn eigen groenten kweekte. En dat hij met een pannetje water naar goud zocht. Man, wat die man me allemaal over mijnbouw heeft verteld. Hij wist echt waar hij het over had. Er waren op Mount Britton meer mannen zoals hij, die daar bezig waren in een mijn. Ik weet nog dat Theo zei: “Weet je wat je daar doet als je een dode mijnwerker vindt? Je kiept ’m uit zijn bed, in een gat, beetje grond eroverheen en je belt de politie.” Echt waar, zo ging dat!’

Nonk Theo was in alles een *Fremdkörper* in de garage, tussen al die rauwe monteurs die het vooral hadden over sport en lekkere wijven. Een bedachtzame gentleman. Zeker geen gangmaker in de groep. Een stille werker die zich rustig van zijn taken kweet. De vloer vegen, prullenbakken legen, zonder morren.

‘Theo luisterde, was eerlijk. Je had nooit ruzie met hem. Nee, hij sprak niet over vrouwen,’ zegt Joe, met een bezwerend vingertje. ‘Ik wel, maar niet met Theo. Daar was hij niet mee bezig. Hij maakte ook niet zo veel vrienden. Maar als je hem eenmaal leerde kennen, dan was hij open en fair. Theo was een denker. Je kon werkelijk over van alles met hem praten. Eigenlijk was hij veel te slim om bij ons in de garage te werken.’

Nonk Theo, de bedachtzame boener. Hij had een groter plan, weet

Maltese Joe. Hij kijkt me knikkend aan, indringend boven zijn brilmontuur uit. 'Zijn goudmijn. Daar ging het hem allemaal om. Hij wilde het maken. En zoals Theo erover sprak, ging het hem ook lukken. Hij was zo'n type dat niet kon opgeven. Steeds weer de mijn. Hij wilde uiteindelijk zijn eigen goud delven. Niet werken voor de baas en de kruimels mogen opvegen.'

'Met het opruimen van de rotzooi van de dertig collega's in de garage leek hij anders geen problemen te hebben,' werp ik tegen.

'Ik denk dat hij zijn werk bij Frendely zag als een manier om aan geld te komen,' zegt Joe. 'Zodat hij uiteindelijk toch weer verder kon gaan graven in zijn mijn.'

Een tijdelijke retraite dus, terwijl de goudkoorts onderhuids als een veenbrand voortwoekerde. Net als bij Michael Crowly, de eenpitter met zijn goudmijn bij Copperfield Mining Center, in West-Australië. Ook hij was knock-out gegaan, alles kwijt. Maar toch krabbelde hij op, ging gewoon weer jaren buffelen en sparen, voor een nieuwe kans op fortuin. Gewoon weer een gok op dat ene gouden paard.

'Er was een groot probleem,' zegt Joe na enig nadenken. 'Theo was belazerd, getruct. Hè, hij heeft het me uitgelegd, maar ik ben het kwijt. Over die rechtszaken, ja. Allemaal heel complex. Theo had er een flinke tik van gekregen.'

Joe kijkt me verontschuldigend aan. Hoezeer ik hem ook voed, met passages uit Nonk Theo's brieven en andere wetenswaardigheden die ik de voorbije weken heb verzameld, uitgerekend de pagina's uit Joe's geheugen waar ik naar hunker, zijn verdwenen. Natuurlijk, ik heb nog andere aanknopingspunten. De rechtbank. Krantenarchieven, een lijst met namen. Maar dit was een gouden kans om in één keer door te stoten tot de kern.

Het moet ergens begin jaren tachtig zijn geweest dat Nonk Theo stopte met zijn werk bij de Ford-garage. Joe heeft hem daarna niet meer gezien.

'Ik heb hem altijd nog eens willen opzoeken, maar het kwam er niet van. Nu is hij dood. Ik voel me zo ellendig. Misschien was hij wel ziek en had ik hem kunnen helpen. Ik had op zijn minst naar zijn begrafenis kunnen gaan. Toch? Waren er wel mensen, bij zijn uitvaart?'

Joe's ogen zijn vochtig geworden. Ik haal mijn schouders op. 'Hij heeft een armeluisuitvaart gehad, betaald door de staat. Hij ligt begraven op Walkerston.'

De man die aan het begin van onze ontmoeting nog een en al vrolijkheid en enthousiasme was, zit aangeslagen tegenover me, diep weggezakt in zijn stoel.

'Ik denk nog vaak aan hem. Ik vertel zijn verhalen, omdat ze zo mooi en interessant waren. Jezus Christus! Al die jaren heeft hij hier vlakbij begraven gelegen. En ik heb hem niet één keer bezocht.'

Ik vertel dat Nonk Theo in Mackay heus niet alleen ongelukkig is geweest. Dat hij aanvankelijk vol hoop en bravoure was over zijn goudmijn. Dat hij hier zelfs de ware liefde vond, zij het tijdelijk. Joe veert op uit zijn relaxfauteuil. Zijn glas water vliegt van het bijzettafeltje.

'Wat zeg je? Helena? Helena Vandenbosch? Ik heb bij haar in de klas gezeten en zelfs een oogje op haar gehad! Een geweldige meid. En Theo had iets met haar? Theo? Ik kan het níét geloven!'

Even is Joe sprakeloos. Hij ijsbeert door de kamer, stopt even, maar steeds als hij wat lijkt te willen zeggen schudt hij zijn hoofd vol ongeloof en ijsbeert hij verder. Langzaam dimt zijn uitbarsting van mediterraan temperament en komt hij tot zichzelf.

'Ik herinner me Helena's vader maar al te goed. Die man was zo gelovig. Hij bad voor alles. Voor zijn eten, zijn werk. Een keurig, hardwerkend en godvrezend man.'

'Die man heeft dus een streep gezet door de relatie van Helen en mijn oom,' merk ik op. 'Hij wilde het niet hebben. Helena kreeg een veto. Daarmee was het over en uit.'

Joe kijkt me aan, wendt dan zijn blik af, naar buiten, wederom hoofdschuddend.

'Helen was zo'n leuke meid. Vreselijk, wat haar vader heeft gedaan, al begrijp ik het vanuit zijn positie ergens ook wel. Maar toch, zoals ik Theo kende... Zo'n aardige man. Hoe langer ik erover nadenk, hoe meer ik het me kan voorstellen dat Helena en Theo samen heel gelukkig waren geworden. Des te erger dat het niet zo mocht zijn.'

Maltese Joe en ik laten ons allebei met een zucht achterovervallen in onze relaxfauteuils. Het blijft minutenlang stil.

Eigenlijk heeft Mount Isa, minstens zevenhonderd kilometer verwijderd van alles, altijd een tekort aan oestrogeen gekend. Toen mijn oom hier was, in 1957, was er al een overschot aan vrijgezelle mannen. De mijn probeerde het wel, met een speciale regeling voor witgoed, keukenapparatuur en andere dure elektronica: bij vrouwen in het hele land was bekend dat je in Mount Isa naar hartenlust ovens, tv's, koelkasten en wasmachines kon aanschaffen. De mijn betaalde en vroeg tijdens de afbetaling slechts één procent rente. Maar het vrouwentekort bleef.

Dat is nog steeds zo, al schijnt het iets minder nijpend te zijn. Mount Isa is een Mekka voor hightech supermijnbouw geworden. Alles is hier enorm. Onder de oude lood-, zilver- en zinkmijn, die tot 120 meter diep gaat, wordt nu voor honderden miljoenen Australische dollars een rijke koperlaag aangeboord. Hier komt straks een krater, de Deep Copper Mine, die de Super Pit van Kalgoorlie gaat overtreffen. Het terrein van de Mount Isa Mines, plaatselijk afgekort tot de MIM, is nu al enorm: ruim een kilometer breed, vijf kilometer lang en ondergronds kun je tot bijna twee kilometer ofwel 32 'verdiepingen' in de aarde afdalen.

Als je je laat rondleiden over het terrein van de MIM, langs de grote smelterijen met hun groenige vlammen, de enorme ertskrakers die de brokken gedolven rots tot gruis vermalen, dan zijn de jaren vijftig ver weg. Alles is anders. Nergens heb ik zulke lange roadtrains gezien als hier. Niet drie, maar vijf wagons hangen hier achter elke truck. De derde wagon heeft een eigen motor, omdat de asfalttrein de lading van vijfhonderd ton erts anders niet getrokken krijgt over de speciale bedrijfswegen van de mijn. Het groot-groter-grootst gaat ook op voor de salarissen. Verdiende je als ondergronder in de jaren vijftig een paar pond per dag, nu beginnen onervaren vrachtwagenchauffeurs van achttien of negentien jaar al met een jaarsalaris van 60.000 Australische dollar – zo'n 36.000 euro.

In zijn tijd hier zat oom Theo, net als in Bullfinch, Gwalia, Big Bell en Radium Hill, in een vrijgezellenkwartier. De Central Lodge in Mount Isa, vanwaar hij post verstuurde, had volpension-kamertjes voor singles. Het pension bestaat alleen nog in een oude krantenadvertentie, die ik toevallig opmerk in een krantenarchief in de plaatselijke bieb. Op betaaldagen was de komst van hoeren naar het pension vaste prik.

Nu gaat het anders, zo wil de stad de buitenwereld maar al te graag doen geloven. In Mount Isa zitten tegenwoordig ook single vrouwen op kamers, zo luidt de boodschap van het stadsbestuur en de MIM. De dames komen af op de enorme salarissen. Jonge vrouwen laten steeds vaker banen als onderwijzeres, verpleegster of secretaresse schieten om een paar jaar in de outback op grootmaterieel te werken.

De Buff, de populairste uitgaansgelegenheid van het 23.000 zielen tellende mijnwerkersstadje, is later deze zaterdagavond het toneel van een speeddate voor dertigplussers. Testosteron én oestrogeen – een nieuwe generatie Outbackers kondigt zich aan. Stellen, vaders en moeders, die beiden op de mijn werken, en elkaar daar ook vaak hebben leren kennen. Dat is althans het imago dat Mount Isa zich graag aanmeet. Want in werkelijkheid blijft het voorlopig behelpen voor het gros van de mannen hier, met een verhouding van vijf mannen op elke vrouw.

Ik heb maar weer eens een interviewtje gegeven. Wederom bij het plaatselijke radiostation van staatsomroep ABC, maar ook aan de lokale krant, *The North West Star*, een weinig verheffend blaadje. Maar je weet nooit wie het leest. Voor een flitsinterview van hooguit vijf minuten is de oogst niet slecht. Binnen in de krant krijgt mijn zoektocht bijna een ganse pagina, met foto's.

Met de krant voor mijn neus zit ik nog wat duf aan mijn maandagse ontbijt: crackers, jam en oploskoffie. Ik bivakkeer in een stacaravan vlak bij de Leichardt, de rivier die van zuid naar noord door Mount Isa loopt en samen met het spoor de stad in het oosten scheidt van het mijnterrein aan de westkant. Ik heb net mijn tweede kop oploskoffie gemaakt als de telefoon gaat.

'Fred, Fred! Er heeft iemand gereageerd! Een van oorsprong Nederlandse mevrouw. Je zult het niet geloven wat ze heeft verteld over je oom!'

Ik moet mijn mobieltje iets verder van mijn hoofd houden, zo hard tettert de verslaggeefster van *The North West Star* in mijn oor.

Ik heb mijn auto nog niet geparkeerd voor het huis in de lommerrijke East Street, vlak bij de doorgaande oost-westverbinding Barkly Highway, of ik word met gejuich onthaald. Als familie, goede familie, geeft Rita van Ryt me op zijn Hollands drie dikke zoenen, om en om.

'Kom binnen, kom binnen,' zegt ze in Australisch Engels met Zuid-Hollandse tongval.

Ze schuift de hordeur open en trekt me aan mijn hand de keuken in. Op tafel ligt de krant met het verhaal over mijn zoektocht. Eromheen liggen fotoalbums en vergeelde documenten.

'Ga zitten. Ga zitten,' zegt de boomlange Mark, een van de vijf zonen van Rita, die op zijn 46ste nog thuis woont. Hij is zeker twee koppen groter dan zijn moeder. Met een gastvrij handgebaar wijst hij mij mijn plek en schuift mijn stoel aan.

'Ongelofelijk,' zegt moeder Van Ryt keer op keer.

'Ja, mam, bizar.'

Twee paar ogen nemen me van boven tot onder op.

'Ik hoef je paspoort niet te zien, hoor. Jij bent absoluut familie van Theo,' zegt moeder Van Ryt, met een glimlach van oor tot oor.

De rimpelige dame is 73. Vier jaar jonger dan Nonk Theo nu zou zijn. Door de rimpels heen is nog te zien hoe mooi ze vroeger moet zijn geweest.

'Wij zijn in 1956 naar Australië gekomen. Met de boot. De Johan van Oldebarneveldt,' zegt ze, zonder nadere toelichting over de bijna 180 meter lange oceaanstomer, die tijdens zijn wekenlange trips over de wereldzeeën zo'n duizend mensen vervoerde. Grofweg een derde was bemanning, de rest emigranten.

Rita en haar latere man hadden al verkering toen ze emigreerden. Hij kwam uit Delft, zij uit Schipluiden, een dorp vlakbij. Na de oorlog wilden ze weg uit Nederland.

'Zo veel mensen wilden in die tijd emigreren. Er was een huizentekort. Het was de tijd van de wederopbouw, we hadden oorlog met Indonesië. Het zag er allemaal niet zo goed uit, dus besloten wij naar Australië te gaan. Hier hadden ze te weinig mensen, bij ons in Nederland te veel. De beide regeringen betaalden mee aan de overtocht.'

Maar het was geen vetpot, weet Rita van Ryt nog goed.

'Bij aankomst in Brisbane kreeg je 25 pond landingsgeld. En een slaapplek in barrakken. Dat was het.'

Haar geliefde Jan vloog al snel naar Mount Isa, voor een job als lasser bij de aanleg van een dam. Pas maanden later volgde Rita, per trein.

'Ik vond het in Mount Isa meteen fantastisch. Je kon er alles kopen wat je maar wilde. Eerst in de winkel van de mijn, later gewoon, in winkels in de stad. Jan verdiende goed, bij de dam, en daarna met de bouw van huizen. En wat ook zo geweldig was: iedereen nodigde je uit voor feestjes. Er waren zó veel Hollanders en Duitsers met wie je kon optrekken.'

'En het vrouwentekort had ook zo zijn voordelen, hè mam,' zegt zoon Mark.

Moeder Van Ryt grinnikt. 'Ja, als je op straat liep, kreeg je meteen een lift. Ook bij mannen deden ze dat, hoor. Al vroegen ze aan mij wel altijd of ik zin had om wat lol te gaan maken, in de stad.'

Rita ziet me kijken naar de serieuze foto's van mijn oom, afgedrukt in de krant.

'Hij zag er hier altijd *happy* uit. Hij had *fun*, altijd. Mijn man noemde hem altijd "mijn maat". Ze konden het goed met elkaar vinden. Theo dronk graag, en Jan had er een hekel aan om alleen te zijn. Aan Theo had hij een hele goeie.'

Ze weet het niet meer zeker, maar waarschijnlijk werkte Nonk Theo kort op de MIM. Diezelfde mijn die nu regelmatig zijn mijnwerkers prikt om te checken of ze niet te veel lood of andere troep in hun bloed hebben.

'Nee, dat was in die tijd nog niet,' zegt zoon Mark, ingenieur van beroep. Hij wijst door het raam van de woonkamer: van hier kun je het mijnterrein zien, met zijn twee markante schoorstenen. 'Hou eens vast,' zegt hij, als hij een stuk steen zo groot als een peutervuist in mijn hand legt. Mijn hand zakt pardoes naar beneden.

'Dat is nou Mount Isa-lood. Zwaar, hè.'

Moeder Van Ryt pakt er een papier bij en legt dat boven op het krantenartikel over mijn zoektocht, naast de brok looderts. Ik buig voorover. Het is dus echt waar wat de verslaggeefster van *The North West Star* aan de telefoon zei. Daar onderaan staan zijn naam en handtekening: TL Schrooten, in strakke, nette letters. Op 22 juni 1957 was mijn oom een van de getuigen op het huwelijk van zijn maat Jan en diens lief Rita.

‘Ja, en Theo vond dat een hele eer,’ zegt de bruid van toen.

‘Hier, kijk,’ zegt Mark, terwijl hij een schilderij van de muur pakt met daarop de Cutty Sark, de roemruchte theeklipper die in de tweede helft van de negentiende eeuw een van ’s werelds snelste zeezeilschepen was. ‘Dit was je ooms huwelijkscadeau.’

‘Hij gaf het ons na de trouwerij, om de andere getuige niet te bruuskeren,’ zegt Rita, die pas later hoorde dat het schilderij 25 pond had gekost. ‘In die tijd een weekloon. Theo was een gulle man.’

Het schilderij is nog steeds belangrijk in huize Van Ryt, vertelt Mark, die na de dood van zijn vader met moeder in het ouderlijk huis is blijven wonen. ‘We hadden niet veel vroeger. Dat schilderij was een van de weinige mooie spullen. Daar heb ik als kind heel vaak bij zitten wegdromen.’

Rita schuift een bord echte Hollandse erwtensoep onder mijn neus. Ze heeft het vanochtend nog snel gemaakt.

‘Met rookworst,’ zegt ze in het Nederlands, met een vette knipoog. ‘Je blijft toch altijd een beetje Hollands, hè.’

Met een klap legt Mark het fotoboek van de familie opengeslagen voor me neer. Daar zit hij, Nonk Theo. In opperbest humeur, samen met drie anderen aan een tafel in wat een kantine lijkt. Allemaal in kostuum. Ze roken sigaretten, drinken glazen bier en hebben de grootste lol. Het zijn foto’s die mijn familie thuis waarschijnlijk nog nooit heeft gezien.

‘Hier. Voor jou,’ zegt Mark.

Hij geeft me een paar kopietjes plus een cd. Foto’s van een ‘*happy* Theo’, zoals Rita van Ryt het zegt. Zij kent de man met de bruine ogen en het glad achterovergekamde haar niet anders. Ik vertel over zijn leven na Mount Isa. Over de verboden liefde tussen hem en Helen. Zijn moeizame leven op Mount Britton en zijn goudmijn daar.

‘Slepende rechtszaken? Een zwakke gezondheid?’ Rita slaat een hand voor haar mond. ‘Ik herinner me Theo niet anders dan opgewekt, fris en fruitig. Die man kon de hele wereld aan.’

‘Hij gaf ons niet voor niks de Cutty Sark,’ zegt Mark, eveneens ontdaan.

‘Vertel je familie in elk geval maar dat Theo hier heel gelukkig is geweest. Dat zal ze goed doen,’ zegt moeder Van Ryt. Ze geeft een klopje op mijn schouders.

'Ja, en zeg je familieleden thuis maar dat er ergens ook nog een filmpje moet zijn van je oom', vult Mark aan.

Ik verslik me in mijn erwtensoep.

'Ik moet het nog opzoeken. Maar als ik het vind, laat ik er een kopie van branden op dvd. Die krijg je van me. Beloofd. Theo is zo gul voor ons geweest. Dit is het minste wat we na al die jaren kunnen terugdoen.'

Een film. Met Nonk Theo. Tjonge, ik kan me niet voorstellen dat de familie dat niet zou willen zien. Misschien draaien sommige ooms en tantes toch wat bij als ze hun verloren broer voor eerst sinds zijn vertrek weer levend zien. En nog happy ook.

Een zwoele zeebries heet me welkom in Townsville. De met 165.000 inwoners grootste stad van Australië boven de Steenbokskeerkring leeft van zijn ligging aan de Koraalzee. Alles komt hier samen. Zink, koper en nikkel uit mijnbouwkolonies als Mount Isa. Rundvlees en wol van gigantische extensieve veebedrijven diep in de Outback. Hout uit de omliggende, majestueuze bergbossen. Suiker van de eindeloze rietvelden langs de kust. Alles verlaat via de zeehaven het vasteland, op weg naar afnemers over de hele wereld. De laatste jaren krijgt de bulkexport, Townsvilles traditionele industrie, steeds meer concurrentie van toerisme. Niet ver uit de kust ligt immers het Great Barrier Reef, de ultieme snorkel- en duikbestemming die massa's geteenslipperde riftoeristen naar Townsville trekt. Het bezorgt de stad een gespleten imago: in de schaduw van de zeehaven, met al zijn rauwe industrie, vieren de brallende en lallende vakantiegangers elke dag feest.

Nonk Theo had hier eind jaren vijftig drie maanden volpension. Bepaald niet als een vrolijk lallende toerist. Ik lees zijn brieven van eind 1959 aan mijn vader nog eens door. Hij schreef ze na zijn verblijf hier, de eerste keer dat het thuisfront langdurig in grote onzekerheid verkeerde over het lot van de verloren zoon. Tal van brieven uit Nederland bleven maandenlang onbeantwoord, terwijl mijn oom hier in het oude ziekenhuis van Townsville lag. Weer terug in Mackay en bij zijn mijn op Mount Britton, schreef Nonk Theo dat hij zich allerlei zaken, zoals het huwelijk van een van zijn zussen, totaal niet meer kon herinneren.

Ik pak het naturalisatiedossier erbij, dat ik nog maar onlangs kortstondig online heb mogen inzien na een aanvraag bij de National Archives. Het zijn bijna dertig pagina's. Op een aantal staat het stempel VERTROUWELIJK.

In het dossier geeft Nonk Theo's ziekenhuisarts zijn diagnose: zenuwinzinking, te danken aan een slopende cocktail. Theo Schrooten was jarenlang alcoholist. Zijn dieet op Mount Britton bestond, behalve uit vele liters sterkedrank, vooral uit ingeblikt dan wel zelf geschoten vlees, plus *dampers*, zelf gebakken brood. Niks groenten, niks fruit. En dan waren er ook nog de mentale tol van de eenzaamheid en de psychische gevolgen van de Tweede Wereldoorlog, aldus de dokter. Zijn droge verslag maakt me wee en misselijk.

Twee jaar na zijn opname hier in Townsville vertelde Nonk Theo, weer 'thuis' op Mount Britton, het hele verhaal nog eens aan een agent. Die kwam mijn oom verhoren in verband met diens aanvraag voor het Australisch staatsburgerschap. Vijf jaar had hij daarop moeten wachten. Met een Australisch paspoort op zak zou hij nooit meer gedwongen kunnen worden het land te verlaten. Maar zijn aanvraag was nog niet ingediend, of er rezen twijfels bij de immigratiedienst. Opeens was gedwongen terugkeer naar Nederland een reëel gevaar. Het is bijna een halve eeuw geleden, maar nu nog dampt de paniek op uit de stukken voor me.

Nonk Theo had geen andere keus dan zich nogmaals te laten verhoren door de politie, in opdracht van de immigratiedienst. Die wilde het naadje van de kous weten over de ernst van de maandenlange opname in Townsville, en of mijn oom zijn zenuwinzinking te boven was gekomen. Ik lees het proces-verbaal. De agent die het verhoor deed, kreeg van Nonk Theo slechts een korte verklaring.

'Niks ernstigs. Gewoon een zwaar geval van DT.'

De twee letters blijven door mijn hoofd gonzen als ik rondstruin bij het oude ziekenhuis van Townsville. De agent leek er indertijd genoegen mee te nemen, maar ik heb werkelijk geen idee waar ze voor staan. Vanachter de afrastering kijk ik hoe het witte gebouw van zes verdiepingen compleet wordt gestript en rijp gemaakt voor een nieuwe bestemming. Ergens daarbinnen moet Nonk Theo drie maanden hebben gelegen. Met DT. Wat kennelijk iets was om je schouders over op te halen.

In een internetcafé in het centrum van Townsville slaat de schrik me om het hart. DT staat voor niks minder dan *delerium tremens*. Dronkemanswaanzin. Ontstaat na een periode van ernstig drankgebruik, met name bij te weinig eten. Doorgaans na meer dan tien jaar alcoholmisbruik, vooral bij mensen die al langer dagelijks zo'n twee liter wijn, drie tot vier liter bier, of een halve liter sterkedrank naar binnen gieten.

Ergens in oktober 1959 moet Nonk Theo hier zijn binnengereden. Een

29-jarige vent, maar al compleet naar de kloten. Als hij bij aankomst in het ziekenhuis al niet in die diepe slaap verkeerde, dan was hij waarschijnlijk platgespoten. Fenytoïne tegen de spierkrampen, diazepam ter onderdrukking van het op hol geslagen zenuwstelsel, haloperidol om de hallucinaties de kop in te drukken, clonidine tegen de hoge bloeddruk en hartslag, plus nog een scala aan kalmeringsmiddelen. Zijn pis moet zwaar chemisch afval zijn geweest.

Maar hij is erbovenop gekomen, na drie maanden. In mijn hoofd borrelen weer de woorden op uit die ene brief, die ik in Mackay nog heb gedeeld tijdens mijn bizarre ontmoeting met Johanna, de zus van Nonk Theo's geliefde Helen. Ruim vier maanden na zijn ontslag uit het ziekenhuis, daags voor Oudjaarsdag 1957, beschreef hij dat hij was verworden tot een wrak. Herstel? Het zou nog jaren kunnen duren. Misschien kwam het wel nooit meer goed.

Het weerhield hem er niet van weer terug te keren naar zijn mijn op Mount Britton, de plaats delict, waar het allemaal zo gruwelijk mis moet zijn gegaan. Maar, zo verzekerde hij de politieman daar twee jaar later, na zijn ontslag uit het ziekenhuis had hij zijn leven gebeterd. Nonk Theo wist: het was erop of eronder. De zenuwinzinking was een bom onder zijn Australische droom en hij had niks aan zijn kennis van explosieven om de dreigende knal te voorkomen. Behalve bluf. Ontelbare keren had hij zijn *pokerface* geoefend. Al die potjes klaverjassen, pokeren, blackjack, toepen, ze hebben zich die ene dag in januari 1962 meer dan uitbetaald.

'Gedurende mijn observatie van de aanvrager maakte hij op mij een alerte en coöperatieve indruk,' schreef de agent in zijn verslag aan de immigratiedienst. 'Ik kon niks vinden in zijn gedrag dat hij ook maar iets anders was dan een persoon met een gezonde geest.'

De immigratiedienst was echter nog niet helemaal overtuigd. Een paar weken later ging er nog een laatste brief uit, naar de medisch directeur van het ziekenhuis. Of deze persoonlijk kon verklaren wat de aard was van de aandoening van Nonk Theo, de lengte van de behandeling en zijn gezondheidstoestand bij ontslag. Het antwoord van de directeur zit er niet bij.

Dus meld ik me bij het nieuwe ziekenhuis van Townsville, een modern complex aan de rand van de stad. Ik toon mijn paspoort aan de dame van de administratie, als bewijs dat ik familie ben. Kauwgom kauwend vanachter een glazen luik, dat slechts half geopend is, schudt ze haar hoofd.

'Deze informatie is te persoonlijk om vrij te geven. Als er überhaupt nog een dossier is van uw oom. Grote kans dat het allang vernietigd is.'

'In Mackay had de Public Trustee nog een fraai dossier voor me, na al die jaren. Had ook vernietigd moeten zijn,' zeg ik.

De dame blaast een kauwgombubbel tot knappen. Met haar tong wurmt ze de roze resten kauwgom naar binnen.

'Wat u wilt. Vul maar in. Dan hoort u het wel als er nog iets is wat we mogen vrijgeven.'

Zo netjes als ik kan vul ik de gevraagde gegevens in, waarna ik een foto maak van het formulier.

'Voor mijn administratie.'

De baliedame pakt het document met een zucht aan. Nog voor ik 'sorry' kan zeggen, heeft ze het glazen luik alweer gesloten.

Het rapport van de psychiater was niet helemaal bevredigend, oordeelde het ministerie van Immigratie, zonder in te gaan op details. De behandelend ambtenaar woog dat minpunt af tegen het voor Nonk Theo 'goede' proces-verbaal van de politieman. Bovendien had mijn oom – als zwaar alcoholist en al zeven jaar afgelegen wonend – voor zover bekend nooit problemen veroorzaakt. Dat was kennelijk ook een pluspunt.

'Als we zijn verhaal mogen geloven, dan is hij na zijn ontslag uit het ziekenhuis gestopt met drinken en een verstandiger leven gaan leiden. Maar dat wil nog niet zeggen dat hij later toch weer een terugval kan krijgen,' schrijft de ambtenaar. Eigenlijk vond hij Nonk Theo's geestelijke conditie gewoon ondermaats. Toch streek de ambtenaar op 16 maart 1962, tweeënhalf jaar na aanvang van het hele naturalisatiecircus, over zijn hart. Nonk Theo mocht blijven, met de hakken over de sloot. Alle reden voor een toast, al kan ik er maar niet vrolijk van worden. Integendeel. Iets in me betwijfelt of de ambtenaar Nonk Theo wel zo'n goede dienst heeft bewezen.

In mijn kleine, gele Hyundai Getz, het huurautootje dat ik hier in Mackay en omgeving tot mijn beschikking heb, cross ik de hele dag van hot naar her. Elke dag streep ik wel een paar namen van mijn lijst, meestal omdat ze al zijn overleden. Zoals John Forsyth, de administratief adviseur van Nonk Theo die in 1959 zijn aanvraag voor naturalisatie deed. En steeds stuit ik op nieuwe namen. Zoals die van de vier mannen met wie Nonk Theo samen mijnconcessies moet hebben gehad. Ze staan op een historisch overzicht van concessiehouders in de mijnbouwregio Mackay, dat ik heb gekregen via het plaatselijke kantoor van het ministerie van Mijnen en Energie. 'Theodore Lelwin Schrooten,' staat er op het document.

Binnen een dag kan ik ook de kompanen van 'Lelwin' afstrepen: dood. Samen hadden ze een concessie voor een okermijn. Het minerale pigment wordt nog steeds gewonnen als doffe kleurstof, in het kleurenpalet van rood tot goudgeel. Voor Nonk Theo was het een soort bijvangst. Want naast de okermijn had hij ook nog een aandeel in een goudmijn, zo schreef hij al in een brief in april 1960. Over de maanden van stilte aan het eind van het jaar ervoor geen woord. Nergens ook maar de minste verwijzing naar zijn opname wegens dronkemanswaanzin.

Nonk Theo was niet echt verguld met zijn aandelen in de plaatselijke, kleinschalige mijnbouw, een derde in de goudmijn en een vijfde in de okermijn.

'Met zoiets was ik in Europa een rijk man geweest. Maar hier in Australië is niemand geïnteresseerd. Tenzij je in de stad komt aanzetten met een portie goud of een ander mineraal ter waarde van 500 pond en zegt dat ze er een vijfde van mogen hebben in ruil voor vijf pond.'

Het was sappelen. Wel goud, maar weinig opbrengst. En waarschijnlijk veel concurrentie. Terwijl het hem voor zijn komst naar Mackay en Mount Britton zo voor de wind ging.

'Ik heb goed geld verdiend met mijnwerken in Australië. In één maand moest ik alleen al zestig pond belasting betalen,' schrijft Nonk Theo. Hij beurde dus honderden ponden per maand – Australië had zijn dollar nog niet – in die tijd een fraai inkomen.

'Toen verdiende ik evenveel in een dag als nu in een week,' vervolgt hij, om cryptisch te eindigen met de opmerking dat pogingen om voor zichzelf te beginnen vooral gepaard zijn gegaan met 'vette pech'.

Ik ben al dagen op zoek naar Raymond Balzer. Diens naam en telefoonnummer staan in het telefoonboekje van Nonk Theo, dat ik meekreeg van de Public Trustee. Lismore, een plaatsje in de zuidelijker staat New South Wales, staat in priegelig handschrift achter de naam van Balzer. De strafrechtadvocaat was waarschijnlijk een zakenpartner van Nonk Theo.

In die jaren maakten mijnwerkers in de *bush* wel vaker een deal met een vermogender compagnon in de bewoonde wereld. De mijnwerker leverde de mijnbouwkennis en arbeid, de investeerder het kapitaal voor de benodigde spullen. De financier was vaak ook degene met de meeste juridische en administratieve brille en connecties. Samen deelden ze de winst.

Volgens de papieren van het ministerie van Mijnen en Energie was mijn oom begin jaren zestig samen met Balzer eigenaar van de 'Union', een goudmijn op Mount Britton. Een gouden bron voor informatie dus, deze advocaat. Steeds heb ik de optie opengehouden om een bliksembezoek aan Lismore te brengen, of waar Balzer dan ook uithangt. Nu heb ik eindelijk bericht, van een medewerker van Lismores heemkundevereniging. Teleurstellend nieuws: ook Balzer is overleden, volgens de mail nog maar drie jaar geleden, in Adelaide. Ik kan mijn laptop wel tegen de muur smijten.

Zo langzamerhand ontkom ik er niet aan om naar Mount Britton te gaan, ook al heb ik amper een idee waar ik precies moet zijn. Bij de stukken van het ministerie zit een plattegrondje. Vlak bij Mount Britton – 'verlaten' staat erbij – staan rechthoekige vlakken getekend met intrigerende namen van mijnconcessies: *The Sundowner*, *Lost Reef* en misschien wel de mooiste: *Free Gold*. Wacht eens even…

Ik graai in mijn rugzak, loodzwaar geworden door de groeiende stapel naslagwerk en documenten die ik overal en altijd met me mee zeul. In een van de laatste brieven aan mijn vader, die deels over de mysterieuze rechtszaken gingen, heeft Nonk Theo enkele *reefs* genoemd. Ertslagen die ondergronds ontgonnen moesten worden. Bovengronds kon de erts dan worden fijngestampt, vermengd met water tot een smurrie, waarna met kwik het goud aan de blubber kon worden onttrokken.

September 1967: 'Het werk op de mijn staat nagenoeg stil, in verband met rechtszaken. Maar dat zal in een paar weken alles wel uitgewerkt zijn,' schrijft mijn oom, vertrouwend op een goede afloop van het proces. Over de rechtszaak niks naders. Uiteraard.

'Op het ogenblik is er maar één man die met me werkt. We zijn ertslagen open aan het maken om op grotere schaal te beginnen in de grond, die mij behoort.'

Hij rept van elf goudhoudende ertslagen. Van een paar geeft hij de namen. Ik vergelijk ze met de stukken van het ministerie. *Erratic Star, Golden Dream, Evening Star, Perseverance.*

Waarom staan Nonk Theo's *reefs* niet op de kaart van het ministerie, en andere wel? Ook de Union schittert door afwezigheid. Hoe meer ik over mijn oom te weten kom, hoe slechter ik er tegen kan als het even niet mee zit. Steeds vaker bijt ik op dit soort momenten op mijn tanden, bal ik mijn vuisten tot aan krampen toe. Eigenlijk zou ik nu gewoon keihard iemand willen slaan.

Kriebels in mijn hele lijf vragen er eigenlijk om níét naar Nebo te gaan, de dichtstbijzijnde bewoonde plaats in de buurt van Mount Britton. Ik voel een drang om terug te gaan naar Johanna Sherry. Het liefst zou ik haar helemaal uit willen horen. Stiekem hoop ik op namen en andere details, die ik tot nog toe niet uit menselijke geheugens en papieren archieven heb weten te peuren. Maar dan moet ik mijn hele ziel en zaligheid, want daar draait dit project zo onderhand om, in handen leggen van een – ik krijg het woord amper mijn strot uit – medium. Dan moet ik me overgeven aan een mij tot voor kort totaal onbekende vrouw die beweert dat ze contact kan leggen met de doden, inclusief de hoofdpersoon in mijn hele queeste.

Nee. Ik kan de heilige principes van check-dubbelcheck en hoor-wederhoor niet overboord zetten. Stel je voor dat het allemaal verzinsels van haar zijn, dan bevuil ik het levensverhaal van Nonk Theo. Dan besmet ik de waarheid met een soort radioactief materiaal en is het een kwestie van tijd voordat mijn hele queeste verkankert. Ik wil weten. Ik móét weten. Niet geloven.

Met twee tassen vol boodschappen loop ik van de supermarkt naar de Hyundai. Geen flauw idee wat ik moet verwachten van Nebo, een kleine honderd kilometer vanaf Mackay landinwaarts. Dus bereid ik me maar voor op het ergste – voor Nederlandse begrippen dan. Blikjes vis en vlees, crackers, drie tanks drinkwater van elk vijf liter, plus nog wat kleinere, handzame, literflesjes. Zonnebrand, koekjes en fruit, voor onderweg. De appels en mango's blijven in een auto met airco vast een dag of wat goed. Het is tenslotte winter hier, in Australiës Tropical North.

Nebo. Als je even door peest, ben je er in een dik uur rijden. Vanuit Mackay is er aardig wat volk op de Peak Downs Highway, een keurige, strakke asfaltweg. Mijnwerkers. Ze hebben een barakkenkamp aan de rand van Nebo, vlak voor de afslag naar onder andere Mount Britton. Van hieruit kun je dieper de outback in, naar het Bowen Basin, een streek met zo'n 34 kolenmijnen, goed voor een productie van jaarlijks meer dan honderd miljoen ton aan fossiel zwart goud, meer dan vier vijfde van Queenslands totale kolenproductie.

In de negentiende eeuw was al bekend dat het gebied rijk was aan kolen. Maar investeerders en gelukzoekers haalden er lange tijd hun neus voor op. Goud, dat deed de harten sneller kloppen. Tot in 1971, toen Nonk Theo hier alweer ruim een decennium in de weer was, de firma Goonyella hier als eerste op commerciële schaal steenkool ging delven. De goudprijs was niet meer wat het geweest was. Steenkool was het nieuwe goud. Zelfs verstokte goudzoekers kozen ineens massaal voor de kapitaalkrachtige kolenindustrie.

Voor zover ik weet heeft Nonk Theo die beker aan zich voorbij laten gaan. Toen hij uit Heerlerheide vertrok, ging hij voor goud. Van steenkool had hij zijn buik vol. Nebo was voor hem vooral van praktisch nut in de jaren dat hij bivakkeerde op Mount Britton, een kleine dertig kilometer verderop. In Nebo haalde hij nu en dan wat boodschappen – al deed hij de grote inkopen voor de mijn in Mackay, hij haalde en bracht zijn post bij Nebo's postkantoor, en kwam er dan meteen ook maar wat drinken. Als dat al niet zijn hoofddoel was, bedenk ik, staand aan de bar van Hotel

Nebo. Voor een gehucht is het een fraai etablissement. De voorgevel van het hoekpand staat strak in de rode verf. De lommerrijke veranda's zijn geen overbodige luxe als het kwik 's zomers met gemak dagenlang boven de dertig graden Celsius piekt. Met zijn donkerbruine kozijnen en deuren, al net zo kroegbruin als de rondlopende toog binnen, oogt het hotel als een saloon uit een westernfilm. In de jaren van Nonk Theo waren er ook volop cowboys, of *stockmen*, zoals ze die hier noemen. Stoere kerels met leren hoeden, die enorme kuddes van soms wel honderden runderen over de omliggende graslanden dirigeren, naar drinkplaatsen, en uiteindelijk naar de veetrucks, op weg naar het slachthuis.

Cowboys, mijnwerkers en ander rauw volk. Ontmoetingen ontaardden hier meer dan eens in bacchanalen, beslecht met de vuist. Ik sluit niet uit dat Nonk Theo op een van die avondjes zijn kromme neus heeft opgelopen, zo overduidelijk te zien op de foto in zijn Australische paspoort uit 1970.

12 April 1962. Het is een druilerige dag in Nebo: krap dertien graden Celsius en motregen. Geen weer voor een feestdag. Maar het dorp staat deze donderdag op zijn kop. De plaatselijke *shire*, zeg maar de gemeente, bestaat honderd jaar. En dat mag van de staat Queensland worden gevierd met een primeur.

De feestvarkens staan 's middags in net pak in een vol Nebo Hotel. Alle schoolkinderen zijn er, in hun netste kleren, de meisjes met vlechtjes en staartjes, de jongens met een strakke scheiding in het haar. Plus natuurlijk het voltallige bestuur van de *shire*. De gelukkigen onder de overige inwoners hebben een plekje binnen kunnen bemachtigen. De slager is er, de bakker, de postbeambte, het schoolhoofd. Met een beetje proppen kunnen een kleine honderd mensen in de feestzaal. Het dorp heeft nog geen televisie, er gebeurt sowieso niet zo veel, dus een verzetje als dit is een geheid succes.

Het Wilhelmus klinkt, voor de twee eregasten. De schoolkinderen hebben het Nederlands volkslied speciaal ingestudeerd voor de twee jonge kerels, de eerste buitenlandse inwoners van Nebo die worden genaturaliseerd tot Australisch staatsburger. Een mijnwerker en een *stockman*, Theo Schrooten en Augustus Venselaar.

Ze brabbelen wat mee met het gezang, ook als na het Wilhelmus *God*

Save the Queen wordt ingezet. Want Australië moet nog altijd de Britse koningin dulden als staatshoofd. Aan haar moeten de twee Hollanders trouw zweren, nadat ze hun trouw aan elk ander land formeel hebben herroepen.

'Ik, Theodor Luzian Schrooten, zweer dat ik volgens de wet trouw zal zijn aan Hare Majesteit Koningin Elizabeth II, haar erfgenamen en opvolgers, en dat ik getrouw de wetten van Australië zal betrachten en mijn plichten als Australisch staatsburger zal vervullen.'

Het rolt er in één keer uit, in foutloos maar accentrijk Engels, de ene hand op de Bijbel, de andere op het hart. Als ook de veedrijver zijn eed foutloos heeft afgelegd, tekent de voorzitter van de *shire* de formele akte, gedrukt door de staatsdrukkerij in Brisbane. Een applaus volgt, een bijeengeraapt orkest begint feestmuziek te spelen. Terwijl de kinderen en de rest van de bevolking uitgelaten het hotel verlaten, maakt het voltallige gemeentebestuur zich op voor een diner met de nieuwe landgenoten.

In de jaren na hun naturalisatie zullen de twee nieuwe Australiërs elkaar nog vaker treffen. Een paar keer per jaar drinken ze samen wat in de kroeg. De mijnwerker zit meestal bij zijn mijn, afgelegen in de bush van Mount Britton. De veedrijver verdient zijn brood met het timmeren van afrasteringen. Tussendoor waart hij wekenlang, soms langer, over de vlaktes, met zijn honden, kuddes schapen en runderen.

Als ze elkaar ontmoeten, soms in Nebo, soms in Mackay, gaat het meestal over koetjes en kalfjes. Herinneringen aan Holland. Sport. Hun werk. Ja, de kleine mijnwerker vertelt de grote veedrijver weleens over gedoe rond zijn goudmijn. De details blijven de veedrijver niet bij. Alleen dat het om goud en geld draait.

In Nebo zelf herinnert niemand zich meer die memorabele dag, die twaalfde april in 1962. Of wacht, zegt een dame van het plaatselijke museumpje, met zijn grappige openluchtdouche – een opgehangen emmer met gaten – en zijn oude felrode brandweerwagen. Ze vertelt over een man die net als Nonk Theo een mijn heeft op Mount Britton. De man werkt voor de kost vlak bij in een grindafgraving, net aan de andere kant van Nebo Creek, het watertje dat ten westen van het dorp loopt.

Hij is niet zo spraakzaam, deze Phil McDonald, een man van begin zestig. Als ik hem aanspreek bij de afgraving, stapt hij kreunend van de tegenzin uit zijn *shovel*.

'Nee, ken ik niet,' is al wat hij zegt als ik hem foto's laat zien van Nonk Theo. En dat terwijl McDonald hier toch al een jaar of dertig rondploetert. Als ik zeg dat Theo Schrooten zijn eigen mijn had, daar op Mount Britton, kijkt hij me heel even met een schuin oog aan. In een uiterste poging het gesprek vlot te trekken, laat ik een naam vallen die ik in Mackay de afgelopen dagen wel vaker heb gehoord als het over Mount Britton ging. Een naam die ik her en der ook heb horen vallen in verband met mijn oom: Bert Faltinsky.

Een schalks lachje. 'Ja, dat was me een figuur. Hij is een tijd eigenaar geweest van Mount Britton. Hij sloeg in steengangen ondergronds de pijlers weg om nog snel het laatste goud in een gang te kunnen pakken. Een doodzonde. Die pijlers laat je altijd staan. Dat is een gouden regel. Anders loop je het risico dat de hele boel instort. Roofbouw. Levensgevaarlijk.'

Als ik wil doorvragen naar Faltinsky maakt McDonald een afwerend gebaar. 'Doe geen moeite. Hij is dood. Ik geloof dat hij bij een auto-ongeluk zijn nek heeft gebroken.'

McDonald ziet de teleurstelling op mijn gezicht. En niet om Faltinksy.

'Faltinsky's advocaat is nu houder van een verzamelconcessie hier op Mount Britton. Een groot vierkant gebied. Hij heeft daarboven ergens 600.000 dollar gestoken in grondboringen, om te zien of er nog iets zat. Maar niks gevonden.'

Ik zwijg. Dat werkt duidelijk beter dan vragen.

'Billy Stubbs, zo heet-ie, die advocaat. Voor alles wat je hier nu wilt op Mount Britton, moet je altijd langs hem.'

Voor mijn gevoel tikken seconden van stilte weg. Nu moet ik wat zeggen.

'Waar kan ik hem vinden, die Stubbs?' vraag ik, zo argeloos mogelijk.

Als McDonald ziet dat ik de naam van de advocaat opschrijf, slaat hij alsnog dicht. Ik probeer het gesprek nog een paar keer op gang te krijgen. Tevergeefs. McDonald wenst me nog een prettige dag en stapt weer op zijn shovel.

Slechts een flauw stratenpatroon herinnert aan wat een eeuw geleden het bruisende dorpje Mount Britton was. Het ontstond in 1881, hier op het vlakke stuk land aan de Oaky Creek, omzoomd door bergketens, in een paar maanden vanuit het niets. De 1500 bewoners waren afgekomen op het goud dat hier volgens geruchten voor het grijpen lag. Alleen al in het eerste jaar zou hier 15.000 ounces aan goud gevonden zijn, vandaag de dag goed voor een kleine één miljoen Amerikaanse dollar, ruim 700.000 euro. Terwijl de goudzoekers in de rivier met ondiepe pannetjes de brokjes en flintertjes edelmetaal uit de modder zeefden, verrezen op de oevers niet alleen kroegen, bakkerijen en kruideniers, maar ook een tabakszaakje, boekhandel en fotostudio. Het dorp lag nogal afgelegen, dus veel inwoners hadden hun eigen vee en groentetuinen. Later volgden ook een school, postkantoor en zelfs een gerechtsgebouw. Maar na anderhalf decennium bloedde het dorp dood: de bodem rond de Oaky Creek gaf allengs minder goud prijs. In 1908 verliet het laatste gezin per kar en wagen Mount Britton.

Het bruisende dorpje van weleer is nu een schrale kampeerplek, bedoeld om vreemdelingen naar dit vergeten stukje Australië te lokken in de hoop dat ze verderop in Nebo nog wat geld spenderen. Ik maak wat foto's van een bogger, speciaal hier in de buitenlucht neergezet voor de sporadische toerist. Ik laat mijn hand over het staal glijden. Het doet helemaal niks met me.

Ik zoek de horizon af. Het dal is omgeven door beboste hellingen. Ergens in het donkergroen moet Nonk Theo zijn mijn hebben gehad. Ik pak de plattegrondjes van het ministerie van Mijnen en Energie erbij. Daar, achter die huizenhoge knots van een rots, moet het zijn – maar zeker weten doe ik het niet. Misschien kan ik er wel komen, te voet, met wat geklauter.

Toch maar niet. Ik herinner me al te goed wat Nonk Theo schreef over de slangen die bij zijn mijn rondkropen. Een zo'n serpent had op een dag zijn hond doodgebeten. Nog een weekje heb ik in deze regio. Het moet me toch lukken om in die tijd iemand te vinden die me Nonk Theo's mijn kan tonen.

Onder een grote boom laat ik de weldadige rust van het landschap op me inwerken. Op deze Australische winterdag zweven alleen wat witte watten boven de bergkammen, voor de rest is de hemel stralend blauw. Prachtig. Maar toch. Wat moet je ertoe drijven om hier jaar in, jaar uit, je dagen te willen slijten? In het bos, op de hellingen, verstoken van comfort. Ook op al die dagen zonder staalblauwe hemel. Als de hitte verzengend is onder een verstikkend wolkenpak, of tropische stormen hier huishouden. Ik heb nooit een goudmijn gehad. Ik heb nooit goud gevonden. Ik weet niet wat het met je doet. Maar je moet er behoorlijk bezeten van zijn, wil je in een gebied als dit jarenlang je gouden droom najagen.

Is dit ongeveer zoals Nonk Theo moet hebben geleefd, bij zijn mijn? Ergens daar in de verte, bij die enorme puist van een rots? Ik voel me een insluiper, een halve inbreker, als ik over het terrein van de Edith Mary struin, een paar minuutjes rijden van wat ooit het dorp Mount Britton was. Mijn Hyundai Getz kon zich maar met moeite door het diepe, mulle stof ploegen. Twee sleuven, meer is het pad hiernaartoe niet. Uitgesleten sporen van een terreinwagen, met een veel bredere wielbasis dan mijn Koreaantje, dat ik balancerend op de binnenste randen van de sleuven maar net over het pad gemanoeuvreerd kreeg.

Het is meteen duidelijk dat de vrouwennaam op een mijn slaat. Al aan het begin van het terrein staat, vastgeklonken in een betonnen fundament, een stamper. Een vijfkoppig monster dat, via een dikke rubberen band aangedreven door een dieselmotor, grote brokken erts fijnstampt tot gruis. Links en rechts liggen lege olievaten. De erts komt uit de groeve, daar rechts, twintig meter naar de andere kant. In een drooggevallen bedding van een bergbeek zijn met hout en metaal provisorische constructies gemaakt. Twee kleine schachten, vierkant en niet veel breder dan een meter, gaan de diepte in. De eerste schacht is met houten palen, stukken golfplaat en dikke metalen rasterhekken ontoegankelijk gemaakt. Een paar meter verderop een schacht die wel nog operationeel oogt. Aan een stalen driepoot hangt een lier, met daaraan een klein liftje.

De Edith Mary is al meer dan een eeuw oud en vernoemd naar de dochter van een van de ontdekkers, Albert Reckitt. In 1886 kregen hij en zijn compagnon nog een fraai certificaat voor hun klompjes goud, tentoongesteld op de Colonial en Indian Exhibition in Londen. Voorzichtig buig ik over het hekje rond de mijnput. Dikke, rubberen slangen, voor water en perslucht, kronkelen de diepte in. Er staat water onder in de schacht. Mijnbouw hier vergt kikvorspakken en flessen perslucht op de rug.

Hoger op de helling van het mijnterrein staat een huis, van palen en golfplaten. En met één kant zonder wand, alleen een doek. Handig straks, in de hete zomer. Zeg maar de Australische variant op de Hollandse doorzonwoning: de doortochtwoning.

'Hallo. Iemand thuis?'

Geen antwoord. Hoezeer dit open huis ook vraagt om te worden betreden, ik aarzel. Zachtjes landt mijn voet op het witgroene kleed dat door het grootste deel van de woning ligt. Steeds verder dring ik binnen, nu en dan spiedend door de raampjes met vitrage om te zien of er niemand aan komt. De bruine piano bij een van de raampjes toont uitnodigend zijn opengeslagen klavier. Op de eettafel met zes stoelen, in het midden van de kamer, staat een grote theepot met kopjes. Over een van de stoelen hangt een jas. Van boven op een dwarsbalk kijkt Marilyn Monroe in zwartwit me aan, wulps, uitdagend, met blote schouders en diep decolleté. Ik pak twee foto's van Nonk Theo, formaat ansichtkaart, uit mijn rugzak. Plus een pen.

Graag contact als u deze man, Theodor Luzian Schrooten, hebt gekend. Vriendelijke groet, Ferdi Schrooten (neef van Theo Schrooten).

Net als ik mijn contactgegevens wil toevoegen, waait opeens een ferme bries door de woning. De wind brengt de zware roodblauwe bokszak bij de ingang in beweging.

Een auto komt het terrein op gereden. Ik kan nog naar buiten. Maar ik verstijf. Te laat. De auto stopt, het geluid van dichtslaande portieren. Een rochel.

'Hier. Kom hier! Gek beest.'

Mijn hart bonkt in mijn keel, terwijl ik naar de ingang loop. Ik prent mezelf in dat ik gewoon zat te wachten op de bewoner van de doortochtwoning van de Edith Mary. De lap stof bij de ingang zwaait aan de kant. Een man en een vrouw staren me aan.

'Wat moet jij hier?' zegt Phil McDonald, met een tas boodschappen op zijn arm. De vrouw kijkt hem vragend aan.

'Ken jij hem?'

'Die gast was vandaag nog bij me op de afgraving, in Nebo.'

De vrouw neemt me op, van onder tot boven.

'Ik was even gaan kijken bij Mount Britton, het dorp. Of tenminste, wat er nog van over is,' pruttel ik, wijzend naar buiten. 'Daar verderop.'

McDonald geeft geen krimp en kijkt me aan, met priemende ogen.

‘En toen dacht ik, laat ik dan ook even kijken bij de Edith Mary. Ziet er interessant uit. Loopt het een beetje?’

‘Ik hou niet zo van onaangekondigd bezoek,’ zegt McDonald, als hij langs me loopt, zijn huis in.

‘Ik heb twee foto’s van mijn oom voor je op tafel gelegd,’ zeg ik, terwijl ik hem de boodschap achter op een daarvan wil laten lezen. ‘Ik wist niet dat jij hier woonde.’

Een leugen. Van de dame van het museum in Nebo wist ik donders goed dat dit de mijn is van Phil McDonald.

Hij pakt de foto’s, gromt wat, en knikt dan. Slechts beetje bij beetje ontdooit McDonald, meer in elk geval dan vanmiddag bij zijn afgraving aan de rand van Nebo. Hier, in het niemandsland van Mount Britton, is hij thuis. Net als zijn vrouw. Menig ander mens zou hier gek worden. Zo alleen, geïsoleerd, Spartaans. Maar McDonald en zijn vrouw houden van de eenzaamheid, de vrijheid, de buitenlucht. Weg van de drukte en stress van de bewoonde wereld.

‘Ik heb hier alles wat ik wens. Heb jij zo’n uitzicht?’ zegt McDonald, met zijn neus wijzend naar de beboste bergkam, achter de stamper.

Hij heeft het niet zo op pottenkijkers, sinds drie Duitsers jaren geleden op zijn mijnterrein kwamen om een hartig woordje met hem te spreken.

‘Ze wilden mijn mijnconcessie,’ vertelt hij. Het waren ongure types. Ze bezorgden hem een ‘hete ochtend’. En er was ook die gewiekste boef uit Mackay, die met een administratief handigheidje tevergeefs had gepoogd zijn mijn in te pikken.

‘Was een van die Duitsers toevallig Faltinsky?’ opper ik.

Mijn vraag komt me op een argwanende blik te staan. Nader antwoord blijft uit. ‘Wat maakt het uit.’

McDonald heeft het liever over zijn passie voor geologie en mijnbouw. En over goud. Zijn norse blik maakt bij het woord alleen al plaats voor een groeiende grijns.

‘Veel mensen doen het verkeerd. Die gaan eraan kapot. Ik ben er gewoon door gefascineerd,’ zegt McDonald, die hier jaren geleden een grote brok quartz met goud heeft gevonden. ‘Dat was mijn geluksdag. Dat maak ik echt nooit meer mee.’

Wat de vondst waard was, wil ik weten. De oester ruikt onraad en sluit zich. Pas als ik veilig begin over goud, in het algemeen, gaat de schelp langzaam weer open.

'Goud is de god van de aardschatten,' verkondigt McDonald, die voor het eerst de rust heeft genomen om op een stoel te gaan zitten. Hoe langer hij praat over goud, hoe meer hij transformeert in een dominee die vanaf de kansel het enige, ware geloof verkondigt. 'Denk maar na. *Gold*. Schrap de l en wat hou je over? Precies: god! Zó puur. Niet na te maken. Alleen maar te verkrijgen uit de schoot van Moeder Aarde.'

'En nu? Hoe is het hier nu, met het goud?'

McDonald kijkt me vorsend aan. Hij probeert te peilen wat ik nou werkelijk van hem wil, wat de adder onder het gras is. De schelp dreigt alweer dicht te knijpen.

'Ach,' zegt hij schouderophalend. 'Het is niet meer zoals vroeger. Toen kon je hier je gang gaan.' De afgelopen jaren heeft hij een plan ontwikkeld om zijn mijn ook toeristisch uit te ponden. 'We deden rondleidingen. Bussen met schoolkinderen kwamen hier. Maar het waren net robots. Allemaal strak in rijtjes. Er mocht niks mis gaan.'

Hij baalt zichtbaar van de hele gang van zaken.

'Alles moet je tegenwoordig verzekeren. Want als iemand zich bezeert aan mijn eigendom, ook al heeft hij zelf iets ontzettend stoms gedaan, dan ben ik de pineut.'

De plannen voor de Edith Mary als toeristische attractie staan voorlopig op een laag pitje. Op de *back burner*, zoals dat hier heet, op het achterste deel van het fornuis, net warm genoeg om eten te laten sudderen. Zo leeft McDonald. Op de back burner.

'In de mijn zit niet veel goud meer. Maar genoeg om door te blijven gaan en van te kunnen leven zoals ik wil.'

Ik hoor hem zwijgend aan. Al dat gelul over de zegeningen van het leven hier op Mount Britton, met zijn vrijheid, ruimte en rust. Onbedwingbare goudkoorts, dat is wat je hier krijgt. McDonald heeft misschien een milde vorm. Een verkoudheidje vergeleken bij wat Nonk Theo moet hebben opgelopen.

Ruim boven de maximumsnelheid jakker ik terug naar Mackay. Ik had nog wel wat langer willen blijven in Nebo en omgeving, op zoek naar iemand die me kon wijzen waar precies op Mount Britton de mijn van Nonk Theo ligt. Maar er is iets tussen gekomen. Een tip die geen dralen verdraagt, van plaatselijk chroniqueur Lyall Ford, schrijver van *Below These Mountains*, een standaardwerk over het leven op Mount Britton. Hij had niet veel tijd en zat bovendien ver weg van hier. Maar de weinige woorden die ik aan de telefoon met hem kon wisselen, deden mijn hart sneller kloppen.

'Faltinsky en Theo? Zij waren partners. Op de mijn, de *Little Wanderer*. Theo deed al het werk, Faltinsky pakte het goud. De Little Wanderer is nu van Bill Stubbs. Inderdaad, advocaat. In Brisbane, volgens mij.'

Brisbane staat later nog op het programma, vlak voor mijn vertrek uit Australië. Ik wil er grasduinen in de State Library, naar documenten en oude kranten die me iets meer kunnen vertellen over Nonk Theo, zijn mijn op Mount Britton en de rechtszaken waarin hij verwikkeld was. Bij de rechtbank in Mackay zelf, waar de zaken hebben gediend, is daarvan niks meer terug te vinden. Allemaal vernietigd, volgens protocol. Misschien heeft advocaat Stubbs ze nog wel, de stukken over de rechtszaken met Nonk Theo. Of kan hij zich er in elk geval nog een en ander van herinneren. Ik zie nu al uit naar mijn confrontatie met de advocaat, in mijn hoofd een volgevreten klootzak.

Ik bijt op mijn nagels, iets wat ik anders nooit doe. Als ik Lyall Ford mag geloven, wacht me een ontmoeting met de laatste der Mohikanen. De laatste nog levende van een generatie zonderlinge snuiters. Een man die mijn oom moet hebben meegemaakt in de tijd dat Mount Britton nog een gouden berg was. Tegen de negentig is hij. Heel wat jaren boven de gemiddelde levensverwachting van mannen in dit deel van Australië. Nog vijftig kilometer. Ik druk het gaspedaal verder in. Elke seconde klinkt als een hartslag.

In Andergrove, een brave buitenwijk van Mackay ten noorden van de Pioneer River, stuur ik mijn auto het asfalt af. Het is zoals Ford het beschreef: een flink erf, voor Hollandse begrippen dan, met een enorme schuur van grauwe golfplaten. Ik scharrel er wat omheen. Er is een deur, maar die lijkt op slot. Ik druk een oor tegen de wand, in de hoop op geluid. Niks. Zul je net zien dat binnen iemand op de grond ligt, nog warm maar stijf, een schat aan herinneringen, met de dood voor immer vervlogen. Het zal me niet gebeuren. Ik moet en zal zijn herinneringen over Nonk Theo bemachtigen. Desnoods schop ik ze uit het oude lijf.

'Hallo?'

Met mijn vuisten bonk ik op de poort.

'Hallo?'

Ik geef een beuk met mijn schouder. De poort gaat verrassend makkelijk open. Ik val net niet over de hoge stalen dorpel. Als ik opkijk is het stil. Het duurt een paar tellen voor mijn ogen zich hebben aangepast aan de duisternis. De schuur is bezaaid met verroest gereedschap, caravans uit het jaar kruik, en honderden apparaten, van beeldschermen tot stofzuigers. Maar daar, verderop rechts in de hoek, zie ik een zwak schijnsel. Langzaam loop ik naar het licht van een bloot hangend peertje. Er beweegt iets. Een schaduw. Traag. Licht kreunend. Hijgend. Hij zit.

'Hallo?'

Geen reactie.

'Hallo!'

Traag draait een hoofd zich naar me toe. Onder een blauw stoffen hoedje, gemaskeerd door dikke zwarte wenkbrauwen, kijken twee waterige ogen me aan.

'Frank Smith?' vraag ik, nu meteen al wat harder.

De oude man knikt. Met horten en stoten vertel ik wie ik ben en wat ik hier, aan zijn kant van de wereld, kom doen. Het valt niet mee. Om de halve zin knijpt hij met zijn ogen en zegt 'pardon?' waarna ik mijn woorden moet herhalen, soms twee, drie keer. Zo ook de naam Theo Schrooten. Geen reactie. De foto's van mijn oom doen al evenmin een belletje rinkelen. Ik heb het idee dat hij amper ziet dat het om gezichten gaat.

Ik verbijt mijn frustratie. Deze oude man heeft in zijn goede jaren heel wat rondgestapt op Mount Britton, zoekend naar mineralen. Hij móét mijn oom op een aantal van zijn vele tochten daar hebben ontmoet. Of ik ben gewoon te laat. Dan is zijn broze brein al dermate incontinent dat van al die decennia aan herinneringen hele archiefmappen vol namen, gezichten en anekdotes zijn vergaan.

In Nederland had deze man allang in een tehuis gezeten, in een rolstoel met een luier om. In elk geval niet in deze schuur, waarvan ik nog steeds niet weet of het een onderdelenmagazijn is of een afvalcentrale. Wat maakt het ook uit. Ik kijk naar de tafel. Naast een tv'tje zie ik een plastic zak met brood, boterkuipje, potje jam, thermoskan en lege theekop. Dit prullariamuseum is Frank Smiths leven. Deze scharrelaar sterft op de eerste dag dat hij niet meer tussen zijn troep zit.

'Mount Britton?' probeer ik toch nog maar een keer.

Smith, die net heeft bevestigd dat hij met 88 jaar inderdaad tegen de negentig loopt, kijkt op, zijn mond licht geopend met bibberende lippen.

'Little Wanderer?' voeg ik er vertwijfeld aan toe. De Little Wanderer, de Kleine Zwerver, zo noemde Ford de mijn waar Nonk Theo op werkte. Er lijkt iets op te flakkeren bij de oude man. Hij zoekt in zijn geheugen, friemelend met zijn aldoor in elkaar gevouwen handen. Dan, opeens, gaat zijn mond verder open.

'Je kunt ernaartoe rijden, naar de Little Wanderer. Tot aan de poort, en daarna te voet, naar de mijn. Het is bergop. Een heel steile helling.'

Stilte.

'Faltinsky?'

Smiths ogen gaan open. Ik schrik van het plotselinge vuur. De oude man schuift op zijn stoel. Hij veert op.

'Faltinsky? Dat was een mof. Een foute. Hij had als ss'er gevochten in het Duitse leger. Twee weken na het einde van de Tweede Wereldoorlog was hij gevlucht naar Australië. Om zijn kop te redden. Anders hadden ze hem daar in Europa kapot geschoten. Faltinsky, die kon iemand van twee keer zijn gewicht oppakken en wegsmijten. Een zwaar getrainde militair. Hij was gevaarlijk. Iedereen wist dat.'

'En Schrooten?' probeer ik nog eens, en nog eens, de klanken zo veel mogelijk knedend naar de knauwerige Australische uitspraak van het Engels.

'*Ven Sjroeten*?' reageert de oude man, met overslaande stem. 'Ja, die wist ook dat Faltinsky gevaarlijk was. Ven Sjroeten heeft jarenlang rondgescharreld op Mount Britton. Vóór hem waren er al diverse bedrijven actief op de Little Wanderer. Honderd jaar geleden al, denk ik.'

Ik wil nog uitleggen dat het Hollandse 'van' niet voor onze familienaam hoort. Maar dat zou de broze herinneringen alleen maar schaden. Bovendien begint hij nu net op dreef te komen.

'Ven Sjroeten woonde net buiten de Little Wanderer. In een hut. Erg primitief.'

De oude man buigt wat naar me toe. Zijn adem stinkt enorm, maar ik trotseer de walm.

'Eind jaren zestig heeft de politie hem gearresteerd en in de cel gesmeten. Er was geschoten. De hut zat vol kogelgaten.'

Het verhaal deed de ronde dat het een uit de hand gelopen ruzie was met Faltinsky, vertelt Smith. 'Ven Sjroeten en Faltinsky, ze waren er allebei van overtuigd dat zij de eigenaar van de Little Wanderer waren.' Dankzij een naburige goudzoeker, Jack Williams, kwam Nonk Theo uiteindelijk toch vrij. 'Williams ging naar de politie en zei: jullie hebben het bij het verkeerde eind. Die mijn is van Ven Sjroeten!'

Volgens Smith had Williams alle reden om partij te kiezen tegen Faltinsky. De Duitser had Williams op slinkse wijze diens mijn afhandig gemaakt. Terwijl Williams, zakenman en oprichter van de eerste tv-zender in Mackay, toch ook niet de minste was. Maar Faltinsky was van een buitencategorie, als ik Smith mag geloven: uit het juiste hardhout gesneden om zich staande te kunnen houden in het wilde westen dat Mount Britton in de jaren zestig en zeventig nog steeds was. Als waterboorder kwam Faltinsky vaak op Mount Britton, om voor de plaatselijke mijnwerkers te boren naar water voor hun mijn.

'Zo kon hij ook zien wie formeel te weinig arbeid verzette om zijn mijnconcessie te mogen behouden,' zegt Smith, met een knik en een knipoog.

Faltinsky zou het ministerie van Mijnbouw hebben getipt dat Williams niet de vereiste arbeid had gestoken in zijn mijnclaim. Een rechtszaak volgde. 'Williams verloor en Faltinsky pikte de concessie in.'

Smith spuugt op de grond. Hij vindt die *move* nog steeds vuil spel.

'Bijna niemand op Mount Britton stak de vereiste arbeidsuren in zijn mijnclaim. Veel kerels daar hadden elders een baan en deden het mijnwerk erbij, in het weekend. Elkaar verlinken over achterstallig werk aan je mijn, dat deed je gewoon niet.'

Smith denkt dat Nonk Theo in een vergelijkbaar conflict verzeild is geraakt. Het moet ergens in de tweede helft van de jaren zestig zijn geweest dat mijn oom gebrouilleerd is geraakt met Faltinsky, zegt Smith, na minutenlang te hebben gegraven in zijn geheugen. Dat klopt in elk geval met de data in Nonk Theo's brieven. Zowel in september 1967 als in februari 1969 schreef hij over rechtszaken waarin hij was verwikkeld. Het moet een reeks van processen zijn geweest.

'Overmorgen is er weer een rechtszaak in verband met deze mijn, de derde in twee maanden. De uitkomst van deze rechtszaak zal er waarschijnlijk veel toe bijdragen wat ik in de toekomst zal doen en hoe vlug ik jullie kan opzoeken,' schreef hij aan mijn vader, in februari 1969.

'Met al deze rotzooi zit ik hier voor de afwisseling weer alleen. Het enige gezelschap dat ik heb, zijn twee geiten en een hond en natuurlijk het normale ongedierte, dat hier in de natuur het leven lastig maakt. Op het ogenblik is het hier gloeiend heet.'

Het is de hitte die, als je geluk hebt, op Mount Britton een voorbode is van regen. Maar als je pech hebt, schreef Nonk Theo, is er een 'droge, elektrische storm' op komst. Honderden bliksemschichten in een uur, een bombardement aan donderslagen. Afwachten dus maar, sloot mijn oom af, het beste toewensend aan mijn vader, moeder, broer en zus. Het was de laatste brief die mijn vader van zijn broer kreeg, drie jaar voor mijn geboorte.

Ik vertel Frank Smith wat Nonk Theo zoal schreef over de rechtszaken. De oude man reageert niet op de povere informatie.

'Nou?' dring ik aan. Ik zou me ongemakkelijk moeten voelen bij het zo in een hoek drijven van een oude, fragiele man. Het deert me in het geheel niet. 'Die rechtszaken, waar draaiden die om?'

Ik zie de oude man in zijn geheugen spitten. Met een hand veegt hij wat speeksel uit een mondhoek. Zijn ogen gaan zoekend rond, alsof het antwoord te vinden is op een van de schappen met glazen potjes vol schroeven en spijkers, lege spuitbussen en meters kabel.

'Ja, er was wel iets met rechtszaken. Maar vraag me niet hoe dat allemaal is gegaan. Ze hadden heibel. Maar details? Nee, die weet ik niet meer.'

‘Heeft mijn oom gewonnen?’

Frank Smith zucht eens diep. Hij schudt zijn hoofd. ‘Ik ben hem na de sluiting van zijn mijn nog weleens tegen gekomen. Toen liep hij daar maar wat rond te zwerven. Ven Sjroeten vertelde me dat er op de top van de helling bij zijn mijn overblijfselen lagen van een Aboriginal-nederzetting.’

Ik moet denken aan het aandeel van mijn oom in de okermijn. Het delven van oker als kleurstof, dat deden Aboriginals in een ver verleden al. Nonk Theo bestempelde het in een brief als weinig lucratief. Het kan me eerlijk gezegd niet boeien, de oker en die Aboriginals.

Ik ben nogal ambivalent over de oorspronkelijke bewoners van het continent na mijn reis door West-Australië. Als geen ander kunnen ze door hun fysiek en eeuwenoude gebruiken overleven in de Outback. Werkelijk bewonderenswaardig. Maar dezelfde Aboriginals heb ik amok zien maken in menig kroeg, waar ze zich te buiten gaan aan eindeloos gezuip en gegok, en ook op straat. In een *blackie-town* als Wiluna in West-Australië reden ze straalbezopen in hun wagens door het dorp, voortdurend op elkaar inrijdend, alsof ze op de kermis in de botsauto’s zaten. Triest maar onschuldig vergeleken bij de Aborigal-pooiers en hun hoertje, die me in Kalgoorlie bijna te grazen hadden. Om nog maar te zwijgen over alle verhalen over misbruik en huiselijk geweld onder Aboriginals.

Ik begin weer over de Little Wanderer en de rechtszaken. De oude man begint nerveus te zoeken in de stapels papier die her en der liggen. Op oude gympen zonder veters schuifelt hij van stapel naar stapel. Dan stopt hij abrupt.

‘Hier,’ zegt hij, terwijl hij me vijf getypte velletjes in handen drukt.

Het is een oud verslag van de mijninspectie over Mount Britton. Het vertelt onder andere hoe de Little Wanderer in 1882 met een opbrengst van 3404 ounces met recht een goudmijn kon worden genoemd. Tegen de huidige goudprijs zou zo’n jaaroogst meer dan twee miljoen Amerikaanse dollar waard zijn. Ik blader het stuk door in de hoop op recenter verslagen, maar het laatste verslagjaar is 1949. Voor de volledigheid schiet ik wat foto’s van het stuk.

Frank Smith oogt enigszins opgelucht en gaat weer zitten. Veel meer informatie kan ik niet uit deze oude man wringen. Ik pak twee fotokaarten van een jonge en een oudere Nonk Theo. Op de achterkant schrijf ik mijn contactgegevens en naam. Ik weet eigenlijk niet waarom. Al schiet deze man ooit nog wat informatie over Ven Sjroeten te binnen, hij zal me nooit bellen of schrijven. Ik mag me gelukkig prijzen met de flarden die ik nu uit zijn geheugen heb weten te peuren. Net zo goed kunnen ze over een maand, week, of wie weet morgen al voorgoed vervlogen zijn.

Een kopermijn die rond de Tweede Wereldoorlog nog genoteerd stond aan de Australische beurs. Die vind je zo, zei de oude Frank Smith nog. Vanaf het dorpje Mirani volg je de rivier, die je oversteekt bij Mia Mia en de weg naar Septimus. Simpel. Al een dik uur jakker ik door dit suikerrietland, zestig kilometer van Mackay. Aan mijn plattegronden, eentje zelfs vol geografische informatie, heb ik geen drol. Welkom in de rimboe.

Hier ergens moet je de Pioneer River kunnen oversteken. Met wat aanwijzingen van een suikerrietboer beland ik in een hobbelig grasveldje. Ik hoor de onderkant van mijn auto over de bulten schrapen. Wat doe ik hier? Een beursgenoteerde kopermijn, met ook nog een aardig gehalte goud en zilver – laat me niet lachen. Ik stop de auto en stap uit. Dan hoor ik het. Op mijn tenen staand in de portieropening kan ik over de rand van het grasveld kijken. Jawel, daar stroomt de Pioneer River, misschien een meter of tien breed. Veel bescheidener dan de massieve watermassa die bij Mackay de Koraalzee in stroomt. Nu zie ik ook de bandensporen verderop naar beneden, het water in. De rivier is op zijn diepst een halve meter, schat ik. De bedding bestaat vooral uit stenen, rond en glad gesleten door het water. Ik kijk nog eens naar de Hyundai. Dan weer naar de overkant. Wel een erg steile helling, als ik al zo ver kom.

Met opgerolde broekspijpen waad ik even later op mijn sandalen door het koele water. Bijna glibber ik door de oneffen stenen onderuit. Net op tijd weet ik mijn rugzak, met camera en andere apparatuur, te behoeden voor fatale waterschade. De laptop ligt achter in de auto. Ik heb wel tien keer gecheckt of ik de kofferbak heb afgesloten.

Als ik aan de overkant de helling op klauter, zie ik dat ik niet de enige ben die deze plek nog altijd weet te vinden. Bulldozers of ander zwaar materieel hebben hier een pad geëffend. Zijn ze dan toch waar, de geluiden dat een mijnbedrijf voor het eerst sinds de jaren zestig de Pine Vale Mine weer gaat exploiteren?

Ik begin te lopen. Links en rechts schieten grote hagedissen schielijk weg in het hoge gras. Ik schrik me te pletter als rechts van me een lange bruine slang wegkruipt. Zeker twee meter, schat ik, en minstens zo dik als een wc-rolletje. Dit is een verdomd slechte plek om een gifbeet op te lopen. En als je al gebeten wordt, is het van het grootste belang dat je de dader zo precies mogelijk kunt beschrijven, om snel het juiste tegengif toegediend te kunnen krijgen. Maar shit, ik weet alleen dat het ding lang en bruin was. Of was het zwart? Langs de berm pak ik een stok, die ik als een zwaard met elke beweging van mijn hoofd mee zwaai. Stapje voor stapje, zo veel mogelijk midden over het pad, loop ik weg van de rivier.

De omgeving verandert gaandeweg in een jungle. Zit ik wel goed? Ik kijk op mijn kaarten, tevergeefs. Het laatste stukje naar de mijn staat er niet op. Frank Smith was er toch vrij zeker van dat Nonk Theo hier in de bush heeft gewerkt, in zijn beginjaren in Mackay en omgeving, voor hij zich vestigde op Mount Britton. Maar ook later, in de jaren zeventig, moet hij hier hebben gezeten. Tenminste, als ik Nonk Theo's tweelingbroer mag geloven. Die zei dat Nonk Theo hier regelmatig tussen 1971 en 1978 aan het werk was, in een goudmijn die hij runde met 'kompanen'.

Het pad blijft maar doorlopen, steeds dieper de bush in. De begroeiing wordt dichter. Als me hier iets gebeurt, hoelang duurt het dan wel niet voordat iemand me vindt? Net als ik me inbeeld hoe ik hier met een gebroken poot vandaan strompel, maakt de begroeiing plaats voor een kloof. Grijze keien zo groot als nijlpaarden en olifanten liggen in een onregelmatige strook dwars voor me. Een grote watermassa moet ze van hogerop naar hier hebben meegesleurd. Maar er is geen druppel water te bekennen. Rond een boom aan de overkant ontwaar ik een roze strik. Mijn angst van zo-even is pardoes verdwenen. Ik klim en spring op handen en voeten door de kleine kloof, van steen naar steen. Verderop, achter een paar bomen, zie ik een groot voorwerp, van metaal. Een drukvat, de naden bestippeld met klinknagels. Nog verder liggen verwrongen rails, golfplaten, overblijfsels van zware machinerieën en verroeste stalen bakken, formaat zeecontainer. Ik stap op een zwarte zool, met het profiel van een werkschoen. Stond Nonk Theo's schoenmaat niet in zijn gezondheidsverklaring, zoals voor vertrek afgegeven door zijn huisarts in Heerlerheide? Ik laat het rubber uit mijn handen vallen als ik de ingang van de mijn zie, een kloof uitgehakt uit rots.

Eenieder is gewaarschuwd: de diepe mijnschacht in dit afgezette gebied is EXTREEM GEVAARLIJK, aldus een bord vlak voor de ingang. *Bij het betreden of beklimmen van de mijnschacht bestaat grote kans op* ERNSTIG LETSEL *of* DOOD.

Dolgraag zou ik afdalen in de schacht, die een halve eeuw geleden een paar jaar lang een handjevol mijnwerkers tientallen meters ondergronds bracht. Een olievat diende als lift voor het transport van materieel, gedolven erts én arbeiders. Steeds één tegelijk, vertelde Frank Smith, die me bij nader inzien toch goed heeft gegidst. Ik beheers me. Ik kruip zo dicht bij de schacht als ik kan, druk mijn camera over de rand en flits een paar keer. Het schermpje vertoont een strak uit steen gebikte schacht. De flits is helaas te zwak om het eind ervan te zien.

Wat deed je hier in hemelsnaam, Theo? Ik ben gaan zitten op een roestig olievat, vlak bij een dieselgenerator voor aandrijving van persluchtmachinerieën ondergronds. Althans: de restanten daarvan. Nog een paar jaar en de jungle heeft ook de laatste overblijfsels van deze mijn verteerd of toegedekt met haar camouflagedeken. Ik word van één dag in deze bush al knettergek. Er is hier niks, behalve dichte begroeiing en ongedierte. De muggen vreten je levend op. Om maar te zwijgen van de 'ribbenkastkrakers', zoals mijn oom de pythons in deze contreien noemde.

Toch moet hij zich hier op de Pine Vale-mijn, een kleine drie jaar na zijn aankomst in Australië, senang hebben gevoeld. In elk geval vele malen beter dan in Zuid-Limburg, zo schreef hij hier in maart 1956, aan mijn vader.

'Ik had niet gedacht dat het nog steeds zo zou zijn nadat vader gestorven was. En ik kan begrijpen hoe je er onwillekeurig onder lijdt, aangezien ik onder dezelfde omstandigheden heb moeten leven, leren en werken. En je weet niet waarvoor je leert en werkt als niets, zelfs het beste dat je doet, goed is.'

Een cryptisch inkijkje in het leven thuis in Heerlerheide, waar opa's wil wet was en alleen gouden prestaties goed genoeg waren voor een schouderklop, bravo of aai over de bol. Nee, dan was het hier, in de bush, stukken beter. Volgens Nonk Theo dan: 'Je bent hier vrij, aan niemand gebonden, je kunt gaan en staan waar je wilt. Het is hier niet alles koek en ei. Maar ik vind het hier tweehonderd procent beter dan in Nederland. En ik heb me nog nooit zo tevreden gevoeld als hier, in Australië.'

Hoe erg moet het thuis zijn geweest, als Nonk Theo het leven hier prima vond? Ik kan er niet bij. Wat maakt dat je hier wílt zijn? Dag in, dag uit? Jaar na jaar?

Op de weg terug wordt het helle groen van de jungle maar langzaam minder dicht. Ik slenter richting de rivier. De streep rode aarde voor me is brokkelig, door het geweld van de shovels. Ik wil een losse brok steen wegtrappen. Maar in mijn uithaal houd ik in. Spikkeltjes, hele kleine spikkeltjes. Glinsterend en gelig. Mijn hartslag gaat omhoog. Ik laat me op mijn knieën vallen en woel, voorzichtig, met mijn vingers door de aarde. Officieel was Pine Vale een kopermijn, maar met her en der behoorlijke gehaltes zilver én goud. Nog meer gele flintertjes. Daar, en daar. En gespikkelde stenen, gelijk kwarteleitjes. Dit kan niet waar zijn. Vragen schieten door mijn hoofd. Hoeveel is dit waard? Zou iemand dit stuk land al hebben geclaimd? Mag ik dit eigenlijk wel meenemen? Zit ik op de punt van een rif, dat misschien nog wel honderden meters diagonaal de aarde in glijdt, bomvol goud?

Slinks kijk ik om me heen. Twee handen vol glinsterende snippers. Ik stop ze in een lege plastic waterfles. De grotere stenen gaan in een blauwstoffen Coles supermarkttas. Ik zoek om me heen. Daar, die vermolmde boomstam, door een knik net twee benen in een uiterste spagaat, maar dan zonder romp erbovenop. Ik trek de stam dichter naar de plek van de glinsters, naast het pad. Aan de achterkant kras ik met mijn zakmes een grote 'G' in het hout. Ik veeg wat rood stof – zonder glinsters – over de vindplaats. Niks meer te zien. De grootste brok houd ik stevig geklemd in mijn hand, in mijn broekzak. Gehaast loop ik terug, mijn stappen tellend naar de oever van de Pioneer River, zodat ik later de plek weer kan terugvinden. De glinsters in de rugzak, ik weet niet goed wat ik ermee moet. Naar een juwelier? Of naar Phil McDonald? En dan? Als het goud is? Dan willen ze geheid weten waar ik het vandaan heb. Als ik het niet zeg, verlinken ze me vast. Word ik opgepakt, wegens goudroof. Eerst maar eens naar het kantoortje van het ministerie van Mijnen en Energie, in hartje Mackay. Daar staan alle mijnclaims geregistreerd. Als ik de geografische coördinaten kan achterhalen van de plek van de spagaatboom, weet ik zo of er al een concessie rust op dat stuk grond. Stel je voor. Nonk Theo heeft jaren in deze contreien gezwoegd, zonder ooit de jackpot te hebben geraakt. En dan komt zijn neef, zo groen als gras als het op geologie of mijnbouw aankomt, en die struikelt, letterlijk, over de schat die zijn oom nooit heeft mogen opgraven. Ik ben doorweekt van het zweet. Een stem in mijn hoofd zegt aldoor 'van mij, van mij'.

Zonder mijn broekspijpen op te rollen waad ik door de rivier, naar de overkant. Ik voel dit keer helemaal niet dat het water koel is. Ik ben ook helemaal niet meer alert op slangen of andere gekke zwemmers. Ik wil maar één ding: naar de auto, voorlopig de kluis voor mijn buit. Ik moet denken aan de stoomcursus geologie van Kevin Kakoschke, op en rond Radium Hill. Hij nam me mee prospecteren, toonde me de perfecte zwarte kubusjes, de *Devil's Dice*, en liet me goudzoeken met een metaaldetector. Hij liet me zien hoe 'vers' goud eruitziet, hoe het klinkt als je er met een metaaldetector overheen gaat. En hoe het stil blijft als je over glinsters gaat die alleen maar op goud líjken. '*Fool's gold.*' Gekkengoud. Pyriet. Het heeft een andere structuur en het glimt ook meer dan echt goud, dat in het wild teleurstellend dof is. Toch heeft datzelfde pyriet al zo veel gelukzoekers het hoofd op hol gebracht. Het lijkt te mooi om waar te zijn, dat mijn vondst geen pyriet is. Maar ik weet het niet. Waarschijnlijk kun je mij zo maar een ring van pyriet aansmeren voor de prijs van een gouden. Maar dit is toch zeker niet zo maar een plek? Nota bene mijn eigen oom zat hier. Formeel om koper te delven, maar wie weet wat hij nog meer heeft gevonden, of waar hij in elk geval naar op zoek was. Misschien wist Nonk Theo allang dat de Pine Vale Mine veel meer te bieden had dan dat stomme koper en heb ik hier gevonden wat hij wist dat er moest zijn. Al vraag ik me af waarom hij dan naar Mount Britton is getogen. Ik kan maar één reden bedenken: een nog grotere kans op een gouden toekomst dan hier.

Eindelijk terug bij de auto adem ik zwaar. Ik voel me niet lekker. Ik wil hier blijven. Bij mijn mijn. Zo'n kans krijg je maar één keer. Al die miljoenen. Totale onafhankelijkheid. Een nieuw huis, een mooie auto, eindeloze droomvakanties, nooit meer hoeven werken voor geld, alleen maar doen wat ik leuk vind. Schrijven, verhalen vertellen. Ik kan niet meer helder denken. Mijn vriendin? Die kan wel mee verkassen naar hier. Het drukt, van buiten naar binnen. Op mijn rug, mijn borst, mijn buik, mijn keel. Zo krachtig, zo dreigend destructief. Alles, in ruil voor dat ene. Ik verzet me. Pak een fles waar nog water in zit, naast de fles met de glinsters, die ik wegdruk, diep de rugzak in. Ik drink, en drink, en drink. Het water gutst langs mijn mondhoeken, op mijn shirt en broek. Ik zet de radio aan, zoek een zender. Ik druk de centrale deurvergrendeling in, start de motor, zet de airco aan en luister, naar 'Straight Lines' van Silverchair. De zanger zingt: wek me, verlaag de koorts, laat me in een rechte lijn lopen. Langzaam kom ik weer tot mezelf.

Geklop op mijn raam. Ik schrik me rot. Ik kijk in het gezicht van de suikerrietboer die me een paar uur geleden nog de weg naar de mijn uitlegde. Zijn ogen gaan schuil achter een grote, zwarte zonnebril.

'Alles goed met je?' hoor ik, als ik de radio zachter zet. Ik laat het raampje zakken.

'Ik dacht, toch maar even kijken of je al terug bent. Het zal niet de eerste keer zijn dat het mis gaat met een vreemdeling. Ik had de tractor al mee,' wijst de boer half achter zich, naar zijn trekker.

'Nee, het is prima. *No worries*.'

'Dus je hebt gevonden wat je zocht?'

'Ja. Jazeker.'

In mijn ooghoek zie ik dat mijn rugzak van de bijrijderstoel is gevallen. Op de vloer liggen een paar brokken met glinsters. Door de zonnebril van de boer kan ik niet zien of hij ze ook heeft gezien. Ik buig voorover en start de auto.

'Ik moet nog terug naar Mackay.'

De auto begint achteruit te rijden. De boer deinst terug.

'Nou, succes dan maar. En tot ziens.'

'Ja, wie weet,' zeg ik, de rugzak over de glinsters trekkend.

Ik zwaai en sluit haastig het raampje. Slippend en hobbelend baan ik me een weg door het grasland, richting de stofweg verderop. In de achteruitkijkspiegel zie ik hoe de boer me nakijkt.

Eerder was het nog uitgestorven, hier bij Nonk Theo's laatste halte voor zijn sterfbed in Mackay Base Hospital. Deze keer is de vrouw des huizes van de Central Lodge op Alfred Street wel thuis. Zij moet die laatste levensdag, 20 november, en wat erop volgde van nabij hebben meegemaakt. Maar ze weigert naar de voordeur te komen.

'Moeder is te ver heen,' zegt haar schoondochter in de deuropening. 'Lopen kan ze nog wel, luisteren en praten ook. Maar het geheugen wil niet meer. Soms komen flarden van vroeger in haar op. Maar steeds vaker zijn haar herinneringen gewist. U kunt beter gaan.'

Ik zeg dat ik uit Europa kom en dat er niemand anders is die kan vertellen over de laatste dagen en uren van Theo Schrooten. Mijn oom. Familie, benadruk ik. Vanuit de woonkamer klinkt gemopper in het Italiaans. Na gekreun volgt geschuif, van naderende voetstappen.

Severina Baretta heeft de naam van een operazangeres, een primaballerina, een femme fatale van het witte doek. Maar het kromgetrokken vrouwtje dat uit het donker van de hal in het zonlicht treedt is met haar 84 jaar de status van diva allang voorbij. Een grote bril met dikke glazen, zwart, kort haar, ongetwijfeld geverfd, en grote oren op een klein, schichtig hoofdje.

'Het spijt me, meneer,' zegt het omaatje, glimlachend. 'Ik kan niks voor u betekenen.' Ze wijst op haar hoofd. 'Het wil niet meer. Het spijt me.' Ze drukt de deur dicht.

'Wacht,' roep ik, mijn hand in de opening.

Uit mijn rugzak pak ik de ansichtkaarten van Nonk Theo, als jonge vent en als getekend man, niet lang voor zijn dood. Het oude vrouwtje kijkt ernaar, heel even. Ze lijkt oprecht te pogen een herinnering op te roepen. Maar niks.

'Mag ik misschien wat meer over mijn oom vertellen? Vijf minuutjes maar. Het is niet erg als u zich hem niet meer herinnert. Misschien vindt u het gewoon fijn om iets over hem te horen. Gewoon, omdat u hem hebt gekend. Ook al weet u dat niet meer. En ook al bent u dit alles morgen weer vergeten.'

Severina Baretta kijkt me aan. Ik doe een stap terug, haal mijn hand weg. Tot mijn verrassing stapt het oude vrouwtje naar buiten. Ze gaat zitten op het gietijzeren zitje onder het afdakje. Ik vertel. Over Nonk Theo. Mijn dode oom uit Heerlerheide, Limburg, Nederland, Europa, met wie ik postuum een band opbouw die met de dag groeit. Een vreemde man die zich in mij ontwikkelt en verankert, iemand die ik soms begrijp, dan weer niet, over wie ik me kan verbazen, boos kan maken. Iemand om wie ik soms moet lachen. En huilen. Een oom. Maar ook een vriend. Met zijn goudmijn op Mount Britton.

'Hij ging vaak naar zijn mijn,' zegt Severina Baretta opeens.

Ik stop abrupt met praten.

'Naar Nebo. En vandaar naar Mount Britton, ja. Mijn *lodge* bestond toen nog uit allemaal kleine cabines, met een- of tweepersoonsbedden. Er waren gemeenschappelijke wasruimten, er was een gezamenlijke keuken. De meeste bewoners waren vrijgezellen. Mannen, maar ook alleenstaande vrouwen.'

Dan valt ze stil.

'Mijn oom is gestorven in het ziekenhuis hier. Mackay Base,' zeg ik.

De grote ogen achter de dikke brillenglazen staren me blanco aan, secondenlang.

'Hij ligt begraven op Walkerston, mevrouw Baretta. Ik ben er nog niet geweest. Maar dat komt nog. Over een paar dagen. Ik zou zo graag willen weten wie er bij hem was. In het ziekenhuis, op de begrafenis.'

Niks. Evenmin als ik vertel over Nonk Theo's bezittingen, na zijn dood aangetroffen op zijn kamertje aan Alfred Street. De radiocassetterecorder, de tarotkaarten, de motor. Ik vertel over de wanhopige pogingen van mijn jongste oom om te achterhalen of zijn oudere broer in zijn laatste uren pijn heeft gehad, of er iemand bij hem was aan zijn sterfbed. En of Nonk Theo, zoals mijn oma zo zielsgraag wilde weten, nageslacht had in Australië. De ogen van het oude vrouwtje worden groter.

'Hij had een foto bij zich van zijn moeder, over wie hij veel sprak.'

'Deze man?' vraag ik, foto's van Nonk Theo tonend.

Ze kijkt naar de foto's, en dan weer naar mij.

'Misschien. Sorry, ik kan niet zeggen of het uw oom was.'

Het had hem heel goed kunnen zijn. In veel van zijn brieven aan broers en zussen schreef hij dat ze ‘moeder’ maar gerust moesten stellen. Menigmaal hield hij de deur open naar een terugkeer naar Heerlerheide. Zijn moeder, die ik alleen maar heb gekend als een broos vrouwtje, altijd aan bed gekluisterd, bleef hopen. Tevergeefs.

Nee, zelf is ze waarschijnlijk niet naar de begrafenis van Nonk Theo geweest, pruttelt mevrouw Baretta.

‘Mijn man was er wel,’ zegt ze, als er toch weer wat herinneringen opborrelen. Het klinkt vrij beslist. ‘Maar hij leeft niet meer. Ik kan het hem niet meer vragen.’

Ze worstelt, begint weer te twijfelen. ‘Nee, ik weet het gewoon niet.’ De ogen van mevrouw Baretta smeken me om te stoppen. Net als ik er gehoor aan wil geven, breekt de schoondochter in.

‘Zo is het wel mooi geweest, meneer. U ziet het, ze kan u niet verder helpen. Mag ik u nu vragen te vertrekken?’

Severina Baretta strompelt al naar binnen. Ik draai me om.

‘Meneer!’

De schoondochter houdt de foto’s omhoog.

‘U kunt ze maar beter meenemen.’

‘Ja, dat is misschien maar beter,’ zeg ik. En verdwijn.

Ooit was dit gebouwtje aan Boddingstreet het station van Mackay. Het spoor bracht reizigers van hieruit noordwaarts richting Townsville, en zuidwaarts richting Rockhampton. Vrachttreinen brachten kolen uit de Outback en rietsuiker, geproduceerd in fabrieken rond Mackay. Nonk Theo heeft een paar jaar in diverse functies gewerkt voor Queensland Rail. Vanaf zijn vrijgezellenflats aan Romeo Street en James Street was het station bijna om de hoek.

Spoorpersoneel ging begin jaren zeventig gekleed in een kekke combi van roze en beige. Vaak met korte broek, vanwege het warme weer. Niet echt een passende outfit voor een bushman als Nonk Theo. Het hedendaagse tenue zou hem meer hebben aangesproken: strak blauw, met oranje als waarschuwingskleur.

Het markante, roodstenen stationsgebouw is al anderhalf decennium geen treinstop meer. Tegenwoordig zit hier fitnessclub Energy. Sinds 1994 stoppen de treinen bij Paget Station, twee kilometer buiten Mackay, omgeven door suikerrietvelden. In de ondergaande zon trekken dubbele diesellocs lange slierten vrachtwagons weg. Het meeste personeel hier is veel te jong om Nonk Theo gekend te hebben. Maar ik kom voor de 61-jarige machinist Denis Phillips. Hij staat op het punt drieduizend ton kolen op te halen bij een mijn zeven uur rijden verderop, landinwaarts. Voor zijn ronkende koppel locomotieven toon ik hem wat foto's van Nonk Theo. Ze zeggen hem allemaal niks. Tot hij mijn ooms Australische paspoort open slaat. De pasfoto van mei 1970 toont met wat fantasie een look-a-like van Humphrey Bogart. Maar dan met een nogal strenge blik en een neus met een knik erin.

'Verrek. Jaha, Theo, die ken ik wel,' zegt de ruige machinist, die prompt begint te ontdooien. Hij herinnert zich mijn oom als een *little fellow*. Iemand van weinig woorden ook. Geen ouwehoer.

Opeens komen er meer herinneringen boven. Eind 1973, mijn geboortejaar, reed Denis acht weken lang zondags met mijn oom zuidwaarts naar Rockhampton, en vrijdags weer terug naar Mackay. In 'Rocky', een kleine driehonderd kilometer van hier, volgden de twee een opleiding tot *train guard*, conducteur.

'Ik dropte Theo na een trainingsweek altijd op James Street, bij een hostel met kamers voor vrijgezellen. Niks bijzonders. Van buiten dan. Ik ben nooit bij hem binnen geweest. Ik kan me niet herinneren dat Theo me ooit heeft uitgenodigd.'

Nonk Theo probeerde al jaren voet aan de grond te krijgen bij Queensland Rail. Ik gok dat hij zijn goudmijn op Mount Britton toen al definitief was kwijtgeraakt, want Denis Phillips kan zich helemaal niks herinneren over een goudmijn, jarenlange rechtszaken of een ziekmakend dronkenmansbestaan in de bush.

De bedrijfsarts van Queensland verklaarde Nonk Theo bij een eerste keuring, op 16 mei 1969, 'medisch ongeschikt'. Het staat op een handgeschreven papiertje uit zijn personeelsdossier, dat ik al eerder heb bemachtigd via het spoorarchief in Rockhampton. Ruim een jaar na de afwijzing mocht Nonk Theo alsnog bij het spoor komen werken. Dit keer kwam hij wel door de keuring heen, maar slechts voor de job van perronhulp. Hij mocht helpen met in- en uitladen, de diesellocs voltanken en de perrons schoonhouden. En dan ook alleen als tijdelijk kracht. Om een zieke vaste medewerker te vervangen, of als extra kracht tijdens de drukke maanden van het oogstseizoen van het suikerriet, dat altijd veel werkers naar Mackay lokt. Na een paar maanden werk volgde steeds weer ontslag.

In april 1972 sloeg het noodlot toe. Na een bekkenbreuk moest Nonk Theo noodgedwongen stoppen bij het spoor. Na een jaar zag hij echter zijn jarenlange inzet als flexkracht beloond met de opleiding in Rockhampton tot conducteur, die hij dus samen met Phillips volgde, en waarvoor hij in januari 1974 slaagde. Vanaf nu zat Nonk Theo elke dag met twee collega's op het spoor.

'In de jaren zeventig zat op elke trein behalve een machinist ook een conducteur en een brandweerman, voor het geval er brand uitbrak,' vertelt Denis. 'De conducteur zat achterop. Hij knipte de kaartjes als het een personentrein was. En hij zette wissels goed en haalde rotzooi van het spoor, als de trein daardoor niet verder kon.'

Denis is mijn oom uit het oog verloren na diens nieuwe functie als conducteur. Nonk Theo kreeg een andere standplaats: Bluff. Nog steeds is dit plaatsje, zo'n tweehonderd kilometer landinwaarts, een belangrijk overslagpunt voor kolentransport uit mijnen diep in de Outback, naar de zeehaven van Gladstone.

Nonk Theo is maar anderhalf jaar conducteur geweest op de kolentreinen in en rond Bluff. Al in de loop van 1974 kon hij het niet meer opbrengen om zijn taken als conducteur uit te voeren, zo vertelt zijn summiere personeelsdossier. In mei, een jaar later, kreeg hij ontslag, met hetzelfde stempel als waarmee hij vijf jaar eerder bij zijn allereerste keuring voor het spoor was afgewezen: 'medisch ongeschikt.'

Hij is teruggekeerd naar Mackay, waar hij de kost moest zien te verdienen als schoonmaker in de plaatselijke Ford-garage. En ook al was de Little Wanderer, de Kleine Zwerver, toen al jaren niet meer van hem, hij is nu en dan waarschijnlijk toch op bezoek blijven gaan bij zijn geliefde goudmijn op Mount Britton. Anders kan ik de kleurenfoto van Nonk Theo daar, volgens zijn tweelingbroer gemaakt in de tweede helft van de jaren zeventig, niet verklaren. Hij droeg een helm, alsof hij toch weer gewoon aan het werk was, op Mount Britton. Zou hij dan nog iets hebben gewonnen met die rechtszaken, of kwam hij er louter nog als arbeider, mijnwerker, huurling? Of zelfs dat niet eens? Was hij er enkel als toeschouwer, zijn eigen ramptoerist? Verdorie, nog maar één week en nog zo veel vragen. Uit pure onmacht vuur ik ze af op Denis.

'Sorry, maat. Dat klinkt allemaal ongelofelijk spannend. Maar als Theo me iets van zijn avonturen rond die goudmijn had verteld, had ik daar heus wel wat van onthouden.'

Ik krijg een ferme handdruk en een bemoedigende klop op mijn schouder. Soepel klimt de zestiger het laddertje op en kruipt achter het stuur van de machtige voorste loc. Een diepe toeter galmt tot ver in de omtrek. De trein komt langzaam in beweging. 'Eigenlijk had ik niet zo nodig machinist hoeven worden. 'Maar ja, computers doen nu het werk van conducteurs,' roept Dennis, schouderophalend vanuit de stuurcabine.

Langzaam schrijdt de trein westwaarts, de zon achterna, de outback in.

'Toeter als je in de buurt van Mount Britton bent!' roep ik de machinist na.

Hij is al te ver weg om me nog te kunnen horen.

Precies op deze plek vocht Nonk Theo eind 1983 zijn laatste strijd. Mackay Base Hospital is een ziekenhuis als alle andere. Brede gangen met gladde, makkelijk schoon te houden vloeren. De gelige wanden hebben houten stootranden. De lucht van medicijnen en het tl-licht maken het plaatje compleet. Lekker klinisch.

'Je oom was zeer onwel,' vertelt verpleegkundige Kathy Crane.

Samen met collega Barry Kochevatkin reconstrueert ze zo goed en zo kwaad als het kan Nonk Theo's laatste momenten. Zijn medische dossier is allang vernietigd. Gelukkig bewaren sommige verpleegkundigen zelf ook het een en ander. Crane deed de administratieve afhandeling van de opname. Het overlijdenscertificaat herken ik, zeg ik, als ik een kopie ervan boven op een stapeltje papieren zie.

'O, mooi,' zegt de verpleegster en schuift het blad terzijde. 'Maar deze vast niet.'

Op twee velletjes A4 staat een handgeschreven lijst met namen. In Nonk Theo's nadagen wemelde Mackay van de immigranten, en nazaten daarvan. Familienamen uit alle uithoeken van Europa. McKenzie, Wilhelmsen, Lentjes, Panvel. En daar, helemaal onderaan op de eerste pagina, ook mijn eigen achternaam.

53. Schrooten Theodore. C.A.

De afkorting staat voor hartstilstand, *cardiac arrest,* leid ik af uit de twee andere termen, die er wel voluit staan: *spasm* en *infarct*.

De dag van de grote klap was 3 oktober 1983. Nonk Theo kwam binnen met een hartaanval en moest 21 dagen op de hartafdeling blijven, veel langer dan de gebruikelijke zes tot tien dagen in die tijd.

'Heel apart,' zegt Crane, als ze de kriebels bestudeert.

Na drie weken intensieve hartzorg mocht hij terug naar de verpleegafdeling, die hij kort daarna mocht verlaten. Na iets meer dan drie weken in de Central Lodge van Severina Baretta, meldde Nonk Theo zich op 16 november weer in het ziekenhuis. 'Pijn op de borst' en 'hartritmestoornissen,' meldt het patiëntenboek. Hij belandde op een kamertje met zes bedden, eigenlijk gebouwd voor vier, als één van de 24 patiënten op de hartafdeling.

Drie dagen later mocht hij naar de gewone verpleegafdeling. Cathy Crane kan uit de summiere gegevens niet meer achterhalen of mijn oom echt iets mankeerde, of dat hij vooral leed aan angst voor hartfalen. Beide, waarschijnlijk. Hoe dan ook, daags na terugkeer op de gewone verpleegafdeling overleed Nonk Theo.

'Het ziet ernaar uit dat de eerste hartaanval, in oktober, een groot deel van de hartspier onherstelbaar heeft beschadigd,' zegt de verpleegster.

De tweede, fatale klap moet een korte zijn geweest. Minder pijnlijk ook. Crane kan slechts speculeren over de doodsoorzaak. Het pioniersbestaan Down Under heeft zeker bijgedragen. Een optelsom van zwoegen in de mijnbouw, roken, drinken, slechte voeding en een hoop stress. Ik ken aan vaders kant geen familieleden met een zwak hart op zo jonge leeftijd. Maar in Nonk Theo's schoenen was waarschijnlijk elke Schrooten al bezweken, eerder vroeger dan later.

Nog maar een paar dagen en dan moet ik naar Brisbane. Daar wachten archieven, waarvan ik hoop en bid dat ze stukken bevatten die me eindelijk meer vertellen over de gang van zaken rond Nonk Theo's mijn op Mount Britton. Of beter: de gang van rechtszaken. Hij moet iets groots hebben gevonden, anders raak je niet verwikkeld in een jarenlange juridische strijd. Het is hoog tijd om de plaats delict met eigen ogen te bekijken. De plek waar hij doordraaide en toch weer naar terugkeerde, op zoek naar de hoofdprijs, die alle offers waard was: de lange reis, vol omzwervingen en ontberingen. De aanslag op zijn gezondheid. De eenzaamheid. De verkeken kans op een normaal gezinsleven, de tol van een verboden liefde. Alles verwed op één paard.

Maar op een dag zou alles voorbij zijn. Als gevierd man zou hij terugvliegen naar Nederland. Eerste klas. Met miljoenen Australische dollars in zijn koffers. Cadeaus voor de hele familie. Heel Heerlerheide zou uitlopen voor de verloren zoon. De man die aan de andere kant van de aardkloot geheel op eigen kracht zijn leven had omgetoverd tot een goudmijn.

Ik móét naar de plek van die droom. Om te zien, voelen, begrijpen wat een volwassen man uit de bewoonde wereld lokt naar Mount Britton. Eenmaal boven de kern, en ondergronds misschien nog wel meer, was de aantrekkingskracht zo sterk dat hij er nooit meer echt weg kon. Ja, af en toe even. Een paar dagen. Voor proviand, papierwerk, of wat dronkemans vertier. Maar hij moest altijd weer terug.

'Vijftien minuten. Als je niet binnen vijftien minuten na een beet van een King Brown in het ziekenhuis bent, ga je dood.'

David Craig kijkt me ernstig aan. Een beer van een vent, 61 jaar, en verslaafd aan Mount Britton. Maar hij lijkt zo'n zeldzame junk die na jaren aan de *dope* nog enigszins verstandig met zijn verslaving weet om te gaan. Ik ontmoet hem op zijn werk, als monteur bij een veetransporteur aan de rand van Eton. Je flitst erdoorheen voor je er erg in hebt, dit suikerrietdorpje op 25 kilometer van Mackay. Nonk Theo verstuurde in april 1965 een brief vanuit Etons oude postkantoor. In het nieuwe postkantoor zegt de naam Theodor Luzian Schrooten de bediende niks. De enige tip hier is de naam van David Craig, 'want die kent al dat soort figuren'.

Ik vertel Craig over het leven van mijn oom op Mount Britton, voor zover ik daarvan weet, en pak zijn brieven aan mijn vader erbij.

'Met mij gaat alles goed, ofschoon ik niet meer op de mijn werk op het ogenblik ten gevolge van allerhande oorzaken waar ze je thuis meer bijzonderheden over kunnen geven.'

Ik vertaal de woorden in het Engels. Craig hangt aan mijn lippen. Nu pas dringt tot me door dat 'ze', zekere figuren in de familie, misschien toch op de hoogte waren van wat Nonk Theo kennelijk ook als een schande ervoer: zijn zenuwinzinking. Al vraag ik me af of hij tegen ook maar iemand thuis de ware oorzaak heeft opgebiecht.

Craig stoot me aan en knikt naar de brief. Ik lees verder.

'Hetgeen naar huis komen betreft, ik weet maar al te goed dat ik dat vele malen beloofd heb, maar er schijnt altijd iets tussen te komen. Ik neem je jouw opmerkingen dien aangaande in je laatste brief helemaal niet kwalijk, aangezien ik me schuldig voel dat ik dat doel tot nu toe nog niet bereikt heb.'

Schuldig. Elf jaar Down Under, en Nonk Theo zat vast. Vergrendeld in de gevolgen van zijn eigen keuzes. Met maar één dwingende uitweg: gij zult succes hebben.

'Je oom zag er verdomde slecht uit,' zegt Craig, als hij even later tijdens de lunch met zijn handen vol smeer en vuil een paar boterhammen naar binnen werkt. Hij slurpt van zijn koffie en veegt zijn mond af met de achterkant van zijn hand.

'Grote baard, grijs haar. Ja, precies zo! *Fuckin' hell yeah!* Dat is 'm! En dan had-ie ook altijd allerlei materiaal aan zijn riem hangen,' zegt Craig opgetogen als ik de ansicht laat zien met daarop de foto van mijn oom.

Het is de enige kleurenfoto die ik van hem heb.

'Is dat op Mount Britton? Daar, zie je die grote rots? Zou mij niet verbazen als dat de Bluff is. Shit, man. Heb je die niet gezien toen je in het oude dorp was, aan de voet van Mount Britton?'

Ook met dit aanknopingspunt kom ik niet bij de Little Wanderer, de goudmijn van Nonk Theo. Ik draai de kaart heen en weer, in een vergeefse poging de omgeving te verkennen achter de rug van Nonk Theo.

'Ik weet wel waar het is, hoor,' zegt Craig. 'Ik heb ook wat papieren voor je. Ja, ik kan je heel wat interessants vertellen over jouw oom en andere figuren op die berg.'

Ik aarzel even.

'Dan ken je zeker ook wel de naam Bert Faltinsky?'

Hij verstijft, heel even maar, bij het drinken van zijn koffie.

'Ja, daar noem je iemand. Godverdomme! Theo werkte voor Faltinsky. Maar die is dood. Overleden. Vorig jaar, of het jaar ervoor. Faltinsky bracht zijn werkers bij de mijn eten en materiaal en nam het goud weer mee naar beneden. Faltinsky, dat was een figuur. Over die klootzak zijn heel wat verhalen te vertellen.'

Craig staat op. 'Maar nu niet. Niet hier. Ik moet nog aan het werk.' Hij wijst op een grote vrachtwagen voor veetransport, vlak bij de poort. 'De motor. Dood als een pier. Klotezooi. Daar zijn we godverdomme nog wel even mee bezig. Weet je wat? Kom na mijn werk maar naar mijn huis.'

David Craig woont met zijn vrouw en dochter in een huis van hout en golfplaten op een steenworp afstand van de Peak Downs Highway, die leidt naar Nebo en de kolenvelden dieper de Outback in. Ik neem hem wat nader op. Hij is zeker een kop groter dan ik. En twee keer zo breed. Minstens. Knuisten van het formaat kolenschop. Een slecht gebit in een pokdalig gezicht met groeven, uitgesleten door jarenlange erosie van weer en wind. Hij trekt met een been. Het maakt zijn verschijning er nog markanter op. Een boze, vloekende beer waarvan je pas later doorkrijgt dat het een teddy is. Pas dan zie je hoe zorgzaam hij is voor zijn nog inwonende dochter van eind twintig, met kleinkind, en voor zijn zieke vrouw.

'Hier,' zegt Craig als hij in de keuken een stapeltje papieren op de eettafel kwakt.

Het zijn deels dezelfde documenten die ik ook al bij de oude Frank Smith in diens rommelschuur heb gezien. Stukken over mijnbouw op Mount Britton vóór de jaren van Nonk Theo daar. En plattegronden, die ik al ken van het departement van Mijnen en Energie in Mackay. Een gevoel van teleurstelling welt op.

'Ze hebben de Little Wanderer gesloten in 1964. In twaalf maanden tijd hebben ze er 1200 ounces goud gevonden,' zegt Craig, met glinsterende ogen.

Ik reken vlug. Tegen de huidige koers zou zo'n oogst goed zijn voor meer dan driekwart miljoen Amerikaanse dollar. In één jaar. Wat je noemt een goudmijn.

'Ik heb je oom ook in die tijd weleens ontmoet. Hij of een van zijn maten op de mijn vertelde me toen dat als ze niet meteen het goud zagen zitten in het erts, ze het weggooiden. Terwijl ook daar waarschijnlijk nog zat goud in zat, als je het zou verpulveren en bewerken met kwik. Maar dat hoefde niet. Ze konden het zich veroorloven om gewoon te gaan voor zichtbare stukjes goud. Fuck!'

Net als veel mannen in deze contreien heeft ook Craig een eigen lapje mijngrond. En goud. In een kleine, doorzichtige cilinder met rode schroefdop bewaart hij zijn vondsten. Snippertjes, flintertjes, vaak weinig meer dan een paar speldenpuntjes groot. 'Maar het is godverdomme goud,' glundert Craig.

Hij moet jaloers zijn geweest op de rijkdom van de Little Wanderer. En de koek was nog lang niet op, schreef mijn oom in een brief in 1967, na de sluiting dus. 'Sommige goudriffen komen aan het daglicht, andere niet. Ik ben er zeker van dat er meer ertsaders zijn.'

'Zou kunnen,' zegt Craig. Hij herinnert zich hoe een rivaliserende goudzoeker een paar jaar eerder had geprobeerd een graantje mee te pikken van de Little Wanderer.

'Hij heette Jack Williams. Met een grote luchtcompressor op diesel groef hij vanonder de weg een tunnel door de bodem, totdat hij een rif raakte. Man, dat was zo rijk, dat wil je niet weten. Voor hij het wist had die verdomde Williams een fles vol goud.'

Zo ging dat, in die tijd, op Mount Britton. Iedereen hield iedereen in de gaten en als je de kans kreeg, pikte je wat mee van andermans succes.

'Faltinsky heeft Williams voor de rechter gesleept. Dat deed die klojo samen met Stubbs, de advocaat. Zo stopten ze Williams.'

Faltinsky was geen man om ruzie mee te krijgen.

'Hij had een Luger,' zegt Craig, met zijn hand een pistool vormend. 'Als je op zijn terrein kwam zonder permissie, zou die klootzak niet aarzelen om het op je te richten. Dan kon je maar beter wegwezen.'

Craig weet niet of het stupiditeit of lef was van Nonk Theo en anderen op de mijn om Faltinsky te beduvelen.

'Hoewel, beduvelen. Faltinsky zorgde gewoon slecht voor zijn mensen. Te weinig eten, slecht eten. Hij bracht ze vooral flessen drank,' zegt Craig.

Dus zorgden de mannen zelf wel dat ze loon naar werken kregen: 'Ik heb gezien hoe ze stiekem *nuggets* uit zeeftrommels pakten en in een melkblik gooiden. *Sunshine* melkpoeder. Ik weet het nog goed. En met zo'n blik gingen ze dan naar de zwarte markt. De opbrengst ging op aan drank en hoeren.'

Totdat Faltinsky op een dag bij de tweedehandsdealer 'zijn' goud zag.

'Hoe hij daar aan kwam, vroeg Faltinsky toen. De handelaar vertelde van wie hij het goud had gekocht. Ja, toen was het natuurlijk feest.'

Was dat misschien de reden voor die schietpartij, waarvoor Nonk Theo was gearresteerd? Ik vertel Craig over wat de oude Frank Smith me heeft verteld. Craig kijkt ervan op, maar ook niet echt verbaasd. Hij haalt zijn schouders op.

'Het zou zo maar kunnen. Alles was anders toen. Zeker daar, op Mount Britton.'

Het voelt te goed, als ik met David Craig in zijn oude sedan naar Nebo rijd. Te makkelijk, te comfortabel. We zijn op weg naar zijn retraite, op Mount Britton. Craig is er bijna elk weekend te vinden. Het huisje ligt in het laatste stukje mensenland voordat de berg je nog één keer omhoog dwingt, naar de onherbergzame plek waar mijn oom zo vele van zijn jaren sleet. Hoe we daar komen, heb ik al een paar maal tevergeefs gevraagd. Craig geniet van mijn ongeduld.

Het is een prachtige dag. Vanuit de verte zie ik hoe alleen boven de bergketen de staalblauwe hemel wordt onderbroken door wolken. Voor Nebo slaan we rechtsaf. Na een kilometer of twintig eindigt het asfalt. We rijden over een stofweg, langs een riviertje met beigebruin water. Hoog in een boom zit een vogel met lange nek en spitse snavel, te turen naar vis in het stromende water beneden.

Opeens eindigt de begroeiing en heb ik vrij zicht op de majestueuze bergketen, louter van ons gescheiden door enorme graslanden waar her en der plukjes runderen op grazen. Het vee is van het *cattle station* links van de weg, een verzameling gebouwtjes waar niks lijkt te gebeuren. De weg slingert verder en gaat dan opeens omhoog, naar een plateau. Zo ver als ik kan zien staan er dode bomen, versnipperd over het desolate land. Sommige zijn geknakt, of gespleten. Een vuurzee moet de bomen ontdaan hebben van hun bladertooi, de stammen en takken leproos en geblakerd achterlatend.

'Het kan hier verdomde heet en droog zijn in de zomer,' zegt Craig ten overvloede als hij me naar het doodse tafereel ziet staren. 'Maar de natuur zal zich wel weer herstellen. De natuur herstelt zich altijd. Wint ook altijd. We denken weleens dat we als mensen overal mee weg kunnen komen. Met onze klotefabrieken, onze vervuiling, onze genetische manipulatie en al die andere shit. Maar uiteindelijk moeten we toch weer gewoon luisteren naar Moeder Natuur. Zo is het altijd geweest. En zo zal het altijd zijn.'

De met dor hout besprenkelde vlakte gaat langzaam over in begroeiing, tot we in een bos belanden. De sedan stopt. De weg voor ons gaat omlaag en daarna weer omhoog. Beneden staat water. Ik ben er – heel voorzichtig – al eens doorheen gereden. Met mijn huurautootje, toen ik uiteindelijk bij Phil McDonald belandde, op zijn mijn, de Edith Mary. Even te veel of te weinig gas, en je staat vast. Behendig trekt Craig zijn grote sedan door het holst van de ondergelopen modderweg.

Ik wil Craig vertellen over mijn ontmoeting met Phil McDonald. Maar ik kom amper tussen de verhalen van mijn reisgenoot, die honderduit praat over zijn leven op Mount Britton, volgens hem de mooiste plek op aarde. Met zijn bossen, zijn eigen grillige klimaat, zijn rust en stilte. We passeren de afslag naar de Edith Mary, het verst dat ik tot nog toe tot Mount Britton ben doorgedrongen. De stofweg wordt snel smaller, de begroeiing van bomen en struiken dichter, de weg slechter en slechter. Het bladerdak is nu zo dicht dat de zonnebril af kan. Opeens zie ik, links van de weg tegen een helling, vier kleine, provisorische bouwsels. Meer hutjes dan huisjes, steeds met enkele tientallen meters ertussen. Ze ogen verlaten. Een steile helling doemt op, met diepe bandensporen. Craig geeft gas. Ik zet me schrap.

'Welkom,' zegt Craig tevreden, als hij boven op de helling de motor uitzet.

Ik stap uit en kijk wat om me heen.

'Mooie plek,' zeg ik, alsof ik het echt meen.

Een doortochtwoning, net als die van Phil McDonald bij zijn Edith Mary. Onder aan de stofweg heeft een grote hond ons opgemerkt. Blaffend stuift het beest heen en weer langs de afrastering, die hoort bij een huisje verderop. Er komt een man naar buiten.

'Verdomde goorlap,' zegt Craig, met zijn kin wijzend. 'Die klootzak kan niet van kinderen afblijven. Daarom zit-ie hier. Ik denk niet dat iemand die hufter zou missen.' Hij spuugt een fluim op de grond.

Routineus maakt mijn gastheer zijn heiligdom en toevluchtsoord klaar voor gebruik. De kraan van de gasfles gaat open, voor de koelkast. In een kachel verdwijnen wat proppen oude kranten en stukken hout.

'Thee?' Craig gaat zitten en slaakt een zucht van tevredenheid. 'Niks mooiers dan dit,' zegt hij, pokend in het vuur van het fornuis.

Ik kijk om me heen. Gammele stoelen, doorgezakte fauteuils, een wiebelbed en daar in de hoek, een hele berg bevlekte matrassen en kussens. Buiten wacht een rauwe rimboe, vol leven waar ik de helft niet van wil leren kennen. Geen elektriciteit, geen stromend water, geen telefoon, geen internet. Hier onthaast je. Omdat je niks moet. Ja, vuur stoken voor thee en avondeten. En in de winter voor wat warmte. Niemand die je hier stoort. Hier is niks om je aan te conformeren. *Back to basic*, is hier het credo. Niet omdat dat hip is, of *cool*. Nee, gewoon. Misschien moet ik het ook eens proberen, een tijdje hier leven. Gewoon, om te voelen wat het met me doet.

Met een klap zet Craig zijn mok neer en staat op. In een paar minuten tijd is zijn lijf stram geworden. Zijn manke poot, die eindigt in een grote halfhoge klomp, trekt nog meer dan voor de pauze.

'Kom.'

Trekkebenend loopt hij buitenom naar de achterkant van de doortochtwoning.

'Eens kijken of mijn schatje ons vandaag een lift kan geven.'

'Lift?' zeg ik.

'Je dacht toch niet dat ik dat hele takkeneind naar de mijn ga lopen? Wil je me dood hebben? *Fuckin' hell*!'

Onder een afdak aan de achterzijde trekt Craig een hoes weg. Een rood tractortje van vóór de laatste Wereldoorlog kijkt me met twee ronde koplampen aan.

'Is het geen schoonheid?' zegt Craig.

Liefkozend geeft hij zijn schatje twee klopjes op de neus. Hij loopt wat heen en weer, met een jerrycan diesel, een fles olie en wat gereedschap. De vouwklep van het rode schatje gaat omhoog. Craig, de handen onder de smeer, draait een paar keer aan het contact. De startmotor loopt aan, als een verstokte kettingroker 's ochtends bij de eerste hoestpartij. Nog een rochelpartij, en nog een.

'Kom nou, schatje. Niet deze shit. Ik weet dat je het kan.'

Even lijkt de rochel over te gaan in een wat normalere ademhaling. Maar dan valt het schatje weer stil. Craig fronst zijn wenkbrauwen. 'Afgelopen weekend deed ze het nog, hoor.'

Zal je zien. Strand ik, in het zicht van de haven, door zo'n afgeragd kuttractortje. Maar na luttele tellen gegrinnik, gepruttel en geproest, komt zowaar de eerste wolk dieseldamp uit de uitlaat. Het hele tractortje staat te schudden.

'Dát is mijn meissie. Ik wist wel dat je het nog kon,' zegt Craig. Hij geeft een bemoedigend klapje op haar neus. Met een ruk aan de hendel naast het stuur klapt achterop een tweepuntsvork naar beneden. Craig zet er een bak op en werpt er een groot, rood kussen in, plus een tas vol spullen voor onderweg.

'Comfortabel, toch?' zegt hij, uitnodigend gebarend met een hand.

Ik ga zitten. Mijn benen bungelen net boven de grond. Craig trekt aan de hendel. De vork rukt me een halve meter omhoog. Met het nodige gekreun worstelt Craig zich op het grote leren zadel en geeft gas. Een zwarte pluim proest uit de uitlaat. Schokkerig komt het oude dametje in beweging.

Na ruim een uur door de bush van Mount Britton tuffen, wordt de begroeiing minder dicht. De zon brandt dwars door mijn petje heen. Sinds we Craigs hut hebben verlaten, heb ik geen noemenswaardig leven meer gezien. Mensen in elk geval niet. Ook geen kangoeroes of wallaby's. Allemaal afgeknald zeker. Wel voortdurend gekwetter van vogels, en af en toe het ijle gekrijs hoog uit de lucht van een roofvogel, cirkelend op de thermiek, speurend naar prooidieren. Ik zou me hier al snel eenzaam voelen. De keerzijde van de vrijheid, rust en ruimte zou me vreselijk benauwen. De afzondering van de rest van de wereld, ik zou het als verbanning ervaren. Waarom zou iemand dat willen? Ik blijf het me maar afvragen.

Ver beneden ons ligt het dal, met wat er over is van het oude dorp Mount Britton. Op een heldere dag als deze kan ik overal om me heen de dalen en bergen zien, de schaars begroeide bergkammen waar forse winden ervoor zorgen dat de fauna geen voet aan de grond krijgt. Verder naar beneden overal diezelfde groen begroeide hellingen, met erboven witte wolken die overgaan in fel blauw. Precies zoals op die ene foto van Nonk Theo, eind jaren zeventig genomen, op een dag als deze. Achter zijn rechterschouder prijkt een stukje van de rots die dus de Bluff heet. Die verdomde brok steen ligt daar ergens in het dal. Ik heb hem af en toe gezien. Maar dan nog heb ik geen idee vanaf welke helling de foto genomen moet zijn. Al die groen beboste bergwanden, ze zijn inwisselbaar. Craig wijst af en toe naar plekken op kilometers afstand. Door het geronk van het tractortje versta ik slechts flarden van wat hij zegt, net genoeg om te begrijpen dat hij locaties van oude mijnen aanwijst. Ik tuur door mijn cameraatje met beperkte zoom. Heel even. Ik wil voorkomen dat de batterij leeg is als ik eindelijk bij de mijn van Nonk Theo ben. Maar ik zie niks interessants.

We minderen vaart. Het geronk wordt stationair gepruttel.

'Goed gedaan, schatje,' zegt Craig. Hij geeft een paar klopjes op de rode neus van de tractor.

'Wacht maar,' zeg ik, als ik voor ons een stalen hek zie. 'Doe ik wel.'

Dik, gelig gras grijpt tot ruim over mijn enkels, halverwege mijn kuiten. Ideaal kruipgebied voor slangen. Omzichtig loop ik naar het hek. Hier is al een hele poos niemand meer geweest. Hoe ver zou het nog zijn, tot aan de mijn? Een paar meter verderop draait het pad – van een weg kun je met de beste wil van de wereld niet spreken – naar links, om de berghelling heen. We zijn nog lang niet aan de top. Ik kijk op mijn mobieltje. Uiteraard nul bereik. Maar de klok doet het. Even na drieën. De motor slaat af. Uitgerekend hier. En ik ben nog niet eens op de plek van bestemming. Ik hijs me omhoog uit de bak, om te zien wat er voor ons ligt. Mijn mond valt open.

LITTLE WANDERER PROSPECTING CLAIM, staat er met gele letters op een bord, boven een print van een foto uit eind negentiende eeuw. Een blokje tekst vertelt over de ontdekking van het eerste goudrif hier, in 1881, en hoe het jaar erop de eerste 185 ton erts na vergruizing in de stamper een fraaie oogst prijsgaf: 870 ounces goud. In een jaar tijd was de Little Wanderer al goed voor, naar huidige goudprijzen, ruim een half miljoen Amerikaanse dollar.

Verderop zie ik restanten van het mijnleven zelf. Een stalen driepoot, om mannen en materieel met een lier in de schacht af te laten zinken en weer omhoog te hijsen. De metalen keet ziet er nog verrassend goed uit na een kwart eeuw leegstand.

Ik wil verder lopen, de grond betreden die Nonk Theo hier zo vaak betreden moet hebben. Geen vierkante centimeter of hij moet er in twee decennia voet op hebben gezet. Ik voel me een indringer, een heiligschenner. Verderop, op de muren van de witte, metalen keet, staat iets. TO BREAK IN IS VERBOTEN, staat met zwarte verf op de twee deuren van de keet, die met een ketting tegen elkaar zijn getrokken. Ik zoek naar kogelgaten in de metalen wanden. Niks.

Voorzichtig loop ik naar de schacht die wordt gemarkeerd door de driepoot. Niks meer te zien, behalve dan het bovenste stukje, waarvan de wanden netjes zijn afgetimmerd met dikke balken. Craig wenkt. Met een stuk lang gras in zijn mond gaat hij me voor, de hoek om van de berg. Er is nog een schacht daar, zegt hij, vernoemd naar het rif dat de Erratic Star heet, Onvoorspelbare Ster. Mijn hart begint te kloppen. Precies zo heette een van de goudriffen die mijn oom beschreef in een brief van 3 september 1967. Redelijk gedetailleerd beschrijft Nonk Theo de geologie ondergronds: 'Sommige van die "goudaders" zijn verticaal, andere tussen de 45 en 60 graden. De meeste lopen van ongeveer Zuiden 30 graden Oosten naar Noorden 30 graden Westen.'

Mijnwerkerstaal die het thuisfront in Heerlerheide probleemloos begreep, maar waar ik als namijnse generatie amper een beeld bij krijg.

De mijn is 'bijna tot stilstand gekomen', schreef Nonk Theo aan mijn vader. Allemaal in verband met die rechtszaken, waarover ik nog steeds in het duister tast. Nonk Theo was in de Australische winter van 1967 in elk geval vastbesloten hier te blijven. Al worstelde hij met geldgebrek voor de aanschaf van de broodnodige apparatuur: 'We zijn op het ogenblik ertslagen open aan het maken om op grote schaal te beginnen in de grond, die mij behoort. Ik ben er zeker van dat er meer ertsaders zijn. Maar om dat zeker te maken heb je diamantboringen nodig.'

Het is hem niet gelukt. Die proefboringen met boorkoppen van diamant, de exploitatie op grote schaal. Anders had hij daar wel over bericht. Elke keer als het hem goed ging, schreef hij daarover naar huis. Het was bij tegenslagen of groot onheil dat de communicatie stokte. Dan verschraalden de brieven, verdwenen bravoure en optimisme. Of bleef het eenvoudigweg helemaal stil. Maanden, soms jaren.

Nu en dan beweegt het gras. Ik ben op mijn hoede voor de anderhalve meter lange goanna's waar Nonk Theo over schreef. En voor pythons, die ribbenkastkrakers, sommige wel zeven meter lang. Als een kat in de sneeuw stap ik voort. Verrek, daar. Een bordje met ERRATIC STAR, vlak bij een ingevallen tunnelmond. Het dak is bekleed met ronde palen. In de opening moet ooit een volwassen man hebben kunnen staan, maar inmiddels is de entree nagenoeg dichtgevallen met puin.

Ik kijk om me heen. De kust lijkt goanna- en slangenvrij. Voorzichtig ga ik op mijn buik liggen en steek mijn hoofd in de mond van de mijngang.

'Fucking hell!' schreeuwt Craig opeens, vanachter me.

Van schrik stoot ik mijn kop tegen de grotendeels ingestorte mijningang.

'Shanks. Die naam zocht ik. Die trok hier veel met je oom op.'

Ik draai me om. Shanks? De naam is compleet nieuw voor me, staat ook niet in Nonk Theo's adressenboekje. Craig ziet de hoop opflakkeren in mijn ogen.

'Ach, tering. Dat is me nou toch balen. Shanks is al jaren dood.'

Ik wil het uitschreeuwen. Woest smijt ik een steen de steengang in. Vrijwel meteen klinkt een dof 'plok'.

'Maar zijn vrouw woont wel nog steeds in Mackay, als ik me niet vergis. Als we weer terug zijn, zoek ik thuis wel even haar adres en telefoonnummer voor je op.'

Een glimlach vormt zich op mijn gezicht. Maar Craig houdt zijn wijsvinger omhoog.

‘Pin me er niet op vast. Ik denk dat ze nog leeft. Maar misschien heb ik wel iets gemist. Het zal niet de eerste fucking keer zijn dat ik pas na maanden of jaren hoor dat een oude bekende in Mackay het loodje heeft gelegd. Zo langzamerhand heb ik meer bekenden onder de grond als erboven. Begrijp je?’

Ik knik en richt mijn aandacht weer op de gapende holte voor me. Iets meer dan een meter breed, amper een halve meter hoog. Met dank aan alle puinsteen en grond die de gang in de loop der jaren hebben opgevuld. Voorzichtig kruip ik dieper de opening in. Met mijn camera flits ik een paar keer in het zwarte gat voor me. Op het schermpje zie ik hoe de tunnel, netjes aan wanden en plafond afgetimmerd tegen instorting, de bergwand in loopt, in elk geval een meter of acht.

‘Pas je wel een beetje op?’ zegt Craig, wijzend op het tunnelafdakje. ‘Eén keer hoesten en de hele boel stort in.’

Snel trek ik mijn hoofd terug. Hoe zou het leven van Nonk Theo hier geweest zijn? Overdag de schachten in, met explosieven, pikhouwelen en pneumatische boren. Urenlang, soms tientallen meters onder de grond, op zoek naar goudhoudende erts die eenmaal boven, werd vergruisd en bewerkt met kwik en andere zware chemicaliën om het gesteente te dwingen zijn schat prijs te geven. En ’s avonds, elke avond weer, met een fles drank rond het kampvuur. Sterke verhalen vertellen, met die andere gelukzoekers. Als die er waren.

Craig beent nerveus heen en weer. De zon is inmiddels gezakt, nog even en hij verdwijnt achter de bergkammen. Ik krabbel overeind. Zo energiek en vol verwachting als ik was bij vertrek naar hier, zo triest voel ik me nu, bij mijn afscheid van deze desolate plek, die voor mijn oom een voor mij niet te bevatten waarde moet hebben gehad. Ik zou hier nooit kunnen aarden. Ik zou hier kapotgaan.

Ik slof achter Craig aan, helemaal niet meer alert op goanna’s of slangen. Met de handen in de zakken wandel ik terneergeslagen naar de tractor. Craig is alweer verwikkeld in een twist met zijn schatje. De verkoelende bries die opsteekt is meer dan welkom. Boven me beginnen de bomen te wiegen. Met een doffe klap valt een dikke tak pal voor me neer. Als ik hem opraap en voor me uitkijk, verstijf ik bij de aanblik van het landschap dat ik zo vaak heb gezien. Maar dan op de foto van Nonk Theo, hier op Mount Britton. Met zijn witte helm, grijzige geitensik en gegroefd gelaat. Een somber gezicht boven een kleurige, geblokte houthakkersbloes met afhangende schouders en netjes opgerolde lange mouwen tot op de ellebogen. De bruine broek eronder gaat bijna op in het dorre struikgewas erachter.

'Yo, David!' roep ik.

Mijn chauffeur en gids staat nog steeds te klooien met de tractor. Zijn gevlei is overgegaan in een twist die tekenen van een huwelijkscrisis begint te vertonen. Ik druk Craig mijn camera in de handen en loop naar dé plek. Voor mijn borst houd ik dé foto.

'Schiet er maar een paar. Dan zit er altijd wat tussen,' roep ik, geduldig wachtend op de piepjes waarvan ik weet dat ze horen bij het automatisch scherpstellen.

Het begint harder te waaien. Zonder dat ik het kan verklaren voel ik een druk op mijn maag en een steeds fermer wordend kloppen op mijn borst.

'Dat moet 'm zijn,' zegt Craig, als hij met geknepen ogen naar het schermpje van de camera tuurt. Ik controleer de foto's nog even.

'Dank je, David,' zeg ik, en geef hem een klop op zijn schouder.

'*No worries, mate*. Kom, we gaan.'

'Wacht even,' zeg ik.

Ik wil nog een paar foto's maken van de monsters vlak bij de ingang van het mijnterrein. Het zijn cilinders van grond en rots, als met een appelboor gestoken uit de diepte. Het zijn er tientallen, in speciaal voorgevormde plastic bakken, om te voorkomen dat ze breken. Minutieus bekijk ik de staven, zoekend naar sporen van goud. Of quartz, dat vaak de nabijheid van goud verraadt.

'Zit niks in,' knort Craig over mijn schouder, kauwend op een strootje. Met de hand vermaalt hij een staaf tot gruis.

'Kijk, geen ene donder.'

Ik zoek verder. Alsof ik nog iets ga vinden wat door de experts over het hoofd is gezien. Uit een gebroken staaf pulk ik een harder stukje. Witte quartz. Het schittert in het zonlicht.

'Mooi. Maar niks waard, hoor,' zegt Craig. Hij trekkebeent naar zijn rode tractortje. 'Kom. Het wordt tijd.'

Over minder dan een uur begint de schemering.

'Ik kom eraan,' zeg ik.

Ik spuug op het stukje quartz en veeg het schoon met mijn T-shirt. Een mooi aandenken voor mijn vader. Ik rol er een papiertje omheen en steek het in mijn zak.

'Kom op, wijffie!' buldert Craig verderop tegen zijn rode tractor. Als hij de sleutel omdraait, klinkt de zoveelste stotterende dieselrochel. Craig geeft een ros op het stuur. 'Verdomde kut!' schreeuwt hij, de sleutel naar voren gedraaid houdend. De sputterende motor wil maar niet aanslaan. 'Wil je verdomme dat ik je hier laat wegroesten?'

Ik druk mijn hand op de neus van het tractortje, het voelt aangenaam warm. Van de zon, maar vooral ook van de beulstocht die ons omhoog naar hier heeft gebracht.

'Kom op, schatje,' zeg ik zacht.

Het duurt even. Maar dan gaat het gerochel met horten en stoten over in gepruttel. Geproest. Een dikke, zwarte roetwolk. De motor draait. Craig kijkt me aan. Hij geeft een paar keer flink gas.

'Fucking bitch,' zegt hij, als de tractor begint te rijden.

Ik spring achterop, op de vork. We dalen af. Langzaam verdwijnen de driepoot, de keet en de stamper van de Little Wanderer uit zicht. Ik gloei nog na, en niet alleen van de zon. Vooral de wetenschap dat ik precies op de plek heb gestaan vanwaar Nonk Theo me zo vaak heeft aangekeken, doet me goed. Maar wat ben ik blij dat ik de nacht daar niet hoef door te brengen.

Kindemar Street. Een keurig straatje, een paar honderd meter van het centrum van Mackay. De meeste huizen hebben een tuin rondom, een oprijlaan en een veranda, ideaal voor de lome zomeravonden. De bewoonster van het knusse huisje op nummer zes heeft iets bovengemiddeld liefs. Rose Shanks is ergens in de zeventig, met kort grijs haar dat lang geleden weldadig krullend over haar schouders moet hebben gehangen. Ze lacht aldoor, terwijl ze de beste oploskoffie serveert, met zelf gebakken muffins en scones.

Haar huis moet er van binnen net zo hebben uitgezien toen Nonk Theo hier kwam, in de jaren zestig en zeventig. Het blauwwitte dressoir, de eetkamerstoelen bekleed met groen skyleer.

'Daar sliep Theo,' zegt Rose, wijzend naar de bank waarop ik zit.

'Daar stond toen een bed.'

Ze neemt mijn gezicht zorgvuldig op.

'Tjonge, je kon een zoon van hem zijn,' herhaalt ze voor de derde keer.

Ik had dolgraag de man des huizes ontmoet. Maar die is jaren geleden al overleden. Hij was het die mijn oom hier onderdak bood tijdens een van diens rechtszaken om de mijn op Mount Britton.

'Frank wist hoe mensen als Faltinsky waren. Hij voelde mee met Theo,' zegt Rose.

Haar man was zelf al meermaals het slachtoffer geweest van gewiekste politici en gehaaide zakenlieden. Allemaal waren ze op jacht naar goudgronden in Mackays achterland. Goedschiks dan wel kwaadschiks.

Frank Shanks was een *prospector*. Met zijn kennis van geologie en mineralen speurde hij naar onontgonnen arealen met goud, zilver en kolen. Hij was er best goed in. Rose vertelt hoe zij en haar man werden gestalkt door een toenmalig minister van Mijnbouw en zijn mensen. Als Frank zich na een paar dagen prospecteren in de bush meldde op het departement van Mijnbouw, gingen daar de alarmbellen af.

'Het is voorgekomen dat mijn man een claim registreerde en die kort erop kwijtraakte,' vertelt Rose, terwijl ze me een verse kop oploskoffie voorschotelt.

Voor het eerst is haar lach verdwenen. Ze vertelt hoe de mijnbouwminister meteen na de claim van haar man ook een claim indiende, voor exact hetzelfde stuk grond, alleen met een datum net ervoor. Gerommel met stukken, ambtenaren die een oogje dichtknepen, misschien wel deelden in de winst. Corruptie, fraude, diefstal, valsheid in geschifte. Tot op het hoogste niveau. Procederen was zinloos.

'Van dit soort mensen kon je niet winnen. Ze hadden te veel connecties en te veel geld,' zegt Rose.

Haar man is nooit rijk geworden. Terwijl hij er volgens zijn weduwe wel dichtbij is geweest: 'Begin jaren tachtig bood Swiss Aluminium hem en een maat één miljoen dollar voor een koperclaim in Eton, niet ver van Mount Britton.' Rose Shanks slaat haar hand tegen haar voorhoofd. 'Frank wees het bod af. Hij wilde de claim niet verkopen voor een eenmalig bedrag. Hij wilde een percentage van de winst van de kopermijn die Swiss Aluminium er wilde beginnen. Elk jaar weer.'

Op zich geen domme zet. Ware het niet dat buitenlandse bedrijven door een wetswijziging niet veel later alleen nog maar miljoenenprojecten in de mijnbouwsector mochten ontwikkelen via Australische partnerbedrijven. En pas na toestemming van een federale toetsingscommissie.

'Toen was er geen deal meer te sluiten. Ik kon Frank wel vermoorden,' zegt zijn weduwe, met overslaande stem. 'We hadden het niet breed, met vijf kinderen. Het was woekeren om rond te komen, al jaren.'

Toch waren de Shanks zo gastvrij om hun woning een week open te stellen voor Nonk Theo toen die moest komen opdraven bij de rechtbank.

'Ik weet nog dat Theo hier rondliep, in huis. Hij was een stille man,' zegt Rose.

Ze vertelt hoe Nonk Theo zijn levenswerk dreigde te verliezen, de goudmijn op Mount Britton. 'Dus sleepte je oom die Faltinsky voor de rechter. Die boef had Theo op de een of andere manier de mijnclaim afhandig weten te maken. Vraag me niet hoe, ik heb nooit begrepen hoe dat soort zaken gaan. Maar wat ik wel nog weet is hoe boos Theo was. Geen geschreeuw. Intense, ingetogen woede. Zijn blik. Dodelijk.'

Ze draait haar hoofd naar rechts, naar het aanrecht.

'Weet je dat ik me soms doodschrok als hij opeens achter me stond? Dan kwam hij voor een glas water, terwijl ik de afwas deed. Je hóórde hem gewoon niet. Tot hij er stond. Ik schrok me elke keer weer dood.'

Precies dat verwijt heb ik ook wel gekregen van mijn vriendin. Dat ik zo stilletjes kan zijn dat ze me helemaal niet hoort aankomen. Tot ik ineens achter haar sta.

Creepy Jezus. Zo noemde Rose mijn oom. En die zachtaardige man, vol opgekropte woede, ging in zijn nette kaki kleren, een stapel papieren onder de arm, een week lang elke dag met Frank Shanks naar de rechtbank. Om 's avonds weer woest, verbouwereerd en gefrustreerd terug te keren.

'"Ze hebben het van me afgepakt," zei hij dan, en "ze hebben me belazerd"', vertelt Rose.

Ik houd de kleurenfoto van Nonk Theo op Mount Britton omhoog. Rose knijpt met haar ogen.

'Jeetje, wat ziet hij er slecht uit. Van wanneer is deze?'

'1978, hij was toen 47 of 48 jaar.'

'Mijn god, hij lijkt veel ouder.' Ze schudt haar hoofd. 'Mannen als Frank en Theo waren simpelweg bezeten van goud. Ik zei weleens tegen Frank: man, jouw kop zit vol stenen! De meesten van dit soort kerels hebben hun fortuin nooit gevonden. Maar het verhaal van jouw oom is denk ik wel het meest tragische van alle.'

Die nacht schrik ik wakker uit een droom. Op een zolder was ik als kleine jongen aan het glaasjedraaien, met twee vriendjes. Alle drie een wijsvinger op een omgekeerd glas, boven op een papier met de cijfers nul tot en met negen en de letters van het alfabet. Langzaam bewoog het glas zich van letter naar letter. T... H... Ik probeerde mijn vinger nog van het glas af te trekken. Maar hoe harder ik trok, hoe langer mijn vinger werd.

Mijn T-shirt en het beddengoed zijn zeiknat van het zweet. Mijn hart bonkt, ik hijg. Het is al ruim voorbij middernacht. Ik kijk om me heen. Ik ben niet alleen. Niet voor het eerst. Ik vind ze eng, die momenten waarop het voelt alsof hij van boven meekijkt, meestuurt. Zomaar, uit het niets. Een gids met een rood tractortje. Een wildvreemde ambtenaar, veel te vriendelijk, met een heel dossier dat er nooit meer had mogen zijn. Helpers, te mooi om waar te zijn. Hulp van boven. Van een dode. Ik wil er niet aan. Omdat het niet kan. Toch gebeurt het. Ik adem uit, trek mijn buik in en laat weer los. Puffend. Minuten lang. Tergend traag verdwijnt de spanning. Tot ik weer in slaap val.

Na een uur ben ik alweer wakker. Het is bijna half vier 's nachts. Ik kan het niet laten om nog even door mijn aantekeningen te bladeren. Faltinsky had me meer kunnen vertellen. Maar hij leeft niet meer. Mijn hoop is gevestigd op een ontmoeting met Bill Stubbs. Nog steeds weet ik niet of hij destijds zomaar een advocaat was, of dat hij aan de touwtjes trok waardoor Nonk Theo uiteindelijk zijn goudmijn verloor. Ik kan hem bellen, die Stubbs. Ik heb zijn nummer gevonden. Hij woont in Brisbane. Maar ik wil meer dan een telefoontje. Ik wil een overval, zodat hij zich niet kan voorbereiden, of vluchten. Het is een gok. Als ik over vier dagen naar Brisbane vlieg, heb ik daar nog maar drie dagen. Ik mag hopen dat ik de man thuis tref. Liefst op de laatste dag, zodat ik van tevoren nog kan grasduinen door een paar archieven in Brisbane. Ik heb het sterke vermoeden dat daar munitie ligt voor mijn confrontatie met de advocaat.

Er is een alternatief. Het houdt me al uren, dagen, en eigenlijk al meer dan een week bezig. Die ene ontmoeting, die me totaal overrompelde. De hotline met gene zijde. Een niet te versmaden vrucht van de boom der esoterische wijsheid. Een panacee tegen al mijn onbeantwoorde vragen. Maar ik schud heftig mijn hoofd en ga met honger weer slapen.

Eén kans. Meer krijg ik met deze man niet. De telefoon gaat over. Ik schik nog een keer alle papieren, die in een waaier voor me op bed liggen en scan een laatste keer de lijst met steekwoorden die tijdens het gesprek absoluut aan de orde moeten komen. Dit wordt geen interview, dit wordt een kruisverhoor.

'Hallo?'

Niks bombastische brom, rokerig van jarenlang sigaren gepaf en rul van de whisky en cognac. Nee, een opvallend hoge stem. Warempel vriendelijk, lijkt het wel.

'Meneer Stubbs?'

'Ja?'

'U spreekt met Ferdi Schrooten. *Sjroeten*.'

'Pardon?'

Ik hoor hem nadenken. Natuurlijk herkent hij mijn naam. Hij wil slechts tijd winnen. Deze man gedijt in gedoe en deining, is gek op complexe kluiven. Ik heb zijn cv gelicht. Een druk baasje, dat overal en nergens is. Oprichter en eigenaar van zijn eigen advocatenfirma, gespecialiseerd in grondstoffenzaken. Actief in de top van diverse chemische, biomedische, energie- en grondstoffenbedrijven. Een duizendpoot. Een veelvraat, voor wie Nonk Theo in al die jaren niet meer was dan een tussendoortje.

'Misschien klinkt Theo Schrooten u bekender in de oren?'

Stilte.

'Ik weet niet wat u van me wilt, meneer. Maar ik heb het eigenlijk nogal druk op het ogenblik. Misschien...'

'U bent toch advocaat geweest in Mackay?'

'... Ja?'

'Van ene meneer Faltinsky?'

'Luister, ik heb echt niet veel tijd nu.'

'Meneer Stubbs. Ik ben een neef van Theo Schrooten en ik ben uit Nederland naar Australië gekomen om een reconstructie te maken van het leven van mijn oom. Op dit moment ben ik in Mackay. Ik ben eerlijk gezegd ook heel druk. Mijn tijd hier is zeer beperkt. Ik zou het op prijs stellen als u heel even de gelegenheid neemt mij te woord te staan. Ik vraag slechts een paar minuten van uw tijd. Is dat te veel gevraagd?'

Ik ben onder de indruk van mijn eigen strengheid. Na een korte stilte klinkt een zucht van berusting.

'Ja, ik was in het verleden inderdaad de advocaat van Bert Faltinsky. En ja, ik heb Theo gekend, ja. Niet zo goed als Bert. Maar ik heb hem wel een aantal keren gezien. In de rechtszaal.'

'De rechtszaal…'

'Er waren verschillen van mening over wie de mijn bezat.'

'De Little Wanderer?'

'… Ja. Ik ben in 1966 naar Mackay gegaan. Tot 1972 heb ik er gezeten. Als advocaat. Theo was er in die tijd ook. Hij had een mijnconcessie, een claim. Quartz met goud.'

'ml105,' voeg ik toe, mijn wijsvinger stevig drukkend op een stuk voor me, van het departement van Mijnen en Energie.

'Zou kunnen. In elk geval heeft Bert die concessie aangevraagd en opnieuw vastgelegd. Nu ben ik houder van die concessie, binnen mijnbouwclaim ML4784.'

Zonder blikken of blozen geeft deze man toe dat hij mijn ooms claim uiteindelijk heeft weten in te pikken. Geen spoor van wroeging. Stubbs' sympathie ligt ook nu nog bij zijn dode makker.

'Bert was een goede vriend van me.'

'Ondanks zijn verleden?'

'Hoe bedoelt u?'

'Ik heb begrepen dat Faltinsky nogal actief was gedurende het regime van Hitler in nazi-Duitsland.'

Stilte.

'Hij zou vuile handen hebben gemaakt. Vandaar zijn vlucht naar hier,' zeg ik.

Mijn gesprekspartner schraapt zijn keel.

'Bert was een Duitse immigrant. Hij zat bij de Hitler Jugend. Als vijftienjarige heeft hij aan het Oostfront gevochten. Niet iets heel bijzonders voor kinderen in het Duitsland van toen. In elk geval heeft hij zich in Mackay en omgeving ontpopt als een soort *godfather* voor de andere Duitse immigranten.'

Hij bedoelt het ongetwijfeld als een compliment.

'Ik wil eigenlijk vooral weten hoe mijn oom was,' zeg ik. Het is een schijnbeweging. 'Ik hoor nogal aparte verhalen, weet u.'

'Theo was nogal een type,' zegt Stubbs.

Er klinkt enige empathie door in zijn stem, lijkt het, maar die perceptie wordt meteen afgestraft.

'Een soort kruising tussen een alcoholische kluizenaar en een goudzoeker van de oude stempel. Ontzettend op zichzelf, herinner ik me. Eigenzinnig ook. Hij was altijd op Mount Britton. Ik geloof dat hij betrokken is geweest bij de nodige incidenten. Vraag me niet precies welke. Ik heb er vast ooit uitgebreid over gehoord, maar ze zijn me niet bijgebleven. Het was destijds een raar wereldje, daar op Mount Britton. Veel excentriekelingen, veel individualisten. Er was niet veel daar in de bergen. Amper comfort, weinig vertier. Een zwaar leven voor zware drinkers.'

'Klinkt een beetje als het Wilde Westen, maar dan met mijnwerkers.'

'Zoiets, ja. Er waren ook heel vaak twisten om mijnclaims. Vaak ging het om waar de grenzen van een claim precies liepen, in een poging om een graantje mee te kunnen pikken van wat er bij een ander onder de grond lag. Goud is een emotioneel iets. Het doet rare dingen met mensen.'

Tussen al die excentriekelingen moet mijn oom een bijzondere positie hebben bekleed, als ik Stubbs mag geloven.

'Theo stond bekend als "de burgemeester van Mount Britton". Niet omdat hij daar de baas was. Hij was er gewoon altijd. Vaak speelde hij een rol in conflicten. In zijn eigen rechtszaak, die eigenlijk een serie van rechtszaken was. Maar menig keer kwam hij ook in de rechtszaal opdraven als een soort getuige-deskundige, vanwege zijn kennis van de mijnbouw en het gebied.'

Stubbs begint te grinniken. 'Hij had een goed gevoel voor humor. Je kon met hem lachen, zeker als hij het gevoel had dat iemand hem betichtte van een leugen of hem een kunstje probeerde te flikken. Dan trok hij zich vaak niet zo veel aan van de omgangsvormen die gebruikelijk zijn in de rechtszaal.'

Hij vertelt over een zaak rond een mijnclaim. Er was onduidelijkheid over de exacte plek en de datum van registratie. 'Eerst ging het om een plek van zeg vijftien meter noord-noord-oost van een of andere gomboom. Een poos later was dat opeens achttien meter. Ik confronteerde Theo daarmee en zei: twee weken geleden zei je dat de plek daar lag, nu is het opeens hier. Is dat nou allebei waar of is er toch op zijn minst in een van de twee gevallen sprake van een leugen? Theo wilde toen eigenlijk niet antwoorden. Maar na wat aandringen trok hij dan toch op de voor hem bekende wijze zijn mond open. Hij zei: "Eerwaarde, door alle rechtszaken is de exacte plek van de mijnclaim in mijn hoofd gaan rondspringen als een fucking kangoeroe!" Het had hem op een reprimande moeten komen te staan. Op zijn minst. Maar de hele zaal moest lachen, ook de rechter. Die kende Theo's reputatie.'

'Als artiest?'

'Ja, zo zou je het wel kunnen zeggen. Er zat geen kwade wil in. Het was ook meer frustratie, denk ik.'

'Want uiteindelijk raakte hij zijn mijn kwijt?'

Pats. Stilte. Weg amicale sfeer.

'Het moet wel. U hebt mijn ooms claim nu tenslotte in handen, via Faltinsky.'

'Bert heeft kort na 1972 de mijn gesloten toen de lonen omhooggingen. De meeste mijnwerkers gingen naar de kolenmijnen, die toen in opkomst waren. Daar was meer te verdienen.'

'U gaat me toch niet vertellen dat u na een serie rechtszaken niet meer weet hoe Faltinsky de Little Wanderer in zijn bezit heeft gekregen? U moet menig dag hebben doorgebracht op zitting in Mackay, met uw cliënt Faltinsky, uw goede vriend?'

'Het is al lang geleden.'

'Als journalist heb ik veel rechtszaken bijgewoond. Ik heb me altijd verbaasd over de feitenkennis van veel van uw collega's, ook vaak jaren later nog. Ik kan me niet voorstellen dat een man van uw statuur de kern van een zaak zo makkelijk vergeet.'

'Ik heb zoveel zaken gedaan en ik ben ook nu nog druk met zoveel activiteiten, ik denk niet dat ik overal alles van zou kunnen onthouden. Het spijt me.'

'U hebt vast nog wel het een en ander bewaard over de rechtszaken om mijn ooms goudmijn.'

Stilte.

'Ik ben nog wel even in de buurt. Wat mij betreft kom ik nog even langs en lopen we er samen doorheen.'

'Beste... hoe heet je ook alweer?'

'Ferdi. Ferdi Schrooten. Net als mijn oom Theo.'

'Je moet me geloven, Ferdi. Ik heb die spullen al lang geleden weggegooid.'

'Want anders had ik best langs mogen komen, toch?'

Ik hoor geadem aan de andere kant van de lijn.

'Ik bén over een paar dagen trouwens in Brisbane. Ik zou het echt zeer op prijs stellen als ik u persoonlijk mag ontmoeten. Ik verwacht nog meer gedetailleerde documenten te vinden de komende dagen. Die wil ik graag met u bespreken. Ik kan me voorstellen dat dat ook voor u interessant kan zijn.'

'Dat zal helaas niet gaan. Morgen vertrek ik naar het zuiden van het land. En voorlopig ben ik niet terug in Brisbane. Maar volgens mij ben ik je al aardig van dienst geweest, niet?'

'Zeker, en daar ben ik u ook dankbaar voor.'

Ik probeer nog wat tijd te winnen, maar weet niet hoe.

'In elk geval bedankt voor uw tijd. U hebt toch wat meer inzicht gegeven in de tijd van toen op Mount Britton. "De burgemeester van Mount Britton," die kende ik nog niet.'

'Graag gedaan. Ja, het was een bijzondere periode. Mackay was echt anders dan nu. Mount Britton al helemaal. In de vroege jaren is er toch heel wat goud gevonden.'

'Eind negentiende eeuw, bedoelt u?'

'Ja. Er is in de tijd van Theo en de jaren erna ook nog wel het nodige goud omhoog gekomen, maar toch lang niet zo veel als in de beginjaren van Mount Britton. Van al die mannen als jouw oom is niemand daar rijk geworden.'

'U ook niet?'

Gegniffel.

'Waarom hebt u de claim dan overgenomen van Faltinsky?'

'Omdat ik er toch in geloofde, zoals zo velen. We hebben onlangs nog driekwart miljoen dollar gestoken in boringen, om te zien wat er nog in de grond zit.'

'Ik heb het gezien. De monsters.'

'Je bent er geweest?'

'Ja. Het was heel bijzonder om de plek zelf te bezoeken. Met de monsters bedoelt u toch die stapel cilinders, een soort paaltjes van grond, vlak bij de ingang?'

'Inderdaad. Maar je had daar niet mogen komen. Het is daar verboden voor onbevoegden.'

De zoveelste stilte. Ik weiger me te verontschuldigen.

'Ik zal er geen werk van maken,' vervolgt Stubbs. 'Je zult het toegangsverbod niet met opzet hebben genegeerd.'

'Nee, zeker niet. Ik kan me ook niet zo'n bord herinneren.'

En als er al een had gestaan, dan had ik het evengoed genegeerd.

'Maar u hebt dus boringen laten doen?'

'Ja. Maar niet echt wat gevonden.'

'Niet genoeg om weer de berg op te gaan en de mijn te heropenen, bedoelt u?'

'Dat klopt.'

'Jammer. Toch?'

'Ach, wat kun je eraan doen. We hebben de claim nog een keer laten verlengen en gaan nu kijken of we hem kunnen verkopen.'

Ik geloof er geen barst van.

'De mijn produceert een heel fraai specimen goud,' vervolgt hij. 'Brokjes quartz, met kleine stukjes goud erin. Volgens mij heeft Theo daar ook het nodige van verkocht. Op zich is het niet zo veel waard. Maar als curiositeit brengt het best wat op.'

'Maar te weinig om de mijn weer echt voor te openen?'

'Nou ja, als je op wat grotere schaal een mijn wilt beginnen niet. Dat was toch wel mijn bedoeling. Maar een kleine operatie van een paar mijnwerkers, echte vaklui, dat is misschien wel interessant.'

'Net als in de tijd van mijn oom?'

'Ja, zoiets. Maar ik weet niet of je in deze tijd mensen nog zo gek krijgt om zich aan zo'n avontuur te wagen. Wie wil er nu nog eenzaam in de *bush* zitten, zonder stromend water en moderne gemakken als een computer, vriezer of airco?'

'Iemand als mijn oom?'

‘Tja. Maar luister, ik vind dat ik je nu echt wel voldoende van dienst ben geweest. Ik moet er ook vandoor. Ik heb nog meer te doen.’

‘Mag ik u nog eens bellen, als ik meer heb gevonden? Dat kan ook voor u misschien nog wel interessant zijn, toch?’

‘Ach, ik denk niet dat je mij nog kunt verrassen. Als je het niet erg vindt, wilde ik het hier bij laten.’

‘Goed. Maar ik bewaar uw telefoonnummer en adres. Je weet maar nooit.’

‘Ik kan het je niet verbieden. Maar nogmaals, ik denk niet dat ik verder nog iets voor je kan betekenen. Succes met je zoektocht.’

'Koffie?'

Met een vriendelijke glimlach schenkt Johanna Sherry mijn mok vol. Het zou wijzer zijn om te bedanken. Mijn schouders en nek staan strak van de spanning. Tot in de randen van mijn brein voel ik prikkels van verzet tegen wat ik nu doe. Maar ik zit hier wel. Johanna zei het net nog aan de telefoon. Dit uurtje, misschien twee, is het enige moment dat ze alleen is en mij kan ontvangen. Tenminste, in de paar dagen dat ik nog in de buurt ben. Het zijn stuk voor stuk dagen waarin de vragen zich blijven opstapelen en ik amper echt bevredigende antwoorden weet te produceren.

'Ze gingen als geliefden vaker naar Shoal Point,' vertelt ze.

Dat wist ik al, na mijn vorige bezoek. Maar ik houd mijn mond. Op Hollandse wijze biedt Johanna een koekje aan; de trommel gaat meteen weer dicht. Mijn maag verkrampt als ik de eerste hap wegslik. De tol van het dieet van een workaholic. Te veel koffie, te weinig gezond eten, te veel snelle snacks vol suiker en vet.

'Vader bouwde op Shoal Point huisjes, op een vakantiepark. Helen werkte in die tijd op de boterfabriek van Mackay. Op haar scooter reed ze van en naar de fabriek. Als ik me niet vergis heeft de verkering zeven maanden geduurd. Het waren mooie maanden voor Helen. Ze hadden allebei veel te vertellen over hun familieleven. Dat deelden ze met elkaar. Helen vertelde me weleens hoe fijn ze het had, samen met Theo. Dan zei ze "Ik kan uren met hem praten. Over maakt niet uit wat."'

Johanna heeft zitten puzzelen sinds mijn laatste bezoek, toen ik haar vertelde over de brief die haar moeder stuurde aan het gezin van Nonk Theo. In Heerlerheide heerste grote onrust over de verloren zoon toen het thuisfront al maandenlang geen brief meer uit Australië had ontvangen. Thuis wist niemand van mijn ooms zenuwinzinking en ziekenhuisopname. Grote kans dat hij er ook het zwijgen toe had gedaan in huize Vandenbosch. Zijn relatie met Helen stond op het spel.

'Ze hebben elkaar in 1962 leren kennen, het jaar nadat ik getrouwd ben. Maar begin 1963 kon Theo opsodemieteren.'

Johanna's gezicht staat op huilen. Van haar had het niet gehoeven, het verbreken van de liefde tussen Helen en Nonk Theo. Ook niet nu ze voor het eerst hoort van zijn inzinking, als gevolg van DT. Johanna had mijn oom graag verwelkomd als zwager.

'Dan waren we familie geweest, Ferdi.'

Uit een map pakt ze het bidprentje van haar zus. Op de voorkant staat een tekening van Maria, de handen gevouwen, de ogen ten hemel gericht. Binnenin lacht Helena me toe. Een wat oudere dame, in een zachtroze jasje, het fris gekapte korte haar nog steeds blond, licht opgemaakt. Om haar hals hangt een fraai collier van parels, dezelfde als in haar oorbellen. Mijn oog valt op twee strofes tekst naast het portret.

Ik ben thuis in de Hemel, mijn dierbaren;
Oh, zo gelukkig en zo helder!
Er is perfecte vreugde en schoonheid
In dit eeuwigdurende licht.

Alle pijn en rouw zijn voorbij,
Alle rusteloos gewoel is gepasseerd:
Ik ben nu vredig voor eeuwig,
Eindelijk veilig thuis in de Hemel.

'Ook over het geloof kon Helen uren praten met Theo,' zegt Johanna.

Ik wil er niet aan dat een rebel als Nonk Theo, zo'n eigenzinnige pionier, zijn reserves tegen het geloof heeft laten varen. Maar is het ondenkbaar? Voor een man die gillend gek is geworden van zijn leven op Mount Britton, als drankorgel met goudkoorts?

Ik vertel Johanna van de tarotkaarten.

'Hmm. Ik kan me niet herinneren dat Theo tarotkaarten had. Maar het verbaast me niet. Helen was gelovig. Zeer. Theo misschien niet zo. Maar ik denk dat hij op zijn hele eigen manier ook wel spiritueel was. Hoe verschillend Helen en Theo ook waren, op dat vlak was er een heel sterke klik.'

Johanna klapt een van haar boeken met religieuze titels voor zich open. Ze grijpt in het borstzakje van haar bloesje. Het gouden kettinkje met pendule verschijnt. Ik sta op het punt te zondigen tegen mijn eigen geloof.

Gebogen over de spirituele teksten laat Johanna zachtjes de pendule heen en weer wiegen. Buiten, in de verte, razen de auto's voorbij. Johanna sluit haar ogen en buigt het hoofd.

'Hij is hier, in mij. Toe maar, vraag maar.'

'Wat?'

Ik wrijf eerst over mijn voorhoofd, daarna krab ik aan mijn achterhoofd.

'Vraag maar aan Theo wat je wilt weten. Toe maar.'

Ik aarzel. Inwendig sla ik een kruisje naar mijn geweten.

'Heeft zijn zenuwinzinking iets te maken gehad met de Tweede Wereldoorlog?'

'Oei,' zegt Johanna, turend naar de pendule, die niet harder of zachter heen en weer beweegt dan hiervoor. Ze glimlacht, licht triomfantelijk. 'Een duidelijk "ja".'

'Had je zorgen om het geld dat je had genomen?' zeg ik, doelend op de rekening die Nonk Theo voor vertrek had leeggehaald.

Johanna knikt. 'Weer een flink "ja".'

'Voel je je daarover schuldig?'

'Ja, duidelijk.'

'En die inzinking, kwam dat door je isolement?'

'Ja, een groot "ja".'

'En je eetgedrag?'

'Niet zo.'

'Alcohol? Sterkedrank?'

'Zo zeg. Weer een heel duidelijke. Ja.'

'Speelde je moeder een rol? Dat je haar miste?'

'Nee, niet zo.'

Johanna kijkt op van het boek. Ze legt de pendule neer.

Ik wil dat ze doorgaat.

'Theo had zijn trots. Hij wilde het ongelijk van zijn familie aantonen,' zegt Johanna.

Ik frons.

'Dat is het signaal dat ik van Theo krijg.' Ze wil even pauze om op adem te komen. 'Rustig maar, Theo. Even geduld,' zegt ze, terwijl ze haar ogen sluit.

Er is hier niemand anders en toch kijk ik gegeneerd om me heen.

Ze stort haar hoofd in haar handen. Dan richt ze zich op, borst vooruit, hoofd omhoog, de ogen nog steeds gesloten. 'Hij wil zelf iets zeggen, Ferdi. Theo wil zelf tot je spreken.' Ze haalt diep adem. Met twee handen pakt ze de tafel vast. 'Jouw reis van mijn leven is geweldig geweest.'

Het is Johanna die de woorden spreekt, met die zo typische slis. Maar de stem klinkt lager, dieper, indringender.

'Dank voor je tijd. Alles wat je tot nu toe hebt gevonden, is correct. Ja, ik ben fout geweest. Geloof me, ik heb ermee moeten leven. De schuld was enorm. Het was mijn intentie om aan te tonen dat mijn familie fout zat, en dat ik de schuld aan mijn familie zou terugbetalen.'

Mijn wijsvingers peuteren aan elkaars nagels. Ik doorbreek de korte stilte die volgt door mijn keel te schrapen. Johanna ademt diep in en uit, langzaam.

'Eenzaamheid is niet makkelijk, Ferdi. Mijn ambities waren groot. Ja, ik weet dat mijn familie me alles had vergeven als ik thuis was gekomen. Maar ik had geld genomen. Mijn trots stond het me niet toe. Het meisje? Ja, we hebben zo veel plezier gehad, zo veel gelachen. Ik heb dat altijd gekoesterd. Ik heb die herinneringen altijd in me mee gedragen. Ja, ik heb geleden. Niemand zal dat ooit weten. Je hebt geen idee. Mijn depressie was enorm. Ik had niemand. Ik was alleen, met mijn leed. Weet je, Ferdi. Alleen zijn is niet goed. Luister naar mijn ervaring. Ik had een meisje van wie ik hoge verwachtingen had. Maar ik ben haar kwijtgeraakt, omdat haar ouders tussenbeide kwamen. De ouders hebben veel schade aangericht. En ik? Ik heb gedaan wat me goed leek. Maar… ik heb één grote fout gemaakt. Ik heb dat geld genomen en het niet teruggegeven. Ik voel schuld.'

Ik wil een vraag stellen. Over het geld. Hoeveel hij had genomen. Hoeveel gulden precies. Maar ik ben bang de tere lijn naar gene zijde te verbreken.

'En o ja, ik heb gezopen! Gezopen, gezopen!'

Een grote grijns verschijnt op het gezicht van Johanna. Een lach zoals ik die nog niet op haar gelaat heb gezien.

'Het was alleen om mensen te laten zien dat ik het allemaal aankon. Dat ik het onder controle had. Maar diep van binnen kon ik maar geen geluk vinden. Ik heb de prijs betaald. Maar ik ben nu vredig.'

Even is er stilte. Ik hoor Johanna ademen.

'Mag ik je iets zeggen, Ferdi? Ik hou van je. Dat je zoiets hebt gedaan. En ik hoop dat de familie iets goeds van me denkt. Ik heb momenten van geluk gehad. Maar niet veel. Denk aan me als een man met trots. Een eenzame man, die wilde slagen, maar die faalde.'

Met een brok in mijn keel vecht ik tegen de tranen.

'Alsjeblieft, liefs aan de familie. Vertel ze dat ik over hen waak, elke dag. Het doet me verdriet... het doet me verdriet dat ik het niet kan goedmaken. Als ik het kon, dan zou ik het zo graag nog een keer goed willen doen. Echt waar... Vaarwel.'

Een auto stopt. Vliegensvlug bedekt Johanna haar spirituele boeken met een fotoalbum, opengeklapt op een pagina met oude foto's van haar zus Helen.

'Tjonge, hoog tijd om de tuin te sproeien. De hele boel is kurkdroog!' roept Joe, terwijl hij vanuit de bijkeuken de keuken in loopt.

Pas nu ziet hij mij. Ik heb weleens mensen blijer gezien om mijn aanwezigheid.

'Ha Joe, leuk dat ik jou ook nog even zie,' zeg ik.

Het duurt even voor hij me een hand geeft.

'Ben je al op Walkerston geweest, bij het graf?' zegt Joe, als hij met de rug naar me toe koffie inschenkt.

'Nog niet. Dat bewaar ik tot het laatst. Vlak voordat ik wegga, denk ik.'

'En wanneer zal dat zijn?'

'Uiterlijk overmorgen. Dan vertrekt mijn vlucht naar Brisbane.'

Hij slurpt van zijn koffie en kijkt me aan. Bijna floept het eruit dat ik hem in mijn aantekeningen Sugar Joe noem, om hem te onderscheiden van Maltese Joe, Nonk Theo's collega bij de Ford-garage.

'Ferdi wilde net gaan,' zegt Johanna.

Ik knik en sta op.

'Heeft mijn vrouw je nog verder kunnen helpen?' vraagt Sugar Joe.

'Zeker.'

'Interessant?'

'Ja, hoor.'

Zo achteloos mogelijk stop ik mijn blocnote met aantekeningen in mijn rugzak. Sugar Joe kijkt ernaar en geeft me een hand.

'Dat zal dan wel de laatste keer zijn dat we elkaar hebben gezien. Het ga je goed.'

Ik geef Johanna drie zoenen.

'Dag, Ferdi. Goede reis. En doe je familie de groeten van ons. Zeg ze thuis dat Theo een bijzonder mens was.'

Op weg terug naar Mackay heb ik grote moeite om me op het verkeer te concentreren. Nonk Theo's toespraak tot mij gonst nog na. Het lukt me niet om op te sommen wat ik nu eigenlijk meer weet dan voor mijn contact met Johanna. Over mijn ooms exacte beweegredenen om naar Down Under te verkassen, de rol van zijn vader daarbij, mijn opa. Of over Nonk Theo's mijn. Als het echt mijn oom was die sprak, dan had ik toch zeker één technisch detail over de mijn moeten meekrijgen? Coördinaten, hellingsgraden van ertslagen. Namen van riffen. Allemaal zaken die Johanna niet kon hebben geweten en waar Nonk Theo in zijn brieven naar huis zo vol van was. Alleen niet zo gedetailleerd. Ik had het moeten vragen. Details over de rechtszaken. Jaartallen, data. Namen, van zijn opponenten, rechters, advocaten. Cijfers, jaarproductie in tonnen erts en ounces goud, geldsommen voor investeringen, zoals de dieselmotor voor de stamper bij de schacht. Maakt niet uit wat. Verdomme, ik heb het niet gedaan. Ik heb me laten bedwelmen, mee laten slepen door mystiek gedoe en het ergste is dat ik niet eens kan hardmaken dat de seance nep was, een fata morgana. Kan het, dat je zo graag wilt weten, dat je zo hunkert naar antwoorden, dat je brein zich verliest in absurde fictie – als het de honger maar stilt?

Een luide toeter. Ik kijk recht in de grill van een enorme vrachtwagen, die bliksemt met zijn koplampen. Ik ruk aan het stuur en schiet links de berm in. Ik rem uit alle macht. Vlak voor een boom sta ik stil.

Minutenlang staar ik voor me uit. Dan begin ik luid te lachen. Wat een waanzinnige ervaring, die seance. De warmte die ik voelde. Een energie die ik niet kan verklaren. Ik wil dit niet. Maar het voelt zo goed. Feiten worden fictie. Hier was ik bang voor: contaminatie. Alles wat waarachtig is, raakt bezoedeld door hersenspinsels, zinsbegoocheling, leugens. Na stapels documenten, vele tientallen gesprekken, nog veel meer bezoeken aan allerlei locaties waar Nonk Theo ooit is geweest, heb ik gekregen waar ik nooit naar had durven zoeken. De geest van Nonk Theo is uit de fles. En ik vrees dat ik hem er nooit meer in krijg.

Met de auto is de Walkerston begraafplaats maar een paar minuten rijden, zeven kilometer vanaf Mackay. Nu, in augustus, in wat hier winter heet, voert de rit door velden vol suikerriet. Zo ver het oog reikt groene stammen, net iets dikker dan een bezemsteel, met wuivende witte pluimen erbovenop. Het is oogsttijd. Boeren en hun loonwerkers rukken uit met hun immense combines. Ik ben op mijn hoede. Het geweld van de combines jaagt kangoeroes, die graag schuilen in het riet, de weg op. Mijn Hyundai Getz is dan 'toast', zo waarschuwde de dame van de autoverhuur me.

Kleine treintjes brengen het afgehakte riet via een netwerk van honderden kilometers smalspoor van de landerijen naar de suikerrietfabrieken. Mijn oom heeft in een paar van die fabrieken gewerkt, schreef hij in zijn laatste brief aan mijn vader, vanuit Mount Britton, begin februari 1969. Hij leidde toen al maanden een nomadenbestaan. Het ging slecht met zijn goudmijn: twee dagen later moest hij weer eens voor de rechtbank verschijnen. Geen verdere details. Dat geldt ook voor de suikerrietfabrieken. Geen idee wat hij daar voor werk heeft gedaan, hoelang, of met wie.

Mijn oproep in het plaatselijke vakblad voor suikerrietboeren, met fotootjes van Nonk Theo, levert niks bruikbaars op. Als zoveel seizoenswerkers hier was hij slechts een passant in suikerrietland. Een aan lagerwal geraakte huurling, lange tijd de eigenaar van een veelbelovende gouden droom, die nu zijn armoe kwam lenigen in een van de enorme zweethallen, waar grote walsen het zoete sap uit de rietstengels persten. Na kristallisatie resteerden suiker en melasse, die dikke, donkere stroop, grondstof voor rum, destijds de nummer één-drank onder rietwerkers, *stockmen*, goudzoekers en ander rauw werkvolk. Dezelfde rietrum had mijn oom een paar jaar na aankomst in Australië al bijna de kop gekost. Nu stond hij dag in, dag uit, met zijn neus boven op de genesis ervan.

Die droeve dinsdag, 20 november 1983, was de jaarlijkse suikerrietoogst al voorbij. De akkers rond Mackay waren kaal, bruinrood van de tropische, ijzerrijke aarde. Nu bloeien niet alleen de suikergewassen uitbundig.

Ook de booghaag aan de ingang naar de begraafplaats staat in volle glorie. Al twee keer eerder ben ik die oranje bloemenpracht gepasseerd, op weg naar andere bestemmingen. Het bezoek aan het graf had het sluitstuk moeten zijn van drie maanden speurwerk. Dat is niet helemaal gelukt. Ik moet en zal straks in Brisbane nog wat laatste antwoorden vinden op prangende vragen. Walkerston mag dan de laatste halte zijn geweest voor Nonk Theo, voor mij geldt dat nog even niet.

Op de dag van de slotsom, de laatste dag waarop mijn ooms lichaam nog onder ons levende zielen was, was hij zelf al acht dagen dood. Het wachten op de uitvaart had alles van doen met zijn pauperstatus. Zijn schamele bezittingen waren te karig om zijn uitvaart van te kunnen betalen. Om maar te zwijgen van alle overige kosten die de Public Trustee heeft moeten maken bij de afwikkeling van zijn leven.

Dougie Austin was een van de weinige aanwezigen bij de uitvaart. Hij was er voor zijn werk, als manager bij City Funeral Services, het uitvaartbedrijf dat 560 Australische dollar declareerde bij het departement van Justitie, een dikke vijftig dollar meer dan Nonk Theo's cash bij overlijden. Tegenwoordig is hij autoverkoper.

'Je oom had duidelijk niet genoeg middelen,' zegt Austin droogjes vanachter zijn bureau in een showroom vol nieuwe auto's. Hij staart naar het kopietje uit het handgeschreven logboek, dat ik heb gekregen van City Funeral Services. Uit de acht dagen tussen overlijden en uitvaart leidt Austin af dat mijn oom een 'probleemgeval' was. Normaal lag een overledene binnen een paar dagen onder de grond. Maar armetierige klanten als Nonk Theo waren een risico. Daar moesten diverse overheidsinstanties zich eerst over buigen, alvorens geld vrijgegeven kon worden voor de uitvaart. Van die paar honderd dollar kreeg Nonk Theo de goedkoopste kist. Een zwarte Ford reed hem vanaf het mortuarium van het ziekenhuis naar de begraafplaats. Niet dat Austin zich de uitvaart zo goed herinnert. Sterker nog, hij kan zich die helemaal niet voor de geest halen. Maar die goedkope kist en de zwarte Ford waren nou eenmaal standaard bij elke pauperuitvaart. Net als een anoniem standaardgraf van acht bij vier voet. Kaal, zonder steen of naamplaatje.

'Dus zo moet het ongeveer zijn gegaan die dag. Sorry dat ik je niet verder kan helpen,' zegt de grijzende vijftiger.

Hij roert in zijn Toyota-kopje. Ik draai mijn vaste riedeltje af, over puzzelstukjes waarvan ik hoop dat ze uiteindelijk samen het beeld wat completer maken.

Hij krabbelt een naam en een adres op een memopapiertje. 'Dit was in die jaren een collega van me bij City Funeral Services. Hij werkt nu in een winkel. Misschien dat hij zich nog wat herinnert. En vergeet niet de exacte ligplaats van je oom op te vragen op het gemeentehuis, voor je naar Walkerston gaat. Anders vind je het graf nooit.'

Ik kijk nog eens naar zijn haardos. Voor het eerst in mijn leven heb ik een witte raaf onder de autoverkopers ontmoet.

Op de uitdraai die ik later die middag meekrijg bij de gemeente Mackay staat een grote verrassing. Theo Schrooten, die zondags in Heerlerheide de kroeg verkoos boven de kerk, is hier als protestant begraven. Het staat er echt: 'Presbyterian.' Zeg maar de Schots-Engelse, calvinistische evenknie van de Nederlandse gereformeerde kerken. Een wonderlijke keuze voor een bushman van roomse komaf, zoals ik die de afgelopen drie maanden postuum heb leren kennen. Maar ach, ik ben al eerder verrast. Nonk Theo kon urenlang praten met zijn verboden liefde, de spirituele en vrome Helen. Als ik haar zus tenminste mag geloven. En dan dat geheimzinnige pak tarotkaarten... Bij zijn vertrek naar Australië was hij van God los. Maar aan bijgeloof had hij kennelijk wel behoefte, jaren later.

Grote kans dat ik te zwaar til aan Nonk Theo's denominatie bij zijn verscheiden, blijkt als ik langs ga bij Ian Nicols. Hij was in de jaren tachtig een collega van Dougie Austin bij City Funeral Services. Ook Nicols herinnert zich mijn ooms begrafenis niet. Maar hij biedt een interessant inkijkje in de werkwijze destijds. Zoals het regelen van een geestelijke. Standaardprocedure was dat, ook voor arme sloebers.

'Bij twijfel over iemands geloof vroegen we altijd iemand van de Uniting Church. Dat was altijd goed,' vertelt Nicols op zijn huidige werkplek, een groothandel in doe-het-zelfmaterialen, op een non-descript bedrijventerrein aan de rand van Mackay.

En dus kwam voor de uitvaart van de keurig katholiek opgevoede Theo Schrooten de presbyteriaanse dominee Bernie Jarius opdraven. Die deed dit soort 'klusjes' gratis.

Binnen een paar uur heb ik Jarius' telefoonnummer te pakken. Ook hij herinnert zich niks van mijn ooms uitvaart. Ik word er moedeloos van. Heeft de uitvaart van Theo Schrooten, hoe karig ook, dan werkelijk zo weinig blijvende indruk gemaakt? Hij heeft heus een fatsoenlijke begrafenis gehad, verzekert de dominee me, aan de telefoon vanuit zijn huidige geloofsgemeente in Rockhampton, waar Nonk Theo nog zijn conducteurscursus heeft gevolgd.

'In gevallen als die van je oom zeg ik altijd dank voor het leven van de overledene, bid ik voor hem of haar en benadruk ik de persoon in positieve zin.'

Ik vis nog even naar wat dat positieve dan zou kunnen zijn geweest in een 'geval' als dat van Nonk Theo.

'Geen idee. Maar over elk leven, hoe miserabel ook, valt wel iets positiefs te zeggen.'

Ik ben het met de man eens. En ik kan er helemaal niks mee.

Voor een gelegenheid als deze heb ik wel een erg lullig bloemetje gekocht, bedenk ik wanneer ik het oranje potje met gerbera's in dezelfde kleur uit de kofferbak pak. De bloemist in Mackay was ook niet echt geweldig gesorteerd. De kleur van het Nederlands koningshuis. Veel meer symboliek gaat er niet achter schuil: groeten uit Holland.

Achter de entreehaag heb ik voor het eerst goed zicht op de dodenakker. In een poging de confrontatie uit te stellen, dool ik wat rond. Af en toe stop ik om de grafmonumenten op me in te laten werken. Heide, Harris, Cameron, McFarlane, Suratman, Weh. Achternamen uit alle windstreken. 'Schrooten' past er probleemloos tussen. Maar ontbreekt.

Gewapend met het kopietje van het uitvaartbedrijf en een uittreksel van de gemeente stap ik naar het kleine gebouwtje, centraal op de begraafplaats. De beheerder, druk in de weer met zijn kruiwagen vol tuingereedschap, emmers en een waterslang, oogt met zijn zachtgroene outfit als een halve militair. Maar dan wel in korte broek en met cowboyhoed en supersize zonnebril die hier zo populair zijn. Ik begin te vertellen over mijn zoektocht. Een grote grijns. De beheerder duwt me zijn kantoortje binnen.

'Jij bent die kerel uit de krant, nietwaar?'

De beheerder doelt op een artikel in de *Daily Mercury*, een paar dagen geleden, Mackays plaatselijke dagblad. Ik heb een van de redacteuren dagenlang gestalkt om het geplaatst te krijgen, in de hoop op tips en reacties. Tot nog toe met weinig succes.

'Tjonge. Helemaal van de andere kant van de wereld naar hier gekomen om je opa te vinden.'

'Oom.'

'Wat?'

'Mijn oom, niet mijn opa.'

'O. Nou, het moet in elk geval een bijzondere kerel zijn geweest, als je daar zo'n trip voor over hebt.'

'Ja, het was me er eentje,' zeg ik.

'Mag ik?'

De beheerder trekt het uittreksel van de gemeente uit mijn handen. Hij fronst.

'Hm. Ik zie hier de vreemdste namen voorbij komen. Maar deze is toch echt nieuw voor me, vriend. Nou, maar eens kijken of we onze administratie op orde hebben.'

Kennelijk heeft het artikel in de krant nou ook weer niet zo veel indruk gemaakt dat mijn achternaam en die van Nonk Theo is blijven hangen. Van een plank aan de muur pakt de beheerder twee ingebonden boeken, een rood en een zwart, en begint driftig te bladeren. De pagina's in het zwarte boek zijn ingedeeld in een raster van vierkantjes, gevuld met namen en nummers. Op een van de pagina's, helemaal rechts onderin, blijft de grote vinger van de beheerder steken. 'Schrotien,' staat er in het vierkantje met het cijfer 2731 zoals dat ook op het uittreksel staat.

'Dat moet hem zijn,' knikt de beheerder, die nu verder bladert in het rode boek.

Op een pagina met schrijflijntjes wijst hij op de vierde van zes regels. Een van zijn voorgangers hier moet behoorlijk dyslectisch zijn geweest, of anders op zijn minst nogal slordig. 'Schrotten, Therdoe Luzerian.' De beheerder maakt wat aantekeningen op een klein stukje papier. *Presbyterian. Section #1. Line 21. Grave #2731.* Met zijn achterste drukt hij de bureaustoel op wieltjes onder zich vandaan.

'Kom, we gaan je opa zoeken.'

'Oom,' zeg ik nog, maar hij is al vertrokken.

Met grote passen beent hij naar wat de Presbyteriaanse sectie moet zijn. Hier heb ik net ook rondgedoold. Bij de rand van de begraafplaats, een paar meter van het suikerriet, vertraagt de beheerder zijn tred. Op het pad staat een pick-up. Twee werklui zijn bezig met onderhoud aan een familiegraf dat groter is dan de meeste andere graven. De witte tombe wordt opnieuw betegeld. Uit een gettoblaster schalt rock.

'Eens zien. Ja, Kelly, 2745,' murmelt de beheerder. 'Dan is dit... inderdaad, Riddel, 2739. En dan moet dit...'

Mijn blik is vooruitgesneld naar het lege lapje groen gras. Toen ik hier eerder langs liep dacht ik dat het nog gewoon vrij was voor een verse dode. Maar het is bezet. Al sinds 20 november 1983. Ik verstil. Geen grafsteen. Niet eens een naamplaatje. Niks.

'Yep, dit is 'm,' zegt de beheerder.

Voet voor voet meet hij de grond tussen de belendende graven. Met zijn hak schopt hij een kuiltje in het gazon.

'Hier de voeten...'

Nog een paar passen.

'En hier het hoofd. Oké?'

Ik knik. Met een tik tegen de rand van zijn hoed neemt de beheerder afscheid. 'Als er nog iets is, je weet me te vinden.'

'Ja, bedankt.'

Nonk Theo ligt recht onder me. Dichter dan dit ben ik hem in mijn drie maanden speuren door Australië niet genaderd – fysiek dan. Er moet daar beneden weinig meer van hem over zijn. Wat beenderen misschien, een schedel. Ik voel een gloed. Maar er is geen wolk die voor de zon wegschuift. Een raar soort energie. Alweer. Aboriginals in Wiluna, diep in de Outback van West-Australië, vertelden me dat ze graag bij de plek blijven waar hun voorvaderen zijn gestorven, omdat de geest daar blijft rondwaren en ook altijd het sterkst voelbaar blijft.

Wat had ik graag met Nonk Theo willen praten over de grote vraagstukken des levens. Hoe je visie op leven, dood, liefde en de zin van het bestaan verandert als je hebt meegemaakt wat hij heeft beleefd. Wat zo veel en zulke heftige pieken en dalen doen met een mens.

Als ik het potje bloemen op het gras zet, wordt het me zwaar te moede.

Alle energie loopt uit me weg en maakt plaats voor een drukkend gevoel op maag en borst. Voor het eerst krijgt deze gefnuikte gelukzoeker familiebezoek in zijn nieuwe thuisland. Bijna een kwart eeuw na zijn overlijden. Van een neef van wiens bestaan hij waarschijnlijk niet eens heeft geweten. Al die jaren van eenzaamheid, in een anoniem graf. Alsof hij er nooit heeft gelegen, alsof Theodor Luzian Schrooten nooit heeft bestaan.

Ik sluit mijn ogen en probeer me de dag van toen voor te stellen. Met de zwarte Ford, de goedkope kist, de presbyteriaanse dominee. Een handvol mensen. Op geen van de hoofden kan ik een gezicht plakken. Ik weet niet zo goed waarom ik die twintigste november 1983 zo graag wil herbeleven. Ergens voel ik me verantwoordelijk voor de collectieve afwezigheid van de familie destijds, al zat daar niks van kwade opzet of lamlendigheid in. De familie hoorde pas van het overlijden ruim een half jaar na de uitvaart, hier op Walkerston.

Pijnlijk genoeg ben ik hier ongewenst. Niet door Theo, maar door een aantal van zijn broers en zussen. Nog steeds begrijp ik niet waar ze zo bang voor zijn. Van mijn eigen generatie binnen de familie – ik ben de jongste van alle neven en nichten – hoor ik geen boos woord. Sterker nog, sinds ik door Australië trek heb ik enthousiaste berichten ontvangen van drie neven met wie ik daarvoor nooit contact heb gehad. Ook voor hen is Nonk Theo na al die jaren met raadsels omgeven, zo mailde een van hen me.

'Ik zelf was zes jaar oud toen ome Theo afscheid bij ons thuis kwam nemen om naar Australië te emigreren. Die dag staat na 53 jaren nog in mijn geheugen gegrift. Alleen al het feit dat hij destijds met een vliegtuig ging, was niet voor te stellen voor een "jungske" van zes jaar. Bovendien was hij toen bij ons als ik me goed herinner met een motor, ook al zo'n wonder der techniek. Ik wens je heel veel succes daar met je zoektocht.'

Wat een contrast met tante Margaretha, die alle medewerking weigerde en me zelfs smeekte niet naar Australië te gaan. Ik weet nog goed dat ik aan het eind van ons telefoongesprek vroeg of ze dat ook had gezegd als haar broers leven Down Under succesvol was verlopen. Nee, was haar bijna verontwaardigde antwoord. Dan had ze zelfs graag meegewerkt aan een reconstructie van diens leven. Er knapte toen iets in me. Wel mee willen deinen op de golven van succes, maar als broerliefs droom uitmondt in een pijnlijk pioniersbestaan, is het maar beter dat gefnuikte leven te smoren in de doofpot der vergetelheid. Dat vreet ik niet.

Het kost me moeite om afscheid te nemen en Nonk Theo in de steek te laten. Dan ligt hij hier weer, in zijn eentje. Anoniem. In zijn tien laatste jaren – mijn tien eerste – hebben we niet of hooguit amper weet gehad van elkaars bestaan. Nu, ruim 23 jaar na zijn dood, is hij meer levend voor me geworden dan alle andere ooms en tantes die ik bij leven en welzijn heb meegemaakt. Drie maanden heb ik gebuffeld om het leven van een onbekende dode bijeen te puzzelen. In die tijd is er een band ontstaan die verder gaat dan bloed. Het klinkt arrogant, maar ik heb de volle overtuiging dat ik Nonk Theo's verhaal mag vertellen. Moet vertellen. Niet omdat hij dat tegen me zei via Johanna – dat blijft een lastig verhaal – maar gewoon, omdat ik vanuit het diepst van mijn wezen voel dat dat het enig juiste is.

'Dag Theo, het ga je goed,' is al wat ik eruit krijg, met een bibber in mijn stem.

Tranen over mijn wangen. Eerst een paar, maar dan is er geen houden meer aan. Mijn lijf schokt. Snot loopt uit mijn neus. Ik neem een paar tellen rust, adem nog eens diep in en weer uit. Ik snuit mijn neus, veeg mijn tranen weg en keer me af van het graf. Het anonieme lapje gras, waarvan niemand weet wie er werkelijk ligt.

Ik loop terug naar het kantoortje.

'Man, je laat me schrikken!' zegt de beheerder als ik op de deur klop.

'Mag ik nog even de boekwerken bekijken van zojuist?'

'Over uw opa?'

'Oom.'

'O, ja. Tuurlijk.'

De beheerder slaat de rode en zwarte boeken weer open.

'De namen kloppen niet,' zeg ik.

'Oh? Ja, dat is vervelend.' Uit een lade pakt hij een flesje correctielak.

'Het is al erg genoeg dat mijn oom hier anoniem onder de zoden ligt,' zeg ik. 'Laat dan in elk geval de administratie correct zijn.'

Ik leg een briefje op tafel met de juiste spelling. De beheerder lakt de foute letters weg en overschrijft het nieuwe wit. Schrotien in het zwarte boek wordt Schrooten. Het rode boek vermeldt niet langer Schrotten, Therdoe Luzorian, maar Schrooten, Theodor Luzian.

'Zo, beter. Toch?' zegt de beheerder.

Ik knik. Het is het minste wat ik kan doen voor mijn oom, mijn vriend. Ik twijfel even, maar laat het woordje presbyterian uiteindelijk toch maar staan. Misschien heeft Theo zich inderdaad bekeerd.

Ik wil weer naar buiten lopen.

'Wacht even,' roept de beheerder.

Hij graaft in een bureaulade. Na enig zoeken drukt hij me twee kaartjes in de hand. Visitekaartjes van plaatselijke steenhouwers.

'Allebei nette bedrijven, hoor. Ze maken veel van de stenen en tombes hier. Al jaren. Misschien kun je er wat mee.'

'Dank je. Kunnen ze ook iets maken als ik weer terug ben in Nederland?'

'Geen idee,' antwoordt de beheerder. 'Maar waarom niet? Je kunt ze ook e-mailen.'

'Ja, waarom niet?' denk ik, terug wandelend naar de entree.

Ooit een Britse strafkolonie, met veertien soldaten – sommigen met vrouw en kinderen – op 29 veroordeelde criminelen. Nu een bruisende metropool aan een rivier die net als de stad is vernoemd naar de initiatiefnemer van de strafkolonie, Sir Thomas Brisbane. De voor Australische begrippen historische gebouwen in het zakendistrict, veelal in koloniale stijl, waren er al toen Nonk Theo hier nu en dan kwam. Met tussenpozen – hij kwam hier zo af en toe voor administratieve zaken – moet hij de aanleg hebben meegekregen van de nog altijd eigentijds ogende Victoria Bridge. Veel van de modernere bouwsels zijn van na zijn tijd. Rechtlijnige kolossen van beton, staal en glas, veelal zetels van banken, verzekeraars en andere vertegenwoordigers van het grootkapitaal.

Op weg naar mijn zoveelste archief-uitje wandel ik door de Britse koninklijke stamboom. De straten van noord-west naar zuid-oost dragen namen van mannelijke *royals*. De straten dwars daarop die van dames van blauw bloed. Van de schietgrage koning George v, die alleen al op een jachtpartijtje in India 21 tijgers afknalde, loop ik via koning George III's dochter Charlotte naar Albert, prins-gemaal van koningin Victoria. De negen kinderen en 42 kleinkinderen van deze 'grootmoeder van Europa' trouwden in bij koninklijke families op het hele Europese vasteland. Genoeg hele en halve royals dus om nog bijkans het halve stadscentrum mee vol te hangen.

De Britse royals verdwijnen uit mijn gedachten als ik aankom op Mary Street, vernoemd naar de echtgenote van George v. Het is een kleine klim tot nummer 61. De kantoorkolos bestaat uit horizontale repen beton en bruin glas, tegen de felle zon. Even aarzel ik. Ik wil omdraaien, bang dat mijn bezoek uitmondt in een deceptie waar ik geheid dagen ziek van zal zijn. Maar ik moet. Drie dagen heb ik nog om de ontbrekende puzzelstukjes te vinden over Nonk Theo en het verlies van zijn goudmijn op Mount Britton.

Het archief van het departement van Mijnbouw en Energie op de zevende etage valt me tegen. Een soort dorpsbibliotheekje. Het ruikt er muf. Er is niemand, afgezien van de dame achter de receptie, die me naar een plank met ingebonden groene boekwerken dirigeert. Na een kwartiertje laat ik met een plof een kleine toren aan naslagbundels landen op het tafeltje dat me is toegewezen.

Minutieus spit ik jaargang na jaargang van de rapportages van het mijndepartement door, maar de oogst is teleurstellend. Ik vind wat over werkzaamheden in de Pine Vale-kopermijn van 1953 tot en met 1956. Nonk Theo was daar, werkte er, in maart 1956, weet ik uit een van zijn brieven. De mijn was in dat jaar klaar voor productie, aldus het inspectieverslag. Een nieuw stalen frame boven op de schacht, met elektrische lier. Erts kon nu verwerkt worden met een nieuwe stamper en een lopende band van rubber. Voor een mijn met vijf man personeel was de jaaroogst beperkt: 2321 pond aan koper, 198 pond aan zilver en nog geen ounce goud, goed voor een schamele elf pond. Ik scan de tekst nog eens. Niet de kleinste verwijzing naar mijn oom.

Dan valt mijn oog op een stukje tekst erboven, met de woorden 'Mount Britain'. Uit zeventien ton erts, gevonden aan de oppervlakte, heeft ene Luigi Sgiarovello ruim zeventien ounce goud weten te winnen. De naam komt me bekend voor. Ik blader door mijn papieren. Zie je wel, die Sgiarovello is een van de vier mannen die samen met Nonk Theo van september 1958 tot juli 1960 een claim hadden. Een kavel van iets meer dan acht hectare, ruim elf voetbalvelden. Niet voor goud, maar voor oker, dat 40.000 jaar voor de komst van Europese ontdekkingsreizigers al werd gedolven door Aboriginals, daarmee feitelijk Australisch eerste mijnwerkers. Het ijzeroxide was voor diverse stammen van grote culturele en spirituele waarde. Rood oker, dat in woestijnculturen geldt als het bloed van de voorvaderen, zou sterken, helen en beschermen. Vlak bij de goudmijn van Nonk Theo op Mount Britton moet, ergens hoger op de heuvel, een Aboriginal-nederzeting zijn geweest. Mogelijk ook vanwege de aanwezigheid van oker. Maar wat moest een goudzoeker als Nonk Theo met oker?

In september 1963 verschijnt zijn naam opeens samen met die van Raymond Balzer, de inmiddels overleden advocaat en compagnon uit Lismore, in de zuidelijker gelegen staat New South Wales. Geen nadere details. Ik ploeg voort door de inspectieverslagen. Het werk in de Pine Vale-mijn rommelt door, met weinig verheffende opbrengsten. Dat geldt eigenlijk ook voor de zoektocht naar goud op Mount Britton. Sgiarovello jaagt tientallen tonnen erts per jaar door zijn productielijnen, met een schamele goudoogst van slechts een paar honderd Australische pond, de dan wettelijke valuta van Australië.

Ik blader nog maar eens door de brieven die mijn oom naar mijn vader stuurde. Het staat er toch echt, in een brief van 8 augustus 1958, verzonden vanuit Mount Britton: 'Hier in onze goudmijn gaat alles nog z'n gewone gang. We zijn hier nog met drie man en hebben *plenty* werk te doen. Maar je werkt met plezier als je eigen baas bent en dus niet naar andermans pijpen hoeft te dansen. We vinden nog altijd goud, ofschoon we nog geen "Cadillac" kunnen aanschaffen. Maar ja, langzaam maar zeker... Tevens gaan we waarschijnlijk binnenkort andere mineralen exploiteren. Maar daarover meer als het zover is. Doe de groeten aan moeder. Veel hartelijke groeten van je broer Theo.'

Dat 'andere mineralen' zou heel goed oker kunnen zijn, honderd kilometer verderop dus. Maar dat is niet wat me bezighoudt. Waarom zie ik in de verslagen van het mijndepartement Nonk Theo niet staan als een van de eigenaren van een mijn op Mount Britton, als daar eind jaren vijftig door hem en twee kompanen toch een bevredigende oogst aan goud uit de grond wordt gehaald? Hij heeft plannen om de goudmijn te verkopen. Omdat de vooruitzichten 'tamelijk goed' zijn. En omdat hij een tik heeft uitgedeeld aan een paar *bigshots,* die kennelijk op niet zo fraaie wijze hadden geprobeerd een graantje mee te pikken van zijn goudmijn.

Maar dan wordt Nonk Theo ziek en gaat het mis, zo schrijft hij in april 1960, als hij na maanden radiostilte weer van zich laat horen in een brief aan mijn vader, de enige in het Engels. Hij schrijft dat hij nog wel een derde aandeel in een okermijn heeft en een vijfde aandeel in een goudmijn, maar dat niemand daarin is geïnteresseerd. Zelf is hij niet in staat er iets van te maken, vanwege zijn zwaar verzwakte gestel. Zijn bovenkamer is niet meer wat het geweest is, meldt hij. En dat terwijl hij voor zijn ziekte 'alle papierwerk in relatie tot de mijnbusiness' deed. Maar verdorie, waarom staat zijn naam dan nergens in inspectieverslagen over Mount Britton?

Er zit niks anders op dan verder te ploeteren, ook al dansen de letters in de jaarverslagen steeds uitbundiger voor mijn ogen. Mijn hersenen kraken. Die klote airco hier zuigt meer vocht uit me dan ik aan water kan bijtanken. Ik heb ook al zeker vijf uur niks meer gegeten, maar een pauze is geen optie. Het loopt al tegen tweeën. De ambtenaren hier sluiten de toko klokslag vijf uur. Ik moet elk uurtje kantoortijd meepikken.

Met een aanzwellende hoofdpijn blader ik door de muffe materie. Conscientieus vink ik af welke boekwerken en pagina's ik heb gehad. Niks. Niks. Weer niks. Weer sla ik een pagina om. Ho, wacht eens. Terug. Ik buig voorover. Ja, daar, in het jaarrapport van 1966 voor het district Mackay, onder het kopje 'Goud'. Tot twee keer toe: 'T.L. Schrooten.' Met twee claims. De eerste, mijnclaim 85 van Nonk Theo en twee partners, van wie een advocaat Balzer, is nog het minst interessant. Slechts twintig ounces, met een waarde van zeshonderd pond. Maar verder naar beneden, mijnclaim 105 ofwel de *Freegold,* die wekt pas echt mijn aandacht. Jaaropbrengst: 187 ounces, goed voor een paar duizend pond. De laatste opbrengst, van november dat jaar, krijgt als opmerking mee 'erts vooruitzichten beter dan goed'.

De mijninspectie is duidelijk onder de indruk: 'Deze mijn lijkt de best ontwikkelde en meest productieve te zijn van het district. Tot zeven mannen zijn te werk gesteld en veel voorwerk is uitgevoerd.'

Ik ben klaarwakker. Ik blader terug naar het vorige jaar. Het zojuist nog nietszeggende verslag daarvan krijgt opeens betekenis. Een bundel claims is onteigend door de minister, omdat er te weinig werk aan zou zijn verricht. De onteigende claims zijn samengevoegd tot één nieuwe claim. Inderdaad, nummer 105, de claim van mijn oom. Hij moet de niet bij naam genoemde man zijn die het jaar ervoor als enige lid van wat voorheen Gold Mines Ltd heette, wél voldoende werk had verricht. Vervanging van betimmering in de schacht en steengangen, vervanging van de rails voor een plaatselijk klein mijnspoornet. Ook heeft Nonk Theo de machinelijn voor verwerking van de erts gerestaureerd en onderzoek gedaan naar de aanwezigheid van mineralen in diverse aardlagen. De conclusie, ook hier: goede vooruitzichten. Shit zeg, dat klinkt als een handige *move*, om niet te zeggen sluw en slinks.

Bliep, zegt mijn camera, elke keer als de speciale fotofunctie voor documenten scherp stelt. Door de vele foto's is de batterij bijna leeg. Ik hang het apparaat snel aan de oplader; wie weet wat er allemaal nog meer gekiekt moet worden. De bibliothecaresse steekt opzichtig haar hoofd omhoog vanachter de balie. Ik steek de camera omhoog.

'Makkelijker dan kopiëren. En het scheelt gezeul met een berg papier.'

De dame knikt. Aan haar blik zie ik dat ze me maar raar vindt.

Minder dan twee uur nog. Ik voer ik het tempo op. Hè? Hoe kan dat nou? In het jaarverslag van 1967 staat bij mijnclaim 105 opeens niet alleen de naam 'Schrooten' maar ook 'Faltinsky'. 'Geen productie, voor zover is na te gaan,' is de enige overige tekst. Maar ook in de jaren erop, 1968 en 1969, heeft Nonk Theo kennelijk die rare Duitser als zakenpartner. Wegens watertekort is er ook in 1968 geen productie. Maar, zo meldt het verslag, 'de oppervlakte verraadt omvangrijke, maar complexe minerale aanwezigheid.' Ook het jaar erop ligt de Freegold stil. Een gebrek aan kapitaal voor benodigde machines en andere investeringen lijkt de reden.

In volgende jaarrapportages duikt Nonk Theo's naam geen enkele keer meer op. Op zoek naar aanknopingspunten grijp ik naar zijn brieven aan mijn vader, met die van 11 februari 1969 als laatste. Het natte seizoen is een beetje laat dit jaar, schrijft mijn oom. Het land en de veeboeren rond Mount Britton schreeuwen om regen. 'Maar ja, die zijn nooit tevreden. Als het droog is, bidden ze. En als het regent, drinken ze een extra fles rum in plaats van naar water te boren en irrigatie aan te leggen, zodat ze niet van het weer afhankelijk zijn.'

Naar water boren. Faltinsky was een waterboorder. En hij moet alles te maken hebben gehad met de rechtszaken om de goudmijn van Nonk Theo. Die elfde februari 1969 schreef hij dat er maar liefst drie rechtszaken waren, in twee maanden tijd. De derde zou 'overmorgen' zijn, donderdag 13 februari, en nogal bepalend voor zijn toekomst en hoe vlug hij zijn familie in Nederland zou kunnen komen opzoeken. Het was een duidelijke poging om de verwachtingen van het thuisfront, op een weerzien in Heerlerheide, te temperen.

Nog één uur tot sluitingstijd. Zo snel als ik kan prop ik de stapel jaarboeken van het mijndepartement terug op hun plank, bepaald niet in de goede volgorde. Ik begeef me naar de baliedame. Op mijn bevel, van verzoeken is steeds minder sprake, voert ze de ene na de andere zoekterm in op haar computer. Tussendoor blijft mijn hongerige maag om aandacht grommen.

Ik heb al bijna de hoop opgegeven als op het scherm een hit verschijnt. Een rapportage uit 1964: *Nuggety Gully goudlagen, Mount Britton*. De bibliothecaresse schrijft wat coderingen op een briefje, loopt naar een rek en plukt er een map uit.

'Succes,' zegt ze.

De map bevat zes vergeelde blaadjes, met zwarte letters van een typemachine. Het is een memorandum van de hoofdgeoloog van de staat Queensland. Op 9, 11 en 12 oktober 1963 kwam hij, helemaal uit Brisbane, naar Mount Britton om zich persoonlijk op de hoogte te stellen van de ontwikkelingen in Nuggety Gully, 'Goudklompjes Geul'. De paar vierkante kilometer was in de jaren tachtig van de negentiende eeuw kortstondig het toneel van een turbulente gold rush. Alleen al in het beginjaar gaf het oppervlak van de Nuggety Gully tot wel 15.000 ounces aan goud prijs. Tegen de huidige koers van bijna 660 Amerikaanse dollar per ounce, goed voor bijna tien miljoen Amerikaanse dollar. Er waren in die vroege jaren meldingen van *nuggets* van tot wel 69 ounces, dik twee kilo! Eén zo'n klomp goud zou nu ruim 45.000 Amerikaanse dollar waard zijn. De goudkoorts in Nuggety Gulley duurde maar kort, aldus het memorandum. Tot de Tweede Wereldoorlog waren er nog wel pogingen om vanaf de afgegraven ertslagen aan de oppervlakte de diepte in te gaan, maar steeds was de opbrengst niet kostendekkend.

Tot nu, schrijft de hoofdgeoloog. In de eerste alinea betuigt hij zijn grote dank aan 'Mr. T. Schrooten' voor zijn informatie over de mijnwerkzaamheden. Zoals mijn oom al schreef aan mijn vader: hij deed inderdaad de administratie van de goudmijn, en was inderdaad voor een derde eigenaar. De mijn draaide opzienbarend goed, concludeert de hoofdgeoloog, als hij op 17 februari 1964 zijn verslag opstelt.

'Van juli 1962 tot eind 1963 zijn in totaal 1120 ounces goud geproduceerd. Dit vertegenwoordigt de hoogste productiviteit op Mount Britton sinds de vroege jaren tachtig van de vorige eeuw.'

Tjonge. Dus Nonk Theo was geen fantast. Hij zat wel degelijk op een goudmijn. Want die 1120 ounces waarover de hoofdgeoloog schrijft, zouden tegen de huidige koers 739.200 Amerikaanse dollar waard zijn. En de productie ging maar door, met zes man personeel die drie ton erts per uur omhoog haalden. En dat met twee tot zeven ounces goud in een ton erts. Elk gewerkt uur leverde tegen de huidige koers minstens een paar duizend Amerikaanse dollar op.

De mijnwerkers hebben op diverse plekken schachten aangelegd, sommige tot ruim zestig meter diep. Ze komen uit op riffen met dezelfde fantastische namen zoals Nonk Theo die noemde in een van zijn brieven aan mijn vader. De hoofdgeoloog uit Brisbane weidt in zijn rapportage aardig uit over de minerale samenstelling van Mount Britton. De riffen met hun mooie namen bevatten elk lagen quartz of calciet. Deze mineralen, in hun pure vorm doorschijnend, zijn de dragers van veelal minieme snippertjes en spikkeltjes goud. Die moeten bovengronds met een zwaar chemisch proces uit de los geblazen en uitgehakte erts gewonnen worden. De hoofdgeoloog moet er interessante gesprekken over hebben gevoerd met Nonk Theo, de geschoolde mijnwerker van wie dit soort informatie afkomstig was. Mijn oom moet heel open zijn geweest, gezien het zes pagina's tellende, gedetailleerde verslag.

In de definitieve versie, zoals uiteindelijk in oktober 1964 gepubliceerd in het *Queensland Government Mining Journal*, is de rapportage rijkelijk geïllustreerd. Met de hand is getekend waar zich de diverse riffen bevinden. Denkend aan de reeks rechtszaken van een paar jaar later, vraag ik me af of het wel zo slim was om zo te koop te lopen met het succes op Mount Britton. Dankzij de rapportage kon iedereen immers kennis nemen van Nonk Theo's goudmijn, terwijl die op dat moment nog in de kinderschoenen stond.

Het is bijna vijf uur, sluitingstijd. Snel maak ik foto's van het memorandum van de hoofdgeoloog, zowel van de originele vergeelde A4'tjes als van de gepubliceerde versie in het *Queensland Government Mining Journal.*

'Daar zijn er nog veel meer van, hoor,' zegt de bibliothecaresse. 'We hebben hier alle jaargangen. Ook van de periode waarin u vandaag hebt gezocht in andere mijnbouwstukken.'

Ze wijst naar een pad om de hoek, waar ik nog niet heb gekeken. Waarom vertelt ze me dat nu pas? Paniek zwelt aan als de dame haar sleutelbos tevoorschijn haalt. Vanachter de balie klinkt de Windows-eindtune.

'Maandag zijn we weer open. U kunt al vanaf negen uur 's ochtends terecht. Hebt u mooi nog een hele dag. Of meer. Wat u wilt,' zegt de dame bemoedigend, terwijl ze haar gehaakte vestje van de leuning van haar stoel plukt en over de schouders gooit.

'Maar dat kan niet,' stamel ik. 'Maandagochtend vroeg vlieg ik naar Sydney. Ik moet...'

'Wat vervelend voor u. Misschien kunt u dat nog verzetten? Er zijn elke dag genoeg vluchten van Brisbane naar Sydney. Op een latere vlucht is vast nog een plek vrij. Grote kans dat u mag omboeken. Vaak is dat gratis.'

Ik wil nog zeggen dat ik vanuit Sydney naar Nieuw-Zeeland vlieg. Op mijn mobieltje bekijk ik mijn agenda, om te checken of ik niet toch een dag later naar Sydney kan vertrekken. Op zich wel, al wordt het dan wel heel krap.

'Of wacht,' zegt de bibliotheekdame. Ze pakt een folder uit een postvakje achter haar. 'Sorry dat ik dat niet eerder heb verteld. Maar de State Library heeft de *Government Mining Journal* ook. En die is morgen gewoon open. Van tien tot vijf. En zondag ook. Het is vlakbij. Aan de overkant van de rivier, dat grote, vierkante gebouw voorbij Victoria Bridge.'

Een paar minuten geleden had ik de biebdame nog kunnen villen. Nu kan ik haar wel zoenen. Ze staat al bij de deur en kijkt op haar horloge. Voor de zekerheid loop ik nog even door de foto's op mijn camera. Alles lijkt erop te staan, nog redelijk leesbaar ook.

Als ik van Mary Street omhoog loop, richting de Brisbane, is de avondspits in volle gang. Op de South Bank flaneren mensen langs het water. Ik zou ze graag vergezellen, maar heb er de rust niet voor. Mijn ogen glijden stroomopwaarts, over de Victoria Bridge, naar die futuristische blokkendoos. De staatsbieb lijkt ook 's avonds open te zijn. Het is mijn laatste hoop. Maar ik bedank. Vooralsnog. Mijn brein is dolgedraaid. Het duizelt me. Ik kan even geen letter meer zien. Het risico is me ook te groot. Ik zou zomaar op een goudader kunnen stuiten en er toch plompverloren aan voorbij gaan.

Drie mokken cappuccino en nog ben ik duf. Ik heb verdomd slecht geslapen. En raar gedroomd. Het was een verschijning, in de beste katholieke traditie. Niet van een engel, of een heilige. Vanuit de verte zwol hij aan. Ik zag hem, maar niet met mijn ogen. Ik hoorde hem, maar niet met mijn oren, ik voelde hem, maar niet met mijn huid. Het was een contact in een andere dimensie. Hij noemde mijn naam en leek me te bedanken, zonder te spreken. Alles gebeurde zacht en rustig. Toch was het zo aangenaam niet, want het was een inbreuk. Ik ben binnengedrongen in het leven van mijn oom, maar hij ook in dat van mij. Nimmer heb ik er rekening mee gehouden dat hij míj ook wilde leren kennen. Ik weet niet hoe ik me los moet maken. Mijn oververhitte brein speelt een spelletje met me, dat weet ik ook wel. Maar waar zit de uit-knop?

Nog een cappuccino. In het schuim heeft de serveerster met een tandenstoker een hartje getekend. Het ontbijt hier op Boundary Street, een minuutje lopen van mijn backpackershostel, is een van de weinige rustmomenten die ik mezelf gun voordat ik me weer in het startschot laat vallen van mijn idiote race naar… ja, naar wat nog eigenlijk?

Mijn buik pikt de vierde koffie niet. Ik reken af en geef bijna twee dollar fooi, ook voor het hartje. Als ik langs een etalage wandel, schrik ik van mijn opgeblazen, rode ogen met donkere wallen eronder. Het is nog zeker tien minuten lopen naar het centrum als ik de schouder begin te voelen waarover mijn rugzak hangt. De pijn begint elke dag eerder. De rugzak raakt met de dag voller en wordt steeds waardevoller. 's Nachts ligt hij naast me op het kussen, met een fietsslot vastgeketend aan het bed.

De deuren van de State Library zijn nog gesloten. Op een betonnen plateau bij de ingang klap ik mijn laptop open, net als een paar andere vroegkomers, allemaal jonge Aziaten, die hier komen voor de gratis wifi. Geroutineerd begin ik aan mijn inmiddels gebruikelijk e-bombardement. Ik verstuur een berg e-mails die al klaarstaan, publiceer een nieuwe blog over mijn bezoek aan het graf van Nonk Theo, met foto en filmpje, en maak een back-up van mijn laptop, inclusief al het materiaal dat ik gisteren heb gevonden in het archief van het mijndepartement. Net als ik alles heb doorgepompt, gaan de deuren van de bieb open.

Op de vierde en bovenste etage nestel ik me aan een bureau, tussen grijze amateurgenealogen die op zoek zijn naar hun Europese voorouders en – wederom – jonge Aziaten, blokkend achter een beeldscherm. Ze begluren me, vanachter hun laptops, elk oogcontact vermijdend. Mijn tafel ligt algauw bezaaid met mappen, mijn laptop en andere researchspullen. Als ik naar de balie loop om een formulier met zoekopdracht in te leveren, verlies ik mijn werkplek geen seconde uit het oog. Binnen een kwartier brengt een goederenlift vanuit de opslagkelder een stapel ingebonden boekwerken omhoog: twintig jaargangen van de *Queensland Government Mining Journal*. Genoeg om een muur van te bouwen tegen alle nieuwsgierige blikken.

Ik heb me voorgenomen niks te overhaasten en begin voor alle zekerheid gewoon bij het begin. Al zeker een uur ben ik bezig als ik aankom bij de kwartaalrapportages van 1964. In februari spreekt de mijninspecteur van 'veelbelovende vooruitzichten' op Mount Britton. Een half jaar later zijn ze zelfs 'zeer goed'. In 1965 duikt ook in dit naslagwerk de naam van mijn oom op. In het verslag over het laatste kwartaal is te lezen hoe de mijnclaims van andere goudzoekers op Mount Britton verbeurd zijn verklaard. Nonk Theo heeft ze weten in te pikken. De oppervlakte van zijn claim is opeens toegenomen tot veertig acres, 23 voetbalvelden. Een stuk meer dan de veertien voetbalvelden die hij voorheen had, samen met die advocaat uit Lismore. Nonk Theo pocht in de rapportage ook zelf over 'erg goede vooruitzichten' voor de winning van goud uit diverse ondergrondse ertslagen. Hij heeft er werk van gemaakt: vier man gaan aan de slag, de mijn wordt ondergronds opnieuw betimmerd en gestut, rails worden vervangen en er zijn machines geïnstalleerd om het goud uit de gedolven brokken erts te winnen. Het lijkt erop dat Theo Schrooten zijn toekomst heeft veiliggesteld: de looptijd van de claim wordt gezet op 21 jaar, tot eind 1986.

Ruim een jaar later, als de wegen naar de mijn zijn verbeterd en het gebied is voorzien van een ingenieus afwateringssysteem tegen overstromingen bij stortbuien, schreeuwt Nonk Theo zijn succes nog harder van de daken. De echte goudwinning moet nog op gang komen, maar aan de inspecteur laat mijn oom weten: 'De vooruitzichten wat betreft erts konden niet beter zijn.'

En jawel. Vier maanden later, in april 1967, is die vette mijnclaim van Nonk Theo opeens niet meer zo veilig. Er is een procedure in gang gezet. Daardoor komt de claim mede op naam van Bert Faltinsky, de Duitse waterboorder wiens naam bij menigeen in Mackay en omgeving nog steeds de haren overeind doet staan. Maar de procedure rammelt, signaleert de mijninspecteur, nog voordat de wijziging definitief is. Er is gebruikgemaakt van een verkeerd formulier. Dat vermeldt bovendien niet hoe de belangen van mijn oom en zijn nieuwe partner zich tot elkaar verhouden. Het antwoord komt een kwartaal later. Schrooten en Faltinsky zijn elk voor de helft pachters van de Freegold-claim, zoals ik ook al had ontdekt in het archief van het departement van Mijnbouw en Energie. Er zijn intussen vier schachten gegraven van tussen de tweeënhalf en twaalf meter diep. Een aantal riffen is klaar voor productie, nu er ventilatie, waterleidingen en elektriciteit is aangelegd tot aan de ertslagen. In bijna alle tot nu toe genomen monsters is goud vrijelijk zichtbaar.

Mijn onderbuikgevoel zegt me dat mijn oom tegen zijn wil zijn nieuwe kompaan heeft moeten gedogen. Een nieuwe partner die niet vies is van een robbertje vechten. Ook twee andere mijnclaims op Mount Britton, die Nonk Theo samen houdt met twee andere partners, worden in de zomer van 1967 door Faltinsky onder vuur genomen. De Duitser blijkt om onteigening te hebben gevraagd, wegens het niet naleven van arbeidsregels op de goudmijn. Om welke regels het gaat, dat meldt de rapportage niet. De minister van Mijnbouw ziet in elk geval onvoldoende reden om Nonk Theo en zijn partners te onteigenen of te beboeten. Faltinsky laat het er niet bij zitten. Via zijn advocaten – hij had er kennelijk meer dan één – start hij gewoon een nieuwe onteigeningsprocedure. Dit keer wel met succes: het speciale tribunaal voor mijngeschillen in Mackay geeft Faltinsky alsnog gelijk.

Wat een bizarre toestand. Op de ene mijnclaim, de Freegold, moest Nonk Theo toezien hoe de Duitser op twijfelachtige manier – althans volgens de mijninspectie – een poot tussen de deur had gekregen. En met diezelfde partner was mijn oom in een keihard juridisch steekspel verwikkeld om twee andere mijnclaims, eveneens op Mount Britton.

In zijn brieven aan mijn vader weidde Nonk Theo bepaald niet uit over zijn conflicten met Faltinsky. Diens naam wordt niet één keer genoemd. Ja, de mijn is door rechtszaken bijna tot stilstand gekomen, schrijft hij in september 1967, maar dat zal in een paar weken wel zijn opgelost, klinkt het optimistisch. Nonk Theo is druk bezig met het 'afbouwen' van twee goudhoudende riffen, mijnwerkersjargon voor het uitgraven van ertslagen. 'Ik ben er zeker van dat er meer ertsaders zijn. Maar om dat zeker te maken heb je diamantboringen nodig.' De kostbare machinerieën daarvoor heeft hij niet. Het kapitaal om ze aan te schaffen evenmin.

Ik blader eindeloos door de verdere jaargangen van de *Queensland Government Mining Journal*, maar vanaf eind jaren zestig staat er nergens meer iets vermeld over Theodor Schrooten en zijn mijnbouwactiviteiten. Toch wel vreemd voor iemand die te boek stond als 'de burgemeester van Mount Britton' en die tot diep in de jaren zeventig op zijn geliefde berg moet hebben vertoefd.

Met nog anderhalve dag Down Under heb ik het opgegeven. In een bar in Brisbanes West End voeg ik me bij mijn kamergenoten en laat me vollopen. Ik kan het niet verkroppen. Het voelt als falen dat er cruciale puzzelstukjes ontbreken. Mijn kamergenoten brallen tegen me aan. Ik doe vrolijk mee, maar niet heus. Een mislukte zoektocht naar een mislukt leven – die conclusie slaat steeds weer als een boemerang op me in.

'Biertje?' vraagt mijn Engelse kamergenoot, die amper nog op zijn benen kan staan.

'Nog eentje dan,' zeg ik, zoals ik de afgelopen uren al vele malen heb gezegd. Het is nog lang geen sluitingstijd.

Ik ben klaar met Nonk Theo. Brak en duf hang ik achterover op de trappen voor Sydneys Opera House, badend in de winterzon. Voor het eerst in tijden heb ik mijn rugzak niet bij me. Die ligt in mijn hostel, in een kluis. Het geeft na maandenlang gezeul een vreemd vrij gevoel. Om me heen vereeuwigen hordes toeristen elkaar voor het iconische muziekpaleis, een maand geleden door de Unesco verheven tot werelderfgoed. De Britse koningin heeft het Opera House officieel geopend in 1973, een jaartal dat in elk officieel document van mij hardnekkig terugkeert. Ik weet dat mijn oom hier diverse keren is geweest. Het staat in zijn brieven. Maar wat hij hier kwam doen? Geen idee. Misschien wat officiële documenten of stempels ophalen. Het heeft geen zin om in de paar uur dat ik hier nog ben, overheidsinstellingen af te gaan. Het is trouwens zondag. En al was het dat niet, ik heb er simpelweg geen zin meer in.

Net als ik me opmaak om het Opera House wat nader te gaan bekijken, gaat mijn mobiel. Een vrouwenstem noemt een naam die me niks zegt. Ze is ergens in de vijftig en zegt mijn oom goed te hebben gekend. Ze heeft over mij en mijn zoektocht gelezen, in de krant, en wil graag met me praten. Mijn vrije hand zoekt naar pen en papier. De stem barst los. Een lawine aan herinneringen en anekdotes dreigt over me te worden uitgestort. Ho! Nu even niet. Ik wil elk woord op kunnen schrijven. In alle rust.

'Mag ik u op een later moment terugbellen?'

Ik krabbel naam, e-mailadres en telefoonnummers, thuis en op haar werk, op een verfrommeld stadsplattegrondje. Ik herhaal alle gegevens nog eens en verzeker haar dat ik snel contact zal opnemen. Straks, als ik in Nieuw-Zeeland zit en Nonk Theo heb achtergelaten, hier in Australië.

Het wordt langzaamaan donker. Ik heb honger als een beer. Vandaag geen drank. Mijn lichaam is nu nog bezig de alcohol van gisteren af te breken. Maar ik wil me verliezen. Verdoven. Het is tijd voor een schranspartij. Tongtroost. Vlees, vis, het maakt me niet uit. Mijn ogen glijden langs de vele terrasjes. Ik kan niet kiezen. Lamsgebraad, of toch de gegrilde zwaardvis? Tussen twee terrassen blijft mijn blik hangen bij een etalage van een juwelierszaak vol blingbling. Mijn hand grijpt in mijn broekzak, naar mijn portemonnee. Uit het vakje van het muntgeld pak ik een stukje pleister. Voorzichtig trek ik het plakkerige weefsel van elkaar. Het is maar een flintertje ter grootte van een speldenknop. Gevonden, op de weg terug van de Pine Vale Mine. Morgen gaat dit flintertje, en de rest van mijn vondst niet ver van de Pioneer River, mee het vliegtuig in. Ik hoop dat de douane me er niet uitpikt en vastzet voor illegale uitvoer van goud. Ik stop het flintertje terug in de pleister en berg die in de portemonnee op in mijn broekzak. Minutenlang sta ik voor de vitrine van de juwelier. Maar dan stap ik toch naar binnen.

Achter de balie staat een Indiër, een Bengaal wellicht. In elk geval iemand uit die contreien. Zijn huid is donkerbruin, zijn haargrens al ver teruggetreden. Met een doekje dept hij over het glimmende deel van zijn hoofd. Hij glimlacht vriendelijk.

'Wat kan ik voor u doen, sir?'

'Kunt u hier eens naar kijken?' vraag ik, op fluistertoon.

Ik trek de pleister open op de glazen toonder. De juwelier kijkt me vragend aan.

'Daar,' wijs ik op het minuscule snippertje in het midden.

De juwelier buigt voorover.

'Mag ik?' vraagt hij.

Hij pakt een pincet en bekijkt het flintertje door een loep.

'Waar hebt u dit gevonden, als ik vragen mag?'

'Queensland,' antwoord ik.

'Queensland is groot.'

'Dat klopt. Behoorlijk groot.'

'Hebt u hier nog meer van?'

'Hoe bedoelt u?'

'Gewoon, nieuwsgierigheid.'

'Misschien,' zeg ik, zo achteloos mogelijk.

'Wat denkt u eigenlijk dat het is?'

Ik aarzel.

'Goud?' vraagt hij grijnzend. Hij plakt het flintertje weer terug op de pleister en schrijft iets op een papiertje: FeS_2. 'Dit wordt vaak gevonden in kwartsaders, maar ook als vervangingsmineraal in fossielen. Het vormt doorgaans mooie, kubusvormige kristallen, met karakteristieke krassen, en met een goudachtige glans. Omdat het in ruime mate voorkomt, kan het de illusie van grote rijkdom wekken. Maar pyriet is zo goed als waardeloos...'

Ik kan de juwelier wel op zijn gezicht slaan.

'Ja, dit is écht *fool's gold*,' wrijft hij het nog eens in, zodat zijn collega's achter in de zaak het ook kunnen horen.

Besmuikt gegniffel klinkt.

Met een pincet plukt hij het flintertje weer uit de pleister. 'Pyriet werd vroeger wel voor nepgoud verkocht, omdat het goudachtig glanst. Maar niet helemaal,' vervolgt hij ongevraagd zijn college. Hij wentelt het snippertje in het licht van de lamp boven de toonbank. 'De glans verandert als het glansvlak kantelt. Bij goud blijft de goudglans hetzelfde. De structuur is ook anders. Pyriet is hoekig, met scherpe randjes en hard, terwijl goud rond en zacht is. Kijk maar.'

Hij biedt me zijn loep aan. Uit een la pakt hij een ringendoosje met in het midden een kleine goudnugget. 'Zie je?'

Ik vergelijk de snippertjes en knik.

'Het spijt me,' zegt de juwelier. 'Al is pyriet natuurlijk ook een mooi materiaal.'

Het duurt een paar tellen, maar dan begin ik ook te grijnzen. 'Het voert te ver om het uit te leggen, maar ergens ben ik blij dat het nep is.'

Buiten haal ik diep adem. Het is donker geworden. De terrassen zijn kleurig verlicht. Het ruikt naar eten. Terwijl ik stiekem de hoop had op mijn eigen goudmijn te zijn gestuit, valt er een last van mijn schouders nu het niet zo is. Morgen wacht Nieuw-Zeeland. Het land van kiwi's, schapen en de filmtriologie van *The Lord of The Rings*. Voor mij is het nu vooral even het Beloofde Land. Ik strek mijn armen uit en sluit mijn ogen: vrijheid!

Het is bijna twee uur in de nacht en ik zit rechtop in bed. Hartkloppingen, verkrampte vuisten, koud zweet. Ik heb me de hele dag verloren gevoeld. Net als de dagen ervoor. Alleen, in een huurauto, dool ik over Nieuw-Zeelands Zuidereiland. Na drie maanden stress en hitte in Australië ben ik leeg. Honderden kilometers aan een stuk rijd ik door adembenemende landschappen, die me amper kunnen roeren.

De voorbije dagen heb ik oog in oog gestaan met pinguïns, zeeleeuwen en andere Arctische schepsels. Even beleefde ik een *high*, toen een mannetjeszeeleeuw me op het strand van Sandfly Bay met opengesperde ogen en geheven borst brullend verjoeg van zijn territorium. Ik had het nodig. Het gevoel van angst, als een vonk van een bougie om mijn motor weer aan de praat te krijgen en toeren te laten maken.

Hier, meer landinwaarts, voel ik me wederom verloren. Gore is in alles niet meer dan een tussenstop, op weg naar het wintersportgebied rond Queenstown, waarvan ik me nu al afvraag wat ik daar in hemelsnaam ga doen. Er huist een deprimerende onvrede in mij, een knoop in mijn maag, die bij tijd en wijle klopt en er maar niet uit wil.

In het chalet op de plaatselijke camping woel ik eindeloos in het tweepersoonsbed. Flarden flitsen door mijn hoofd. Een hand aan een trekker, een ondergelopen mijnschacht, een stukje goud, priemend in glinsterend quartz. Allemaal behorend bij plekken waar ik sporen heb gevonden van een bloedverwant die ik nooit in levenden lijve heb ontmoet, maar die allengs steeds meer tot leven is gekomen. Ik, realist en rationalist, ben er compleet door overmeesterd. Of heb ik me eraan overgegeven?

Ik dacht dat ik van hem af was. Dat was ook wel nodig, na drie maanden dag in, dag uit, met hem bezig te zijn geweest, duizenden kilometers lang, door de Outback, langs de kust, van west naar oost, dezelfde route volgend zoals hij die vanaf 1954 bijna drie decennia lang heeft gevolgd.

Ik heb hem leren kennen, Nonk Theo. In zijn dromen en drijfveren. Een leven met fantastische pieken dat leest als een jongensboek. Maar ook een tragisch bestaan met verdriet en lijden dat mijn voorstellingsvermogen haast te boven gaat. Een droom en nachtmerrie ineen. Hij zal me nooit meer loslaten, vrees ik soms.

Ik was gewaarschuwd. Wat begon als een argeloze en misschien wel naïeve zoektocht naar de sporen van een dode oom Down Under, is verworden tot een gekmakende obsessie. Met elk spoor dat ik van Nonk Theo heb gevonden, heeft zijn geest zich dieper in mij verankerd. Zozeer dat ik zelfs hier, duizenden kilometers van zijn graf in een land waar we geen van beiden ooit thuis zijn geweest, niet meer normaal kan denken, functioneren, voelen. Ik durf het bijna niet toe te geven, uit angst dat ik mijn vrees daarmee tot werkelijkheid verhef. Maar ik moet bekennen: ik ben bezeten van een dode oom die ik nooit heb gekend. En het erge is: ik heb het zelf veroorzaakt.

Pas nu, hier in lullig Gore, besef ik wat ik heb losgemaakt. Ik heb de geest van mijn overleden oom, die al 23 jaar in ruste was, weer tot leven gewekt. En nu hij wakker is, wil hij zijn verhaal vertellen. Via mij.

II

Huisman, werkloos, gepensioneerd. En dat op 34-jarige leeftijd. Na een jaar zwerven over het zuidelijk halfrond heb ik weer vaste grond onder de voeten. Ik ben ingetrokken in het piepkleine appartementje van mijn lief, in Amsterdam-Oost. Af en toe schrijf ik een stukje voor een krant. Maar ik slijt mijn dagen toch vooral met huishoudelijke klusjes, door de stad banjeren en kroegtijgeren. Deze niksdoenerij kan niet blijven duren. Maar vooralsnog past het me prima. Ik moet hoognodig uitrusten. Alle indrukken verwerken, opgedaan overzees.

Na Australië ben ik verder oostwaarts gereisd. Ik heb gebungeejumped in Nieuw-Zeeland, gletsjers beklommen in Chili en naar restanten van 's werelds grootste dinosauriërs gespeurd in Patagonië. Die *cooling-down* van drie maanden is niet helemaal succesvol geweest. Nog steeds zijn er nachten dat ik wakker schrik. Soms voel ik Nonk Theo's aanwezigheid ook overdag. In mijn stamkroeg drinkt hij af en toe een Leffe Blond met me mee. Gisteravond gaapte hij me aan, in de badkamerspiegel, toen ik mijn tanden poetste voor het slapengaan. En vanochtend nog prikten zijn ogen vanachter het douchegordijn, tussen de straaltjes water, in de huid van mijn rug. Ik schud het van me af. Meestal lukt het. Maar hij is nooit helemaal weg.

Er zit een dikke envelop bij de post. Mount Isa, staat op het etiket. Een dvd. Ik snel naar de woonkamer. Met een dampende kop oploskoffie naast me laat ik de schijf in de laptop glijden. Na een suf introotje van het bedrijf dat oude films digitaliseert, komt opeens een vrolijke, jonge man het beeld in gelopen. Ik herken de kaaskop. Het is Jan van Ryt, de wederhelft van Rita, die me in Mount Isa heeft ontvangen met zelfgemaakte snert. Strak in het pak begeeft hij zich naar de deur van een soort barak. Het korrelige beeld is vol strepen. De bruid die opendoet, is er niet minder knap om. In haar witte jurk laat Rita zich stevig op de mond zoenen door haar verloofde, die minstens twee koppen groter is dan zijn brunette.

Na 32 seconden van het begin komen plots twee jonge mannen de woning van de bruid uit. Waar Rita de *looks* en uitstraling heeft van een filmster, loopt vooral de voorste man nogal houterig over het stoepje langs de barakken. Door het onscherpe beeld kan ik zijn gezicht niet goed zien, maar het is onmiskenbaar Nonk Theo. Glimlachend, slank en met van die afhangende schouders die mijn vader ook heeft. De haren, strak met vet achterovergekamd, glanzen in de opkomende zon. De rug kaarsrecht en de armen iets te geforceerd strak zwaaiend langs zijn lijf, loopt hij met de andere getuige het beeld uit. Meteen daarna volgen bruid en bruidegom. Ik spoel terug, precies de vier seconden die mijn oom in beeld was. Voor het eerst zie ik een levende Nonk Theo. Het enige bewegend beeld van hem, nota bene in Australië.

Ik laat de film weer lopen. In een witte auto rijden bruid en gom naar de kerk. Het is een en al stof, ook als ze het grote mijncomplex van Mount Isa passeren. Bij de kerk stopt de auto. Als een echte heer helpt 'Lange Jan' zijn 'Mooie Rita' met uitstappen. De bloem op de borst van zijn zwarte pak is van dezelfde soort als de bloemen in haar boeket. Het bijrijdersportier aan de linkerkant zwaait open. Een kleine drie seconden is er weer een glimp te zien van Nonk Theo. Hij stapt uit, knoopt zijn jasje dicht en sluit het portier weer, waarna de camera het bruidspaar volgt naar de ingang van de witte kerk. Theo en de andere man volgen, de trapjes op. Wederom een krappe drie seconden, met dit keer slechts een blik op mijn ooms glad naar achteren gekamde haardos. Ik vind het al heel wat.

Het is het laatste beeld van Theo. Wat volgt, zijn fragmenten van het huwelijk in de kerk, waarvan door de duisternis amper iets te volgen valt, behalve dan dat de priester het bruidspaar inzegent met zijn wijwaterkwast. Nog anderhalve minuut leidt het kersverse echtpaar de kijker rond door Mount Isa, dat volop in ontwikkeling is, getuige de bouwplaatsen her en der. Cliché maar speels, duiken Lange Jan en Mooie Rita, nu in gewoon zondags tenue, op voor een billboard: Mount Isa, mineralencentrum voor zilver, lood, koper en zink. Trots tonen man en vrouw hun nieuwe huis. De tuin op de droge helling is één bloemenpracht. In hun auto, een Volkswagen Kever, rijden ze een van de rotsheuvels rond het mijnstadje omhoog. Breeduit lachend kijken Lange Jan en Mooie Rita uit over Mount Isa.

Het doet pijn, zo veel pril huwelijksgeluk. Nonk Theo heeft het allemaal van dichtbij meegemaakt, maar hij heeft het nooit zelf mogen ervaren. In het filmpje zie ik een jonge kerel, in de kracht van zijn leven en blakend van gezondheid. Dit is inderdaad de 'happy Theo' over wie de bruid van toen het steeds had tijdens mijn bezoek. Zij kende geen andere Theo dan die opgetogen Limburger. Ik hoop dat ik haar herinneringen niet al te zeer heb bezoedeld met alle ellendige verhalen over het leven van mijn oom in de jaren na haar trouwerij.

Ik spoel terug naar het eerste van de drie fragmenten met een levende Theo Schrooten, waar hij ietwat houterig voorbij de barak van Mooie Rita loopt. Yep, een postuur met exact dezelfde contouren als vanochtend achter het douchegordijn.

Wekenlang zie ik hem hierna niet, voel ik zijn aanwezigheid niet, maar dat zegt niks. Hij kan er zomaar weer zijn. Hij zal niet opgeven, loslaten. Niemand die het aan me ziet, mijn worsteling. Denk ik. Iedereen heeft weleens periodes dat hij kortaf is, minder slaapt of aan zijn gezicht peutert, van de stress. Al springt het gekrab bij mij soms wel erg in het oog. Ik kan principieel blijven weigeren toe te geven aan deze chantage, maar dan ga ik gegarandeerd compleet naar de kloten.

Ik sjok naar de woonkamer, waar ik mijn Australische oogst – twee plastic stapelbakken vol research – naast de eettafel zet. Ik start mijn laptop en begin te grasduinen door alle papieren, boeken, foto's en filmpjes. Ik ben à la minute weer in Wiluna, Radium Hill, Mackay en op Mount Britton. Inclusief temperatuur, geur, licht. Maar hoe vaak ik mijn aantekeningen ook teruglees, hoe vaak ik de stukken ook opnieuw bestudeer, keer op keer leidt het tot die ene conclusie: het klopt niet. Hier zit ik, met een puzzel van duizenden stukjes, een kaas met gaten. De puzzelstukjes die ik nog over heb, krijg ik nergens aangelegd. Het zijn er bovendien te weinig. Ik mis cruciale stukjes.

Op een vel papier teken ik een tijdlijn van Nonk Theo's leven op Mount Britton en zijn goudmijn daar. Want alle documenten daarover ten spijt, ik weet nog steeds niet waar die jarenlange rechtszaken nou exact om draaiden, en hoe die hele juridische strijd uiteindelijk is beslecht. Nonk Theo heeft aan het kortste eind getrokken, dat staat vast. Anders had die advocaat, Bill Stubbs, nooit de goudconcessies in handen kunnen krijgen die ooit op Theo's naam stonden. Er moet meer te vinden zijn over wat daar allemaal is gebeurd. Ik had Australië ook nooit moeten verlaten zonder een persoonlijke confrontatie met Stubbs. Ik heb hem veel te makkelijk laten wegkomen.

Mijn schouders verkrampen als ik door de notities blader van mijn sessies met Johanna Vandenbosch, de zweefzus van Nonk Theo's verboden liefde. Alleen een halfzachte idioot laat zich zo veel paranormale blabla op de mouw spelden. Ik zat erbij en keek ernaar hoe een fantast met een pendule mijn ooms levensverhaal bezoedelde met vulles.

Hoe langer ik naar de berg research voor me kijk, hoe meer ik in de knoop raak. Ik heb zo veel informatie over Nonk Theo's leven gevonden. En het resultaat? Een levensverhaal dat op cruciale onderdelen onjuist en onvolledig is. Ik was gewaarschuwd. En nu ben ik verantwoordelijk voor een grafmonument dat ontsierd wordt door barsten en breuken, ja, waar zelfs gaten in zitten en dat besmeurd is met graffiti. Dat is geen oprechte nagedachtenis, dat is smaad, laster en misschien wel verraad. Dat wil ik niet op mijn geweten hebben.

Ineens schiet me te binnen dat ik ergens nog een troefkaart moet hebben liggen. Ik begin te zoeken in de plastic bakken. Maar niks. Ik heb die troefkaart op mijn laatste dag in Sydney nog in handen gehad. Hij zat in mijn broekzak nadat die mevrouw me had gebeld, op de trappen voor het Opera House. Die mevrouw die me vertelde dat ze Nonk Theo zo goed had gekend, en die ik afwimpelde met de toezegging dat ik haar later zou terugbellen. Haar moet ik spreken! Wie weet is zij alsnog de sleutel naar de echte, de volledige waarheid. Maar waar is godverdomme die sleutel?

Weggegooid, besef ik nu. Het moet wel. In alle haast gedumpt in een prullenbak op Sydney Airport. Per ongeluk, samen met een berg andere bagage die ik van een onverbiddelijke grondstewardess niet mee mocht nemen: te zwaar. Ik was te gierig om bij te betalen. Ik zou mijn hele research wel even snel en vakkundig filteren, op de oranje vloerbedekking van de vertrekhal. Nu zou ik zo die paar honderd euro neertellen voor dat verfrommeld stadsplattegrondje met mijn krabbels erop.

Ik graaf in mijn geheugen in een poging de naam van de dame te reproduceren, of het bedrijf waar ze zei te werken. Zelfs de stad van haar werk weet ik niet meer. Was het niet Brisbane? Of toch Melbourne? Sukkel! Ik zeg het wel tien keer hardop tegen mezelf. Wacht even, ze belde me op mijn mobieltje. Ik zoek in de lijst met ontvangen oproepen, meer dan een jaar terug, naar de dag van het telefoongesprek op de trappen voor het Opera House. De oproep, ontvangen in de namiddag, staat er nog in. Maar het nummer is afgeschermd. 'Onbekend,' meldt het schermpje van mijn mobieltje.

Het is geen kwestie meer van willen of kunnen. Ik móét. Er is werk aan de winkel. *Unfinished business*. Losse eindjes, waar ik hier, in Nederland, geen klap mee kan. De gaten in de puzzel, ik kan ze niet verdragen, niet verteren. En ik krijg het ook niet over mijn hart om het levensverhaal van Nonk Theo compleet te maken met plausibiliteit en spirituele blabla van gene zijde. Nee, anders dan ik dacht, ben ik nog helemaal niet klaar met Nonk Theo. Er is geen andere optie. Ik moet terug.

Een beloning voor mijn besluit om terug te keren naar Australië. Zo voelt het mailtje dat ik heb ontvangen, vanuit het niets, deze eerste, koude decemberochtend in Amsterdam.

'Hi, Ferdi. Mijn vader was Joe Begozzi. Hij overleed in 1969. Ik weet dat hij met jouw oom werkte. Dat is al wat ik weet. Luigi Guiseppe Sgiarovello was mijn grootvader. Hij stierf eerder dan mijn vader. Sorry dat ik je niet kan helpen met je verhaal over je oom.'

Was getekend, Julie Fraser, 48 jaar, woonachtig in de buurt van Brisbane. Ze stuitte bij toeval op mijn website over Nonk Theo, die nog steeds in de lucht is. Door te googelen naar haar roots zag ze dat haar pa, Joe Begozzi, een rol heeft gespeeld in mijn ooms leven Down Under. Nonk Theo noemde Begozzi als een van de weinigen bij naam in de correspondentie met mijn vader: in de 'bravourebrief', van 6 april 1959, waarin hij verkondigt dat zijn leven als eigen baas in de goudzoekerij uiterst voorspoedig verloopt.

'De mogelijkheid bestaat dat ik in een paar jaar in de gelegenheid ben om desgewenst de hele familie te laten overkomen. Maar ik zal maar niet te groot praten,' voegt hij er, met enige bescheidenheid, aan toe.

In Mackay zou hij naar eigen zeggen te boek staan als 'That Young Dutchman' vanwege zijn veelbelovende mijnbouwactiviteiten op Mount Britton. En daarmee heeft hij zich ook in de kijker gespeeld bij wat minder aangename figuren. 'Aangezien ik verschillende van de zogenaamde "bigshots" (het zijn werkelijk ratten) door met hun mee te spelen in hun hebzuchtigheid tegen een stalen wand heb laten lopen, juist als ze dachten mij en Jo Begozzi in hun klauwen te hebben.'

Ik lees de zin nog een paar keer. Het is niet alleen geschreven in pover Nederlands. De inhoud is ook nogal cryptisch. Vooral omdat elke nadere toelichting over een confrontatie met de 'bigshots' ontbreekt.

Het is niet alleen de naam van Joe Begozzi waardoor ik vastbesloten ben zijn dochter te gaan bezoeken. Ook die andere naam in haar korte bericht triggert me: Luigi Guiseppe Sgiarovello. Hij was een van de vier mannen die samen met mijn oom houder waren van een rode okermijn, zo'n honderd kilometer ten westen van Mount Britton.

Het duurt nog een maand voor ik terugkeer naar Queensland. Ik voel me steeds zekerder. Over mijn confrontatie met advocaat Stubbs, die er dit keer wél van gaat komen, al weet hij zelf nog niet. Over mijn herkansing bij medium Johanna, die me ditmaal geen kunstje meer gaat flikken. Ze heeft nog geen vermoeden, maar ze gaat aan de leugendetector. Met een beetje mazzel vind ik ook nog de onbekende vrouw van het telefoontje in Sydney, op de trappen voor het Opera House.

Het nieuwe jaar begint voor mij met een herkansing: een maand Down Under, met de ultieme afsluiting. De belofte daarvan is het fraaie ontwerp voor een grafzerk, van beton en glanzend zwart graniet. Met in sprekende letters de naam, voluit, met datum en plaats van geboorte en overlijden. Bescheiden, beschaafd, waardig. Ik kan niet wachten om Nonk Theo op zijn laatste rustplaats te verlossen uit de anonimiteit. En mij van hem. Zijn levensverhaal krijgt een ondubbelzinnig einde van steen.

Dankzij het slaaplapje voor mijn ogen is het pikkedonker. Mijn oordoppen helpen maar ten dele tegen de monotoon ronkende vliegtuigmotoren. Hier zweef ik dan, hoog boven de wolken. Net als Nonk Theo, meer dan een halve eeuw geleden. Trips als de zijne duurden destijds vijf tot zes dagen, met tussenlandingen in Rome, soms Athene, Caïro of Karachi, Singapore of Jakarta. Perth was de laatste tussenlanding. Ik ben binnen anderhalve dag in Australië. Mijn Boeing 777 kan bijna tien keer zo veel passagiers vervoeren als de 42 in Nonk Theo's Douglas DC4 Skymaster. Een omgebouwd propellervliegtuig, dat in de Tweede Wereldoorlog nog vracht had gevlogen voor de Amerikaanse strijdkrachten.

De twee wijntjes beginnen te werken. Terwijl ik langzaam wegzak, probeer ik me het interieur voor de geest te halen van de DC4, waarvan ik er pas nog een heb bekeken in luchtvaartmuseum Aviodrome. Nog geen vier passen van wand tot wand. Breder is het toestel niet. Aan weerszijden van een smal gangpad staan twee rijen stoelen. Na de voorste rij is het nog maar een meter of drie tot de cockpit. Die afstand wordt grotendeels gevuld door de pantry, met een kraantje en kookplaat, voor het zetten van koffie of het opwarmen van een eenvoudige maaltijd. De cockpit is krap en bevat een bulk aan metertjes, knopjes, hendels en kabels. Alles hydraulisch en mechanisch, te bedienen vanuit de twee stoelen van de gezagvoerder en zijn copiloot, die elk een eigen stuurknuppel hebben.

De DC4 schudt. Bliksem verlicht kortstondig de duisternis. Als wortels van een boom schieten de schichten richting aarde. Vrijwel gelijktijdig valt het hele toestel meters naar beneden. Gegil achterin van passagiers. Alleen dankzij de gordels kunnen ze op hun stoel blijven zitten. Gedonder overstemt de propellermotoren. Ik draai me om en loop terug, door de pantry, waar nu ook de stewardessen zich vastgesnoerd hebben op hun zitjes. Ze zien me niet, anders hadden ze me zeker tot zitten gemaand.

Het licht in de passagiersruimte is uit. Ongeveer de helft van de silhouetten op de stoelen is van kinderen. Ze zitten naast hun ouders. Sommige kinderen huilen en worden door moeder of vader getroost. Andere volwassenen prevelen een gebed. Weer een luchtzak. Opnieuw gegil. Op de achterste rij links van het gangpad blinkt een glanzende haardos. Heel even licht het gezicht op, als een aansteker een sigaret aansteekt. Oogcontact. Een glimlach, een knipoog. Iemand die geniet van zijn ritje in de achtbaan. Weer donder. Nu harder, en ook veel korter na de bliksem dan zojuist. Een paar tellen, hooguit. Een nieuwe schicht schiet rakelings langs een vleugel, vrijwel direct gevolgd door een luide klap. Het vliegtuig schudt. Gekrijs en gegil, nu ook van mannen. De contouren van de gladde haardos blijven stoïcijns tegen de hoofdsteun van de stoel gedrukt. Ik steek mijn arm uit.

'Meneer…? Meneer? Alstublieft, stoelriemen vast, ja?' klinkt het gedempt.

Ik voel een hand op mijn schouder. Half onder mijn ooglapje door kijk ik in de ogen van een *Singapore girl*. Het licht in het vliegtuig is gedimd. Mijn nek voelt wat stijf aan en er is kwijl uit mijn mondhoek langs mijn kin gelopen, op mijn shirt.

'We hebben last van turbulentie,' zegt de stewardess.

Ze wijst op het lampje STOELRIEMEN VAST. Mijn gordel zit amper vastgeklikt of het vliegtuig belandt in een luchtzak. Meters diep vallen we, ik voel het in mijn buik. Niemand om me heen slaapt nog, maar ik poog mijn droom van zojuist weer te vatten. Het lukt me niet weer aan boord te komen van de DC4. Na een paar minuten zie ik aan de randen van mijn ooglapje dat de verlichting weer is aangesprongen. Een tune klinkt. De gordels mogen weer af. Ik ga rechtop zitten, doe mijn ooglapje af en oordoppen uit. De man naast me dept met een zakdoek zijn voorhoofd droog.

'Blij dat we daar doorheen zijn, niet?'

Ik haal mijn schouders op. Van mij had het best wat langer mogen duren.

Anderhalve dag geleden liet ik sneeuw en ijs achter me, nu gutst het zweet uit mijn poriën. Mijn stroperige winterbloed heeft moeite om de zomerwarmte af te voeren. En dan te bedenken dat de 25 graden Celsius hier in Brisbane een verademing is vergeleken met wat me te wachten staat als ik straks noordwaarts ga, richting tropisch Mackay.

Het zou wijs zijn om mijn tempo wat aan te passen, maar dat kan ik niet. In dertig dagen moet ik een paar duizend kilometer afleggen. Alleen al Brisbane-Mackay is zo'n duizend kilometer, zeg maar een enkeltje Amsterdam-Lyon. Om nog maar te zwijgen over de tientallen stops onderweg, de meeste niet bepaald pal op de route.

In Brisbane dool ik zeker een uur door de oostkant van de stad, voordat ik mijn auto weet te parkeren op de oprit van mijn bestemming. Mijn navigatiesysteem weigert dienst. Ik ben in Alexandra Hills, een ruim opgezette buitenwijk. Aan kringelende straatjes liggen, onderbroken door groen gazon van dik gras, ruim bemeten bungalows. In de schaduw van een paar palmbomen draait een Hollands windmolentje.

'Welkom, kerel!' klinkt het in Engels met onversneden Amsterdams accent.

Ik had me mijn afspraak heel anders voorgesteld. Langer, slanker, en met meer haar dan die paar grijze stoppels. Zelfs in mijn polo en lange outdoorbroek vol zakken ben ik nog *overdressed*, vergeleken met het blauwe Aloha-shirt en de shorts van mijn gedrongen gastheer. Binnen, aan de keukentafel, schenkt Jos Venselaar ongevraagd een mok gitzwarte koffie voor me in. Graag had ik hem al ontmoet tijdens mijn vorige trip door Australië, nu bijna anderhalf jaar geleden. Maar ik hoorde pas van zijn bestaan toen ik weer terug in Nederland was.

Met een klap legt Venselaar een enveloppe voor me neer.

'Moet je zien. Net gekregen.'

Hij ziet mijn vragende blik.

'Pensioen. Uit Nederland. Omdat ik net 65 ben geworden. AOW: 178 euro en 66 cent krijg ik vanaf nu. Elke maand! Man, dat wist ik helemaal niet!'

'Da's fijn,' zeg ik, in een poging enthousiast over te komen.

Venselaar gaat weer zitten. Allengs zakt zijn grijns steeds verder weg. Zijn blik blijft secondenlang gefocust op mijn gezicht.

'Jij bent absoluut familie van Theo. Geen twijfel mogelijk.'

Ik leg mijn documentatiemap op tafel, met op de voorkant de gelamineerde kleurenfoto van Nonk Theo, tweede helft jaren zeventig, op Mount Britton.

'Wie is dat?'

Die vraag verrast me. Venselaar pakt de map op en houdt hem pal voor zijn neus.

'Is dat Theo? Nee toch?'

Ik knik.

'Maar ik herken hem helemaal niet!'

Ik pak het blauwe Australische paspoort erbij, en sla het open bij Theo's zwart-witportret uit 1970. Dat met de boze blik en die neus met een knik erin.

'Verrek. Ja, dát is Theo. Tjonge,' zegt Jos Venselaar.

Hij kwam in 1963 als jongen van negentien naar Australië, zijn oudere broer Augustus achterna. Die werkte toen al een paar jaar als *stockman* in het gebied rond Mount Britton. Augustus was samen met Nonk Theo een jaar eerder in Nebo al genaturaliseerd tot Australiër.

Voor een stadsjongen uit Amsterdam was de overgang naar het rauwe buitenleven in de *bush* rond Mount Britton enorm. Jos Venselaar is nooit vergeten hoe hij zich de eerste zes maanden na aankomst in Queensland moest afbeulen.

'Kilometers afrastering hebben mijn broer en ik geplaatst. We deden alles zelf: bomen kappen, die tot palen verzagen en vervolgens in de grond meppen. Soms was de grond zo rotsachtig dat je er amper een paal in kreeg. Dan schoten we geen meter op. Maar op een goeie dag deden we soms wel een paar honderd meter.'

De gebroeders Venselaar werkten voor lokale boeren. Die wilden hun paarden en runderen binnen de afrastering houden en kangoeroes juist erbuiten. Boeren hadden een hekel aan de springende veelvraten en hekwerkslopers.

'Je kon in die dagen aardig bijverdienen met het afknallen van kangoeroes. Elke scalp was goed voor een fraai zakcentje. Ook jouw oom heeft heel wat kangoeroes afgeknald,' vertelt Venselaar junior, alsof hij groot nieuws verkondigt.

Ik veer op als hij vertelt dat hij na een half jaartje afrasteringen plaatsen ander werk ging doen. Voor het eerst spreek ik een levende ziel die ooit met Nonk Theo op diens goudmijn heeft gewerkt. Jos Venselaar weet nog goed hoe zijn nieuwe collega's de benjamin, die nog nooit alcohol had gedronken, op zijn eerste dag volgoten met rum.

'Daarna pakten ze de Land Rover. Ik moest erachteraan lopen, om de alcohol uit mijn lijf te lopen. Eerst langzaam, maar vervolgens steeds sneller. Ik was straalbezopen. Het duurde niet lang of ik kwakte waggelend met mijn gezicht op de stofweg.'

Er waren nog wel meer incidenten met drank. Zoals die keer dat de Land Rover na terugkeer van een uitje in Mackay over de kop sloeg. Willy, een Oostenrijker, zat onder de zweren van de dieselolie, die over zijn buik was gelopen.

Willy de Oostenrijker. Dat klinkt bekend. In een brief van 1 april 1965 maakt Nonk Theo gewag van een Oostenrijker, zonder hem overigens bij naam te noemen. Hij woont bij hem, in een flat in Mackay, samen met een derde man, een Litouwer. Alle drie hebben ze op Mount Britton gewerkt. Maar dat is voorbij. Ik vertaal een stukje uit de brief in het Engels voor Jos Venselaar.

'Met mij gaat alles nog goed, ofschoon ik niet meer in de mijn werk op het ogenblik, ten gevolge van allerhand oorzaken waar ze je thuis meer bijzonderheden over kunnen geven.'

Ik kijk Venselaar aan. Hij haalt zijn schouders op.

'Ik heb maar kort op de mijn gewerkt. Toen ik vertrok, werkten jouw oom en de anderen er nog gewoon.'

Mijn gastheer kwebbelt vrolijk verder over het ongeluk met de Land Rover. 'Het was een wonder dat er niet meer gewonden waren gevallen,' zegt hij, het woord wonder benadrukkend met een vuistslag op tafel.

Hij zat eerste rij op het moment van de *crash*, in een tweede wagen. Een dikke Amerikaanse slee van Lyall Balzer, de kok van het gezelschap en tevens een soort zetbaas. Lyall was de broer van Ray Balzer, de advocaat met wie mijn oom een gezamenlijke goudclaim had op Mount Britton.

Knowhow en *muscles* in ruil voor cash, dat was de deal. Mijn oom, als geschoold ondergronder, runde de goudmijn. De mijn was van hem, weet Venselaar, zo goed als zeker. Ray Balzer fourneerde investeringskapitaal, in ruil voor een deel van de winst. De advocaat had geen tijd om ter plekke toezicht te houden op het werk rond de goudmijn. Dat had hij uitbesteed aan zijn broer Lyall. Die moest vooral in de gaten houden of het gedolven goud ook netjes naar de bank ging. Maar dat lukte niet altijd, zegt Venselaar met een besmuikt lachje. 'Ik sluit niet uit dat na explosies ondergronds toch af en toe stukjes goud, soms zo groot als een hondentand, achterover werden gedrukt.'

Voor de jongste Venselaar waren dat soort meevallers niet weggelegd: hij kwam als kiepjongen niet ver genoeg de mijn in om ook maar iets achterover te kunnen drukken. Elke dag, van voor zonsopgang tot na zonsondergang, duwde hij talloze keren de loodzware metalen wagon de mijn in en uit. Eén keer ging dat jammerlijk mis. De wagon flikkerde aan het eind van de rails over de rand. 'We hebben er met z'n allen verdomme twee dagen over gedaan om die kar weer de berg op te krijgen. Het rotding woog een halve ton.'

De mannen van de goudmijn gingen volgens Venselaar slechts eens in de paar weken naar Mackay. Om voorraden in te slaan, voor vertier, maar ook om gedolven goud naar de bank te brengen. 'Soms was dat een bal van een kilo of zes, nog groter dan een vuist.'

Kok en zetbaas Lyall Balzer nam de goudoogst weleens mee de kroeg in, om ermee te pronken, herinnert Venselaar zich. 'Niet zo slim. Goud was toen lang niet zoveel waard als nu. Dertig dollar per ounce, geloof ik. Maar als klomp van een paar kilo was dat nog steeds een fortuin.'

Genoeg in elk geval om slapende honden wakker te maken. Of bigshots, zoals Nonk Theo ze in een brief noemde. Mijn hersenen slaan aan het rekenen. Zes kilo, da's ongeveer 190 ounce. Sinds mijn vorige trip naar hier is de goudprijs alleen maar gestegen, van pakweg 660 toen naar nu bijna negenhonderd Amerikaanse dollar per ounce, zo zag ik vanochtend in de krant. Zo'n vuist goud van toen zou nu dus zo'n 170.000 Amerikaanse dollar waard zijn!

Venselaar pakt pen en papier. Hij tekent twee halve bollen, omzoomd met een ring met gaten. Aaneen geklonken vormen ze een soort vliegende schotel. Langzaam valt het kwartje. De metalen halve bollen vul je met ertsmodder, een mengsel van verpulverde erts en kwik. Dan klink je de halve bollen aaneen, met schroeven door de ringen. Het kwik 'vreet' het goud uit de erts. Verhit de bol boven hoog vuur en het kwik verdampt en verdwijnt, door een pijpje naar een pannetje, waar het na afkoeling weer neerslaat in de vertrouwde, vloeibare vorm. Het gestolde goud blijft als een klomp achter in de vliegende schotel.

'Met een aardappel kan het ook,' vertelt hij. 'Snijd er een stuk uit, doe er erts en kwik in, maak de aardappel dicht en kook 'm. Het kwik trekt naar buiten, het goud blijft achter in de aardappel. Die moet je daarna wegflikkeren. Hartstikke giftig.'

Langdurige blootstelling aan zware metalen als kwik en lood kan het zenuwstelsel aantasten, had ik onlangs gehoord van een vriendin met een graad in scheikunde.

Venselaar knikt. 'Absoluut. Maar de alcohol op Mount Britton was een groter gevaar dan de goudwinning met kwik, en ook met cyanide. Ze dronken allemaal als apen. Ook jouw oom. Een harde werker, maar ook een stevige drinker. Als die jongens daar zich al niet het graf in hebben gezopen, dan heeft het ze in elk geval jaren van hun leven gekost.'

Hij schrikt als hij hoort van Nonk Theo's zenuwinzinking en de rechtszaken om zijn goudmijn. Maar hij valt pas echt van zijn stoel bij het verhaal over mijn ooms onmogelijke liefde.

'Helena Vandenbosch? Ga weg! Ik heb nog verkering met haar gehad! Niet lang, hoor. We zijn een paar keer met elkaar uit geweest.' Hij graaft in zijn geheugen. 'Ik had al een auto. Dus dat moet in 1965 of 1966 zijn geweest.'

Een jaar of drie dus nadat Helena's vader haar had gedwongen haar relatie met bushman Theo Schrooten te beëindigen.

'Tjonge. Ik ben nog bij haar thuis geweest. Heb haar ouders ontmoet. Uiteindelijk is ze getrouwd, met een Spanjaard.'

Ik vertel kort over het grote verdriet van mijn oom na de gedwongen breuk met zijn geliefde. En over Helens latere trieste levensloop: niet bijster gelukkige huwelijken en gehandicapte kinderen. Venselaar zit er verslagen bij. Ontroerd bekijkt hij het bidprentje van Helena, dat ik weer mee terug heb genomen naar Queensland, net als bijna al mijn researchmateriaal van de vorige trip. Er is niks meer over van de vreugde van eerder op de middag.

Op mijn kamer in het hostel in Brisbane, hetzelfde als anderhalf jaar geleden, zoek ik op internet naar Lyall Balzer, de broer van mijn ooms zakenpartner uit de jaren zestig. Volgens een online stamboom is de broer die advocaat was al in 1995 gestorven. De twee jaar jongere kok en zetbaas op Mount Britton blijkt nog veel eerder te zijn overleden, vier jaar voor Nonk Theo zelfs, in 1979. Wat een deceptie. De zoveelste. Ik had zo graag meer gehoord over mijn ooms jaren op Mount Britton en de twee vloeibare duivels daar, het kwik en de alcohol. Ik troost mezelf: ik heb nog een hele maand. En een stampvolle 'to-do'-lijst.

Het is maar een oude zwart-witfoto. Twee mannen, eind jaren vijftig, bij de goudmijn van mijn oom op Mount Britton. Het duo staat voor een houten stellage, omgeven met ertsbrokken, helwit door het felle zonlicht. De langste van de twee, met hoed, is een oudere man, tenger en spits van gezicht. Naast hem staat een gedrongen krachtpatser met bezweet, ontbloot bovenlijf. In zijn hand een hamer, op zijn hoofd een metalen helm, die blinkt in de zon. Ze werkten toen nog maar met zijn drieën op de goudmijn, schreef Nonk Theo, op 23 september 1959. Hijzelf, de tengere Joe Begozzi en de geblokte Joe Rudis. De vierde, de kok, was net vertrokken.

'We hebben hem ontslag moeten geven, omdat je niet met hem kon leven. Het was hier te eenzaam voor hem,' schrijft Nonk Theo.

Hij voegt eraan toe dat ze een nieuwe hond hebben, nadat de vorige door dingo's is doodgebeten. Zonder hond word je immers voortdurend in je slaap gestoord door allerhande wilde beesten, van buideldieren tot wilde katten. Of je wordt verrast door een al dan niet giftige slang.

De zwart-witfoto is van Julie Fraser, de vrouw die me een maand geleden uit het niets mailde. Ik ben bij haar thuis in Flagstone, een uur rijden ten zuiden van Brisbane. De gezette, rossige Julie lijkt in niets op de spichtige man op de foto, Joe Begozzi. De Italiaanse immigrantenzoon kwam met zijn vader uit Verona naar Sydney, voor de bouw van een waterkrachtcentrale. Daar ontmoette Julie's jonge moeder, Beverly, eind jaren vijftig de achttien jaar oudere Joe. Die leed toen al aan een ongeneeslijke vorm van goudkoorts, opgelopen in Queensland. Dus toog Bev' als stadsmeisje van twintig jaar, met al twee kinderen van een andere vader, naar Mount Britton.

'Dat was dus echt helemaal niks voor mij,' vertelt de nu 66-jarige Bev' op het terras van haar dochter Julie, in afwachting van het vlees dat ligt te sputteren op de barbecue. De moeder is al net zo stevig als haar dochter en rookt de ene na de andere sigaret.

'Licht van carbidlampen. Geen radio. Geen stromend water. Geen koelkast. We kregen ons vlees van de rundveehouderij op Homevale, aan de voet van Mount Britton. Je moest het zouten of drogen tegen bederf. Man, wat hebben we daar veel gedroogd en gepekeld vlees gegeten.'

Julie vertelt hoe haar moeder op een dag een volwassen mannetjeskangoeroe tegen het lijf liep. Haar stiefvader schoot het woeste beest af, maar het leed was al geschied. Bev' lag weken met bloedingen en kneuzingen in het ziekenhuis.

'Mam háátte het daar op Mount Britton,' valt Julie haar moeder bij, alsof dat nog niet duidelijk was. 'Het was er zó primitief. En alleen mannen zoals jouw oom.'

Bev' had het niet op excentriekelingen als Nonk Theo. Haar Joe was nog een gezinsman. Niet vies van hard werken. Maar als hij daarmee klaar was, speelde hij vaak nog even met de kinderen. Met kerst ging hij met ze op zoek naar een mooie boom, in het bos. Onder de kerstboom lag altijd een berg cadeaus, herinnert Julie zich.

'Op Mount Britton zat heel veel pyriet in de grond. *Fool's gold.* Joe liet ons daar altijd mee spelen. Dat vonden we prachtig,' zegt Julie.

Wat ze maar wil zeggen: haar stiefvader Joe was wel apart, gegrepen door goudkoorts, maar verder wel oké. Zij was in elk geval dol op hem. Een heel ander soort man dan mijn oom. Die was, als ik Bev' mag geloven, alléén maar bezig met goud. Net als 'Little' Joe Rudis, door mijn oom in een van zijn brieven omschreven als 'een ontzettend sterke Litouwer' die eind jaren vijftig al een jaar of tien in Australië was. Nonk Theo bewonderde Rudis. De slimme manier waarop de Litouwer zijn spierkracht aanwendde, schreef hij, was goud waard. Letterlijk.

Bev' maakt een wegwerpgebaar. Ze praat liever over haar Joe Begozzi, die na een poos afzien in de bush besloot om toch maar een huisje te huren voor vrouw en kinderen, in Nebo. Doordeweeks was hij nog steeds onafgebroken op de mijn. Maar in de weekenden kwam hij naar huis en bracht hij tijd door met zijn gezin. Nonk Theo en Joe Rudis bleven meestal een maand en soms wel zes weken aan een stuk op de mijn, totdat ze weer genoeg goud hadden om naar Mackay te gaan. Daar zette Begozzi zijn kompanen meestal af bij de kroeg, waarna hij zelf op pad ging om voorraden in te slaan en het gedolven goud naar de bank te brengen voor cash. De opbrengst werd gedeeld.

'Ze gingen pas terug als al hun geld weer opgezopen was,' zegt Bev' ijskoud.

Uiteindelijk heeft haar relatie met Begozzi haar bitter weinig gebracht. Ze is nooit officieel getrouwd met de man die bij ondertekening van officiële stukken de naam opgaf van zijn vader: Luigi Guiseppe Sgiarovello. Dezelfde naam als op de claim van mijn oom en drie anderen, voor een okermijn ten westen van Mount Britton. Gefascineerd bekijkt Julie mijn stukken daarover met die fraaie Italiaanse naam, die ook voorkomt in diverse verslagen van de mijninspectie, gevonden in archieven in Brisbane.

'Wauw! Geweldig!' roept ze keer op keer.

Bev' kijkt weg van de tafel en paft dikke wolken rook de lucht in. Julie ziet de pijn en vult de stilte. Ze vertelt hoe de dood van Joe Begozzi het gezin in de grootst mogelijke ellende stortte. Elf jaar was Julie nog maar, toen haar stiefvader in 1969 overleed aan een hartaanval, amper zestig jaar oud.

'We waren alles kwijt. Van de ene op de andere dag. De staat nam alles in beslag. Onze auto, het huis, zelfs de pannen en de fotoalbums. Simpelweg omdat ma en pa niet officieel getrouwd waren. Daardoor had ma geen enkel recht op Joe's eigendommen, inclusief de mijnclaim. Tja, zo ging dat toen.' Haar stiefvader was er de man niet naar om alles vast te leggen, voegt ze er gelaten aan toe. 'Een man van zijn woord. Een handdruk zei hem meer dan een officieel contract.'

Misschien zijn zo ook de problemen begonnen voor Nonk Theo. Begin jaren zestig ging de dagelijkse leiding over de goudmijn naar mijn oom, omdat Begozzi met een andere partner voor de Amerikanen ging werken. 'Utah,' herinnert Bev' zich de naam van de mijngigant uit de VS, die rond Nebo kwam zoeken naar kolen. 'Ze kwamen met van die grote Amerikaanse trucks, met het stuur aan de andere kant. Joe ging voor ze monsteren. Dan gingen er pijpen de grond in om te zien op welke diepte er kolen zaten en hoe dik die kolenlagen waren.'

Al snel nadat Nonk Theo aan het roer van de goudmijn kwam te staan, ging het meer dan crescendo, weet ik uit de verslagen van de mijninspectie. Ergens tussen medio 1962 en eind 1963 moest Nonk Theo zich voor een derde aandeel hebben ingekocht. Alleen al het Evelyn-rif, dat ondergronds met dynamiet werd ontgonnen, gaf in die periode volgens de verslagen een ongelofelijk opbrengst van 1120 ounces goud prijs. Bijna 35 kilo, tegen de huidige goudprijzen bijna één miljoen Amerikaanse dollar waard. Maar ja, had hij zijn derde aandeel wel onberispelijk, zwart-op-wit, vast laten leggen? Of had ook hij genoegen genomen met een handdruk?

Bev' haalt haar schouders op. Na de dood van Joe Begozzi vertrok ze berooid met de kinderen uit Nebo, om er nooit meer terug te keren. Als ik vertel dat mijn oom uiteindelijk de goudmijn is kwijtgeraakt, waarschijnlijk aan Bert Faltinsky, knikt ze. 'Die man probeerde iedereen te beroven en te beduvelen.'

Ze herinnert zich hoe Faltinsky er na de dood van haar Joe als de kippen bij was om de metalen platen uit de stamper te slopen. Op die platen was door het langdurige gebruik een laagje goud achtergebleven. 'Het kon hem geen donder schelen dat de stamper daardoor stuk ging. Hij wilde dat goud. Punt uit.'

'Maar mijn oom en Joe Rudis lieten dat toch zeker niet gebeuren?' werp ik tegen.

Ze maakt het zoveelste wegwerpgebaar. 'Toen ik Theo ontmoette, was hij erg gereserveerd. Traag, rustig. En een *loner*, zoals zoveel door de goudkoorts gegrepen figuren, daar op Mount Britton. Jouw oom was helemaal geen partij voor Faltinsky. Hij was een harde werker, hoor. Maar geen vechter. Nee, hij zal vast niet hebben gevochten voor die mijn. Dat kan ik me niet voorstellen.'

Het idee dat mijn oom zich heeft laten afblaffen en als een hond in zijn hok heeft laten schoppen wil er bij mij niet in. Het maakt me nóg nieuwsgieriger naar de ontmoetingen die me nog wachten. Twee in het bijzonder. Ik heb de weduwe Faltinsky weten te traceren. Als het meezit, zie ik haar over een paar dagen. Net als Bill Stubbs, Faltinsky's toenmalige vriend en advocaat, en tegenwoordig eigenaar van wat ooit de goudmijn van mijn oom was.

Tussen twee happen van een mals stuk outback-rund valt opeens een nieuwe naam voor op mijn to-do-lijst: Ukalunda. Een plek vlak bij de oevers van Lake Dalrymple, een kilometer of tweehonderd van Mount Britton. Daar, in de bush, lag nog een goudmijn waar Nonk Theo moet hebben gewerkt, in zijn vroege jaren in deze streek. Voor Bev', die ook bij tijd en wijlen met Joe Begozzi meeging naar Ukalunda, was het daar al niet veel beter dan op Mount Britton. Een huisje met een zandvloer, een dak van golfplaten en jutenzakken als flexibele wanden. 'Als je ze nat maakte en de wind blies er door, gaf dat verkoeling. Een soort airco.'

Waar Bev' op Mount Britton nog rund kon eten, moest ze het in Ukalunda doen met vlees van wilde kangoeroes. 'Geen delicatesse,' zegt ze, met een vies gezicht. 'Ik was een jonge meid uit de grote stad. In Sydney had je flats met liften, en winkelcentra met roltrappen. Opeens zat ik daar met mijn kinderen in stofhutjes. De dichtstbijzijnde winkel in Ukalunda was honderd kilometer verderop, in Collinsville. Ik heb mijn zoon bijna vermoord toen hij als jochie met mijn sigaretten zat te spelen. Ik had nog maar één pakje over en hij had alle sigaretten gebroken. Vreselijk vond ik het, Mount Britton, en ook Ukalunda. Als een buitenaards wezen, zo voelde ik me daar.'

Die avond lig ik met een knetterende hoofdpijn op bed, in mijn kamer in Julie's woning. Die mag ik de komende dagen gebruiken als uitvalsbasis. Ik had er al op gehoopt. Zo kan ik kosten van verblijf drukken en hoef ik niet elke avond terug naar een hostel vol zuipende en schreeuwende backpackers. Ik kan mijn malende brein zo al niet tot bedaren brengen. Drie dagen Down Under en ik ben alweer compleet in de ban van Nonk Theo.

Het is middernacht. Eigenlijk ben ik doodop. Ik glip naar de werkkamer, prik de internetkabel in mijn laptop en ga op zoek naar die plaatsnaam die op geen van mijn kaarten te vinden is. De *Ballroom* noemden ze de plek bij Ukalunda waar je *easy gold* kon vinden, aan de oppervlakte. Als je lef had, ging je de berg in. De tunnels naar de ertsriffen met goud waren levensgevaarlijk. De eigenaar van de goudmijn destijds, ene Lyndsay White, waarschuwde goudzoekers: graaf niet dieper zonder de boel te stutten. Maar dat deden ze toch, met het risico dat je de hele berg op je donder kreeg, had Bev' vanmiddag verteld.

Her en der vind ik wat over Ukalunda. Er zou in de loop der jaren bij elkaar minstens dertig kilo goud gevonden zijn, meldt een verslag van de mijninspectie van Queensland uit 1996. Het goud van Ukalunda is van hoge kwaliteit en komt, daar op het Rutherford Plateau, zowel voor in de vorm van vlokjes en schubben als draadjes. Dertig kilo goud. Dat is nu ruim 800.000 Amerikaanse dollar waard. Niet slecht.

Het kost me moeite om de exacte ligging van Ukalunda te bepalen. Collinsville, de dichtstbijzijnde plaats van betekenis, daar kom je nog wel met de auto. Het nog altijd meer dan tweeduizend inwoners tellende plaatsje dankt zijn bestaan aan de rijke kolenreserves in de buurt. Aboriginals noemden het daar voor de komst van de kolonisten al 'Moongunya': plaats van steenkool. Kolenmijnen in de buurt zorgen nog steeds voor werk, al trekt Collinsville en omgeving tegenwoordig ook veel mineralenfreaks op zoek naar saffieren, amethist en geopaliseerd hout.

Nonk Theo is er geweest, in Collinsville. Hij heeft in maart 1967 een brief verstuurd met als afzendadres 'Powerhouse BRKS Collinsville'. Dat haal ik uit een overzicht van brieven die mijn vader in het verleden voorbij heeft zien komen, de brief zelf is spoorloos. Helaas. Ik vraag me af of Nonk Theo iets te maken had met de beruchte staking op de plaatselijke elektriciteitscentrale, waarover ik steeds meer informatie vind. De arbeiders die de centrale bouwden, eisten al sinds 1965 een loonsverhoging en vergoeding voor overwerk. De aannemers weigerden. Uiteindelijk legden de boze werklui de boel plat. De werkgevers ontsloegen prompt alle tweehonderd arbeiders. Vervolgens haalden ze tachtig verse werklieden van buiten Collinsville als stakingsbrekers. Die kregen zo ongeveer het hoogste loon dat een arbeider in die tijd in Australië kon verdienen. Het was oorlog. Dertien weken lang wachtten de mannen en vrouwen van Collinsville de vreemdelingen op. Die moesten van en naar hun werk door een haag van woedende dorpelingen. De huurlingen werden bespuugd, soms geslagen en uitgemaakt voor *scabs*: schurft, onderkruipers. Met reden: tientallen gezinnen met een werkloze kostwinner moesten uit pure armoede voedselpakketten accepteren.

Ik kan me niet voorstellen dat Nonk Theo zich liet inhuren als stakingsbreker, ook al betaalde dat nog zo goed. In een eerdere brief, dertien jaar eerder vanuit Gwalia in West-Australië, had hij immers zijn afschuw uitgesproken over de 'Spaghetti's', die met de acceptatie van lage lonen een mes in de rug staken bij collega-mijnwerkers die streden voor betere arbeidsomstandigheden en hoger loon. Het zou Nonk Theo's eer te na zijn. Hoop ik. Of hij moest wel heel erg om geld verlegen zitten. Dat was natuurlijk zo. Tweede helft jaren zestig, dat was immers de periode waarin mijn oom in allerlei rechtszaken verzeild raakte en Faltinsky opdook als mede-eigenaar van Nonk Theo's goudmijn.

Dit gespeculeer leidt nergens toe. Alleen maar tot bonkende koppijn. Als ik de coördinaten voor Ukalunda te pakken heb, moet ik drie keer slikken. Collinsville is nog prima te bereiken, gewoon over asfalt. Maar van Collinsville naar Ukalunda, dat wordt lastig. Het is nog verder dan Bev' zei, vloekend over die 67 hobbelige mijlen stofweg, ofwel 107 kilometer. Het zijn er trouwens ruim twintig meer, zo meet ik op de kaart. Normaal is ook dat een kippeneindje, maar welke kaart ik ook voor me krijg, naar Ukalunda lijken geen wegen te leiden. Dan is bijna 130 kilometer wel heel veel. Ukalunda vraagt minimaal om een vierwiel aangedreven terreinwagen met satellietnavigatie. Maar zelfs dan is de kans groot dat ik ter plekke de speld in een hooiberg niet vind. Om nog maar te zwijgen over de risico's van de Outback. Ik ben geen Crocodile Dundee. Toch moet en zal ik naar Ukalunda gaan, ook al laat mijn nu al krappe reisschema dat helemaal niet toe.

'Alles oké?'

Ik schrik me rot. Naast me staat Julie's man, opvallend wakker. Het is tegen vieren, maar Tom is klaar om naar zijn werk te gaan. Hij bezorgt graszoden, tot ver buiten Brisbane. Dan loont het om idioot vroeg op pad te gaan en de files voor te zijn.

'Ik kon niet slapen. En ik wilde nog iets opzoeken. Heb ik jullie wakker gemaakt?'

'*No worries, mate*. Ieder zijn werk.'

In de keuken maakt Tom zijn ontbijt klaar. Op de achtergrond klinkt de televisie, met een herhaling van het nieuws van de avond ervoor.

'Wat zoek je eigenlijk?'

Ik vertel over Ukalunda en hoezeer ik erheen wil. Ik krijg flarden mee van een tv-item over twee toeristen met autopech in de Outback. Na dagen zonder eten en drinken hebben ze het er ternauwernood levend van afgebracht.

'Hoor je dat, Ferdi? Het is daar niet als hier. Of zoals bij jou in Nederland. Ga in elk geval niet in je eentje, maar met iemand die het daar kent. Je zou niet de eerste toerist zijn die het loodje legt in de outback.'

Hij heeft gelijk. Ik kwam hier helemaal niet voor dat *fucking* Ukalunda. Maar nu ik ervan weet, kan ik het verdomme niet uit mijn hoofd zetten. Julie's man geeft me een klop op de schouder en zet een bak koffie voor mijn neus.

'We zullen zien. Ik heb nog een paar weken,' zeg ik. 'Op zoek naar Nonk Theo is er wel meer geks gebeurd.'

Bij de achterdeur maakt Tom zijn jas dicht. 'Wat je wilt, Ferdi. Ik hoop alleen dat ik jou straks niet zo op tv zie.'

Er zijn prettiger manieren denkbaar om mijn verjaardag door te brengen dan alleen, ploeterend door oude mijnverslagen. Maar ik moet wel. Deze extra papierdag hier, op het departement van Mijnbouw en Energie te Brisbane, heb ik ingelast voor Ukalunda. Die plek staat vanaf eind jaren vijftig met enige regelmaat vermeld in de *Queensland Government Mining Journal*. Dezelfde boekwerken heb ik ook al doorgeploegd tijdens mijn vorige bezoek, op zoek naar informatie over Mount Britton. Van Ukalunda had ik toen nog nooit gehoord.

Medio 1958 loopt een mijnwerker er zware huidwonden op als een doos explosieven bij open vuur ontploft, lees ik. De mijninspectie sluit de mijn. In de jaren daarna proberen opnieuw diverse goudzoekers hun geluk in Ukalunda. In 1959 wordt er in twee maanden tijd 115 ounces goud gedolven, tegenwoordig een kleine 100.000 Amerikaanse dollar waard. Daarna zakt de goudwinning weer in.

Dan, in 1962, meldt de familie White zich in Ukalunda, met machines en werklui. Het duurt een paar jaar, maar dan haalt 'L.F. White' in 1968 een kleine zestig ounce, een kilo of twee, uit de bodem. Lindsay White kreeg daarbij volgens Bev' hulp van Nonk Theo. Maar van mijn oom geen spoor in de verslagen. Ook niet als White in 1976 zes kilo en bijna twee ons goud peurt uit twee van zijn concessies. Die oogst had nu bijna 170.000 Amerikaanse dollar opgeleverd. Het jaar erop vindt hij zelfs het drievoudige aan goud. In 1980 is het nog één keer raak, en niet zo zuinig ook, voor ene Keith White, waarschijnlijk familie van de man met wie mijn oom in Ukalunda heeft gewerkt. Deze Keith White delft, in andere wingebieden dan L.F. White, maar liefst elf kilo goud. Daarna is het gedaan met de Whites in Ukalunda. Nergens kom ik ze nog tegen. Ze hebben de boel verpatst en zijn gaan rentenieren, is mijn eerste gedachte. Ik moet er zelf om lachen: alsof mensen met ware goudkoorts ooit vrijwillig afscheid kunnen nemen van hun verslaving.

's Avonds, 'thuis' in Flagstone, trakteer ik na het eten op kleffe chocoladetaart uit de supermarkt. Julie en haar man hangen aan mijn lippen als ik vertel over het goud van Ukalunda. Moe trek ik me na een paar uur terug in de studeerkamer, met mijn laptop. Een berichtje, van het departement van Mijnbouw en Energie. De moed zakt me in de schoenen. Ja, er lopen nog steeds mijnconcessie voor goud en andere mineralen in Ukalunda. Maar in deze tijd van het jaar, de Australische zomer, kun je er beter niet heen gaan. In het natte seizoen overstroomt de stofweg vanuit Collinsville vaak. Het kan dagen of zelfs weken duren voordat de overstromingen voorbij zijn.

Mijn huisgenoten liggen alweer in bed. Ik heb energie nodig. Maar een tweede stuk taart staat me al na één hap tegen. Ik lees het mailtje van mijn contact bij het mijndepartement nog eens.

'Uit mijn tijd als mijnbouwadministrateur herinner ik me dat Lindsay White zo'n tien jaar geleden is overleden. Zijn familie heeft zijn mijnconcessies verkocht.' Meer weet de ambtenaar niet te melden over een van Ukalunda's succesvolste gouddelvers.

Jammer dat de beste man dood is. Maar hij had dus nazaten, lijkt het. Dat zou wat zijn, als ook maar een of meer van hen nog leeft en te porren is om met mij naar Ukalunda te gaan, zelfs al is het natte seizoen reeds begonnen. Ik trek het stuk fabriekstaart naar me toe en schuif het in één keer naar binnen.

Al dagen gedraag ik me als een mallotige 007. Met Google Earth heb ik het huis van mijn doelwit vanuit de lucht verkend. In dit deel van Chelmer, een fraaie buitenwijk in het zuidwesten van Brisbane, hebben villa's een tuin met zwembad en een bootsteiger aan de Brisbane. Met Googles gluurprogramma Street View heb ik binnen proberen te kijken. Helaas: te veel bomen en struiken. Het huis ligt ook wat verder van de straat af, achter een eerste rij villa's, zo zag ik twee dagen geleden bij mijn eerste fysieke verkenning.

Vandaag moet het gebeuren: de confrontatie met een van de mensen voor wie ik speciaal ben teruggekeerd. Bill Stubbs was bereid me thuis te ontvangen. Oké, pas na herhaaldelijk bellen en lang aandringen, maar goed, een confrontatie op afspraak dus.

In de deuropening verschijnt een lange man, veel langer dan ik me had voorgesteld. Slank ook, helemaal niet gedrongen. En geen peperduur pak, maar een verwassen, meerkleurige polo boven een kaki korte broek. Hij drukt me ferm de hand en geleidt me naar de veranda, met uitzicht op een weelderig groene achtertuin.

'Ga zitten,' klinkt het gebod, dat ik maar gehoorzaam.

Stubbs neemt me op, van top tot teen. In een poging het ijs te breken begin ik over zijn mooie woning. Hij dankt beleefd, maar oogt verveeld. Deze stalker ontvangt hij om van het gedonder af te zijn. Ik leg mijn mobieltje op tafel en druk op de opnametoets.

'U hebt toch geen bezwaar...'

'O nee, ga je gang,' zegt de advocaat en zakenman.

Uit de losse pols vertelt Stubbs hoe hij Faltinsky leerde kennen in Mackay, een paar jaar nadat de advocaat daar in 1966 als jongste bediende begon op een advocatenkantoor. Hij kent de verhalen over Faltinsky. Ja, zijn Duitse vriend had bij de Hitler Jugend gezeten. Maar dat was toch wel iets anders dan de SS.

'De oorlog was nog maar twintig jaar voorbij. Bert had zich voorgenomen een eerzaam lid te worden van de gemeenschap van Proserpine, de plaats ten noorden van Mackay waar hij eerst woonde. Ik herinner me dat hij een couveuse heeft geschonken aan het plaatselijke ziekenhuis, nadat de dokters daar zijn tweeling hadden gered bij hun nogal moeizame geboorte.'

Wat Stubbs maar wil zeggen: prima gozer, die Faltinsky.

'Later was hij, min of meer, niet in de verkeerde betekenis van het woord, de peetvader van de Duitse migrantengemeenschap rond Mackay,' vervolgt hij. 'Hij had het beter gedaan, meer bereikt, dan welke andere Duitser ook. Hij had zich opgewerkt door een mix van fysieke en mentale kracht. En hij had ook wel een zachte kant. Hij betaalde weleens uitvaarten van mensen, als ze weinig of geen vrienden en familie hier hadden.'

'Niet van mijn oom,' mompel ik.

Stubbs reageert er niet op. Hij vertelt hoe hij Faltinsky, die hij steevast bij zijn voornaam noemt, leerde kennen als waterboorder. 'Bert had in Duitsland al wat training gehad op dat gebied. Hij had enig verstand van geologie en was erg goed in het vinden van water en de aanleg van irrigatie. In en rond Mackay was hij waarschijnlijk de beste in zijn vakgebied. Maar hij was ook zeer geïnteresseerd in mijnbouw. Zo belandde hij op Mount Britton.'

'En leerde mijn oom kennen,' vul ik aan.

Stubbs knikt.

'Hoe was de relatie tussen Faltinsky en mijn oom?'

Stilte. Alleen het gekwetter van de vogels in de tuin.

'Theo was nogal op zichzelf. Hij was eigenlijk altijd op Mount Britton. Soms zag ik hem in de rechtszaal, als hij weer eens als getuige moest komen opdraven in een conflict om een mijnconcessie.'

'De burgemeester van Mount Britton,' vul ik aan.

'Precies. Hij was de meest zichtbare, bekende bewoner van Mount Britton. Hij was er het langst. Veel mensen kwamen en gingen. Maar Theo bleef. Ook toen begin jaren zeventig de kolenindustrie opkwam.'

Ik knik. Ook Faltinsky kon moeilijk opboksen tegen de kapitaalkrachtige Amerikanen, die iedereen met enig benul van geologie en mijnbouw de kolenbusiness inzogen. Ook al ben ik de naam van Theo Schrooten vanaf begin jaren zeventig niet meer in mijnverslagen over Mount Britton tegengekomen, hij bleef er komen, weet Stubbs. En zo bleef hij ook tegen Faltinsky aanlopen.

'Ze kwamen allebei uit een door oorlog verscheurd Europa. En ze waren hier vreemd. Mackay was niet zo gastvrij voor nieuwkomers in die tijd. Het was lange tijd een geïsoleerde gemeenschap, door het weer en de wegen.'

Stubbs doelt op de cyclonen en overstromingen die ook in de moderne tijd niet voorbij gaan aan Mackay, al hoort het stadje dankzij spoor, wegen en vliegverkeer inmiddels allang bij de bewoonde wereld.

'Maar ach, als je allebei in een onherbergzaam gebied als Mount Britton zit te rotzooien, dan leer je ook wel enigszins met elkaar om te gaan.'

Hij leerde Faltinsky kennen in de tijd dat hij hem als advocaat bijstond in het eindeloze landjepik onder de gelukzoekers op Mount Britton. Uit de rechtszaken, waarvan Stubbs er steeds meer voor Faltinsky ging doen, groeide langzamerhand een innige band, en uiteindelijk een vriendschap voor het leven.

'Ik wilde een exploratiebedrijfje beginnen voor goud en andere grondstoffen. Toen heb ik Bert benaderd als partner. Ik betaalde hem om te speuren naar metalen en mineralen, en met mijn juridische kennis regelde ik de concessies. Vervolgens verkochten we de mijnbouwrechten door, of we gingen joint ventures aan. We deden zaken met de grote jongens. Mijngiganten als BHP, Anglo American. We waren daar heel succesvol in. Niet dat we er schathemeltjerijk van zijn geworden, maar het was verrekt mooie business. Zeg maar een alternatief voor een racepaard. Het juridische leven kan na verloop van tijd een beetje saai worden als je er niet iets leuks naast doet, in je vrije tijd.'

'Een uit de hand gelopen hobby,' opper ik.

Hij knikt.

Voor Nonk Theo was diens goudmijn op Mount Britton allerminst een hobby. Het was zijn ticket naar succes, rehabilitatie en een warm welkom thuis, in Heerlerheide. Maar hij had de pech dat hij met zijn concessie pal tegen de claim van Faltinsky zat. Met twee goudzoekers zo dicht bij elkaar was het wachten op gedonder. Dat begon toen Faltinsky zijn buurman op Mount Britton verdacht van diefstal.

'Theo bracht vaker specimen goud van Mount Britton naar Mackay,' gaat Stubbs verder. 'Brokjes wit quartz met stukjes goud erin. Hebbedingetjes, voor toeristen en verzamelaars. Je kunt er best een leuke winst op pakken. Theo verkocht de specimen aan een mineralenwinkeltje. Tot Bert ze daar een keer zag. Hij wist zeker dat ze van zijn mijn kwamen, door de specifieke structuur. Tja, Bert was lang niet altijd op zijn mijn, hij had als waterboorder overal klussen. Theo zal hebben ontkend dat hij de specimen pikte. Toch overschaduwde die verdenking voor altijd de relatie tussen de twee.'

Ik kan het moeilijk rijmen met wat ik in de rapporten van de mijninspectie heb gelezen, over Faltinsky, die in de tweede helft van de jaren zestig ineens mede-eigenaar werd van mijn ooms mijn, de Freegold. Dat was toch een administratieve move waar ze bij de inspectie zo hun twijfels over hadden, werp ik Stubbs voor de voeten. Zijn relaxte openheid van het afgelopen kwartier verdwijnt abrupt.

'Zeg, waarvoor is dit eigenlijk allemaal? Ben jij bezig een stamboom te maken van de familie of wat?'

'Nee, een boek. Ik wil het levensverhaal van een immigrant beschrijven. Nu eens niet de zoveelste successtory, maar de andere kant van de uittocht uit Nederland na de Tweede Wereldoorlog.'

Ik pauzeer even, in de hoop dat Stubbs inspringt. Maar hij zwijgt.

'Als u met Theo sprak, hoe gingen die gesprekken dan?'

Hij haalt zijn schouders op. 'Pfff. Ik zal in de meeste gevallen niet meer dan twintig woorden met hem hebben gewisseld. Zoiets van "hoe gaat-ie?" en "alles goed op Mount Britton?" Niet veel meer.'

'Maar u hebt Theo dus wel vaker gezien, meestal op de rechtbank?'

Hij knikt. Maar ook niet meer dan dat.

'Aan de telefoon had u een anekdote over mijn oom in de rechtszaal. Iets met een concessie die rondsprong als een fucking kangoeroe.'

Er volgt een zucht. Ik weet wat komen gaat, maar ik heb nou eenmaal iets nodig om het gesprek gaande te houden. Iets onschuldigs, iets grappigs.

'Er waren in die tijd, ik heb het over de jaren zestig, altijd wel een paar lopende rechtszaken. Over dat landjepik dus,' begint Stubbs. 'Nu weet je door gps op de voet nauwkeurig waar iemands claim ligt, maar in die tijd moest je het doen met een kompas en meetlinten. En dat was dan nog wat de meer geraffineerde figuren gebruikten. De rest bepaalde de coördinaten van een claim met voetstappen. Dan zei je, kijkend naar de zon:

45 meter noord-noord-west vanaf de gomboom, daar begint de claim. Vandaar maakte je, weer met voetpassen, een denkbeeldig vierkant. Grote kans dat het niet zo precies was. Of dat je een gebied afpaste dat dat van een ander overlapte. Dan had je natuurlijk meteen gedonder.'

'Wat heeft dat met mijn oom te maken?'

'Theo moest een keer onder ede komen verklaren waar een concessie van hem lag. Het was de 105.'

'De Freegold?'

Hij knikt. Hij heft zijn wijsvinger en gaat rechtop zitten. 'Maar volgens mij klopte dat niet met wat hij een week eerder had verklaard. Ik heb hem daarmee geconfronteerd, in een kruisverhoor. Toen dacht ik: aha, jij rotzak, nu heb ik je! Want hij was gewiekst, hoor. Hij wist wat hij deed. Soms waren figuren als hij met opzet schimmig en dubbelzinnig over de ligging van hun claim, om potentiële rivalen zo veel mogelijk zand in de ogen te strooien.'

Hij glimlacht even. 'Theo kon een ontzettende lastpak zijn, maar door zijn individualiteit genoot hij ook respect. Wat hij daar op de berg heeft gedaan was geen eenvoudige opgave, los van de uitkomst. Je moest echt vaardigheden hebben. En *brainpower*. Voor het opsporen van de mineralen, om te begrijpen hoe de bodem in elkaar zit en te bedenken hoe je het goud eruit krijgt. Daar waren kerels als jouw oom vaak heel goed in. Alleen, de hele administratie, de regels, dat werd allemaal niet zo serieus genomen. Vandaar ook alle gedonder op de rechtbank. Maar zelfs dan. Het is een test van je mannelijkheid. Er zijn maar heel weinig mensen die daar de berg op kunnen gaan en doen wat hij deed. Het was alleen plezieriger geweest voor hem als hij wat meer goud had gevonden.'

'Was het niet vooral stupide zelfdestructie?' opper ik.

'Zo kijken we er nu tegenaan. In die tijd koesterden mensen hun gezondheid niet zoals wij nu. Ze stierven op een gegeven moment gewoon. Dat was hoe het ging, al helemaal bij die excentriekelingen op Mount Britton Ze waren blij dat ze de oorlog hadden overleefd. Veel van hun kameraden waren gesneuveld. Ze verdienden nog niet zo veel, hun geld ging op aan sigaretten en drank. Als je vrij was, ging je naar de kroeg. Er was geen tv. Geen mobieltjes. Voor een telefoontje moest Theo in die tijd kilometers afleggen naar het Retreat Hotel. En dan was hij daar waarschijnlijk straalbezopen weggegaan. Mensen hielden van die rauwe onafhankelijkheid. Er was geen betutteling. Als je met een geweer wilde schieten, dan kon dat. Als je met een staaf dynamiet ergens een gat in een berg wilde blazen, dan deed je dat.'

In Stubbs stem, die me tot dan toe vooral heeft doen denken aan het geknepen geluid van Mr. Bean, klinkt nu verlangen door naar de tijd van toen.

'Ik heb wat documenten meegenomen. Mag ik ze laten zien?' zeg ik, terwijl ik mijn rugzak grijp en er een stapel papieren uit pak.

Stubbs, die zich net weer in zijn stoel wilde laten zakken, veert op. 'O, graag,' zegt hij verrukt. En prompt staat de advocaat, tot nog toe een pover gastheer, op. 'Wil je soms een kop thee?'

Terwijl Stubbs in de keuken bezig is, spreid ik de papieren uit over de tafel. Bij de thee deel ik mijn bevindingen. Deels. Hij bekijkt aandachtig de tekeningen, foto's en mijndocumenten. Belangstellend luistert hij naar de verhalen over de andere mijnen waar Nonk Theo heeft gewerkt. De Pine Vale-mijn is volgens Stubbs nooit echt van de grond gekomen. In Ukalunda is in een aantal kleinere ondergrondse mijnen met redelijk succes goud gedolven uit lagen quartz, bevestigt hij.

Ik toon een uittreksel van een van Nonk Theo's goudmijnen op Mount Britton, de Union, in het gebied dat nu van Stubbs is. De concessie stond op naam van mijn oom en Raymond Balzer.

'God, was dié erbij betrokken?' roept hij uit.

Pas na enig aandringen vertelt hij iets over zijn vakbroeder uit Lismore.

'Behoorlijk scherpe man. Ik heb hem nooit gekend. Maar hij had de naam dat je met hem op je hoede moest zijn, als je begrijpt wat ik bedoel.'

'O, hoe dan?' vraag ik zo achteloos mogelijk.

'Nou, dat weet ik niet zo goed,' zegt hij, snel terugkrabbelend. 'Hij was nogal ondernemend. In de mijnbouw, ja. Ik denk dat hij nu dood is.'

'Klopt,' zeg ik. 'Al jaren. Helaas.'

'Ik vraag me af hoe die twee elkaar hebben leren kennen, Theo en Ray Balzer,' zegt hij, me nadrukkelijk aankijkend.

'Waarschijnlijk zoals dat die tijd in heel Australië ging: als je ergens nieuw was als mijnwerker, ging je een kroeg in. Dat ging rond en dan kwamen vanzelf figuren als Balzer naar je toe. Of Faltinsky,' zeg ik, Stubbs evenzeer strak aankijkend.

'Zou kunnen. Ik had een tijd iemand voor me werken die ze de "pub-prospector" noemden. Die was ook vaak in de kroeg om te horen wat er speelde, contacten te leggen en deals te sluiten.'

'Tja, en dan hebben we nog onze belastingadviseur, meneer Forsyth,' zeg ik quasi argeloos, een nieuw stukje aas uitwerpend.

Wederom grote ogen bij Stubbs, die sinds een paar minuten afwisselend zijn leesbril verruilt voor zijn gewone bril, en ze nu maar allebei op zijn neus heeft gezet.

'Was Johnny er ook bij betrokken?'

Ik vertel dat Forsyth de belastingadviseur en accountant van Nonk Theo was en daarnaast de houder van diverse mijnbouwconcessies. De cijferman blijkt ook een 'goede vriend' van Stubbs te zijn geweest.

'Johnny heeft me in mijn beginjaren een hele grote gunst bewezen. Uit pure onwetendheid had ik een blunder begaan met vreselijke fiscale gevolgen voor een cliënt. Ik was in paniek. Maar Johnny had de boel achter de schermen al recht gestreken. Dat was het begin van een vriendschap. Een paar jaar later heb ik Johnny uit de brand kunnen helpen na een fraudemelding over hem. Hij moest 25 pences betalen. Meer niet.'

Quid pro quo. Een niet te omzeilen spelregel destijds voor wie overeind wilde blijven in het wilde westen in en rond Mackay. In de naoorlogse vriendenrepubliek moet de boekhouder van mijn oom een belangrijk schaakstuk zijn geweest, al spreekt Stubbs liever over zijn 'Johnny' als gewoon een goede peer, met het hart op de juiste plek. Dan krijg je altijd weer terug wat je geeft. En meer.

Een van Forsyths vrienden was Lindsay White, vertelt Stubbs, zo maar uit zichzelf. White kwam eens in de zoveel weken van zijn goudmijn in Ukalunda naar Mackay. Meestal wipte hij dan ook even aan bij zijn boekhouder. 'Johnny's kantoor zat toch naast de kroeg,' grapt hij, nu aardig op de praatstoel. 'Meestal bracht Lindsay zijn gedolven goud mee in een augurkenpot. Ook die ene dag. Lindsay liet Johnny het goud zien, en wilde daarna naar de kroeg. Dat vond Johnny niet zo'n goed idee. Maar Lindsay had geld nodig, om materiaal en voorraden voor op de mijn te kopen, dus hij wilde het goud weer meenemen. Johnny liet dat gebeuren, maar voor de zekerheid gaf hij Lindsay wel een pak cash mee.'

Ik begrijp dat goudzoeker Lindsay White en boekhouder John Forsyth een vergelijkbare partnerdeal moeten hebben gehad als Nonk Theo en advocaat Ray Balzer. De een de harde werker op de goudmijn met kennis van mijnbouw, de ander de verschaffer van kapitaal, administratieve kunde en een handig netwerk, en zo deelgenoot in de opbrengst.

Stubbs knikt en pakt de draad weer op. Wat volgt is een verhaal over White die mét zijn goud naar de kroeg gaat, daar uiteindelijk dronken wordt uitgeknikkerd, in een hotel beland en ook daar wegens wangedrag hardhandig buiten wordt gezet. Als hij de volgende dag bont en blauw geslagen komt uithuilen bij Forsyth, smeekt hij die om toch vooral zijn partner te blijven. Wat blijkt? White is al zijn goud kwijt, plus het geld. De handige Forsyth legt echter achteloos het goud en geld op tafel, dat hij via zijn connecties diezelfde nacht allang veilig had gesteld. Stubbs begint te schudden van het lachen bij de climax. 'Toen zei Johnny: "Híér is je goud, híér is je geld. Maar sorry, Lindsay, ik ben Jezus Christus niet, dus aan die blauw geslagen ogen van je kan ik niks doen." Lindsay snapte er helemaal niks van!'

Het duurt zeker een minuut voordat Stubbs is uitgelachen. Dan opeens buigt hij naar me toe met een serieuze blik. 'Johnny heeft me weleens gewaarschuwd voor die bushkerels. Hij zei: wees voorzichtig, het is een ander ras mensen. Dat klopt. Ze hadden een enorme drang naar avontuur. Een enorm vertrouwen in hun mogelijkheden, hun capaciteiten. En natuurlijk een enorm disrespect voor bureaucratie en al dat soort *bloody humbug*.'

'En Faltinsky?' vraag ik.

'Bert was in die zin anders dan Theo. Bert had een liefhebbend gezin thuis, en een hele lieve vrouw.'

'Dat maakte dat iemand als Bert niet van het padje raakte?' vul ik in.

'O ja, absoluut!'

'Want het waren toch de *loners* die ontspoorden, niet? Loners, zoals Theo.'

Hij graaft in zijn geheugen. 'Ik ben de namen kwijt. Verdomd. Rudy, zo heette er een, meen ik.'

'Little Joe Rudis, de Litouwer?'

Ik beschrijf de spierbonk zoals ik me hem herinner van de foto, met Joe Begozzi.

'Ja, ik ben er bijna zeker van. Ik weet nog dat ik mijn zoon meenam naar Mount Britton, om hem te leren schieten. Bert had daar een paar kerels zitten bij de mijn. En ook dus die Rudy.'

'Rudis,' verbeter ik. Stubbs reageert niet.

'Bert had een fantastisch schot. Je kon hem bang maken door te zeggen: hier, vellen papier, lezen. Maar qua fysiek en zelfredzaamheid was hij iedereen de baas. En ja, die ene vent was inderdaad Rudy.'

Ik zeg maar niks.

'In elk geval een van die blanke, ervaren mijnwerkers die voor Bert werkten. Ze liepen met Bert weg. Hij zorgde zo goed voor zijn mensen. Om zijn loyaliteit aan en geloof in Bert te demonstreren, vroeg die Rudy hem om Wilhelm Tell na te doen. Dus toen ging die vent vijftig meter verderop staan met een *stubbie* op zijn hoofd.'

'Een flesje bier, bedoelt u?'

'Ja, en die vent zei tegen Bert: schiet die *stubbie* eraf. Bert had het er niet zo op. Het was niet zijn geweer. En ook niet zijn munitie. Maar die vent bleef maar zeuren. Uiteindelijk bereikten we een compromis en lieten we die kerel twee stubbies vasthouden, elk tussen zijn vingers. Zo,' zegt Stubbs, zijn theekop tussen duim en wijsvinger.

'En vanaf vijftig meter. Ping! Ping!'

'Faltinsky schoot ze zo tussen zijn vingers uit?'

'Haha, ja! Het is moeilijk te beschrijven, de sfeer, de spanning. Maar ik heb me altijd aangetrokken gevoeld tot dat type kerels. Nu is iedereen maar slachtoffer, niemand is nog verantwoordelijk. Terwijl deze mensen hun leven gewoon in eigen hand namen. Ze pakten hun geweer, gingen een berg op en begonnen te graven. Dat is wat Australië heeft gemaakt tot het grootse land dat het nu is. Tegenwoordig moet je hier al een certificaat hebben om een kettingzaag te mogen gebruiken,' foetert hij. 'Kijk naar Mackay. Toen ik er begon waren er dertien advocaten. Nu is Mackay misschien twee keer zo groot, maar er zijn 110 advocaten. We hebben alles dichtgetimmerd. Regeltjes en bureaucratie. Het is belachelijk geworden, Ferdi.'

Stubbs legt een document van een halve duim dik op tafel. Voorop staat een afbeelding van een rotswand met een centimeters dikke goudader. In het goudgeel geslagen hangt een pikhouweel. *Mount Britton Gold Mine*, staat er met vette rode letters. *Een hoogwaardig goudmijnproject tegen lage investeringskosten en met snelle contante opbrengst, beschikbaar voor onmiddellijke aankoop.*

'Misschien kan het nog van nut zijn voor je,' zegt hij. 'Het is van twee geologen, die op ons verzoek een enorme hoeveelheid research hebben gedaan op Mount Britton. Het is een samenvatting van recente resultaten, resultaten uit het verleden en een voorspelling van wat er nog in de grond zit, aan goud.'

VERTROUWELIJK staat er, gedrukt over de kop van de pikhouweel.

'Het is een verkoopdocument. Uiteindelijk hadden we een kandidaat. Die heeft ook een optie genomen op de mijn. Maar in de aanloop naar de overdracht bleek hij uiteindelijk onvoldoende kapitaal te hebben.'

Op Stubbs' gezicht verschijnt opnieuw een glimlach. 'De onderzoekers hebben zelfs nog een nieuwe goudader gevonden. De Stubbs-ader.'

De telefoon gaat. Hij loopt naar binnen. Ik hoor hem nog mompelen hoe kameraden hem hebben geplaagd, met die naar hem vernoemde goudader. Zodra hij de telefoon opneemt, ploeg ik zo snel als ik kan door de dertig pagina's vol tekst, tabellen, foto's, tekeningen en plattegronden. De mijn, althans, alle oude concessies die nu onder Mount Britton Gold Mine vallen, heeft tot nu toe een duizelingwekkende oogst van 6600 ounces aan goud prijsgegeven. Het is een fractie van wat er nog te halen valt, beweert de samenvatting wervend: 40.000 tot 100.000 ounces. Nergens iets over Theo Schrooten. Wel bekende namen van goudriffen als de Little Wanderer, de Union, Erratic Star en Perseverance, waartoe hij via de schachten en steengangen van zijn Freegold-mijn ook toegang had.

Daar komt Stubbs weer aangelopen. Hij legt een stapeltje zwart-witfoto's op tafel. Op alle staat een man met zwart haar in een wit pak en op witte sportschoenen. Hij doet circusacts. Met zijn schouder balanceert hij op een fietsstuur, de rest van zijn lijf ondersteboven strak de lucht in. Op een andere foto houdt hij een bouwsel van stoelen met zijn mond boven zijn hoofd.

'Dit was in de tijd dat Bert volop bezig was met waterboren,' zegt hij.

'Dit is Faltinsky?'

'Yep.'

'In de jaren vijftig?'

'Yep.'

'Die Faltinsky was een echte acrobaat.'

'Nou en of. Bert was echt een waanzinnige vent! Grappig en beresterk.'

'En zij. Zijn vrouw Mary?' Ik wijs op een knappe jongedame op een aantal van de foto's. Ik verzwijg dat ik de weduwe over een paar dagen ga ontmoeten.

Stubbs tuurt door zijn leesbril naar de brunette die aan een riempje rond haar middel hangt, tussen Faltinsky's benen. Het riempje houdt hij voorovergebogen vast, met zijn tanden.

'Weet ik niet. Ik denk eerlijk gezegd van niet.'

Ik aarzel, maar vraag dan toch of ik wat shots mag maken van de zwartwitfoto's.

'Ga je gang.'

Stubbs legt nog wat velletjes op tafel. 'Lofrede voor pap,' uitgesproken door Faltinsky's kinderen, op hun vaders uitvaart, nu drie jaar geleden. Een verhaal over een jochie, in 1927 geboren in een Roemeens dorpje, dat op zijn zesde bijna verzopen was in de plaatselijke rivier en dat zich op zijn twaalfde, als zoon van een officier in het Duitse leger, aansloot bij de Hitler Jugend. Hij genoot er training als sluipschutter en won menig prijs als skispringer. Midden in de Tweede Wereldoorlog moest Faltinsky als zestienjarige naar het front. Hij redde de levens van twee Canadese piloten, die vastzaten in een brandend vliegtuig. Begin 1945 namen de Russen hem gevangen, maar hij ontsnapte. Na de oorlog zocht hij achttien maanden naar zijn familie. Zijn vader bleek te zijn gesneuveld. De getekende Faltinsky, amper volwassen, zat vast in de Russische zone in Oost-Duitsland. Hij bracht uren in de bossen door met jagen en houtkap, ook al was dat verboden. In mei 1947 ondernam hij met zijn latere vrouw Mary, toen nog maar zestien jaar, een levensgevaarlijke vluchtpoging naar West-Duitsland. Daar meldde het ontheemde koppel zich in 1949, net getrouwd, aan voor emigratie naar de Verenigde Staten. Maar de Amerikanen weigerden Faltinsky. Met zijn vloeiende beheersing van het Russisch moest hij wel een Sovjetspion zijn. Er was maar één land waar het jonge echtpaar naartoe kon.

Het duurde even eer Faltinsky zijn draai vond in zijn nieuwe thuisland

Australië. Hij was onder andere ziekendrager bij de ambulancedienst in tropisch Cairns en chauffeur van puintrucks voor de mijn van Mount Morgan bij Rockhampton, ooit 's werelds rijkste goudmijn. Maar zijn passie was water vinden, zo vertelt het eerbetoon. Faltinsky vloog terug naar West-Duitsland, voor twee maanden training. Weer in Queensland groeide zijn business als waterboorder uit tot een klein conglomeraat in Mackay en omgeving, met slagerijen, een caravanpark en vissersboot. Die kwam ook van pas bij het harpoenvissen, zijn andere grote hobby naast het zoeken naar goud en mineralen.

'Tjonge. Nogal een baasje. En nogal een leven,' zeg ik.

Stubbs drukt me het bidprentje van Faltinsky in handen. Hij was al een paar jaar ziek voor zijn overlijden in juli 2004. Ik kijk naar zijn portret, zwart-wit, gemaakt kort voor zijn dood. In niks de oorlogsheld, *self-made man* en gespierde acrobaat van weleer. Een zwaar lijf, ogen diep in de kassen, ingevallen mond, het haar grijs, dun en teruggetreden. Inmiddels durf ik er zonder te vragen een foto van te maken.

In mijn tas zit een stapel documenten die ik nog niet op tafel heb gelegd. Stukken over Mount Britton. Verslagen van de mijninspectie over de Freegold. Met de bevestiging dat Nonk Theo's goudmijn eind jaren zestig opeens ook eigendom was geworden van Faltinsky. Een uurtje geleden sloeg Stubbs dicht toen ik hem daar naar vroeg. Ik leg de stukken op tafel. Hij begint er meteen doorheen te snuffelen.

'Hm. Hm. Interessant,' klinkt het, zonder verdere toelichting.

Ik zwijg, minutenlang, terwijl de man naast me een hand voor zijn mond slaat, dan weer zijn hoofd schudt, lichtjes schuddebuikt of instemmend knikt.

'Vind je het goed als ik hier wat kopietjes van maak?' doorbreekt hij de stilte.

Quid pro quo, denk ik.

'Geen probleem. En mag ik dan...?' vraag ik, wijzend op de vertrouwelijke prospectus op tafel, mijn camera al in de aanslag.

'Tuurlijk! Je mag het hebben. Het is voor jou.'

Ik ben overdonderd. Dat ging wel erg makkelijk. Op zijn sandalen sloft Stubbs naar beneden. Na een minuut of tien schuift hij weer aan, met een diepe zucht.

'Het klopt wel dat Bert en Theo uiteindelijk verzeild zijn geraakt in een eindeloze reeks van rechtszaken. In die tijd was ik meerdere dagen in de week in de weer met dit soort zaken. Maar dat is veertig jaar geleden. De details die ik nog weet, zijn vaag. Het had allemaal te maken met dat landjepik. En iemand als Theo was niet zo bezig met de regeltjes.'

'Een makkelijke prooi dus?'

'Ach, weet je, dat ging over en weer zo. En ook iemand als jouw oom was heus niet altijd een lieverdje. Er waren niet zo veel lieverdjes op Mount Britton.'

'Maar het klopt toch dat Theo's mijnlease, de ml105, uiteindelijk is opgegaan in een concessie die nu van u is?'

'Die afzonderlijke concessies op Mount Britton verdwenen gewoon. Ik weet alleen dat ik de boel heb overgenomen van Bert. Geen idee hoe hij het allemaal heeft samengevoegd. Ik weet alleen dat een concessie een gedefinieerde looptijd heeft. Als die verloopt en je let niet goed op, kan iemand anders de lease inpikken.'

Ik neem er geen genoegen mee en pak de stukken erbij. 'Hier. Mijn oom kreeg zijn lease in 1965, voor een periode van 21 jaar. En toch staat eind jaren zestig opeens Faltinsky als medehouder bijgeschreven. Vanaf begin jaren zeventig is zelfs helemaal niks meer te vinden over Theo Schrooten in relatie tot goudwinning op Mount Britton. Terwijl u nu eigenaar bent van de mijn die ooit van mijn oom was.'

Stubbs haalt zijn schouders op. 'Tja, zo gaan die dingen.'

'Kan het zijn geweest dat Faltinsky heeft geïnvesteerd in de Freegold, of geld heeft geleend aan mijn oom? En dat Faltinsky in ruil daarvoor een aandeel in de mijn heeft opgeëist, en uiteindelijk misschien wel de hele concessie van Theo?'

Wederom haalt Stubbs zijn schouders op.

'Hebt u echt geen documenten meer uit die tijd?'

Hij schudt zijn hoofd. Ik kan me niet voorstellen dat hij geen processtukken meer heeft over een goudmijn waarover hij destijds heeft geprocedeerd, die nu nota bene van hem is en te koop staat. De advocaat schakelt naar zijn zakelijke modus en vertelt dat Faltinsky op een gegeven moment geld nodig had om een vissersboot te kopen. En daarom kocht Stubbs in 1986 Faltinsky's verzamelconcessie op Mount Britton. Een vriendendienst.

'Voor 30.000 ballen. Eigenlijk had ik met een paar partners de boel serieus willen gaan exploiteren, daar op Mount Britton. Maar toen kwam de crash van 1987 en konden we geen geld meer bij elkaar krijgen om de goudwinning nieuw leven in te blazen.'

Sindsdien is er niks noemenswaardigs meer met de mijnconcessie gebeurd, vertelt Stubbs. Hij haalt zijn schouders op.

'En nu?'

'Ik heb net de concessie vernieuwd.'

Voor Stubbs is Mount Britton inderdaad maar een duur speeltje, een surrogaat racepaard. Maar dan eentje die alleen maar op stal staat.

'Iemand heeft er een optie op genomen. Het is de bedoeling dat Mount Britton wordt samengevoegd met een paar andere goudmijnen.'

Geen woord over de identiteit van de belangstellende. Daar is de situatie volgens Stubbs te precair voor.

'Er is momenteel geen aandelenmarkt waar je het zo maar voor elkaar krijgt om een paar miljoen op te halen, ook al bewijst ons rapport dat zo'n investering in Mount Britton geen weggegooid geld is. Het is crisis. Investeerders zijn kopschuw.' Hij haalt diep adem. 'Tenzij...' Hij laat een lange stilte vallen. 'Ik bedoel, waar de *lease* eigenlijk ideaal voor is... Twee of drie kerels, met het juiste materiaal, kennis en kunde. Kerels die weten wat ze doen. En die zo gek zijn om daar in de bush op kleine schaal keihard te buffelen.'

'Je bedoelt, twee of drie Theo's?'

Hij bijt op zijn lip.

'Met een paar gelijkgezinde kornuiten deed hij het een paar jaar best oké.'

Pardon? Nonk Theo's Freegold was tweede helft van de jaren zestig de best ontwikkelde mijn van het gebied, met zeer goede vooruitzichten! Tot die stomme rechtszaken en de plotselinge kolen*boom* begin jaren zeventig, waardoor niemand meer zin had om te geld te steken in kleinschalige goudwinning in de bush van Mount Britton. Ik slik het weg.

'Is hij daarboven gestorven, Theo?' vraagt Stubbs.

'Nee, in Mackay. Berooid, verzwakt en veel te jong. Twee hartaanvallen binnen anderhalve maand, eind 1983. Hij was 53.'

Stubbs is er even stil van. Dat mag ook wel. Dan staat hij op. 'Enfin.

Ik hoop dat ik je enigszins van dienst heb kunnen zijn.'

Net nu ik op stoom kom. Ik wil helemaal nog niet weg. Ik ben nog niet klaar. Maar Stubbs loopt al naar binnen, richting hal. Hij houdt de verandadeur open.

'Kom je?'

Ik pak mijn boeltje bij elkaar.

'Aan het eind van de maand ben ik weer terug in Brisbane. Wie weet wat ik nog allemaal vind in de tussentijd,' zeg ik, als voorzet voor een herkansing.

Stubbs geleidt me naar de voordeur, boven de drive-ingarage. 'Eind januari? Dan ben ik in Melbourne voor een operatie. Niks ernstigs. Moet ik Mary nog even voor je bellen? Ik ben haar een beetje uit het oog verloren. Maar als jij een nummer voor me hebt...'

Dat voelt niet goed. Onder geen beding wil ik mijn ontmoeting met de weduwe Faltinsky op het spel zetten. Straks belt ze na een telefoontje van Stubbs af.

'Nou, nee. Dat hoeft niet. Ik heb al contact met haar.'

'Ik wil alleen maar het pad voor je effenen, hoor. Mary ging wel vaker naar de mijn. Ze deed ook al het papierwerk voor Bert. Misschien is het wel handig dat ik haar even bel om te zeggen wie je bent en wat je doet, zodat ze zich iets meer relaxed voelt.'

'Denk je dat ze nog stukken heeft uit die tijd?' vraag ik, zo terloops mogelijk.

'Ik betwijfel het. Ik betwijfel het.'

'Weet je wat?' zeg ik, al met één voet buiten. 'Ik stuur je een cd met de documenten die ik je heb laten zien. Dan doe ik Mary's nummer daar wel bij.'

Stubbs geeft zich nog niet gewonnen.

'Ik herinner me dat Mary weleens haar hoofd schudde en zei: "Theo, Theo." Niet op een heel vervelende manier. Maar toch. Ik doe het graag voor je, hoor, haar even bellen.'

'Dank je,' zeg ik, en geef Stubbs een vriendelijke glimlach en een stevige handdruk.

Dat telefoonnummer stuur ik hem heus wel. Als ik bij Mary ben geweest.

Op de terugweg naar Flagstone spoel ik de film van afgelopen anderhalf uur op Stubbs' veranda nog eens terug. Van mijn hele plan is geen donder terechtgekomen. Niks overval, niks confrontatie. Het was eigenlijk best een prettig gesprek, met best een aardige gozer. De foto's van Faltinsky, de anekdotes over hem, de vertrouwelijke prospectus. Bepaald geen slechte oogst. Maar toch.

Hoe langer ik erover nadenk, hoe meer mijn tevredenheid omslaat in argwaan. Heb ik me laten inpakken door de vijand? Met mooie en spannende verhalen over die stoere Faltinsky, die met zijn zo'n goede inborst een ziekenhuis een couveuse schonk? Naast me op de stoel ligt de prospectus. Een advocaat geeft nooit zomaar iets, zeker niet aan een journalist. Stubbs wil zijn mijn verkopen. Hij kan er alleen maar baat bij hebben als ik publiek maak welk kapitaal aan goud er nog in de berg moet zitten. Volgens de prospectus dan. Toen ik hem anderhalf jaar geleden aan de telefoon sprak, beweerde hij nog dat nieuwe grondmonsters rond de mijn niets hadden opgeleverd. Straks ben ik de tweede Schrooten die hij een loer heeft gedraaid. Ik stop de prospectus in mijn rugzak, ver weg tussen alle andere documenten. Voorlopig doe ik er even helemaal niks mee. Vertrouwelijk of niet.

Het is zomer, begin 1957. Mount Isa doet zijn reputatie als bakoven eer aan. Soms tipt het kwik de 44 graden Celsius aan. Ondergronds delft Theo Schrooten lood, koper, zink en zilver. Met andere vrijgezelle arbeiders verblijft hij in de barakken van de MIM. Het leven is eenvoudig, maar goed. Voor het risico dat ze lopen op loodvergiftiging krijgen de mijnwerkers een 'bonus'. Bijna geen mijnwerker spaart het gevarengeld. Na het zware, vuile werk wordt er stevig ontspannen. In de Ierse pub kun je op zaterdagavond voor één pond onbeperkt drinken. Zorgen om de kater zijn voor later.

'O ja, Theo was wel een drinker,' vertelt de broze zeventiger tegenover me.

Paul Heynen zit op de bank van zijn ruime huis in Mount Gravatt, een buitenwijk een paar kilometer ten zuidoosten van Brisbane's stadshart.

'Via pap wist ik dat Theo in Mount Isa was,' vertelt Heynen. Zijn vader had een kruidenierszaak aan de Markt in Heerlerheide. Paul zelf ging als straatventer ging van deur tot deur. 'Schoenpoets, smeerkaas, sigaretten, jenever. Daar zat best goede winst op.'

Op zijn driewielerbakfiets kwam hij regelmatig langs het ouderlijk huis van Nonk Theo, de twee-onder-één-kap opzichterwoning aan de Rennemigstraat.

'Soms kwam jouw opa naar buiten om zijn grote gezin voor het eten naar binnen te roepen. "Alles wat Schrooten heet, naar binnen!" riep hij dan. En dan kwamen al die meiden en jongens, een voor een.'

Ik ken diezelfde anekdote. Maar dan is het mijn oom Reinier die in het Duits roept: '*Alles wass Schrooten heisst, rein kommen*!'

Een halve eeuw na vertrek uit Limburg spreekt Heynen het Heerlens dialect nog steeds prima. Zijn zus, die nog steeds in Heerlen woont, belt hij regelmatig. Maar 'plat kallen' doet Heynen liever niet in het bijzijn van Jan, zijn echtgenote. '*Angersch kin de vrouw neet mitloestere, wa*,' zegt hij, met een knipoog. 'Anders kun je niet meeluisteren, hè,' vertaalt hij snel voor zijn vrouw, met wie hij knauwerig Australisch Engels spreekt, vermengd met een zachte Limburgse g en Heerlense r.

Heynen was timmerman op de MIM toen hij daar in 1957 mijn oom ontmoette. Ook Heynen woonde in een karige barak van de mijn. Nonk Theo was hooguit een paar maanden in Mount Isa. Voor Heynen, die in zijn eerste tijd in Australië 'vreselijke heimwee' had, waren de paar ontmoetingen met mijn oom een verademing. Kon hij weer eens dialect praten met iemand van thuis.

'Ik had graag langer opgetrokken met Theo. Hij was een prettige kerel. Relaxed. Hij hield van de Outback. En van vissen. Ik had hem willen meenemen naar Normanton.'

In de vele lagunes en rivieren daar, aan de zuidkant van Queenlands piek die naar Papoea Nieuw-Guinea wijst, schijn je fantastisch te kunnen vissen op barramundi. De Aziatische zeebaars is vermaard om zijn kracht en strijdbaarheid. Op tv heb ik Rex Hunt, een Australisch sportvisicoon, weleens vanuit zijn bootje zo'n machtige 'barra' zien binnenslepen, met op de achtergrond joekels van krokodillen.

'Maar opeens was Theo weg,' zegt Heynen. 'We hebben elkaar nooit meer ontmoet.'

Ik vertel over het verdere leven van oom Theo Down Under. Heynen luistert ademloos. Hij schudt zijn hoofd als ik afrond met de vroege dood van een zwak en berooid man.

'Tjonge,' is al wat Heynen kan uitbrengen.

De kalende man tegenover me is 75 jaar, twee jaar jonger dan Nonk Theo nu zou zijn. Parkinson heeft Heynen aangevreten. Meermalen zegt hij 'shit' als zijn wiebelende hand koffie morst. Vrouwlief Jan maalt er niet om. Ze oogt gelukkig, met haar man, met hun leven. Ze is trots op hem, op wat ze samen hebben opgebouwd. In de jaren zestig een groot zwembad en drive-inbioscoop in Goondiwindy, driehonderd kilometer landinwaarts. Later een motel, op de weg van Goondiwindy naar Melbourne, dat ze in 1978 met vette winst hebben verkocht. Van de opbrengst heeft het stel huizen gekocht in Brisbane, voor de verhuur. Nu kunnen ze in alle rust rentenieren, hier in Mount Gravatt. Heynen heeft dit huis zelf gebouwd. Trots wijst hij op de dikke spanten in het plafond. De houtverbindingen zijn zichtbaar vakmanschap.

Heimwee naar Heerlerheide heeft hij niet meer. Hij is weleens terug geweest naar Nederland, waar nog steeds familie woont. Maar Australië is zijn thuis. Zijn nieuwe leven Down Under is geslaagd. Daarom vindt hij het moeilijk om te horen dat de Australische droom van Theo Schrooten, die jonge kerel die in 1957 in Mount Isa de hele wereld leek aan te kunnen, zo tragisch is verlopen.

'Ik kan hem nog horen praten. Die zachte, kalme stem,' zegt hij, met dat Heerlense emigranten-Australisch dat mijn oom misschien ook gesproken zou hebben, als ik nu tegenover hem had gezeten.

Ik kijk naar het gelukkige stel tegenover me. Als ik een laatste slok van mijn koffie neem en het kopje weer van mijn lippen haal, kan ik geen woord uitbrengen. Een gerimpeld, glad geschoren gezicht lacht me toe. De volle, witte haardos is welvend achterovergekamd. Ronde ogen glunderen achter een bril, met aan de potjes een touwtje, net als bij zijn tweelingbroer. De handen, steunend op de gestreken pantalon, hebben zonnevlekjes en dikke, groene aderen. Even gaat de glunderende blik naar de vrouw ernaast. Ze oogt net als op het bidprentje. Struis, een lieflijke lach, alleen grijzer en wat dikker, net als hij. Ze legt haar hand op de zijne.

'Nog een kopje? Ferdi?'

Een hand zwaait voor mijn gezicht.

'Gaat het?'

Jan reikt me een vers kopje koffie aan. Het trilt op het schoteltje als ik het aanpak.

'Sorry. Ik heb vannacht niet zo goed geslapen.'

Ik knipper met mijn ogen tegen de opwellende tranen. Zouden deze mensen enig idee hebben hoe confronterend ze zijn? Dit had jouw leven kunnen zijn, Theo, gonst het door mijn hoofd. Waarom was het niet genoeg? Waarom ten hele gedwaald, en niet ten halve gekeerd?

Iets te hard zet ik mijn kopje op de tafel. Het lepeltje valt op de vloerbedekking.

'Zo begon het bij mij ook,' zegt Heynen, met een knipoog. Een por in zijn zij van Jan. Ik lach besmuikt, althans, ik doe een poging daartoe.

We praten nog zeker een uur. Als ik huize Heynen verlaat, heb ik al geen idee meer waarover we het allemaal hebben gehad. De straat wiebelt, meer dan normaal nadat de zon uren heeft staan stralen op het asfalt. In mijn auto gooi ik meteen de airco op de hoogste stand. Buiten staan Paul en Jan Heynen, gearmd, klaar om me uit te zwaaien. Mijn witte Holden

Astra rolt langzaam achteruit, de steile oprit af. Ik stuur het asfalt op. Tegen beter weten in zoeken mijn ogen in de binnenspiegel naar de plek boven aan de oprit, in de hoop nog één keer een glimp op te vangen van Nonk Theo en zijn Helen.

De routeborden aan de kant van de weg verkondigen al een paar kilometer een hoopvolle boodschap: Deception Bay, de Baai van Teleurstelling, is nabij. Ik ben bijna bij Narangba. 'Kleine kam,' noemden de Aboriginals de heuvelrug al heel lang geleden. Tegenwoordig is Narangba een suffe buitenwijk, drie kwartier met de auto noordwaarts vanuit de hoofdstad van Queensland, Brisbane. Het is een doolhof van rondlopende straten. Terwijl ik me voor de derde keer de weg laat wijzen, gaat mijn telefoon. Het is de dame van het departement van Mijnbouw en Energie met wie ik tot nog toe alleen mailcontact heb gehad. De verbinding is slecht. Pas bij de derde poging hoor ik de naam die ze voor me heeft.

'White. Alan Lyndsay White.'

Ik rijd pardoes de stoep op, bijna tegen een lantaarnpaal aan. Die ouwe gek blijkt dus een zoon te hebben. Eentje die nog leeft ook. Ik noteer alle gegevens. Zodra ik de verbinding heb verbroken, pak ik de wegenatlas erbij. Dat is mazzel: Sarina ligt nog geen veertig kilometer te zuiden van Mackay. De Bruce Highway die ik nog maar net heb verlaten, komt er doorheen. Ik bal mijn vuisten. Ukalunda voelt opeens een stuk dichterbij.

Ze opent de voordeur van haar woning nogal schichtig. Mary Faltinsky is geen grote vrouw. Eerder fijn gebouwd. Het is moeilijk te zeggen of zij de brunette is die op de oude zwart-witfoto's door haar Bert met zijn tanden wordt opgetild aan een riem. Mary's grijze haar had ooit bruin kunnen zijn. Na de dood van haar man in 2004 is ze vertrokken uit Mackay, waar ze decennialang met haar gezin had gewoond. Nu woont ze in bij haar dochter en schoonzoon, in een ruim, vrijstaand huis in Narangba. Het bevalt haar wel, zegt ze. Haar glimlach camoufleert de argwaan en achterdocht slechts ten dele.

Ze wil niks weten van het beeld van haar man als omstreden figuur, vertelt ze aan de keukentafel. Haar Bert was goed voor zijn mensen op Mount Britton. Al die kerels waren rouwdouwers, daar was geen kruid tegen gewassen. Alleen een strenge doch rechtvaardige vaderlijke hand, die gaf wat nodig was en orde hield.

'Als ze betaald kregen, wanneer het goud was gewogen en verkocht bij de Commercial Bank in Mackay, keerden de mannen nooit meteen terug naar de mijn, voor hun werk. Ze dronken altijd alles op. Verschrikkelijk, zoals die kerels dronken.'

Haar man kon het niet verbieden, maar hij deed er alles aan om enige balans in hun leven aan te brengen, vertelt de weduwe, die vooralsnog vermijdt specifiek over Nonk Theo te praten.

'Hij bracht hun eten en bouwde een mooie, grote schuur voor ze. 's Avonds en 's nachts kan het enorm waaien op Mount Britton. Dan raast er een muur van wind door de bergen.'

Ze toont een vierkante kleurenfoto van eind jaren zestig, begin jaren zeventig. Op de voorgrond twee witte pick-ups. In de laadbak van een daarvan staat een pomp. Erachter de schuur, stralend wit, heel anders dan het vale bouwsel dat ik er heb gezien. Op mijn verzoek tekent de weduwe een rechthoek op schaal, twaalf bij vijf meter. Ze deelt het in drieën. Het langste stuk was de leefruimte, met een stuk of zes bedden naast elkaar. In het midden stond een lange tafel met stoelen, aan de andere kant was een provisorische keuken. 'Het water kwam uit een bron boven op de berg,' licht ze toe.

In de loop der jaren heeft ze de mijn de nodige keren bezocht. Tweeënhalf uur duurde het, met de pick-up van Mackay naar de mijn. Ze wijst op het vierkantje waarvan ze functie nog niet heeft genoemd.

'De voorraadruimte. Daar lagen onder andere de explosieven, voor beneden in de mijn. Dat zou nu niet meer mogen, zo op een paar meter afstand van de arbeiders. Maar toen waren het andere tijden.'

Ze bevestigt dat ze jarenlang de administratie heeft gedaan van de zaken van haar man, zoals Bill Stubbs al vertelde. Ik begin te wiebelen op mijn stoel. Nee, Stubbs heeft ze al een tijd niet meer gesproken.

'Een fijne man. Hij is altijd een goede vriend geweest,' zegt ze. 'Maar na Berts dood zijn we elkaar uit het oog verloren, helaas.'

'Ik zal straks zijn contactgegevens noteren,' zeg ik.

Quid pro quo, denk ik erachteraan. Maar de oogst is nihil: Mary Faltinsky heeft niks bewaard van alle documenten over de goudmijnbusiness op Mount Britton. Zegt ze. Haar man is tenslotte overleden en al lang voor zijn dood was alles overgedaan aan Stubbs, legt ze uit. Godzijdank is haar geheugen nog redelijk intact, zo blijkt als ik vraag waarom mijn oom eind jaren zestig de concessie van zijn goudmijn opeens moest delen met Faltinsky.

'Theo kon de leases niet meer betalen. Daarom deed Bert het samen met hem. En later kwam Stubbs erbij.'

Nadat Nonk Theo 'uit beeld' was geraakt, kwam er interesse van een Duitse onderneming, *Metallgesellschaft*. Er werden boringen gedaan. Met goede resultaten, maar te weinig om op industriële schaal te beginnen met goudwinning.

Dit schiet niet op, denk ik. En hoezo, Nonk Theo 'uit beeld' geraakt? 'Mijn oom was er toch gewoon door uw man en Stubbs uitgewerkt, met allerlei rechtszaken?'

Mary Faltinsky is even van haar à propos, maar herpakt zich snel. 'Theo was ziek. Hij had epilepsie en toevallen. Het was niet langer verantwoord dat hij ondergronds ging, met de explosieven daar en het zware gereedschap. Dus sorteerde hij bovengronds de erts en gooide hij het in de stampers.'

Allemaal het gevolg van 'die ene keer', vertelt de weduwe. 'Mijn man vond hem, bij de mijn, met veel te veel drank op, stuiptrekkend, het schuim op de mond. Bert heeft hem toen naar het ziekenhuis gebracht.'

Sindsdien stond Nonk Theo, een aantal jaren ervoor nog bewierookt vanwege zijn inspanningen, onder een soort van curatele, op zijn eigen mijn. Mentaal ongeschikt als 'mijnmanager', de titel die hij graag voor zichzelf gebruikte. Ik kan niet bewijzen dat Mary Faltinsky liegt. Het kan zelfs kloppen. Maar net zozeer als dat zij de nagedachtenis van haar man zal bewaken, zo voel ik vanuit mijn genen een loyaliteit aan Nonk Theo. Als hij er een puinzooi van heeft gemaakt, dan is dat zo en zal ik dat ook niet verdoezelen. Maar juist om onze band, veel meer dan bloed alleen, wil ik wel verdomd zeker van mijn zaak zijn voordat ik zwarte bladzijden in het volle licht zet.

'Het spijt me dat mijn herinneringen niet positiever zijn,' zegt de weduwe.

Op een papiertje schrijf ik telefoonnummer en adres van Bill Stubbs. Tegen beter weten in laat ik twee ansichtkaarten achter, met foto's van Nonk Theo in zijn vroege en late jaren Down Under. Wie weet wat haar toch nog te binnen schiet. Ze kijkt even naar de foto's, maar schuift ze dan terug.

'Neem maar weer mee. Als je het niet erg vindt, wil ik het hier graag bij laten.'

Eerst nog even terug naar Brisbane, voor ik noordwaarts rijd, richting Mackay. Het staatsarchief van Queensland blijkt onverwachts geopend, omdat het de tweede zaterdag van de maand is. Hier, aan de zuidkant van de hoofdstad, in een hypermodern gebouw dat nog het meest lijkt op een terminal van een vliegveld, ligt de belangrijkste erfgoedcollectie van Queensland. Veel materiaal is oud en origineel en nog niet online te doorzoeken. Ik maak me op voor weer een dagje ouderwets spitwerk.

Dat valt best mee. De bieb van de State Archives is een geoliede machine. Binnen een paar minuten heb ik beet: ergens in de kelder moet een map liggen met correspondentie over royalty's op mineralen, af te dragen door 'A. Faltinsky & T.L. Schrooten', aldus de zoekmachine op de computer.

Het duurt een eeuwigheid voordat de map vanuit de catacomben op de leeszaal arriveert. Het stuk is zorgvuldig verpakt, in een paar lagen papier, met een gestrikt lint eromheen. Voorzichtig ontvouw ik de inhoud. Negen velletjes, het gros vergeeld. Her en der zijn letters van handgeschreven opmerkingen en typemachine doorgedrukt dan wel vervaagd. Het voorgedrukte briefpapier is van Mackays mijninspectie, de rechters van de Warden's Office, het ministerie van Mijnbouw, en van Bert Faltinsky. Zijn in krulletters gedrukte naam wordt aan weerszijden geflankeerd door fototjes van machines waarmee hij naar water boorde en mineralen zocht.

Ik moet de stukken een paar keer lezen eer ik de correspondentie begin te begrijpen. Faltinsky en mijn oom hebben in november 1967 nog steeds geen royalty's afgedragen over hun gedolven goud van het boekjaar ervoor, dat loopt van medio 1966 tot medio 1967. Terwijl uit eerdere informatie toch is gebleken dat hun gezamenlijke goudmijn op Mount Britton wel goud heeft geproduceerd, schrijft de inspecteur. Het is in dezelfde periode dat de mijninspectie vragen stelt bij de wijze waarop Faltinsky zich opeens tot mede-eigenaar heeft gemaakt van Nonk Theo's concessie, de ml105. Daar is eerder, in januari 1967, nog een bescheiden twintig ounce goud gedolven. Later, in de maanden februari tot en met april, heeft Faltinsky nog eens ruim vijftig ounce verkocht bij de Commercial Bank in Mackay, zo heeft de inspecteur achterhaald. Het goud komt van de ml105 en de ernaast gelegen ml106. Die laatste is van Faltinsky alleen.

Logisch dat de mijninspectie in Mackay in november de royalty's wil cashen. Ze vormen een soort van belasting over de opbrengst, die de concessiehouders moeten afdragen aan de staat. En opbrengst moet er zijn. In mijnverslagen over juli tot en met september 1967 staat nota bene dat na ondergrondse ontwikkeling van de ml105 goud vrijelijk te zien is in de meeste ertsmonters.

In nog een paar brieven wordt Faltinsky tot spoed gemaand. Waar mijn oom eerst jarenlang zelf alle administratie over zijn goudmijn deed, heeft Faltinsky die taak nu kennelijk overgenomen. Mijn oom woont blijkens de stukken op Mount Britton, maar van hem is geen postadres te vinden. De brieven van de inspectie zijn gericht aan Faltinsky, op diens huisadres in Noord-Mackay. Faltinsky gehoorzaamt. Maar niet heus, zo lijkt het, als ik zijn in blokletters ingevulde royalty-opgave napluis.

Gedolven mineralen: GEEN.

Verkochte of overgedragen mineralen: GEEN.

Onverkochte en voorhanden mineralen: GEEN.

Maar wel een indrukwekkende waslijst met uitgevoerde werkzaamheden, aan diverse goudriffen. Zo zijn de schacht naar de Eratic Star en een ondergronds steengang voor een deel gestut. Er is een steengang gegraven naar het Golden Dream-rif. De ertslaag van de Old Wanderer is tot ruim drie meter diep blootgelegd om weer bij de oude schacht te kunnen. Serieuze goudwinning is aanstaande, zo niet reeds gaande, blijkt ook uit de renovatie van de weg vanaf het veebedrijf Homevale, over een lengte van dik acht kilometer vanuit het dal. Totale kosten voor al het werk: 2834 dollar. Australische, uiteraard. Faltinsky's boodschap aan rivalen is duidelijk: elke poging tot landjepik is zinloos. Er wordt hard gewerkt en zwaar geïnvesteerd op de Freegold, ofwel ml105. Elke poging om de mijn door de rechter verbeurd te laten verklaren, is kansloos. En royalty's betalen? Ben je gek. Er is geen goud gedolven. Nog niet, in elk geval.

Bluf of niet. Het werkt. De mijninspecteur gaat akkoord, al tekent hij aan dat hij geen mogelijkheid heeft om te controleren of Faltinsky's opgave wel klopt. Dat vindt het ministerie iets te makkelijk. Dus moet de Duitser zich – op bevel van hogerhand uit Brisbane – op 16 januari 1968 melden bij de mijninspecteur in Mackay. Faltinsky houdt voet bij stuk: op de Freegold is afgelopen boekjaar geen goud geproduceerd. De 475 ounces goud die hij op Mount Britton heeft gedolven, komen van twee andere concessies. Niks aan de hand dus.

Ik blader nog een paar keer door de papieren, om te zien of er niet meer stukken in de map zitten. Maar niks. Moet ik hier nu blij mee zijn? Want wat zeggen deze documenten? Ik pak mijn James-Bondcamera weer tevoorschijn en maak foto's. Ik kan alleen maar hopen dat deze brieven straks passen in die hele grote puzzel, op een manier die ik nu nog niet kan zien.

Het speuren is opeens niet meer zo makkelijk. Ik waag een gokje in de rollen van de rechtbank van Mackay van eind jaren vijftig tot begin jaren tachtig. Maar hoeveel jaargangen ik ook doorwerk met zaken over diefstal, zedendelicten, oplichting en moord, nergens een naam die ook maar lijkt op die van Theo Schrooten. Op zich ook wel weer goed, al blijf ik zitten met de verhalen van de oude Frank Smith, die ik tijdens mijn vorige bezoek aan Australië sprak in zijn loods vol troep. Hij had het toen over een incident waarbij geschoten was. 'Ven Sjroeten' was erbij betrokken, de politie had er werk van gemaakt. Maar niks daarover, in al die stapels documenten, inmiddels weer ingepakt in papier, met een keurige strik eromheen.

Met nog twee uur tot sluitingstijd geef ik een laatste keer gas. Er blijkt een verzameling mappen te zijn met documenten over de vele duizenden kleine mijnen die Queensland rijk is en was. Ik stuit op wat stukken over de Pine Vale-goudmijn uit 1954, twee jaar voordat Nonk Theo er moet hebben gewerkt. Het is er een puinhoop. De eigenaar wordt gesommeerd de aanwezige explosieven te verwijderen, bij gebrek aan een fatsoenlijk, veilig magazijn. Er wordt weinig moeite gedaan om de regels uit de mijnwet na te leven, staat er. Ladders zijn praktisch onbruikbaar, werkers draaien veel te lange diensten en de man bij de lift die hen naar beneden laat zakken en weer ophaalt, beschikt niet over de daartoe vereiste papieren. Al met al verkeert de mijn in een 'deplorabele staat'. Met andere woorden: Nonk Theo kon zijn borst natmaken, toen hij daar in 1956 begon. Alleen, net uit die tijd is niks meer terug te vinden. Pas in een verslag over eind augustus 1970 zie ik weer iets interessant over Pine Vale. Faltinsky nam toen een mijninspecteur mee naar de mijn. Tjonge, die vent volgde mijn oom echt als een schaduw.

Zoekend binnen het district Mackay schiet ik bijna voorbij wat zo maar de map der mappen zou kunnen zijn: *R.454, Small Mines – Mackay (Mount Button Mine)*. Ik check het nog even. Niks te vinden over een plek met de naam Mount Button of een mijn daar. Er is geen andere map met stukken over Mount Britton. Dus dit moet hem zijn. Het beige mapje dat uiteindelijk naar boven wordt gebracht is nogal dun. Ik gok op kwaliteit boven kwantiteit. Met duim en wijsvinger klap ik voorzichtig de map open. Ik ben met stomheid geslagen. Leeg. Helemaal niks! Ik stamp naar de balie met erachter de twee dames, die mij eerder rustig en vriendelijk hebben ingewijd in hoe het archiefsysteem hier werkt. Als ik ze de map toon, slaakt de oudste van de twee een zucht.

'Ik mag hopen dat er een foutje is gemaakt bij het archiveren,' zeg ik.

'Momentje.'

De jongste dame pakt in alle rust de telefoon.

Mijn hak tikt onophoudelijk op de grond.

'Ja, met Jane,' zegt de dame en ze legt mijn probleem uit. 'Oké,' zegt ze na enige tijd.

Ik kijk op de klok. Vier uur. Nog een half uur tot sluitingstijd.

'Ja, ik ben er nog,' zegt de receptiedame. 'Oké. Geef ik door.' Ze legt de hoorn neer.

'Sorry.'

'Maar het kan toch niet weg zijn? Hoe kan dat nou? Jullie vragen hier aan iedereen bij binnenkomst om legitimatie, er mogen geen tassen mee naar binnen...'

'We bewaken hier niet de goudreserves van de nationale bank, meneer. Natuurlijk proberen we onze collectie zo goed mogelijk te beveiligen. Maar we zijn een openbare instelling. Helaas zijn er altijd mensen die daar misbruik van maken.'

Wie? Wie kan er belang bij hebben gehad om alle historische documenten over mijn ooms goudmijn op Mount Britton uit dit archief te jatten? En waarom? Daar sta ik dan, met mijn camera, laptop en rugzak vol research. Ik sta compleet voor lul bij een lege huls. Het idee dat ergens iemand de stukken heeft, maakt me gek. Ik wil mijn camera door het raam smijten, mijn laptop doormidden breken, de oudste receptioniste bij haar knot pakken en zo hard als ik kan met haar hoofd op de balie slaan.

'Aaahrg!' krijs ik door de leeszaal, de vuisten gebald in de lucht.

Doodse stilte. Tientallen ogen zijn op mij gericht. De dames achter de receptie zitten angstig in de leuning van hun stoel gedrukt. Ik kijk ze aan, een paar seconden.

'Boe!' bijt ik hen toe.

Ze deinzen terug. Bij vertrek smijt ik met een klap de deur achter me dicht.

Nonk Theo had langer geleefd kunnen hebben. Zijn tweede hartaanval eind 1983 was zo heftig dat hij eigenlijk naar Brisbane had gemoeten. Maar hij kreeg zijn fatale attaque in Mackay. Het is geen schuldbekentenis van Peter Alroe, die als jonge arts Nonk Theo als patiënt had, in de dagen voor diens dood. Het is een feit.

'Vandaag de dag maken we van iemand die de conditie heeft als jouw oom toen, standaard een angiogram,' zegt de arts aan de eettafel in zijn kleine villa in Woombye, een tweeduizend zielen tellend dorp honderd kilometer ten noorden van Brisbane.

De arts legt uit hoe je voor een angiogram een sneetje maakt aan de binnenkant van het dijbeen. Via een bloedvat gaat een voerdraad met een katheter naar de aorta en het hart, waar je een contrastvloeistof injecteert. Op een röntgenfoto zie je vervolgens welke bloedvaten rond het hart vernauwd zijn, geblokkeerd, of op springen staan.

'Maar in die tijd konden we in Mackay geen angiogram maken. Anders hadden we misschien wel een ballonnetje kunnen inbrengen om zo de blokkade op te heffen die je oom uiteindelijk fataal is geworden.'

De bloedverdunners en cholesterolverlagers die Nonk Theo na zijn eerste hartaanval had meegekregen bleken onvoldoende om een nieuwe attaque te voorkomen. Na het zware tweede infarct kwam hij weer bij. Maar Brisbane was geen optie. 'Je oom was te zwak voor de reis. De kans dat hij dat niet zou overleven, was veel te groot. Onverantwoord groot.'

Dus lieten de artsen in Mackay mijn oom voorzichtig inspanningstests doen.

'Daar kwam hij behoorlijk goed doorheen. Het had er alle schijn van dat hij oké was. En dan houdt het ergens op.'

Alroe is inmiddels een vijftiger met grijzende slapen. Voor die ene patiënt uit duizenden die Nonk Theo voor hem moet zijn geweest, heeft hij nog verbazingwekkend scherpe herinneringen aan mijn oom.

'Nee, geen baard,' zegt hij, als ik hem de foto laat zien van mijn oom op Mount Britton, met geitensik en helm, bij de goudmijn eind jaren zeventig. 'Hij was glad geschoren. Hij had ook een boller gezicht dan hier.'

Hij wijst op de foto van het ingevallen, boze gezicht op Nonk Theo's paspoort uit 1970. Een boller gezicht, denk ik. Misschien zoals op die ene, heel vage foto, waarvan ik nog steeds niet weet waar en wanneer die precies is gemaakt. Van Nonk Theo, de armen over elkaar, voor een tuinhekje. Hij is er forser dan ik hem ooit eerder heb gezien, met lange baard en teruggetreden haargrens. Misschien staat hij wel voor de Central Lodge, zijn laatste woonverblijf bij Severina Baretta. Ik laat Alroe de foto zien, maar hij kan er geen chocola van maken.

'Jouw oom was een intelligente man, die wist wat er in de wereld speelde.'

'Niet wereldvreemd?' vraag ik.

'O nee, hij was geen *yobo* uit de *bush*.'

'Pardon?'

'Eh, een redneck,' zegt Alroe.

Geen kinkel dus, of pummel, mijn oom. Zwaar in mineur was hij evenmin, na zijn eerste infarct, herinnert Alroe zich. Integendeel, mijn oom was opvallend optimistisch, ook toen hij weer naar huis mocht. 'Terwijl hij toch echt aan onze genade was overgeleverd. Maar kennelijk vertrouwde hij daarop.'

Alroe baalde ontzettend toen Theo Schrooten niet lang daarna toch weer terug was. Dit keer met een veel zwaarder infarct. En in een veel slechtere toestand.

'Ik kon slechts gissen naar het waarom. Zoals ik al zei: ik had toen in Mackay simpelweg niet de middelen om in iemands lichaam te zien of er gevaarlijke afzettingen van cholesterol zaten in bloedvaten rond het hart. Maar ik was er stuk van.'

Mijn ooms hart pompte nog maar weinig bloed rond toen de ambulancebroeders hem die tweede keer met spoed binnenreden. 'Ik meen dat hij wisselend bij bewustzijn was, met behoorlijk wat pijn in zijn borst door vernauwingen in de hartvaten. We probeerden die met nitraatinfusen wijder te krijgen, ook tegen de pijn.'

Alroe ziet geen verband tussen mijn ooms hartfalen en de epileptische aanvallen waar Mary Faltinsky over sprak. Ik vertel hoe Bert Faltinsky mijn oom een keer zou hebben gevonden bij de mijn op Mount Britton: heftig stuiptrekkend, schuimbekkend en goeddeels van de wereld. Zijn acoholisme kan wel epileptische aanvallen hebben veroorzaakt, meent de arts. Vooral na een tijdlang zeer zwaar innemen kan stoppen met drinken gevaarlijk zijn.

'En dat gebeurde natuurlijk als je oom na een paar dagen in de stad of elders in de bewoonde wereld weer naar Mount Britton ging, naar zijn mijn. Het kan dat het lichaam daar een aantal keren zeer heftig op heeft gereageerd,' zegt Alroe, die in zijn tijd in Mackay heel wat *bushmen* voorbij heeft zien komen als patiënt.

Het overlijden van mijn oom herinnert Alroe zich niet, als hij er al bij was, op 20 november 1983. Hij schat dat de arts en zuster van dienst bij het stilvallen van het hart nog hartmassage hebben toegepast en elektrische schokken toegediend. En dat was het dan.

Later, in een internetcafé onderweg naar het noorden, zoek ik naar de vertaling van de doodsoorzaak op het overlijdenscertificaat. 'Myocardiaal infarct': necrose, afgestorven weefsel dus, van een hartspiergedeelte door onvoldoende bloedvoorziening als gevolg van een vernauwing of afsluiting van bloedvaten rond het hart. 'Links ventriculair falen' slaat op een niet meer werkende linkerhartkamer. Dat kan weer leiden tot stuwing van vocht in de longen, met als gevolg longoedeem. Dat zal dan wel die 'milde chronische obstructieve luchtwegaandoening' zijn geweest, waarvan je vooral 's nachts als je plat ligt kortademig en moe wordt.

Licht hijgerig moet Nonk Theo daar dus hebben gelegen, op zijn laatste ziekbed, wachtend tot de man met de zeis hem definitief uit zijn lijden kwam verlossen. Misschien is het maar goed dat ze toen in Mackay niet de uiterste zorg konden bieden. Dat was enkel uitstel geweest van het onvermijdelijke. Bovendien, een wrak met een zwak hart had helemaal geen kans meer gehad om zich nog eens op te richten, om voor het sluiten van de markt toch nog te zorgen voor een positief saldo op de balans van zijn leven. Nee, 53 jaar, bijna 54. Het was een naar einde en een lelijke dood. Iets mooiers kan ik er niet van maken.

Hoosbuien hebben de voorbije uren de dikke laag rood stof van mijn auto gespoeld. De Holden Astra is weer maagdelijk wit. Ik heb het niet op dit soort plensbuien. Januari is in dit deel van tropisch Queensland berucht om zijn natuurgeweld. Orkanen, overstromingen. Met een beetje pech zit je zomaar dagen of langer ergens vast. Volgens het radionieuws heeft de inmiddels afgezwakte cycloon Charlotte duizend kilometer noordwaarts voor vijftien miljoen Australische dollar schade aangericht door ondergelopen huizen, modderlawines en overstroomde wegen. En dan is Charlotte nog een lieverdje, als ik de experts mag geloven.

Hier in Carmila, van waaruit het nog een dik uur rijden is naar Mackay, oogt de hemel onheilspellend. De donkergrijze lucht is zwanger van stortbuien, donder en bliksem. Het is alweer mijn twaalfde dag in Queensland. Nog negentien te gaan.

Carmila Hotel heeft iets treurigs, zo in de lauwe miezer. Onder een afdakje zit een hotelgast met een breiwerkje de tijd te doden. Ze zit ernstig verlegen om een praatje. Ik ook, maar niet met haar. Mijn afspraak probeer ik al dagen te ontmoeten. Hij is amper telefonisch te bereiken, laat staan dat je hem kunt vastpinnen op een plek en tijd om af te spreken. Tot nu dan.

Als ik de deur naar de bar openzwaai, kijken drie paar ogen me niet bepaald gastvrij aan. Twee gasten aan de toog gaan verder met bier drinken. De barman groet me plichtmatig. Ik heb zin in koffie. Maar dat lijkt me hier een *faux pas*. Een biertje dan maar. Welja, doe maar een halve liter. De barman haalt zijn schouders op als ik begin over Charlotte. Pas bij de naam van mijn afspraak oogst ik enige interesse. Ik begin te vertellen over mijn zoektocht. Binnen twee minuten is de belangstelling alweer weg.

Wachten dan maar. Het is nog een kleine honderd kilometer rijden naar Mackay, straks. Maar ik pas me aan de kroegmores aan en drink mee met de andere gasten, een *pint* per half uur. Ik heb me al dagen niet geschoren en ik draag net als de twee stamgasten een verfrommelde bloes en korte broek. Met mijn rugzak en brilletje spring ik er toch uit. Ik had mijn rugzak, met laptop en alle research tot nu toe, beter in de auto kunnen laten liggen. Onafgesloten zelfs. Maar ik ben tot twee keer toe naar buiten gelopen om te controleren of mijn auto wel op slot was. De derde keer heb ik de rugzak alsnog mee naar binnen genomen. Laat mij maar op mijn eigen wijze een zonderling zijn.

Ik ben al twee keer naar de plee geweest – met rugzak en al, uiteraard. Ik zag ze wel, de vragende blikken. De alcohol leidt me langzaam binnen in het voorportaal van dronkenschap. Net als ik overweeg om toch maar de nacht door te brengen in het hotel, rijdt aan de achterzijde een witte Toyota pick-up het gras op. De auto stopt onder een mangoboom, die vol hangt met nog harde, groene vruchten. Achter op de pick-up staat een stalen stellage, met een pikhouweel en schop eraan vast. Twee enorme honden zitten kwijlend te wachten om van de wagen te springen. De barman knikt.

'Dat is 'm.'

Uit de pick-up stapt een pezig kereltje. Onder zijn opgerolde mutsje komt een pluk grijs haar tevoorschijn. Hij draagt een blauwe, vuile bloes op een zwarte korte broek. Uit de pijpen steken twee dunne, maar gespierde beentjes in zwarte, modderige werkschoenen. Ik wil wachten tot de Australische kabouter klaar is met het gerommel aan zijn wagen. Maar dat duurt me algauw te lang. Ik zwaai de achterdeur open.

'Alan Lindsay White?'

De twee honden lopen nerveus rond de auto. Ik ben niet zo snel bang voor honden, maar van deze twee beesten kan ik niet goed inschatten of ze gewoon blij en uitgelaten zijn, of vals waaks en hongerig genoeg voor een stevige beet in een exotisch hapje.

'Yep,' zegt de kleine grijsaard.

Hij gaat onverstoorbaar door met het gerommel in de achterbak van zijn pick-up.

'Blij dat je bent gekomen. Dat waardeer ik zeer,' zeg ik, toch maar naar hem toe lopend.

De honden beginnen onstuimig aan me te snuffelen en tegen me op te springen.

'No worries, mate,' zeg ik tegen de grootste van de twee, die tegen mijn been aan begint te rijden.

White draait zich om en geeft het beest een schop. 'Fuck off!'
De hond piept en krimpt ineen. Ook zijn maatje houdt zich nu gedeisd. Voor het eerst kijkt Alan White me aan. Een grijns breekt door. 'Voor een vreemde heb je een bekend gezicht, dat zeg ik je wel! Kom, we gaan naar binnen, een fucking biertje drinken. Daar ben ik goddomme wel aan toe.'

Pas na twee pints krijg ik White een beetje aan het praten over Nonk Theo en Ukalunda. White wil ervan af zijn of het nou in het droge seizoen was van 1959-1960 of een jaar eerder dat hij werkte in de goudmijn van zijn pa, nabij de oevers van Lake Dalrymple. Met z'n negenen waren ze. Veelal Europese immigranten of nazaten daarvan, onder wie ook de Litouwer Little Joe Rudis, een Hongaar en een Deen. Het werk, diep in de berg, was maar zes maanden per jaar mogelijk.

'In het natte seizoen kunnen schacht en gangen daar zomaar onderlopen. De kans dat je dan ondergronds verzuipt is veel te groot,' zegt White.

Later dit jaar wordt hij zeventig. Hij was dus acht jaar jonger, begin twintig, toen hij met Nonk Theo in Ukalunda werkte. White senior, die toen al tegen de vijftig liep, is vier jaar geleden overleden. Hij is 84 jaar geworden. Shit. De zoveelste die ik tien jaar geleden nog gewoon had kunnen spreken.

Nonk Theo was nog geen dertig jaar toen hij eind jaren vijftig in Ukalunda werkte. Hij ging er ondergronds met Joe Begozzi. Het duo boerde er goed, herinnert Alan White zich, op de mijn waarvan zijn vader manager was. Weer iemand anders was eigenaar van de goudmijn.

'Die twee, Joe en Theo, wisten wat ze deden. Harde werkers, goed in hun vak. Vaak haalden ze zestig ounces goud naar boven in anderhalve maand.'

Zo'n oogst zou tegen de huidige goudprijs 50.000 Amerikaanse dollar waard zijn. Wat mijn oom daarvan overhield? White junior heeft geen idee.

'Dat soort jongens verdiende toen makkelijk drie keer een standaardloon, of meer.'

Op een velletje in mijn notitieblokje schetst White met ballpoint een kaartje. De mijnwerkers moesten eerst zevenhonderd voet, ruim tweehonderd meter, de berg in. Eerst schuin omhoog, dan steil omlaag. Pas dan waren ze bij de hoofdschacht. Die ging nog eens zeventig voet, meer dan twintig meter, naar beneden. Daar kropen mijn oom en Begozzi dan vaak nog eens zo'n veertig voet, zeg maar twaalf meter, verder door een uitgehakte sleuf, op zoek naar de ertsaders.

'Ze bikten daar beneden met een kleine pikhouweel met de hand alleen de rijkste ertslagen weg. Waarschijnlijk was er nog veel meer erts, maar die was minder rijk aan goud. En dat was te veel gedoe. Er moest geld worden verdiend,' vertelt White, die zich graag op nog een biertje laat trakteren.

De met de hand uitgebikte erts in de bijna altijd hete mijn ging in een halve emmer, waar zo'n twee gallon in kon. Imperial gallons, de Britse, die groter zijn dan de Amerikaanse gallons. De halve emmers met dik negen liter erts kiepten de werkers in een kruiwagen, die ze de tweehonderd meter naar de schacht moesten duwen. Vandaar moest de erts omhoog gehesen worden. Wederom met louter mankracht.

'De een stond dan beneden met de schep hele emmers van vier gallon met erts te vullen, de ander hees ze omhoog,' vertelt White.

Allemachtig. Ik begin langzaamaan een idee te krijgen hoe hard mijn oom daar in Ukalunda heeft moeten zwoegen voor het goud: 55 emmers erts was bij elkaar een ton, elke emmer woog zo'n achttien kilo. Uit één ton erts haalden ze twee, soms drie ounces goud. Dat hele geintje deden ze dan dus weer twintig of dertig keer in anderhalve maand, om aan die zestig ounces te komen. En dat allemaal ergens tussen niks en nergens.

'De jongens bakten hun eigen *dampers*,' zegt White, die uitlegt hoe je deeg tot brood bakt op de gloeiende resten van een kampvuur. 'Daar waren ze heel handig in. Voor het vlees schoten ze kangoeroes en vogels. Voor de kangoeroes kregen ze een premie, twee pond per vel. En één pond voor de scalp van een dingo. Die klotebeesten *killen* kalveren en lammeren.'

Kangoeroevlees mag dan wel gezond zijn en laag qua cholesterol, de mannen op de goudmijn zetten hun tanden liever in wat anders. 'Soms kregen ze een stuk rund van een veehouder verderop. Dat aten ze meestal met uien en pompoen.'

Na 28 jaar in oorden als Ukalunda te hebben gewerkt, vindt White junior het welletjes. Voor hem geen Outback meer. Nu en dan, zoals vandaag, gaat hij vissen met vrienden. Hij is net terug van een trip naar de kust.

Hij loopt, biertje in de hand, met me naar buiten, naar zijn auto onder de mangoboom. Uit de grote koelbox, achter op de pick-up, pakt hij krabben als stoeptegels en joekels van red snappers. De twee honden kijken toe, verkrampt rustig. Ze zijn de schop van zojuist kennelijk nog niet vergeten.

Weer binnen in de kroeg, bij nog maar een glas bier, bekijkt White een paar foto's. Hij herkent de jonge Theo, zoals hij in 1954 vertrok. Maar in Ukalunda, een paar jaar later dus al, zag hij er meer uit als op de foto op Mount Britton, eind jaren zeventig.

'Ja, met zo'n sikje. En altijd zijn mouwen opgerold, buiten. In de mijn, als er gehakt, gesjouwd en gekropen moest worden, gingen die mouwen omlaag.'

Veel contact met Nonk Theo had White junior niet.

'Theo was niet zo'n prater. Hij was serieus, gefocust. Op het goud, zijn werk in de mijn. Hij wist wat hij deed, had een doel. Dat merkte je aan alles.'

'Leed hij aan goudkoorts?'

'Vast. Daar had iedereen daar toen last van.'

'Wat was dat dan?' vraag ik. 'Net zoiets als een gokverslaving?'

'Veel erger!' roept hij, met krakende stem en wilde armgebaren. 'Álles moest wijken. Het draaide maar om één ding bij die mannen. Goud. Het houdt je verrekte scherp. Maar je kunt ook van niks anders dromen.'

Met een klap zet hij zijn bierglas op de toog. Hij herinnert zich opeens het loopje van mijn oom. De menskabouter staat op en beent, glas weer in de hand, een paar grote passen vooruit, het serieuze hoofd enigszins naar de grond gericht. 'Zo liep hij. Heel typisch.'

Het loopje klopt. Het is precies zoals Nonk Theo liep op het korte stukje voor de barak van Rita van Ryt, op de dag van haar huwelijk in Mount Isa, in 1957. Inderdaad een typisch loopje. Nogal serieus en barok voor zo'n jonge kerel.

Al die mooie verhalen en herinneringen zijn leuk, maar Ukalunda is voor mij pas compleet na een echt bezoek. Net zoals bij Mount Britton. Pas bij een bezoek aan het mijnterrein, daar op een van de hellingen met uitzicht op de Bluff, kwamen al die verhalen echt tot leven. White junior wil me wel uitleggen hoe je er komt, in Ukalunda. Zo snel als ik kan noteer ik zijn aanwijzingen. Van Nebo naar Lake Altington. Dan bij de Newlands-mijn naar Mount Coolan, vanwaar het nog 54 kilometer is naar het Rutherford Plateau.

'Voordat je gaat moet je eerst bellen met Mount Coolan. Met de pub, of het pompstation. Om te vragen hoe de wegen en de rivieren zijn.'

Blacks Creek, Rosetta, Saline River, noteer ik. Allemaal kunnen ze in dit natte seizoen veranderen in kolkende rivieren, met grote overstromingen tot gevolg.

'Geloof me, je wilt niet onderweg zijn of in Ukalunda zitten als dat gebeurt,' waarschuwt hij.

Ik gruwel bij de gedachte dat ik vast kom te zitten in een outback midden in een zondvloed, met voorbijdrijvende slangen en krokodillen. Ik kijk naar buiten, naar Whites Toyota. Mooi hoog op de wielen, elk apart aangedreven. Voorzichtig opper ik of White me wil vergezellen naar Ukalunda. Hij trekt een bedenkelijk gezicht.

'Wanneer zou je willen gaan?'

'Wanneer het jou schikt.'

Hij denkt even na.

'De komende twee weken heb ik verplichtingen. Dan kan ik niet. Bovendien is het veel te riskant om nu naar Ukalunda te gaan. Het is het natte seizoen, weet je,' wijst hij naar buiten, waar het inmiddels harder is gaan regenen.

'Maar over twee weken zou je kunnen?'

Het zou verre van ideaal zijn, een paar dagen voor mijn retourvlucht van Brisbane terug naar Nederland. Maar beter dan niks.

'Ik ben wel wat gewend, hoor,' dring ik aan. 'Deze jongen is niet vies van kamperen. En ik heb al op kangoeroes gejaagd.'

Hij trekt een wenkbrauw op.

'En raak geschoten,' voeg ik toe.

Ik vertel er maar niet bij dat het een babykangoeroe was, die ik zo beroerd had geraakt dat het beest met een ros tegen een steen uit zijn lijden moest worden verlost.

Hij kijkt me een paar seconden aan.

'De kosten zijn uiteraard voor mijn rekening,' zeg ik.

'Bel me over twee weken maar. Dan zien we wel.'

‘Wat moet ik meenemen? Proviand? Water?’

‘Ho, ho, ho. Laten we eerst maar eens zien hoe de weg naar Ukalunda er dan bij ligt. En wat de weersverwachtingen zijn. Je lijkt me een aardige vent, maar ik heb geen zin om ons beiden de dood in te jagen.’

Met een paar biertjes te veel op neem ik afscheid. Buiten staat mijn Holden in een centimeters diepe plas. Met doorweekte schoenen start ik de auto. Het begint te hozen. De mevrouw met haar breiwerkje houdt het voor gezien en verkast naar binnen. De wolken worden almaar donkerder, dreigender. Kom maar op met die regen. Ik prent mezelf in dat alles wat nu hier valt, de komende tijd niet meer in en om Ukalunda naar beneden kan komen.

Buiten is het ruim boven de dertig graden Celsius, met een verstikkende luchtvochtigheid. Binnen, hier in de openbare bibliotheek van Mackay, is dat kennelijk reden om de airco op vriezen te zetten. Met kippenvel op mijn blote armen en benen strijk ik neer in het aparte kamertje voor onderzoekers, klaar om achter een van de projectors rollen vol microfiches door te spitten. Op de zwart-witfilms staan alle jaargangen van de plaatselijke krant. Tijdens mijn eerste speurtrip, anderhalf jaar geleden, heb ik al uren zitten turen naar oude *Daily Mercury's*. Tevergeefs. Het was zoeken naar een speld in een hooiberg. Nu beschik ik over aanmerkelijk meer aanknopingspunten, dankzij ploeterwerk in diverse archieven in Brisbane. Daar heb ik exacte data gevonden waarop Nonk Theo eind jaren zestig voor de rechter moet zijn verschenen.

Al een uur pijnig ik mijn ogen, die uitgedroogd raken door de loeiende airco. Honderden pagina's heb ik al aan me voorbij zien trekken. Op het scherm voor me de krant van zaterdag 15 juli 1967, met op de regiopagina een slaapverwekkend stuk over het plaatselijke debutantenbal. Net voordat ik wil door scrollen valt mijn oog op een blok tekst boven een advertentie voor exotische vakanties naar Fiji en Mexico. 'Mijnconcessie aanbevolen voor verbeurdverklaring.' Ik moet het formalistische stuk wel vijf keer lezen om de strekking te vatten. Maar ik ben blij dat de verslaggever amper pogingen heeft gedaan om het gebeurde in eigen woorden te parafraseren. Hoe feitelijker en voor mijn part saaier, hoe beter.

Het stuk gaat over een zaak voor de Mining Warden's Court, een speciale rechtbank voor mijnconflicten. Bert Faltinsky probeert een concessie in handen te krijgen voor een goudmijn op Mount Britton. Niet Nonk Theo's Freegold, maar een andere, kleine mijn. Ook van deze mijn is mijn oom concessiehouder, zo staat er, samen met twee anderen. Behalve advocaat Raymond Balzer uit Lismore is dat ene John Williams, een van de vele excentrieke gelukzoekers op Mount Britton in die tijd.

Nonk Theo zit klem. Volgens zijn kompaan Williams is mijn oom – als enige, dat wel – volop actief op hun mijn. Met andere woorden: er wordt gewerkt en er is dus geen enkele reden om de mijnclaim van Nonk Theo en de twee anderen verbeurd te verklaren en aan Faltinsky te geven. Maar die ziet dat heel anders, zo vertelt zijn advocaat, overigens een andere dan zijn zakenbuddy Bill Stubbs. Volgens Faltinsky is de mijn van het drietal verlaten. Bovendien is Theo Schrooten in dienst bij Faltinsky, zo voert diens advocaat fijntjes aan. Mijn oom kan niet in dienst zijn van Faltinsky en tegelijkertijd zijn eigen mijn exploiteren, krijgt de rechter te horen. Die besluit aan het slot van de zitting dat hij de minister gaat adviseren om de mijnconcessie verbeurd te verklaren. Nonk Theo ontsteekt in woede, op het agressieve af. Hij krijgt een formele waarschuwing aan zijn broek: als hij niet inbindt, wordt hij ook nog aangeklaagd wegens minachting van de rechtbank. Een strafbaar feit waar twee jaar celstraf op staat. De rechtbankverslaggever heeft helaas maar één van Nonk Theo's verbale oprispingen afgedrukt. Het artikel eindigt ermee. Niks minder dan een verkapt dreigement: 'Als ik de mijn niet krijg, dan krijgt niemand 'm!'

De werkelijkheid heeft anders uitgepakt, weet ik inmiddels. Faltinsky kreeg niet alleen de concessie in handen voor de goudmijn die mijn oom had samen met Balzer en Williams. Nonk Theo verloor ook zijn kroonjuweel, de Freegold. Het is me nog steeds niet helemaal duidelijk hoe dat is gegaan. Al kan ik me er wel steeds meer bij indenken.

Telefoon. Johanna Sherry. Ik heb haar twee weken geleden al gebeld over mijn komst. Ik móét haar nog één keer ontmoeten in de weinige dagen dat ik hier ben. Ze is daartoe bereid. Nu. En alleen nu. Ik kan het me niet veroorloven 'nee' te zeggen. Niet als ik haar alleen wil spreken, zonder haar man erbij. Want dat moet. Ik moet en ik zal een nieuwe seance met Johanna hebben. Dat is een van de redenen geweest voor mijn terugkeer naar Australië.

Het zal niet makkelijk zijn om de val te zetten die ik heb voorbereid. Ik mag Johanna. Ze heeft niks kwaads in de zin, ze wil ze me juist helpen, op haar manier. Maar ze heeft geen idee van de schade die ze aanricht. Ik moet er niet aan denken dat mijn plan faalt. Waar sta ik dan? Het idee alleen al maakt me gek. Aan de binnenkant van mijn voorhoofd begint het licht te kloppen. Mijn linker ooglid trekt om de paar seconden samen, in een onvoorspelbare en onwillekeurige tractie. De airco, houd ik mezelf voor. En al het nachtbraken. Maar ik weet wel beter. Ik lijd aan veel meer dan de tol van vocht- en slaapgebrek.

Ik schrik van de deurbel die ik zelf indruk. Mijn lijf trilt als een rietje. Het is tropisch warm, mijn poriën lekken koud zweet. Allemaal symptomen van een verborgen agenda. De deur gaat open. Mijn adrenalinespiegel schiet verder ophoog. Ik sta oog in oog met Johanna's echtgenoot, Sugar Joe. Zij staat achter hem. Ze haalt haar schouders op en trekt een sorry-gezicht. Johanna mag dan wel een zesde zintuig hebben, Joe heeft er net zo goed een. Het vertelt hem feilloos wanneer Johanna het hare dreigt te gebruiken. En daarom heeft Joe zich niet met een smoes weg laten sturen.

'Zo, daar ben je weer. Hoe is het, kerel?' vraagt Sugar Joe.

Onze wederzijdse hartelijkheid is flinterdun en ademt van beide kanten pure hypocrisie, met een zweem van vijandigheid. Na wat gekeuvel over het weer en het cyclonenseizoen vertel ik ook hier over mijn bevindingen sinds de laatste ontmoeting. Met opzet houd ik me op de vlakte over mijn gesprekken met mensen als Bill Stubbs, Mary Faltinsky en arts Peter Alroe. Het hoort allemaal bij het plan. Een plan dat Sugar Joe met zijn aanwezigheid helemaal in de war gooit. Met tegenzin hoor ik aan welke herinneringen bij hem zijn komen bovendrijven sinds onze eerdere ontmoetingen.

'Ik zag Theo toen die ouwe tegen Helena had gezegd dat ze met hem moest breken,' vertelt Joe. 'Theo was ten einde raad. Hij huilde, liep eindeloos heen en weer. Het was in ons vorige huis, hier in Farleigh. Dat is gesneuveld toen ze de weg hebben verbreed.' Hij doelt op de Bruce Highway, de 1700 kilometer lange asfaltstrook tussen Brisbane en Cairns.

Er blijkt veel meer achter de gedwongen breuk tussen Helena en mijn oom te zitten dan ik tot nu toe dacht. Ja, er was het leeftijdsverschil van zestien jaar. Nonk Theo was met de beste wil van de wereld geen vrome katholiek te noemen, zoals de ouders van Helena. En ook als bushman paste mijn oom helemaal niet bij het brave, godvrezende burgermansgezin van de Vandenboschen. Maar boven alles vreesden de ouders van Helena en Johanna vooral een herhaling van hun eigen, tragische levensloop.

'Mijn vader had mijn moeder zwanger gemaakt toen zij nog maar zestien was,' vertelt Johanna. 'Pa was zeventien jaar ouder. Hij heeft dat altijd ervaren als een grote zonde. Vandaar ook dat hij de rest van zijn leven zo gelovig was.'

Bijkomend probleem was dat hun moeder van beduidend betere komaf was dan hun vader.

'Mijn vader was toen nog maar een eenvoudige metselaar,' vervolgt ze. 'Mijn moeders moeder liet niet na hem dat in te wrijven. Zij domineerde mijn vader, zat hem de hele tijd op de nek. Mijn vader was te trots om zich zo te laten kleineren. Dus vertrok hij, met mijn moeder, uit haar ouderlijk huis. Met niks. Mijn moeders oma heeft mijn ouders nog geholpen en ze wat messen en een snijtafel meegegeven. Maar dat was het wel.'

Johanna en haar man zijn in anderhalf jaar tijd een stuk ouder geworden. Zijn zwarte haar vertoont het begin van grijs. Bij Johanna maken nog meer en diepere rimpels haar gezicht nog sprekender, maar ook treuriger dan de vorige keer.

'Je ouders waren allergisch voor Theo, vanwege hun eigen verleden,' vat ik samen.

Ze knikken instemmend. Bizar hoe een ongelukje van Helena's ouders niet alleen hun eigen leven zo'n tragische wending heeft gegeven, maar ook dat van hun kinderen. Want ook Johanna heeft relaties moeten verbreken.

'Een van mijn vriendjes was protestants. Hij was bereid zich te bekeren tot de katholieke kerk. Maar voor mijn vader was dat niet voldoende. Het geloof moest uit de tenen komen. In en in overtuigd. Alleen dat was goed genoeg.'

Pa en ma Vandenbosch wilden ten koste van alles voorkomen dat hun meiden eenzelfde zondeval door moesten maken als zijzelf. Alleen partners van eenzelfde komaf konden daarom rekenen op groen licht: vroom en belijdend katholiek, braaf burgerlijk en liefst met enig aanzien binnen de gemeenschap. Zoals uiteindelijk ook vader Vandenbosch, die zich opwerkte tot een bekend en gewaardeerd bouwondernemer.

Nog steeds vindt Johanna het een doodzonde dat haar ouders Helena en Nonk Theo nooit een kans hebben gegeven. De twee weinig gelukkige relaties die haar zus na de breuk met mijn oom had, hebben Johanna alleen maar in haar oordeel gesterkt.

'Helena zei in haar laatste jaren eens tegen me: "Jannie, ik ben weggegaan bij een alcoholist en getrouwd met een gokverslaafde." Zo triest...'

Ik vertel over mijn ooms zenuwinzinking en epileptische aanvallen als gevolg van drankmisbruik, jaren na de breuk met Helena. Toch ook niet misselijk.

'Waren ze maar bij elkaar gebleven. Dan was ook dat niet gebeurd,' zegt ze.

Ik snap wat ze bedoelt. Die relatie had van mijn oom een normaler, gezonder persoon gemaakt. Minder excentriek, minder gevoelig voor goudkoorts. Zoals Faltinsky en Begozzi. Ook goudzoekers, maar uiteindelijk nog enigszins met beide benen op de grond.

Na het veto van Helens vader koesterde Nonk Theo nog kortstondig de hoop dat Helen toch haar hart zou volgen, vertelt Johanna. Maar haar zus was niet zo eigengereid. En ze liet zich al helemaal niet verleiden tot een leven op Mount Britton, zoals Joe Begozzi's jonge geliefde Bev.'

'Helen zou nooit mijn ouders hebben getrotseerd en Theo hebben gevolgd, de bush in. Dat was het zwaarste voor Theo, toen hij dat moest constateren en accepteren. Daarom is hij teruggegaan, naar de mijn.'

Ze zijn elkaar na de breuk nog weleens tegengekomen, weet Johanna. Maar dat was dan per toeval, als Theo in de stad was voor voorraden, zaken of ontspanning. 'Dan liepen ze elkaar hooguit tegen het lijf, op straat. Meer niet.'

Sugar Joe heeft al een paar keer nadrukkelijk op zijn horloge gekeken. 'Ja, Ferdi, dit wilden we je nog vertellen. Meer details hebben we echt niet. Ik ben bang dat je het hiermee zult moeten doen. Je maakt er vast wel iets moois van, niet?' zegt de suikerrietboer.

Hij staat op en wacht tot ik hetzelfde doe en mijn biezen pak. Ook Johanna staat op. Buiten begint Sugar Joe weer over het weer en hoe slecht de recente stortregens zijn voor zijn rietakkers. Het is voor een kleine boer zoals hij een niet te verzekeren risico, klaagt hij. Binnen klinkt gerinkel van de telefoon. Johanna duwt me zachtjes verder de tuin in en loopt met me mee naar de auto. Joe aarzelt even, maar loopt dan toch naar binnen om op te nemen. Bij mijn auto pakt Johanna me stevig bij mijn arm.

'Sorry, Ferdi. Ik kon je net niet alles vertellen. Joe geeft me nog geen millimeter. Hij wil niet dat ik dingen vertel die ik ingegeven krijg. Hij is er mordicus tegen. Maar ik heb zo veel signalen gekregen van Theo sinds de laatste keer en vooral sinds je bericht dat je zou terugkomen. Ik móést luisteren. Theo probeerde voortdurend in te breken.'

Ik kijk naar het huis. Ik zie Sugar Joe in de keuken, bellen. Door de openstaande deur hoor ik zijn stem. Geen seconde verliest hij Joanna en mij uit het oog. Johanna trekt aan mijn arm.

'Luister naar me, Ferdi! Theo wil je vertellen dat zijn dood niet tragisch was. Zijn leven was zíjn keuze. Nu zou hij het anders hebben gedaan, als hij had geweten wat hem te wachten stond. Maar zo gaat dat niet.'

Johanna keert nadrukkelijk haar huis en Joe de rug toe. Ingehouden begint ze op haar borst te kloppen als ik haar vraag of Theo nog iets heeft gezegd over mijn vader, of over Theo's jongste broer. Ik verzwijg hoe wanhopig die instanties in Australië heeft verzocht om informatie na het overlijden van zijn broer.

'Zeg je vader dat Theo is verenigd met zijn jongste broer. Dat het goed met hem gaat. Dat Theo nu gelukkig is. Hij heeft wat genomen, ja,' zegt Johanna.

Ze zwijgt verder over het geld dat Nonk Theo voor vertrek uit Nederland heeft opgenomen van zijn spaarrekening, en dat in het plan van mijn opa een andere bestemming had. Ik ben er tegen haar niet over begonnen, over dat geld. En ik heb ook niet gezegd dat de jongste oom alweer een paar jaar geleden is overleden. Of heb ik dat vorige keer toch laten vallen? Ik krijg geen tijd om in mijn geheugen te graven.

'De relatie met Helena was een unieke. Heel bijzonder,' zegt Johanna. Ze klinkt net even anders dan daarnet. Rustiger, indringender. Dieper. 'Weet dat Theo volgt wat je allemaal doet,' vervolgt ze, nu weer meer als zichzelf. 'Dat hij altijd bij je is, nooit weg is geweest en dat hij je gidst.'

Door het keukenraam zie ik hoe Sugar Joe de telefoon ophangt. Met een hoofdgebaar waarschuw ik Johanna. Ik grijp in mijn broekzak, waar ik al mijn hele bezoek een briefje in had zitten, dat inmiddels klam is van het zweet. Snel druk ik het in Johanna's hand, net voordat Joe weer naar buiten komt.

'Lees het en vraag Theo wat zijn relatie was met deze mensen en wat hij me nog meer over hen kan vertellen. Het zijn mensen die hij heeft gekend of met wie hij heeft gewerkt.'

Johanna vouwt het briefje half open. Ze ziet een paar van de in totaal zestien namen. Zwijgend kijkt ze me aan. Dan knikt ze. Het papiertje verdwijnt in haar broekzak.

'Geef me een paar dagen en dan bel ik je. Probeer het alsjeblieft niet zelf. Het is al moeilijk genoeg met Joe. Ik bel jou. Oké?'

'Oké. Ik wacht op je telefoontje.'

'Zo, daar ben ik weer,' zegt Sugar Joe, met een klapje op mijn schouder. 'Ik dacht dat je al vertrokken was.'

Ik wil Johanna zeggen dat ik haar graag nog een laatste keer wil ontmoeten. Niet alleen een telefoongesprek. Ik wil haar in de ogen kunnen kijken als ze me vertelt wat ze heeft doorgekregen over de namen op het papiertje.

Sugar Joe steekt zijn hand naar me uit. 'Nou, het allerbeste dan maar. Ik neem aan dat we elkaar nu echt niet meer zien.'

'Ach, zeg nooit nooit,' antwoord ik.

Sugar Joe glimlacht terug.

Ik geef Johanna twee zoenen. 'Bel me. Ik wil je nog één keer zien,' fluister ik bij de tweede kus zo zacht als ik kan in haar oor.

Als ik onder aan de oprit de Bruce Highway opdraai, retour Mackay, zie ik de Sherry's in mijn binnenspiegel hand in hand, zwaaiend.

Het val is gezet.

's Avonds ben ik te gast bij Joe Caruana, Nonk Theo's vroegere collega bij de Ford-garage. Het kostte me moeite, maar ik mag bij hem blijven slapen. Joe is alweer zo lang alleen dat hij het lastig vindt om zijn huis te delen. Zonder het uit te spreken heb ik hem het idee gegeven dat mijn verblijf bij hem ook een goedmakertje is naar Theo. Een tikkie emotionele chantage, maar Maltese Joe is ervoor gezwicht. Gelukkig maar. Het geld dat ik zo uitspaar, kan later nog weleens cruciaal zijn om tot in Ukalunda te geraken, een onvoorziene expeditie.

We hangen allebei onderuitgezakt in grote, stoffen fauteuils in de woonkamer, boven de garage van Maltese Joe's drive-inwoning. Zijn zus heeft blikjes bier achtergelaten. In de haperende koelkast hebben ze nog niet helemaal de kans gehad koud te worden. Maar in dit warme huis smaakt mijn biertje ook halfkoel heerlijk. Ik vertel over mijn bevindingen van de voorbije dagen. Over de rechtszaak in 1967 van Nonk Theo tegen Bert Faltinsky. Over mijn ooms verkapte dreigement dat niemand de mijn zou krijgen als hij haar niet kreeg. En over die andere reden voor de gedwongen breuk met Helena: de angst van haar ouders dat hun eigen tragedie zich zou herhalen.

'Ongelofelijk! Ongelofelijk!' roept Joe keer op keer, ondersteund door emotioneel gesticuleren. 'Wat een verhalen! Hoe krijg je het voor elkaar. Theo zou trots op je zijn geweest. Echt waar!'

Ik verzwijg het meest bizarre verhaal tot nu toe, van vanmiddag. En de eerdere afleveringen daarvan, thuis bij Johanna, anderhalf jaar geleden. Ik schat mijn gastheer in als discreet, maar ik wil geen enkel risico nemen. Uiteindelijk is Mackay een dorp. Een sappige roddel over een met gene zijde kletsende suikerrietboerin gaat hier geheid als een lopend vuurtje rond. Als dat gebeurt, hoef ik niet meer bij Johanna aan te komen. Terwijl ik precies dat nog zeker één keer voor elkaar moet zien te krijgen.

Na een paar biertjes kom ik tot een ontnuchterende conclusie. Eind jaren zeventig, begin jaren tachtig, de periode dat Maltese Joe met Nonk Theo omging, was mijn oom compleet aan het eind van zijn Latijn. Mijn gastheer is vooral aangegrepen door het beeld van een huilende Theo, na de gedwongen liefdesbreuk met Helena.

'Zo was dat in die tijd. Vaders wil was wet. Bij ons thuis was het niet anders. Maar het is zo wreed, in Theo's geval. Voor zo'n zachte man. Ik wou dat ik meer Theo's vriend was geweest. Maar hoe kon ik het weten?'

'Kon je niet. Je hoeft je niks te verwijten,' zeg ik.

Maltese Joe drukt zijn hoofd achterover in zijn stoel en sluit even zijn ogen.

'Theo maakte schoon als een robot. Je hoefde nooit te zeggen wat hij moest doen. Wij vervingen in twaalf minuten de voorruit van een Ford Falcon. Een record in die tijd. Echt waar. We duwden ze er zo uit, met onze werkschoenen. Ogen dicht tegen de splinters, en klaar! Theo wist precies wanneer hij moest komen vegen en moppen.'

Veel kracht had mijn oom niet meer in zijn tijd bij Frendely Motors.

'Meestal kreeg hij de grote industriële afvalcontainers niet in zijn eentje in de vuilnistruck getild. Dan vroeg hij mij of ik een handje wilde helpen. We gebruikten de gelegenheid altijd om buiten een praatje te maken.'

Maltese Joe staart seconden lang voor zich uit.

'Had ik maar geweten hoezeer het hem allemaal had aangegrepen en verteerd. Hij was een gentleman, hij liet het niet blijken. Ik stuiter heen en weer wat betreft emoties. Ik kan uitgesproken bedroefd zijn en extreem uitgelaten. Maar Theo, die kon ik niet lezen. Op Alfred Street woonde hij, toch? Man! Ik had hem minstens af en toe kunnen bezoeken, of uitnodigen voor een maaltijd hier, net zoals jou vanavond.'

Opeens is er weer een glundering.

'Als hij over zijn mijn begon te vertellen, dan kwam er een glinstering in zijn ogen. Een vonk. Dan leefde hij op. Alsof hij ergens, diep van binnen, altijd hoop heeft gehouden dat het allemaal toch nog goed zou komen. Wat denk jij, Ferdi? Jij moet hem inmiddels beter kennen dan ik.'

Ik haal mijn schouders op, ik heb geen idee. Ik weet zo veel meer over Nonk Theo's leven Down Under dan aan het begin van mijn zoektocht, maar nog steeds kan ik niet echt in zijn hoofd kruipen. Daar zijn dingen gebeurd die ik niet kan bevatten. Die je waarschijnlijk moet hebben meegemaakt om ze te kunnen begrijpen, om te kunnen denken en voelen als Nonk Theo. Niks wil ik liever dan dat. Maar het is ook mijn grootste demon. Willen begrijpen is één, maar durven springen, vol overgave naar het duistere onbekende, met nul garantie op terugkeer?

Misschien heeft Maltese Joe wel gelijk en was Nonk Theo's gouden droom het enige waar hij zich de laatste jaren van zijn leven nog aan kon vasthouden. Zoals je ook wel weet dat de kans nihil is dat je de jackpot van de oudejaarsloterij wint. Maar toch koop je een lot. Om de droom. Elk jaar weer.

'Op Theo!' zeg ik, met nog een restje bier in mijn blikje.

Maltese Joe gaat rechtop zitten. Hij trekt het ernstigste gezicht dat ik me bij hem kan voorstellen.

‘Op Theo. Dat het hem goed mag gaan, waar hij ook is.’

Ik klok mijn blikje leeg. Onwillekeurig schieten mijn gedachten naar vanmiddag. Ik houd mijn biertje nogmaals omhoog en kijk naar het plafond.

‘Op jou, Theo, waar je ook bent.’

Voor het slapengaan kijk ik nog even op mijn mobiele telefoon. Geen gemiste gesprekken, geen voicemails, geen sms’jes. Niet van Johanna, niet van Alan White, van niemand. Ik ben doodop. Nu al, na twee weken. Ik had het Maltese Joe willen vertellen, vlak voor het slapengaan, dat Nonk Theo en ik vrienden zijn geworden, postuum. Het is een relatie die me leeg zuigt. Mijn energie verdwijnt in een zwart gat. Ik sta aan de rand van de afgrond en kijk in de diepte. Ik wil en ik moet springen. Maar ik kan het niet. Dit is niet zoals in Nieuw-Zeeland, waar ik kort na mijn eerste rondreis door Australië in 2007 een bungeejump deed vanaf de Kawarau Bridge. Wat een vuur joeg er toen door mijn lijf, na die val 43 meter naar beneden, mijn hoofd en torso dippend in het ijskoude water van de Kawarau-rivier. Maar daar zat ik met mijn voeten aan een kundig vergrendeld elastiek, dat voorkwam dat ik te pletter viel.

Pas na twee uur woelen val ik in slaap.

Het is dat je het weer niet kunt kopen. Anders had ik er een lieve duit voor over gehad om het weer van vandaag nog een paar dagen te laten duren. De hemel is strakblauw, bevlekt met helderwitte bloemkoolwolkjes. Het is warm en benauwd, maar dat neem ik op de koop toe: het is droog.

De telefoon gaat over, zoals wel vaker de afgelopen dagen. Geen enkele keer werd er opgenomen. Maar na negen keer klinkt er nu een klik. Gestommel. De hoorn valt op de grond, lijkt het. Gevloek, gerochel.

'Yeah? Wie is dit, godverdomme?'

De roestkettingen waarvan Alan Whites stembanden zijn gemaakt, moeten hun eerste smeerbeurt nog krijgen.

'Hey Alan, ik ben het, Ferdi.'

'Huh?'

'Je weet wel, die neef van Theo. Theo Schrooten. Ik zou je nog bellen, over onze trip naar Ukalunda.'

'O, ja. Hm. Wacht even.'

Zwaar gerochel. Slijm dat in de afgelopen uren diep de longen in is gezakt wordt omhoog gewerkt. Gespuug klinkt. Gesmak. 'Wanneer wilde je ook weer gaan?'

Morgen, wil ik zeggen. Het is vandaag maandag. Ik ben nog maar een paar dagen in Mackay en omgeving, mijn springplank naar Ukalunda.

'Maakt niet zo veel uit. Zaterdag vertrek ik naar Brisbane. De dag ervoor moet ik op de begraafplaats van Walkerston zijn. Dan wordt er een steen geplaatst op het graf van Theo. Maar dat kan ik misschien wel verzetten. Dus zeg het maar. Het is hier in Mackay trouwens geweldig mooi weer.'

'Hm. Is dat zo?'

Gekreun verraadt hoe het oude lijf aan de andere kant van de lijn zich uit bed hijst.

'Hier regent het dat het giet, vriend.'

'O? Maar Carmila is nog een stuk verder van Ukalunda dan Mackay.'

'Daar is het de afgelopen dagen ook niet geweldig geweest. Ik heb gisteren nog gebeld met het hotel, in Collinsville. Hm. Ik weet het niet.'

‘Kunnen we niet kijken hoe ver we komen? Als het echt mis is, kunnen we nog altijd teruggaan.’

Een diepe hoestbui, gevolgd door opnieuw gerochel en een fluim die wordt uitgespuugd. Ik houd de hoorn ver van mijn hoofd tot het kabaal voorbij is.

‘Het is maanden droog geweest, daar in de Outback,’ zegt White. ‘Als het begint te regenen, slaat de grond in één keer dicht. Voor je het weet staat de boel blank.’

Ik herinner me wat Alan White me vorige keer vertelde over het werk ondergronds, in zijn vaders goudmijn in Ukalunda. Hoe mijn oom met Joe Begozzi diep onder de grond, als een boterham in een broodrooster, met een kleine pikhouweel de ertslagen wegbikte. Ze kropen met de kop naar voren in de goudhoudende spelonk en worstelden zich vervolgens weer met voeten en kont naar achteren eruit. Je had geen idee beneden wat er boven gebeurde. Als er een stortbui losbarstte, zat je in no-time als ratten in de val.

‘Ukalunda, daar verzuip je voor je er erg in hebt,’ zegt White, ten overvloede.

Het klinkt zo verstandig om niet te gaan. Het cycloonseizoen is nog in volle gang. In de drie dagen die we minstens onderweg zullen zijn voor heenweg, verblijf en terugkeer, kan het weer op elk moment omslaan. Ik wil er niet aan. Maar ik moet naar Ukalunda, verdomme.

‘Je weet dat alle kosten voor proviand en benzine voor mijn rekening zijn, hè,’ dring ik aan.

‘Dat is niet het probleem. Ik heb geen zin om te verzuipen. Ik mag dan wel 69 zijn, ik wil nog wel een paar jaar op deze verdomde aardkloot rondklooien.’

Whites stem begint steeds nuchterder en resoluter te klinken.

‘En als ik je nu woensdagnamiddag nog even bel? Als het dan beter is, dan kunnen we het toch proberen?’

‘Ik heb er geen goed gevoel over, vriend. En ik denk dat je oom je precies hetzelfde had geadviseerd. Hij was geen bangerik. Dat ben jij misschien ook niet. Maar hij wist wel waartoe de natuur in staat is. Daar *fuckte* hij ook niet mee. Weet je wat? Kom nog eens terug, in het droge seizoen. Dan neem ik je met alle plezier mee.’

Ik wil wel schreeuwen: godverdomme Alan, ik wil deze week nog naar Ukalunda! Deze week, hoor je me?

'Ik bel je woensdag, oké?'

Aan de andere kant klinkt gesteun, gevolgd door een stilte.

'Oké, makker. Maar als ik ook maar de minste twijfel heb, gaat het hele feest niet door. Oké?'

'Oké. Deal. Ik bel je woensdag. Op dit nummer?'

'Ja.'

'En dan krijg ik je wel te pakken, hè.'

'Bel nou maar gewoon, woensdag. En dan zien we wel. Maar reken nergens op.'

'Goed. Ik bel je om vier uur 's middags. Tot dan.'

Het is een flinterdun strohalmpje. Ik klamp me er uit alle macht aan vast, voel een enorme verleiding om onaardse krachten aan te roepen. Als Nonk Theo dan werkelijk bij me is en me gidst, zoals Johanna van hem persoonlijk zegt te hebben gehoord – en zoals ik dat soms ook wel lijk te voelen, zonder eraan toe te durven geven – dan is hier dé perfecte gelegenheid. Ik kan wel een engeltje op mijn schouder gebruiken.

Twee jaar alweer staat de Mount Britton Gold Mine te koop. Er moet daar nog een enorme berg goud verscholen liggen in Mount Britton, als ik tenminste de vertrouwelijke prospectus mag geloven die ik meekreeg van Stubbs. Ik had het niet willen lezen, niet meer tenminste dan de samenvatting die ik bij hem thuis snel had gescand. Maar de verleiding is te groot.

In de keuken van Maltese Joe, dezer dagen mijn werkplek, lees ik hoe op Mount Britton, door samenvoeging van allerlei kleinere claims door de jaren heen, één grote mijnconcessie is ontstaan. Een terrein van één vierkante kilometer, zo'n 140 voetbalvelden. Bij proefboringen in 2004 – kosten 500.000 Australische dollar – stuitten geologen niet alleen op de ertslagen die mijn oom en anderen in de jaren zestig en zeventig tot een meter of dertig diep exploiteerden. Veel dieper, op driehonderd meter, hebben de onderzoekers nog twee nieuwe ertsaders ontdekt. Een daarvan is inderdaad de 'Stubbs' gedoopt. De nieuwe goudriffen zijn volgens de rapportage beide geschikt voor ontginning.

Ik worstel me minutieus door het verkoopdocument, vol kleurige geologische kaartjes van de bodem en de daarin gelegen ertslagen. Voor Nonk Theo zou dit gesneden koek zijn, maar ik kom er maar moeilijk wijs uit. Op een van de laatste pagina's zie ik een tabel vol percentages, oppervlaktes, volumes en bedragen waar ik iets van begrijp. Er blijkt nog bijna 200.000 vierkante meter te liggen aan nog te ontginnen ertslagen. Poeh! Zeg maar 28 voetbalvelden aan goudriffen, met een dikte van tussen de 25 centimeter en vier meter. Zelfs als daarvan maar tien procent te delven valt, komt dat neer op 1257 kilo goud. Mijn hemel! Volgens het verkoopdocument is dat nog een voorzichtige schatting: oogst van een kwart van al het goud wordt haalbaar geacht. Mijn bovenkamer slaat compleet op hol. Zou het niet mogelijk zijn om de hele berg af te graven, met dagbouw à la de Super Pit in Kalgoorlie? Gewoon stukje bij beetje die hele berg wegblazen, tot je een gigantische krater overhoudt. Dan zou je wellicht de totale 12.573 kilo goud kunnen oogsten. Twaalf-en-halve ton, 404.231 troy ounces! De waarde daarvan past nog maar net op het schermpje van de calculator in mijn mobieltje: 334.096.922 Amerikaanse dollar. Een kwart miljard euro!

Op weg naar de gouden berg zelve, zinder ik nog na van de astronomische getallen uit de prospectus. David Craig, de grote beer die me de vorige keer hier ook al meenam naar Nonk Theo's mijn, is zo vriendelijk om me nog één keer te begeleiden. Zijn *red lady* heeft de geest gegeven, dus we gaan gewoon met Craigs vierwiel-aangedreven Toyota Hilux. Veel comfortabeler, maar minder avontuurlijk dan achter in het tractorbakkie.

Rondstruinend bij wat ooit Nonk Theo's mijn was, kan ik moeilijk bevatten dat ik boven op een gigantische goudschat sta. De plastic bakken met boormonsters die met een appelboor van diamant uit de diepte zijn gehaald, liggen er nog. Het zijn slanke palen van een paar centimeter doorsnee. Als ze niet in stukken zijn gebroken, zijn ze een meter lang. Craig struint in zijn korte broek, singlet en met leren cowboyhoed op, langs de bakken.

'Hm, 248 meter. Fuckin' hell.'

In Craigs klauwen is een bodemstaal niet meer dan een uit de kluiten gewassen krijtje, maar dan grijs, met aders als marmer.

'Zo diep hebben ze dus geboord,' zegt Craig.

De vorige keer was ik hier in de Australische winter, in augustus. Nu, halverwege januari, is het volop zomer. Alles is veel groener. Een van de zijgangen naar de ertslagen in de berg, die de vorige keer al goeddeels was ingestort, is nu helemaal dichtgegroeid met struikgewas. De restanten van de stamper, met zijn verroeste aandrijfwiel, is omgeven door anderhalve meter hoog gras. Het zweet gutst uit mijn poriën. Mount Britton is vandaag de heteluchtoven zoals Bev' Begozzi die beschreef. Het is gekkenwerk om bij dit soort temperaturen en luchtvochtigheid loodzware arbeid te verrichten, zoals Nonk Theo en zijn kornuiten dat hier jarenlang hebben gedaan.

De mijn is al jaren verlaten. De stalen driepoot waaraan de mijnwerkers zich tot bijna zeventig meter in de hoofdschacht naar beneden lieten zakken, staat er nog. Net als het gammele eenpersoons liftje en een paar stalen kiepwagons waarmee de ondergronders het gesteente na de explosies uit de mijn haalden. Craig gaat met zijn grote lijf in het oranje liftbakje staan.

'Fucking gevaarlijk!'

Hij stapt er weer uit en loopt naar de rand van de afgrond, waar de kiepwagens het mijnpuin naar beneden stortten. Craig ademt diep in. Nog steeds komt de inmiddels 63-jarige bijna wekelijks naar deze berg, ver weg van zijn gezinsleven thuis in Eton, waar hij woont met vrouw, dochter en kleinkind.

'Ik kom hier voor de rust. Ik ben gek op deze bergen. Fantastisch, toch?' zegt hij, wijzend naar de verte.

Ik snap er nog minder van dan vorige keer. Welk gezond mens wil hier wonen?

'Nee, je moet hier niet continu leven. Dan word je fucking knettergek,' zegt Craig, alsof hij mijn gedachten kan horen.

We rusten even uit in de schaduw van de metalen schuur, waar nog steeds met zwarte blokletters op geschreven staat *TO BREAK IN IS VERBOTEN*. Uit mijn rugzak pak ik de prospectus. Ik wijs Craig op de 12.573 kilo goud, ofwel 404.231 ounces, die hier onder ons nog in de grond moet zitten.

'Fuckin' hell!' schreeuwt Craig en grist het stuk uit mijn handen. Hij bladert van voor naar achteren en weer terug, neemt de tekst en cijfers in zich op. Ze zijn allemaal nieuw voor hem. 'Dat geloof je toch niet?'

Uit het niets krijgt Craig een flashback.

'Theo was weer op de mijn. Met een Oostenrijker, Little Joe Rudis en al die anderen. Vraag me niet hoe ze heetten. Het was een vaste kliek. Ze waren het hier helemaal opnieuw aan het betimmeren. De schachten, de steengangen beneden. Theo hield toezicht en gaf aanwijzingen voor wat er moest gebeuren en hoe.'

Het is een oprisping. Hoezeer ik ook doorvraag naar namen, precieze data: niks. Ja, het was ergens tussen 1969 en 1977. De anekdote, hoe summier ook, intrigeert me. Als het klopt, heeft Nonk Theo hier nog gewerkt, zelfs nadat hij de mijn in de rechtszaal was kwijtgeraakt aan Faltinsky, zijn rivaal, gewezen partner én baas.

'Fuckin' hell,' roept Craig nog maar eens.

Met een van zijn klauwen slaat hij keihard op het blote bovenbeen waarmee hij zo trekt als hij loopt. Hij heeft helemaal gelijk. Een hel, dat is het hier. En dat was het zeker voor Nonk Theo. Uiteindelijk. Al had hij hier dus ook schathemeltje rijk kunnen worden. Het was geen waanidee, dat hij hier zijn Australische droom kon verwezenlijken. Het goud van Mount Britton was waarschijnlijk zijn beste kans om zijn Grote Gelijk aan te tonen – en om een lange neus te trekken naar iedereen die aan hem had durven twijfelen, hem voor gek had verklaard of dwars had gezeten.

Op de terugweg naar beneden vraagt hij of ik dit keer wel zin heb om bij hem in zijn provisorische onderkomen te overnachten, als echte mannen onder elkaar. Hij heeft nog een grote lap vlees in de vriezer liggen. En koude biertjes in de koelkast.

'Dan krijg je ook wat meer een idee hoe fantastisch het hier 's nachts is, in het donker. Je ziet de sterren, hoort de geluiden van de beesten in het bos. Man, daar word je zo rustig van. Je voelt je één met de natuur. Heerlijk.'

Ik had het gewild. Echt waar. Maar de tijd dringt, met nog een waslijst aan mensen en plekken die ik moet bezoeken. En ik móét de berg af voor misschien wel het belangrijkste telefoontje van deze dagen. Hier heb ik geen bereik. Craig is zichtbaar teleurgesteld als ik zijn logeeraanbod afsla, opnieuw. Ik ontkom er niet aan om op zijn minst afscheid te nemen met een 'fatsoenlijke maaltijd'.

Een paar uur later staat een hele kip dampend op tafel in huize Craig, aan de rand van Eton. Ik ruik de grilllucht tot op de veranda. Het is woensdag, klokslag vier uur. Het afgesproken tijdstip om te bellen met Alan White. Tot mijn verbazing neemt hij vrijwel meteen op. Ik wil van wal steken met wat vrolijk geouwehoer over ditjes en datjes, om het ijs te breken en Alan White zo gunstig mogelijk te stemmen.

'Sorry, vriend. Het gaat niet door.'

'Maar...'

'Het is baggerweer in Collinsville. En ik heb geen enkele reden om aan te nemen dat het de rest van de weg naar Ukalunda beter is.'

'Staan er wegen onder water dan?'

'Dat maakt niet uit. Dat kan elk moment gebeuren. Luister. Je zou me bellen en dan zou ík bepalen of het doorgaat. Welnu, het gaat níét door. Deze jongen blijft mooi hier. Het spijt me, maar dat is het.'

De hond van David Craig port met zijn neus tegen mijn been, bedelend om een aai. Ik kan het lieve beest wel een rotschop verkopen. Ik haal diep adem en tel tot drie.

'Oké, Alan. Oké. Maar ik vind het wel verdomde klote. Ik had me er zo op verheugd. Het voelt ook alsof ik iets laat liggen.'

'Laat het los. Soms zijn de dingen groter dan wij. Je kunt niet alles naar je hand zetten. Dat kun je dan maar beter accepteren voor het je kapot maakt.'

Loslaten. Accepteren. Als ik het gesprek heb beëindigd, blijven die woorden door mijn hoofd gonzen.

'Shit, wat zie jij eruit!' zegt Craig, als ik de keuken binnen kom. Hij schuift een bord met mijn kwart van de kip naar me toe. Een poot en een stuk borst. De rest is verdeeld onder Craig en zijn vrouw, en hun dochter, die wat wit vlees van de andere poot heeft geplukt voor haar kindje.

'Voel je je niet goed?' vraagt Craig. 'Man, je ziet helemaal bleek.'

Ik haal mijn schouders op. 'Lastig telefoongesprek. Maak je geen zorgen. Komt wel goed.'

Ik bijt in de poot. Het is even stil aan tafel, op wat gesmak na. Craig kijkt me aan. 'Ik heb nog iets voor je.'

Hij wappert met een videoband en trekt me mee naar de zithoek. Als de tv aanspringt, zie ik een nieuwslezer met veel te grote, hoornen brilmontuur in een gedateerd decor. Eind jaren tachtig, schat ik.

'Mount Britton,' is al wat Craig zegt als hij achterover ploft, naast me op de bank.

De beelden van Nonk Theo in Mount Isa flitsen door mijn hoofd. Het zal toch niet waar zijn?

'Dit is begin jaren negentig uitgezonden,' zegt Craig enthousiast.

Ik zak achterover. Wonderlijk hoe snel opwinding kan verdampen.

Op tv trekken beelden voorbij van de mijn die ik net heb bezocht. Niks nieuws. Alleen zijn de restanten minder overwoekerd, aangevreten, verrot en verroest. De verslaggeefster van *Sunshine Television News*, dat uitzond van 1991 tot en met 1995, laat een mijnhistoricus ter plekke vertellen hoe het allemaal begon, een eeuw eerder. Over die eerste geluksvogel, die rondstruinend in een geul zomaar een pot kon vullen met goudklompjes die voor het oprapen lagen. 's Avonds in de kroeg sprak hij ladderzat zijn mond voorbij en veroorzaakte zo een golf aan goudzoekers. De mijningangen zijn nog redelijk toegankelijk. De keurige betimmering oogt van redelijk recente datum, waarschijnlijk uit Nonk Theo's tijd. Maar nergens ook maar een hint naar de 'burgemeester van Mount Britton'.

De historicus waarschuwt. Aasgieren en vandalen jatten en slopen alles wat los en vast zit op dit soort verlaten mijnlocaties. De camera toont nog maar eens het weidse uitzicht met groene, beboste berghellingen en *pant* daarna naar het verlaten mijnterrein, met zijn schuur, driepoot, stamper en liftkooitje. De enige manier om erfgoed als dit hier op Mount Britton te conserveren en beschermen, is toerisme, besluit de journaliste in een voice-over.

'Mooi, hè?' zegt Craig en zet de tv uit.

De uitsmijter echoot na. Een kermis op de plek van Nonk Theo's hemel en hel. Gadverdamme, ik moet er niet aan denken. Nee, dan heb ik liever dat ze die hele berg wegblazen en afgraven voor het goud. Al is het maar omdat Nonk Theo dan postuum nog zijn Grote Gelijk krijgt.

Ik heb ongelofelijke mazzel. De man die ik zo meteen ga ontmoeten, moet minstens begin tachtig zijn. Ik had hem ook al kunnen spreken toen ik hier de vorige keer was. Dat had ik me ook voorgenomen, maar in alle stress ben ik hem vergeten. Ik kwam zijn naam tegen kort voor mijn terugkeer naar Australië, toen ik alle oude aantekeningen nog eens doornam. Anderhalf jaar is veel, voor een man op die leeftijd. Hij had net zo goed dood kunnen zijn. Zoals Hubert Paas, mijn ooms oude buurjongen. Die overleed een paar maanden na mijn bezoek bij hem thuis, vlak bij Perth.

Met opzet ben ik een uur te vroeg voor mijn afspraak in Bucasia, een klein buurtschap ten noorden van Mackay. Zo heb ik nog tijd voor een bezoekje aan Shoal Point, een paar kilometer verderop. Je moet hier heerlijk kunnen vissen, gewoon vanaf het strand. Ik had het graag geprobeerd. Al was het maar om even de oceaanwind door mijn hoofd te laten waaien en mijn gedachten te verzetten. Op mijn sandalen loop ik de branding in. Even ben ik in een andere wereld, de ogen dicht, met het geluid van de zwoele wind die de grote bladeren van de palmen aan de rand van het strand laat ritselen.

Nonk Theo moet hier vaker zijn geweest, misschien om te vissen, maar toch vooral omdat het een van de favoriete liefdesplekjes was van hem en zijn Helena, begin jaren zestig. Ze moeten hier hebben gezeten, gelegen, met uitzicht op het door koraalrif omringde Green Island, een paar kilometer verderop. In de goede tijd van het jaar hebben ze misschien wel samen in de oceaan gezwommen, gevreeën wellicht.

Weldadig kroelt het lauwe, zilte water rond mijn voeten en tussen mijn tenen. Ik voel een prikje. Het duurt niet lang, hooguit een seconde of twee of ik sprint het water uit. Stomkop. Hoe kon ik het vergeten? Je ziet ze meestal niet, maar in deze tijd van het jaar wemelt het hier van de *box jelly fish*, met hun vierkante, doorzichtige lichaampjes en lange tentakels. Soms wel vijftien hebben ze er, elk met een half miljoen harpoenvormige naaldjes, waarmee ze hun gif injecteren. Ze zijn vaak maar een paar centimeter groot, soms nog niet eens van het formaat punaise. Maar extreem dodelijk.

Op het strand controleer ik wel tien keer of ik geen slierterige, rode zwellingen op enkels en voeten heb. Het lijkt mee te vallen. Mijn stompzinnig pootjebaden is niet genadeloos afgestraft met een fatale gifaanval op hart en zenuwstelsel. Als ik eindelijk de rust weer heb hervonden, schrik ik opnieuw op. Ik kijk op mijn mobieltje. Verdorie, toch nog te laat.

Voor Australische begrippen woont Erik Recker in een doorsnee woning, met zijn vrouw en zoon, een vrijgezelle vijftiger. Zoals zo veel huizen in deze omgeving heeft ook deze woning alleen een begane grond. Ruimte zat hier. Geen enkele reden om de hoogte in te bouwen. De geboren Duitser komt de voordeur al uit gestapt als ik mijn witte wagen parkeer aan het doodlopend eind van de straat, waar vijf bungalows in een halve cirkel boven aan een helling liggen. Hij wenkt me naar binnen, waar het verre van gezellig is. Op een kille tegelvloer staan wat kasten, een tafel met stoelen, een bank. Voor de rest is het een kale bedoening.

'Hier, ga zitten,' wijst Recker senior naar een keukenstoel. 'Koffie?'

Ik kijk naar een kromgetrokken, spichtig mannetje. Grote ogen in diepe kassen, onder zwarte wenkbrauwen. Zijn volle haardos is meer wit dan grijs. Hij is pezig, geen grammetje vet. Her en der hangt het vel wat, als gevolg van zijn leeftijd. Allemaal uiterlijkheden waar deze 81-jarige geen boodschap aan heeft.

In 1962 verruilde Recker Dortmund voor Australië. Hij is nog weleens in zijn geboorteland geweest. Tweeënhalf jaar geleden, tijdens het wereldkampioenschap voetbal. Hij heeft er zelfs een wedstrijd van *die Mannschaft* bezocht, nota bene in Dortmund. 'Man, dat was me wat,' zegt hij, glunderend van oor tot oor.

Recker slist en spreekt met consumptie. In zijn ingevallen mond zitten amper nog tanden. Ik wil zijn spuug van mijn gezicht vegen, maar ik beheers me.

Het is niet alleen zijn nog immer onmiskenbare Duitse accent dat verraadt dat Recker nooit helemaal een man van Down Under is geworden. *Footie*, de rauwe Australische variant op voetbal, heeft hem nooit kunnen bekoren. Te lomp, te hard. Nee, liever het raffinement en het balgevoel van het enige, echte oervoetbal, zoals hij dat hij in de *Heimat* in een volgepakt stadion heeft gezien.

'Maar je komt toch zeker niet helemaal naar hier om met mij over voetbal te praten?' kapt de oude man het onderwerp af. Hij begint zelf over de jaren zestig, toen hij met mijn oom werkte op de Freegold, op Mount Britton. Met een man of zes waren ze. Recker belandde er nadat hij Nonk Theo had ontmoet in een van Mackays pseudo-arbeidsbureaus.

'De Prince of Wales, of de bar van het Crown Hotel. Als je mijnwerkers wilde ontmoeten, moest je in de kroeg zijn. Daar waren ze als ze niet op de mijn waren. Het was werken, of zuipen.'

Mijn oom was de eigenaar van de Freegold, zegt Recker. Maar Nonk Theo zat vaak in geldnood, waardoor hij de huur voor de mijnlease niet kon betalen.

'Sparen? Man, het was verdienen, óf uitgeven. Zo hard als je werkte om het te verdienen, dagen achtereen van zonsopkomst tot zonsondergang, zo hard zoop je het er ook weer doorheen als je weer beneden was.'

'Beneden', dat was Mackay aan de kust, of het kleine Nebo, waar mijn oom in 1962 tot Australiër werd genaturaliseerd. En anders was er nog altijd het Retreat Hotel, bij Eton, een zuipkot op weg naar Mackay. Nonk Theo was vaak maanden alleen op de berg, bij zijn mijn. De burgemeester van Mount Britton, Recker moet na al die jaren lachen om die bijnaam. Maar eigenlijk, zo vertelt hij, is er niks lolligs aan om zo veel en zo lang in zo'n idioot oord als Mount Britton rond te hangen.

'In je eentje word je daar gek,' zegt hij.

Ik vertel over de documenten die ik heb gevonden over mijn ooms zenuwinzinking, begin jaren zestig. Recker valt stil en kijkt me een tijdje aan.

'Ik had me voorgenomen je dat niet te vertellen,' zucht hij, 'om Theo's naam niet te bezoedelen. Maar je weet het kennelijk al. Dan kan ik je net zo goed vertellen hoe het allemaal is gegaan.'

Het moet ergens rond 1965 zijn geweest. Nonk Theo ging zich steeds vreemder gedragen. Het werd van kwaad tot erger, met af en toe angstaanjagende uitspattingen.

'Theo was de kok en een soort opzichter. Hij stond bij de stamper, waar de erts werd gestampt en vervolgens het goud werd gewonnen. Met zo'n chemisch procedé. Van boven, bij de stamper, gaf hij de rest van ons aanwijzingen voor ons werk ondergronds.'

Als kok had Nonk Theo een bloedhekel aan de opossums, vertelt Recker, over de buideldieren die altijd maar etenswaar kwamen roven. 'Af en toe vond je er een in een pot met eten. Je kon ze afknallen, maar er kwamen altijd nieuwe.' Op een nacht was het weer raak. Gerommel in de keuken, tegenover het slaapgedeelte in de metalen schuur. 'Opeens kwam je oom als een dolle stier met een bijl binnen, wild om zich heen hakkend. We scheten in onze broek van angst.'

Toen was de maat vol. 'We hebben hem overmeesterd en naar het ziekenhuis in Mackay gebracht. Daar is hij eerst nog ontsnapt. We vonden hem al snel, in de kroeg uiteraard. Je oom was een rumdrinker. Het sterke spul, tachtig procent.'

De artsen in Mackay konden hem niet helpen. Daarom werd hij opgenomen in Townsville, een paar uur rijden noordwaarts. 'Daar kreeg hij in een badkuip elektroshocks, vertelde hij na terugkeer. Theo was daarna weer in orde. Maar ja, toen begon dat gedonder met Faltinsky.'

Reckers vrouw, die zwijgend heeft zitten meeluisteren, knikt instemmend. 'Eind jaren zestig was Theo een redelijke, rustige man,' omschrijft ze mijn oom, na diens zenuwinzinking.

En na de elektroshocks. Ik ben nogal ontdaan door de inzet van dit paardenmiddel. De Reckers duidelijk niet. Zo ging dat toen.

'Ik ging nog weleens met de kinderen naar de mijn,' vervolgt Reckers vrouw. 'Theo was niet gevaarlijk of agressief. Hij gaf de kinderen altijd wat te eten.'

In stilte ben ik aan het puzzelen geslagen. Nonk Theo is voor een zenuwinzinking behandeld in Townsville, in 1959. Het staat zwart op wit in zijn naturalisatiedossier, waarvan ik een kopie heb. Maar Recker herinnert zich dus een opname in datzelfde ziekenhuis van Townsville, jaren later, pas nadat de Duitser zelf naar Australië was gekomen. Een tweede inzinking. Hm, dat strookt met het verhaal van Faltinsky's weduwe, over die keer dat haar man mijn oom stuiptrekkend en schuimbekkend bij de mijn vond. Als Nonk Theo zijn leven al had gebeterd, wat drank betreft, dan is dat dus maar tijdelijk geweest.

Erik Recker vindt het wel mooi geweest, de verhalen over Nonk Theo's mentale gezondheid en alle gezuip. Hij heeft het liever over mijn ooms andere verslaving, het goud. Daar hebben ze destijds heel wat van gevonden, zegt hij.

'Toen wij er waren, in de jaren zestig, vonden we in sommige stukken rif gouddeeltjes zo groot als rijstkorrels. Soms haalden we wel achttien ounces uit een ton erts. Maar nu is het op.'

Ik pak de prospectus van Bill Stubbs uit mijn rugzak en dis wat getallen op uit het verkoopdocument voor de Mount Britton Gold Mine, waar ook Nonk Theo's Freegold inmiddels alweer twee decennia onder valt.

'Wat zeg je daar? Hoeveel goud zit er volgens dat rapport nog in Mount Britton? Voor minstens tientallen miljoenen? Ha! Pure bullshit! Er zit daar he-le-maal niks meer. Iedereen die anders beweert, kletst uit zijn nek!'

Bij die laatste woorden is Recker losgekomen van zijn stoel en hangt hij voorover, tierend in mijn gezicht, dat nat wordt van de orale spetterbui.

'Toen wij er waren, was er nog goud. Maar we hebben álles leeggehaald. En nu is het op. Kijk maar naar die paar zielige figuren die er nu nog rondstruinen. Maanden achtereen zoeken ze soms, graven ze hun knoken bloot. Ja, ze vinden wel goud. Maar nog niet eens genoeg om een brood van te kopen!'

De oude man bladert door de prospectus. Bij het zien van alle cijfers en tabellen lacht hij keer op keer keihard. Om de ruim 12.500 kilo goud die nog in de grond zou zitten, daar in de bush. Waarde nu: ruim driehonderd miljoen Amerikaanse dollar. En om de nieuwe boringen, waarbij nog niet eerder ontdekte goudlagen zijn aangetroffen, waarvan er een de Stubbs is genoemd. Recker slaat met de prospectus op tafel.

'Ze liegen!' sproeit de oude Duitser opgewonden. Hij kijkt me priemend aan. 'Er was daar maar één rif waar goud in zat. Dat is nu het Surprise Reef: leeg.' Hij lacht uitgelaten over zijn eigen grap.

'Maar Faltinsky dan?' werp ik tegen. Die geloofde immers wel degelijk in een gouden toekomst voor Mount Britton, na mijn ooms exit. Anders was hij niet met ondersteuning uit Duitsland gekomen.

'Ja, ja,' knikt Recker. 'Faltinsky wilde met een andere Duitser op grote schaal goud gaan winnen op Mount Britton. Daarom moest Theo weg. Faltinsky sleepte je oom voor de rechter en pakte de mijn af.'

'Hoe dan?'

Ik zit nu op het puntje van mijn stoel. Eindelijk hoor ik hoe mijn oom in een potje landjepik het onderspit dolf tegen Faltinsky. Maar Recker haalt zijn schouders op.

'Het heeft in de kranten gestaan. Diverse artikelen. Maar vraag mij dat soort dingen niet. Daar heb ik toch geen verstand van. Ik ben maar een gewone oude man.' Opeens komt hij me een stuk minder vitaal voor.

Toch heeft hij me geholpen. Hij heeft me er in elk geval aan herinnerd dat ik koste wat kost het restant van de *Daily Mercury's* in de bieb van Mackay moet doorspitten. Ik heb nog wel wat jaargangen te gaan. 'Diverse artikelen,' herhaal ik de woorden van Recker. Dus niet alleen dat ene stuk dat ik eerder deze week heb gevonden.

De oude man begint weer over de prospectus, en hoe dat ondanks alle cijfers, geologische tekeningen en tabellen één grote oplichterstruc is.

'Als daar echt voor miljoenen aan goud in de grond zat, zou het er wemelen van de mijnwerkers. Maar er zijn zelfs geen kangoeroes of wallaby's meer. Het waren zware jaren. Het was pionieren. In alle opzichten. En niemand die je er nog wat over kan vertellen. Behalve ik. De anderen zijn al-le-maal dood.'

Inderdaad. Joe Begozzi, Little Joe Rudis, Willy Altmann, Bert Faltinsky, Wally Pieringer. Allemaal dood. Die Pieringer is nota bene een week voor mijn aankomst bezweken, aan kanker. Net zoals Faltinsky, die in 2004 overleed, krap twee jaar voor mijn eerste speurtrip. Altmann is jaren eerder al gestorven, vertelt Recker: de alcohol had zijn maag grotendeels weggevreten.

Ik vertel de oude Duitser dat hij iemand vergeet. Jos Venselaar, die als jonge Hollander begin jaren zestig kort op de Freegold werkte met mijn oom. Maar die naam kent Recker niet. Venselaar, die me vertelde over de vloeibare duivels van Mount Britton, alcohol en kwik, was waarschijnlijk al vertrokken toen Recker kwam.

Buiten, bij het afscheid, grijpt hij me bij de arm. Zijn nagels snijden in mijn vel.

'Geloof niet wat anderen je zeggen,' slist hij me toe.

Twee priemende ogen boren zich diep in de mijne.

'Wat anderen je ook vertellen, ze hebben het allemaal alleen maar van horen zeggen. Het meeste is bullshit. Hoor je me? Bullshit! Ik ben de enige die nog leeft en echt weet hoe het daar op Mount Britton was.'

Als ik de straat uit rijd, herhaal ik nog eens wat Recker tegen me zei. Mount Britton. Een knetter van een goudmijn? Of toch niks meer dan Mount Bullshit?

De koelkastbieb van Mackay. Het is de laatste dag dat ik met mijn neus in archieven kan hangen. Duizenden krantenpagina's uit de jaren zestig en zeventig op microfiche staan vandaag op het menu, veel meer dan gezond is om tot je te nemen op één dag. Maar ik moet. Het zou geheid aan me knagen, na terugkeer, als ik het niet had gedaan. Zeker na mijn ontmoeting met Erik Recker, die het immers had over 'diverse artikelen' in Mackays *Daily Mercury* over de rechtszaken rond mijn oom en zijn mijn.

De tortuur waarop ik me heb ingesteld, met uitgedroogde ogen en aan migraine grenzende koppijn, blijft uit. Binnen twee uur heb ik al beet. Ik kan me wel voor mijn kop slaan. Zo simpel! Nonk Theo schreef het nota bene aan mijn vader, op 11 februari 1969, vanuit Mount Britton: 'Overmorgen is er weer een rechtszaak in verband met de mijn, de derde in twee maanden.'

Waarom heb ik dat niet eerder bedacht? De kranten van twee maanden voor de verzenddatum van de brief heb ik dan al doorgespit. Een paar keer zelfs. Niks. Maar over de rechtszaak van 'overmorgen' is wel geschreven, keurig daags na 'overmorgen'. En niet zo zuinig ook. Drie zittingsdagen maar liefst trok de rechtbank van Mackay uit voor de mijnaffaire, in februari, maart en april 1969. De juridische strijd tussen Theo Schrooten en Bert Faltinsky was groot nieuws in Mackay en omstreken. De uitgebreide verslagen, bij elkaar een hele pagina op *broadsheet*-formaat, zijn taaie kost. Knap hoe de verslaggever een zaak als deze zo taai heeft weten te beschrijven, terwijl de feiten en verdachtmakingen zelfs voor een wildweststadje als Mackay destijds toch ronduit spectaculair waren: politiebemoeienis, venijnige kruisverhoren, een steekpartij en poging tot vergiftiging.

De berichtgeving is hoe dan ook weinig eervol voor Nonk Theo. Het staat er zwart op wit, hoe de politie hem op 1 december 1968 van zijn mijn verjoeg. Hij moest opsodemieteren, in opdracht van Faltinsky. Mijn oom was dronken, net als een paar van zijn kameraden, die hij bij zijn goudmijn 'entertainde'.

'Je kunt maar beter maken dat je wegkomt,' moet een van de agenten Nonk Theo hebben gewaarschuwd. Mijn oom protesteerde nog: de helft van de goudmijn was van hem, de agenten hadden het recht niet om hem te verjagen. Niks mee te maken, schakel maar een advocaat in als je het er niet mee eens bent, zeiden de politiemannen, waarna ze mijn oom en de andere mannen verdreven.

Faltinsky wilde Nonk Theo al maanden lozen. De twee hadden een deal. Wegens geldgebrek had mijn oom Faltinsky in augustus 1967 voor de helft mede-eigenaar gemaakt van de Freegold, geregistreerd onder concessie ml105. Faltinsky zou zorgen voor bevoorrading, machines en betaling van lonen van de mijnwerkers, mijn oom moest als opzichter en manager de mijn gaande houden. In ruil voor zijn investeringen zou de Duitser de helft van de winst krijgen. Maar er was helemaal geen winst, verklaarde Faltinsky in de rechtszaal. Alleen maar schuld: 8972 Australische dollar. Een enorm bedrag in die tijd. Allemaal door 'slecht management van Schrooten,' aldus Faltinsky.

Bovendien was Nonk Theo een dief en een oplichter, betoogde Faltinsky. Want waar was het gedolven goud, dat opgeslagen lag bij de mijn? Voor drieduizend Australische dollar aan gewonnen edelmetaal had er nog moeten liggen. Het was spoorloos verdwenen, beweerde Faltinsky. Zijn advocaat Bill Stubbs confronteerde mijn oom in een kruisverhoor met het verdwenen goud.

'Weet ik veel. Ik heb het niet verkocht,' antwoordde Nonk Theo.

Hij vertelde dat hij met een maat, Gordon Smith, naar de mijn was gegaan die eerste dag in december, en dat beiden 'lichtelijk beneveld' waren op het moment dat Faltinsky met de agenten arriveerde. Vier maanden eerder had Faltinsky mijn oom ook al weggejaagd, toen eigenhandig. Nonk Theo had het niettemin gewaagd terug te keren, waarop Faltinsky opnieuw naar Mount Britton reed, dit keer met twee agenten. Volgens Faltinsky liep de situatie bij de mijn al snel uit de hand. Er ontstond een woordenwisseling, de sfeer was ronduit vijandig.

'De reden dat u in augustus al van de mijn was gegooid, was dat u en anderen dronken waren en dat een iemand probeerde meneer Faltinsky met een mes te steken,' wierp advocaat Stubbs mijn oom voor de voeten.

'Faltinsky moet zelf "*in the horrors*" zijn geweest,' reageerde Nonk Theo, zijn woorden meteen verhelderend. 'Je krijgt *the horrors* als je wat hebt gedronken en ik zal het maar zeggen: daar heb ik ervaring mee.'

Ik gniffel eerst nog om die opmerking, zo midden in een uiterst pittig kruisverhoor. Maar als ik de passage een paar keer teruglees, word ik er steeds triester van.

'Maar had Gordon Smith niet geprobeerd meneer Faltinsky te steken met een mes?' vervolgt Stubbs zijn kruisverhoor.

Nonk Theo geeft wederom geen krimp. 'Zo ver zou hij niet gaan. Hij is een goede acteur.'

Ofwel: Faltinsky kletst uit zijn nek. Als Smith al een mes vast had, dan is daar nooit serieus mee gedreigd.

'Maar had Faltinsky daar niet de índruk aan kunnen overhouden dat Smith hem wel degelijk te lijf wilde gaan met een mes?' vraagt advocaat Stubbs.

Mijn oom moet zijn schouders hebben opgehaald.

'Ik was dronken op dat moment.'

Net zo laconiek spreekt Nonk Theo op de tweede dag van de verhoren, op 25 maart 1969, over een voorstel dat Faltinsky hem heeft gedaan. Mijn oom blijkt na zijn verwijdering door de politie toch weer te zijn teruggekeerd naar Mount Britton, de plek waar hij naar eigen zeggen al sinds september 1959 woont. Hij is niet van plan zich een derde keer van de mijn te laten verjagen. In Mackay heeft hij bij de mijninspectie een afschrift verkregen van zijn mijnclaim, die bevestigt dat de Freegold voor de helft van hem is en voor de andere helft van Faltinsky. De Duitser zit er zwaar mee in zijn maag. Hij wil op Mount Britton, waar hij nog een paar mijnclaims heeft, op grote schaal goud gaan delven met zijn Duitse partner. Dat moet de *Metallgesellschaft* zijn waarover Stubbs me eerder vertelde. Maar zolang Nonk Theo weigert zijn biezen te pakken, gaat dat feest niet door.

Complicerende factor is dat de Freegold, mijnclaim ml105 dus, centraal boven de ertslagen ligt en cruciaal is voor de ontginning van de omliggende concessies. De meeste daarvan zijn zowel bovengronds als ondergronds haast niet te bereiken voor bouwverkeer en zwaar mijnmaterieel dat nodig is voor een industriële ontginning. Dat kan eigenlijk alleen via de Freegold-lease.

Wat een bizarre situatie. En dan schijnt Nonk Theo ook nog op de loonlijst te staan bij Faltinsky, maar dan voor mijnwerk op andere claims, die volledig eigendom zijn van de Duitser. De goudbusiness op Mount Britton is in die tijd een gordiaanse knoop. Belangen en conflicten over en weer. Kerels die het ene moment bondgenoten zijn bij het ene project, bestrijden elkaar elders op een ander moment te vuur en te zwaard, totdat ze uiteindelijk meestal tegenover elkaar belanden in de rechtszaal van Mackay.

Faltinsky probeerde ondanks al het geruzie met Nonk Theo op nieuwjaarsdag 1969 toch nog tot een vergelijk te komen. Met zijn Duitse partner bezocht hij mijn oom op de Freegold, waar Nonk Theo in zijn eentje het nieuwe jaar 'vierde'. Dit keer was hij helder. Hij bood Faltinsky zelfs een kopje thee aan. Maar die dronk er geen druppel van.

'Hij was bang dat er arsenicum in zat. Of nee, niet arsenicum. Cyanide, dat werkt veel sneller,' vertelde Nonk Theo, wederom in een kruisverhoor met advocaat Stubbs.

In de laatste maanden van het oude jaar had het noodlot toegeslagen op de Freegold. De stamper, voor het fijnstampen van de erts, was kapot gegaan. De compressor voor de aandrijving van zwaar ondergronds mijngereedschap was zelfs compleet opgeblazen en total loss. Op korte termijn was geen vervangend materieel te regelen. Daardoor kon de mijn dus niet naar behoren worden geëxploiteerd. Faltinsky en Nonk Theo liepen een enorm risico om de mijn te verliezen in een landjepik-procedure. Voldoende kapers op de kust.

Er was maar één oplossing. De twee kemphanen moesten, als partners, een verzoek doen om vrijstelling. Uit eigen beweging moesten ze, samen, erkennen en aantonen dat ze door overmacht tijdelijk niet bij machte waren om de mijn fatsoenlijk te exploiteren. Alleen met de formele bevestiging daarvan was de Freegold beschermd tegen concessiekapers.

Nonk Theo had helemaal geen trek in een vrijstelling, liet hij Faltinsky weten. Hij wilde liever gewoon doorwerken, zonder stamper en compressor. Stubbs wees mijn oom in een nieuw kruisverhoor fijntjes op zijn verantwoordelijkheden. Dat hij volgens zijn partnerovereenkomst met Faltinsky eerlijk en loyaal jegens hem moest zijn.

'Dat realiseer ik me al te goed,' antwoordde Nonk Theo.

Hij wist donders goed dat de advocaat hem betichtte van contractbreuk. Als de rechter daarin mee zou gaan, was hij zijn aandeel in de Freegold kwijt en zou de goudmijn in zijn geheel naar Faltinsky gaan. Ik snap wel dat Nonk Theo geen trek had om naar Faltinsky's pijpen te dansen, ook al riskeerde hij daarmee dat ze allebei de Freegold zouden kwijtraken. Precies in lijn met wat Nonk Theo zei in een eerdere rechtszaak, in 1967: 'Als ik de mijn niet krijgt, dan krijgt niemand 'm!'

Ergens klopt er iets niet. Mijn oom voerde iets in zijn schild. En op de een of andere manier had Frank Shanks daar iets mee te maken. Zijn naam duikt diverse keren op in de verslagen over het proces. Ik kan eruit afleiden dat hij onder één hoedje speelde met mijn oom, tegen Faltinsky. Verder dan dat kom ik niet. Mijn blik blijft hangen op de naam van Frank Shanks. Ik kan maar één persoon bedenken die me nu verder kan helpen.

Het huis op 6 Kindemar Street ligt er nog net zo bij als de vorige keer, anderhalf jaar geleden. In mijn herinnering was de voortuin, met de mooie palmboom, de laatste keer minder groen dan nu. Ik parkeer mijn witte Holden op de lege oprit. Rose Shanks heeft geen auto, weet ik nog. Ze doet alles te voet. Als ik het trapje naar de kleine veranda op loop en de hordeur naar de woonkamer open, zit ze klaar, op de bank. Ik wilde haar niet overvallen, dus ik heb haar net even vanuit de auto gebeld. In de keuken uit de jaren zeventig, met kastjes van fineer en formica, staat een gedekte tafel.

Terwijl ik een uit de kluiten gewassen puddingbroodje naar binnen werk, vertelt Rose hoe mijn oom zich speciaal voor de rechtszaak glad had geschoren. Hij droeg keurige kaki kleren. Allemaal om niet over te komen als een *yobo* uit de bush, zoals hij er op Mount Britton vaak uitzag, met zijn geitensik.

'Ze vertrokken 's ochtends altijd naar de rechtbank met een hele stapel papieren, over de mijn. Frank had Theo opgehaald, bij de mijn op Mount Britton. Theo had geen auto. Hij verbleef daar in het chalet, zoals ze de schuur bij de mijn noemden. Het beste gebouw op heel Mount Britton,' vertelt Rose, die er weleens is geweest. 'Er waren toen meer van die kerels. Allemaal met stenen in hun kop. Want ze dachten aan niks anders: goud en mineralen. En allemaal hadden ze de wildste verhalen over de stukjes goud die er op Mount Britton te vinden waren. Gek waren ze, daar boven op de berg. Allemaal.'

Rose is iets ouder geworden. Wat grijzer, klein beetje forser, al was ze de vorige keer ook al een struise dame. Maar nog immer innemend. Een lief gezicht. En o zo zorgzaam. Mijn kop oploskoffie, die beter smaakt dan menig verse bak, is nog niet leeg of ze maakt alweer een nieuwe. Tegelijk schuift ze de schaal met nog drie puddingbroodjes naar me toe.

Ik prop er een naar binnen en pak de kopietjes van de oude krantenartikelen uit 1969 erbij. Ze zijn net zo vers als de broodjes. Warm nog. Rose bekijkt de vier velletjes, zo aandachtig mogelijk, maar hooguit drie minuten, niet langer. Deze zware kost is niet aan haar besteed. Een eenvoudige huisvrouw, van de beste en liefste soort, maar geen intellectueel. Ze verontschuldigt zich, net als de vorige keer, dat ze de details van toen niet meer weet. Als ze die al ooit begrepen heeft. Ik laat de artikelen voor wat ze zijn en parafraseer in een paar zinnen wat er staat. Pas als ik wat namen laat vallen, veert Rose op.

'Frank zei weleens: "Stubbs en Faltinsky, dat zijn smeerlappen!" Stubbsie volgde mijn man als hij ging zoeken naar mineralen, want dat deed Frank. En hij was er best goed in. Maar figuren als die Stubbs wilden maar al te graag weten waar mannen als Frank uithingen. En als ze de kans kregen, probeerden ze net iets eerder een stuk grond te claimen. Of ze rommelden zo met papieren dat het leek alsof ze de eerste waren.'

Rose slurpt een slok koffie naar binnen.

'Stubbsie, die zat nergens in waar geen geld mee te verdienen was. Hij was zo gehaaid. Ik weet nog dat Frank zei: "Ik moet een andere advocaat hebben. Die van mij is niet slim genoeg om te winnen van Stubbs."'

Haar man had een vooruitziende blik, zo heeft ook Nonk Theo moeten ervaren.

'Ik zie Theo's gezicht nog voor me, toen de rechtbank had beslist dat de mijn naar Faltinsky ging,' vertelt de weduwe, met overslaande stem. 'Je oom was zó boos. Hij zat al niet lekker in zijn vel toen hij bij ons was. Maar na de uitspraak was hij een wrak. Een gebroken man. *Down and out.*'

Rose Shanks valt stil. Ze staart me aan.

'Rose?' zeg ik. 'Heeft Frank je ooit nog iets verteld over zíjn rol in het hele proces?'

Ik wijs op de stukken. Met roze stift heb ik op een aantal plekken de naam van haar echtgenoot gemarkeerd.

'Jouw man heeft iets geprobeerd, samen met mijn oom. Samen hebben ze iets verzonnen in de strijd tegen Faltinsky en Stubbs. Een list. Tenminste, die indruk krijg ik, als ik de krantenstukken van destijds lees.'

Ik pak het laatste artikel erbij, van 1 april 1969. Daar staat te lezen dat Francis Charles Shanks naar de rechter is gestapt om Faltinsky's aandeel in de Freegold goudmijn verbeurd te verklaren. Kleintje Shanks daagt dus de grootste landjepikker van Mount Britton uit. Want, zo stelt Shanks bij monde van zijn advocaat: Faltinsky heeft onvoldoende werk verricht op de goudmijn.

Hoezeer Rose Shanks haar geheugen ook pijnigt, er wil haar niks te binnen schieten. Ze hoeft me niet te vertellen hoe ongelofelijk het haar spijt. Dat zie ik zo al in haar ogen. Normaal gesproken had ik nog eens aangedrongen. Maar deze lieve vrouw verdient het niet om de duimschroeven nog verder aangedraaid te krijgen. En eerlijk gezegd denk ik ook niet dat dat loont.

We zwijgen beiden. Een paar seconden, die voelen als minuten. Een stilte die slechts van een soundtrack wordt voorzien door het tikken van de wandklok en nu en dan het ruisen van een voorbijrijdende auto.

'Sorry. Maar het is allemaal zo raar,' doorbreekt de weduwe de stilte. 'Dat jij hier nu opeens zit. En je lijkt ook zo op hem, op Theo.'

Ze heeft het me eerder gezegd. Toch ben ik er weer de kluts door kwijt. Rose meent het als ze zegt dat ze een zwak had voor Nonk Theo. Haar ogen zijn opeens wat vochtiger. Natuurlijk, vertelt ze, mijn oom was niet de makkelijkste. Misschien wel de grootste excentriekeling op heel Mount Britton. Maar toch, een lieve man, met een blanke pit in zijn ruwe bolster. Behalve na de uitspraak van de rechtbank.

'Uiterlijk leek hij rustig. Maar van binnen kookte hij. Je zag het aan de ogen. Die spuwden vuur. Ja, Theo zei: "Ze hebben het van me afgepakt. Ze hebben me een loer gedraaid." Terwijl hij er al die jaren zo hard voor had gewerkt. Man, wat was hij woest. Op Faltinsky, maar ook op de rechtbank. "Ze hebben de goudmijn van me gestolen!" Ja, zo heeft hij dat letterlijk gezegd.'

Kom maar op met die fucking migraine, zeg ik tegen mezelf als ik met een volle puddingbuik plus nog wat anekdotes op zak weer terugrijd, naar de bieb. Ik sta op springen. Van woede. Niet zo erg als Nonk Theo in de tijd van het proces om zijn goudmijn, maar de hele zaak vreet ook aan mij. Mijn oom heeft verloren. Dat staat vast. Ook al heb ik het eindvonnis niet gezien. Of er over gelezen, in de krant. Nog niet. Hopelijk komt dat nog. Misschien ook niet. Wat ik nu vooral wil weten is hoe Nonk Theo heeft gevochten. Wat wilde hij flikken, samen met Frank Shanks, zijn bondgenoot in de strijd tegen Faltinsky en Stubbs?

Een piepje. Tering. Drie gemiste gesprekken. Ik bel mijn voicemail. Drie boodschappen. Bij de eerste twee hoor ik alleen wat ademhalen en gerommel met een telefoon, waarna de verbinding wordt verbroken. Maar dan de derde.

'Ferdi, Johanna hier. Wat jammer dat je niet opneemt. Joe is net vertrokken, een noodgevalletje met de suikerrietfarm. We hebben anderhalf uur, max, als je nu meteen komt. Bel me alsjeblieft snel.'

Kut! Die anderhalf uur zijn natuurlijk al verstreken. Maar ik moet Johanna bellen. Misschien kunnen we nog iets regelen. Man, wat baal ik. Ik ben con-ti-nu standby geweest voor het geval ze zou bellen. Dacht ik.

De telefoon gaat over.

'Hallo?'

'Johanna, met Ferdi. Sorry dat ik pas nu bel. Ik hoor je voicemail pas net. Is Joe al thuis?'

'Ja. Hij is wat spullen aan het opruimen in de garage. Dus ik moet zo opleggen. Hou je telefoon aan de komende dagen. Ik ga proberen nog één keer iets te regelen. Het zal niet makkelijk zijn. Joe is bijna altijd hier. Hij weet dat jij nog niet weg bent. Zo lang krijg ik amper ruimte. O, daar komt hij. Ik bel je, Ferdi. Bye.'

'Oké, bye.'

Ik ram met mijn vuist op het stuur. Fuckerdefuck! Stom-stom-stom! Ik haal mijn mobiel van de trilstand. Zo meteen zit ik weer in de bieb. Het maakt me geen moer uit. Dit gebeurt me niet nog eens.

Op de terugweg naar de bieb ben ik nogal omgereden. Ik weet niet precies waarom, maar ik móést even langs de rechtbank. Het stijlvolle gebouw in koloniale stijl, met zijn fraaie zuilenpartij bij de ingang, staat op de hoek van Victoria en Brisbane Street, een blok verwijderd van de Pioneer River. In de loop der jaren hebben vijf rechters hier tal van zaken behandeld waarbij Nonk Theo betrokken was als eiser, verweerder of getuige. Ik heb de namen en adressen van de vijf magistraten weten te achterhalen. Ze hadden me ongetwijfeld kunnen voorzien van saillante herinneringen aan Nonk Theo. Maar alle vijf de rechters zijn inmiddels overleden, hun persoonlijke archieven zijn verloren gegaan. Eigenlijk rijd ik dus alleen maar langs de rechtbank in de idiote hoop dat het me geluk brengt. Voor het gevoel van toen, tijdens de rechtszaken. En om me nog één keer op te laden voor een expeditie door oude kranten. Die liggen nu weer voor me, op microfiche.

Het installeren van de filmrolletjes gaat inmiddels in een handomdraai. Ook in het scrollen door de eindeloze zwart-wit pagina's heb ik een aardige routine ontwikkeld. Toch laat ik ze met opzet met de rem erop aan me voorbij glijden. Even niet opletten en je schiet voorbij aan het goud. Ik heb nu nog drie data waarop Nonk Theo mogelijk voor de rechter heeft moeten verschijnen. Als niet op zijn minst één daarvan een voltreffer oplevert, ben ik de lul. Dan zit er niks anders op dan nog maanden, jaren, aan *Daily Mercury's* door te spitten. Dat kan ik wel vergeten, met nog drie dagen te gaan, hier in Mackay. Morgen heb ik met de plaatsing van de steen op het graf wel wat anders aan mijn hoofd. De dag erna rijd ik naar Brisbane. Ergo: het doorspitten van de kranten moet vandaag gebeuren, in de vier uur die ik nog heb tot de bieb sluit.

Wel drie keer blader ik van voor naar achteren en weer terug door de krant van de eerste datum. Resultaat: nul. Geen paniek, houd ik mezelf voor. Bij de krant van de tweede datum spit ik de pagina's nog minutieuzer door. Wederom: niks. Verdomme. In de vrieskou van het zoekhokje breekt het zweet me uit. Angstzweet. Het stinkt. Ik plaats een nieuw filmpje in de projector en spoel naar de derde datum: de krant van de dag na dinsdag 17 januari 1969. Ik durf de confrontatie met de microfiche bijna niet aan. Ik begin te bladeren. Niks… niks… n… In kriebelig kleine lettertjes ontwaar ik in één oogopslag zo al vier keer mijn eigen achternaam. Het is een rechtbankverslag, dat doorverwijst naar een zitting een week later, dat nóg een vervolg kent, met een uitspraak, een halve week daarna.

Het is smullen, de ultieme poging van Nonk Theo en Frank Shanks om Faltinsky en Stubbs in het stof te laten bijten. Het heeft er alle schijn van dat de mijnmachinerieën op de Freegold, betaald door Faltinsky, niet toevallig stuk zijn gegaan. De kapotte stamper en compressor rieken ernstig naar sabotage. Advocaat Stubbs doorziet het plan van Nonk Theo en Shanks, maar kan niet bewijzen dat mijn oom achter de kapotte machines zit. Dus doen hij en Faltinsky er alles aan om de rechtbank te laten zien hoe hard er van hun kant wordt geprobeerd vervangende apparaten naar Mount Britton te krijgen. En dat de duizenden dollars die hiervoor nodig zijn, in zicht zijn. Want o wee als de rechter oordeelt dat de mijnbouw op en rond de Freegold stilligt. Dan raken Faltinsky en Nonk Theo de goudmijn kwijt aan Shanks. Die heeft tenslotte formeel de kat de bel aangebonden met zijn verzoek om de huidige concessie verbeurd te verklaren.

Faltinsky is woest als hij die dinsdag in de wandelgangen van de rechtbank na de zitting zijn twee opponenten tegen het lijf loopt, zo stelt het krantenartikel.

'Jij bent een oneerlijk figuur en een smerige zakenman!' bijt hij Shanks toe, nu bekend is dat die een paar dagen eerder een juridische procedure heeft gestart om de Freegold in te kunnen pikken. Het is extra pijnlijk voor Faltinsky, omdat hij Shanks toestemming had gegeven voor op het oog onschuldige werkzaamheden rond de mijn. Hij mocht er mijnafval vergruizen en monsters nemen, om te kunnen zien hoeveel goud er nog in het puin zat. Puur voor de hobby. Maar nu is het Faltinsky duidelijk dat Shanks eigen materiaal bij de mijn aan het installeren was om zo snel mogelijk de goudwinning over te kunnen nemen.

'Je bent een leugenaar,' zegt een tierende Faltinsky, vervolgens wijzend naar Nonk Theo. 'Net als die daar!'

Het is dat mijn oom in de beschermde omgeving van de rechtbank is. Ik verwed er een krat bier om dat een Faltinsky in deze staat volgaarne iemands nek had omgedraaid.

'Ik duw jou zo de grond in,' zegt Faltinsky, tegen mijn oom.

Althans, dat beweert mijn oom later in een kruisverhoor met Faltinsky's advocaat Stubbs. Nonk Theo laat zich niet intimideren door Faltinsky. 'We zijn hier in Queensland, niet in Siberië,' zou hij geantwoord hebben tegen Faltinsky.

Tijdens het zoekwerk door de microfiches kijk ik regelmatig op mijn mobiel. Niks. Geen telefoontje van Johanna.

Ik stort me weer op het zwart-wit scherm. In opnieuw een kruisverhoor met Stubbs ontkent Nonk Theo dat hij onder één hoedje speelt met Shanks. Maar die had wel met mijn oom afgesproken dat Nonk Theo de mijn maar weer aan de gang moest krijgen, zo weet Stubbs te achterhalen.

'Wat hebt u er eigenlijk bij te winnen?' vraagt Stubbs.

'Mijn deel van de winst,' antwoordt Nonk Theo.

'Maar dan moet u eerst meneer Faltinsky zien te lozen zeker?'

'Faltinsky heeft vijftig procent van de lease, ml105,' antwoordt Nonk Theo droogjes, er fijntjes aan toevoegend dat Faltinsky zijn mijnconcessies, dus niet alleen zijn halve aandeel in de Freegold, illegaal heeft verkregen.

Stubbs knikt een keer. 'Dus u zegt dat Faltinsky zijn leases illegaal heeft verkregen en nu gebruikt u legale middelen om ze zelf in handen te krijgen?'

'Ja.'

'Dus als u Shanks de lease voor de ml105 bezorgt, krijgt u bij hem een betere deal?'

'O, van één ding ben ik zeker: hij mag het van mij in elk geval proberen.'

Ik lees de passages nog eens door. Nonk Theo moet die hele Faltinsky toch wel vreselijk zat zijn geweest om zo hoog spel te spelen. Liever de mijn helemaal naar Shanks en er dan maar op vertrouwen dat die een deel ervan weer zou teruggeven aan mijn oom, dan gevangen blijven in een gedwongen monsterverbond met Faltinsky. Want daarin had Nonk Theo hoe dan ook aan het kortste eind getrokken.

Uiteindelijk mislukt het hele opzetje van Nonk Theo en Franks Shanks jammerlijk. De rechtbank weigert de Freegold verbeurd te verklaren, zodat de goudmijn niet naar Shanks gaat. Bovendien geeft de rechter Shanks een flinke tik op de neus, zo lees ik in de *Daily Mercury* van woensdag 29 januari 1969, op een paar dagen na vandaag veertig jaar geleden. In tegenstelling tot Nonk Theo vindt de rechter dat Faltinsky een 'legaal en billijk aandeel' heeft in de Freegold.

Wat een deceptie moet dat zijn geweest voor mijn oom. Hij bleef via de Freegold – *what's in a name* – vastgeklonken aan Faltinsky. Door het hoog spel dat hij had gespeeld, zal Faltinsky Nonk Theo vanaf dat moment helemáál kapot hebben willen maken. Op hulp van anderen hoefde mijn oom niet meer te rekenen, schat ik in. Zijn maat, Shanks, had van de rechter een gebiedsverbod gekregen voor de Freegold. Hij mocht er niet werken, niet lopen, niet zijn. Na het spierballenvertoon van Faltinsky en Stubbs in de rechtszaal, zal niemand het nog hebben gedurfd partij te kiezen voor Nonk Theo, zoals Shanks dat had gedaan. Mijn oom had gegokt en verloren. Hij had alles of niks gespeeld. En nu stond hij er helemaal alleen voor.

Als ik foto's heb gemaakt van alle krantenartikelen, berg ik de doosjes met microfiches weer op in hun kast. Nog een uur tot sluitingstijd. Ik mag tevreden zijn. Toch voel ik in de verste verte niets van bevrediging.

We zijn extreem vroeg wakker vandaag, Maltese Joe en ik. In zijn garage wijdt hij mij in in de wereld van het sportschieten. Ik mag zijn geweer vasthouden, de kogels voelen. Maltese Joe is geen hobbyist, hij is een fanaticus. Van één misser is hij dagenlang ziek. Van een gewonnen prijs loopt hij weken met het hoofd in de wolken. Soms zit hij wel een dag in de auto op weg naar een schietwedstrijd. Een groot deel van zijn huishoudpot verknalt hij aan kogels, die hij voor gebruik stuk voor stuk minutieus inspecteert en categoriseert. De allerbeste patronen zijn voor de kampioenschappen.

'Zie je deze? Een absolute topkogel!'

In mijn hoofd is geen plaats voor kogels. Kort voor mijn ontwaken zag ik Nonk Theo aan de binnenkant van mijn ogen. Hij zat op zijn kamertje in de Central Lodge, met zijn gereedschapskist en tarotkaarten. In totale rust. Opeens was het voorbij. Bleek, op zijn rug, de ogen gesloten, de armen slap naast zijn lichaam, lag hij in een ziekenhuisbed met witte lakens. Hij oogde vermoeid, maar vredig. Zijn lijf kwam los van het bed. Eerst langzaam, daarna steeds sneller, dreef hij weg. Tot ook het witte stipje dat hij ten slotte was in één groot niets verdween. Geen licht, geen geluid, geen geur. Net toen ik weg wilde draaien, kwam vanuit de verte een grote hand op me af. Een hand van witte walm. Het was een prettig gevoel toen de vingers en de palm op mijn voorhoofd landden. Even was er helemaal niets. En toch alles. Beangstigend en weldadig tegelijk. Tot de parkieten in Maltese Joe's voortuin met hun gekrijs kond deden van het nakend ochtendgloren. Ik deed mijn ogen open en lag op bed, onder een wit laken, de blote armen slap langs mijn lijf, als ware het niet mijn eigen lichaam.

Deze keer betreed ik Walkerston Cemetery met een fatsoenlijke bos bloemen. Verderop, in het dorp met dezelfde naam als de begraafplaats, heeft de lokale bloemist het boeket vanochtend vers gemaakt. Het is een vrolijke bos. Zomers. Passend bij deze tropische dag, al heeft de zon moeite om door het dikke wolkendek te breken. Er hangt regen in de drukkende lucht. Half tien en nu al ruim boven de dertig graden Celsius.

Het graf ligt er nog net zo bij als de laatste keer. Een lapje groene zoden, waar iedereen en niemand onder had kunnen liggen. Even woel ik zacht met mijn hand door het gras. De sprietjes kietelen terug. Ik ben alleen met Maltese Joe, plus de steenhouwer en twee van zijn medewerkers. Ik had er een ceremonie van kunnen maken met meer oude bekenden van Nonk Theo. Maar dat was te veel theater geweest. Ik had het ook niet eens voor elkaar gekregen. Als alternatief heb ik de media uitgenodigd. Zo kunnen mensen die er misschien bij hadden willen zijn, vandaag, toch nog kennisnemen van de plaatsing van de grafsteen.

Stiekem had ik gehoopt hier in elk geval nog één iemand te zien. Ik heb haar verteld over de plaatsing van de steen. Niet de dag en de tijd, meen ik. Maar met haar gave had dat geen probleem moeten zijn. Ze is er niet. Natuurlijk niet. Ik kijk op mijn mobieltje. Er heeft niemand gebeld. Klote. Dit is mijn laatste dag in Mackay. Morgen ben ik weg. Voorgoed. Ik geef Johanna nog vandaag. Ze zal heus wel wat proberen. En anders bel ik haar morgenochtend toch nog één keer. Ik vertrek morgen tenslotte pas later op de dag. Als Sugar Joe opneemt, of in Johanna's nek staat te hijgen, verzin ik wel wat.

De mannen van de steenhouwer zijn al druk met het plaatsen van de grote betonnen onderplaat aan de hoofdzijde van het graf, als de verslaggever van ABC radio zich meldt. Hij is de tweede journalist vandaag, na het stel 'tieten op benen', zoals Maltese Joe de tv-verslaggeefster noemde die me een kwartiertje geleden interviewde voor het lokale 7NEWS. Terecht. Ze had meer tijd aan haar make-up en strakke outfit besteed dan aan de voorbereiding van het gesprek met mij. Ik hoop dat ze heeft onthouden dat ik niet mijn opa zoek, maar mijn oom, en dat we niet uit Noorwegen komen.

Bij de radioverslaggever ben ik daar niet bang voor. Hij heeft mijn website over Nonk Theo aardig doorgeploegd, merk ik tijdens het korte voorgesprek. Des te meer ben ik op mijn hoede. Niet emotioneel worden, ik heb controle, prent ik mezelf in als ik een microfoon voor mijn neus krijg en de recorder start. In soundbites raas ik door de bijna drie decennia die Nonk Theo in Australië heeft doorgebracht. Radium Hill komt voorbij, het schieten van kangoeroes, het vele drinken, de sores rond de goudmijn op Mount Britton.

‘Hij is veel te vroeg gestorven. Eenzaam, berooid, afgetakeld. Hij heeft een hoge prijs betaald voor zijn Australische droom. Nu ligt hij hier, in een paupergraf.’

Steeds meer verlegt de verslaggever zijn aandacht van mijn zoektocht en Nonk Theo naar mijn persoon. Wat de reden voor mijn queeste eigenlijk is, hoe het nu voelt, hier aan het eind van mijn zoektocht? Voor het eerst begint mijn stem lichtjes te breken. Het gesprek duurt al een tijdje. Hij is goed, deze verslaggever. Maar het gaat hem niet lukken. Zeker, ik ben de neef, de vriend. Maar voor de radio blijf ik zo dicht mogelijk bij die andere rollen, die afstandelijker zijn. De rol van speurneus, van verteller. Ik strooi met interessante wetenswaardigheden, met nu en dan een zuinig inkijkje in mijn eigen ziel. Maar geen gejank. De opwellende emoties bezinken weer wat.

‘En vandaag? Wat betekent vandaag voor je?’ vraagt de verslaggever.

Ik wijs op de zerk, die twee meter verderop klaar staat om te worden geplaatst. Het is een eenvoudige steen, met een eenvoudig opschrift. Want zo was Nonk Theo. Hij droomde groots, maar uiteindelijk verliep zijn leven anders. Toch verdient ook dit leven een steen, leg ik de reporter uit.

‘Hij heeft in elk geval geprobeerd er wat van te maken. Meer dan menig ander, die veilig thuis blijft.’

Ik verzwijg de familieleden die het verleden en de schaamte over Nonk Theo’s pijnlijke pioniersbestaan liever hadden laten rusten. De radioman had het ongetwijfeld graag gehoord, een conflict in de familie over een dode dierbare.

‘Is dit nou de afsluiting?’ vraagt de reporter.

Ik klets wat over de laatste loodjes van de reis. Dat ik straks nog heel even in Brisbane ben. Geen woord over mijn plan om daar nog één keer de confrontatie met Bill Stubbs aan te gaan. Of over mijn inmiddels aan wanhoop grenzende hunkering om voor vertrek naar Brisbane nog één keer Johanna te mogen ontmoeten. Ik móét weten wat er in de val zit die ik met zo veel zorg heb gezet.

‘Maar hier, in Mackay? Is het nu voorbij, zo meteen, met de plaatsing van die fraaie steen?’ probeert de vriendelijke terriër.

De microfoon wacht voor mijn neus op antwoord. Ik had om een time-out kunnen vragen. Ik had een hoestbui kunnen veinzen. Maar ik kan me amper nog inhouden. Kennelijk wíl ik het ook kwijt. Hoe zeer de hele zoektocht op me drukt, hoe emotioneel slopend het is geweest, de afgelopen jaren. Hier, in Australië, maar ook daarbuiten. Tijdens die gekmakende nacht in Gore, Nieuw-Zeeland, toen ik echt de totale waanzin nabij was. En later nog diverse keren. Thuis in Amsterdam, waar Nonk Theo me nog achtervolgde. En ook vandaag nog, in de schemer van de ochtend.

'Emotioneel gezien is dit de afsluiting, ja,' zeg ik.

Als ik het woord zelf uitspreek, slaat het bij me in als de bliksem. Afsluiting betekent afscheid. Een vaarwel van een onbekende met wie ik postuum zo'n connectie heb gekregen. Mijn stem trilt. Ik probeer me te herpakken.

'Ik heb hier heel veel gevonden. Ik heb ook heel veel foto's en filmpjes gemaakt, die ik thuis zeker zal laten zien aan mijn vader.'

Met elke lettergreep die mijn mond verlaat, brokkelt mijn stem verder af. 'Ik denk dat mijn vader er net zo emotioneel onder zal zijn als ik ben,' zeg ik, de woorden uit mijn mond persend met mijn laatste restje controle.

Ik schaam me voor wat voor de luisteraar niet zichtbaar is, maar overduidelijk te horen moet zijn. Alle spanningen van de afgelopen vier jaar dat ik met deze queeste bezig ben geweest, de misselijkmakende achtbaan van emoties die het bij tijd en wijle was, alles balt zich nog één keer samen. Ik sta op het punt mijn hoofd te buigen voor de genadeklap.

'Dank je wel, Ferdi, dat je dit met ons hebt willen delen,' zegt de radioman en hij drukt op de stopknop van zijn recorder.

Ik sta perplex, overtuigd als ik was dat hij de executie zonder enige twijfeling zou voltrekken, mij onderdompelend in een tranendal dat ik niet prijs had willen geven. Wat een mooi mens, denk ik, als de verslaggever mij ter afscheid de hand schudt.

Ik vind het wel goed zo, dat ik weer alleen ben. Want zo voelt het, met Maltese Joe en de steenhouwer, die met zijn mannen inmiddels de hoofdsteen plaatst. Ze werken met uiterste precisie. Nou ja, de steenhouwer dan. Hij is de man van meetlint en waterpas. Zijn twee handlangers zijn er vooral voor het brute sjouw- en graafwerk. Het maakt hen niet uit als de steen niet exact boven de plek ligt waar het hoofd van Nonk Theo moet rusten. De steenhouwer gelukkig wel. Na jaren zonder steen, een verkeerde naam in de boeken en waarschijnlijk ook een graf in het verkeerde, presbyteriaanse deel van de begraafplaats, moet het vandaag smetteloos gaan.

Na een ferme handdruk vertrekt ook de steenhouwer. Zijn mannen liggen nat van het zweet en uitgeteld in de achterbak van zijn pick-up als de auto de begraafplaats af rijdt, onder de welkomsthaag door. Ze hebben mooi werk geleverd. Jazeker, de betegelde tombe van Thomas Edward Riddel links en het met kiezeltjes bestrooide familiegraf van de Jacksons rechts zijn groter en imposanter dan Nonk Theo's nieuwe graf. Maar toch, in al zijn strakke bescheidenheid oogt mijn ooms laatste rustplaats nu fier en waardig.

Ik pak het boeket uit de achterbak. De koelte van de airco die een half uurtje geleden nog het interieur vulde, is helemaal verdwenen. De bloemen ogen gelukkig nog net zo vol en kleurig als toen ik ze oppikte bij de bloemist. Protea's, oranje heliconia's en strelitzia's, paradijsvogelbloemen. Ik heb even met de gedachte gespeeld om tulpen mee te nemen. Maar Nonk Theo was bij zijn overlijden Australiër. Daar passen deze inheemse bloemen bij.

Voorzichtig leg ik de bos op de betonnen grondplaat, naast de zwarte granieten kopsteen. Ik kijk strak naar boven en weet zo te voorkomen dat er meer dan twee tranen over mijn wangen biggelen. Maltese Joe ziet het niet. Die kijkt strak voor zich uit in zijn eigen moment van overpeinzing over die collega en bekende die hij zo graag had gepromoveerd tot goede vriend. Mijn buik begint warm te worden, door een aangenaam drukkend gevoel, dat vanuit de buik de borstkas doet uitzetten en vandaar de rest van mijn lijf laat tintelen. Ik heb het de laatste jaren vaker op begrafenissen. Bizar, hoe je je op de plaats des doods zo'n intens gevoel van leven kunt ervaren. Eerst wordt mijn batterij helemaal leeg getrokken, en niet lang daarna bruist mijn accu weer, vol van energie en voel ik me als nieuw. Herboren.

Ik zet een stap terug. Vanaf het gras neem ik een minuut stilte. Mijn ogen glijden heen en weer over de zerk. Tevredenheid daalt in me neer. Een gevoel dat ik nog niet eerder heb ervaren. Nu kan iedereen zien dat mijn oom hier ligt. Niet langer een onbekende dode. Maar een man met een naam, een man met een verhaal. Een verhaal dat ertoe doet, een leven dat ertoe doet. Theodor Luzian Schrooten. Geboren 27 januari 1930, Heerlen. Gestorven 20 november 1983, Mackay. Het staat er, zwart op wit.

Maltese Joe zit al in de auto. Hij gunt me een laatste moment alleen met Nonk Theo. De eenzaamheid werkt meedogenloos. Dit is het dan. Het echte vaarwel waar ik al die tijd naartoe heb gewerkt. Een dode oom is tot leven gewekt. Maar anders dan ik vooraf had bedoeld. Zijn geest heeft zich in me genesteld. Ik voel me schuldig. Ik ben naar hem toe gegroeid, met hem vergroeid. En nu zet ik welbewust een streep onder 'ons'. Ik ga naar huis en Theo blijft hier. Alleen.

Ik veeg de tranen van mijn gezicht, haal een keer heel diep adem. Ik zoek naar woorden. Bijt op mijn lip.

'Het ga je goed, Theo.' Meer krijg ik niet uit mijn strot.

Ik draai me om, het hoofd naar de grond. Het begint harder te regenen. Als ik in de auto stap, glinsteren dikke druppels op de grafsteen. Langzaam, met de graven rechts en het suikerriet links, rijd ik weg van Nonk Theo.

'Hey Joe. Mag ik Johanna misschien even spreken?'

Ik doe mijn best om zo ontspannen mogelijk te klinken. Ik sta op het punt Mackay definitief te verlaten en Johanna heeft de voorbije dagen niet meer gebeld. Ik kan er geen genoegen mee nemen.

'Volgens mij heb ik iets bij jullie laten liggen. Ik wilde vragen of Johanna het soms heeft gevonden en bewaard. Mag ik haar even?' dis ik mijn vooraf bedachte leugen op.

'Er ligt hier niks van jou, voor zover ik weet. Maar wacht even. Johanna?'

De hoorn wordt neergelegd. Er klinkt gestommel. Ik hoor de stem van Johanna op de achtergrond. Ik kan niet verstaan wat er wordt gezegd.

'Ferdi?' klinkt het opeens helder.

'Johanna, luister. Er zal vast een reden zijn dat je me niet hebt kunnen bellen.'

'Dat klopt.'

'Laat me raden: Joe gaf je de kans niet.'

'Ja.'

'En nu staat hij weer achter je?'

'Ja.'

'Dus je kunt niet praten?'

'Nee.'

'Of even het huis uit? Een half uurtje maar? Voor een boodschap?'

'Sorry. Nee.'

'Hè, shit. Ik móét vandaag naar Brisbane. Maar ik wil jou ook nog heel graag een laatste keer spreken. Kunnen we niet toch nog iets verzinnen?

'Dat weet ik niet.'

'Als ik jou over exact een half uur bel, kun je dan zorgen dat je vrij kunt praten?'

Er klinkt een korte stilte.

'Nee, sorry.'

'Of bel jij mij anders binnen nu en een half uur. Je moet toch wel vijf minuten kunnen bellen zonder Joe erbij? Vanuit de garage, of de badkamer?'

Stilte.

'Oké.'

'Mooi. Dankjewel. Ik houd de lijn vrij. En o ja, als Joe vraagt wat ik heb laten liggen, zeg dan maar dat het een foto van Theo was.'

'Oké.'

'Nou, tot zo dan.'

'Oké. Sorry dat ik je niet heb kunnen helpen.'

'Akkoord. Bye.'

'Bye,' zegt Johanna en ze verbreekt de verbinding.

Ik dood de tijd in de inmiddels vertrouwde keuken van Maltese Joe. Gisteren heb ik hier nog een visschotel met haai gekookt. Niet te vreten, al zeg ik het zelf. De *Daily Mercury* heb ik al drie keer doorgebladerd. Ik heb amper wat gelezen. Niks in de krant boeit me. Mijn mobieltje ligt op tafel. Ik kan het ding wel tegen de muur gooien.

Toen Ukalunda niet doorging, bood dat ook een voordeel: meer tijd om te wachten op een gelegenheid om Johanna nog één keer te ontmoeten. Een dag of drie, misschien vier had ik dan nog gehad, hier in Mackay, voor de rit naar Brisbane. Maar op de valreep zijn er nog twee afspraken tussen gekomen. Een ervan is met Bill Stubbs. Hij is bereid me nog één keer te ontvangen, bij hem thuis. Overmorgen. In Brisbane. Daarna is hij pleite, vanwege een operatie, in Melbourne. Het is een vreselijk dilemma: Stubbs of Johanna. Eigenlijk moet ik ze allebei nog één keer zien. Niet spreken, zien.

Brisbane is per auto duizend kilometer van hier, een volle dag rijden. Halverwege, in Rockhampton, moet ik ook nog stoppen voor een afspraak met de zoveelste nieuwe naam. Hij had via de media van me gehoord. Lang geleden heeft hij mijn oom ontmoet op Mount Britton, en nu wil hij me absoluut persoonlijk ontmoeten, zei hij gisteravond laat aan de telefoon. Ik moet uiterlijk over een paar uur weg, wil ik nog op tijd zijn bij het tankstation in 'Rocky', waar we hebben afgesproken.

Het half uur is voorbij. Ik check het scherm van mijn mobieltje. Niks. Er zit niets anders op: ik bel Johanna's nummer. De telefoon gaat over. Twee keer, drie keer, vier keer. Verdomme, neem nou op.

'Hallo?'

Een fluisterstem.

'Johanna? Met Ferdi. Kun je praten?'

'Eigenlijk niet. Joe is even naar de wc. Maar hij komt zo terug. Sorry dat ik je niet belde. Joe wijkt geen millimeter van mijn zijde. Het is alsof hij voelt waar ik mee bezig ben. En hij weet dat jij nog steeds in de buurt bent.'

'Heb je nog iets doorgekregen? Over Theo? En over de namen op het briefje?'

'Ja, o ja. Er is nog heel veel wat ik je wil vertellen. Theo heeft zo veel tegen me gezegd. Over jou. Maar ook over je vader. Ik heb het allemaal opgeschreven voor je. Ik kan het met de post sturen, naar Amsterdam. Dan vind je het als je thuiskomt.'

'Kan ik niet toch nog even langskomen? Gewoon, heel snel.'

'Dat lijkt me geen goed idee. Ik heb al genoeg gedonder met Joe over mijn gave. Maar hoelang ben je nog hier, in Mackay?'

'Ik moet eigenlijk vandaag weg. Uiterlijk vanmiddag.'

Met mijn ene schoen probeer ik de andere uit te krijgen.

'O. Ik dacht dat je nog een paar dagen hier zou zijn. Daar heb ik tenminste wel rekening mee gehouden.'

'Ja, weet ik. Maar ik moet onverwacht toch eerder weg. Naar Rockhampton en daarna naar Brisbane. Kun je niet zeggen dat je even naar de supermarkt moet voor wat boodschappen? Een half uurtje maar.'

'Sorry, Ferdi. Dan weet Joe meteen dat er wat loos is. Hij is zo achterdochtig. Hij zal me niet laten gaan. Als ik het toch doe, krijg ik ongelofelijke problemen met hem. Het spijt me, maar dat heb ik er niet voor over.'

'Ik begrijp het, Johanna. Ik zoek alleen naar een mogelijkheid om elkaar toch nog een keer te kunnen ontmoeten.'

'Na je afspraak in Brisbane kom je hier zeker niet meer terug?'

'Poeh. Nee, dat is bijna godsonmogelijk. Met de auto in elk geval. Dan zou ik in minder dan twee dagen heen en weer moeten.'

Uit volle kracht schop ik een van mijn schoenen in een hoek van de keuken.

'Daar komt Joe weer,' zegt Johanna, die haar stemvolume nog verder verlaagt. 'Ik moet ophangen. Ik zal je anders nog een keer proberen te bellen, als dat een van de komende dagen mogelijk is.'

'Oké, doe dat.'

'Maar zelf niet meer bellen, alsjeblieft. Dan krijg ik gedonder. Ik bel jou.'

'Ik snap het. Ik wacht op je telefoontje.'

'Goed. Bye.'

'Tot snel, Johanna. Bye.'

Ergens ben ik blij dat ik Johanna gisteren niet meer heb getroffen. Dan was ik na de rit naar Rockhampton zeker compleet gesloopt geweest. Het is maar een derde van de rit naar Brisbane, 355 kilometer, maar zelfs dat trek ik amper nog. Elke dag weer staat mijn accu in het rood, vaak al in de ochtend. Onderweg van Mackay naar Rocky heeft mijn brein onafgebroken gemaald. Ik kon me amper op het verkeer concentreren. Vandaar ook dat ik er vijf uur over heb gedaan, bijna twee uur langer dan normaal voor het stuk staat. Ik had nog even willen werken in mijn motel. Stukken doorlezen, ordenen. Foto's rubriceren en bijwerken. Nog een blogje voor de website schrijven. Een definitieve planning maken voor de laatste dagen Down Under. Maar heel even wilde ik het matras voelen. Meteen viel ik in een diepe slaap.

Het is dat luid getoeter me heeft gewekt, anders was ik zeker te laat geweest voor mijn ontbijtafspraak. In de badkamerspiegel zie ik blauwgrijze vuilniszakken onder mijn ogen. Ze zijn nog grauwer dan gisteravond.

Vijf minuten te laat parkeer ik mijn Holden Astra bij het pompstation, pal aan de Bruce Highway. Ik loop naar het winkeltje annex restaurantje. Mijn maag begint te knorren van de geur van koffie en vers brood. Ik zwaai de deur open en scan de clientèle. Geen idee hoe mijn afspraak eruitziet. Een tik op mijn schouder.

'Hé, vriend.'

Ik draai me om en zie een brede lach onder een grote zonnebril.

'Ferdi, niet?'

Ik kan me niet herinneren dat ik mijn signalement van tevoren heb prijsgegeven. Maar tussen de truckers hier spring ik er nogal uit.

'Maurice Woodard. Fijn dat we elkaar nog kunnen ontmoeten.'

'Ja, heel fijn,' zeg ik, zonder echt te weten waarom.

Ik geef een slap handje aan de man die in een ver verleden werkzaamheden heeft verricht op mijn ooms goudmijn op Mount Britton. Hij woont nu alweer jaren in een of ander gat anderhalf uur rijden van Rockhampton.

Woodard leidt me naar binnen. Hij trakteert. 'Jij bent hier tenslotte te gast.'

Het liefst zou ik de chocoladecroissant, de sandwich met kaas en warm pasteitje met vleesvulling in één beweging naar binnen werken. Zo beheerst als ik kan knabbel ik aan de croissant, elk hapje na het kauwen wegspoelend met een teug uit mijn mok *mugaccino* – mijn mok cappuccino – extra sterk. Langzaam word ik weer mens. Net op tijd; Woodard steekt van wal. Hij blijkt meer nog dan van Nonk Theo een oude bekende te zijn van Bert Faltinsky. In de jaren zestig en zeventig heeft Woodard bij elkaar acht jaar gewerkt voor de man die hem heeft ingewijd in het boren naar water.

'Uiteindelijk heb ik één van zijn boorwagens gekocht. Zo'n truck met een complete waterboormachine erop,' zegt Woodard.

Ik knik alsof ik dat soort wagens ken.

Woodard bivakkeerde in 1968 twee weken bij de goudmijn op Mount Britton om er een smalle loopbrug te maken. Dat deed hij niet ver van de plek waar de stamper de erts vergruisde, en waar het restpuin vanuit een wagon over de rand naar beneden werd gekieperd. Het plankier, met reling, moest voorkomen dat werkers aan het eind van de rails per ongeluk het ravijn in donderden. Twee of drie mannen werkten er altijd wel in de mijn, herinnert Woodard zich. En soms ook nog anderen voor specialistische klussen, zoals hij met zijn loopbrug.

Op de mijn ontmoette Woodard ook Nonk Theo. Echt veel contact met hem en de andere mijnwerkers had Woodard niet. Daar waren het de kerels niet naar. Bovendien waren ze de hele dag aan het werk. Als ze niet aan het zuipen waren.

'Het waren allemaal *alco's*. Het was toen anders dan nu.'

Inderdaad. Nu worden mijnwerkers vóór het werk op drugs en alcohol getest, herinner ik me van Kalgoorlies Super Pit en de MIM in Mount Isa. Wie positief test, krijgt ontslag.

'Bert kon zich redelijk inhouden, qua drank. Die anderen niet. Maar ja, Bert was al blij dat hij mensen had die daar voor hem wilden werken. Mount Britton was nou niet echt de gezelligste plek.'

Over elk van de mannen daar kun je een boek schrijven, meent Woodard. De naam Erik Recker valt. Ik vertel dat ik de Duitser onlangs nog heb ontmoet, maar verzwijg wat hij me vertelde over Mount Bullshit. Woodard vertelt vooral over Little Joe Rudis. Woodard noemt hem 'de Rus'. Niet onwaar. Het was nog midden in de Koude Oorlog. Litouwen maakte nog deel uit van de Sovjet-Unie. Woodard is een keer met hem mee geweest, ondergronds. Hij zag Rudis werken. Eén bonk spieren. Hij lag in een reet van nog geen halve meter hoog, aan het eind van een diagonale tunnel van twintig meter diep.

'Met een bijltje hakte hij het goud uit de rots. Onvermoeibaar was die gast.'

De ertslaag was zo rijk aan goud dat het quartz soms klompjes zo groot als de top van een duim prijs gaf, of zelfs groter. Als Rudis de kans kreeg, drukte hij die klompjes achterover, gniffelt Woodard.

'Joe was weer eens straalbezopen toen Bert hem oppikte in een hotel in Mackay. Toen Joe zijn kamer had verlaten, keerde hij opeens weer om. Na wat gerommel kwam hij terug met een pakketje onder zijn arm. Bert vertrouwde het niet en vroeg aan Joe wat hij daar had. Joe had door dat hij erbij was. "O ja, die moest ik je nog geven," zei hij toen en gaf Bert het pakketje. Het zat vol met *nuggets* goud.'

Faltinsky liet het daarbij, aldus Woodard. 'Sterker, hij gaf Joe wat extra's. Bert wist ook wel dat er af en toe wat werd gepikt. Maar hij had die mannen nodig om de mijn te exploiteren.'

Ook bij de stamper, die door Nonk Theo werd bediend, verdween een keer goud, vertelt Woodard: 'Met "smoko", de ochtendpauze, lag er nog veel amalgaam van goud en kwik op de koperplaten. Maar toen het in de namiddag etenstijd was, trok Recker ineens aan de bel. "Hé, waar is het goud? Er lag hier met smoko veel meer," zei Recker. Volgens hem was de helft weg. Dat had hij beter niet kunnen zeggen.'

Woodard vertelt hoe Nonk Theo met een stalen gezicht antwoordde: 'Welk goud?'

Het doet me denken aan de kruisverhoren met Faltinsky. Maar deze keer hielp Nonk Theo's koelte hem niks. Er ontstond knallende ruzie tussen de mannen.

'Theo heeft uiteindelijk zijn geweer gepakt en Recker weggejaagd. Theo heeft zelfs geschoten, geloof ik.'

'Echt waar? Heeft hij echt op hem geschoten?'

‘Nee, meer in de lucht en langs hem heen,’ zegt Woodard, met een gezicht van ‘ja, zo ging dat toen’.

Recker liep volgens Woodard 26 mijl naar een verderop gelegen veehouderij, waar hij Faltinsky belde. Want die was op dat moment niet op de mijn. Nonk Theo runde immers de business op de Freegold. Faltinsky sprong onmiddellijk in zijn auto en racete naar Mount Britton, om de vrede te herstellen. Dat mislukte. Nonk Theo weigerde ook maar een duimbreed toe te geven. Laat staan dat hij excuses wilde maken.

‘Recker kreeg toen de zak,’ vertelt Woodard. ‘Bert kon moeilijk Theo ontslaan, want die had de lease voor de mijn waarop de stamper stond. Zonder Theo kon Faltinsky geen goud delven. Zo simpel was het. Goh, dat Recker je daar niks over heeft verteld.’

Precies mijn gedachte. Toch niet iets wat je zomaar vergeet. Ik kan Woodards verhaal niet zonder meer naar het rijk der fabelen verwijzen. Zijn beschrijving van de situatie rond de mijn en de personen daar komt behoorlijk overeen met mijn eigen beeld tot nu toe. En het klopt dat de stamper op de concessie stond van mijn ooms Freegold, de ml105. Dat is ook de reden dat Faltinsky maar wat graag mede-eigenaar was geworden van die centraal gelegen lease, springplank naar één grote goudmijn.

‘Bert liet me in de auto een keer een klomp goud zien die wel zevenduizend dollar waard was,’ zegt Woodard.

Hij maakt een kom met twee handen, alsof hij de klomp vasthoudt. Op mijn beurt vertel ik Woodard wat ik te weten ben gekomen over de rechtszaken waarin Nonk Theo in de tweede helft van de jaren zestig belandde, met Faltinsky als opponent. Het zegt hem allemaal niks, Woodard was toen alweer vertrokken.

‘Het waren zware tijden daar. En het waren rauwe lieden. Ik had het niet gekund, daar jaren werken, in die omstandigheden. Ik zou er gek zijn geworden.’

Ik vertel over mijn ooms inzinking. Inzinkingen. Woodard lijkt geenszins verbaasd.

‘Tja,’ is al wat hij zegt.

Ik kijk hem nog eens aan. Deze man vertelt leuke verhalen. Maar ik had gehoopt op meer. Ik weet niet precies waarop, maar wel op meer.

‘Ik heb nog wat voor je,’ zegt hij.

Uit zijn leren tasje pakt hij een zwart plastic kokertje voor fotorolletjes. Demonstratief zet hij het voor me en zwijgt. Verdomd. Het zal toch niet waar zijn? Nog niet ontwikkelde foto's, of dia's? Van hoe lang geleden wel niet? En wat zou erop staan – als ze al niet gewist zijn door de tijd?

Behoedzaam opent Woodard het plastic kokertje. Er zit geen fotorolletje in, maar een propje bubbeltjesplastic. Nauwgezet rolt hij het open, tot zich een stukje quartz openbaart. Uit het witte quartz, zo groot als het topje van mijn pink, steekt een puntig, gelig stukje. Woodard geeft het me. Ademloos draai ik het quartz door mijn vingers, om het piekje van alle kanten te kunnen bewonderen.

'Mount Britton-goud. Mooi, hè?' zegt Woodard.

Ik kan mijn ogen niet geloven. Eerlijk gezegd had ik de hoop al opgegeven. Van alle mensen die Nonk Theo hebben gekend, had er niet één nog ergens wat goud uit zijn mijn liggen. Alsof het edelmetaal nooit echt is gedolven, daar in die onherbergzame bush.

'Neem maar mee. Voor jou heeft het waarschijnlijk veel meer waarde dan het voor mij ooit kan krijgen.'

Het voelt nu dubbel goedkoop dat ik mijn ontbijt door Woodard heb laten betalen. Ik bedank hem wel drie keer. Hij wuift het weg. 'Nu kun je thuis aan je familie laten zien waar Theo het allemaal voor deed.'

Ik knik. Hoe langer ik naar het specimen kijk, hoe tegenstrijdiger de gevoelens erover. Snel stop ik het quartz met goud weer in het potje. Niet zozeer uit angst voor schade of verlies, eerder uit vrees voor besmettingsgevaar. Dit is killergoud.

Quid pro quo. Ik had Bill Stubbs de krantenstukken over de rechtszaken op Mount Britton kunnen toesturen. Per e-mail, ik heb ze tenslotte digitaal. Aan de telefoon heb ik die optie vooral niet genoemd. Ik moest immers iets te bieden hebben, wilde hij me nog een allerlaatste keer ontvangen, thuis.

De man maakt nog steeds gevoelens van wrok en afgunst in me los. Hij, de gladde advocaat en zakenman, met aan het eind van zijn leven alles: een gezin, een kast van een huis en een vette bankrekening. Plus de goudmijn van Nonk Theo, de Freegold, die alles was voor mijn oom. En voor Stubbs slechts een speeltje voor de heb, een zoveelste trofee in een toch al rijkelijk gevulde prijzenkast.

In een ander leven had ik Stubbs ongetwijfeld gemogen. Hij komt over als een aardige, aimabele man. Grappig en intelligent, vol verhalen. Een prima drinkebroeder aan de bar. Toch weiger ik overstag te gaan voor zijn charmes. Kwestie van genetische loyaliteit. Het geeft geen pas om nu, ook al is het decennia geleden dat Nonk Theo de degens kruiste met Faltinsky en Stubbs, aardig te zijn voor het kamp van mijn ooms aartsrivaal. Ik kan het niet helpen. Als ik aanbel bij Bill Stubbs, ben ik op oorlogspad.

Net als twee weken geleden kost het me moeite om waakzaam en kritisch te zijn, hier op de veranda in de weelderige achtertuin, waar parkieten onophoudelijk kwetteren. Daar, ergens achter het tropische groen, moeten de aanlegsteigers liggen. De houten vlonders in de Brisbane-rivier, gemaakt voor het aanmeren van protserige jachten. Ik heb het allemaal al gezien voor mijn komst naar Australië, op Googles satellietbeelden vanuit de ruimte.

Stubbs schenkt thee. Hij is nogal opgeruimd en vrolijk voor iemand die morgen naar Melbourne moet om geopereerd te worden. Het is maar een vlekje, zegt hij, het gezwel op zijn huid. Maar het moet wel worden verwijderd. Om het zekere voor het onzekere te nemen. Dit is Australië. En de Aussies zijn buitenmensen, die weten dat er niet te spotten valt met de risico's van huidkanker, hier onder het gat in de ozonlaag.

De advocaat en zakenman knikt belangstellend als ik vertel over mijn bevindingen sinds onze vorige ontmoetingen. Dat ik succes heb gehad in Mackays bieb, met artikelen over Nonk Theo en Frank Shanks. En dat ik diens weduwe Rose heb bezocht.

'O, hoe is het met haar? Heb je een nummer? Ik zou haar graag eens bellen,' zegt Stubbs, die haar man Frank omschrijft als 'iemand met wie hij weleens zaken deed'.

'We hebben een paar joint ventures gehad. Een goede mineralenzoeker, die Frank. Hij had alleen nooit geld. Ja, een woning en een auto. Maar dat was het. Ik financierde jongens als hij bij het speuren naar stukken grond die interessant zijn voor mijnbouw. We claimden ze en verkochten ze daarna aan belangstellende bedrijven.'

Er klink geen enkel spoor van wrok of boosheid door in zijn stem als hij het over Shanks heeft. Ik kan het totaal niet rijmen met de manier waarop Shanks weduwe sprak over Stubbs. In haar ogen was de advocaat net zo'n boef en linkmiechel als zijn zakenpartner Faltinsky. Ik hou het voor me. Het gesprek komt nog maar net op gang.

Ik begin over de rechtszaken. Over hoe Nonk Theo tijdens een van de zittingen vertelde dat niemand de mijn zou krijgen, als hij haar niet kreeg. Stubbs veert op.

'Verrek. Ja, dat kan ik me herinneren. Ik was altijd bang dat hij de boel ook echt zou opblazen. Want dat was het impliciete dreigement. Zo zagen anderen die ik in die tijd kende het ook. Er lagen altijd genoeg explosieven. Gewoon, om ondergronds de erts los te blazen. Het was Bert die me verzekerde dat Theo dat nooit zou doen, de mijn opblazen. Bert wist dat Theo daar aan het eind van het liedje te fatsoenlijk voor was.'

Ik vertel over de deal waarmee Nonk Theo Faltinsky binnenboord haalde. Of misschien was het wel Faltinsky die zich opdrong. Hij moet zijn kans hebben geroken toen mijn oom op zwart zaad zat, en snel een investeerder nodig had om te voorkomen dat de goudmijn stilviel. Want dan was de Freegold absoluut een prooi geweest voor landjepik.

'Het was fiftyfifty,' zeg ik. 'Faltinsky zou geld inbrengen, machinerieën en gereedschap. En Theo zou ter plekke de mijn gaande houden. Dat was de deal.'

'O ja. Ja!' reageert Stubbs, die zich de afspraak nu opeens ook herinnert.

Vol belangstelling begint hij de kopietjes te lezen van de krantenartikelen uit eind jaren zestig, waarin hij zelf een hoofdrol vervult.

'Mag ik dit kopiëren?' zegt hij, als hij de inhoud nog amper heeft kunnen lezen.

'Jawel, hoor,' antwoord ik en denk aan de bedragen in de prospectus over de Mount Britton Gold Mijn. 'Het is twee dagen werk. Dus dat kost je met mijn uurtarief...'

Hij reageert totaal niet op mijn geintje. Althans, mijn poging daartoe. 'God, wat was hij grappig!' roept Stubbs uit. 'Met die *bloody* antwoorden van hem de hele tijd.'

Net als vorige keer doet de nasale stem me aan Mr. Bean denken. Gniffelend, met de leesbril op de punt van zijn neus, leest hij hardop mijn ooms quotes: 'Meneer Faltinsky moet in de horrors zijn geweest. Ik zeg het maar: ik heb ook het nodige gedronken. Ik heb er wel ervaring mee.'

Stubbs is in één klap terug in Mackays rechtbank, eind jaren zestig. Een keiharde schaterlach klinkt. Het is aanstekelijk. Maar ik verzet me. Ik ben hier niet voor mijn lol.

'Het ziet ernaar uit dat de relatie tussen Theo en Faltinsky op dat moment, daar in de rechtszaal, toch echt niet meer goed was,' opper ik.

'O ja, het was echt uiteen aan het lopen tussen die twee,' zegt hij, zonder ook maar een seconde op te kijken van de papieren.

Weer slaakt hij een bulderende lach.

'Wat was hij toch grappig, die Theo,' zegt hij hoofdschuddend, als hij leest hoe mijn oom tijdens een kruisverhoor met Stubbs in 1969 op bepaalde vragen geen antwoord wilde geven omdat hij Faltinsky daarmee 'aan de schandpaal zou nagelen'.

Het was allemaal buiten de orde. Maar de magistraten lieten het toch vaak passeren, vertelt hij. 'De rechters hadden doorgaans wel gevoel voor humor. Ze wisten ook wel wat voor lastige, onaangepaste types figuren als jouw oom waren. Dus zagen ze weleens wat door de vingers. Ik genoot van dit soort zaken. Er gebeurde altijd wel wat. Kerels als Theo, die hadden niks te verliezen. Ze gedroegen zich in de rechtbank vaak niet veel anders dan de eigenheimer die ze in de bush waren. Dan dreigde zo'n magistraat wel met een straf wegens minachting van de rechtbank of hij gaf een waarschuwing als een verdachte of getuige de wijsneus uithing...'

'Zoals toen Nonk Theo zei: als ik de mijn niet krijg, dan krijgt niemand 'm,' onderbreek ik hem. 'Was dat zo'n moment dat de rechter mijn oom dreigde met een sanctie?'

'Ja, maar daar zal Theo echt niet wakker van hebben gelegen. De entourage van een rechtszaal deed types als jouw oom niet zo veel. Het was niet of je in een kamp van de nazi's zat. Dán had je pas reden om bang te zijn. Maar daar in Mackay, in de rechtszaal? Ach, als je weer eens over de schreef was gegaan, dan moest je gewoon zeggen dat je het niet nog eens zou doen. En dan was het goed.'

Tijd om te vissen naar het citaat over de schandpaal. Wat had Nonk Theo aan belastend materiaal over Faltinsky?

Stubbs haalt er laconiek zijn schouders over op. 'Ach, hij wilde gewoon de getapte jongen zijn, denk ik. Net zoals ik ook gevat en scherp uit de hoek probeerde te komen. Zo ging dat, in die kruisverhoren.'

'U zei tegen Theo dat juist hij moest vrezen voor harde beschuldigingen. Volgens Faltinsky had mijn oom voor drieduizend dollar aan goud achterover gedrukt. Een aardig kapitaal in die tijd.'

'O ja, staat dat er?' reageert hij.

Ik wijs op de bewuste passage.

Hij neemt de woorden gretig tot zich. 'Verrek. Tjonge, ik kan me daar niks van herinneren.'

Net zo min zegt de advocaat ook maar iets te weten van de twee politiemannen die Nonk Theo op bevel van Faltinsky van de Freegold hebben verdreven. Of van die maat van mijn oom, Gordon Smith, die daarbij Faltinsky met een mes zou hebben proberen te steken.

'Ferdi, al die details, het is allemaal al zo lang geleden. Heel veel ervan kan ik me echt niet meer herinneren. Als het al allemaal zo is gebeurd.'

Ook van een allerlaatste poging van Nonk Theo, eind jaren zeventig, om nog één keer te proberen de goudmijn terug te krijgen, weet hij niks. Zegt hij.

'In 1972 ben ik weer teruggegaan naar Brisbane. Ik heb wel contact gehouden met Faltinsky. Nog een rechtszaak van hem tegen Theo daarna? Nee, dat zegt me niks.'

Ik blijf aandringen, vooral over die keer dat Faltinsky met de politie Nonk Theo van de mijn moet hebben verjaagd. Volgens het krantenartikel was hij toen, die eerste december 1968, een feestje aan het bouwen met een paar andere kerels bij de goudmijn.

'O, dat. Iedereen kan je vertellen wat dat moet hebben betekend. Die kerels moeten dagenlang aan de zuip zijn geweest. Totdat iemand eindigde in de horrors.'

Die uitdrukking begint me steeds meer te fascineren. 'In de horrors zijn.' Iets waar Nonk Theo zelf tijdens een van de kruisverhoren van had gezegd dat hij er als drinker wel ervaring mee had.

'Het is een soort alcoholvergiftiging,' legt Stubbs uit. 'Ze noemen het ook wel *the dingbats*. Het heeft een geschiedenis in Australië. Het komt vooral voor bij kerels in geïsoleerde gebieden, waar geen vrouwen zijn en er niet veel anders te doen is dan drinken en knokken.'

Hij vertelt hoe hij een keer met Faltinsky en een Joegoslaaf, ene George, naar hun gezamenlijke opaalclaim ging. Een paar dagen lang kampeerden ze in de Outback en zochten ze naar edelstenen. De Joegoslaaf had voor het zware werk een nogal rauwe figuur meegenomen, een immigrant, om een bulldozer te besturen. 's Avonds bij het kampvuur dronken de mannen zelf gebrouwen bier. De bulldozerchauffeur, die compleet kachel was, begon zich te bemoeien met de plek waar gegraven moest worden. Zijn vriend de Joegoslaaf zette hem op zijn nummer: de bulldozerchauffeur moest zijn mond houden en bier halen.

'Toen zei die vent, zo maar ineens: "George, je bent mijn enige en mijn beste vriend in Australië. Als jij zo over me denkt, heb ik geen andere keuze dan jou om te leggen, en daarna mezelf." Ik weet nog dat ik bevroor en dacht: wat gebeurt hier verdomme nog aan toe? Bert boog voorover, instinctief, en pakte me vast, alsof hij wilde zeggen: niet bewegen. Hij fluisterde: "Dit is gevaarlijk. Ik moet deze gast misschien uitschakelen." En geloof me, dat kon Faltinsky als het moest.'

Hij neemt een slok van zijn thee. 'Dus die rare gast is praktisch aan het huilen. Hij kan er niet mee leven dat zijn enige en beste vriend hem zo heeft vernederd. En hij zegt: "George, ik ga je vermoorden. Maar eerst ga ik nog even pissen." Dus hij staat op en gelukkig voor ons struikelt hij en flikkert zo, voorover, in een spinifexstruik, met misschien wel acht miljoen naalden. We zijn de rest van de avond bezig geweest om hem daaruit te krijgen, en om de naalden uit zijn lijf te pulken. Ondertussen hebben we hem gerustgesteld, getroost. Na een tijdje kwam die vent weer wat tot zichzelf. Maar als hij daar een mes had gehad... Ik bedoel, het is een combinatie van eenzaamheid, afzondering van je eigen familie, je eigen achterban. Er waren niet genoeg vrouwen toen deze kerels hier kwamen. Er waren problemen met taal. Ze hadden geen vangnet.'

'En dan wordt de fles meer dan alleen je vriend,' zeg ik.

Opeens wordt me zonneklaar hoe ook Nonk Theo diverse keren 'in de horrors' moet zijn geweest, misschien ook wel toen hij met een geweer Erik Recker van de goudmijn verjoeg.

'Ja. Te veel drank doet naar verloop van tijd rare dingen met je,' vervolgt Stubbs. 'De een wordt er slaperig van, de ander agressief, boos, gefrustreerd, verveeld, wat dan ook.' Hij sluit niet uit dat Faltinsky meermalen geconfronteerd is met een Nonk Theo in de horrors. 'En dat Bert dan voor Theo's ogen veranderde in een monster dat kwam om hem op te vreten. Dat Theo weg moest springen, alsof er spinnen over zijn hele lijf kropen. Zo gaat het, als je eraan ten prooi valt. Je raakt los, totaal ontkoppeld van de werkelijkheid. Je wordt bedreigd, althans dat denk je, door insecten of reptielen. De beesten die je dagelijks in de bush om je heen hebt, maar dan eindeloos veel angstwekkender, groter en kwaadaardiger dan in het echt.'

Een nachtmerrie, terwijl je wakker bent. Een soort psychose. Allemaal door die cocktail van eenzaamheid, drankmisbruik, onthechting van huis en haard, de worsteling in de wildernis.

'Het ging niet meer om het genot van de smaak, een biertje, wijntje of glas rum voor het plezier, als sociaal smeermiddel,' zegt Stubbs. 'Alcohol was een verdovend middel. Er was niks gezelligs meer aan. Het drinken ging om mentale verandering. Het werd niks minder dan *oblivion drinking*.'

Zuipen dus tot je een zombie bent.

Hij knikt, alsof hij weet wat ik in mezelf zeg.

'Zodat je pijn en je zorgen niet onder ogen hoeft te zien. Je verzuipt ze simpelweg, in alcohol.'

En echt niet alleen in bier of rietrum.

'Ze dronken alles. Zelfs die verdomde ethylalcohol, gedenatureerde alcohol. Levensgevaarlijk. Het zou me niet verbazen als Theo dat spul ook heeft gezopen.'

In de keuken klinkt gestommel. Stubbs dochter komt binnen. Ze groet en vraagt of we soms een biertje willen, op deze lome namiddag. Ik moet een weerstand overwinnen.

'Graag,' zeg ik, hopend dat ook Stubbs er een neemt. Hij lijkt me niet het type dat zich gaat bezatten, maar een beetje spraakwater kan nooit kwaad. Steeds zie ik mij in een positie gemanoeuvreerd waarin ik eerst aan zet ben, alvorens hij beweegt. Hij herinnert zich niks, totdat ik hem een krantenartikel of ander document onder de neus druk. Dan pas bevestigt hij wat daar staat. Een advocatentrucje. En nu is hij met mijn krantenartikelen naar beneden, om ze te kopiëren. Wat krijg ik er eigenlijk voor terug, behalve nog meer bush-praat?

Stubbs komt weer naar buiten. In de ene hand mijn krantenartikelen, in de andere hand een bakje zoute pinda's. Ik blader nog even door mijn notitieblokje. 'Drinken en vechten,' ontcijfer ik een van de krabbels, met een vraagteken ernaast. Nonk Theo, de zuiplap, daar heb ik wel genoeg bewijs voor gevonden. Maar een vechtersbaas? Al had hij op de pasfoto in zijn paspoort uit 1970 dus wel die gekke knik in zijn neus.

'Als je wilde knokken, kon je in Mackay onder andere naar de Crown,' zegt Stubbs, met zijn flesje bier in de hand. 'Een kroeg aan de waterkant, bij de rivier. Ze noemden het de *crab pot*, de krabbenval. Omdat je er wel in kwam, maar niet zomaar meer uit. Daar kwam een bepaald publiek. Nogal veel rauwe figuren. Als je wilde, dan ging je daar naar binnen en sprak je met andere kerels af om een potje te knokken.'

Je reinste Outback-hooliganisme. Na gedane arbeid even stoom afblazen, testosteron lozen. Ook voor iemand als Faltinsky, vertelt hij met onverholen plezier. 'Bert hield er wel van. Mary, zijn vrouw, heeft me eens verteld hoezeer hij uitkeek naar de vrijdagavond. Dan ging hij naar de pub, voor een biertje. Maar niet te veel. Ik heb Bert nooit dronken gezien. Maar hij ging dan ook naar de kroeg voor twee of drie vuistgevechten. Moet je je voorstellen: dan had hij dus net een paar kerels afgerost en dan ging hij naar huis. Om te douchen, te eten met zijn gezin, de kinderen op bed te leggen. En vaak genoeg ging hij dan gewoon weer terug naar de pub om zich in nog een stuk of drie knokpartijen te storten!'

Hij slaat zich op zijn bovenbenen en schreeuwt het uit van het lachen. Wat een idiote toestand moet dat zijn geweest, is het enige wat ik denk.

Eén groot Wild West, daar in Mackay en omstreken, in de tijd van Nonk Theo. Knokken, zuipen, continu loeren op elkaars mijnclaim. Af en toe een aanval van de horrors. Een paar maanden, langer had ik me daar toen nooit staande kunnen houden. Niet zonder compleet door te draaien.

Stubbs lurkt de laatste slokken bier uit zijn flesje.

'Ferdi, ik hoop dat je het niet erg vindt, maar ik zit nogal op hete kolen. Ik wil graag nog even gedag zeggen tegen mijn dochter voor ik morgen naar Melbourne vertrek.'

'Natuurlijk,' zeg ik, prompt ook mijn biertje leeg klokkend.

Ik begin mijn spullen bijeen te pakken.

'Wat wil je er eigenlijk voor hebben?' zeg ik, terwijl ik al ben opgestaan en op het punt sta met Stubbs mee te lopen naar de voordeur. 'Voor de mijn, bedoel ik.'

Hij haalt achteloos zijn schouders op. Tot een maand geleden waren er potentiële kopers, vertelt hij. Die hadden een optie tot koop voor 400.000 Australische dollar. Dat is niet doorgegaan, vanwege de crisis. 'De markt is veranderd. Nu is een kwart miljoen dollar wel een redelijk bedrag, denk ik,' zegt hij, nogal onverschillig.

In een periode van twee jaar melden zich altijd wel twee of drie belangstellenden, voegt hij er ongevraagd aan toe. Meestal gaat het om figuren die er zelf willen gaan werken, op Mount Britton. 'Dan willen ze mij in ruil voor mijn toestemming een deel van het goud geven dat ze er vinden. Maar daar ga ik niet op in, dat soort voorstellen. Daar moet je voorzichtig mee zijn. Ze hebben niet veel kapitaal en ze laten vaak een bende achter.'

Hier spreekt zowel de advocaat als de zakenman. Het is niet meer zoals in de tijd van Nonk Theo, toen je nog vrijelijk met cyanide, kwik en andere gevaarlijke rommel aan goudwinning kon doen, je afval gewoon lozend in het milieu. Het gebied rondom de mijn is tegenwoordig een nationaal park. Als je er nu een bende van maakt, moet je bloeden. Krijg je claims aan je broek. Toch is het mogelijk, een kleinschalige, rendabele goudmijn, denkt hij.

'Waarom doe je het zelf niet, met een paar mensen?' opper ik.

'Daar heb ik geen zin meer in, op mijn leeftijd. Te veel gedoe. Nee, ik verkoop de boel liever. Liefst aan mensen die de mijn ook echt weer tot productie gaan brengen. Want dat ben ik Bert eigenlijk wel verschuldigd. Hij geloofde in Mount Britton.'

Op de drempel van de voordeur, luttele tellen voor de laatste gong, mept mijn opponent keihard raak, onder de gordel. Nonk Theo, díé geloofde in Mount Britton. Díé had zijn ziel en zaligheid eraan verpand. Voor Faltinsky was Mount Britton, net als voor Stubbs zelf, maar een mooi speeltje.

Ik zou het willen uitschreeuwen. Maar al wat ik kan uitbrengen is wat gemompel, over gratis reclame mijnerzijds voor de goudmijn door wat ik er straks allemaal over ga schrijven. Straks blijkt de uiteindelijke koper niet zozeer getriggerd door Stubbs' prospectus, maar door mijn verhaal over Nonk Theo. Een uitermate zwakke tegenstoot.

'Dan betaal ik je wel, hoor,' zegt hij met een grote grijns, waarna hij me de hand schudt, buiten zet en uitzwaait.

Het is een onwaarschijnlijk scenario. Maar op de weg terug naar mijn hostel in hartje Brisbane worstel ik er danig mee. Ik zou het niet eens kunnen aannemen, een deel van de winst bij verkoop van de Mount Britton Gold Mine. De mijn die Nonk Theo de kop heeft gekost, hét symbool van zijn pijnlijke pioniersbestaan. Het zou bloedgeld zijn. Niet schoon te wassen. Al zou ik het weggeven, doneren aan een goed doel, dan nog zou het bloed van Nonk Theo voor altijd aan mijn handen kleven.

's Avonds, op mijn kamer in het hostel, kijk ik met drie chips vretende en bier drinkende backpackers naar het tennis op de Australian Open. De woorden van Stubbs spoken door mijn hoofd. 'Horrors', 'dingbats', 'methylalcohol'. Ik laat het tennis voor wat het is en kruip beneden achter het internet. Bij de combinatie van horror en dingbats trekken op het beeldscherm allerlei figuurtjes aan me voorbij. Doodshoofdjes, satanische slangetjes, bloeddorstige spinnen. Als ik zoek naar definities van 'oblivion drinking', beland ik op een forum, waar bezoekers elk in hun eigen woorden vertellen wat zij eronder verstaan. 'Zo veel drinken dat je onplezierige of pijnlijke dingen vergeet' en 'buitensporig drinken, tot je je bewustzijn verliest, om je pijn en zorgen te vergeten'.

Bij de zoekresultaten voor 'gedenatureerde alcohol' en 'ethylalcohol' sla ik mijn hand voor mijn mond. Het is alcohol, ja, maar veelal voor industrieel gebruik. Bedoeld als oplosmiddel, brandstof voor campingstellen, schoonmaakmiddel, of als insecticide, tegen bijvoorbeeld suikerrietwolluis, in de regio rond Mackay waarschijnlijk geen onbekende. Ondrinkbaar, giftig en onsmakelijk, door de toevoeging van methanol, of aceton. Maar kennelijk ook de kortste weg naar dronkenschap. En daarom soms onweerstaanbaar voor wie hunkert naar de zombiestatus, de verdovende toestand van totale vergetelheid.

Nonk Theo moet zich vele malen van de wereld hebben gezopen. Om te vergeten, om niet meer te voelen. Vanwege het hartzeer, de eenzaamheid, en om de bittere smaak weg te spoelen van zijn mislukte droom. En wat doe ik? Na al die jaren kom ik ongevraagd naar hier en ruk hem uit de vergetelheid die hij in de fles zocht. Op de pijnlijkste momenten van zijn leven was dat de enig draaglijke staat van bewustzijn, als je daar bij een zombie al van mag spreken. Maar het was wel zijn keuze. En ik moet hem zo nodig tentoonstellen. Als een opgegraven, naakte neanderthaler. Ik was er zo van overtuigd dat ik het goede deed. Dat ik Nonk Theo met mijn queeste een dienst bewees. Maar nu moet ik vooral denken aan de smeekbede van mijn tante, al maanden voor mijn eerste trip: laat het rusten, rijt geen oude wonden open. Waar ben ik in hemelsnaam mee bezig?

Om mijn hoofd leeg te maken, had ik naar een museum kunnen gaan, een casino, bioscoop, speelhal, of zelfs naar een winkelcentrum. Ik kan het niet. Dus zit ik maar weer in het staatsarchief van Queensland, aan de zuidkant van Brisbane. Vier uur zit ik hier al zoekopdrachten af te vuren op de computer. Resultaat: nul. Het is op het ziekelijke af. Naast me ligt mijn mobieltje. Op trilstand, het scherm naar boven. Bellen is hier verboden. Ik heb er schijt aan. Als het ding gaat, zal ik opnemen.

Mijn gedachten dwalen steeds verder af van mijn idiote zoektocht. Ik check mijn mail. Berichtjes van vrienden en familie, die vragen hoe het met me gaat. Of ik al bruin ben. En wanneer ik nou eindelijk klaar ben met het zoeken naar die dode oom. Ik heb geen zin om te antwoorden en graas wat nieuwssites af. Er is niks interessants gebeurd in de wereld. Tenminste, niks wat me boeit.

Twee uur later struin ik van pure ellende door het nabijgelegen winkelcentrum. Bij een Chinees werk ik wat noedels naar binnen. Het smaakt nergens naar. Ik kijk hoe twee jonge Aziaten zich uitsloven op het oplichtende vloertje van een dansgame. In razend tempo, op Michael Jacksons 'Beat It!' volgen hun voeten de oplichtende vlakken. Foutloos, minutenlang, steeds sneller. Ze moeten er al heel wat dollars aan hebben gespendeerd.

Mijn telefoon gaat. Ik merk het pas als het al te laat is. Een onbekend mobiel nummer. Voicemail afluisteren dan maar.

'Hallo Ferdi. Johanna hier. Ik heb iemands mobiele telefoon geleend. Maar je kunt me wel op dit nummer terugbellen. Laat je snel iets van je horen?'

Ik spring op en bel onmiddellijk terug. De telefoon gaat drie keer over.

'Ferdi?' klinkt de stem met de bekende kraak erin.

'Hi, Johanna. Wat fijn om van je te horen.'

'Ferdi. Ik heb nog zo veel informatie voor je. Theo heeft me nog zo veel verteld. En ik heb brieven voor je. Van hem, voor jou. En voor je vader. Waar zit je?'

'In Brisbane.'

'O, nee. Wat jammer! Want ik had morgen wel iets kunnen regelen als je nog hier was geweest.'

Mijn brein begint als een dolle te malen. Overmorgen vertrekt mijn vliegtuig. 's Ochtends. Dan moet ik ook mijn huurauto inleveren, op de luchthaven van Brisbane. Dilemma. Duizend kilometer heen en weer terug, in één etmaal. Nee, dat is idioot.

'Is het goed als ik je over een uur terugbel?'

'Ja, dat kan wel.'

'Oké.'

'En dan vertel je me ook maar waar ik die brieven naartoe kan sturen.'

'Wat?'

'Die brieven, van Theo.'

'Huh? O, ja. Tot over een uur.'

'Tot zo.'

Ik kwak een briefje van twintig dollar op tafel, veel te veel voor de kleffe noedels, en ren naar de parking. Internet, ik moet zo snel mogelijk het internet op.

Misschien is het de adrenaline, maar ik heb me in geen weken zo sterk gevoeld. Naarmate we dichter bij de aarde komen, zwelt de power in mijn lijf verder aan. Gebrom. Het landingsgestel gaat uit. Rechts ligt de oceaan, links de al bijna net zo eindeloze suikerrietvelden. Landinwaarts kronkelt de Peak Downs Highway naar Mount Britton. Mijn hart bonkt harder. Mijn ademhaling wordt oppervlakkiger.

Als ik uit het vliegtuig stap, valt een klamme deken over me heen. Het is nog geen negen uur 's ochtends en de zon brandt al meedogenloos. Mijn enige nog schone set kleren – lange broek, shirt met dito mouwen – was prima voor Brisbane, maar niet voor hier. Gelukkig loeit de airco in de aankomsthal. Mijn ogen filteren het plukje wachtenden bij de gate. Daar, op gympen en in trainingspak. In de sporttas om haar schouders zit ongetwijfeld een squashracket, zoals elke vrijdagochtend. Geen enkele reden voor haar man om argwaan te koesteren. Ik ben tenslotte in Brisbane.

Voor het geniep van onze idiote afspraak oogt Johanna opvallend rustig. Ze heeft geen idee van mijn verborgen agenda. Bij mijn vorige bezoek heb ik haar al aan de leugendetector geplugd. Vandaag kom ik de uitslag uitlezen.

We strijken neer in de centrale hal. Overal om ons heen kwetterend volk. Uit televisies schallen nieuws- en kinderprogramma's door elkaar heen. Niet de beste plek voor een confronterend gesprek met een medium. Als we een zo rustig mogelijk plekje hebben gevonden, haalt Johanna een stapel boeken met spirituele titels tevoorschijn. Ze steekt meteen van wal. De voicerecorder van mijn mobiel loopt.

'Laten we beginnen met de rechtszaken. De informatie die je daarover hebt, is niet honderd procent correct.'

'Pardon? Wat is er niet correct dan?'

'Dat moet ik via jou achterhalen. Vertel mij maar wat je ontdekt heb en dan zal Theo zich er wel in mengen, met een "nee" of een ""ja". Oké?'

Ik vertel dat veel van mijn nieuwe informatie komt uit kranten uit de jaren zestig. Dat Nonk Theo verwikkeld was in rechtszaken over zijn goudmijn in 1967 en 1969. 'Maar ik heb ook gehoord dat er eind jaren zeventig nog een rechtszaak was,' zeg ik. 'Klopt dat?'

Johanna begint zachtjes op haar borst te kloppen. Ze kijkt me uitermate serieus aan.

'Ja, dus? Vreemd,' zeg ik. 'Daar heb ik helemaal niks over kunnen vinden. Hebben kranten er destijds dan niet over geschreven?'

'Daar zal Theo je in gidsen,' zegt Johanna. 'Maar het was geen grote rechtszaak, eind jaren zeventig. Meer ter afronding.'

Ik kijk haar aan, met een frons.

'Hij wist dat hij ziek was,' vervolgt ze.

'Waar leed hij aan dan?'

'Depressies, eenzaamheid. En aan alles wat er rond hem gebeurde.'

'Wat bedoel je?'

'Zijn manier van leven. Het was gewoon te veel voor hem.'

'Die rechtszaken waren jaren na de breuk met Helena,' zeg ik. 'Het lijkt erop alsof hij daarna afstand nam van de rest van de mensheid.'

'Dat heb je helemaal goed!' zegt Johanna, met de ogen dicht en verheven stem.

Ik krimp ineen en kijk gegeneerd om me heen.

'Toen hij Helena verliet, viel alles in duigen,' vervolgt Johanna. 'Dat zul je vinden in de brief.'

Ze slaat een van haar boeken open en pakt er drie kleine enveloppen uit. Een met mijn voornaam, een voor 'Mr. Schrooten', mijn vader, en eentje voor mijn vader en mij. Ze legt haar handen erop. Nog niet openen, is de boodschap. Ook het briefje met namen, dat ik Johanna de vorige keer heb gegeven, ligt in het boek.

Ze sluit haar ogen, pakt haar kettinkje en laat de hanger zachtjes bungelen boven het zwart-wit van de krantenartikelen die inmiddels op tafel liggen.

'Theo, zend me jouw berichten via jouw engelen.'

Ik zou willen dat ze zachter praat. Maar niemand lijkt mee te luisteren.

'O, mijn god,' murmelt ze, de pendule steeds boven een ander stukje tekst houdend.

Ik kijk zwijgend toe.

'Oké, hij zegt: mijn rechtszaak was niet echt goed. Ik ontdekte dat er iets verkeerd was.'

Minutenlang bungelt de pendule boven de krantenstukken, om te eindigen bij een artikel van 18 januari 1969.

'Theo vertelt me dat twee leases zijn aanbevolen voor goedkeuring. Hij had er een van. Dat was zijn mijn, op Mount Britton.'

Het lijkt alsof Johanna me in haar eigen woorden probeert te vertellen wat er in het nogal complexe artikel staat. Maar dat gaat niet over een van Nonk Theo's mijnen, maar over twee leases van Bert Faltinsky. Ik zwijg.

'Wacht. Ik moet even wat communicatie gaan doen. Omdat ene Joe Begozzi erbij betrokken is.'

Nog meer gependel.

'Theo vertelt me dat Joe Begozzi de eerste eigenaar van de mijn was. Kocht Theo de mijn van Joe Begozzi?'

'Weet ik niet,' zeg ik, in alle eerlijkheid.

Mijn hersenen malen op volle toeren. Heb ik Johanna al verteld dat ik Begozzi's weduwe en stiefdochter heb ontmoet? En wat zij me allemaal hebben verteld? Ik weet het niet meer. Of wacht, daar staat de naam van Begozzi, in het artikel, als eigenaar van de stamper waarmee het goud op Mount Britton werd vergruisd.

'Voor zover ik weet was de mijn eerst van Begozzi,' vertel ik. 'Theo kwam er later bij. Begozzi is op een gegeven moment voor kolenbedrijven geologisch veldwerk gaan doen, op zoek naar kolenvoorraden. Hij verliet de mijn en Theo bleef er werken.'

Weer dat borstkloppen.

'Wacht even. Want hier... even geduld,' zegt Johanna, de ogen gesloten. 'Ja, Joe vertrok om naar kolen te zoeken. En ik was achtergelaten, om de mijn te onderhouden.'

Ja, verdorie, vloek ik in mezelf. Dat zeg ik net!

'Momentje,' zeg ik en zet de tv achter me zachter.

Ik zit amper of Johanna wijst weer op een bedrag van 14.700 dollar in het krantenartikel. De opbrengst aan goud, van twee leases van Bert Faltinsky gedurende de drieënhalf jaar voorafgaand aan de rechtszaak. Veel minder dan de 23.000 dollar die diezelfde Faltinsky naar eigen zeggen had geïnvesteerd in zijn twee mijnconcessies.

'Dat klopt niet,' zegt Johanna.

'Wat, dat Faltinsky meer kosten dan opbrengsten had op Mount Britton?'

'Ja, dat is wat Theo me laat zien.'

'Dus er kwam meer goud uit de mijn dan Faltinsky zei?'

Johanna knikt instemmend en klopt op haar borst.

'Maar wat deed Faltinsky dan met het goud dat hij volgens Theo verzweeg?'

'Het ging naar Joe... wat was zijn naam ook alweer?'

'Begozzi?'

'Ja, Begozzi. Hij had meer te zeggen over de mijn dan Theo en Wacht, Theo wil mijn aandacht. Ja... Hij laat weten dat dit de waarheid is.'

Waarheid? Wat is dit godverdomme? Joe Begozzi de kwaaie pier? Dat is voor het eerst. Daar heb ik nergens ook maar één aanwijzing voor kunnen vinden.

'Het staat in de brieven,' vervolgt Johanna onverstoorbaar. Ze wijst op de enveloppen. Er valt een korte stilte.

'Theo gidst me: deze man heeft hem verraden.'

Ze ziet mijn verbazing.

'Dat kan een hoop betekenen, waarvan ik niks weet. Kennelijk was er meer geld in het spel. Daar werd niet over gesproken. Theo was degene die erachter kwam. En híj nam...'

'Hij?'

'Begozzi pakte het geld en gebruikte het. Wat niet echt juist was.'

'Hoelang heeft dat geduurd dan?' vraag ik, terwijl Johanna zich nu roffelend op de borst slaat.

Aan een tafeltje verderop kijkt een man met een opgetrokken wenkbrauw naar ons. Hij stoot zijn vrouw aan, die nu ook naar ons kijkt. Het boeit me niet.

'Oké, dan moet ik een ander boek hebben. Met cijfers.'

Johanna slaat een van de andere boeken open.

'Als ik het goed heb, heeft dat Theo waarschijnlijk gebroken... Oké, Theo, hier zijn de cijfers. Gids me alsjeblieft: hoelang heeft Joe Begozzi je bedonderd?'

Het gependel boven het boek duurt eindeloos. Dan schudt Johanna haar hoofd.

'Goede god!'

'Wat?'

'Vier jaar.'

'Vier jaar? En in welk jaar stopte het dan?'

'Laat me kijken... Het jaar is 19...'

Ik kan me amper concentreren, met alle rumoer.

'Ja, in het jaar 1969 was hij niet trouw aan Theo, voor die vier jaar tot aan die rechtszaken.'

Het slaat nergens op. Joe Begozzi als Nonk Theo's aartsvijand. Ik breng de leugendetector in stelling.

'Was Joe Begozzi toen Theo's opponent in de rechtszaken?'

Johanna begint de vraag hardop te herhalen, maar aarzelt dan.

'Wat bedoel je met opponent?'

'Een tegenstander, een vijand,' antwoord ik.

Nonk Theo had dit woord absoluut gekend en begrepen.

'O, ja! Dat was ook wat ik in gewoon Engels verstond toen ik aan het communiceren was.' Ze sluit haar ogen.

'Dus dat is wat je bedoelt met dat Joe je verraadde in de rechtszaken?'

Johanna kijkt op en knikt. In mijn hoofd gonst al minuten een heel andere naam.

'Was er soms ook nog iemand anders betrokken? Of alleen Begozzi?' vis ik.

Stilte.

'Ja, er was nog iemand anders.'

'Staat hij op de lijst?' Ik houd het papiertje met namen onder Johanna's neus, dat ik haar bij mijn eerdere bezoek in de hand had gedrukt en dat nu als boekenlegger uit een van haar séanceboeken steekt. De pendule bungelt boven de namen, een voor een. Ook boven die van Bert Faltinsky. Maar geen reactie.

'Oké. Hij vertelt me dat Augustus Venselaar niet eerlijk was. En hij veroorzaakte problemen.'

Kletskoek! Ik zou het wel uit willen schreeuwen. Ik heb Augustus Venselaar twee weken geleden nog thuis bezocht, in zijn bungalowtje in Mackay. Hij vertelde over de naturalisatieceremonie van hem en Nonk Theo, in 1962 in Nebo. Maar ook over de laatste keer dat de 71-jarige ex-stockman mijn oom zag, in 1976 of 1977. Nonk Theo zag er gruwelijk slecht uit. Afgemat. Hij zei dat 'ze' hem met list en bedrog van zijn mijn hadden beroofd. En dat hij weg wilde, naar West-Australië. Maar volgens Augustus Venselaar was Nonk Theo maar naar één plek onderweg: het gekkenhuis.

Bij de naam John Smith heeft Johanna genoteerd: 'geen goede vriend'. Maar die naam heb ik 'geleend'. Ik ken hem van Mackays mijninspectie. John Smith heeft mijn oom nooit gekend. Om nog maar te zwijgen van 'Martin Deller'. Een 'vriend' volgens Johanna's krabbels. Gelul. Martin Deller is een politieman in Engeland, die ik daar een paar jaar geleden heb ontmoet voor een reportage over opsporingsmethoden. Een passant in mijn leven, zonder ook maar de minste betekenis in dat van Nonk Theo.

'En deze dan?'

Ik wijs op 'Joe Caruana'. Ook al een 'vriend', volgens Johanna.

'Niet zozeer een vriend van Theo, meer van jou. Want hij ziet alles,' zegt ze, mij zelfvoldaan aankijkend.

Het wordt alleen maar pijnlijker. Ik heb Johanna eerder verteld dat ik bij Maltese Joe verbleef en dat ik het goed met hem kon vinden. Gelooft ze nou echt dat mijn dode oom haar dit influistert?

Mijn wijsvinger ligt bij de voornaam van Nonk Theo's inmiddels overleden tweelingbroer. 'Vriend' is al wat achter de naam staat.

'Dat is geen Australische naam. Dat is een Nederlandse naam,' zegt Johanna, terwijl ze de pendule boven de naam houdt, duidelijk vissend naar meer informatie.

'Duits,' verbeter ik.

'Ja, natuurlijk. Was hij degene, of die ander...? En wat wil je weten over...?'

Ik laat haar even zwemmen en vraag dan of mijn oom bijzondere gevoelens koesterde voor deze man.

'Nee, geen bijzondere gevoelens,' zegt ze na lang staren naar de hanger. 'Gewoon een bijzondere vriend.'

'Een vriend in Australië, of daarbuiten?' vraag ik.

Stilte. Johanna kijkt geconcentreerd naar de hanger.

'Ja, een vriend. In Australië.'

Ik knik. De tweelingbroer is vorig jaar overleden. In Heerlerheide, de plaats waar hij is geboren, getogen en waar hij zijn hele leven heeft gewoond. Hij maakte vistrips naar tal van bestemmingen in Europa en ik meen zelfs een keer naar Noord-Amerika. Maar Australië heeft hij nooit bezocht.

Op mijn laptop toon ik foto's van Faltinsky als acrobaat.

'En wie mag deze man zijn?' zegt ze. 'Theo heeft vast met hem gewerkt.'

Ik ga er niet op in en wijs op de foto van Faltinsky op diens bidprentje. Een oude man, geen schim van de sterke en lenige kerel die hij ooit was.

'Dezelfde man,' is al wat ik zeg.

Ze blijft naar de foto's staren.

'Is mijn oom positief of negatief over hem?' vraag ik, de séance weer terugbrengend tot het beoogde verhoor.

Ze doet haar ogen dicht. Er valt een korte stilte. Dan doet ze haar ogen weer open.

'Positief. Het was een goede kerel. Hij werkte goed. Dus met andere woorden: hij was een goed man.'

Pardon? Dit is de man wiens bloed Nonk Theo kon drinken! De man die hem zijn levenswerk heeft afgenomen. Opponent, vijand. Dát had ze moeten zeggen!

'In deze rechtbankverslagen staat dat Faltinsky een vijand was van Theo. Daar staat dat deze man dus een vijand was,' zeg ik, wijzend op artikelen uit de *Daily Mercury*. Ik tik op het gezicht van de oude Faltinsky. 'Hij is de man die uiteindelijk Theo's mijn heeft gekregen.'

Johanna kijkt me even aan. Ze lijkt totaal niet van haar stuk gebracht. Alsof ze helemaal is vergeten wat ze eerder heeft gezegd over Joe Begozzi, dat díé volgens haar Nonk Theo's vijand was. Ze moet de argwaan in mijn ogen zien. En mijn oordeel.

'O... Theo vertelt me dat je gelijk hebt. Maar dit heeft niks te maken met vriendschap of zo. Hij zei dat dit een goede man is in zijn werk. Begrijp je?'

Ik kijk haar zwijgend aan. Alsof er niks aan de hand is, richt ze haar blik weer op de documenten voor zich.

'Dus hij kreeg de mijn ten slotte?' vraagt ze, wijzend op de foto van Faltinsky.

Ik knik. Het verhoor is voorbij. Het maakt niet meer uit. 'Ja, en hij verkocht hem in 1986 aan zijn advocaat. Deze vent: Bill Stubbs.'

Op mijn laptop laat ik een foto laat zien van de vriend, zakenpartner en advocaat van Faltinsky. 'Deze man biedt de mijn nu te koop aan. Je kunt hem kopen, Johanna...'

Ze reageert niet op mijn slechte grap.

'Theo vertelt me: dat is correct!' zegt ze met gesloten ogen. 'Als persoon, wat was het voor iemand?... Hm... Niet goed... Oké, terug naar de rechtszaak... Oké, hij wil dat ik je gids over Bert Fattilsky.'

Ik zeg maar niks over de fout uitgesproken naam.

'En het heeft te maken met de rechtszaak,' vervolgt ze. 'Hij vertelt me iets over Bill Stubbs, dat die ook niks goeds was.'

Het zijn loze woorden, makkelijk af te leiden uit wat ik haar eerder heb verteld. In plaats daarvan geef ik nog wat nadere informatie over Stubbs en zijn mijn, ooit die van Nonk Theo. Dat Stubbs mijn oom een bijzondere vent vond. Dat hij hem ergens wel kon waarderen. En dat er volgens onderzoek in opdracht van Stubbs voor nog minstens tientallen miljoenen Australische dollars aan goud in de mijn op Mount Britton moet zitten.

'Theo zegt: dat is correct. Was Bill Stubbs ook betrokken bij de rechtszaken?'

Ik vertel hoe Stubbs de kruisverhoren deed en hoe komisch die soms waren. ‘Theo kon verrekte weerspannig zijn. Een harde noot, lastig om te kraken.’

Ze slaat met de vuist op tafel. ‘Omdat hij stond voor dat waar hij in geloofde!’

Ik deins ietwat terug. ‘Wat bedoel je?’

‘Theo was een man van eerlijkheid, vertrouwen en geloof. Alle stukjes beginnen nu in elkaar te vallen. En die Stubbs… die stond wel naast die Fatelsky. Hij hielp Theo nooit echt. Is dat correct?’

Ik murmel een min of meer bevestigend ‘hm’ en kijk op mijn mobieltje. De voicerecorder loopt nog steeds.

Johanna begint weer over Begozzi en hoe die Nonk Theo verraden zou hebben. En dat Nonk Theo daar niks tegen kon doen, door ziekte. ‘Hij was totaal alleen. Hij kon niemand vertrouwen. Hij kon op niemand leunen. Ook niet tijdens de rechtszaken.’

Heftiger dan voorheen roffelt Johanna op haar borst.

‘Dát is wat hem de kop heeft gekost. Je had niet echt een vriend, hè. Nee, niet echt. Ze hebben je allemaal laten barsten.’

Ze kijkt naar de foto in het paspoort uit 1970, dat op tafel ligt. Het norse, ingevallen gezicht met kronkel in de neus. ‘Je was een verrekte depressieve puinhoop.’

Ik schrijf nog een naam op het papiertje.

‘En wat was hij?’ vraagt ze.

‘Frank Shanks. Mijn oom verbleef bij hem thuis gedurende de rechtszaken. Dus ik zou denken dat hij toch wel een vriend was.’

‘Laat me eens zien… Hij was een man bij wie je terecht kon, hè?’ richt ze zich tot gene zijde.

‘Probeerde deze Frank Theo te helpen?’ vraag ik.

Ze bijt op haar lip. ‘Hij was me net aan het gidsen. En hij zegt: Frank was goed. Helpen met de rechtszaken kon hij niet, daartoe was hij niet in de positie. Maar voor Theo was hij goed. Iemand bij wie hij terecht kon. Want er was niets voor hem, niets,’ zegt Johanna met gedragen stem.

Ik zwijg over Shanks’ rol in de samenzwering, zoals Stubbs het in de rechtszaal noemde. Hoe Shanks samen met Nonk Theo onder een hoedje had gespeeld in een ultieme poging Faltinsky weg te krijgen van de Freegold-mijn. Bijna een half uur lang heb ik Johanna nu in de hoek gedreven. Ze is mijn prooi. Ik heb haar al dermate verwond dat ze niet meer kan ontkomen. Ik trek mijn klauwen van haar af. Gewoon, om te zien waar ze nog naartoe strompelt.

'Heeft Theo er na alles spijt van dat hij naar Australië is gekomen?' stel ik nu eens een vraag waarvan ik het antwoord niet kan verifiëren.

Johanna schudt zonder te aarzelen haar hoofd. 'Nee. Maar hij miste thuis.'

'Iemand in het bijzonder?'

'Nou ja, in de brief voor je vader staat dat Theo zijn brieven keer op keer op keer weer las. Om zichzelf te beschermen tegen het gevoel dat hij zo alleen was. Tegen het gemis van thuis.'

'Hij had heimwee?'

'O ja, zeer.'

'En andere broers, zoals zijn jongste broer?' vraag ik.

'Is dat degene die...' vraagt Johanna, wachtend op een hint.

'Hij is dood,' antwoord ik.

Johanna knikt instemmend. 'Theo gidst me: ze zijn samen.'

Tegen mijn voornemen in sla ik mijn klauwen weer uit. 'Dat is ook waarom ik deze naam heb opgeschreven,' zeg ik, wijzend op de naam van Theo's tweelingbroer. 'Ik wilde zien hoe je op zijn naam reageerde. Hij is ook een broer van Theo.'

'Een broer? Oké. En hij schreef vriend. Kennelijk is dat de relatie,' zegt ze. Ze lijkt zich niet in het minst betrapt te voelen. Haar ogen gaan weer dicht. 'Oké, Theo. Dit is je broer. Ontving je post van hem?' zegt ze.

Ze kijkt me heel even aan. 'Schreef hij weleens, naar hem?'

'Ja.'

'Ja, want dat vertelt Theo me,' zegt ze, vol overtuiging knikkend.

Onder de tafel bal ik mijn vuisten.

Dan schakelt Johanna opeens een tandje bij. 'Hij wil in me komen.'

Haar stem wordt dieper, meer gedragen. Ik weet wat er komen gaat. Ik laat het gebeuren. Voor het eerst komt alle tumult om me heen tot stilstand.

'Ferdi, als ik de brieven van thuis niet had gekregen, was mijn leven nog korter geweest. Mijn depressies en mijn eenzaamheden kregen de overhand. Mensen hebben me verraden. En mensen waren geen goede vrienden. Levend in mijn eentje, het was geen eenvoudig bestaan. Ik zocht naar geluk, maar ik heb het uiteindelijk niet gevonden. Ja, er waren periodes in mijn leven die goed waren. Dan dacht ik dat die een nieuw begin markeerden. Maar het mocht niet zo zijn.'

Ik wil het gereutel afbreken. Maar met elke nieuwe zin uit Johanna's mond kost me dat meer moeite.

'Mijn leven is geen gelukkig leven geweest. De brieven die ik ontving van mijn dierbaren, ik klampte me eraan vast. Voor wat ik ze heb aangedaan betuig ik diepe spijt. Vertel ze dat alsjeblieft. Ik kon niet ongedaan maken wat ik heb gedaan. Ik kon niet terugkeren naar Holland. Want het leven was te moeilijk voor me. Alles was ik je nu via Johanna vertel is de waarheid. Je bent je nu bewust van veel dingen waar je je eerst niet van bewust was.'

Ik wil opstaan, weglopen, maar het lukt niet: ik hang aan Johanna's lippen.

'Mijn vrienden waren geen echte vrienden. Daar kwam ik achter, na jaren. Ferdi, dat is heel moeilijk om mee te leven, wanneer je alleen bent. Ik was mentaal verward. Ik leed aan diepe depressies. Maar mijn innerlijke zelf was altijd intact. Ik ben niet helemaal gek geworden. Mijn bewustzijn bleef. Maar ik had niemand. Niemand. Mijn jaren van leven op aarde waren moeilijk en eenzaam. Maar weet je, aan het eind vond ik alles. Alles wat nodig was voor mij, wachtte daar op mij.'

Met de ogen dicht roffelt Johanna secondenlang op haar borst, voort pratend met een stem die niet de hare is. De kracht van zojuist, de *boost* van victorie, stroomt uit me.

Ze zucht diep. 'Mijn dood was geen trieste dood. Ik wil niet dat je er zo over denkt. Toen ik het prachtige licht zag, stond jouw opa daar te wachten op mij, met zijn engelen. En toen ik God zag, zijn hand uitstrekkend naar mij, wist ik dat ik op een betere plek was. Ik mag dan geen puur honderd procent christen zijn geweest in mijn katholieke geloof, maar ik verzeker je dat mijn geloof in God en alles wat ik erover heb geleerd van mijn ouders, altijd bij me is gebleven. Ja, ik heb mijn geloof op een andere manier gedragen dan jullie allen. Maar door mijn worsteling en door mijn reis wist God alles. En ze geloofden in me, want ze wachtten op me.'

Het borstkloppen lijkt niet meer op te houden. Het stemvolume zwelt aan. Mijn leugendetector begint te kraken. Ik begin te slikken. Mijn ogen worden vochtig. Mijn handen trillen, heel lichtjes, en worden klam.

'Wees niet triest of bedroefd om mij. Ik ben gelukkig. Ik ben met Helena, ik ben met mijn broers en mijn hele familie die dit leven hebben verlaten. Ik kan over je waken en je volgen, ik ben bij je, elke dag van jouw leven. Ik waak over mijn hele familie. Ik hoop dat je met je boek bereikt dat er genezing zal zijn. Heling, voor iedereen.'

Johanna hapt naar adem. Mijn oksels zijn nat van koud zweet.

'Ferdi, ik zal je nooit genoeg kunnen bedanken. Ik heb je mijn leidraad gegeven op een stuk papier. Lees het als je Australië verlaat. Ik vraag je om mijn enige verzoek in te willigen. En dat zul je ontdekken als je de brief leest. Mijn tranen zijn van vreugde.'

Voor het eerst zwakt het borstkloppen van Johanna af. Van het ene op het andere moment moet ze onbedaarlijk huilen. Zonder te schokken of snikken, rollen de tranen vanuit haar gesloten ogen over haar wangen. De mensen aan een tafeltje verderop slaan ons bevreemd gade, net als aan het tafeltje daarnaast, en daarnaast.

'Ja, mijn tranen in Johanna zijn van vreugde én verdriet, omdat ik in staat ben met jou te communiceren, Ferdi, via Johanna. Mijn liefde zal altijd met je zijn. Bedankt dat je een ware vriend bent geweest.'

Johanna begint te schudden. Harder, sneller.

'Gaat het?' vraag ik, om meteen ook weer te zwijgen en niet nog meer signalen te geven dan mijn gebroken stem. Ik vecht tegen mijn emoties, met al wat ik in me heb. Het is als een goede film, vol drama en tragiek. Verzonnen of niet, het grijpt je genadeloos bij de strot. Ik kijk naar Johanna, die inmiddels haar ogen weer heeft geopend. Ze glanzen en zijn rood.

'Het komt wel goed met me,' zegt ze, ingetogen.

De nagels in mijn klauwen zijn ingetrokken. Mijn poten zijn als fluweel. Streelzacht.

'Weet je, Johanna, ik denk dat Theo niet uit het juiste hout gesneden was voor zijn missie. Hij heeft alles gedaan wat in zijn macht lag. Maar het was niet genoeg. Hij kwam naar een land met mensen en omstandigheden waar hij niet tegenop gewassen was. Dat zware leven daarboven, op Mount Britton, met het drinken, het knokken, de rechtszaken. Ik bewonder hem, omdat hij het heeft geprobeerd. Maar uiteindelijk heeft hij moeten toegeven dat het niet zijn soort spel was. Hij moest capituleren.'

Johanna knikt. 'Hij had een droom,' zegt ze. 'En hij was vastbesloten om die te verwezenlijken. Maar hij heeft nooit kunnen weten wat er voor hem lag. En de mensen rondom hem… Ze hebben hem vernietigd.'

Ik moet mijn hart luchten. Ook al is het bij deze vrouw, die ik net nog op de pijnbank heb gelegd vanwege haar paranormale dwaalspoor. Ik vertel dat er aan mijn vaders kant van de familie wel meer *loners* zijn. Stijfkoppen, die de dingen het liefst op hun eigen manier doen, zonder hulp, zodat niemand zich ermee kan bemoeien. 'Ik denk dat dat bij Theo een grote rol heeft gespeeld,' zeg ik. 'En dan verdwijnt veel energie in zaken waar niet je echte kracht ligt.'

Johanna's hand gaat weer naar haar borst.

'Hij heeft veel energie gestoken in alles… Ik stopte een hoop energie in alles.' Weer die rare stemverlaging. 'Mijn hart en ziel stopte ik erin.' Het geroffel wordt harder, sneller.

'Hij had toch om hulp kunnen vragen?' zeg ik.

'Die was niet beschikbaar,' zegt Johanna, nu weer op haar normale, eigen toonhoogte. 'Kennelijk was er niemand bij wie hij echt terecht kon.' Met haar droeve blik kijkt ze me een paar tellen zwijgend aan. 'Weet je waar het mis ging?' zegt ze. 'Toen het fout liep met Helen. Dat is mijn mening. Hij had de mijn wel opgegeven, voor Helen. Dan had hij een compleet andere toekomst gehad. Het staat in een van die brieven.'

'Maar die kans kreeg hij niet,' zeg ik.

'Nee.'

'Was hij… Ik bedoel… Ging hij terug naar de mijn omdat hij boos was, verdrietig?'

'Hij ging terug omdat er niks meer was daar en alles wat hij kende was de mijn.'

Ze klinkt zelfverzekerd en resoluut. Als ze net al een kreupele, verwonde prooi was, dan is ze wonderwel snel hersteld.

'Wilde hij zich niet gewoon koste wat het kost bewijzen?' vraag ik. 'Om zo, ook aan jouw vader, te laten zien: ja, ik ben een bushman, maar zie, ik ben succesvol! Totdat ze de mijn van hem afpakten en hij ziek werd. Toen kon hij zich niet meer bewijzen. Was dat het niet? Dat is toch triest?'

'Zeer, zeer triest,' zegt Johanna.

In mijn hoofd blijft de vraag rondzingen waarom Nonk Theo ergens onderweg niet is gekeerd, maar stug bleef doordwalen. Wat was dat voor onmenselijk zelfkastijding?

'Verplaats je je maar eens in zijn positie,' zegt ze resoluut. 'Met het leven dat híj leidde. Jíj hebt al je dierbaren daar, waar jij leeft, in Nederland. Familie, vrienden en anderen bij wie je terecht kunt. Hij had níémand.'

'Maar stortte hij zijn hart niet uit bij zijn broers en zussen? Vertelde hij ze niet hoe hij leed, in zijn brieven naar huis?'

'Of hij dat nu wel of niet deed, het had hem niks geholpen!' zegt ze, opverend, met ogen die zich wijd opensperren. 'Hij moest de werkelijkheid onder ogen zien, hier. Niet in Holland. Het leven was híér. In het boek dat je schrijft, zul je het je uiteindelijk realiseren. Hij had niet altijd gelijk, hij deed het niet altijd goed. Maar onthoud: hij was een mens met een ziel. Hij probeerde te volgen waar hij in geloofde. Dat was zijn droom. En die maakte hem erg eenzaam.'

Ik vertel over pogingen binnen de familie om Nonk Theo te bezoeken, in de laatste jaren van diens leven. Het is er nooit van gekomen. Ook omdat hij dat naar verluidt zelf niet wilde. Terwijl hij ernaar gehunkerd moet hebben.

'Hij realiseerde zich dat niet alles zo goed was als hij had gehoopt,' verzucht Johanna. 'Theo ging door heel depressieve tijden. Hij wilde niet dat iemand hem zou zien zoals hij toen was.'

'Maar wat was de rest van zijn leven dan nog?' zeg ik.

Voor een roofdier op jacht ben ik aardig confuus. Als je het kon ruiken, dan was ik nu omgeven door de geur van wanhoop.

Johanna haalt haar schouders op. 'Theo wilde dat zijn familie hem kende zoals hij weg was gegaan. Met een droom. Hij wilde de familie niet lastigvallen met zijn problemen. En toen hij in het laatste deel van zijn reis echt heel erg ziek was, en hij in het ziekenhuis lag, toen kwam het besef dat het eindeloos was.' Ze begint weer te schudden.

'Hij besefte dat er geen verbetering meer zou komen. Dat zijn gezondheid langzaam verslechterde. Hij accepteerde dat. Hij wilde dit leven slechts vreedzaam verlaten, want hij had geen doel meer.'

Voor het eerst hoor ik de omroeper weer. Een laatste oproep voor een meneer uit Hongkong die zijn vlucht dreigt te missen. Johanna oogt leeggezogen. Ik betwijfel of de energie is weggelekt naar gene zijde. Ze zal in elk geval geen probleem hebben om haar man te overtuigen van het potje squash dat ze heeft gespeeld.

We kijken allebei wat om ons heen. Het gesprek is ten einde. Maar ik heb moeite om er definitief een streep onder te zetten. Moet ik haar niet vertellen over mijn verborgen agenda? Ik heb haar tenslotte ook als praatpaal gebruikt, als biechtstoel bijna. En nu steek ik haar een dolk in de rug. Ik kom niet verder dan nog een ontboezeming. Over tante Margaretha, die me voor vertrek smeekte om niet naar Australië te gaan.

'Er is een boel woede over Theo...' zegt Johanna.

Ik begrijp niet zo goed wat ze bedoelt, maar ik laat haar woorden voor wat ze zijn, om me niet weer van mijn à propos te laten brengen. Te laat. Johanna veert op. Ze begint heftiger te schudden dan ik haar ooit heb zien doen.

'Oké, Theo, alsjeblieft luister...' zegt ze.

Mensen om ons heen staan op. Lopen weg.

'Oké, niet zo goed.' Ze blaast. Alsof ze een kind aan het baren is en ze de aanzwellende weeën niet meer weg krijgt gepuft. 'Om wat je hebt gedaan, daarom is ze zo boos... En Theo hoopt dat het boek haar zal helen,' zegt ze, hijgend, met diepe stem. Dan kijkt ze me strak aan, met grote pupillen. 'Je kunt haar vertellen, rechttoe rechtaan, dat hij de prijs heeft betaald voor het verlaten van zijn familie. Meer dan ze ooit zal weten. En dat ze de echte Theo niet kent.'

'Als ik haar ooit nog eens spreek, zal ik haar dat vertellen,' antwoord ik.

Het gaat niet gebeuren. De lijn met tante Margaretha is dood. En al was dat niet zo, ze zou me keihard in mijn gezicht uitlachen. Een boodschap voor haar van haar dode broer, via een medium? Ga toch weg.

Johanna worstelt nog steeds met de aandrang van gene zijde. 'Theo is nogal van streek op het moment. Vanwege haar manier van denken,' zegt Johanna. 'Die tante van je, bedoel ik.' Langzaam komt ze weer tot zichzelf.

'Theo heeft zo veel meer meegemaakt dan de meesten van ons,' zeg ik.

'Hij had zijn droom en koos ervoor die te volgen. Hij betaalde er de prijs voor, Ferdi,' zegt Johanna. Ze schraapt haar keel. 'Je hebt een goed leven. Je zult vele kansen hebben. Ik denk dat je nu een heel goede vriend hebt. Probeer er altijd samen uit te komen. Want dat maakt alles uit.'

Ik zoek naar een manier om het gesprek af te ronden.

Dan legt Johanna haar hand op de mijne. 'Theo wil dat je niet meer gaat zielenzoeken. Of is er nog iets anders wat je moet weten?' vraagt ze, de ketting met hanger in haar dichtgevouwen vuist.

In mijn hoofd flitst een eindeloze reeks documenten, foto's, plekken en gezichten voorbij. Het laatste beeld is het lijstje met mijn ooms karige nalatenschap.

'Ja, één ding. Ik had je toch verteld dat Theo tarotkaarten had. Toont dat niet vooral hoe wanhopig Theo was?'

'Ja, natuurlijk. Want hij moest weten...' Ze aarzelt, ze zoekt naar de juiste woorden. 'Door de tarotkaarten heb ik reden om te denken dat hij klaar was om God te ontmoeten. Wat tarotkaarten je vertellen kan nooit, nooit honderd procent correct zijn. Alleen God weet alles. Het is hierdoor dat ik geen controle heb over de waarheid. De geesten hebben die controle. Zij gidsen mij naar de waarheid. Maar de tarotkaarten...'

Johanna schudt minzaam haar hoofd. 'Je kunt goede séances krijgen, en er zijn goede mediums. Maar er zitten ook slechte tussen. Tarotkaarten werken heel simpel. Je kunt er je leven mee zien. Als je wilt weten wat je te wachten staat, zullen ze je gidsen. Ze kunnen je veel kennis geven. Als hij tarotkaarten gebruikte, dan was hij diep van binnen een heel spiritueel persoon.'

'De rest van de familie is vrij nuchter,' vertel ik. 'Ik heb hun nog niet verteld over die kaarten. Maar ik denk dat ze erg verrast zouden zijn. Tarotkaarten. Dat was niet waar je als Schrooten mee was opgevoed.'

'Nee, dat weet ik,' zegt Johanna. 'Maar dit is waar de maatschappij moet veranderen. In ons katholieke geloof vervloeken ze dat. Ze veroordelen helderziendheid, ze veroordelen mediums. Ze veroordelen iedereen die verbonden is met de geesten.'

Met de ogen dicht slaat Johanna zich op de borst.

'En dat is verkeerd! God zal het bewijzen, uiteindelijk. Hij zal komen, door mij. Ik zal mijn reis afleggen, een grote reis. Over een paar jaar, als je terug zou willen komen naar Australië, dan ben je welkom. Dan kun je bij mij verblijven, maar ik zal dan alleen zijn. Ik zal Joe verliezen. Dat is alleen voor jou om te weten. Ik zal Joe verliezen, want mijn reis kan niet beginnen vanwege Joe's negatieve invloed.'

Ik schrik van deze woorden. Gelooft ze nou echt in haar eigen profetie? En wat is dat over haar man?

'God zal via mij werken,' dendert ze voort. 'Hij zal zijn krachten gebruiken. Er zullen veel wonderen gaan plaatsvinden. Mensen zullen genezen worden. Er zullen dingen gebeuren waar mensen naar zullen luisteren. Ik heb nog ongeveer dertig jaar voor de boeg. Dat wordt een lang, groots leven.'

'Interessant, dat je dat al weet,' zeg ik, niet omdat ik het meen, maar meer omdat ik íéts moet zeggen.

Voor me zit een vrouw die oprecht gelooft dat ze de Australische opvolgster is van Bernadette Soubirous, de molenaarsdochter die heilig is verklaard na haar visoenen van de maagd Maria in Lourdes.

'Ik weet een hoop dingen,' zegt Johanna. 'Ik doe dit al vijf jaar. Nu is het tijd om met mijn reis te beginnen.' Ze klopt ferm op haar borst. Bloedserieus. Ik heb met haar te doen.

'Nou, we zullen het zien. Dank. Dank je zeer.'

Ik voel me vreselijk. Ondanks haar gave ziet Johanna niet dat de man die ze net in vertrouwen heeft genomen, een verrader is. Ze geeft me een dubbele knipoog.

'Graag gedaan.'

Er hangt een onwezenlijke sfeer in Johanna's auto, op weg naar het centrum van Mackay. Over een half uurtje pikt Maltese Joe me daar op. Dan hebben we nog vijf uur voor mijn vlucht terug naar Brisbane vertrekt. Gewoon, om samen de tijd te doden. Waar kan dat beter dan op Walkerston Cemetery? Het vaarwel van Nonk Theo is eigenlijk al geweest. Maar ik kan hier niet vertrekken zonder nog één keer bij hem langs te gaan.

Johanna stopt bij mijn favoriete koffiebar. Een prima plek om even bij te komen en vast online in te checken voor mijn vlucht naar huis, morgenochtend vanuit Brisbane. Ik voel in mijn broekzak. Daar zitten de enveloppen die Johanna heeft geschreven voor mij, mijn vader en ons allebei, met Nonk Theo als souffleur. Johanna ziet waar mijn hand zit.

'Wel wachten, hè?' zegt ze.

Ze zet de motor uit om afscheid te kunnen nemen.

'Beloofd. Ik maak de mijne pas open als ik morgen het Australische luchtruim verlaat. Die voor mijn vader zal ik persoonlijk overhandigen, als ik hem straks weer zie.'

'Je vader zal vast en zeker geraakt zijn. Het is nogal persoonlijk,' zegt Johanna.

'O ja, hij zal het zeker heel speciaal vinden.'

Pap zal de brief lezen en voor kennisgeving aannemen. Hij is niet zo spiritueel. Even schiet het door mijn hoofd. Mijn vader, keurig getrouwd, gepensioneerd ambtenaar, vader van drie, opa van vier. Wat als hij een leven had gehad als Theo, en uiteindelijk ten prooi was gevallen aan horrors en dingbats? Misschien had ook hij zich dan wel gewapend met bovennatuurlijke bescherming.

Ik schrik wakker uit mijn gedachteflits. Johanna kijkt me roerloos aan. Ik begin te wiebelen op mijn stoel.

'Wat denk je er eigenlijk van?' zegt ze.

'Waarvan?' vraag ik, in een poging niet te hoeven antwoorden, of toch in elk geval uitstel van executie te krijgen.

'Van wat ik je allemaal heb verteld?'

Ik spreek al mijn diplomatieke vermogens aan. 'Ontzettend interessant. Ik moet eerlijk zijn: ik heb geen enkele mogelijkheid om te controleren wat je zegt. Dat is voor mij wel lastig. Maar dat begrijp je wel, denk ik.'

Ik zie aan haar dat ze liever een ander antwoord had gehad. Maar ze lijkt te kunnen leven met mijn laffe niet-aanvalsverdrag.

Ik buig voorover en geef Johanna, zoals we dat thuis doen, in Nederland, haar oude vaderland, drie zoenen. Judaskussen, denk ik, terwijl ik mijn lippen om en om op haar wangen druk.

Thuis zal niemand het begrijpen, dit bliksembezoek. Met het vliegtuig in een half etmaal duizend kilometer heen en weer terug voor een zweverige circusact. Ferdi is gek geworden, zullen ze denken. Knettergek. Dat is dan maar zo.

Een paar kwetterende vogels, het ruisen van het suikerriet. Het is niet doodstil op de begraafplaats van Walkerston, maar het scheelt niet veel. Het weinige geluid wat mijn oren binnen komt, wordt overschreeuwd door de kakofonische discotheek in mijn hoofd. Een dj mixt liedjes die elkaar in elke andere sfeer eerder hadden uitgesloten dan aangevuld. Smartlappen, chansons, grunge, rock. De boventoon is van André Hazes, de jammerende expert in hartzeer en overmatig alcoholgebruik. *Ik heb het goed gedaan. Maar ook zo fout gedaan. Als ik terugkijk. In de tijd... Blóed, zwéét en tránen.*

Ik kan Hazes' refrein zo inruilen voor het woordentrio dat de kern van Theo's bestaan definieert. In hetzelfde ritme, op dezelfde tonen: 'Schúld... tróts... en bóéte.' Samen vormden ze de zoveel meer bitter dan zoete cocktail in de gifbeker, waarvan mijn oom vond dat hij hem helemaal moest leegdrinken. Ik heb het lang niet begrepen. Steeds heb ik gedacht: ik had het toch echt anders gedaan. Want ik was teruggekeerd naar Nederland toen het niet meer ging, toen duidelijk was dat de Australische droom in niks anders meer kon eindigen dan een nachtmerrie. Daar was Theo te trots voor.

Het was zijn eigen schuld. Niemand had hem gezegd zijn familie, vrienden en alles wat hij in Limburg had, achter zich te laten. Met geld van een geplunderde spaarrekening. Zijn eigen centen, maar bestemd voor de familie, niet voor hem. Hij had het willen teruggeven, met rente en nog veel meer. Zoals hij alles wat fout was gegaan had willen goedmaken. Zodra hij zijn Grote Gelijk had bewezen, door het te maken, daar aan de andere kant van de wereld. Maar de hoop daarop vervloog allengs. Al wat restte was boetedoening. Jarenlang, tot de verlossing, die twintigste november 1983, zijn tweede hartinfarct. De genadeklap. In alle opzichten. En misschien wel meer zoet dan bitter.

Hazes' gejammer wordt verdrongen door flarden van de orgelintro van *The show must go on*, van Freddie Mercury's Queen, gemixt met *Laat me!* – het Nederlands-Franse rockchanson dat ik graag op mijn eigen uitvaart gedraaid wil hebben. Ik krijg de kans niet om vol te schieten, zoals doorgaans bij de broze stem van de oude Ramses Shaffy en de band Alderliefste, die aanzet met raggende gitaarklanken en een meerstemmig 'Vivre!' De dj in mijn hoofd gooit plots een extra schuif open. Een oorverdovende, haast misselijkmakende schreeuw. Onmiskenbaar Kurt Cobain. *It's better to burn out than to fade away,* stond er onder het briefje dat de zanger van Nirvana achterliet toen hij zich met een geweer door de kop schoot. Het motto spreekt me aan. Beter in één keer opbranden dan langzaam uitdoven.

Theo is opgebrand. Rap en vroeg. Het was de prijs voor de gok van zijn leven. Ergens bewonder ik die keuze voor het alles-of-niks. Ik ben weer in loondienst, woon samen en mijn vriendin en ik willen kinderen. Waar eindigt mijn leven, op de schaal die uitwaaiert tussen de alles-of-niks pioniersgeest van Theo en de uiteindelijk veilige, risicomijdende burgermansratio van mijn vader? Ik wil geen van beiden zijn, maar leven ergens ertussenin. Gecontroleerd, de handrem erop als het moet, maar op zijn tijd ook heerlijk onbezonnen, me overleverend aan het zwarte gat dat zijn kick pas onthult als je erin durft te springen.

Ik wil het leven leven, in plaats van het leven mij. De rit uitzitten, slaapverwekkend vegetatief uitdoven, daar gruw ik van. Het is misschien wel mijn grootste angst. Dan kun je inderdaad maar beter opbranden en genieten van die ene steekvlam. Ik durf het alleen niet als het op mijn eigen leven aankomt. Ik wil mijn leven betekenisvol leven, ergens tussen het soortelijk gewicht van een kilo veren en een kilo lood. Tussen ondraaglijk licht en loodzwaar. Maar hoe?

Ik heb geen bloemen bij me, dit keer. De bos van het vorige bezoek ligt er nog, naast het zwarte graniet met Theo's naam. Het boeket is in een paar dagen compleet verlept. Ik laat het zo. Laat de tijd er verder mee doen wat hij wil.

'Allè Theo, loat ut dich goad goan,' zeg ik, in ons gedeelde dialect, het Limburgs van de Oostelijke Mijnstreek, waar we beiden in de loop van ons leven steeds verder van vandaan zijn geraakt. Laat het je goed gaan. Ik spreek de laatste woorden aan mijn dode oom uit zonder rilling, zonder siddering, zonder traan. Ik laat Theo niet in de steek. Ik laat hem achter. Hier, waar hij verkoos te leven en te sterven. De steen op zijn graf

is het bewijs. Een eerbetoon aan een man die durfde te springen, te gokken, te leven. Meer dan ik ooit zou durven.

Het is goed dat dit vaarwel me niet meer zo raakt als het vorige afscheid. Theo heeft zich in me verankerd, maar hij lijkt nu een plek te hebben gekregen waar hij me niet meer zo kan ontregelen als eerder het geval was. Het vuur van de obsessie is geluwd. Wat rest is een waakvlammetje dat altijd wel zal branden, ergens op de achtergrond. Ik zal het altijd met me mee dragen, als een klein Olympisch vuurtje, waar ik ook ben. Hopelijk flakkert het af en toe een beetje op. Als dat nodig is. Ik ken mezelf.

De kustlijn van Noord-Queensland ligt alweer achter me. Nog even en het vliegtuig verlaat het Australische luchtruim. Het heeft me minder moeite gekost dan ik had gedacht, het niet openen van Johanna's brieven. Of moet ik zeggen: Theo's brieven? Twee ervan mogen nu open: eentje gericht aan mij alleen, en eentje aan mij en mijn vader. De derde, voor mijn vader, blijft gesloten. Briefgeheim gaat boven nieuwsgierigheid.

Bij de warme hap heb ik een extra flesje wijn gevraagd, speciaal voor dit moment. Idioot. Zo maak ik er al bij voorbaat meer van dan het is. Ik pak het plastic roerstaafje van de koffie om de eerste enveloppe mee open te ritsen. Mijn hand bibbert, mijn wangen worden warm. Ik begrijp mijn eigen lichaam niet. Uit het envelopje komen twee velletjes op A5-formaat, aan de bovenkant losgetrokken uit een notitieblokje en keurig in drieën gevouwen. Het handschrift is van een netheid die ik al lang niet meer heb gezien. Zo schrijven juffen op de basisschool. De mijne althans. Ik draai de schroefdop van de wijn en giet de inhoud in het glas. Er is geen enkele reden voor, zeker na Johanna's demasqué op Mackays luchthaven, maar toch drink ik mezelf moed in.

Een boodschap aan Ferdi. Je bent nooit alleen geweest in je doelstelling om over mijn leven te schrijven. De persoon die je bent, doet me denken aan wie ik was in mijn jonge jaren en gedurende mijn leven op aarde. Je bent een praktisch persoon als ik zie hoe je bent. Je hebt mijn leven door de jaren heen beschreven. Ik dank je, en heling zal volgen wanneer jij je boek voltooit.
Het einde van je reis is nabij, hier in Australië, en een nieuwe reis staat jou en je geliefde te wachten. Alles waarvan je hebt gedroomd, zal uitkomen. Je zult nooit alleen zijn, want ik zal altijd bij je zijn.
Een speciale boodschap van mij: wees altijd gelukkig, en steek een kaars aan als teken van liefde. Van mij, op jouw bijzondere dag. Ik zal altijd over je waken.

Diep van binnen had ik gehoopt op meer. Misschien zelfs op een reden tot twijfel aan de uitkomst van mijn leugendetectortest. Dit tekstje is totaal nietszeggend. Je kunt er alle kanten mee op. Net als een goedkope horoscoop. Maar dan vol open deuren achteraf. Wat was het een sof geweest als ik dit had gelezen zonder mijn bliksembezoek van gisteren. Want dat was vele malen onthullender dan dit briefje, dat ik eigenlijk alleen kan waarderen om het handschrift.

Ik klok de rest van de wijn naar binnen, voordat ik aan het tweede envelopje begin en bestel nog een flesje. Drie velletjes dit keer. De aanhef is pijnlijk. Theo wist zich vanaf gene zijde kennelijk niet meer de voornaam van mijn vader te herinneren.

Aan mijn broer + Ferdi,
Alles wat ik trotseer was mijn droom. Er zijn een hoop problemen geweest bij de mijn, en er was niemand om me te helpen. Mijn geliefden waren niet bij me. Ja, ik heb vele malen gehuild uit eenzaamheid en vanwege het gemis van mijn familie. Ik heb mezelf gerustgesteld met het idee dat alles wel weer goed zou komen, dus ging ik door met het werken in de mijn. Na verloop van tijd werd ik ziek. Ik werd trager en kon niet meer werken. Ik kreeg aanwijzingen dat alles goed zou komen met de mijn. Naarmate de tijd voortschreed, gebeurde dat niet.
Mijn vriend Jo Begozzi veroorzaakte een boel problemen voor mij en alles ging mis. Het advies dat ik van Jo Begozzi had gekregen was niet juist, en Jo verraadde me. Hij beloofde en beloofde dat hij alles zou regelen, en ik geloofde hem. Naarmate de tijd verstreek, hield Jo zich niet aan zijn belofte. De mijn ging ten onder en ik had geen mijn meer op mijn naam staan. Ik stond er alleen voor, met niemand om me te helpen. Er was geen levensdoel meer en ik werd zieker en zieker. Mijn wil om te leven was weg.
Ik ontmoette Helena en ik was niet alleen. De troost die zij mij bood als we communiceerden. Mijn leven had zin en onze relatie groeide. Ik werd aangetrokken tot Helena's geest. Wat ik in haar zag was zo bijzonder, de liefde die we deelden gaf me de kracht om verder te gaan. Helena's aanwijzingen waren altijd wat ik nodig had. Helena

en ik deelden zo veel liefde en ik voelde me nimmer alleen. Opeens raakte ik Helena kwijt, omdat ik te oud voor haar was en vanwege mijn leven op de mijn. In een poging haar te houden bood ik aan de mijn te verlaten, maar Helena's ouders gingen daar niet mee akkoord. Ik was nog steeds te oud voor haar. Ik gehoorzaamde haar ouders en mijn leven was daarna nooit meer hetzelfde. En nu ben ik samen met Helena. Altijd, en de liefde die we delen is eeuwigdurend.

Pfff. Ik vul mijn glas met een tweede flesje wijn en giet de helft in één teug naar binnen. Wat moet ik hiermee? Weer die bewering dat Joe Begozzi de bron van alle ellende is, wat de mijn betreft. Johanna schrijft zijn voornaam verkeerd, haar vocabulaire en spelling laten te wensen over. Maar dat is klein bier. Ik kom niet los van de passage over Begozzi, hoezeer Johanna gisteren ook op cruciale onderdelen door de mand is gevallen. Als er sprake was van een verbroken belofte van hem aan mijn oom, dan kan het goed zijn dat Johanna daar uit tweede hand van weet. Niet via de paranormale hotline. Maar gewoon, van Theo zelve, toen hij nog levend en wel omging met Helena. Misschien heeft zij het wel doorverteld aan haar zus en krijg ik dit opgebakken kliekje nu geserveerd als *haute cuisine au delà*. Zonder het paranormale sausje kan het dan nog steeds gewoon waar zijn.

Mijn brein wil weer gaan malen. Ik voel de neiging om mijn rugzak met mijn researchkapitaal boven uit de bagagebak te plukken en terstond alles over de rechtszaken op te rakelen, dit keer in het licht van Joe Begozzi.

Stop, zeg ik tegen mezelf. Stop. Het is klaar. Ik heb me suf gezocht, overal inlichtingen vergaard. Maandenlang, duizenden kilometers aan een stuk, ver van huis, dwars door een vreemd continent. Van een lezing als die in het tweede handgeschreven briefje heb ik nergens ook maar enige onderbouwing kunnen vinden. Sterker nog, in een brief van Theo aan mijn vader noemt mijn oom Begozzi juist met naam als zijn werkmaat en strijdmakker in de strijd tegen enkele kwaadwillende, niet bij naam genoemde 'bigshots'.

Ik moet me verzoenen met mijn lot. Ik zal nooit de hele waarheid over

Theo achterhalen. Daarvoor zijn te veel sporen vergaan, net als zijn lichaam onder de grafsteen op Walkerston Cemetery. Ik heb een puzzel kunnen leggen die een groot deel van zijn leven Down Under beschrijft. Er zijn nog veel open plekken. Met mijn neus erbovenop zal ik nooit het hele beeld kunnen vatten. Ik moet afstand nemen en door mijn wimpers kijken. Dan is het plaatje vrij duidelijk. Met meer dan duizend kilometer per uur neem ik nu afstand. Maar geografische distantie alleen volstaat niet. Ik moet vooral wegkomen van de puzzel in mijn hoofd.

De briefjes gaan – weer keurig in drieën gevouwen – in hun envelopjes terug in mijn rugzak. Ik ga Johanna ontmaskeren, verraden. Die wetenschap doet me pijn. Maar ik wil onverbloemd vertellen over mijn hele zoektocht naar Theo. Het verraad is, zoals dat heet in oorlogsjargon, *collateral damage*. Ongewilde nevenschade die niet alleen de vijand, maar ook bondgenoten, eigen mensen en onschuldige burgers treft. Mijn ooms leven is mede zo pijnlijk geëindigd door verraad. Uitgerekend het eigen bloed dat hem postuum komt opzoeken, ontkomt niet aan hetzelfde. Al sta ik met mijn verraad aan de goede kant van de streep, vanuit Theo bezien dan. Denk ik.

In mijn hoofd maak ik de balans op. Mag ik tevreden zijn? Ik heb een schijnwerper gezet op Nonk Theo's radertje. Een detail in het enorme uurwerk van de geschiedenis die niet-aflatend aanzwelt. Een radertje, maar met een functie, hoe klein ook. Daarmee is het verhaal van Nonk Theo meer dan alleen zijn verhaal. Het is een pars pro toto voor al diegenen die verzwolgen zijn en worden door *oblivion*, *Vergesslichkeit*, *oubli*, *esquecimento*, of al die andere woorden die in zo veel talen staan voor hetzelfde fenomeen: vergetelheid.

Een popperige Singapore girl, mijn vaste serveerster inmiddels, brengt een vierde flesje wijn. Of is het mijn vijfde? In benevelde gedachten verzonken vergeet ik haar vriendelijke lach te beantwoorden met een gebaar van dank. Ik zit verstrikt in die ene vraag: heb ik wel het Grote Geheim ontrafeld? Het geheim waarvan een aantal van Theo's broers en zussen vreesden dat het door mijn speurtocht aan de oppervlakte zou komen, zichtbaar voor iedereen. De zenuwinzinking, het extreme alcoholisme, de verloren rechtszaken, de liefdestragedie, het kluizenaarsbestaan op Mount Britton, de pauperbegrafenis. Genoeg om niet trots op te zijn.

En toch. Als ik alles weeg, optel en aftrek, dan schrijf ik onder de streep zwarte cijfers. Met dezelfde zwarte inkt schrijf ik in mijn mooiste handschrift woorden als 'trots' en 'bewondering'. Theo is Down Under compleet naar de kloten gegaan. Maar hij heeft geleefd. Met pieken en dalen die ik waarschijnlijk nooit zal beleven. Zo is het. Theo, die na een turbulent leven op 53-jarige leeftijd stierf. En ik, zijn neef, die hem ondanks mijn 36 jaar nooit meer zal inhalen.

Zomaar ineens begint het vliegtuig zwaar te schudden. Net als de rust lijkt weer te keren, plonst het toestel tientallen meters omlaag, misschien wel meer. Mijn maag knijpt samen. Om me heen komen mensen los van hun stoel. Gegil. Paniek. Ik geniet. Ik kick op deze ongeplande collectieve bungeejump en hoop vurig dat de turbulentie nog even voortduurt. Het heeft iets masochistisch, iets zelfdestructiefs. Maar de adrenaline die vrijkomt bij existentiële angst, hoe echter hoe beter, is een shot geconcentreerd leven.

Als de turbulentie voorbij is – eerder dan ik had gewild – klap ik mijn laptop open. Op het scherm verschijnt een lijstje met liedjes die tijdens mijn queeste bijzondere betekenis hebben gekregen. Queens *The Show must go on*, Doe Maars *Is dit alles?* en Hazes' *Bloed, zweet en tranen*. Heel even overweeg ik *Auf Wiedersehen*, het liedje dat oma schreide op Theo's dodendienst in de kapel van de Heerlense verpleegkliniek, te starten. Te pathetisch. De ultieme eindtune klinkt anders.

In eloquent Frans zingt een jonge mannenstem in mijn oordopjes over zijn leven zonder scrupules, in schemering, niet schreeuwend om een *encore*. Een dood zonder wroeging, van een heiden die satan voor een groentje hield. Een arme drommel die met gebogen hoofd zijn ziel geeft, zodat de dood hem bij zijn haren kan pakken.

Ik scroll door mijn digitale beeldbank, met duizenden foto's. Van documenten, plaatsen en mensen die een rol in Theo's Australische leven hebben gespeeld. Plus die paar schaarse beelden van Theo zelf. Ik gooi het volume omhoog. Met mijn ogen dicht, zonder geluid te maken, zing ik mee over de laatste wens. Dat je moet leven, zelfs zonder zon, zelfs zonder zomer.

Ik zet me schrap voor het krakende stemgeluid van Shaffy. Zo broos, en tegelijkertijd zo doorleefd en krachtig. Hij zal zijn vrienden niet vergeten, zingt hij. Hij is ze kwijt, maar wil ze weer ontmoeten. Gitaar, bas en drum zwellen aan tot raggende sterkte. De muziek doorsnijdt mijn middenrif, tot op mijn ziel. De ontmoeting komt er, klinkt het, vol hoop en vertrouwen. Ooit. En dan zal de oude man zijn dierbaren kussen en begroeten en komt alles weer goed.

Tranen wellen op. Mijn lijf trilt, steeds heftiger. Aan de binnenkant van mijn ogen schieten minieme beeldflarden door elkaar heen. De flitsen zijn dan weer zwart-wit, dan weer in kleur. Scherp, vaag. Roerloos, bewegend. Het gaat in een misselijkmakend tempo. Geheel geluidloos, met enkel Shaffy's soundtrack. Ik herken Theo, jong, oud, thuis in Heerlerheide en op al die plekken in Australië. Uit het vliegtuig stappend, in zonnig Perth. Verliefd en vrijend met Helena op Shoal Point. In een bad in het ziekenhuis, een sidderend lijf van de elektroshocks. Op het buitenbalkon van de trein door de Nullarbor, een peuk tussen de lippen, op weg naar Adelaide en Radium Hill. Lachend en bier drinkend met vrienden in een bar te Mount Isa. Tierend voor de rechtbank in Mackay, een stapel papier verscheurend. Hakkend in ertslagen ondergronds en laveloos in het zand, op Mount Britton, met naast hem een geblakerde kangoeroedij op een kampvuur, een handvol goudsnippers glinsterend in een melkblik, in het licht van de vlammen.

Laat me, laat me
Laat me m'n eigen gang maar gaan
Laat me, laat me
Ik heb het altijd zo gedaan

Ik begin onbedaarlijk te snikken en snotteren. Het joch naast me, dat de hele reis geen moment heeft opgekeken van zijn spelcomputer, kijkt voor het eerst mijn kant op. Ik zie het uit mijn ooghoek, maar blijf voor me kijken, naar die ene kleurenfoto die alles over Theo zegt: met een helm op zijn hoofd en opgestroopte mouwen, een verweerd gezicht met grijze geitensik, eenzaam op Mount Britton. Stoïcijns stoer en breekbaar broos tegelijk. Ik sluit mijn ogen. De beeldenstorm laait weer op. Nog sneller, nog duizelingwekkender.

De oude man herhaalt zijn refrein. Jongemannenstemmen vallen hem in het Frans bij: leef, leef, in de volle zon, midden in de zomer. Mijn lichaam schudt. Tranen druppelen over mijn gezicht en vallen op mijn shirt, dat steeds meer en grotere natte plekken vertoont. Laat me, laat me, laat me, zingt de oude man, tot hij uiteindelijk met overslaande stem zijn laatste refrein uitstoot en afzakt naar rust. De jongemannenstemmen verstommen. Gitaar, drum en bas sterven weg. De oude man spreekt nog één keer.

Ik heb het altijd zo gedaan… Laat me.

De flarden in mijn hoofd vertragen en versmelten caleidoscopisch tot één beeld: een monitor met op het zwarte scherm een onregelmatig piekende groene lijn, van links naar rechts. Een monotone piep. Een vlakke streep. Seconden lang.

Ik schrik van de hand op mijn schouder.

'Gaat het, meneer?' vraagt mijn Singapore girl.

Het vriendelijke gezicht waarmee ze steeds weer een flesje wijn kwam brengen, is veranderd in een bezorgde blik. Ik klap mijn laptop dicht, trek mijn oordopjes uit mijn oren. De stewardess drukt een tissue in mijn handen. Ik veeg de tranen en snot van mijn gezicht en werp haar een voorzichtige glimlach toe.

'Het gaat wel weer,' zeg ik.

Ze lijkt voldoende gerustgesteld, net als de jongen naast me, die weer verder gaat met zijn game.

'Wilt u misschien nog wat drinken?'

Ik knik.

'Dat zou fijn zijn. Hebt u rum?'

EPILOOG

Bijna vijf jaar heeft het me gekost om Nonk Theo van me af te schrijven. In die tijd ben ik getrouwd, een paar keer verhuisd, voor mezelf begonnen en heb ik drie kinderen gekregen. Maar nooit ben ik helemaal van hem losgekomen, zelfs niet toen ik een paar weken geleden dacht dat de laatste punt toch echt was gezet. Compleet overdonderd was ik, begin december 2014, door het telefoontje van tante Margaretha, dezelfde tante die me jaren geleden smeekte toch vooral niet op zoek te gaan naar sporen van haar broer Theo. Ze bleek sinds kort op internet te zitten en had onlangs de foto gezien van mij bij het graf, op de begraafplaats van Walkerston.

Ondanks gevoelens van weerstand, en ook weerzin, kon ik niet anders dan haar bezoeken. Dus daar zat ik, op oudjaarsdag, in die bungalow in een Gronings dorp waar ik voor het laatst als tiener was geweest. Een onwerkelijk hartelijk weerzien met een weduwe van tachtig die voor mij tot voor kort de facto dood en begraven was. Diezelfde rookstem, Heerlense tongval en zware knot, maar nu witgrijs, op een ietwat gekrompen lijf. Tot tranen geroerd was ze door de foto van het graf. Ze had me verkeerd beoordeeld, erkende ze opnieuw, net als tijdens dat absurde telefoongesprek een paar weken eerder. Pijnlijk, maar ook fantastisch vond ze nu mijn queeste en mijn oogst, waarvan ik haar een deel toonde in de vorm van Nonk Theo's paspoort, het filmpje met hem als huwelijksgetuige in Mount Isa en het specimen goud uit zijn mijn op Mount Britton. 'Te gek! Te gek! Te gek, Ferdinand!' Ik hoor het haar nog uitroepen, aan de ronde tafel in haar keuken. De vrouw die ik heb vervloekt, ja gehaat, was getransformeerd in een spijtoptante die me een absolutie gaf die ik nooit meer had verwacht te zullen krijgen.

Dat grootse gebaar had het einde kunnen zijn – als ze niet had verteld over oom Horst. Na de ontdekking van de foto van het graf had ze haar oudere broer, anderhalf jaar jonger dan Nonk Theo, uitgebreid over mij gesproken. Nu wilde ook hij mij graag zien. Bovendien had hij nog een stapel brieven opgeduikeld, daar in Heerlen. De adrenaline joeg door mijn lijf. Even. Want eigenlijk was ik na twee maanden vol gebroken babynachten veel te moe om me opnieuw over te geven aan een obsessie die me al veel te lang in de tang had. Ik had hem Theo willen noemen, mijn eerste en waarschijnlijk enige zoon. Maar na alles wat mijn vrouw van mijn speurtocht naar mijn oom had meegekregen, hield ze Theo liever zo ver mogelijk van huis, en zeker weg uit ons gezin. Ik snapte dat wel. En eerlijk gezegd was ik zelf ook compleet klaar met Nonk Theo. Toch voelde ik na het nieuws over een stapel onontgonnen correspondentie mijn bloed kruipen. De finishlijn was alweer verlegd. Naar Zuid-Limburg, waar dit hele gedoe allemaal ooit is begonnen.

Om de een of andere reden had ik moeite met ademen, die zaterdagmiddag in Heerlen, een paar weken na mijn tocht naar Groningen. De sneeuw kraakte onder mijn voeten op weg van de parkeerplaats naar de seniorenflat van oom Horst. Op een steenworp afstand vond dertig jaar geleden de herdenkingsdienst voor Nonk Theo plaats, in wat toen de verpleegkliniek was waar oma lag. Als een mug dicht bij mijn oor, zo hoorde ik oma *'Auf wiedersehen'* schreien, net zo scherp als destijds na de dienst.

Het kostte me minuten om te wennen aan de aanblik van oom Horst. De rijzige Bourgondiër van weleer was verworden tot een gebochelde, broze man, kilo's lichter, met ingevallen gezicht en handen met huid van perkament. Al bij binnenkomst scanden mijn ogen zijn appartement, nog steeds rijkelijk gevuld met boeken, op de buit waarvoor ik eigenlijk kwam. Tevergeefs. Belangstellend vroeg hij naar mijn reizen. Ik haalde foto's en documenten uit mijn rugzak, vertelde de bijbehorende verhalen. Uiterlijk onbewogen bekeek hij het overlijdenscertificaat en hoorde hij aan hoe zijn broer op Mount Britton ten prooi was gevallen aan dronkemanswaanzin. De oude man zuchtte en vertelde dat de periodes van ziekte van Nonk Theo voor de familie heel moeilijk waren, maar dat hij het fijne er op zijn leeftijd, in zijn conditie, niet meer van wist. Zoals hij van zoveel de details niet meer wist.

Heel even ging het over mijn excommunicatie. Hoe boos tante Margaretha op mij was geweest en hoe oom Horst zijn goede band met haar en andere broers en zussen niet op het spel had willen zetten. Onder nog levende broers en zussen heerste de angst dat ik 'in eigen nest zou schijten' en dat ik me daarbij als journalist zou overgeven aan sensatie, over de rug van Nonk Theo en diens leed, louter om er zelf beter van te worden. Het was geen issue meer. Niet na de grafsteen voor oom Theo. Niet na een audiëntie van drie uur. Er kwam een dun stapeltje blauw luchtpostpapier op tafel, waarmee ik mocht doen wat me goeddocht. Net als in Groningen was er een tot ziens dat voelde als een vaarwel. Daarna reed ik weg in het donker, als een dief in de nacht. Op het kinderzitje in de bijrijdersstoel lag mijn rugzak. Er leek een gloed van af te stralen.

Het duurde een maand eer ik de rugzak durfde te openen. Ik telde de brieven: 22. Zes meer dan mijn vaders stapel, de brief van moeder Vandenbosch meegerekend. Vrijwel meteen was ik weer opgeslokt door het jongensboek van Nonk Theo's eerste jaren. Ondanks het risico van een lange celstraf had hij voor een weekloon aan goud achterover gedrukt in Mount Ida, waar hij ondergronds kiepwagens vulde met weggeblazen puin. Aan de andere kant van Australië knalde hij niet lang daarna bij de Pinevale-mijn met een *22 single shot long rifle* een jonge stier af en hakte hij er met een bijl 'een paar malse stukken' uit om zijn honger te stillen. Spannende details. Maar meer van hetzelfde, niks echt nieuws. Met het uitblijven van ware, nieuwe goudklompjes groeide mijn onvrede.

Totdat in een brief van eind jaren vijftig opeens de naam van Joe Begozzi opdook. Samen met nog een andere kompaan waren hij en Nonk Theo neergestreken op Mount Britton, waar ze al aardig wat goud hadden gevonden. Er had zich zelfs al een koper voor de mijn gemeld. Kort erna was het mis. Vanuit het ziekenhuis in Townsville schreef Nonk Theo hoe hij was bezweken aan permanente stress, veroorzaakt door de voortdurende vrees belazerd te worden: 'Een van de dingen die je hier het meest tegen je hebt, is dat het jaren duurt voordat je iemand vindt die je kunt vertrouwen.'

Hij opperde een opmerkelijk medicijn. Als oom Horst en andere *geschwister* thuis in Heerlerheide nou eens naar Australië kwamen? 'Land in de buurt kost bijna niks. Je kunt je eigen huis bouwen. Ik bezorg je een mijn waar je genoeg verdient om goed te leven en je tevens de kans hebt rijk te worden. Verder genoeg gelegenheid om te vissen, jagen enzovoort.'

Hij voegde eraan toe dat hij en zijn maat Joe Begozzi inmiddels zo veel belangen in kleinere mijnen hadden dat ze er een aantal moesten verkopen. 'Hetgeen we niet graag doen. Dus als jullie je nou eens allemaal bij elkaar pakken, dan kunnen we hier in Australië misschien een Schrootenstad stichten.'

De gedroomde hulptroepen bleven uit. De eenzaamheid, Nonk Theo's grootste vijand op Mount Britton, zag kans genadeloos toe te slaan. In een brief van april 1960 biechtte hij op hoezeer hij naar de kloten was. Een dokter wilde hem in een gekkenhuis laten opnemen. Joe Begozzi, kennelijk toch echt een vriend, voorkwam dat. Via een andere arts en het ziekenhuis in Mackay belandde Nonk Theo bij een specialist in Townsville.

'Ze stuurden daar elektrische schokken door mijn hersens. Elke elektrische schok slaat je buiten westen. Daarna kreeg ik insulinetherapie. Ze geven je een injectie waarna je voor vier uur buiten westen gaat. Ze brengen je weer bij door een slang door je neus in je maag te duwen waardoor ze je insuline voeden. Dit heeft in totaal meer dan drie maanden geduurd.'

Het was nog veel erger dan ik tot dan toe had dacht. Op internet vond ik zwart-witfilmpjes uit de jaren veertig en vijftig van psychiatrische patiënten, vastgebonden in bed. Na toediening van de insuline volgde minutenlang heftig stuiptrekken, sommigen met het schuim op de lippen. Wanneer ze uitgestuiterd waren, gleden ze weg in een coma. Mijn ogen sloten zich, een hand bedekte mijn mond. Als dat het middel was, dan zei dat alles over de kwaal.

De bravoure waarmee Nonk Theo eerder nog schreef over lonkend succes, geld naar huis sturen, het stichten van Schrootenstad, er was niks meer van over. Hoop en ambitie hadden plaatsgemaakt voor geheugenverlies, lusteloosheid en trage reflexen. Hij had alle interesse in het leven verloren, schreef hij letterlijk. Terugkeer naar huis, naar Heerlerheide, was geen optie, omdat hij de familie daar niet tot last wilde zijn. Ik wist het allemaal al wel, maar nu hij mij al die misère in verse woorden vertelde, tamelijk onverbloemd, was ik er toch opnieuw zwaar van ontdaan.

Hij hoopte weer te gaan werken, schreef hij, misschien wel op zijn goudmijn. Wellicht kon hij die verkopen. Al was ook dat een moeilijk verhaal. Hij zat opgescheept met een nieuwe aandeelhouder, van het type 'geslepen geboefte'. Tevergeefs zoekend naar meer details daarover, bleef mijn blik hangen op een PS.

'Ik laat het aan jou over wat je met deze brief doet. Ik geloof dat het beter is dat je hem verbrandt.'

Waar oom Horst en tante Margaretha me na jaren toch nog groen licht hadden gegeven, begon ik steeds meer te begrijpen van hun eerdere weerstand. Want ook al herstelde Nonk Theo in de jaren daarna enigszins van zijn zenuwinzinking, het bleef toch een hoop gedoe en gedonder. Vooral om de mijn. Zelfs zijn maat Begozzi had hem in de steek gelaten door forse schulden te maken in de maanden dat Nonk Theo door zijn zenuwinzinking uit de running was. Ik las die passage wel tien keer. Was dát soms waarom Johanna die Begozzi in haar laatste séance had gebrandmerkt als 'geen vriend'? Dan had ze het toch niet helemaal bij het verkeerde eind gehad. Maar misschien was Nonk Theo wel zozeer ten prooi gevallen aan zijn eigen frustratie en achterdocht dat hij na verloop van tijd niemand meer tot vriend kon rekenen. In een wereld vol goudkoorts viert wantrouwen hoogtij, altijd en overal, heus niet alleen op en rond Mount Britton destijds. Al transformeerde daar, als je niet goed op jezelf paste, onder invloed van pioniersparanoïa uiteindelijk alles en iedereen tot horrors en dingbats.

Ik was bijna vergeten hoe Nonk Theo niet lang na zijn zenuwinzinking ook weer een periode van hoop beleefde, van bravoure: er werd op vier plaatsen volop goud gevonden, de mijninspectie was lovend over het werk van mijn oom en de vooruitzichten voor zijn mijn, waarvoor zich diverse geïnteresseerde zakenlieden meldden. De brieven lezend vroeg ik me af of hij soms tegen beter weten in het thuisfront gerust probeerde te stellen. Uiteindelijk zou hij vast wel vernomen hebben dat zijn moeder, mijn oma, ten gevolge van te veel zorgen en oververmoeidheid met een inzinking in het ziekenhuis was beland. Oom Horst schreef het in een brief die Nonk Theo nooit heeft bereikt. Maanden lag het schrijven tevergeefs op hem te wachten op het postkantoor van Mackay, om in december 1965 met het stempel NON-RECLAMÉ weer in Heerlerheide op de mat te vallen. Uit de paar woorden die oma met zichtbare moeite in krom Duits op het luchtpostpapier had gekrabbeld, sprak nog meer dan gemis pure wanhoop, die me door de ziel sneed.

'Lieve zoon, vele hartelijke groeten voor jou van je Moeder. Lieve zoon, waarom heb je mij met Kerstmis geen brief geschreven? En zorg dat je naar huis komt.'

Ook al wist ik dat het optimisme, geveinsd of oprecht, uiteindelijk weer zou verdwijnen, het was ontluisterend om te lezen hoe Nonk Theo in zijn eigen woorden een paar jaar later, in november 1968, zijn woede en frustratie de vrije loop liet.

'Ik had dit niet willen schrijven. Maar het is niet zo aangenaam als je elf jaren in een plaats gewerkt hebt en het dan mogelijk is voor een paar zogenaamde zakenmensen om je jarenlang te bestelen of te "bezeiken". En als het er dan voor die plaats goed uitziet, word je eruit getrapt. Deze mensen konden het zelf niet doen. Ze hadden angst dat ik ze misschien zou ombrengen. Maar door een geslepen manier hebben ze de politie ingezet en me uit de mijn gezet. Schurken hebben wat ik opgebouwd had overgenomen en weer bijna totaal vernietigd. In de tijd dat ik in die mijn heb gewerkt, heb ik voor op zijn minst 300.000 dollar aan goud gedolven. Zoals het er nu naar uitziet, voor niets.'

Hij schreef het vanuit Marian, een plaatsje dertig kilometer landinwaarts van Mackay, waar hij werkte in de plaatselijke suikerrietfabriek. Vlak voordat de rechtszaken van start gingen, een paar maanden later, toog hij weer naar zijn stilgelegde goudmijn op Mount Britton. Hij vond het prima dat hij daar enkel gezelschap had van twee geiten en een hond. Hij durfde zelfs te speculeren op een goede afloop van de rechtszaken, zo gunstig dat hij zijn familie in Heerlerheide kon komen opzoeken.

De twee laatste brieven waren een complete deconfiture. In maart 1969 in Collinsville, een halve dag rijden ten noordwesten van Mackay, was Nonk Theo daar een van de dertig werklieden die de lokale elektriciteitscentrale een verfbeurt gaven. In zijn vrije tijd ging hij zich te buiten aan eindeloze jachtpraktijken. Wallaby's, kangoeroes, wilde eenden, zwijnen, bandicoot, in de Outback rond Collinsville was niets veilig voor de bloeddorst van Nonk Theo. Maar geen woord over de rechtszaken die op dat moment in volle gang waren. Of over Joe Begozzi, met wie ik bleef zitten als een stinkende, open wond. Ook na de laatste brief van 23 mei 1971, verzonden vanuit Mackay. De rechtszaken waren toen allang voorbij. Geen woord erover. Slechts gekeuvel over baantjes als tuinier en hulp op het station. En over het eerste fatsoenlijke natte seizoen in twaalf jaar, met als gevolg onbegaanbare wegen en honderden mensen die landinwaarts wekenlang vastzaten. Best heftig allemaal, maar het interesseerde me geen reet.

Ik nam de laatste passages van Nonk Theo's laatste brief tot me. 'Ik ben nog steeds vrijgezel en ik geloof niet dat dat al te vlug verandert. Als je zag hoe ik hier woon, zou je lachen. Maar het bevalt me hier met de karakters die je hier treft.' Hij verkeerde onder de zijnen. Excentriekelingen als hij. Of, in zijn eigen cryptische woorden: aparte figuren, niet normaal volgens mensen met normale levensopvattingen. 'Het zijn meestal mensen die in de bush gewerkt hebben en op hun eigen wijze meer goed voor het land doen dan zogenaamde normale mensen.'

Het cynisme en de teleurstelling dropen ervan af, van Nonk Theo's laatste woorden. Hij zou nog ruim twaalf jaar leven. Maar daarmee was alles ook wel gezegd.

In de daaropvolgende weken bleef maar in mijn hoofd rondzingen hoe Nonk Theo in zijn brieven aan oom Horst in feite toegaf hoe hij had gefaald in het verwezenlijken van zijn droom Down Under. Steeds weer zag ik hem, verloren en ontgoocheld, rondhangen bij de veelbelovende goudmijn die ooit de zijne was. En daarvoor, vastgebonden op bed, een spatel tussen de tanden, zwetend, schuimbekkend, stuiptrekkend, totdat alle energie uit hem vloeide en hij levenloos op bed lag. Geknakt en gebroken. Zoals je wilt dat niemand dat van je ziet.

Mijn brein schotelde me de herinnering voor aan die jonge kangoeroe in Radium Hill. Het beest dat na een halve treffer van mij eerst wild en waanzinnig opsprong, om daarna apathisch te gaan liggen hijgen achter een grote steen. Een betere jager verloste de kleine 'roo' uit zijn lijden, door hem bruut maar doeltreffend met zijn schedel tegen de steen te smakken.

Nu staar ik naar de allerlaatste brief. Donkerblauwe inkt op een lichtblauw aerogramme. Het handschrift van een man die nooit meer zou terugkomen. De schande was te groot. Alleen moest Nonk Theo in tegenstelling tot 'mijn' kangoeroe nog dik twaalf jaar als aangeschoten wild achter zijn steen liggen, wachtend op verlossing uit zijn lijden.

Voor me liggen drie foto's van Nonk Theo. De twintiger met de gladde haren vol vet, de dertiger met de kronkel in de neus en de eind veertiger met helm en geitensik. Ze kijken al tijdenlang met me mee hoe ik hun verhaal vertel. Alle drie hebben ze diezelfde norse, stoïcijnse blik. Wat valt er ook te lachen bij een droom die is ontaard in een nachtmerrie. En toch.

Nonk Theo is kapot gegaan aan zijn grote avontuur. Maar dat was ook gebeurd als hij in Heerlerheide was gebleven en zich mee had laten voeren op de stroom, zoals zovelen. In elk geval had hij me dan nooit zo gefascineerd als nu, als ploeterpionier. Hij heeft de sprong in het diepe gewaagd, en mij postuum met zich meegesleurd, jarenlang. Het was enerverend en gekmakend tegelijkertijd. Maar ik ben hem dankbaar voor de reis van een leven die me altijd bij zal blijven. Net als hij. Nog steeds vervloek en bewonder ik hem. Het zij zo. Ik heb er vrede mee.

De ondergaande zon werpt zijn stralen door het zolderraam van mijn werkkamer. Ik sluit mijn ogen en wentel me in het warme licht. Als ik mijn ogen weer opendoe staart Nonk Theo me in drievoud aan. Voor het eerst bespeur ik rond de mondhoeken iets van een glimlach.

Hilversum, augustus 2015